지사
어
머
니
―下

옮긴이 **이규원**

한국외국어대학교에서 일본어를 전공했다. 문학, 인문, 역사, 과학 등 여러 분야의
책을 기획하고 번역했으며 현재 전문 번역가로 활동중이다. 옮긴 책으로 미야베 미
유키의 『이유』, 『얼간이』, 『하루살이』, 『미인』, 덴도 아라타의 『가족 사냥』, 다치바나
다카시의 『천황과 도쿄대』, 쓰네카와 고타로의 『야시』, 『천둥의 계절』, 사토 다카코
의 『한순간 바람이 되어라』, 『슬로모션』, 슈카와 미나토의 『도시전설 세피아』, 『새빨
간 사랑』, 마쓰모토 세이초의 『마쓰모토 세이초 걸작 단편 컬렉션』 등이 있다.

OMAESAN
by MIYABE Miyuki
Copyright © 2011 MIYABE Miyuki
All rights reserved.

Originally published in Japan by Kodansha Ltd., Tokyo.
Korean translation rights arranged with OSAWA OFFICE, Japan
through THE SAKAI AGENCY and SHINWON AGENCY CO.

＊ 이 도서의 국립중앙도서관 출판시도서목록(CIP)은 서지정보유통지원시스템 홈페이지(http://
seoji.nl.go.kr)와 국가자료공동목록시스템(http://www.nl.go.kr/kolisnet)에서 이용하실 수
있습니다.(CIP제어번호: CIP2013006388)

下

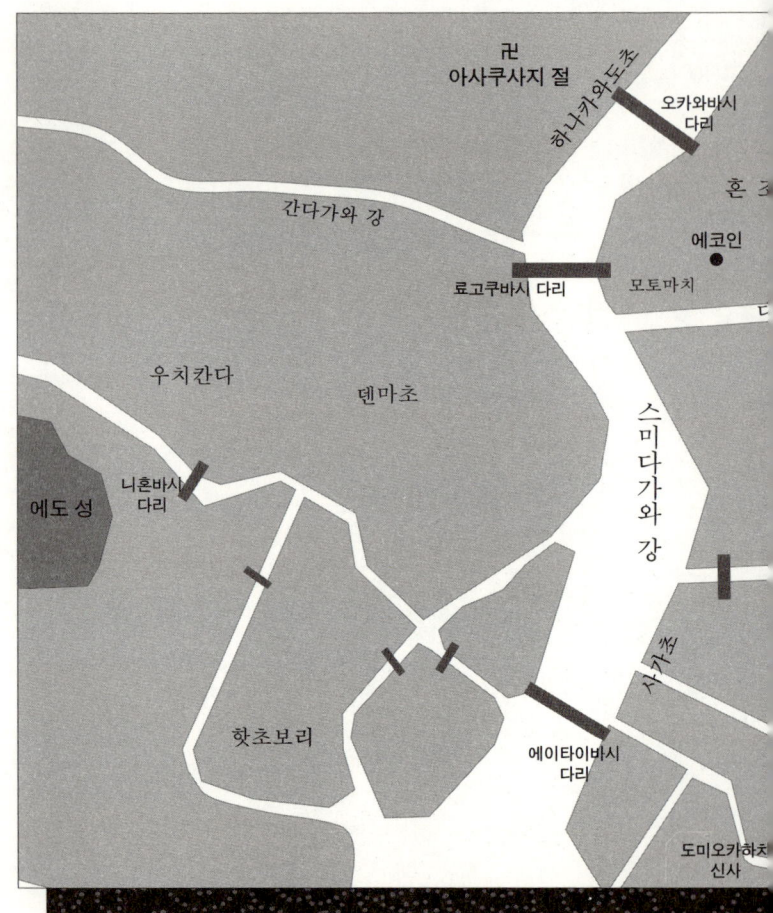

* 데쓰빈 나가야와 고베 나가야는 가상의 공간으로 소설 속에 등장한
  묘사를 토대로 추정한 위치입니다.
  작가의 의도와는 다를 수 있습니다.

『진상』의 주요 무대(니혼바시, 혼조 후카가와 일대)

진　　상

(19~21)

† **일러두기**
- 본문의 모든 주는 옮긴이 주입니다.
- 책의 뒷날개를 펼치면 등장인물 소개가 있습니다.
- 전작 『얼간이』와 『하루살이』에 등장한 '뎃핀 나가야'는 국립국어원 외래어 표기 일람에 의거하여 '데쓰빈 나가야'로 정정합니다.

19

　그로부터 사흘 뒤—.

　장소는 역시 오토쿠야 이층이다. 오늘은 총출동했다. 유미노스케
가 그리하길 원했다. 아무래도 수수께끼가 대략 풀린 듯하여 연관된
사람들이 다 모인 자리에서 말씀드리고 싶습니다.

　일동은 유미노스케를 정점으로 원을 그리며 앉아 있다. 유미노스
케 오른편에는 모토미야 겐에몬. 맞은편에는 헤이시로가 앉고 그 옆
에 마지마 신노스케가 자리했다. 마사고로와 짱구가 유미노스케의
왼편에 자리 잡았고, 짱구는 벌써 콧잔등 쪽으로 눈동자를 모으고
암기할 준비를 마친 상태다.

　모토미야 거사의 옆자리는 손님들 몫이다. 다이코쿠야 도에몬은
가파른 계단을 올라와 땀을 흘리기 시작하여 지금도 휴지로 연방 얼
굴을 닦고 있다. 오늘 아침은 비가 추적거려 축축한데다 좁은 방에

이렇게 많은 사람이 모이자 열기가 더욱 후끈하다. 하지만 도에몬이 흘리는 땀에는 식은땀도 섞여 있음이 틀림없다.

그런 도에몬 옆에, 여관리인 오토시는 꼿꼿한 자세로 앉아 있었다. 아무래도 긴장한 표정을 감추지 못한다. 그녀가 긴장하는 까닭은 마치 자치 임원으로서 도에몬을 걱정하기 때문만은 아닐 터이다. 오토시는 이 자리에서 곧 나올 이야기가 중대한 것임을 잘 알고 있었다.

오토시 옆에는 사타에가 있다. 유미노스케가 가메야 측에서는 이 두 사람을 지명했다. 사타에 씨—그 부인이라면 걱정 없습니다, 틀림없이 와 줄 테니까요.

과연 사타에는 두말없이 참석했다.

헤이시로가 처음 만났을 때는 평상복을 입었어도 병자처럼 보였고, 마사고로와 유미노스케가 방문했을 때는 병자 차림을 해서 더욱 병자처럼 보였던 사람이다. 지금의 사타에는 그 어느 쪽도 아니다. 물론 수척해진데다 얼굴도 창백했지만 갸름하고 아름다운 얼굴에는 모종의 결연한 의지가 찰찰 넘치고 있다. 가까이 앉아 있는 헤이시로에게는 그것이 피부로 느껴졌다. 이 자리에서 어떤 이야기가 나오든 그것을 감당할 각오를 굳힌 이는, 세 손님 중 아마 이 여자밖에 없지 않을까.

분명 사타에라면 가메야 신베의 어두운 과거를 알고 있었더라도 그 사실을 꽁꽁 감추며 내조를 해 왔을 것이다. 사정을 파악한 지금, 헤이시로는 아무런 의심 없이 그렇게 생각한다. 결국 사람을 어떻게 보느냐는 어떤 계기로 돌변할 수 있다. 손바닥 뒤집듯이 정반대로 바뀔 수도 있다. 지금까지 얕보고 있었던 듯해 미안할 지경이다.

사타에의 다른 얼굴―진짜 얼굴을 아직 알지 못하고 짐작해 본 적이 없는 오토시는, 오늘 이 자리에 사타에와 함께 부름받았다는 사실에 당혹해하며 기분이 조금 상한 모양이었다. 볼이 간간히 움찔거리는 것은 그 탓이다.

"저어……."

볼이 자꾸만 움찔거리는 바람에 스스로 조바심이 났는지 오토시가 헤이시로의 얼굴을 보며 입을 열었다.

"자꾸 번거롭게 물어서 죄송합니다만, 정말 후미노 아가씨를 부르지 않아도 괜찮을는지요? 가메야 주인을 대리하는 사람은 소인이 아니라 아가씨입니다만."

오늘은 한결 정중하게 말한다.

헤이시로는 짐짓 태평하게 고개를 갸우뚱해 보였다. 똑같은 물음에 여러 차례 대답해 온 유미노스케가 다시 답을 하려 하자 그에 앞서 사타에가 침착하게 말했다.

"가메야는 제가 대리하고 있습니다."

단칼에 오토시는 기가 죽었다. 그래도 저항하려고 입을 열려는 순간, "저는 후미노의 어미이기도 합니다" 하고 두 번째 칼이 날아들었다. 이번에는 오토시도 잠자코 있을 수밖에 없었다. 찍소리도 못 낸다고 할 때의 '찍' 소리가 들리는 듯하다.

하지만 오토시의 눈에는 반감도 엿보인다.

―무슨 바람이 불어 갑자기 오만하게 나오지, 이 여자가? 자기답지 않고 어울리지도 않게. 애초에 그럴 만한 주제도 아니면서.

이렇게 하여 유미노스케의 수수께끼 풀이, 파란의 막이 열렸다.

"이렇게 모여 주셔서 감사합니다, 여러분."

유미노스케가 고개 숙여 인사했다. 다이코쿠야와 가메야를 부를 때 헤이시로가, 내 꾀주머니 조카가 수수께끼를 풀어 보이려는데, 아직 어리지만 대단히 명민한 아이니 웃지 말고 들어 보게, 라고 말해 두었다. 그래서 신노스케나 손님들이나 모두 진지한 얼굴이다. 그중에서도 사타에는 일전에 유미노스케와 만났을 때 뭔가 눈치챈 바가 있는지, 진지하게 기대하는 눈빛으로 유미노스케를 쳐다보고 있었다.

유미노스케가 고개를 들자 때를 맞추듯 모토미야 거사의 고개가 덜컥 떨어졌다. 죽은 것이 아니다. 조는 것이다. 일찌감치 도착한 거사는 일동이 다 모일 때까지 내내 졸다 깨다를 거듭하고 있다.

꼭 필요할 때면 유미노스케가 깨울 것이다. 해서, 헤이시로는 옆에서 당황하는 신노스케를 팔꿈치로 슬쩍 찔러 괜찮으니 가만있으라는 뜻을 전했다.

"아직 어린 몸으로 외람된 짓인 줄은 압니다만, 지금부터 이번 사건에 대해 이야기하겠습니다. 저는 유미노스케입니다."

흥분한 기미는 안 보인다. 오히려 눈을 모으고 있는 짱구가 바짝 얼어붙어 있는 듯하다. 아침에 여기로 모일 때부터, 유미 님, 오늘은 큰 무대예요, 힘내세요, 하고 유미노스케를 격려하면서도 자기가 더 달아올라 벌게진 얼굴로 안절부절못했다.

우선은, 하고 유미노스케가 일동을 둘러본다.

"지금까지의 경위와 여러분이 이미 알고 계시는 사항을 확인하도록 하죠. 마지마 나리."

그러자 신노스케는 긴장한 표정으로 자세를 바로 했다. "왜 그러시죠?"

"저 혼자 말하다 보면 이야기가 엉뚱한 데로 흐를 수도 있습니다. 그럴 땐 적절하게 잡아 주셨으면 합니다."

"음, 알겠습니다."

신노스케도 본심대로라면, 사건 한가운데로 뛰어들어 당돌하게 의문을 풀어 보겠다고 말하는 유미노스케에 대해 반신반의하는 심정이리라. 아무리 헤이시로가 믿는 조카라지만 그 명민함은 직접 겪어 보기 전까진 납득하기가 쉽지 않다. 그래도 이렇게 진지하게 받아 주는 모습이 자못 그답다.

─이즈쓰 님이 그렇게까지 말씀하시는 유미노스케 님이니, 저도 궁금해집니다.

그리고 어딘지 쑥스럽다는 듯, 어색한 표정으로 한마디 보탠 것도 신노스케답다.

─저희 종조부님께서 유미노스케 님한테 평소 신세를 많이 지고 계시기도 하고요.

또 그런 신 상의 체면을 세워 주는 면이 유미노스케답다.

모토미야 거사는 여전히 졸고 있다. 혼자서만 태평한 시간을 보내는 중이다.

유미노스케는 지체 없이 이야기를 시작했다. 신노스케도 곧 숨을 죽이더니, 이야기가 간결하고 정확하게 진행되도록 맞장구를 치고 간단한 질문도 던져 주었다. 제법 잘 어울리는 조합이다.

"이렇게 오세쓰와 갓난아기가 사건의 핵심이라고 생각했지만,"

호흡을 한 번 고르고 나서 유미노스케는 비로소 마사고로를 쳐다 보았다. 마사고로가 천천히 고개를 끄덕인다.

"오세쓰의 아기는 벌써 죽고 오세쓰도 위중한 상태였습니다."

저번에 만났을 때보다 더 살이 올라 보이는 다이코쿠야 도에몬이 푸르스름하게 부은 얼굴에 거의 묻히다시피 한 실눈을 크게 떴다. 그래서 겨우 눈동자가 있긴 하다는 걸 알았다.

"예, 오세쓰의 아기는 금방 죽었습니다."

그렇게 말한 마사고로는 수하가 알아낸 오세쓰의 소식을 내처 들 려주었다.

"오세쓰 역시 이미 이승에 없다고 보는 쪽이 맞겠지요."

그렇다면—하고 도에몬이 황망한 표정으로 중얼거린다.

"범인은 오세쓰와 그 아들이 아니란 소린가요? 신베 씨와 규스케 의 죽음은 그자들의 보복이 아니었다는 말입니까?"

오토시도 마찬가지로 낭패했다. 여관리인은, 이래서야 얘기가 맞 질 않는데, 하는 말을 불쑥 꺼냈다가, 실례했습니다, 하고 당황하며 소매로 입을 가렸다.

"제가 드리고 싶은 말씀은, 저희는 신베 씨의 횡사에 그런 깊은 사연이 있을 거라고 어떻게든 납득하려고 애썼습니다. 그래서 가까 스로 그렇게 이해한 참인데 이제 와서 그게 아니라고 한다면, 그나 마 안정되었던 마음이 다시 흔들리고 말 거라는 뜻이었습니다."

"충분히 이해합니다." 유미노스케는 차분하게 대답했다. "하지만 안심하셔도 됩니다. 가메야와 다이코쿠야의 여러분께서 지금 이해하고 계신 선에서 그리 크게 차이가 나지는 않을 겁니다. 이번 사건의 먼 원인이 이십 년 전 요시마쓰가 살해된 일임에는 변함이 없습니다."

다만—. 유미노스케의 눈이 반짝 빛난다.

"복수는 아니었습니다. 이 점이 다릅니다."

신노스케가 숨을 삼킨다. 그 기미가 전해진 탓은 아니겠지만 거사가 그제야 눈을 떴다. 천천히 몸을 일으키고 졸린 표정으로 콧물을 훌쩍인다.

"거사님, 지금 이야기하는 중입니다." 유미노스케가 빙긋이 웃는다. "안 그래도 깨우려던 참이었습니다. 역시 거사님은 직감이 좋으시네요."

우연히 일어났을 것이다.

겐에몬은 음, 하고 대답하며 눈을 끔적거렸다. 오늘은 오토쿠에게, 방만 빌리면 돼, 시중은 필요 없으니까 아예 얼씬도 말게, 하고 일러두었다. 눈치 빠른 오토쿠는 인원수에 맞게 찻잔과 보리차를 가득 채운 커다란 옹기 주전자와 시원하게 식힌 감주를 넉넉히 준비해 주었다. 이것은 히코이치 씨가 가르쳐 준 시원하고 달달한 감주예요. 말씀 나누시다 입이 마르면 유미노스케 님과 짱구한테 주세요. 거사님한테도요. 노인은 쉬 지치니까.

사전에 들었는지 겐에몬은 주저 없이 주전자로 손을 뻗어 잔에 따랐다. 그 몸짓의 태평함과 희미하게 풍기는 술지게미 냄새가 놀라움과 낭패로 뒤흔들린 좌중의 불안한 분위기를 진정시켜 주는 듯하다.

유미노스케가 잠깐 한숨을 돌리고 있자 짱구도 모았던 눈동자를 풀었다. 이어서 자리에서 가뿐하게 일어나 시중을 들기 시작했다. 마사고로까지 나서서 넉살 좋게 음료를 권했다.

"부인과 다이코쿠야 씨도 같이 드시죠. 얘기가 길어질 테니까요. 놀라운 얘기가 아직 더 있을 겁니다."

헤이시로도 웃으며 말했다. "몇 날 며칠 동안 이야기를 해야 한대도 여기에서라면 괜찮아. 맛있는 도시락이 준비돼 있으니까."

이 역시 오토쿠가 배려해 준 것인데, 헤이시로는 꽤 기대하고 있는 눈치다.

그럴 계제가 아니라는 듯 못마땅한 눈초리를 하고 있는 오토시 옆에서 사타에가 미소를 지었다. 시중드는 짱구의 손놀림을 사랑스럽다는 듯이 쳐다보고 있다. 잔을 받아들자, 고마워요, 하고 따뜻한 목소리로 말한다.

"복수라 함은,"

좌중을 둘러보며 유미노스케가 다시 입을 열었다.

"말 그대로 누구에게 깊은 원한을 품은 자가 그걸 풀려고 상대를 공격하는 일입니다. 공격하는 자와 당하는 자는 원한이라는 끈으로 긴밀히 연결되어 있죠."

이 대목에서 유미노스케는 여전히 졸린 표정을 하고 있는 거사에게 눈길을 돌렸다.

"거사님께선 처음 규스케의 사체를 보셨을 때부터, 이것은 원한에 따른 살인이라고 짚으셨습니다. 가메야 신베 씨의 사체를 보셨을 때도 마찬가지였고요."

저는—하고 숨을 고른다.

"거사님의 안목을 믿기 때문에 두 사람을 연결하는 사연이 조만간 드러나리라 짐작했습니다. 그리고 정말로 그대로 되었습니다."

그러나 정작 오세쓰와 아기는 이미 이승에 없다. 그 둘은 원한의 대상인 규스케와 신베를 공격할 수 없었다.

"그러면 거사님 생각이 잘못된 걸까요?"

그렇게 자문해 두고 유미노스케는 고개를 저었다.

"저는 그렇게 생각하지 않았어요. 다시 반복하지만 수많은 사체를 살펴보며 지식과 경험을 쌓으신 거사님의 통찰을 믿기 때문입니다."

"하지만 그래서는 앞뒤가 맞지 않습니다."

신노스케가 장단을 넣었다. 유미노스케는 고개를 끄덕였다.

"예, 맞지 않죠. 그래서 저는 더 생각해 보았고, 거사님하고도 상의해 보았습니다."

무슨 상의를 했느냐 하면,

"원한이라는 말이 의미하는 바에 대해서요. 거사님은 왜 원한이라고 하셨을까?"

헤이시로도 기억을 되짚어 보았다. 모토미야 겐에몬이 뭐라고 말했지?

두 사체에 난 칼자국이 똑같다.

도망치지도 않고 공격을 당했다.

아마 꼼짝도 못했으리라.

그들은 자신을 베려고 하는 자한테 칼을 맞아도 어쩔 수 없는 허물이 스스로에게 있음을 알고 있었다.

살인 현장에는 저항할 수도 피할 수도 없는 어떤 깊은 구속이 있었던 것이다.

헤이시로가 머릿속에 떠올린 생각을, 유미노스케는 손을 들고 손가락을 꼽아 가며 나열했다.

"그래서 저는 거사님께 물었습니다. 이는 보복이 아니라 징벌일 경우에도 적용될 수 있지 않습니까, 하고요."

신노스케가 어? 하고 놀라며, 유미노스케가 아닌 겐에몬의 얼굴을 보았다. 거사는 입을 꾹 다문 채 우두커니 앉아 있다.

잠시 후 "으음" 하는 소리를 내며 고개를 크게 끄덕인다.

"아주 지당한 말이라고 나도 동의했지."

그 말에 고개를 까딱해 보이며 유미노스케는 이야기를 계속했다.

"징벌이라면 칼을 든 자는 오세쓰 모자가 아니라도 상관없습니다. 누구든 이십 년 전 요시마쓰가 살해되었다는 사실을 알고 그것이 신베 씨, 도에몬 씨, 규스케 씨 이렇게 세 명이 저지른 죄임을 아는 자면 됩니다."

"아니, 하지만." 신노스케의 옴팡눈이 불안하게 흔들린다. "징벌이라면, 그자가 법을 수호하는 관리가 아닌 이상 역시 요시마쓰와 오세쓰 모자를 덮친 비극에 분노하고 동정하는 자여야 합니다. 말하자면 복수를 대신해 주는 셈이죠. 그런 사람이 오세쓰의 주변에 있었을까요?"

말미의 질문은 마사고로에게 던졌다. 다이코쿠야 도에몬조차 관록으로 압도하는 오캇피키는 즉시 대답했다.

"적어도 그자가, 오세쓰가 몸을 의탁하려고 하치오지까지 가서 찾으려 했던 오빠가 아님은 분명합니다. 오세쓰가 죽고 십여 년이나 지나 오빠가 전말을 알게 되었을 가능성도 전혀 없다고 할 수는 없지만……."

"천 냥짜리 복권에 당첨되기보다 더 가망성이 없는 일이지." 헤이시로가 말했다. "오세쓰를 아는 누군가가 요시마쓰의 죽음에 대해 알고 있었는지도 몰라. 그래서 분노했을 수도 있고. 하지만 가망성이 있네 없네 하는 식으로 생각한다면, 이거야 뭐, 뜬구름 잡는 얘기가 되고 말겠지."

"그렇습니다, 이모부." 유미노스케는 반갑다는 듯이 말했다. "그래서 저는 일단 이 '누군가'라는 것을 옆으로 제쳐 놓고 생각하기로 했습니다."

"하지만 그게 가장 중요한 대목이잖아요. 이봐요, 자기가 대체 무슨 말을 하고 있는지 스스로 알기나 해요? 사건을 풀겠다고? 어린 사람이 함부로 나서고!"

오토시는 여자지만 대단한 관리인이다. 그것은 헤이시로도 인정하기를 주저하지 않는다. 하지만 늘 남의 부탁을 들어주고 남을 돕는 데 익숙한 사람은 타인을 대할 때 자칫 위에서 내려다보듯이 대하거나 말하는 태도가 몸에 배기 쉽다. 지금도 유미노스케에게 반문을 하기보다는 질타하는 말투다. 이런 꼬마가 사건을 해결하겠다니 —하고 무시하고 의심하는 기색이 역력히 느껴진다.

왜 안 그렇겠는가. 그게 정상이다. 그런 정상적인 의심조차 하지 못하고 그저 파랗게 질려 있는 다이코쿠야 도에몬보다는 낫다고 할 수 있겠다.

"예, 그것은 중요합니다. 그렇지만 '누군가'를 일단 옆으로 밀어 두면 다른 근거를 통해 생각을 좁혀 나갈 수 있습니다."

"일단 들어나 보죠."

유미노스케를 두둔하고 나선 이는 사타에였다. 그 순간 헤이시로의 귀에는 오토시의 머릿속에서 '쨍강' 하고 울린 소리가 들려왔다. 몹시 날카로운 소리다. 뭐야, 이 여자는. 평소랑 전혀 다르잖아. 갑자기 왜 이러지?

아니나 다를까, 봇물이 터진 듯 오토시가 말을 쏟아냈다.

"분명히 말하는데, 저는 관리인으로서 가메야를 돕고 있는 몸입니다. 후미노 아가씨도 모르게 이런 자리에 나온 것부터가 켕기는 일인데, 이렇게 나이 어린 사람의 장난 같은 얘기를 들어 줄 시간은 없습니다. 나리께서 무슨 생각이신지는 모르나, 저는—."

헤이시로는 단적으로 반문했다. "그럼 알고 싶지 않은가, 사건의 진상을?"

오토시가 입을 꾹 오므렸다.

"알고 싶지 않으면 돌아가도 좋아. 돌아가서 후미노한테 보고해도 괜찮아. 하지만 그래서야 상황을 더 나쁘게 만들 뿐이야. 가메야에 결코 도움이 안 돼. 그래도 상관없다면 돌아가게."

오토시도 엉성한 사람은 아니다. 아니, 그보다는 여관리인을 일격에 물리칠 만한 위엄이 헤이시로에게는 없다. 여전히 불만스러운 눈빛으로 대꾸할 말을 찾고 있던 오토시를 진정시킨 이는 옆에 있던 도에몬이었다.

"도련님 얘기를 들어 보지. 나는 듣고 싶어. 그러니 좀 가만있어

줬으면 좋겠네."

본래 작은 체구에 살만 붙어 있는 도에몬은, 역시 큰 약방의 주인 다운 위엄은 고리짝에 담아 창고로 치워 버린 꼴이었지만, 사건 한 가운데 있는 사람의 말인 만큼 묵직하게 울렸다.

"나는 지푸라기라도 잡고 싶은 심정이야. 내 목숨이 아까워. 신 상과 규스케의 목숨도 아깝고. 두 사람한테 미안한 마음도 있어. 어 째서 이런 일들이 일어났는지 알고 싶어. 신 상도 규스케도 알고 싶 어 할 거야. 그러니 당신은 잠자코 들어 주게. 가메야를 돕느니 어 쩌니 하지만, 애초에 관리인이라는 사람이 옆에 있는 안주인을 제쳐 놓고 나서는 게 주제넘다고 생각하지 않나?"

도에몬은 사타에가 가메야에서 어떤 처지인지 잘 모르니 지극히 자연스럽게 말했으리라. 오토시는 더욱 앵돌아졌고, 사타에는 그런 오토시에게서 얼굴을 돌린 채 조용히 무릎 위에 손을 얹어 놓았다.

긴장이 팽팽한 가운데 좌중은 쥐 죽은 듯 조용하다.

모토미야 겐에몬의 머리가 또 툭 떨어졌다.

사타에가 친절한 눈길로 유미노스케를 재촉한다.

"자, 계속하세요."

그러고 나서 부드럽게 고개를 숙인다.

"가메야에도 중대한 이야기니 저도 알고 싶습니다. 부탁합니다."

헤이시로는 몹시 희귀한 장면을 보았다. 유미노스케가 부끄러워 하고 있다!

"아, 예."

더욱 희귀한 장면도 보았다. 유미노스케가 당황하고 있다!

심상치 않은 분위기에 이번에는 거사가 잠에서 깨어났다. 힘차게 고개를 들고 눈을 뜨는가 싶더니, "징벌이라면," 하고 입을 열었다. 잠꼬대가 아니다. 눈을 뜨고 있다.

"누구라도 가능하지. 꼭 분노하지 않아도 좋아. 징벌이란 그런 모호한 구석이 있는 위험한 행동이야. 그러니까 누구라도 할 수 있지."

예, 하고 유미노스케가 정신을 가다듬는다. "거사님 말씀대로입니다. 다만 범인은 신베 씨가 요시마쓰를 죽였다는 사실을 알고 관에 고발하거나, 그걸 빌미로 다이코쿠야와 가메야를 상대로 돈을 뜯어내는 등, 저 같은 소인배라면 제일 먼저 떠올릴 만한 짓은 하지 않은 인물입니다. 이 점만 염두에 두어 주세요."

염두에 두는 김에 헤이시로는 '나라면 어땠을까' 하고 생각했다. 협박을 할까? 협박을 한다고 해도 요시마쓰의 죽음에는 살인이라는 확고한 증거가 없다. 협박을 감행한다면 독한 구석이 없는 다이코쿠야 도에몬은 몰라도, 언변 좋고 두뇌가 뛰어난 가메야 신베한테는 도리어 휘둘리고 설득당해서 맥없이 돌아오고 말 터였다.

"범인은," 유미노스케는 계속 말했다. "이름이 없어 불편하니 일단 '다로'라고 하죠. 다로는 어떤 계기로 이십 년 전 요시마쓰의 죽음에 대해 알게 되었습니다. 요시마쓰를 죽인 세 사람의 이름과 신원도 알았습니다. 그리고 이 셋을 징벌하기로 작정했습니다."

도에몬이 머리를 조아렸다. 오토시는 여전히 입술이 일그러지도록 입을 꾹 다문 채 고개를 숙이고 있다. 사타에는 유미노스케를 똑바로 쳐다보고 있다.

"작정했다. 그렇다면," 신노스케가 맞장구를 쳤다. "저라면 이 세 사람에게 어떻게 접근할까, 그것부터 궁리할 겁니다."

그렇죠, 라는 듯이 유미노스케가 미소를 지었다. "그렇습니까? 그럼 어떻게 하시겠어요?"

"다이코쿠야와 가메야는 숨지도 도망치지도 못합니다. 가게를 두고 있고 게다가 번창하기까지 했으니 손님으로 가장해서 접근하는 건 일도 아니겠죠. 혹은 썩둑이나 점원으로 가게에 들어가는 방법도 있을 테고."

유미노스케의 미소가 더욱 환해졌다.

"그러면 규스케 씨한테는 어떻게 접근하죠?"

"규스케? 음." 신노스케의 옴팡눈이 빛난다. "그자는 거처가 일정치 않고 하루하루 떠돌이처럼 살던 자입니다. 무턱대고 찾아다닐 수는 없겠지요. 역시 신베나 도에몬을 협박해서 규스케를 불러내는 쪽이 가장 확실한—."

신노스케는 말을 뚝 그쳤다. 바로 그거라는 듯이 유미노스케가 고개를 끄덕인다.

신노스케는 그 뜻을 눈치챘다. "그렇게 의도대로 된다고 생각할 수는 없겠지만."

"그렇습니다. 세 사람 중 사실 규스케 씨가 징벌하기 가장 어려운 인물입니다."

헤이시로도 그제야 깨달았다. 분명 규스케는 추적하기가 어렵다.

"다이코쿠야 씨." 유미노스케는 도에몬의 실눈을 들여다보며 불렀다. "규스케 씨가 찾아온 것은 오 년 전에 손을 벌리러 한 번 왔을 때뿐이었죠?"

예, 하고 도에몬은 거북처럼 목을 움츠린 채 끄덕였다.

"그때 규스케 씨가 가메야에는 가지 않겠다고 했죠? 선불리 돈을 뜯어내기에는 신베 씨가 무서웠기 때문입니다. 결국 자취를 감춰 버렸고, 다이코쿠야 씨는 그 뒤로 규스케 씨의 소식을 몰랐어요."

"그렇습니다. 그래서 그가 죽었다는—살해당했다는 사실도 몰랐습니다."

도에몬은 새삼 변명하는 투로 말했다.

"규스케가 길에서 칼에 맞아 죽었다는 사실을 알았다면 금방 사정을 눈치챘을 테고 신베 씨하고도 상의를 했겠지요. 신베 씨도 마찬가지였을 겁니다. 규스케의 죽음에 대해 알았다면 바로 제게 알려주었겠죠."

—그냥 쓰지기리일지도 모르지만, 아무튼 심상치 않은 죽음이다. 조심하는 편이 좋겠다.

헤이시로는 두 사람이 소곤거리는 소리가 귀에 들려오는 듯했다.

"요시마쓰를 죽인 뒤로 이십 년이나 지났습니다. 저나 신베 씨나 이제는 문제없다고 생각하고 있었습니다. 한편으로는 이십 년이나 지났어도 여전히 편하게 잠들지 못했지요."

"그래도 두 분 모두 규스케 씨의 거처를 몰랐죠."

"찾을 마음도 없었습니다."

유미노스케의 말에 이끌렸는지, 도에몬의 혀가 매끄럽게 돌아간다.

"솔직히 저나 신베 씨나 각자 약방 일에 묶여 있기 때문에 서로를 피해서 살 수도 없었습니다. 다른 밥벌이가 있어서 멀리 떨어져 살 수만 있었다면 당장이라도 그렇게 했겠죠. 그러는 편이 과거를 잊지는 못해도 잊은 척하며 사는 데는 수월할 테니까요."

사타에는 손을 깍지 끼고 고개를 떨어뜨렸다. 고개를 끄덕이는 듯도 했고, 도에몬의 말에 떠오르는 생각들을 견뎌내고 있는 듯도 했다.

"그렇군. 말하자면 이렇게 되는 겁니까." 신노스케의 얼굴이 밝아졌다. "범인 다로는, 자신이 표적임을 눈치채면 금방 자취를 감춰 버릴 규스케부터 징벌했다. 다이코쿠야와 가메야는 쉽게 숨거나 도망칠 수가 없고, 규스케를 먼저 죽여도 남은 둘은 그 사실을 모른다."

곧 알게 된다고 해도 지금의 다이코쿠야처럼 스스로 관리에게 죄를 자백하고 다로를 잡아 달라고 엎드려 비는 과감한 수단도 금방은 취하기 힘들다. 헤이시로는 만약 두 번째로 징벌당한 자가 다이코쿠야 도에몬이고 가메야 신베가 살아 있었다면, 신베가 그리 쉽게 자백하지 않았을 거라고 짐작했다. 관에 기대지 않고, 사태를 공개하지 않고, 어떻게든 제 손으로 처리하려고 획책하지 않았을까.

요시마쓰 살해는 애초에 신베가 주도했고 도에몬과 규스케는 도왔다고 할까, 휩쓸렸다고 해야 할 처지다. 신베가 가장 나쁘다는 의미가 아니라 신베가 주역이라는 뜻이다.

규스케는 셋 중 가장 작은 역할이었다. 그 규스케가 제일 먼저 죽었다.

이번에도 유미노스케를 앞질러 신노스케가 말했다. "그렇군! 게다가 규스케를 먼저 해치우지 않으면, 요시마쓰의 죽음에 대해 알고 그들을 노리는 자가 있다는 사실을 나머지 두 사람이 눈치챌 염려가 있습니다. 그래서 규스케를 제일 먼저 죽였군요!"

"그 역으로 생각해 볼 수도 있습니다." 마사고로가 천천히 끼어들었다. "신베나 도에몬을 제일 먼저 처리하면 거처가 일정치 않은 규스케는 꼭꼭 숨어 버릴 염려가 있습니다. 그러면 다로는 규스케를 놓치고 맙니다."

헤이시로가 말했다. "하지만 그건 신베와 도에몬이 규스케의 거처를 모른다는 점을 다로가 잘 알고 있는 경우의 얘기지. 지금도 세 사람이 무거운 죄를 짊어지고 결탁해 있다고 믿는다면 신 상이 말한 이유가 더 그럴듯하겠군."

오가는 말에 귀를 기울이고 있던 유미노스케는 사타에의 아름다운 얼굴이 자신을 향해 짓고 있는 미소를 보자 마음이 흔들린 모양이다.

"저어, 다이코쿠야 씨, 가메야 부인. 조금 전부터 제가 드리는 말씀이 실례임은 잘 알고 있습니다만."

"괜찮아요." 사타에는 흔들리지 않는다. 앵돌아질 대로 앵돌아져서 고집스레 고개를 숙이고 있던 오토시가 저도 모르게 눈길을 들고 사타에의 옆얼굴을 넋 놓고 보았을 만큼 울림이 좋은 목소리였다. 이게 이 여자의 원래 목소리인가, 하고 헤이시로도 감탄했다.

"예에, 그래서, 어." 유미노스케도 식은땀을 흘린다.

"감주 좀 마셔라."

유미노스케는 시원한 감주를 벌컥벌컥 들이켰다.

"그럼 여러분, 다로는 규스케를 어떻게 찾아냈으리라고 보세요?"

일동은 말없이 서로를 둘러보았다. 모토미야 거사는 또 졸고 있다. 따라서 유미노스케와 거사, 눈을 가운데로 모으고 있는 짱구를 제외한 나머지 사람들의 눈길이 여기저기서 부딪쳤다. 오토시조차 도에몬과 얼굴을 마주 보았다.

신노스케가 이쪽으로 얼굴을 향하자 헤이시로도 그를 마주 보았다. 사실대로 말하면 처음 만났을 때와 마찬가지로 참 못생긴 얼굴이다.

하지만 헤이시로는 깨달았다. 신 상의 인상이 조금 나아졌다. 이목구비가 아니라 분위기가 변하고 있다.

생각해 보면 신노스케는 이제 막 청년이 된 젊은이다. 완성된 얼굴이 아니다. 아직 변할 여지가 있다.

사건 풀이에 몰두하고 있는 지금, 신노스케의 얼굴은 한층 날카로워졌다고 해도 좋을 만큼 굳어 있었고 눈초리에는 예리함이 있었다. 문득 헤이시로는, 아주 잠깐이기는 했지만 조닌 차림을 하고 이발사 아사지로에게 '멋진 남자'란 말을 들은 것이 좋은 영향을 미치지 않았나, 하고 생각했다.

"제 발로, 걸어 다니다," 신노스케는 신중하게 입을 열었다. "목적지 없이 걷고 또 걷고, 그렇게 돌아다니다 마침내 찾아냈다고밖에는…… 아, 하지만."

기대한 곳이 전혀 없지는 않았을 테죠, 라고 말하는 신노스케의 목소리에는 어느새 힘이 들어갔다.

"규스케는 썩둑이였습니다. 조금 전 다이코쿠야가 얘기한 정도는 아니더라도, 규스케 역시 생업으로 삼은 조제 일에 매달려 있었겠지요. 뛰어난 조제인은 아니었던 모양이지만 그래도 배운 기술이 조제였습니다. 문외한이 아닙니다. 그렇다면 조제 일을 계속하고 있을 거라고 봐도 크게 어긋나지 않을 겁니다. 그리고 썩둑이―조제인이 일할 만한 곳은 뻔합니다. 물론 에도 시중이나 그 근방일 경우에 말입니다만."

자신의 생각을 말로 풀어내 확인해 본 다음, 불쑥 헤이시로에게 묻는다. "이즈쓰 님은 어떻게 보십니까?"

헤이시로는 생각한 바를 그대로 말했다.

"어쩌다 딱 마주쳤다든가."

좌중의 긴장을 우스갯소리로 풀어 줄 의도는 없었으나, 참으로 적절한 대답이었다. 하지만 유미노스케가 손뼉을 짝, 치는 바람에 헤이시로는 흠칫 놀랐다.

"역시 이모부세요!"

역시는 무슨, 헤이시로는 어안이 벙벙했다. "뭐야, 유미노스케. 농담하는 게냐?"

"농담이 아녜요. 저는 규스케 씨와 다로가 우연히 마주칠 가능성이 충분히 있는, 어딘가 좁은 곳에 같이 있었던 게 아닐까 해요."

"좁은 곳?"

"예. 그럼 조금 더 중요한 점을 묻겠습니다."

여러분은―, 하고 유미노스케는 일동을 둘러보았다.

"다로가 과연 누구의 입을 통해서 이십 년 전 요시마쓰 살해 사건을 알게 되었을 거라고 보세요?"

헤이시로는 저도 모르게 눈을 가늘게 떴다. 그렇게 하면 유미노스케의 머릿속에 있는 저울을 읽을 수 있을 듯한 기분이 들었지만, 물론 가망 없는 이야기였다. 하지만 옆에서 신노스케도 같은 표정을 짓고 있음을 알고는 기분이 나아졌다.

"유미노스케 님, 아까의 물음과 이번의 물음은 관련이 있는 거군요?"

"있어요." 유미노스케는 냉큼 대답했다. "더불어 말씀드리자면 아까 마지막 나리가 말씀하신, 다로는 규스케 씨가 계속 썩둑이로 일했을 거라고 짐작했으리란 얘기와도 관계가 있습니다."

"정말 그랬으니까요." 마사고로가 말했다. "떠돌이처럼 거처를 계속 바꾸기는 했습니다만."

"왜일까요?" 뜬구름 잡는 기분으로 도에몬이 물었다. "저는 이상하기만 합니다. 왜 규스케는 한곳에 정착하지 못했을까요? 병들고 쇠약한 몸이었는데……."

나름대로 호의를 베풀어 규스케를 보살펴 준 씩씩한 달변가 의원—우치칸다 다카사고초의 무라타 겐토쿠 의원 곁에서도 결국은 도망쳐 버렸다. 그것도 두 번째였다.

첫 번째 도망쳤을 때는—.

헤이시로는 그런 경위들을 떠올리며 도에몬에게 몸을 틀었다.

"다카사고초의 무라타 의원이었지?"

예, 하고 실눈이 깜빡거린다.

"신베가 독립한 뒤에도 다이코쿠야에 남아 있던 규스케가 도저히 견딜 수 없어서 그만두게 해 달라고 부탁했을 때, 자네가 규스케를 무라타 의원에게 맡겼던 거지?"

"그렇습니다."

"그래서 선대 무라타 선생이 맡아 주었지. 지금 선생은 당시 어렸고. 하지만 규스케는 올해 초에 다시 지금 선생에게 몸을 맡겼다가 금방 도망쳐 버렸네."

헤이시로는 긴 턱을 당기고 말을 이었다.

"그래도, 처음 무라타 선생에게 맡겨졌을 때는 규스케도 십일 년간이나 일했네. 십일 년 내내 무라타 의원 밑에 있었지. 이건 제대로 정착했다는 말이거든. 그런데 십일 년이 지나서 갑자기 그만두게 해 달라고 부탁했어."

규스케의 떠돌이 생활은 그때부터 시작되었을 것이다.

"다이코쿠야, 자네는 어떻게 생각했지? 자네 역시 규스케가 왜 무라타 선생 곁에서 도망쳤는지 신경 쓰였을 텐데? 실제로 자네는 과거의 죄가 켕겨서인지 무라타 의원과 왕래를 끊어 버렸잖은가."

"예, 말씀하신 대로입니다만."

도에몬도 푸르스름하게 부은 턱을 당기며 생각한다. 그러자 신노스케가 조심스레 헛기침을 한 번 하고 나서 입을 열었다.

"실례합니다만, 이즈쓰 나리, 그 말씀은 유미노스케 님의 질문과 어울리지 않는 듯합니다만."

"아니, 괜찮아요." 유미노스케가 말했다. "일단 지금은 다이코쿠야 씨의 대답을 듣기로 하죠."

헤이시로도 긴 턱을 당긴 보람이 있었지만, 도에몬은 그 두툼한 턱을 당기려면 힘이 조금 필요할 듯하다. 그도 힘껏 턱을 당기고 말했다.

"규스케가 도망쳤다는 소식을 들었지만 크게 걱정했던 기억은 없습니다."

"무라타 선생도 그렇게 말하더군. 다이코쿠야가 몰인정하더라고."

"역시…… 제 마음속에…… 규스케하고도, 할 수만 있다면 멀리 떨어져서 서로 얼굴을 보지 않고 살고 싶다는 바람이 있었기 때문이겠지요."

어느 날 규스케가 사라진다. 왜 그랬을까, 하고 의아해하면서도 그를 찾아볼 생각은 들지 않는다. 오히려 마음 한구석에서는 안도한다. 이런 말일까?

"규스케 씨가 무라타 의원 밑에서 도망친 것은 요시마쓰가 살해되고 십삼 년 뒤였지요."

확인하듯이 유미노스케가 말한다. 신노스케가 냉큼 덧붙였다.

"당시 선대 무라타 의원은 규스케가 그해 초부터 조금 이상했다, 어딘지 차분하지 못했다고 하더랍니다."

음, 분명히 그랬지.

"그 이후로 떠돌이처럼 지내 왔단 말인가."

흠칫 놀라듯이 도에몬이 고개를 들었다.

"혹시 그때 규스케가 요시마쓰의 일을 누군가한테 흘린 게 아닐까요!"

"누군가라니, 누구한테?"

진행되는 이야기에 어느새 휩쓸린 탓인지, 앵돌아진 마음을 제쳐 두고 오토시가 끼어들었다.

"그 무라타라는 선생한테 털어놓았다면 아무리 그래도 그냥 소식을 끊지는 않았겠지요."

맞는 말이다. 규스케가 선대 무라타 의원에게 비밀을 털어놓고 지금의 의원은 아무것도 몰랐다 하더라도, 그토록 중대한 비밀을 선대 의원이 그냥 덮어 버렸으리라고는 생각할 수 없다.

그렇게 말한 유미노스케가 빙긋이 웃으며 말했다. "하지만 잘나가는 의원이었으니 다른 사람들도 많았겠죠?"

"그래요, 예, 그렇습니다!" 도에몬이 달려들기라도 할 듯 대답했다. "의원 댁에는 썩둑이도 있고 대맥 선생도 있습니다. 하녀들도 있겠지요. 십일 년이나 일했으면 규스케와 속을 터놓고 지내는 동료도 있었을 테고, 가깝게 지내는 하녀가 있더라도 이상하지 않아요."

그런 '누군가'에게 규스케는 어쩌다 요시마쓰를 죽인 사실을 털어놓고 말았다. 속에 꽁꽁 품고 있던 무거운 짐을 부려 버리고 싶어서 그만 입을 놀리고 말았다. 물론 그 이야기를 들은 상대방도 비밀을 지키겠다고 약속해 주었다.

그때는 좋았다. 하지만 점점 불안해진다. 이자(혹은 이 여자)를 믿어도 될까? 역시 나를 배반하고 의원에게 일러바치지 않을까. 그런 의심이 들기 시작하자 안절부절못하게 되어 결국 도망치고 말았다—.

이렇게 보면 앞뒤가 잘 맞지 않는가.

하지만 헤이시로는 유미노스케가 천천히 고개를 가로젓는 것을 보았다.

"규스케 씨가 누군가에게 스스로 털어놓았다면 말없이 도망쳐 행방을 감추지는 않았겠지요."

"어째서?"

"다이코쿠야 씨와 가메야 씨한테 반드시 알렸을 겁니다. 적어도 다이코쿠야 씨한테는 제일 먼저 상의했을 거예요."

죄송합니다, 정말 죄송합니다, 제가 그만 말을 해 버리고 말았어요!

"그러고 나서 대책을 강구해 달라고 했겠지요. 하지만 규스케 씨는 그렇게 하지 않았어요. 뿐만 아니라 오 년 전 다이코쿠야 씨한테 손을 빌리러 갔을 때도 그런 얘기는 하지 않았습니다."

아, 그런가.

흥분했던 사람이 헤이시로만은 아니었는지, 자리는 다시 쥐 죽은 듯 조용해졌다. 다만 신노스케가 혼자 신음 비슷한 소리를 내고 있다.

유미노스케가 살짝 한숨을 짓고 말한다.

"소심한 사람입니다."

규스케를 두고 하는 말이다.

"세 사람 중에서 규스케 씨가 제일 소심합니다. 요시마쓰를 죽였다는 어두운 죄 때문에 누구보다 깊이 두려워하고 벌벌 떤 사람입니다. 사건이 일어났을 때 제일 어렸던 탓도 있겠죠. 여하튼 스스로 털어놓았을 가능성은 없다고 봅니다."

헤이시로는 도에몬을 쳐다보았다. 그 역시 소리는 내지 않았지만 신음하는 듯한 표정이다.

"그럼 왜 도망쳤지? 불안해서인가?"

유미노스케는 미소를 지었다. "용서하세요, 이모부. 그럼 이쯤에서 저와 짱구가 들고 있는 패를 보여 드리겠습니다.”

그 말이 나오자 짱구가 일단 가운데로 모으고 있던 눈을 풀었다. 유미노스케와 마주 보며 서로 고개를 끄덕인다.

“규스케 씨가 십일 년간 지냈던 무라타 선생 밑에서 갑자기 도망친 데는 뭔가 전혀 다른 이유가 있었을지도 모른다고 생각해 봤습니다. 물론 전혀 다른 이유라고 해도 요시마쓰를 죽인 일과 관계가 없다는 말은 아닙니다. 다만 사건을 폭로했다든가 자백했다든가, 그런 쪽은 아닙니다.”

“그렇다면?” 신노스케가 몸을 앞으로 기울인다.

유미노스케가 짱구에게 눈짓을 보낸다. 짱구가 자세를 바로 했다.

“규스케 씨가 무라타 선생 밑에서 도망치기 한 해 전, 연말에 있었던 일입니다.”

헤이시로도 몸을 앞으로 기울였다. “오, 뭐 알아낸 게 있냐, 너희?”

“짱구가 기억하고 있던 일 중에서 건졌습니다.”

짱구의 두 눈동자가 가운데로 쏠린다. 기억을 찾아내서 암송하기 위한 준비 자세다.

“우치칸다 다카사고초에 있는,”

“무라타 의원이 사는 동네로군!”

“예, 그렇습니다. 하지만 마지마 나리, 잠깐만요. 짱구는 말하는 도중에 누가 끼어들면 맨 처음부터 다시 시작해야 하거든요.”

“아, 미안합니다, 미안.”

짱구의 눈동자가 살짝 흔들렸다. 목젖이 꿀꺽, 하고 울린다.

"우치칸다 다카사고초의 하시다야라는 요릿집에서 기숙하며 일하던 남자가 체포되었습니다. 그때 나이 서른다섯, 얼굴에 커다란 화상 자국이 있었는데, 본인은 어린 시절 화재를 겪은 탓이라고 말했지만 거짓이었습니다."

남자는 십사 년 전에 당시 살고 있던 나가야의 관리인을 죽였다. 집세가 밀렸다고 호되게 욕을 들었는데, 심한 욕설을 듣자 화가 치밀어 그만 주먹질을 하고 말았다. 관리인은 쿵 하고 쓰러져 목뼈가 부러져 죽었다.

겁에 질린 남자는 즉시 도망쳐 십사 년간을 숨어 살았다. 얼굴의 화상 흉터도 인상을 바꾸려고 스스로 펄펄 끓는 물을 끼얹어서 만든 것이다.

"관리인을 죽이다니……."

오토시가 숨을 죽이고 중얼거렸다. 그녀에게는 적어도 남의 일이 아니다.

"거처를 바꾸고 직업을 바꾸고 한곳에 정착하지도 않았습니다. 하지만 시중에서 나고 자란 사람이라 에도를 멀리 벗어나면 당장 생계가 막힙니다. 위태로운 줄타기였습니다. 그래도 교묘하게 숨어 다닐 수 있었습니다. 그러나 이 요릿집에서는,"

삼 년간이나 일했다. 이제 완전히 잊혔을까, 아니면 조금 더 숨어 살아야 하나, 하며 긴장이 제법 풀어져 있었다고 나중에 남자는 자백했다.

"그 사건이 마지마 나리가 말씀했듯이 규스케 씨가 기숙하며 일하던 무라타 선생 댁 가까이서 일어났습니다."

남자는 십사 년이나 숨어 살았다. 마음을 독하게 먹고 얼굴까지 바꾸었다. 그래도 끝내 피하지 못하고 오라를 받았다. 세입자가 관리인을 죽였다면 대죄에 해당한다. 참수를 면키 힘들다.

"규스케 씨는 견딜 수 없을 만큼 두려웠겠죠."

자신은 십일 년간이나 한곳에서 살았다. 숨을 죽이고 조용히 살아왔다. 마침 규스케도 이제는 괜찮지 않을까, 하고 긴장이 풀리려던 참이었다.

"그러나 그 남자의 경우는, 관리인 살해 사건을 알고 있는 사람들이 많았으니, 십사 년이 지나서도, 오, 저놈이 바로 그놈이군, 하고 알아본 사람이 있어서 체포되었겠죠?"

신노스케는 미간에 주름을 짓고 있다. 짱구와 유미노스케가 나란히 고개를 끄덕인다.

"그렇다면 규스케하고는 사정이 많이 다르군요. 요시마쓰를 죽인 것은 세 사람만의 비밀이었어. 욕조에 빠져 익사한 것으로 마무리되었고—."

한숨을 짓고 나서 헤이시로는 말했다. "오세쓰가 있잖나."

신노스케의 미간이 펴지며 입이 조금 벌어졌다. 아, 그렇군요, 하며 맥 빠진 소리를 흘린다.

"오세쓰가 나타나, 당신이 바로 옛날의 그 썩둑이지, 하고 지목하면 그걸로 끝장이지."

"그러나 오세쓰가 규스케를 알아볼 수 있을까요?"

"그야 모르지. 모르지만, 알아보지 못한다는 쪽에 걸었다가 막상 알아보면 어떻게 되지?"

당시 규스케는 오세쓰와 아기의 운명을 알 길이 없었다. 오세쓰에게 쫓기고 있다─그런 위기감에 쫓기지 않을 수 없었다.

"다이코쿠야 씨와 가메야 씨는 약방 때문에 쉽게 도망칠 수도 없는 처지였습니다. 당시 신베 씨는 이미 큰 항아리 덕분에 가메야를 잘 키워 가고 있었으니까요. 다이코쿠야 씨와 마찬가지로 약방을 짊어지고 있었어요."

하지만 규스케는 속 편한 홀몸이다. 뜨려고 마음만 먹으면 언제든 뜰 수 있는 새였다.

그래서 날아올랐다. 어디 정착할 데도 없는 하루살이 처지가 되더라도 당장 눈앞에서 벌어진 요릿집 사내와 같은 운명을 피하려면 그러는 수밖에 없었다. 그리하여 내내 도망 다니며 살았다. 규스케는 도에몬이나 신베처럼 오세쓰가 나타나면 그때 가서 어떻게든 대처하자는, 어떤 의미에서는 마음을 비운 생활, 돌이킬 수 없는 사건에서 머리와 마음을 멀리 떼어 놓은 생활을 할 수 없었다. 아니, 그럴 수 없게 되었다.

시간이 아무리 흘러도 안심할 수 없다. 규스케는 그것을 뼈저리게 느끼고 말았다.

"죄인이 오라를 받고 끌려가는 광경이 관계없는 구경꾼들한테는 좋은 구경거리겠지만."

마사고로는 가만히 말했다.

"뒤가 켕기는 자에게는 차마 똑바로 쳐다볼 수 없는 무서운 풍경이었을 겁니다."

갑자기 에취, 하는 소리가 났다. 모토미야 겐에몬이 재채기를 한 것이다. 유미노스케가 얼른 품에서 휴지를 꺼내서 내밀었다.

"얘기가 갑갑하게 맴도는군."

거사는 그렇게 중얼거리고 태연하게 코를 팽 풀었다. 잔소리를 들은 유미노스케는 고개를 꾸뻑 숙였다.

"예, 거사님. 하지만 이제 구구하게 돌던 이야기가 제자리로 돌아왔습니다."

규스케는 요시마쓰를 죽였다는 사실을 누설하지는 않았다.

냉정하게 말하자면 그럴 만한 인물이 못 되었다. 도망치고 숨고, 도에몬의 말을 빌리자면 잊은 척을 계속하기도 힘겨웠을 것이다.

그럼, 다이코쿠야가?

"다, 당치도 않습니다."

일동의 눈길이 쏠리자 도에몬은 몸을 뒤로 물렸다.

"제가 왜 말하겠습니까. 처한테도 말 못합니다. 잠꼬대를 할까 봐 무서워서 각방까지 해 왔는데."

그렇다면 범인 다로는 대체 누구한테서 요시마쓰를 살해한 이야기를 들었을까.

"남은 이는 한 사람."

유미노스케의 목소리가 울렸다.

"가메야 신베 씨가 누군가에게 요시마쓰를 죽였단 사실을 털어놓았습니다. 이것은 그냥 추측이 아닙니다."

물러나 있던 도에몬은 그대로 벌렁 자빠질 뻔했다. 오토시도 깜짝 놀라 입을 맥없이 벌린다.

"신베 씨가?"

꺽꺽거리는 목소리가 채 사라지기도 전에 사타에가 시원스럽게 대답했다.

"그렇습니다."

"신베 씨가? 우리한테는 아무 말도 못하게 했는데."

도에몬은 혼비백산한 자세 그대로 당장이라도 거품을 뿜을 태세였다.

"이런 비밀은 누가 냄새를 맡아서가 아니라 본인이 떠벌리는 탓에 새어 나간다, 대개 그런 법이다, 그러니 입에 빗장을 질러 두라고 그렇게 단단히 말하더니."

배반당했다고 느꼈는지 비난하는 말투로 변했다. 사타에가 "죄송합니다" 하고 머리를 숙이더니 자세를 가다듬고 유미노스케를 쳐다보았다.

"지금부터는 잠시 제가 말씀을 드릴까 합니다. 그러라고 저를 부르셨을 테니까요."

"결코 그것 때문만은 아닙니다, 부인."

유미노스케는 사타에의 시선을 견뎌내면서, 이번에는 간신히 부끄러움에 짓눌리지 않고 대답했다. 사타에는 미소를 머금고 일동을 둘러보았다.

"다시 말씀드리지만 저는 가메야 신베의 후처입니다. 그이의 처로 들어온 것이 오 년 전 여름이었습니다."

사타에의 말투가 매우 정중해졌다. 격식을 차린다기보다 앞으로 말하려는 내용이 중대하기 때문에 자신을 먼저 단속하는 듯했다.

"그, 그러고 보니 당시 규스케가 손을 벌리러 왔을 때, 신 상이 후처를 들이기로 했다고 이야기한 기억이 납니다."

"다이코쿠야 씨는 알고 계셨군요."

"예, 신 상한테 들었고, 다른 약방 주인들 사이에도 소문이 돌았지요. 전처를 여의고 홀아비로 지내던 가메야 신베가 갑자기 미녀 후처를 맞게 되었다고."

그 이야기를 들은 규스케는 부러워하거나 노여워하지도 않고, 신베 씨는 여전히 배짱이 두둑하군요, 라고 말하더란다.

"그 말투가 너무 맥없어서, 이제 십오 년이나 지났으니 자네도 좋은 여자를 만나서 살림이라도 차리면 좋지 않겠냐고 말해 주었습니다. 규스케는 고개를 숙인 채 대답이 없었습니다만."

그러자 어떤 단어가 헤이시로의 머리에 반짝 떠올랐다. 저주. 요시마쓰를 살해한 일은, 신베와 도에몬에게는 지난날의 죄였다. 하지만 규스케한테는 저주였을 따름이다. 죄에서는 도망친 모양이지만 저주에서는 도망칠 길이 없었다. 세월이 흘러 죄의 색이 바래도 저주의 공포는 가벼워지지 않는다.

규스케는 생각했으리라. 설사 도망 다니는 생활을 청산하고 도에몬이 권하는 길을 택한다 해도 머지않아 저주가 내릴 거라고. 저주는 그런 것이라고.

"전남편은 구리하시 분조라는 의원이었습니다. 저는 전남편이 죽고 석 달도 지나지 않아서 신베 씨의 후처로 들어갔습니다. 이후 가메야에 불화를 만들고 말았지만, 제가 남편의 탈상도 하기 전에 신베의 후처로 들어간 것도 실은 이 이야기와 관계가 있습니다."

사타에의 말투에 변명이나 자조하려는 기미는 전혀 없었지만 이야기를 듣는 오토시는 뜻밖이라는 듯이 눈을 크게 떴다. 눈길이 헤이시로와 부딪치자 바늘에 찔린 듯이 몸을 움츠린다. 그도 그럴 것이 오토시는 사타에가 구리하시 의원에서 신베로 냉큼 갈아탄 일을 두고 내내 비난해 왔기 때문이다.

사타에는 담담하게 말을 이었다. "두 사람 다 제 전남편이었으니 지금부터는 편의상 이름으로만 부르겠습니다. 구리하시와 신베는 친한 사이였습니다."

신베는 그 큰 항아리의 영험한 힘으로 재산을 크게 늘리고 지금의 터로 약방을 옮겼다. 십이 년 전 일이다. 구리하시 부부와는 그때부터 이웃이었다.

"약방이 이웃으로 이사 오기 전부터 가메야와는 약방과 의원으로서 교류가 있었습니다. 이웃이 되고부터 더 친해졌지요."

그렇지만 늘 붙어 다니거나 유곽 같은 곳에서 요란하게 놀아날 만큼 막역한 사이는 아니었다. 가메야는 구리하시가 거래하는 약방으로서 늘 한 발자국 뒤에서 구리하시를 존중해 주었다. 이웃인 만큼 선을 넘는 행동을 하면 점원들한테도 금방 알려진다. 그렇게 되면 생각이 깊지 못한 점원 중에 구리하시 의원을 무시하는 자도 나올 수 있으므로 항상 조심했다고 한다.

하지만 술 좋아하는 구리하시 의원은 피차 바쁜 처지이면서도 종종 신베와 술잔을 나누길 좋아했다. 또 그럴 때는 늘 신베가 구리하시의 집을 방문했다. 물론 빈손으로 가지는 않았다. 고급스러운 제철 안주를 사 들고 갔다.

"그렇게 인사를 차리는 반듯한 모습에 당시 구리하시와 저는 신베가 매우 고지식한 사람이라고 말하곤 했습니다. 구리하시는 집안의 엄격한 가풍이 싫어서 뛰쳐나온 사람으로, 매사 호탕한 데가 있었습니다. 그래서 신베의 신중한 모습, 자신에게 엄격한 모습, 결코 평안함이나 즐거움을 좇지 않는 모습에 깊이 끌렸으리라고 생각합니다."

신베 역시 술은 강했지만 아무리 권해도 늘 어느 선에서 딱 잔을 엎어 놓았다고 한다.

"구리하시는 그 모습이 의아해서, 아직 취하지도 않았잖나, 만취를 무서워할 소심한 사람도 아니고—하고 웃는 낯으로 강권한 적도 여러 번 있었습니다. 그래도 신베는 따르지 않았습니다."

구리하시 의원은 장난처럼 말했겠지만, 신베로서는 정곡을 찔린 심정이었으리라. 만취하는 게 무섭다. 취해서 이성을 잃으면 제 아무리 가메야 신베라도 함부로 입을 놀릴 수 있다.

"도신 나리들이나 행수님이나 유미노스케 님도 이미 아시겠지만, 구리하시는 말술을 마시던 사람이었습니다. 취해서 주사를 부리는 일은 없었지만, 도랑 덮개를 쪼개 놓거나 길가에 쓰러져 잠드는 등 부끄러운 일들이 많았습니다."

사타에는 문득 오토시에게 눈길을 돌리고 말했다.

"오토시 씨도 아실 겁니다. 돌아가신 부군께도 몇 번인가 폐를 끼친 적이 있으니까요."

사타에의 시선에 부끄러워하는 기미가 없어 오히려 오토시 쪽이 당황하고 있다.

"아뇨, 남편이나 저는 별로—."

"흔히 도랑 덮개 의원이라는 별명으로 불렸습니다." 사타에는 그렇게 말하고 추억이 아련한 듯이 웃었다. "본인도 그 별명을 알고 있었고 재미있어했습니다."

사타에도 그런 남편을 방치하지는 않았다. 무엇보다 건강에 좋지 않다고 누차 잔소리를 했다. 구리하시도 그럴 때는 얌전히 수긍했다. 하지만 막상 술자리에 가면 자제하지 못했다. 술을 마시고 소란스럽게 떠들거나 시비를 거는 지경까지는 아니었다. 그저 즐겁게 마시다 조금 과해져서 자기가 지금 어디 있는지 알 수 없게 된다거나 아무 데나 쓰러져 자 버린다거나 넘어지는 정도였다. 남에게 큰 해를 끼치는 음주는 아니므로 주변 사람들도 질색하지는 않았다.

"신베도 구리하시의 술버릇은 잘 알고 있었습니다. 술맛 떨어지게 하는 약이 있으면 지어 드리고 싶다고 말한 적도 있습니다."

가능하면 남편이 밖에서 마시지 않도록 사타에는 신경을 썼다. 그런데도 밤새 소식이 없던 구리하시 의원이 새벽이 되어 숙취에다 이마에 혹까지 달고 진흙투성이로 귀가하면, 사타에는 어이가 없어 웃거나 잔소리를 하거나 걱정했다고 한다.

"젊을 때는 그래도 괜찮아요."

이미 죽은 남편에게 건네는 듯한 말투가 된다.

"나이를 먹으면 이제 이마에 혹이 나는 정도로 끝나지 않게 됩니다. 구리하시도 알았네, 알았네, 하고 대답하기는 했습니다."

그것은 빈말이 아니었다. 자신도 절실하게 느끼고 있었기 때문인지, 어느 날 저녁 신베가 구리하시의 집에 와서 한잔 기울이고 있을 때 구리하시 의원이 이런 말을 꺼냈다고 한다.

—이제 가메야는 훌륭한 약방이 되었어. 자네는 실력 있는 썩둑이

일 뿐만 아니라 큰 상인이 된 거야. 게다가 이문만 좇는 상인이 아니야. 세상에 보탬이 되려는 생각도 하고 있잖나.

이것은—하고 사타에는 말을 계속했다. "신베가 종종 돈 없는 사람에게 약값을 깎아 주거나 슬쩍 외상으로 약을 내주는 일을 두고 하는 말이었습니다. 그런 일은 널리 소문이 나면 도리어 좋지 않으므로 신베는 그런 손님에게 함구하도록 부탁했다고 하지만, 구리하시는 알고 있었습니다."

"저도 알고 있었어요." 오토시가 끼어들었다. "제 남편도요. 관리인은 그런 일에 환하게 마련입니다. 그러므로 여기 계신 나리께도 일전에 말씀드렸습니다."

헤이시로는 간단히 음, 하고 대답하며 사타에에게 웃음을 지어 보였다. "너무 소문이 나면 다른 약방들이 불편해질 수도 있겠지."

"예, 그래서 비밀로 하고 있었습니다만."

사타에는 눈을 살짝 크게 뜨고 오토시의 얼굴을 찬찬히 쳐다보았다. 오토시는 사타에를 외면하고 있다.

"아셨나요? 그럼 신베가 왜 그렇게 했는지 이상하다고 여기지 않았어요?"

오토시는 그제야 사타에 쪽으로 눈길을 돌렸다. "그때는 원래 그런 인품이겠거니, 참 고마운 일이라고 생각했을 뿐입니다. 하지만 이번에 과거 사건에 대해 들으며, 아아, 그게 속죄를 하려는 의미였구나, 하고 납득했습니다."

사타에는 오토시의 눈을 보며 고개를 끄덕이고 살짝 고개를 숙였다. 그러다 다시 고개를 끄덕이고 입을 열었다.

"구리하시도 신베는 부처님 같은 상인이라고 말했습니다. 많이 취해 있어서 거반 농담처럼 들리기는 했습니다만."

그때 그렇게 농담처럼 말하다,

─이보게, 신베. 덕이 높은 대상인에게 부탁이 하나 있네.

망부亡夫의 말을 떠올리며 사타에는 한 손을 가슴에 댔다.

─여기 사타에는 당신도 잘 아는 바와 같이 병약한 사람이네. 우리 내외는 자식도 없으니 사타에가 기댈 사람은 이 넓은 에도 땅에 나 하나밖에 없어. 한데 이 몸이 칠칠치 못한 술꾼이라 이 사람한테 늘 걱정만 끼치고 있지. 비뚤어지게 마시고 비틀거리다가 번번이 도랑 덮개를 쪼개 놓는다고 도랑 덮개 선생이란 별명까지 얻었네.

─그래도 나는 도저히 술을 끊지는 못하겠어. 그것만은 안 되더군. 앞으로 술 때문에 천수를 누리기 힘들게 생겼네. 나야 괜찮지. 자업자득이니까. 하지만 혼자 남을 이 사람이 불쌍해.

─이보게, 신베. 당신을 믿고 부탁하겠네. 혹시 나한테 무슨 일이 생기거든 사타에를 부탁함세. 이 사람은 용모도 곱고 좋은 아내야. 결코 당신한테 폐가 되진 않을 거라고 보는데, 내 부탁을 들어주겠나?

사타에의 목소리가 남긴 잔향 속에서 헤이시로는 유미노스케를 쳐다보았다.

아니나 다를까 사타에를 멍하니 쳐다보고 있다. 내가 신베였다면 그 자리에서 두말없이 그리하겠다고 했을 텐데─라고 생각하고 있는 건 아닐까. 다시 볼이 빨갛다.

네 취향은 알겠다만 어머니뻘 되는 사람이다, 이놈아.

"에헴!" 신노스케가 짐짓 헛기침을 했다. 그도 역시 쑥스러운 것이다. "그래서, 신베가 승낙한 건가?"

"아, 아닙니다." 사타에한테도 쑥스러움이 번진다. "술자리에서 나온 농담이고, 또 무엇보다 그때 제가 그 자리에 있었습니다. 해괴한 소리 하지 말라고 구리하시를 나무랐습니다. 신베도 당황했고……."

구리하시 의원은 물러서지 않았다. 부디 그렇게 해 달라. 승낙한다고 말해라. 이런 부탁을 거절하다니, 남자답지 못하지 않은가. 주사도 없으면서 이때만은 이상할 정도로 집요하게 굴어서 사타에도 어이가 없었다고 한다.

마침내 신베가 졌다. 선생에게 불의의 사태가 생기면 이 가메야 신베가 부인께서 편안히 지내실 수 있도록 성심껏 돕겠다고 약속하겠습니다, 그러니 그런 걱정일랑 마십시오, 하면서.

—고맙네. 그럼 잘 부탁하네.

구리하시 의원은 이내 만취하여 잠들어 버렸다고 한다.

가메야로 돌아가는 신베에게 사타에가 엎드려 사죄했다. 오늘 남부끄러운 모습을 보여 드려서 정말 면목이 없습니다.

"술 때문에 나온 말이니 부디 용서해 주십시오. 오늘 일로 마음 상하지 마시고 부디 또 놀러 오십시오, 하고 말씀드렸습니다."

그러자 신베는 진지한 얼굴로 물었다.

—혹시 선생 건강에 무슨 문제라도 있습니까?

문제는 없지만 술을 많이 마시면 몸을 가누지 못하고 아무 데나 쓰러져 자거나 여기저기 다치는 일이 계속되고 있어서 소심해진 탓입니다, 술을 삼가면 해결될 일을, 하며 사타에는 웃는 낯으로 다시 사과했다고 한다.

신베는 돌아갔다. 그걸로 농담 같은 대화는 없었던 일이 되었다고 사타에는 생각했다. 구리하시 의원도 이튿날 깨어났을 때 간밤의 일을 끄집어내지는 않았다. 머리가 깨질 듯이 아프다고 끙끙거리며 평소처럼 여러 병자들을 진료하기 위해 돌아다녔다.

그런데 그로부터 사오일 뒤.

"밤도 꽤 깊은 시각에 신베가 다시 찾아왔습니다."

신베는 사타에가 그때까지 본 적이 없는 진지한 얼굴이었다. 안 줏거리를 들고 온 것도 아니었다. 오늘 밤은 선생과 맨정신으로 이야기를 해야겠습니다, 부디 자리를 마련해 주십시오, 하고 처음부터 정중하게 고개를 숙였다.

"야심한 시각이라 하녀들도 물러간 상태였습니다. 남편이나 저나 잠자리에 들 시간이었죠. 급한 환자라도 왔나 싶었는데 신베여서, 구리하시도 놀랐습니다."

신베는 무례한 방문을 재차 사과하며 이렇게 고하더란다.

—대낮에는 물론이고, 평소에 선생 내외분과 세상 사는 이야기를 안주 삼아 즐겁게 술잔을 기울이면서는 감히 말씀드릴 수 없는 이야기를, 오늘 이 가메야 신베가 가지고 왔습니다.

구리하시 의원과 사타에는 신베의 됨됨이를 잘 알고 있었다. 예삿일이 아니라고 짐작하고 즉시 그를 객실로 안내했다.

그러자 신베가 입을 열었다.

—무례한 말씀을 부디 용서해 주십시오. 일전에 선생께서 저의

장사하는 모습을 칭찬해 주시면서 제게 한 가지 부탁을 하셨습니다. 그건 선생의 진심입니까?

신베의 목소리를 돌이키던 사타에는 가슴께에서 양손을 꼭 쥐고 있었다. 간절하게 매달리는 듯한 필사적인 빛이, 길게 째진 사타에의 눈에 감돌고 있다. 당시의 신베는 아마 그런 눈빛을 하고 있었으리라.

구리하시 의원은 신베가 무슨 말을 하는지 금방 알아들었다. 조금 당황한 듯했지만, 그것은 신베의 심상치 않은 표정에 불안을 느꼈기 때문이지 그가 신베에게 했던 말이 거짓이나 농담이었기 때문은 아니다.

"남편은 물론 술 때문에 입이 가벼워졌다고는 해도 일전에 내가 당신한테 한 말은 다 진심이고, 그동안 생각해 온 바를 솔직히 말했다고 했습니다."

신베는 아무 말이 없었다. 그는 덩치가 크고 골격이 굵은 남자였다. 하지만 그 몸을 접어 버리기라도 한 듯, 혹은 꽁꽁 묶어 놓기라도 한 듯 힘주어 뒤틀고 앉아 괴로워 보일 정도로 몸을 웅크리고 있었다.

다시 얼굴을 쳐들었을 때 신베는 손가락으로 톡 치면 팡 터져 날아가 버릴 듯이 팽팽하게 긴장해 있었다. 등롱의 불빛이 밝힌 원 안에서 사타에는 그제야 알아차렸다.

"며칠 사이 신베의 얼굴이 많이 수척해져 있었습니다. 일전의 술자리 뒤로 밤에 잠도 잘 이루지 못했다는 것을 짐작할 수 있었습니다."

—이런 자를 선생은 부처님 같다고 칭송해 주셨습니다. 뿐만 아니라 선생에게 불의의 변고가 있을 때, 부인을 부탁한다고까지 하셨습니다. 그렇게까지 믿어 주시니 이 가메야 신베, 이 몸의 본색을 계속 감추며 살 수가 없게 되었습니다. 선생과 부인께 말씀드리지 않을 수 없게 되었습니다.

—저는, 사람을 죽였습니다.

요시마쓰 살해 건은 이렇게 신베의 입을 통해 흘러나왔다.

"구리하시나 저나 처음에는 그저 놀랐을 뿐 한마디도 하지 못했습니다. 그래도 구리하시는 곧 정신을 가다듬고, 생각이 너무 많아 오히려 할 말을 하지 못하고 초조해하는 신베를 격려하기도 하고 채근하기도 하면서 그간의 사정을 다 이야기하게 했습니다."

신베가 고백을 마치기까지는 반 각이 걸렸다. 다 듣고 난 구리하시 의원이 그에게 물었다.

—당신은 후회하고 있군.

신베는 고개를 끄덕였다.

—조금이라도 죄를 갚고 싶어서 가난한 이들을 도왔던 거고.

신베는 다시 고개를 끄덕이며 눈물을 뚝뚝 흘렸다.

"신베가 우는 모습을 본 것은 그 전에나 그 후로나 이때뿐이었습니다."

잘 알았네, 하고 구리하시 의원은 말했다. 어려운 이야기인데 용케 털어놓았군. 지금까지 얼마나 마음이 무거웠겠나.

"구리하시는 저에게, 그 이야기는 앞으로 우리 세 사람만의 비밀로 하자고 했습니다. 더불어 비록 오래전에 사람을 해치기는 했지만 지금의 가메야 신베를 신뢰한다고도 했습니다."

혈기왕성하고 분별이 부족한 시절에 처음부터 배포가 맞지 않던 요시마쓰와 언쟁하던 중, 비유가 적절한지는 모르겠지만 마른하늘에 날벼락처럼 벌어진 일이다. 목욕탕에서 요시마쓰와 마주치지만 않았어도 음모는 그저 음모로 끝났을 터이다.

"물론 살인은 크나큰 죄다, 그러니 당신은 앞으로도 계속 죄 갚음을 해야 한다, 그러나 나는 당신을 심판하지도 관에 고발하지도 않을 거라고 구리하시는 단언했습니다."

그러고 나서 사타에한테도, 아마 신베에게도 더욱 뜻밖이었을 질문을 던졌다.

—신베, 당신은 왜 요시마쓰가 개발한 약을 팔지 않지?

만들어 팔아야 마땅하다고 구리하시 의원은 말했다.

—그 약은 가려움증으로 고통받는 수많은 사람들을 도울 수 있네. 더 훌륭한 죄 갚음이 될 거야. 계속 묻어 둔다면 요시마쓰의 조제법까지 죽여 버리는 셈이 되네.

—그 약으로 돈을 벌고 싶은 마음이 없다면 싸게 팔면 되지. 아니면 늘어난 수입으로 더 많은 빈민을 도우면 되고.

—세월이 이만큼 흘렀으니 이제 그 조제법을 공개해도 요시마쓰의 원수를 갚겠다고 당신을 찾아올 자가 있을 성싶지는 않네. 당신은 과거를 두려워하지만 말고 요시마쓰가 남긴 걸 살리는 길도 고민해야 하지 않겠나.

헤이시로는 그 말도 타당하다고 생각한다. 그것도 충분히 고민해 봐야 할 일이다.

가메야나 다이코쿠야가 요시마쓰의 조제법을 이용한 신약을 시판하지 못했던 까닭은 그 신약이야말로 요시마쓰를 살해했다는, 유일한 증거다운 증거이기 때문이다. 오세쓰나 그 아들이 나타나, 이 약은 요시마쓰가 고안한 것임을 이미 들어서 알고 있다, 가메야와 다이코쿠야는 요시마쓰를 죽이고 조제법을 훔쳤다, 라고 주장하면 매우 곤란한 상황에 처하게 된다. 훔쳤다 아니다 하는 논쟁으로 그칠 뿐이라면 부자에다가 세간에도 잘 알려진 신베나 도에몬이 더 유리해 보이지만, 체면을 생각하면 오히려 이들에게 더 불리하다. 오세쓰 쪽에서는 잃을 게 없기 때문이다.

그래도 구리하시 의원은 약을 만들어 팔라고 말했다. 이제 누구한테 추궁당할 일은 없다, 라는 구리하시의 말은 확신할 수 없는 공수표 같은 것이다. 그의 진의는 추궁당하고 궁지에 몰릴지 모르지만 그걸 감수하고라도 요시마쓰의 약을 만들라는 의미다. 그렇게 해서 죄를 갚으라는 말이다.

헤이시로는 처음 왕진고에 관해 들었을 때, 이 약이 좀 더 빨리 나왔다면 오토쿠의 죽은 남편 가키치가 얼마나 편했을까, 하고 생각했다. 어차피 끝날 목숨이라도 가키치의 욕창을 고쳐 줄 수 있었다면 오토쿠가 얼마나 기뻐했을까.

"구리하시가 그렇게 설득할 때 신베는 다다미에 엎드려 울고 있었습니다. 지금도 그때의 모습이 제 머릿속에 새겨져 있습니다."

사타에의 말이 끊기자 좌중이 고요해진 사이, 다시 모토미야 겐에몬의 재채기가 튀어나왔다.

"에이취!"

사타에는 눈에 뜨일 정도로 소스라치게 놀랐다. 그 모습이 마치 귀신 들린 무녀 같았지만 이내 제 모습으로 돌아왔다. 이마에 땀이 송골송골 맺혀 있다. 얼굴도 파리한 정도를 지나 새하얗게 변해 있다.

일동도 역시 잠에서 깨어난 듯 눈만 껌뻑거리고 있다. 저 거사란 양반, 다 듣고 있다가 일부러 재채기를 한 게 아닐까, 하며 헤이시로는 새어 나오려는 웃음을 어금니를 꽉 깨물고 참았다.

"한 가지 중요한 질문을 해야겠군─아니, 잠깐 쉬고 나서 얘기하는 게 좋을까."

신노스케가 담담하게 말하며 주전자로 서툴게 손을 뻗었다. 그제야 눈을 제자리로 돌린 짱구가 조금 가쁘게 숨을 쉬면서 거들었다.

"그 대화가 있었던 건 언제지?"

사타에는 자기 수건으로 땀을 찍어내면서도 자세를 바로잡고 답했다.

"구리하시가 죽기 열 달쯤 전이니 대략 육 년 정도 지났겠네요."

그렇게 대답하고 부지런히 거드는 짱구에게 살짝 웃음을 지어 보인다. "고마워요."

"수, 수건을 찬물에 적셔 올까요?"

"아니, 이대로 괜찮아요."

가만 보니 유미노스케도 거들고 싶은지 엉거주춤 엉덩이를 쳐들고 있다. 어허, 어머니뻘 되는 아주머니라니까.

"신베 씨는 구리하시 선생이 설득했음에도 왕진고를 곧장 만들지는 않았군요."

마사고로가 묻고 나서, 옆으로 돌아온 쨩구에게 뭐라고 귀엣말을 했다. 쨩구는 얼른 맹장지를 열고 복도로 고개를 내밀어, 오토쿠 아주머니, 아주머니, 하고 조심스레 불렀다.

오토쿠의 발소리가 다가온다. 에구, 마침 다 익으니까 부르네, 하는 목소리가 들린다. 곧 쨩구가 커다란 접시를 두 손으로 들고 돌아왔다. 김이 모락모락 오르는 만주가 수북이 쌓여 있다.

"와아, 벌써 찌고 계셨군요."

큰 접시 가장자리에는 소접시를 대신할 종이들이 절반으로 접힌 채 꽂혀 있다. 오토쿠는 빈틈이 없다. 쨩구가 일동에게 만주를 나눠 주기 시작하자, "저번에 왔을 때도 맛난 과자를 얻어먹었죠" 하고 도에몬이 차분하게 말했다.

"그 단맛은 잊을 수가 없었습니다. 배뿐만 아니라 마음까지 불러오고 기운이 솟더군요. 사양 말고 드세요, 부인. 이야기가 아직 많이 남았을 테니까."

향긋한 만주 냄새가 피어오르는 가운데 사타에는 마사고로 쪽으로 몸을 돌렸다. "예, 역시 구리하시도 설득은 해 보았지만 금방 시판하기는 어렵겠다고 했습니다."

또 구리하시 의원은,

—엄청난 얘기를 들었군. 나도 섣불리 죽을 수 없게 생겼네.

사타에에게 그렇게 말했다고 한다.

"신베의 인품을 믿을 수 없게 되었다는 뜻이 아닙니다. 이렇게 되었으니 저를 신베에게 맡기는 일은 너무 무리한 부탁이구나, 하고 짐작했던 겁니다."

"음, 그렇겠지." 헤이시로는 만주를 꿀꺽 삼키고 나서 말했다. "하지만 열 달 뒤 구리하시 선생이—."

만취한 채 수로로 추락하여 익사하고 말았다.

사타에의 얼굴이 금세 흐려졌다. "그렇습니다. 운명의 장난이라고밖에 할 수 없겠지요. 구리하시는 신베의 고백을 들은 뒤 술을 삼가게 되었으니까요."

"그래? 술을 끊었단 말인가?"

"예. 그런데 그날 밤에는 친한 의원들이 모인다고 해서 차마 거절하지 못하고 만나러 나갔습니다. 과음하지 않기로 저하고도 단단히 약속하고요."

그때까지 말술을 마시던 사람이지만 지난 열 달 동안은 자제하고 있었다. 그러다가 오래간만에 술을 마시니 양을 줄였다고는 해도 몸에 잘 받았다.

그래서 술기운이 돌고 말았다. 헤이시로는 혀를 차고 싶은 심정이었다. 참으로 딱한 일이로군.

"많이 놀라셨겠군요." 유미노스케가 불쑥 말했다. "얼마나 마음이 아프셨겠어요."

사타에는 손바닥으로 만주를 감싸 그 온기를 느끼고 있다. 그러다가 작은 소리로 말했다.

"무슨 구실을 대서라도 말려야 했어요. 아니면 제가 따라갔어야 한다고 지금도 생각하곤 합니다."

숙연한 대화였는데도 유미노스케는 감히 이렇게 물었다. "그때 티끌만큼이라도 의심하지는 않으셨나요? 신베 씨가 과거에 저지른 살인을 고백하고 후회해서 구리하시 선생을 해치지 않았나 하는."

괜한 소리를 하는군. 하지만 이 아이는 머리가 이렇게 생겨 먹었는데 어떡하겠는가.

"미안하군." 헤이시로가 사타에에게 대신 사과했다. "대답하기가 거북하겠지."

뜻밖에 사타에는 미소를 지었다. 유미노스케를 보며 고개를 저었다. "아뇨, 도련님. 티끌만큼도 의심하지 않았습니다. 구리하시의 횡사를 알았을 때 신베가 낙담하는 모습을 이 눈으로 똑똑히 보았으니까요."

"그러는 척했는지도 모르죠."

유미노스케의 눈이 날카롭게 빛난다. 거듭 말하지만 이 아이의 머리는 이렇게 생겨 먹었다.

"거짓이 아니었어요. 저는 알 수 있었습니다."

유미노스케가 후우, 하고 숨을 토했다. 옆에서 만주를 우물거리며 먹는 거사를 돌아보며 "어떠세요?" 하고 묻는다.

"맛있다."

"다행이군요."

사타에가 만주를 든 손으로 입가를 가리며 웃고 있다. 따끈하네요, 하고 온화한 목소리로 중얼거린다.

"그럼 그, 후처 이야기 말인데," 신노스케가 입을 열었다. "신베는 구리하시 선생과 나눈 약속을 지킨 셈인데, 부인을 가메야로 맞아들이겠다는 이야기는 신베 쪽에서 먼저 꺼냈나?"

사타에는 고개를 저었다. "아뇨, 전혀요. 저한테도 그럴 마음은 없었습니다. 이 역시 신베를 못 믿었다는 말은 아닙니다. 아까 말씀 드렸지만 저도 그 고백을 중간에 끼어서 들은 처지라 서로가 부담스 러울 거라는 이유가 전부였습니다."

그런데 상황이 그것을 허락하지 않았다고 한다.

"이제부터는 부인이 직접 말씀하시기가 거북하실 테니 제가 하겠 습니다."

유미노스케가 끼어들었다. 그러고는 짱구와 얼굴을 마주 보며 고 개를 끄덕였다.

"구리하시 선생이 타계했을 때 나돌았던 소문에 대해서 저와 짱구 가 여기저기 다니며 알아보았습니다. 먼저, 선생의 횡사를 수상하게 보는 사람은 그 어디에도 없었다는 사실을 말씀드립니다."

조금 전에는 실례했습니다, 혹시나 해서 한 번 더 확인해 보았을 뿐입니다, 라며 사타에에게 고개를 꾸뻑 숙인다.

"너희, 나나 마사고로도 모르게 저희끼리 여기저기 들쑤시고 다녔 구나."

"예, 그게 저희 소임이니까요. 그렇지, 산 짱?"

"예, 유미 님."

"그래, 그밖에 또 파악한 게 있습니까?" 마사고로가 재촉한다.

"구리하시 선생이 타계하고 한 달도 지나지 않아서 부인—사타에 씨를 후처로 들인다는 소문이 여러 곳에서 돌게 되었습니다. 아니, 소문이 아니라 실제로 그런 이야기가 나왔던 모양이라고, 당시를 기 억하는 사람들은 모두 입을 모아 말했습니다. 의원들 사이에서는 꽤 요란한 소문이 되었다고 합니다."

사정이 그랬다면 역시 사타에가 제 입으로 말하기가 곤란하겠지. 당사자는 주눅이 들어 고개를 숙이고 있다.

"신베가 아니라 엉뚱한 자들이 소문을 내고 다녔겠지?"

"예. 마치 사타에 씨가 혼자가 되길 기다렸다는 듯이 접근했던 자도 있었다고 하니, 소문을 낸 자들은 오히려 그런 자들이었겠죠, 이모부."

의원도 있었고 상인도 있었다. 그중에서도 열심이었다고 할까, 막무가내로 접근한 자는 구리하시 의원과 거래가 있던 고리대 업자 노인이었다고 한다.

"그 노인은 후처라기보다 애초부터 첩으로 들이려고—."

이봐, 이봐, 하고 헤이시로가 말을 막았다. 하지만 말하기 곤란한 부분은 얼른 끝내 버리자는 생각이었는지 유미노스케는 말을 그치지 않았다.

"참으로 실례되는 제안을 해 왔다고 합니다."

"그게 소문으로 돌았단 말인가요, 도련님?"

당사자가 묻자 유미노스케의 말이 점점 빨라진다. "예, 맞습니다. 사타에 씨가 아무 말씀 안 해도 엉뚱한 자들이 떠들고 다니면 멋대로 소문이 나게 마련이죠. 해서 개중에는 그 소문을 듣고 의분을 느낀 나머지 제 아내와 헤어지더라도 사타에 씨와 혼인하겠다고 하는 엉뚱한 의원이 나타나기도 했어요. 소문이 소문을 부르며 점점 부풀어서 지금도 많은 사람들이 당시의 풍문을 기억하고 있었습니다."

밀랍처럼 하얗게 변해 있던 사타에의 볼에 핏기가 돌아왔다. 너무 부끄럽습니다, 하고 모기 소리처럼 작게 말한다.

"사타에 씨가 부끄러워해야 할 일이 아닙니다. 세상 남자들이 어찌나 한심한지, 탐문을 하던 제가 다 기가 막히고 속이 끓어서."

얼굴이 새빨개져서 말하는 유미노스케의 등을 모토미야 거사가 삭정이 같은 팔을 들어 탁, 쳤다. 유미노스케는 말을 뚝 그쳤다.

"좋으셨겠어요, 부인."

한참 만에 나온 오토시의 말이다. 화제가 이쪽으로 흐르자 그녀도 생기를 되찾고 있다. 눈에 서린 서슬이—아니, 서슬만이 아니라 시샘하는 듯한 기미를 느꼈다면 헤이시로의 착각일까.

"그게 여자의 행복 중에 으뜸가는 거지요."

아니요, 하고 사타에는 고개를 가로젓고 오토시를 정면으로 바라보았다.

"저는 할 수만 있다면 구리하시와 백년해로하고 싶었습니다."

지금까지와는 다른, 정감이 담긴 침묵이 흐른다. 마지마 신노스케가 처음 보는 사람을 보듯 사타에를 빤히 쳐다보고 있다.

"도련님이 말씀하신 대로 이런저런 일들이 닥쳐서 저는 몸 둘 바를 몰랐습니다. 안 그래도 구리하시의 횡사로 그때까지 진료하던 환자들을 다른 의원에게 부탁하러 다녀야 했고, 구리하시가 부리던 조수의 일자리도 알아봐 줘야 했습니다. 돈도 마련해야 했고요. 저 혼자 처리하기에는 벅찬 일들이 잇달아 닥치는 와중에 엉뚱한 곳에서 이상한 이야기들이 날아들어 속을 헤집어 놓으니 차분히 앉아 슬퍼하고 있을 틈조차 없었습니다. 그래서 신베가—."

구리하시 선생과 약속한 일입니다. 부디 가메야로 들어와 주십시오. 제가 전부 알아서 해 드리겠습니다. 부인이 안심하고 지내시려면 아무래도 다른 방법이 없을 듯합니다.

"탈상 때까지 차분히 기다릴 만한 상황이 아니었군."

여전히 사타에로부터 눈길을 떼지 못하고 신노스케가 중얼거렸다. 정말이지 세상 남자들 중에는 한심한 자들이 많지, 하고.

"꼭 재혼이 아니라도 가메야 씨가 부인의 뒷배를 봐주는 선에서 그쳐도 좋지 않았을까요?"

생기를 되찾은 오토시는 이제 쉬 위축되지 않는다.

"그렇게 했으면 주변 사람들도 납득했을 텐데."

사타에가 대답하기 전에 헤이시로가 말했다.

"신베가 홀아비가 아니라면 그렇겠지. 가메야에 안주인이 있었으면 그것도 가능했을 거야. 하지만 신베는 홀아비였어. 뒷배를 봐주는 선에서 그친다는 것이 세상 사람들한테 통하지 않았겠지."

"아니요!"

불쑥 목소리를 높인 이는 유미노스케였다. 그때 일에 대해 꽤 분노한 모양이다. 더구나 지금까지 탐문하고 돌아다니며 얻은 성과물을 뱃속에 감추고 있느라 분노가 숙성되고 말았다.

"신베 씨에게 안주인이 있었다면 도리어 더 고약한 소문이 났겠지요, 이모부. 그때는 정말 가메야 주인이 단골로 거래하던 의원의 미망인을 첩으로 들이려 한다는 소문이 돌았을 테니까요."

말을 마치자마자 날카로운 눈빛을 오토시에게 돌린다.

"관리인님은 지금이야 그렇게 말씀하시지만, 당시 가메야 씨가 사타에 씨의 뒷배를 봐준다는 이야기를 들었다면 무슨 생각을 하셨을까요. 정말 뒷배를 봐줄 뿐이라고 납득하고 넘어갔을까요?"

아니죠! 하고 혼자 기세를 올린다.

"더 요란한 소문이 났겠죠. 소문 퍼뜨리기 좋아하는 사람들이 있잖아요!"

모토미야 거사가 다시 삭정이 같은 손을 쳐들어 이번에는 유미노스케의 이마를 탁, 쳤다.

비난을 들은 오토시가 먼저 웃음부터 터뜨렸다. 웃으면서, 네, 도련님 말씀이 맞는지도 모릅니다, 하고 물러선다.

"미안해요. 제 생각이 모자랐습니다."

헤이시로는 긴 턱을 손가락으로 박박 긁었다. 유미노스케가 흥분하는 모습이 재미있으면서도 쑥스럽다.

"여러분께 분명히 말씀드리지만."

사타에가 자세를 꼿꼿이 했다.

"신베는 저를 후처로 들인 게 아닙니다. 그건 어디까지나 외부에 대한 입장일 뿐이었고 우리는 명목상의 부부였습니다. 신베는 저를 죽은 구리하시가 맡긴 사람으로서 정중하게 대해 주었습니다. 저는 깊이 감사하고 있습니다."

그렇기 때문에 비밀을 지켰다. 신베와 둘이서 지켜 왔다.

"저 역시 가메야에 들어가자 딸 후미노와 신베 사이에 찬바람이 불게 되었다는 사실은 알았습니다. 후미노는 신베와 제가, 구리하시가 살아 있을 때부터 부적절한 관계가 아니었나 의심까지 하는 듯했습니다."

실제로 그랬다. 그래서 아버지 신베가 구리하시 의원을 해쳤을지도 모른다고 생각했다.

"후미노의 오해를 풀려면 사정을 낱낱이 밝히는 쪽이 제일 좋겠지요. 하지만 저는 그렇게 할 수 없었습니다. 신베의 흉중을 생각하면 도저히 그럴 수 없었습니다."

비밀은 신베와 사타에, 두 사람만의 것이었다.

"저는 가메야의 안주인이 되지 않기로 마음먹었습니다. 안주인으로서 가메야를 운영하는 일은 결코 하지 말자고 말입니다. 후미노한테도 어머니 노릇을 하지 않았습니다. 해서는 안 된다고 생각했습니다. 저는 가메야에 맡겨진 처지입니다. 가메야의 장식품으로 충분합니다."

장식품. 그 말이 헤이시로의 마음속에서 한 가지 상을 맺었다. 저 대형 항아리—썩둑이의 조제실에 모셔져 있는 항아리 신이 가메야의 신이라면, 가메야에 들어간 사타에는 신베가 마음속 방에 모신 '항아리 신'이 된 게 아닐까. 신베의 비밀을 담은 채 침묵을 지키고, 동요 없이 그 자리를 지키며, 스스로 내용물을 꺼내는 일도 없다.

그래서 신베는 사타에를 더없이 소중하게 대우했다. 시작은 구리하시와의 약속이었고 신베의 내부에 사타에에 대한 사랑이 있었다고 해도, 이런 과정을 거쳐 그의 비호를 받게 된 사타에는 신베에게 그냥 여자가 아니었다. 그만의 신이 되었던 것이다—.

"그래도 신베가 마침내 왕진고를 팔기 시작할 때까지는 이 년이 더 걸렸지."

신노스케가 팔짱을 끼고 옴팡눈을 더욱 작게 뜨며 신음하듯이 중얼거렸다.

헤이시로는 아름다운 '사타에 항아리 신'을 공상하다가 현실로 돌아왔다. "무슨 계기라도 있었나?"

유미노스케가 사타에에게 얼굴을 향하고 물었다. "실은 제가 짐작하는 바가 있는데, 말씀드려도 괜찮을까요?"

"물론이죠, 도련님."

"이모부, 기억하세요?" 유미노스케가 이번에는 헤이시로에게 얼굴을 향한다. "그해 봄에 큰비가 내렸잖아요. 이 동네는 무릎께까지 물이 차서 하수가 넘치고 난리가 났었죠."

헤이시로는 기억을 떠올려 보았다. 신베가 왕진고를 팔기 시작한 그해 봄. 때 이른 봄 홍수.

맞다, 그랬다. 가을 홍수라면 누구나 예상하고 준비하지만 봄 홍수는 너무 뜻밖이라 크게 당황했다.

"나도 결국 포경선에도 시대에는 수해가 발생하면 속도가 빠른 포경선이 인명 구조와 복구 작업에 동원되었다을 타야 하나, 싶었을 만큼 살아도 산 것 같지 않았지."

다행히 집이 떠내려가거나 무너지는 일은 없었고 사망자도 나오지 않았지만, 흘러넘친 하수 탓에 눈병과 피부병이 유행했다.

"오토쿠의 눈이 보름쯤 토끼처럼 빨갰지."

"저희 아주머니는 배탈이 나서 몸져누우셨습니다." 짱구까지 눈을 풀고 말한다. "네가 그때 많이 놀랐나 보구나." 행수가 끼어들자 짱구는 얌전히 고개를 끄덕이고 다시 눈동자를 가운데로 모았다.

"네." 사타에가 고개를 크게 끄덕였다. "당시 피부병이 정말 대단했어요. 시간이 지나도 전혀 수그러들지 않았고 여름철이 되자 더욱 기승을 부렸습니다."

그것이 신베에게 결단을 재촉했다.

"왕진고를 만들어 팔겠다고 했습니다. 구리하시 선생의 말씀을 따라야 한다면 지금이 적기라고 하면서."

"역시." 유미노스케가 눈알을 반짝이며 짧은 한숨을 토했다.

헤이시로는 신베가 왕진고를 만든 계기를 조금 더 속된 욕망과 결부 지어 짐작하고 있었다. 사타에를 후처로 들인 것, 그에 맞춰 이웃 대지를 사들여 집을 증축하느라 많은 지출이 있었던 것, 가메야를 크게 키워 나가려면 그쯤에서 큰 매출이 필요했다는 것—.

도에몬의 얼굴을 쳐다보았다. 다이코쿠야도 여기서 헤이시로들과 그 이야기를 했을 때를 기억하고 있으리라. 이야기를 하고 있는 사타에와 유미노스케를 조금 애처로운 눈빛으로 바라보고 있다.

사람이 어떤 행동을 하는 이유나 계기는 한 가지로 꼭 집어 말할 수 없다.

헤이시로는 도에몬에게 인중을 길게 늘여 보이다가, 그가 알아채지 못하자 눈썹을 위아래로 들썩거려 보였다. 이봐, 이 대목에서는 입 다물고 있게, 하는 신호였다. 그제야 통했다. 도에몬은 고개를 끄덕이는 대신 눈을 깜빡깜빡하고 손밑에 있던 만주를 집어먹었다. 저런, 벌써 몇 개나 먹는 거야?

"결심을 하고도 신베는 여전히 두려워하는 듯했습니다." 사타에가 말을 이었다. "그래서 제가 신베에게 부탁했습니다. 왕진고를 만들어 팔 거라면 당신 혼자 감당하지 마세요. 요시마쓰라는 썩둑이를 해친 것은 당신 혼자가 아니잖아요. 셋이서 했잖아요."

사타에는 도망치는 듯한 눈길로 도에몬을 힐끔 쳐다보는, 그녀답지 않은 무례한 모습을 보이고 고개를 숙이며 내처 말했다.

"특히 다이코쿠야 씨는 당신처럼 큰 약방의 주인입니다. 나머지 한 사람 규스케는 어린아이나 다름없었으니 그 죄가 가벼울지 모르지만 다이코쿠야 씨는 다릅니다. 그러니까—."

사타에는 부탁했다. '본가 다이코쿠야의 비방'이란 액자를 약방 앞에 걸어 달라고.

"신베 씨가 주저하지 않았습니까?"

마사고로가 온화하게 묻는다. 사타에는 얼른 대답하지 않고 주먹을 꼭 쥔 채 고개를 숙이고 있다.

"미안하다고 사과하더군요."

도에몬의 목소리였다. 그도 고개를 떨어뜨리고 있었고 손에는 먹다 만 만주가 쥐여 있었다.

"그래도 우리는 한 배를 탄 처지다. 손님이나 점원 들이 물으면 적당히 둘러대라고 했습니다."

신의 뜻이었으니까. 헤이시로는 마음속에서 혼잣말을 했다. 사타에 항아리 신의 분부다. 신베는 거스르지 못한다. 하지만,

"다이코쿠야, 기왕 그렇게 된 바에야 자네 약방에서도 같은 조제법으로 약을 만들어 팔면 되었잖나? 자네 약방이야말로 '본가'라고 가메야에서 선전까지 해 주니 좋은 기회 아닌가."

마사고로가 포동포동한 손으로 목덜미를 쓸면서 웃음이 살짝 밴 목소리로 말했다.

"실은 저도 다이코쿠야 씨 이야기를 듣고 나서 나리와 마찬가지로 생각했습니다. 가메야만 돈을 벌게 놔둘 수 없다, 그런 마음은 없었습니까?"

도에몬은 먹다 만 만주로 눈길을 떨어뜨리다가 그것을 무릎 옆에 둔 종이 위에 내려놓더니, 둥글게 구부리고 있던 등을 곧게 폈다.

"다이코쿠야는—가메야처럼 적극적으로 신약을 내놓지 않아도 선대로부터 물려받은 고객이 많습니다. 장사에는 아무런 지장이 없었습니다."

"그렇지만 약방 주인으로서 욕심도 있었을 텐데?"

"욕심보다도, 글쎄요, 뭐라고 말씀드려야 할까요."

도에몬의 실눈이 끔쩍거린다. 너무 작아서 잘은 알 수 없지만, 먼 산을 보는 눈빛 같기도 하고.

"가메야는 신 상 한 사람의 것입니다. 하지만 다이코쿠야는 저 하나만의 것이 아닙니다. 어떤 형태로든 간판에 흠집이 날 경우, 신 상은 자기 혼자만의 일로 넘어가면 되지만 저는 선대, 또 그 선대 앞에 고개를 들 수 없게 됩니다."

오늘 여기 와서 처음으로 다이코쿠야 도에몬이 가게 주인답게 보인다.

"저는 다이코쿠야라는 약방을 잠시 맡았을 뿐입니다. 신 상에게 사타에 씨가 그랬듯이 말입니다."

도에몬의 실눈이 사타에에게 미소를 짓는다.

"그러므로 저는 다이코쿠야의 재산을 자신을 위해 쓰거나 신 상처럼 남에게 베풀어 죄 갚음을 할 수도 없습니다. 아니, 이건 변명인지도 모릅니다만."

그저 요시마쓰의 조제법에는 손대고 싶지 않았던 겁니다—라고 말하고 도에몬은 다시 등을 구부렸다.

"선대가 자네를 후계자로 택한 것은 잘한 결정이었군. 하지만 가혹한 결정이었어." 헤이시로는 말했다. "자네는 요시마쓰를 죽였다는 죄를 짊어지기 전부터 다이코쿠야라는 짐을 짊어지고 있었어. 자네가 복잡한 과정 끝에 갑자기 후계자가 되지 않았다면 요시마쓰를 죽이는 일은 없었을지도 모르지."

모두 침묵하는 가운데 모토미야 거사가 눈동자를 또르륵 굴려 헤이시로를 보았다.

"헤이노스케 나리."

또 헤이시로와 그 부친을 헷갈리고 있다.

"말해 봐야 소용없는 일이지요."

헤이시로는 허리를 숙였다.

"이모부" 하고 유미노스케가 부른다. "그리고 거사님, 그럼 이야기를 되돌려도 좋을까요?"

"되돌리다니, 어디로? 얘기가 한참 벗어났구먼. 시중을 사방팔방 돌아다녔잖아. 이제 배가 고플 때도 됐는데."

하지만 오늘 유미노스케는 헤이시로의 말에 호응해 주지 않는다. 그가 빙글빙글 웃으며 말한다.

"범인 다로는 대체 누구한테서 요시마쓰를 죽인 이야기를 전해 들었을까에 대해 이야기하고 있었죠. 우리는 여전히 니혼바시에 있어요. 시나가와까지도 못 갔다고요."

딱딱하게 나오긴. 헤이시로는 에헴, 하고 나서 말했다.

"그럼 복습이나 해 볼까? 다이코쿠야도 아니다, 규스케도 아니다. 신베는 고백했지만 얘기를 들은 구리하시 선생은 죽었고, 여기 사타에 씨는 항아리 신이다."

"네?" 사타에가 눈을 동그랗게 뜬다.

"그게 아니라, 신이다. 아니, 신베한테는 그랬다는 말이네. 신경 쓰지 말게."

아니, 유미노스케는 신경을 쓰고 있다. 실없이 웃는 헤이시로에게 날카롭게 묻는다.

"이모부, 뭐 짐작하신 거라도 있나요?"

"나는 그저 배가 고플 뿐이다."

"이모부는 이럴 때 방심할 수 없다니까요."

"그쯤 해라." 겐에몬이 말했다.

유미노스케는 얼른 사과했다. "예, 죄송합니다, 거사님. 그럼 당장 말씀드리죠!"

이야기가 새어 나갔다면 기회는 딱 한 번밖에 없다.

"오 년 하고 십 개월 전, 신베 씨가 구리하시 선생과 사타에 씨에게 요시마쓰를 죽였다고 고백한 순간입니다."

"그러나 그건 세 사람만의 비밀이었잖습니까." 신노스케는 허탈한 표정이다. "신베가 굳이 야심한 시간을 골라 은밀히 부부를 찾아간 게 아닙니까. 누가 또 있었다는 말인가요, 유미노스케 님?"

유미노스케는 싱긋 웃었다. 웃음은 부드럽지만 눈매는 바짝 긴장해 있다. 눈은 반짝이고 있는데 볼에는 희미한 슬픔이 묻어난다.

이거다. 이 얼굴이다. 어쩌면 두뇌보다 더 힘을 발하는 터무니없는 미모.

희미한 훈풍이 불어오기라도 한 듯이 사타에가 넋을 놓았다.

"사타에 씨는 급한 환자가 찾아온 줄 알았다고 했죠."

"음, 그런데요?"

신노스케가 곁눈으로 사타에를 본다. 사타에는 아직 유미노스케의 훈풍에 넋을 놓고 있다.

"잘나가는 마치 의원은 혼자 일하지 않지요?"

"그거야, 그렇겠지—."

신노스케가 입을 다물었다.

헤이시로도 감이 왔다.

마사고로가 신음하듯이 말한다.

"아까 사타에 씨는 구리하시 선생이 갑자기 타계한 뒤, 조수를 위해 일자리를 알아봐야 했다고…….."

"아아." 사타에가 양손으로 입을 가렸다. 손가락 사이로 목소리가 흘러나온다.

"아아, 그런—어떻게 그런 일이."

그럼 마쓰카와가? 하고 사타에는 말했다.

20

조수는 마쓰카와 뎃슈라는 청년이다. 제법 위엄을 풍기는 이름이지만, 오 년 십 개월 전에는 십칠 세에 불과한 젊은이였다. 그 전년도에 십육 세의 나이로 관례를 치르자 바로 에도로 올라왔다고 한다.

"구리하시와 동향이고 집안 내 처지도 같았습니다."

번에서는 잘 알려진 의원 집안에서 태어났지만 장자는 아니라는 말이다.

"장자가 아니면 관례를 치러도 식객일 뿐입니다. 관례를 치르면 오히려 있을 자리가 더 좁아지죠. 구리하시는 그걸 가엽게 보고 마쓰카와를 불러들였습니다."

구리하시 가와 마쓰카와 가는 친척이며, 구리하시 의원은 뎃슈의 부친과 나이도 비슷하고 어렸을 적부터 알던 사이라고 한다.

핏기가 가신 볼로 여전히 입을 손가락으로 가린 채 말하는 사타에에게 유미노스케가 부드러운 목소리를 건넸다.

"사타에 씨, 놀라실 필요는 없어요. 저는 아까 신베 씨의 비밀이 새어 나간 건 신베 씨가 구리하시 선생에게 고백했을 때밖에 없다고 했습니다. 하지만 그 고백을 엿들은 사람이 꼭 범인 다로라는 뜻은 아닙니다."

이치상으로는 맞는 소리지만 아무래도 둘러대는 말처럼 들린다. 그렇게 몇 사람이나 중간에 끼어 있다는 얘기가 가능한가.

그러나 사타에한테는 효과가 있었는지, 그녀의 입술이 경련을 그쳤다. 물에 빠지기 직전에 구조된 듯한 얼굴로 유미노스케를 쳐다본다.

"그럴……까요?"

유미노스케는 듬직한 남자의 얼굴을 꾸미며 고개를 끄덕였다.

역시 이놈은 바람둥이 기질이 있구나, 하며 헤이시로는 새삼 암담한 기분에 빠졌다. 결혼하고 오랜 세월을 살면서 헤이시로의 내부에 아담하게 정착해 버린 아내의 일부 역시 암담한 기분에 빠지고 있음을 느낀다.

—그러니까 이 아이는 거리에 풀어 놓아서는 안 된다고 했잖아요.

호랑이나 곰, 못해도 늑대 정도는 된다.

"구리하시 선생은 그 뎃슈라는 조수를 언젠가 후계자로 삼자—그러니까 양자로 들이자고 마음먹었을까?"

신노스케가 묻고 나서 얼른 덧붙였다. "아, 부인과 선생 사이에 자식이 없고 뎃슈라는 젊은이도 마침 적당한 나이였던 것 같아서."

사타에는 마음이 진정되었는지, 등을 똑바로 펴고 정중하게 대답했다. "그랬다면 저에게 한마디 상의라도 했을 텐데, 그런 이야기는 없었습니다. 다만 데쓰지로가 고향 집에 식객으로 얹혀살다가 인생을 망치느니 에도 물을 먹으며 일하는 쪽이 의원으로서나 사람으로서나 더 보탬이 될 거라고만 했습니다."

"데쓰지로는 뎃슈 씨의 아명이군요."

마사고로가 그렇게 말했을 때 옆에 있던 헤이시로는 저도 모르게 모토미야 겐에몬을 훔쳐보았다. 식객이라는 둥 인생을 망친다는 둥 하는 말에 가슴이 뜨끔했던 것이다.

거사는 말이 없었다. 그도 그럴 것이 지금도 역시 졸고 있다. 따끈한 만주로 배를 채우자 눈꺼풀이 무거워졌으리라.

"곁에 두고 가르쳐서 제대로 일을 시켜 보고, 차후에 결정하자는 계산이었는지도 모르죠."

사람 부리는 데 이골이 난 상인답게 다이코쿠야 도에몬이 말하자 사타에는 다시 대답을 하려다가 생각을 고쳐먹었는지 입을 다물어

버렸다. 그때 오토시가 끼어들었다.

"저도 뎃슈 씨라면 조금 알고 있었는데요."

점차 관리인의 면목을 되찾아가고 있다.

"조금 안다고 말한 의미는 그 사람이 구리하시 선생 밑에 있던 기간이 두 해도 안 되었기 때문입니다."

그렇지만—하고 의미심장하게 뜸을 들인 뒤 말했다.

"평판은 많이 들었어요. 네, 괜찮다는 평판을 많이 들었죠."

"실력이 좋았다는 뜻인가?" 신노스케가 사타에를 대할 때보다 조금 더 하대하는 투로 물었다.

오토시는 더욱 의미심장한 웃음을 짓더니, "아뇨, 아닙니다" 하고 고개를 저었다.

"수련을 쌓기 시작한 참이라 아직 실력을 운운할 단계까지 가지도 못했습니다. 그래서 뭘 좀 아는 사람들은 뎃슈 씨라고 부르지 젊은 선생이라고 부르지는 않았어요. 젊은 선생님, 젊은 선생님, 하고 떠받든 쪽은 아가씨들뿐이었습니다."

헤이시로는 안 좋은 예감이 스쳤다. 화제가 언짢은 쪽으로 흐를 듯하다. 자신이나 이 사건에 대해서가 아니라, 딱 한 사람, 마지마 신노스케에게 언짢은 쪽.

정작 신노스케는 별 느낌이 없는지 아무렇지도 않게 물었다.

"어째서?"

"눈에 확 띨 만큼 잘생긴 청년이었거든요."

오토시는 묘하게 기세등등한 투로 대답했다. 그러고는 사타에에게 말을 돌린다. "그렇죠, 부인?"

사타에는 내키지 않는 투로—이유야 어쨌든 헤이시로의 언짢은 느낌을 공유하고 있는 듯—고개를 숙인 채, 예, 하고 모호한 목소리로 말했다.

"구리하시 선생도 용모가 출중했다고 들었습니다." 유미노스케가 말했다. "집안 내력인지도 모르겠군요."

그러는 네 아비는 코가 넓적하게 생겼지.

"그런가." 마지마 신노스케가 중얼거렸다. "처자들이 들끓었겠군."

역시 아무렇지도 않다는 듯이 손으로 얼굴을 썩썩 문지른다.

이래서 언짢은 화제라는 말이다. 오토시는 모르고 있다. 어쩔 수 없는 일이겠지.

"다만 체구가 작은 사람이었어요. 더 자랄 나이였지만."

"지금도 체구는 작을 겁니다."

전에 없이 강력한 목소리로 유미노스케가 불쑥 단언했다. 그 기세에 흠칫하며 헤이시로는 잠시 눈을 껌뻑거렸다.

"거기에 무슨 의미라도 있는 게냐?"

유미노스케는 대답은 하지 않고 헤이시로가 아니라 사타에와 눈을 맞췄다. 이것은 또 이것대로 예감이 좋지 않았다.

어떡하나. 가와이야가 힘들게 될 텐데. 장남의 말썽이 겨우 진정되었다 싶더니 이번에는 다섯째 아들이 어머니뻘 되는 중년 여인과 야반도주를 하는 소동이라도 일어난다면.

"의미는 있지만 일단 그 이야기는 나중으로 돌리지요."

마사고로의 목소리에 헤이시로는 몽상에서 깨어났다. 속을 읽었는지 마사고로의 눈매가 쓴웃음을 짓고 있다. 나리, 고정하시지요.

유유히 자기 보조를 지키는 오토시는 좌중의 동요에 전혀 개의치 않는다. 관리인의 면모를 완벽하게 되찾자, "다만 저는 구리하시 선생이 그 전에 거느렸던 조수들과 견주어 봤을 때 뎃슈 씨가 기량이 좋은 사람은 아니라고 느꼈습니다."

관리인다운 쓴소리를 내놓는다.

"그야 애송이니까. 아까 자네도 말했지 않은가. 이제 막 수련을 시작한 참이었다고."

그러자 오토시는 다시 사타에를 돌아보았다.

"하지만 부인도 뎃슈 씨를 그다지 마음에 들어 하지 않았잖아요? 아, 물론 이건 저의 섣부른 짐작인지도 모르지만, 그렇게 보는 사람은 저 말고도 있었어요. 그런 소리를 몇 번 들었으니까요."

관리인이라는 자들은 마음만 먹으면 얼마든지 이렇게 될 수 있다. 소문의 원천이자 집결처 말이다. 어느 인물의 인품이나 기량, 주머니 사정, 인간관계, 사교성 등에 관한 소문들의.

얼마든지 될 수는 있지만 굳이 그렇게 되려고 하지는 않는다. 그런 관리인도 있다. 헤이시로가 금방 떠올린 사람은 예전 데쓰빈 나가야의 규베, 오토쿠가 사는 나가야의 고베 정도일까. 전자는 남의 얘기라면 질색을 했다. 후자는 인색한이라 돈이 되지 않는 소문일랑 입에 담지 않았다.

한편 오토시는 얼핏 그렇게 보이지는 않지만, 실은 남의 얘기를 좋아하는 사람이다.

"자세히—아시는군요."

사타에의 말에 담긴 희미한 비아냥거림도 의식하지 못한 채, "신 참이나 외지인은 늘 주변 사람들의 이목을 끌게 마련입니다. 도마 위에 올리기에 이런 사람들보다 재미난 것도 없지요. 남 얘기를 하 는 것이 잘하는 짓은 아니지만, 무턱대고 꾸짖으면 오히려 역효과만 납니다. 적당히 상대해 주고 얘기도 들어 주고 말이 지나치면 꾸짖 어 주고. 그것도 제가 하는 일입니다" 하고 관리인의 역할에 대해서 늘어놓았다.

"본래 구리하시 선생 댁에서는 조수가 자주 바뀌었어요. 해서 그 때마다 주위 사람들은 호시탐탐 얘깃거리를 찾았습니다. 뎃슈 씨만 이 아닙니다."

"우리를 늘 지켜보고들 있었군요."

"그만큼 존경과 부러움의 대상이었다는 말이죠."

"조수들은 왜 자주 바뀌었지요?"

유미노스케의 목소리가 두 여인의 대화를 끊어 놓았다.

"저와 짱구가 탐문하러 다닐 때도 구리하시 선생은 수제자를 두지 않았다는 이야기를 들었습니다만."

사타에는 옛일들이 떠오른 듯 온화한 미소를 지었다. "예, 분명히 도련님 말씀이 맞습니다만, 구리하시에게 특별히 깊은 생각이 있어 서 그랬던 건 아닙니다. 원래 구리하시는 그리 많은 환자를 진료하 지 않았습니다. 대맥이나 조수가 있으면 좋았겠지만 없어도 금방 어 려워질 정도는 아니었죠. 하녀나 머슴 들도 있었고."

저도 거들었고요—하고 덧붙일 때는 문득 그리움이 솟는 듯했다.

위급한 부상자나 급병에 걸린 어린 병자가 아닌 한 구리하시 의원은 소개를 통하지 않은 환자는 진료하지 않았다고 한다. 잘나가고 있었다는 말은 그런 전제 위에서 하는 이야기였던 것이다. 조금 삐딱하게 말하자면 그런 방식이므로 약값을 떼일 염려도 없었다.

대기실이 아비규환이던 무라타 겐토쿠 의원과 한가지로 생각해서는 안 된다. 그러고 보니 헤이시로가 주치의로 삼는 고안 선생도 늘 가볍게 왕진을 다닐 뿐이지, 집에 제자니 뭐니를 두었다는 이야기는 들어 본 적이 없다.

"구리하시는 소탈한 사람이어서, 신원이 분명한 사람이 의술을 배우고 싶다고 부탁하면 까다롭게 굴거나 내치지 않고 곁에 두었습니다. 몇 년을 배워서 갈증이 풀렸다고 하면 역시 미련 없이 내보내 주었습니다. 고향에 있는 의원 집안의 부탁을 받고 반년 기한으로 의원 지망생을 맡아 준 적도 있습니다."

"그런 방식을 사타에 씨는 어떻게 생각하셨나요?" 유미노스케가 물었다. "아까 오토시 씨가 말씀하신 인간관계라는 의미에서 말입니다만."

사타에는 입술을 적시고 잠시 생각했다. 그러다 다시 입을 열었다. "저도 마치 의원의 딸로 태어나서 의원 집에는 가족이 아닌 사람이 기숙하거나 출입하는 일이 잦다는 사실은 잘 알고 있었습니다."

사타에의 출신에 대해서는 지금까지 아무도 의식하지 않았다. 그래서 일동은 다들 놀랐다. 졸고 있는 거사만 빼고.

"아버지는 뭐 하나 내세울 게 없는 의원이라 별로 번창하지 못했습니다. 그래서 늘 가난했지요. 어머니는 제가 열세 살 때 가슴 병을 앓다 돌아가셨는데, 대장간 부엌에 식칼이 없다는 말처럼…… 약을 살 수 없었습니다."

에도에는 마치 의원이 많다. 명의부터 돌팔이까지. 북쪽 끝에서
남쪽 구석까지 의원 없는 동네가 없다.

"그래도 아버지가 마치 의원 간판을 걸고 있는 덕에 제게 구리하
시와의 혼담이 들어왔습니다. 제가 혼인을 하자 아버지는 걱정을 덜
었다는 듯이 금방 돌아가셨지요. 그래서 저는 구리하시 말고는 정말
로 의지할 데가 없었습니다."

사타에의 생각은 다시 구리하시 의원과 가메야 신베의 약속으로
돌아가고 있는 듯하다. 자기에게 불의의 사고가 생기면 사타에를 부
탁한다는.

"미안합니다, 도련님 질문에서 벗어나고 말았습니다. 아까 그 질
문은—."

작심한 듯 사타에는 고개를 한 번 끄덕였다. "저는 원래 사람을
대하는 게 서툽니다. 그래서 구리하시의 조수가 바뀔 때마다 힘들었
지요. 아무리 얌전하고 부지런한 사람이 들어와도 익숙해지기까지
는 서로 신경을 썼습니다."

"매일 봐야 하는 사람이니까요." 유미노스케가 격려하듯이 맞장
구쳐 준다.

"네. 한번은 구리하시에게 잔소리를 한 적도 있습니다. 이렇게 조
수가 자주 바뀌면 집안 분위기도 어수선해지고 조수들도 다들 제대
로 수련하지 못한 채 어중간하게 끝나고 만다, 개선해 보는 게 어떠
냐고."

"구리하시 선생은 뭐라고 했지?"

헤이시로는 흥미롭다는 표정을 지으며 팔짱을 낀 채 윗몸을 내밀었다.

"웃더군요. 자기는 원래 그런 사람이라면서."

오는 사람 막지 않고 가는 사람 잡지 않는다.

—마치 의원을 업으로 하려는 자라면 세상을 많이 겪어 보는 것보다 더 좋은 공부가 없거든.

"호박에 침 놓기였군."

"네, 그런 의미에서도 구리하시는 소탈하달까 대범한 사람이었습니다."

공감되는 바가 많은 헤이시로는 한 번도 만나 본 적이 없는 구리하시 의원에게 처음으로 친밀감 비슷한 것을 느꼈다.

"그래서 저도 익숙해지려고 노력은 했습니다만."

사타에가 고개를 살짝 숙인다.

"아까 말씀드린 구리하시 고향에서 부탁받은 의원 지망생과 마쓰카와 때만은 사정이 조금 달랐습니다."

어째서요? 하고 유미노스케가 물으려고 하는데 옆에 있던 거사가 크응, 하고 콧김을 뿜으며 눈을 떴다. 이것이 사타에에게는 오히려 좋았다. 웃음이 비어져 나왔다.

"한 사람은 저쪽에서 부탁해서, 또 한 사람은 구리하시가 불러서 들어왔는데, 둘 다 모두 구리하시의 고향과 인연이 있는 사람들이었습니다. 그리고 이 두 사람만은 출퇴근이 아니라 저희 집에 기숙했습니다. 자잘한 시중이야 하녀들이 하니까 제가 더 수고로울 일은 없었지만……."

어떻게 말해야 하나, 하고 망설이는 듯하다. 목소리가 작아졌다.

"구리하시의 고향집에서 볼 때, 저는 구리하시의 제대로 된 아내가 아니라 동거녀 같은 여자일 뿐이었습니다."

모처럼 사타에의 작은 목소리를 무시하며 신노스케가 무릎을 탁, 쳤다. "그렇군. 당신 눈에는 구리하시 선생의 고향에서 올라오는 자들은 누구나 다 간자처럼 보였던 거군."

단도직입적이다. 하지만 이렇게 군더더기 없는 말이 역시 사타에한테는 좋았던 듯하다.

"네. 이 사람도 언젠가 고향으로 돌아가면 그쪽에 시시콜콜 고해바치겠지 하고 생각하니 제풀에 속이 상했습니다. 그래서 몹시 거북했습니다."

그렇게 말하고 살짝 웃는다. 이내 오토시 쪽으로 얼굴을 향하더니, "그런 사정도 소문이 났을지 모르겠군요" 하고 역습을 했다.

"글쎄요……."

뜻밖의 역습에 오토시는 헝클어지지도 않은 살쩍을 쓸어 올리며 눈길을 피했다.

"그, 뎃슈 씨 전에 있던 조수, 그러니까 구리하시 선생의 고향에서 올라온 젊은 선생에 대해서는 저도 모릅니다. 당시는 제 남편도 건강했던 시절이었고요."

"반년 기한이었으니까요."

그 젊은이는 구리하시 의원을 성실하게 보좌하며 열심히 배웠지만 사타에하고는 통 맞질 않아 제대로 된 대화는 고사하고 눈길조차 마주친 적이 없었다고 한다.

"너 따위는 상대하지 않겠다, 하고 무시하는 태도를 노골적으로 드러내더군요. 남편 앞에서는 얌전했지만."

사타에의 말투에 헤이시로는 오호라, 하고 생각했다. 이 여자도 누굴 원망할 줄 아는구나.

가만 보니 내내 말없이 듣고만 있던 도에몬도 사타에의 옆얼굴을 새삼 찬찬히 쳐다보고 있다.

"그 탓에 마쓰카와가 오기로 정해졌을 때는 시간이 한참 남아 있었는데도 마음이 울적하기만 했습니다. 또 그런 젊은이를 떠맡아야 하나 생각하니 암담하기만 했습니다."

집 안에 다시 간자가 들어온다니.

"그랬군요. 이제야 납득이 가네요."

오토시가 크게 숨을 내쉬었다. 헤이시로는 언젠가 유미노스케한테 들은 이야기를 떠올렸다. 바다에 사는 고래가 저렇게 호흡을 한다고 했다. 숨을 한 번 들이마시면 사반 각삼십 분이나 바다 속에 있을 수 있다. 그러다가 가끔 수면으로 올라와 다시 한껏 호흡을 한다.

"하긴 한 지붕 아래 사는 사람이 그렇게 대한다면 견디기 힘들겠죠."

"그런데, 예상과는 달리—."

다시 사타에의 역습이다. 오토시의 알겠다는 듯한 표정이 그대로 굳었다.

"마쓰카와는 제게 함부로 대하거나, 무례하게 굴지 않았습니다. 인사도 잘했고 구리하시의 눈길이 미치지 않는 곳에서도 태도가 바뀌는 일이 없었지요. 마쓰카와는 저를 구리하시의 아내로서 합당하게 대우해 주었습니다."

헤이시로는 유미노스케를 보았다. 미모의 아이는 사타에에게 눈을 모아 지그시 바라보고 있다.

"뜻밖에 착실한 젊은이였군."

"네."

아까 '어째서?'라고 물었다가 거북한 이야기를 자초했던 신노스케는 입 모양으로만 '그럼 어째서?'라고 말했다.

대신 오토시 고래가 물보라를 뿜어냈다. "그래서 제가 뎃슈 씨 평판이 좋았다고 했잖아요."

아까 말한 '평판'은 실은 그런 의미가 아니었지만 오토시는 개의치 않는다.

"그래도 부인은 뎃슈 씨가 마음에 들지 않았군요. 겉으로는 어떻게 얼버무려도 간자는 간자니까. 왠지 좀 안타깝네요."

다른 이의 추태는 유쾌한 구경거리라고 하지만 그것도 경우에 따라 다르다. 오늘 오토시는 여자의 격을 낮추는 말을 연발하고 있다. 헤이시로는 '딱한 것은 바로 너다'라고 말하고 싶어 입술 가장자리가 움찔거렸다. 좀 잠자코 있지.

"말씀대로 정말 안타까웠습니다."

사타에는 오토시의 말에 개의치 않았다. 눈길은 먼 데를 향한다. 아마 마쓰카와라는 젊은 조수의 얼굴을 떠올리고 있으리라.

"제가 처음부터 탐탁지 않게 여기고 있었으니 마쓰카와도 마음을 열지 못했겠지요. 제가 조금 더 대범하게, 정말 양자라도 맞이하는 마음가짐으로 대했으면 좋았겠지요."

다만, 하고 눈길을 내린다.

"구리하시와 마쓰카와는 스승과 제자로서 사이가 좋았고, 저도 마쓰카와를 계속 탐탁지 않게 여기지는 않았습니다."

"어머, 그렇지만," 오토시가 입을 삐죽거린다. "부인은—."

헤이시로보다 먼저 유미노스케가 나섰다. "관리인님, 잠시 조용히 들어 주시면 고맙겠습니다."

일부러 '관리인님'이라고 부르는 것이 얄밉다.

"마쓰카와는 전에 있던 의원 지망생과는 달리 돌아갈 곳이 없었습니다. 그것은 커다란 차이점이었습니다."

집안을 상속할 일이 없는 곁가지 처지다.

"저도 곧 깨달은 바가 있어 조금씩 마음을 열 생각이었습니다. 하지만 그러자면 시간이 필요했습니다. 마쓰카와는 본래 얌전한 성격이고 매사 조심스러웠습니다. 말수도 적었습니다. 뭐든 하고 싶은 말이 있어도 잠자코 속으로 삭이는 듯했습니다."

부름을 받고 들어왔다고 해도 수련을 하는 처지이므로, 결국은 구리하시 가에서도 식객이나 다름없다.

"그 사람도 나름대로는 조심스러웠겠군."

불만을 그대로 드러낸 얼굴로 당장이라도 입을 떼려고 하는 오토시를 이번에는 다이코쿠야가 그 실눈으로 제지했다. 있는지 없는지 알 수 없는 작은 눈이지만 역시 다이코쿠야의 주인다운 관록을 담아 능히 눈짓으로 뜻을 전할 수 있었다.

"뎃슈 씨에 대해 구리하시 선생과 이야기해 보았습니까?"

"예. 하지만 당신 고향에서 온 사람이라서 간자로 여긴다는 생각까지 솔직하게 말할 수는 없었지요."

"그야 그렇겠지요." 도에몬이 오랜만에 실눈으로 웃었다. "나도 처자식이 있는 몸이라 알 것 같군요. 부부이기 때문에 더욱 말 못 하지요."

갑자기 생활의 애환이 묻어나는 이야기가 나온다. 사실 다이코쿠야 도에몬이 아닌 실눈 나오이치한테는 그런 이야기가 잘 어울리는 듯해, 헤이시로는 도리어 자연스럽게 받아들였다.

사타에도 마찬가지일 것이다. 눈빛이 따뜻해진다.

"마쓰카와는 너무 얌전한 사람이라 무슨 생각을 하는지 알 수가 없다, 나로서는 어려운 점도 있다는 식으로 구리하시에게 불평 비슷한 말을 한 기억이 있습니다."

"선생은 뭐라고 하던가?"

"그이는 워낙 대범한 사람이어서, 당신은 걱정할 거 전혀 없다, 적당히 대하고 말아라, 라는 식으로 말했습니다. 조만간 익숙해질 거라면서."

아들 같은 사람 아닌가. 그건 그렇지만 저는 자식을 길러 본 적이 없어서. 그러니까 너무 어렵게 대할 거 없어―. 그런 대화가 오갔던 모양이다.

"그렇지만요," 오토시는 다이코쿠야의 실눈을 뿌리쳤다. "뎃슈 씨는 우리가 보기에 어두운 구석이 있는 사람 같지는 않았어요."

"그거야 뎃슈 씨도 당신 같은 이웃들을 특별히 어려워해야 할 필요가 없으니까." 도에몬이 거침없이 단언했다. "구리하시 선생 내외를 대할 때와는 당연히 차이가 있겠지. 그쪽도 관리인이라면 그 정도의 차이는 알 텐데. 이야기를 헷갈리게 하는 얘길랑 끼워 넣지 마시게."

철없는 아가씨도 아니고, 하고 내처 타박한다. 뜻밖의 인물에게 일격을 당하자 오토시는 입술이 일그러지도록 꾹 다물고 말았다.

"아까 부인은," 마사고로가 천천히 입을 열었다. "유미노스케 님이 구리하시 선생의 조수를 거론하자 '그 마쓰카와가' 하며 몹시 놀라시더군요."

사타에는 가슴에 손을 대고 고개를 끄덕였다.

"지금까지 뎃슈 씨가 그 이야기를 들었을지도 모른다는 의심은 해본 적도 없었겠지요?"

"예, 한 번도 없습니다."

그날 밤은 모두 잠들어 있었으리라 여겼습니다—하고 맥이 빠질 정도로 순진한 말을 한다.

"구리하시는 마쓰카와를 알차게 가르쳤고 마쓰카와도 열심히 수련했습니다. 조수로 일하는 한편 이것저것 배우고 싶어 하는 눈치였어요."

"야밤에 잠자는 시간을 아껴서 면학에 힘썼을 수도 있겠군요." 마사고로가 말했다.

"그러자면 등잔 기름 값이 들 텐데요……."

식객으로 있는 조수에게 기름을 아끼라고 잔소리를 했을 리도 없을 텐데 사타에는 부끄러워하는 얼굴이 되었다. "그래서 마쓰카와는 하녀들보다 일찍 일어났습니다. 그렇게 해서 책 읽을 시간을 만들었어요."

그런 형편이었으므로 하루 일과가 끝나면 쓰러지듯이 잠들게 마련이었다고 한다.

"하지만 신베 씨가 평소와 달리 야밤에 심상치 않은 모습으로 찾아왔을 때 뎃슈 씨도 기척을 듣고 일어나 나왔어요" 하고 유미노스케가 말한다. "위급한 환자가 왔다고 여겼을지도 모르고, 목소리를 듣고 가메야의 주인임을 알았지만 심상치 않은 분위기에 불안을 느꼈는지도 모릅니다. 어쨌거나 나는 모르겠다, 상관없다, 라고 생각하지는 않았던 겁니다."

눈 깜짝할 사이긴 했지만 유미노스케의 얼굴에 부상당한 작은 생물을 바라보는 듯한 표정이 스쳤다.

"그런 태도를, 우리는 보통 뭐라고 말할까요?"

걱정이라고 합니다.

"뎃슈 씨는 걱정을 했기 때문에 잠자리에서 일어나 나왔고, 결과적으로 엿듣는 짓까지 하고 말았던 거라고 저는 봅니다."

흔히 야담가는 제 눈으로 보고 온 듯이 이야기한다고들 말한다. 하지만 유미노스케의 경우는 그 짐작이 사실일 경우가 많아 무섭다.

그래서 헤이시로는 일부러 익살을 떨었다. "그렇다면 기척이나 좀 내 주면 좋았을걸."

"아무리 얌전한 사람이라도 유령은 아닌데 말입니다." 신노스케도 거든다. "그럴 때는 기척을 내는 것도 예의죠."

구리하시 의원과 마찬가지로 직접 만나 본 적도 없고 오늘 이 자리에서 이름만 들어 본 마쓰카와 뎃슈이지만, 잘생긴 청년이라는 말에 신노스케의 심사가 살짝 틀어진 듯싶기도 하다.

"주인 내외와 가메야 씨의 대화가 숨을 죽일 수밖에 없는 내용이 었기 때문이겠지요." 좌중을 달래는 듯한 투로 마사고로가 말했다.

"그럼 그대로 듣고 있었던 건가?"

놀랐겠지. 안 그래도 잠들려다가 깨어난 참이다. 남들 앞에서 보란 듯이 그럴 수는 없지만 코털을 뽑으면서 멍하니 생각해 보고 싶었던 헤이시로를 사타에의 속삭이는 듯한 목소리가 뒤흔들었다.

"—조용한 사람이었어요."

일동은 사타에를 주시했다. 그 정도로 마음이 담긴 목소리였다.

"마쓰카와는 말이죠."

사타에는 고개를 들고 일동을 둘러보았다.

"언제나 정말로 조용했습니다. 있는지 없는지 알 수 없을 정도였어요. 그러고 보니 하녀가 이렇게 말한 적도 있습니다."

—마님, 이번에 새로 오신 젊은 선생은 작은 소리 하나 내지 않는 분이네요.

"여기가, 하고." 사타에는 다시 자신의 심장 위를 손으로 눌렀다. "가슴속이 조용한 사람이라는 말을 하고 싶었던 거겠죠."

"곁가지로 태어난 목숨이야."

갈라진 목소리였다. 너무 오래간만이라 누구 목소리인가 싶었다. 다름 아닌 모토미야 겐에몬이다.

"쓸모없는 입이야. 군식구가 별수 있나. 쥐 죽은 듯 살아야지."

오늘 처음으로 들어 보는 거사의 제대로 된 말이다.

그렇지만 난데없이 묵직하다.

유미노스케는 기분 좋게 공기놀이를 하고 있는데 갑자기 옆에서 대포알이 날아오는 바람에 얼떨결에 받아 쥐고 말았다는 듯한 표정을 짓고 있었다.

신노스케가 무거우면서도 다분히 연극적인 헛기침을 하고 물었다. "그건, 종조부님의 경험으로 하시는 말씀입니까?"

하지 않았으면 좋았을 물음이란 이런 것을 두고 하는 말이다. 마지마 신노스케도 맹할 때는 한껏 맹해진다.

다행히 거사는 대답하지 않았다. 조는지 심사숙고하는지, 눈을 감고 있다.

"저도 조금은 경험한 이야기로군요."

다이코쿠야 도에몬이 중얼거렸다. 역시 맹한 말이지만, 맹함에 맹함을 충돌시켜 양쪽 모두를 소멸시켜 주는 말이기도 하다. 도에몬은 자신이 겪은 일을 돌아보며 실눈을 끔쩍거렸다.

—당신은 구제받았으니까.

그게 다행이었는지 불행이었는지는 제쳐 놓고 말이야, 하고 헤이시로는 생각한다.

누구도, 오토시조차도 이 자리에 필요한 말을 떠올리지 못하고 잠자코 있었다. 좌중이 조용해지자 짱구가 눈을 풀고 숨을 돌린다. 마사고로가 그의 등을 가볍게 쓸어 노고를 치하해 주었다.

그러자 고개를 떨어뜨리고 있던 사타에가 갑자기 놀란 것처럼 흡, 하고 숨을 들이마셨다.

"왜, 왜 그러나?"

신노스케의 옴팡눈이 당황해서 흔들리고 있다. 사타에는 양손으로 얼굴을 가리고 있었다.

손가락 사이로 말한다. "마쓰카와는 검술을 익힌 사람입니다."

또 다른 색조의 침묵이 좌중을 물들였다. 쨍구가 얼른 사팔뜨기 눈으로 돌아간다.

"의원 집안은 전부 무사 신분이므로 구리하시 고향집에서는 아들들을 모두 번교藩校에 보내고 번의 강사에게 검술을 익히게 합니다."

"그럼 구리하시 선생도?"

"구리하시는 고향보다 에도에서 생활한 기간이 더 길어서."

검술 실력도 많이 녹슬었을 것이다. 그러나 뎃슈는 달랐을 터이다.

규스케와 신베를 일격에 죽인 그 솜씨.

실력이 그만한 수준이었는지 어떤지는 모르지만.

"사타에 씨, 잊었소? 요시마쓰를 죽인 이야기를 엿들었다고 해서 뎃슈 씨가 범인이라고 할 수는 없다고 했잖아요."

도에몬이 그렇게 말했지만 사타에는 여전히 얼굴을 가리고 있다. 유미노스케는 얼굴을 가린 그녀를 쳐다보고 있다.

"신베 씨의 고백을 엿들은 뎃슈 씨는 어떻게 생각했을까."

수라도 헤아리는 듯 억양 없는 소리로 입을 열었다.

"먼저, 무엇을 생각했을까. 어떻게 하려고 생각했을까."

"무얼 할 수 있었겠습니까. 그저 놀라서 잠자코 있었겠지요."

"실제로 구리하시 내외한테 아무 말도 하지 않았습니다. 잠자코 속에 담아 둔 거지. 뎃슈라는 자는 사태의 중대성과 자신의 처지를 잘 알고 있었으니까요."

도에몬과 신노스케가 저마다 말한다. 거의 항변 같은 강한 말투다. 조금 전에는 뎃슈를 심술궂게 비방했던 신노스케가 흥미롭게도 이번에는 비호하는 말을 한다. 유미노스케한테 휘둘리고 있군.

아니, 그보다도 거사의 곁가지라는 말이 관자놀이에 꽂혔을까.

어떻게 했을까, 뎃슈는. 헤이시로도 생각했다.

"아주 곤혹스러웠겠지요."

유미노스케는 다시 맥 빠질 정도로 단순한 말을 했다.

"고백의 진위를 의심하지는 않았을 겁니다. 신베 씨가 직접 말했으니까."

마사고로의 말에 유미노스케는 고개를 끄덕이고 말했다.

"뎃슈 씨가 어리석고 인품이 형편없는 자였다면, 이를테면 뒷날 신베 씨를 만나, 실은 지난밤에 당신이 한 이야기를 다 들었다고 하면서 모종의 대가를 요구하는 짓을,"

"그런 일은 있을 수 없습니다."

사타에는 그제야 손을 내리고 어느새 지쳐 버린 눈빛을 띠며 나지막이 말했다. "그런 짓을 했다면 구리하시나 제가 알았을 겁니다. 신베도 잠자코 있지는 않았을 테고요. 무엇보다 마쓰카와는—,"

사타에의 얼굴이 일그러진다.

"그런 비열한 자는 아닙니다. 구리하시를 존경했어요. 무엇보다 마쓰카와에게 그런 교활한 구석이 있었다면 구리하시가 알아챘을 테고 곁에 두지 않았을 겁니다. 남편은 사람 보는 눈이 있었고 남을 잘 이끄는 사람이었습니다."

구리하시 의원을 '남편'이라 부르고 제풀에 주눅이 든 사타에에게 유미노스케는 미소로 응했다.

"그래서 뎃슈 씨가 어리석고 인품이 형편없는 자였다면, 이라고 말한 겁니다. 그런 무모한 공갈을 해도 신베 씨가 잡아떼면 그만이었을 테죠. 그리고 신베 씨가 구리하시 선생에게 뎃슈 씨의 소행을 고한다면."

사태는 위험한 쪽으로 굴러갈 것이다. 구리하시 의원은 뎃슈를 용서하지 않았으리라.

어지간히 어리석고 탐욕스럽고 비열한 자가 아니라면 머리가 그렇게 돌아갈 리 없다. 뎃슈는 그 정도로 바보는 아닌 듯하다.

"어른이라면 젊은이의 생각까지는 알 수 없어도 그 품성의 좋고 나쁨 정도는 헤아릴 줄 아는 법이죠."

오토시가 작은 소리로 말하고는 목을 움츠렸다. 공연한 소리를 해서 또 눈총을 받겠다고 생각했는지 모르지만, 방금 그 말은 옳다. 적어도 사타에와 뎃슈에 대한 말이라면.

"뎃슈 씨는 그대로 내내 잠자코 있었던 모양입니다."

미소를 거둔 유미노스케가 눈동자를 모으고 있는 짱구를 걱정스레 힐끔 쳐다보고 나서 계속 말했다. "엉뚱한 꿈을 꾸었다고 치부해 버리면 잠자코 있는 것도 어려운 일은 아닙니다. 본래 말수가 없는 사람이었다면 더욱 그렇겠죠."

헤이시로는 멍하니 몽상했다. 십 년, 이십 년을 지나 어엿한 의원이 된 마쓰카와 뎃슈가 아내나 친구에게 문득 옛 이야기를 하고 싶어진다. 해서 잠시 망설이다,

—젊은 시절에 이상한 이야기를 들었지.

하며 차분하게 들려주는 모습을. 그때도 왕진고가 계속 잘 팔리는

약일지 어떨지는 알 수 없다. 가메야와 다이코쿠야가 계속 번성하고 있을지 어떨지도 알 수 없다. 그 이야기를 들은 사람은 역시 놀랄 것이다. 그런 비밀을 용케 혼자 담아 두고 있었군요, 하고 말할지도 모른다. 그러나 달리 어찌할 수가 없었고, 어떻게 해야 할 필요도 없었다고 그는 대답한다.

아니, 이건 몽상일 뿐이다. 헤이시로는 긴 턱을 당기고 자신을 오토쿠야 이층의 이 자리로 다시 끌어다 놓았다.

실제로는 그렇게 되지 않았다.

유미노스케의 목소리가 울린다. "그날 밤으로부터 열 달 뒤 구리하시 선생이 횡사했습니다."

그래서 사정이 변했습니다―.

"뎃슈 씨가 신베 씨의 비밀을 혼자 담아 두고 있었다는 데는 변함이 없습니다. 그러나 그 비밀을 바라보는 눈은 어떻게든 변하지 않을 수 없었겠지요."

구리하시 의원의 죽음을 놓고 전혀 의심을 하지 않으셨나요, 하고 유미노스케가 사타에에게 물었다. 사타에는 없었다고 말했다.

사타에니까, 아내였으니까 없었다고 단언할 수 있었으리라.

뎃슈는 어땠을까.

―어쩌면.

의심하지 않았다고 단언할 수는 없다.

"그렇다면 그때 부인에게 물어보면 됐을 텐데요."

더는 못 참겠는지 오토시가 기세 좋게 물보라를 뿜어 올렸다. 낯두껍다 싶을 만큼 다부진 관리인의 얼굴에서 핏기가 가시고 있었다.

"그건 가메야 씨의 소행이 아닙니까, 그렇게 생각하지 않으세요, 하고 물어보면 될 것을!"

물보라의 기세가 금방 가늘어진다.

"물어볼 수 없는…… 건가요?"

물어보기 힘들었겠군요, 하고 스스로 대답한다.

"물을 수 없었다 해도, 구리하시 선생의 죽음이 특별히 수상하진 않았죠. 갑작스러웠을 뿐입니다. 우리도 전혀 수상쩍게 생각하지 않았습니다."

"그래서 소문도 없었고요?"

유미노스케의 물음에 오토시는 고개를 크게 끄덕였다.

"술 좋아하는 도랑 덮개 선생다운 죽음이었지만, 안타까운 일이라고 주변 사람들 모두 슬퍼했습니다."

"하지만 한 사람 더 있지." 헤이시로는 말했다. 누가 먼저 말하기 전에 말해 버리고 싶었기 때문이다.

티끌 만큼이라는 말이 어울리지 않을 정도로 제법 깊이 가메야를 의심한 사람이 하나 더 있다.

"후미노입니다."

그렇게 말한 사람은 신노스케였다. 저 옴팡눈이 무엇을 보고 있는지 헤이시로는 알 수 없었다. 신노스케의 눈은 허공을 쳐다보고 있었다.

"어린 아가씨의 억측입니다." 오토시는 화가 난 투로 말했다. "그 또래 아이가 쉽게 빠질 수 있는 착각이죠. 어린 아가씨의 시샘이에요!"

"뎃슈 씨도 젊은이입니다."

"아무리 그래도 관례를 치른 의원 지망생과 고작 열 살 된 아가씨를 똑같이 볼 수는 없어요! 아니면, 뭡니까? 도련님은 두 사람이 짜고 무슨 짓을 저질렀다고 하실 작정인가요?"

아무리 오토시라지만 자기 말이 지나쳤음을 깨닫고 스스로 입을 다물었다. 사타에가 얼어붙은 듯 눈을 휘둥그레 뜨고 오토시를 쳐다보며 말했다.

"후미노는 뎃슈를 알고 있었습니다. 오토시 씨도 아시잖아요?"

구리하시 의원은 신베하고만 친했던 것이 아니다. 후미노의 주치의이기도 했다. 후미노 본인이 말한 사실 아닌가. 감기에 걸리거나 배가 아플 때면 구리하시 선생에게 진료를 받았다고.

"뎃슈는 아가씨들한테 인기가 있었지." 신노스케가 거들었다. 다시 적으로 돌아선 듯하다. 이번에는 태도를 바꾸지 않는다.

"나리, 열 살배기 아이를 아가씨라고 볼 수는 없지요." 오토시가 반격한다.

"계속 열 살로 살지는 않으니까요."

어딘지 즐기는 듯한 의미심장한 웃음을 지으며 유미노스케가 말했다. "열 살과 열일곱 살은 어울리지 않지만, 열다섯과 스물둘이라면 어떨까요."

"이봐요, 도련님."

"저도 그 두 사람이 열 살과 열일곱 살 때 자신들이 품고 있는 의심에 대하여 솔직하게 대화를 나누었으리라고 보지는 않습니다. 오년 세월을 보태서 생각하고 있는 겁니다. 오 년 동안 후미노 씨는 어떻게 지냈을까요. 또 그 오 년 동안 뎃슈 씨는 어떻게 지냈을까요."

사타에, 하고 헤이시로가 불렀다. 얼어붙은 듯 긴장한 눈빛이 헤이시로를 본다.

"구리하시 선생이 죽은 뒤 뎃슈는 어떻게 되었지? 당신이나 신베가 일할 데를 알아봐 주었겠지?"

눈빛이 녹고, 차가운 기운이 온몸을 돌았는지 사타에는 그제야 기억난 듯 몸서리를 쳤다.

"신베가 여러 가지로 걱정해 주면서 아는 마치 의원에게 부탁하기도 했습니다만."

뎃슈는 그걸 마다하고 고향의 마쓰카와 가로 돌아갔다고 한다.

"돌아가겠다고 본인이 말했나?"

"예."

"그럼, 그것으로 끝이었나?"

그것이 전부였다. 사타에가 구리하시 가의 과부로 남았다면 몰라도 가메야의 후처로 들어가 버린 이상 마쓰카와 가하고는 인연이 끊겼다.

"고향에 돌아가 봐야 일할 자리도 없었을 텐데."

거사다. 필요할 때면 어김없이 눈을 뜬다. 맹맹한 콧소리는 자다가 깨어난 탓이다.

곁가지로 태어난 목숨이야. 아까 나온 거사의 말이 헤이시로의 가슴속에서 왕왕 울렸다. 고향에 돌아가 봐야 정착할 수도 없다.

"아마 다시 에도로 왔겠지."

화가 난 듯이 얼굴을 씰룩 일그러뜨린다.

"그렇다면 처음부터 신베 씨에게 부탁해서."

"가메야의 소개를 받아들일 리가 없지. 동료를 죽이고 자신의 스승까지 해쳤을지도 모르는 상인인데."

게다가 도둑이잖아, 하고 내뱉었다.

"거사님." 유미노스케가 가만히 부른다.

"알고 있다. 의심이야. 그냥 의심이지. 나라면 그렇기 때문에 더욱 확인하려고 했을 텐데."

"확인해요?" 신노스케가 물었다. "뭘요, 종조부님?"

"과거 말입니다, 마지마 나리." 유미노스케가 대답했다. "뎃슈 씨 눈에 가메야 신베 씨가 어떻게 보였을까요? 과거에는 동료 조제인을 죽이고 조제법을 훔쳤으며, 그것을 후회하고 있다고 고백하는가 싶더니 고백을 들어 준 구리하시 선생을 살해한 사람입니다."

"그렇게 확정된 건 아니지요."

실눈과 작은 입과 굵은 몸을 떨면서 다이코쿠야는 항변했다. "도련님, 적어도 구리하시 선생의 죽음에는 수상한 점이 없었습니다."

"없어 보일 뿐이라고, 뎃슈 씨가 의심할 만한 이유가 있었습니다."

"부인도 의심하지 않았잖아."

"사타에 씨가 신베 씨한테 속고 있을 뿐이라고 생각할 만한 이유도 있었습니다."

사타에가 신베에게 의지하지 않고서는 살아가기 힘들었다는 점은 사실이다.

사타에는 다시 양손으로 눈을 가렸다. 이번에는 누군가로부터 눈을 감추는 게 아니라 수치와 후회에서 나온 몸짓이라고 헤이시로는 느꼈다. 아무 말 하지 않아도 알 수 있었다. 그때 제가 조금만 더 굳세게 버텼으면.

굳세게 버텼다면 사타에마저 신베한테 살해당할 거라고 생각할 수도 있다―하고 헤이시로는 멋대로 짐작해 보았다.

제멋대로 짐작해 본 것이지만, 마쓰카와 뎃슈도 같은 생각을 했을지 모른다.

그렇다면 뎃슈는 더욱더 사타에에게 신베의 비밀을 엿들었다고 밝힐 수 없다. 신베에게 속고 있는 편이 구리하시 선생의 부인에게는 더 안전하다. 진실을 알 때까지는 그냥 계시는 편이 좋겠다―.

"모든 것을 밝혀내기 위해 큰 줄기부터, 그러니까 신베 씨의 고백이 사실인지부터 조사하고자 한다면," 마사고로가 유미노스케에게 말했다. "저라면, 찾아볼 겁니다."

"누구를요?" 신노스케가 강한 말투로 묻는다. "오세쓰나 그 아들 말입니까?"

"아뇨. 규스케를 말입니다."

가메야도 다이코쿠야도 아니다. 시치미를 떼 버리면 더는 어쩔 도리가 없는 두 약방 주인은 아니다.

요시마쓰를 살해한 죄를 공유하는 세 사람 가운데 가장 약한 고리, 규스케다.

가장 약하고 가장 진실에 가깝다.

"신베 씨의 고백만 엿들어서는 규스케 씨에 대한 자세한 내용을 알 수 없어요." 유미노스케는 계속 말했다. "신베 씨한테는, 다이코쿠야 씨와 달리 규스케 씨가 찾아와 손을 벌린 적도 없고요. 헤어진 뒤로 만난 적이 없죠. 그때 살인을 고백했을 때 규스케 씨의 이야기가 나왔을 리도 없어요. 그러니까 뎃슈 씨는 규스케 씨의 체격이나 생김새는 물론이고 애초에 지금도 규스케라는 이름을 가지고 있는지조차 알 수 없었죠."

그렇다. 규스케가 여기저기 떠돌며 이름을 바꿨는지도 모른다.

"그래도 단서는 있어요. 나이, 조제인이나 그 출신이라는 것. 몸이 허약하다는 것."

신노스케가 음울한 투로 덧붙였다. "다이코쿠야와 헤어진 뒤에는 우치칸다의 무라타 겐토쿠 의원 밑에서 일했다는 것."

그 정도면 중요한 단서라고 신음하듯이 중얼거렸다.

"말씀하신 대로입니다."

"그럼 우리가 찾아갔던 그 무라타 의원을,"

헤이시로의 물음이 채 끝나기도 전에 유미노스케가 고개를 끄덕인다. "오 년 전인지 사 년 전인지 그 시기는 모릅니다. 이모부와 마지마 나리처럼 떳떳하게 찾아가 물어보지도 못했겠지요. 하지만 뎃슈 씨는 규스케 씨 소식을 물으러 어떤 형식으로든 무라타 의원을 찾아갔음에 틀림없어요."

규스케는 이미 없었겠지만, 그곳에서 규스케는 틀림없이 제 이름을 썼을 테고, 인물이나 됨됨이에 대해서 정보를 얻었을 가능성이 크다. 단서를 잡았으리라.

게다가 구리하시 의원이 횡사하고 이 년 뒤에는,

"가메야가 왕진고를 팔기 시작했죠."

유명한 약이 되었다. 금방 잘 팔리게 되었다. 조제인이나 의원 들 사이에서 종종 화제에 올랐을 것이다.

규스케는 그 묘약을 모종의 두려움을 품고 바라보았다.

"한쪽은 의원 지망생이고 한쪽은 조제인입니다." 유미노스케는 담담하게 말했다. "빈약한 단서지만 먹고사는 바닥이 다르지 않습니다. 차근차근 뒤져 나갔다면, 마침내 이자가 아닐까 싶은 인물을 만났다면, 그래서 넌지시 떠 보았다면."

판단을 내리기는 어렵지 않았으리라. 뎃슈는 무지하고 배움 없는 전형적인 조닌은 아니니까.

"그렇게 바라는 대로 찾아졌을까요?"

다이코쿠야의 말투는 그야말로 인정하기 싫어 억지를 부리는 듯한 투였다. 마치 괴롭힘을 당하던 아이가 울면서 도망치다가 뒤를 돌아보며 메롱을 하는 듯하다.

"바라는 대로 되고 만 거죠."

헤이시로는 유미노스케가 거의 유감스러워하고 있다고 느꼈다.

"딱 만났다, 찾아냈다, 그런 일이 일어난 거라고 봅니다. 그랬기 때문에 규스케 씨와 신베 씨는 살해되었습니다."

도에몬은 여전히 인정하기 싫은 눈치다. "하지만 도련님, 그건 너무 그럴듯한 이야기로군요. 재미있는 이야기지만 저는 믿기지가 않아요."

맞아요, 하며 오토시가 가세한다.

"이봐요, 도련님" 하고 웃는다. 중재나 어르는 데 능한 모습이 되살아난다.

"도련님이 대단한 이야기로 이즈쓰 나리의 나침반 역할을 한다는 건 잘 알겠어요. 네, 아주 잘 알겠어요. 하지만 다시 한 번 차분히 생각해 보세요."

"무엇을 다시 생각해 볼까요?"

유미노스케가 예의 바르게 물었다.

"어머, 뭐라뇨." 오토시는 생글생글 웃었다. "애초에 가메야 씨의 고백을 우연히 엿듣고 만 자가 뎃슈 씨였다는 증거는 없어요. 없는 거예요. 그건 도련님의 여기."

관자놀이를 손끝으로 건드린다.

"머릿속에만 있는 얘기죠. 실은 누구였는지 알 길이 없어요. 네, 설사 엿들은 사람이 있었다고 해도 말예요."

오토시의 음성이 새되게 높아진다.

"뎃슈 씨가 아니라 하녀 가운데 누구였을지도 모르잖아요? 그렇죠?"

적과 아군을 어지럽게 바꿔, 지금의 오토시는 파리한 얼굴로 어깨를 떨어뜨린 사타에를 옹호하는 듯한 표정마저 보였다.

"관리인님." 유미노스케는 말했다. 표정은 차분했고 눈에는 그늘이 드리운다. "그럼 출발점이 다릅니다."

헤이시로는 배에 힘을 주었다. 유미노스케의 표정이 이렇게 변하는 것을 전에도 몇 번인가 보았다. 그래서 이럴 때는 볼썽사납게 허둥대지 않도록 마음의 준비를 단단히 해 둬야 함을 알고 있다.

"출발점이라니, 무슨 말이죠?"

"저는 신베 씨의 고백을 들은 자가 뎃슈 씨라는 데서부터 생각을 시작한 것이 아닙니다. 강 이쪽 편에서 출발하지 않았어요."

건너편에서 시작했습니다, 하고 말했다.

"건너편이라면?" 신노스케가 물었다. 그의 눈에도 그늘이 드리웠다. 무쇠 항아리 바닥처럼 어둡다.

"가메야 쪽에서부터. 신베 씨가 살해된 쪽에서부터 생각을 시작했습니다."

짱구가 가운데로 모았던 눈을 풀더니 턱을 당기고 심각한 표정을 지었다. 헤이시로는 눈치챘다. 유미노스케가 이 이야기를 이미 산타로한테 말했음을. 자기 생각에 허점은 없는지 확인해 보았음을. 그래서 짱구는 지금부터의 이야기는 두뇌에 저장하지 않아도 되는 것이다. 이미 알고 있으니까.

유미노스케와 산타로는 어느새 그런 짝꿍이 되었다.

"신베 씨를 죽인 자는 가메야 내부에는 없습니다. 약방 안에 범인이 있다면 마치 외부에서 범인이 침입한 것처럼 꾸몄을 테니까요. 그것이 범인의 당연한 움직임이고 발상입니다."

그러나 그날 가메야에는 그런 흔적이 없었다.

"범인은 밖에서 들어왔습니다. 몰래 들어와 신베 씨를 징벌하고 다시 몰래 밖으로 빠져나갔습니다. 아무런 흔적도 남기지 않고 누구한테도 들키지 않고. 그래서 아주 이상하게만 보였죠—."

도리질을 하며 유미노스케는 눈길을 들었다.

"그렇게 보였을 뿐입니다. 답은 쉽습니다. 약방 안에서 범인을 안내한 사람이 있습니다."

"어떻게 안내했다는 거죠?"

오토시는 여전히, 눈앞에 있는 몽상이 지나친 아이를 관리인으로서 훈계해 주려는 듯하다.

"끌어들이고 감춰 준 건가요? 숨겨 준 겁니까? 도련님, 도련님도 큰 가게에서 자랐으니 가게 생활이 어떤지는 잘 아시겠죠. 다들 바빠요. 아침에 일어나 밤에 잠자리에 들 때까지 안에서나 밖에서나 정신없이 바빠요. 외부에서 사람을 끌어들여서 감쪽같이 숨겨 준다는 건 도저히 있을 수가 없어요!"

"가메야에서는 가능했어요."

대비는 하고 있었지만 그래도 헤이시로는 얻어맞은 듯한 기분이 들어 눈을 감았다.

"가메님을 이용하면, 가능합니다."

가메야의 신. 엄청나게 커다란 항아리다. 판자문 안쪽에 모셔져 있어 함부로 접근하는 것도, 손을 대는 것도 불가하다.

"가메……님." 신노스케가 놀라서 말했다. "항아리 안에 범인이 숨어 있었다는 겁니까!"

"다른 방법이 있나요?"

유미노스케는 그 놀라는 모습이 오히려 뜻밖이라는 표정을 지어 보인다.

"신베 씨 사건을 들었을 때, 저는 처음부터 그곳밖에 없겠다고 생각했습니다."

하루 일을 마친 썩둑이들이 조제실을 나간다. 문에 자물쇠를 채운다. 그 뒤 길잡이 노릇을 하는 사람이 약방 사람들의 눈을 피해 슬쩍 조제실로 들어가 장지문을 열고 미리 입을 맞춰 둔 범인을 불러들인다. 그때는 아직 항아리 안에 숨지 않아도 그 방에 가만히 숨어 있으면 아무한테도 들키지 않는다. 만에 하나 누가 들어오려고 하면 얼른 항아리 속으로 뛰어들어 숨죽이고 있으면 된다.

범인은 약방 전체가 잠들 즈음에 조제실을 나온다. 물론 자물쇠는 길잡이가 열어 준다.

그리고 신베는 살해된다. 범인은 피 묻은 칼을 들고 조제실로 돌아와 그곳에 숨어서 새벽을 맞는다.

가메야 사람들이 잠자리에서 일어나는 시각이 된다―.

"범인은 항아리 속에 숨습니다. 살해된 신베 씨가 발견되고 약방 사람들이 깊은 혼란에 빠집니다. 뭐든 수상한 것은 없는지 누가 숨어 있지는 않은지 찾아보라면서 다들 우왕좌왕하느라 약방이 발칵 뒤집힙니다."

그러나 아무도 항아리 신에는 접근하지 못한다.

"그다음은 쉽습니다. 소동이 벌어지는 와중에 길잡이가 범인을 밖으로 도망시키면 됩니다."

갈아입을 옷을 준비해 두었는지도 모르죠, 하고 가볍게 말한다.

"구경꾼들 틈에 섞여 쉽게 도망칠 수 있습니다. 섣불리 밤길을 돌아다니다가 어느 기도반에서 검문을 받는 것보다 훨씬 현명한 방법입니다. 무기로 사용한 칼도 장도는 아닐 테니 품에 감추면 됩니다."

"도련님, 아니 유미노스케 님."

노여움을 띤 목소리를 낸 사람은, 이번에는 도에몬이다.

"지금 엄청난 얘기를 하고 있어요. 그거 알아요?"

"예, 잘 알고 있습니다."

"가메야에서 항아리 신을 만질 수 있는 사람은 안주인과 딸 후미노 두 사람뿐입니다."

신노스케가 말한다. 눈을 감은 사타에는 눈꺼풀까지 새하얗게 되었다.

"그래서 저는 두 분 가운데 누군가가 길잡이 노릇을 했으리라 일찌감치 생각했습니다."

생각했습니다만—하고 유미노스케가 신노스케의 얼굴에서 시선을 피했다.

"이모부께 가메야에서 있었던 일에 대해 들으면서 금방 후미노 씨임을 알았습니다."

"어째서요?"

어떤 뱀이 튀어나오든 개의치 않겠다는 듯이 신노스케가 덤불로 돌진한다.

"항아리 신이 땀을 흘리고 있다고 후미노 씨가 이모부와 마지막 나리께 굳이 전하러 왔기 때문입니다. 항아리 신에게 이변이 생기면 가메야에 변고가 일어난다는 말이 있다고 이야기했기 때문입니다."

"항아리는 분명히 땀을 흘리고 있었어요."

"닦았기 때문입니다, 후미노 씨가."

오토시가 팔을 쳐들었다가 붙들 것이나 때릴 것을 찾지 못하고 허공에서 주먹을 꼭 쥔 다음 어깨를 툭 떨어뜨렸다.

"피가 묻어 있었겠죠."

신베 씨의 피 말입니다.

"그래서 젖은 행주로 닦아낸 겁니다. 하지만 항아리 같은 매끈매

끈한 물건을 닦아낼 때는 나중에 마른 수건으로 정성스럽게 물기를 닦아 주지 않으면 훔친 자국이 남습니다. 후미노 씨에게는 그렇게 할 시간이 없었어요. 닦아낸 자국이 눈에 띌 수밖에 없음을 알았을 거예요."

그렇게 되면 조사 과정에서 의심을 살 테니 그 전에,

"선수를 친 겁니다. 항아리 신이 땀을 흘리고 있다고."

헤이시로는 그렇게 말하던 후미노의 사심 없는 얼굴을, 해맑은 새까만 눈동자를 떠올렸다.

─가메님은 신입니다.

"나도 신 상도 전혀 의심하지 않았는데."

헤이시로가 나지막하게 말했지만 유미노스케는 대답하지 않았다.

"그렇게 일찌감치 눈치를 챘으면서 왜 그때 바로 말하지 않았죠, 도련님?"

오토시는 과감하게 비난의 방향을 바꾸었다. 이 정도면 거의 존경스러울 지경이군, 하고 헤이시로는 감탄했다.

"그것만으로는 범인을 밝혀낼 수 없기 때문입니다. 후미노 씨는 제가 생각을 시작한 실마리일 뿐입니다."

그렇겠지. 조사가 진행되는 가운데 알게 되었으리라. 후미노가 신베를 어떻게 생각하고 있었는지. 사타에와 사이가 어땠는지. 사타에의 전남편 구리하시 의원은 어떤 인물이고 어떻게 죽었는지.

신베와 규스케에게 어두운 비밀이 있었다는 사실도 알았다.

"항아리 신은 부인도 만질 수 있었을 텐데요."

신노스케는 문득 눈을 부릅뜨고 유미노스케를 정면으로 쳐다보았다. 아직 반론을 펼 기세다.

"그렇다면 이렇게 말할 수도 있지 않습니까? 즉 부인이 범인을 안내하고 항아리의 피를 닦아냈는데, 그 자국을 본 후미노가 이변이 일어났다고 믿고 우리에게 보고했다고."

유미노스케는 사타에에게 눈길을 돌렸다. 그 기미를 느꼈는지 사타에가 눈꺼풀을 열었다.

다른 곳은 전부 핏기가 가셨는데 흰자위만 새빨갛다.

"그것은 후미노가 한 말이겠지요?"

아닙니다, 하고 유미노스케는 말했다.

"가메야에서 백안시당하던 사타에 씨는 가메야의 신이 있는 방에 들어가지 못했을 겁니다. 실례되는 말씀이지만 저는 그렇게 생각했습니다."

저는 허울뿐인 안주인이니까요—하고 사타에는 말했다.

"열쇠도 없습니다."

그러고는 다시 눈을 감아 버렸다. 오토시가 옆에서 손을 뻗어 사타에의 무릎 위에서 손을 꼭 잡아 주었다.

호흡을 한 번 하고 나서 사타에가 그 손을 마주 잡는 것을, 그렇게 두 여인이 서로 손을 꼭 쥐는 모습을 헤이시로는 보았다.

"후미노 씨다. 저는 거기에서부터 생각을 펼치게 되었습니다."

다시 한 번 유미노스케는 반복했다.

"그러면 범인은 어디 사는 누구일까. 후미노 씨와 함께 의심하고 함께 분노하고 후미노 씨를 돕고 후미노 씨와 마음을 함께하며 이렇게 무서운 일을 저지를 수 있는 자는 어디에 있을까. 그리고 그자는 후미노 씨가 아닌 다른 경로로 요시마쓰 살해의 비밀을 전해 들었어야 하며, 규스케 씨하고도 만날 수 있는 상황에 있어야 한다—."

헤이시로도 알 수 있었다. 구리하시 가의 하녀는 그럴 만한 인물이 못 된다.

"그렇게 생각을 좁혀 나간 끝에 구리하시 선생의 조수 마쓰카와 뎃슈 씨가 떠오른 겁니다."

"일전에 도련님이 저를 찾아와서,"

고개를 숙인 채 눈을 꼭 감은 사타에가 오토시의 손을 잡은 채 말했다.

"당시 구리하시에게 제자나 조수는 없었느냐, 혹시 그자의 체구가 작지 않냐고 물으셨지요."

신노스케는 그렇게 말하는 사타에를 바라보다가 눈길을 돌려 도깨비라도 보는 눈초리로 유미노스케를 보았다. 어떻게 그런 질문을 할 수 있을까.

그런 두뇌를 가지고 있는 것이다, 유미노스케는.

"덩치가 크면 아무리 항아리가 커도 쉽게 숨을 수는 없을 테니까요."

도깨비를 바라보는 듯한 눈길을 느끼고 있을 텐데도 유미노스케는 담담하게 말했다.

"신베 씨가 요시마쓰를 죽였다는 이야기를 전해 듣고도 후미노 아가씨가 그다지 놀라지 않는 듯했던 건, 뎃슈 씨한테 들어서 알고 있었기 때문이겠죠?" 오토시가 물었다.

"예, 그렇겠지요."

"언제죠? 대체 언제 두 사람이 그런 이야기를 했을까요. 도련님은 아세요?"

"모릅니다." 유미노스케는 고개를 저었다. "다만 왕진고를 팔기 시작한 직후였으리라 추정하고 있습니다."

마침내 왕진고가 세상에 나왔다—.

마쓰카와 뎃슈는 그것을 보았다. 혹은 소문을 듣고 가메야를 찾아왔을까? 필시 찾아왔으리라.

후미노는 그곳에 있었다. 제법 어른스러워지고, 매력을 발하는 미소녀로 자라 있었다.

"열너덧 살쯤 되면 여자아이는 부모의 눈을 속여 사내와 밀회를 하기도 하니까요."

오토시는 자신이 질문했단 사실을 잊어버린 듯 멋대로 말한다.

"뎃슈 씨의 얼굴도 기억하고 있었을 테고."

"전에 친했으니까요."

사타에가 말했다. 눈을 감은 채 즐거운 추억을 말하는 듯 잠깐이지만 입가에 엷은 미소가 번졌다.

"구리하시가 죽고 제가 가메야에 들어가기로 정해졌을 때 후미노가 제게 물어본 적이 있어요. 그때는 아무렇지도 않게 생각했지만…… 네, 분명합니다."

—젊은 선생은 고향으로 돌아가 버리나요?

오토시는 사타에를 바라보았다가 다시 고개를 푹 숙였다.

"그런 음전한 사람은 의외로 아이들에게 호감을 사게 마련이죠."

사타에를 위로하는 듯한 말투였다.

"—어느 쪽이 먼저일까요?"

이 자리의 묵직한 침묵을 감당해 내는 사람은 거사와 마사고로와 짱구뿐인 듯하다. 서로 겨루듯이 이번에는 도에몬이 입을 연다.

"규스케를 찾아낸 것이 먼저입니까? 후미노 씨와 재회한 것이 먼저입니까?"

모르겠어요, 하고 유미노스케는 다시 솔직하게 말한다.

"한시라도 빨리 당사자를 찾아내서 물어보고 싶습니다."

헤이시로는 손을 겨드랑이에 낀 채 웅크리고 자신의 내부에 침잠한 듯한 기분이 되어 생각했다. 후미노와 재회했을 때 마쓰카와 뎃슈는 무슨 생각을 했을까. 재회하기 전에는 무슨 생각을 하고 있었을까.

오 년 전, 살인자 신베가 군림하는 적진에 남겨 두고 떠났다. 자신을 따르던 작고 사랑스러운 여자아이를.

게다가 가메야에는 사타에가 있다.

곁가지에 군식구라서 고향에서는 설 자리가 없던 그를 불러서 배움의 기회와 생계를 마련해 준 은인 구리하시 의원과 가장 가까웠던 사람. 큰 신세를 진 사람. 친밀하게 지내지는 못했지만 그는 나름대로 고마운 마음도 품고 있었으리라.

그녀 역시 뎃슈가 살인자 신베 곁에 남겨 놓고 온 사람이었다.

그 두 여자 사이가 틀어져 냉랭한 바람이 불고 있다는 사실을 알았을 때 그는 또 무슨 생각을 했을까.

신베가 죽고 약방을 책임지게 된 뒤부터 후미노가 사타에에게 상냥하게 대하기 시작했다는 말을 헤이시로는 떠올렸다.

후미노는 사타에 역시 신베의 과거 때문에 인생이 틀어져 버린 여자라고 이해한 걸까.

아버지가 이승을 떠나고 나서야 겨우.

부녀지간인데 그렇게까지 냉랭해질 수 있을까. 그렇게까지 등질 수 있을까.

그렇게 될 때도 있다. 내내 그런 사이로 남을지 말지는,

—그때의 운에 달렸다.

가와이야도 조금만 이야기가 어긋났으면 지금쯤 어떻게 되었을지 알 수 없다.

"매음녀는?"

모토미야 겐에몬이 삭정이 같은 팔꿈치로 유미노스케를 쿡 찌르며 말했다. "매음녀 살해는 어떻게 설명하려고? 너는 그 사건으로 몹시 낭패하지 않았느냐."

그러고 보니 그렇다. 너무 속상해서 머리가 어지러울 정도라고 헤이시로한테도 말했다.

"아, 그것은요," 유미노스케는 갑자기 힘없이 무너지는 시늉을 했다. "정말 어이없는 사건이었어요."

장단을 맞춰 줄 요량으로 헤이시로가 굵은 목소리로 말했다. "어째서?"

"그게요, 이모부."

눈속임입니다.

"뭐라고?"

"오세쓰 모자 소식을 좀처럼 알아내지 못해서 결국 혐의를 뒤집어

씌우기가 어렵게 되자 이쯤에서 규스케 씨와 신베 씨를 죽인 게 요시마쓰의 죽음과는 무관한 것처럼 해 두는 편이 좋겠다—고 생각했을 거예요."

마쓰카와 뎃슈가? 아니면 후미노가?

"잔꾀였지만 효과는 있었어요. 이모부도 흔들리셨잖아요."

"하지만 그건,"

"그걸 노린 눈속임이었어요. 다른 의미는 없습니다. 그래서 제가 머리가 어지러울 정도로 속이 상했던 거예요. 그렇게까지 나오니."

유미노스케는 정말로 속이 메스꺼운지 손으로 가슴을 눌렀다.

"사람이 할 짓이 아니죠."

"인륜을 벗어나도 한참 벗어났군."

"벗어난 정도가 아니에요."

무슨 말을 하고 싶은지는 알 듯했다.

"잠깐만." 거무죽죽한 안색으로 신노스케가 끼어들었다. "그렇다면 오쓰기를 죽인 자—결국 오쓰기가 좋아하던 그 손님이 바로 마쓰카와 뎃슈라는 말입니까?"

"예."

오쓰기를 불러내서 단칼에 베어 죽였다.

"살해당한 오쓰기는 물론 미남을 밝혔다고 했어요. 하지만 체구가 작은 남자를 선호하던 사람은 동무인 오나카였죠."

"그래서 더욱 오쓰기 씨는 오나카 씨가 모르게 뎃슈 씨를 만났겠죠. 오쓰기 씨로서는 뎃슈 씨가 동무에게 한눈을 팔까 봐 두려웠을 테고, 오나카 씨가 저런 남자야말로 내가 찾던 손님이라고 생각해서도 곤란했을 테니까요."

신노스케가 입을 멍하니 벌렸다. "허어."

"손님의 정체를 알 수 없었던 까닭도 그 탓입니다. 상황이 마침 그리 돌아갔을 뿐이지만."

그렇게 덧붙이자 흡사 구시렁거리는 말처럼 들린다. 신노스케는 어안이 벙벙한 표정을 짓고 있다.

"무섭군."

사건이 무섭다고 말하는 것이 아니다. 그걸 간파한 유미노스케가 무섭다는 뜻이다. 그 심정은 너무나 잘 안다. 헤이시로도 전에는 그랬다.

"강가에 있는 뱃집들을 이 잡듯이 조사하고 있습니다."

마사고로가 그렇게 말하고 일동에게 자기처럼 해 보라고 권하듯 이 숨을 길게 내쉬었다.

"어쩌면 오쓰기가 남자의 요구대로 배를 빌렸을 수도 있지 않을까 싶어서 확인을 해 보려고요."

아마 살인 역시 배 위에서 저질렀으리라. 그대로 오쓰기의 사체를 강에 던져 버린 것이다.

물살에 떠밀려 가 핫폰구이에 걸리도록.

"유미노스케."

내가 언제 입을 열고 유미노스케를 불렀지? 헤이시로는 의아해하다가 깨달았다. 방금 그것은 내가 아니다. 거사가 불렀다.

"예." 유미노스케가 자세를 가다듬었다.

"할 말은 다 한 거냐?"

"예."

"그럼 좀 쉬어라." 거사는 유미노스케 머리에 손을 얹었다. "네 소임은 여기까지야. 그다음은 헤이노스케 나리들의 몫이다."

헤이노스케가 아닌 헤이시로는 고개를 끄덕였다. 그렇다, 가장 까다로운 일이 남았다.

앞으로 어떻게 한다?

"이모부."

이번에는 틀림없다. 유미노스케가 나를 부르고 있다.

"음, 왜?"

"저는 내내 후미노 씨에 대해서 생각했습니다."

"그런데?"

"아무리 냉철해지려고 해도, 후미노 씨한테 도움을 받은 범인에 대하여 생각해 보려 하면 늘 후미노 씨를 생각하지 않을 수 없었습니다."

"음."

"범인은 나이가 꽤 있는 사람인가 싶었습니다. 후미노 씨 눈에 아버지 신베 씨보다 더 아버지처럼 보일 만한."

사타에가 귀를 세우고 있다.

"하지만, 아무래도 아닌 모양입니다."

"왜 아니지?"

"후미노 씨는,"

유미노스케는 문득 허공으로 눈길을 돌렸다. 혼을 공중에 띄워 올리듯이.

"원한이나 분노나 슬픔만으로는 이런 일에 관여하지 않았을 테니까요."

또 다른 뭔가가 있습니다.

"두 사람을 손잡게 만든."

그게 무엇이겠느냐, 하고 헤이시로가 물었다. 유미노스케는 허공을 쳐다보며 대답했다.

"사랑이죠."

무섭네요—하고 유미노스케는 말했다.

옆에서 산타로가 얼굴을 숙이고 있다. 어른들은 아무도 입을 열지 않는다. 그래서 헤이시로는 전혀 어울리지도 않는 말을 해야 했다.

"사실은 무서운 것만은 아닌데 말이야."

위태위태하네요—하고 아내는 나지막이 말했다.

"아무리 유미노스케라도 이번에는 막판에 실수한 게 아닌지 걱정돼요."

해는 벌써 다 졌다. 마당에서 방울벌레가 울고 있다.

이즈쓰 헤이시로는 오토쿠야에서 돌아와, 아내가 차려 준 저녁을 먹고 있다. 식은 밥에 보리차를 부었고, 반찬은 채소 절임뿐이다. 배는 고프지만 피곤이 쌓인 탓에 역시 이렇게 담백한 음식이 먹고 싶었다.

"막판에 실수하다니, 무슨 뜻이지?"

헤이시로가 절인 채소를 씹으며 묻자 아내가 미간에 주름을 지었다.

"사건을 해명하는 자리에 너무 많은 사람을 불렀어요. 다이코쿠야와 여관리인 오토시까지 부를 필요는 없었잖아요?"

제외시키면 좋았을 텐데, 라고 말하는 아내의 말투야말로 꽤 위태위태하다.

"앞으로 곤란할걸요. 다이코쿠야는 멀리 떨어져 있으니까 그나마 낫지만, 오토시는 가메야에 늘 드나들잖아요? 후미노와 얼굴을 마주치면 아무래도—."

유미노스케한테 사건에 대한 설명을 들은 탓에 오토시의 표정이나 태도가 묘하게 달라질까 봐 걱정하는 걸까.

"아니, 걱정할 필요 없어. 오토시는 괜찮아. 너구리 같은 여자거든. 천연덕스럽게 연기할 테지."

"그럴까요?"

"그럼. 오히려 오토시한테 상황을 비밀로 해 두었다가 나중에 중요한 순간에 그 여자가 당황해서 엉뚱한 소리를 하면 그게 더 곤란하지. 오토시는 사타에가 싫어서 후미노 편을 들었으니까."

그 사타에를 오늘은 무슨 일이 있어도 오토쿠야에 데려와야 했다. 후미노에게 의심을 사지 않고 사타에를 밖으로 불러내기 위해서라도 오토시를 끌어들일 필요가 있었다.

"사타에는 아무래도 몸 상태가 좋지 않은 듯하니 의원에게 진맥을 받아야겠다는 구실로 가메야를 나왔거든. 오토시는 같이 가 준다면서 함께 왔고."

헤이시로가 빈 밥공기를 내밀자 아내가 받아들었다.

"어느 의원한테요?"

"이 근처라고 하면 들통 나기가 쉬우니까 무라타 선생한테 간다고 해 두었지. 명의로 소문난 사람이지만, 늘 환자들이 문전성시를 이루어 쉽게 왕진할 수 없다는 사정도 마침 잘 맞았고."

구실로시민이 아니라 사타에는 그 의원에게 정말로 신료를 받아보는 편이 좋지 않을까, 하고 헤이시로는 생각했다. 본래 건강하지 못한 사람이지만, 오늘 돌아갈 때는 겉으로 보기에도 지칠 대로 지쳐 있었다. 한편 오토시는, 미안한 말이지만, 제 세상을 만난 듯하다고 할까, 평소 허리도 못 펴고 끙끙거리던 노인이 태풍이 온다는 소식에 벌떡 일어나 창문과 문에 판자를 덧대기 시작하는 듯한 분위기였다.

어려운 사태에 직면하면 더욱 힘을 낸다. 관리인의 모범이라고 하지 못할 것도 없다. 사실 오늘은 여러 번 궁지에 몰리기도 했지만 알고 보면 나름대로 훌륭한 관리인이다.

"오토시의 오해가 풀려서 사타에하고도 사이가 좋아진 모양이더군."

아내는 밥을 퍼 담은 남편의 밥공기를 가슴께에 소중하게 품고 있었다. 헤이시로가 손을 내밀자 짐짓 밥공기를 멀리 피하며 그를 모로 쳐다보았다.

"왜 그래?"

"너무 낙관하지 말아요. 여자의 질투는 그리 쉽게 사라지지 않는 법이에요."

내민 손을 허공에 둔 채 헤이시로는 아내의 얼굴을 보았다. 오늘의 대화에서 오토시가 사타에를 시샘한다고 느낀 것이 분명하다.

마침 잘됐군. 한번 물어나 보자. "왜 오토시가 사타에를 시샘하는지 나는 모르겠는걸."

"사타에 씨는 아름다운 분이잖아요?"

"오토시도 미녀야."

"여러 남자의 마음을 어지럽히는 모양이고요."

그 점에서는 오토시가 꿀리겠지. 남자를 고민하게 한다기보다 주변 남자들의 고민이나, 주위 남자들 때문에 일어나는 고민을 해결해 주며 다니는 것이 장기일 테니까.

헤이시로는 공격 방식을 바꾸기로 했다. "그럼 당신도 사타에 같은 여자가 부러운가?"

아내는 왠지 입술을 오므렸다. "몰라요. 당신이 도랑에 빠져서 저승에라도 간다면 알게 될지도 모르죠."

"도랑이라니. 구리하시 선생이 익사한 곳은 수로야."

도랑과 수로는 달라도 너무 다르다.

"결국 여자는 욕심이 많다는 말이에요."

밥공기를 헤이시로의 밥상에 탁, 소리 나게 놓고 아내는 말했다.

"자기가 걸어 본 적이 없는 길을 걷고 있는 여자가 부러운 거예요."

"그 길이 고생밖에 없는 흙탕길이라도?"

"흙탕길이라도 업어 주겠다고 등을 내미는 사람이 있다면 더욱 부럽죠. 그것도 한둘이 아니라 여럿이 몰려든다면."

암만해도 이 사람 역시 사타에가 마음에 안 드는 모양이군. 그때 한 가지 생각이 헤이시로의 머리를 스쳤다.

"유미노스케가 사타에를 넋 놓고 쳐다보더라고 하니까 신경에 거슬리는 게로군?"

정곡을 찔렀나 싶었는데, 뜻밖에도 아내는 그런 헤이시로의 득의 양양한 얼굴을 쳐다보며 웃음을 터뜨렸다.

"당신, 그 아이가 정말로 사타에 씨한테 열을 올리고 있다고 보세요?"

순진하기도 하셔라, 하며 손으로 입을 가리고 호호호 웃는다.

"그 아이가 일부러 그런 거예요. 그렇게 대접해 둬야 만사가 매끄럽게 될 테니까요."

그 자리에 있지도 않았던 사람이 자신 있게 단언한다. 오랜 경험을 통해 이럴 때 이론을 제기해 봐야 득이 될 게 없음을 잘 아는 헤이시로는 얌전히 밥공기에 보리차를 붓고 먹는 데 몰두했다.

"그럼 모두 머리를 맞대고, 앞으로 어떻게 하기로 정하셨나요?"

밥을 꿀꺽 삼키고 헤이시로는 대답했다. "후미노가 헤엄치고 다니게 해야지."

"어디에서요? 수로에서요?"

농담만은 아닌 듯하다.

"모르는 척 놔두고 어떻게 나오나 보자는 말이야."

물론 그도 슬쩍 익살스럽게 말한다.

"매음녀 오쓰기 살해 사건을 두고, 이번 사건은 요시마쓰의 죽음과는 아무 관련도 없다, 그냥 쓰지기리였던 게 아니냐 하고 우리가 헤매는 시늉을 하는 거야. 제대로 해 보이는 거지. 다이코쿠야에 대한 감시도 느슨하게 하고. 물론 그러는 척만 하는 거지만."

후미노에게는 실을 달아 둔다.

"한시도 눈을 떼지 말고 철저히 감시하고, 외출을 하면 미행을 해야지. 그런 것을 두고 실을 달아 둔다고 하는 거야."

"무슨 연 날리는 얘기 같군요."

"지금까지는 다이코쿠야 쪽만 신경을 쓰느라 후미노는 감시하지 않았지. 그 아가씨도 설마, 하고 있을 거야."

후미노가 마쓰카와 뎃슈와 어디에선가 만나기만 해 준다면 만만세다.

"두 사람을 한꺼번에 체포할 수 있다면 더 바랄 게 없겠지만, 가메야와 다이코쿠야는 어떻게 되나요?"

헤이시로는 밥공기와 젓가락을 내려놓고 팔짱을 꼈다.

"가메야는 어쩔 도리가 없지. 다이코쿠야는 어떻게든 사형은 면하게 해 주고 싶지만."

모토미야 겐에몬이 비슷한 사건에 대한 판례가 있는지 옛 기록을 찾아보겠다고 말했다. 그때는 짱구를 빌리고 싶다고 해서 마사고로도 기꺼이 그러시라고 했다. 유미노스케는 자기도 거들게 해 달라면서 의욕을 보였다.

"다이코쿠야의 주인도 요시마쓰라는 사람을 죽인 것은 사실이잖아요."

"어쩌다 신베의 행동에 휩쓸린 거야. 살인도 우발적이었고."

다이코쿠야 도에몬에게는 평생 가난한 병자들을 위해 조제를 하라는 벌을 내리는 것도 한 방법이겠다.

"본인은 때가 되면 자기 몸뚱이 하나만 갖고 다이코쿠야를 떠나겠다고 하더군. 아들한테도 상속하지 않겠대."

대신 다이코쿠야 간판은 남을 수 있게 해 주십시오. 그 가게는 제가 잠시 맡았을 뿐이지 결코 제 차지가 아닙니다.

"어쨌든 우리야 거드는 정도밖에 못하니까."

"왕진고 조제법은 못 남기나요?"

"가메야가 망하더라도 조제인들이 있으면 괜찮겠지."

빈 공기에 보리차를 붓고 헤이시로가 눈길을 들자 아내가 다시 입을 뾰족하게 모으고 있다.

"왜, 뭐가 부족한가?"

아뇨—하고 자세를 바로 한다.

"그 두 사람은 어떻게 할 작정일지 생각해 봤어요."

후미노와 마쓰카와 말이다.

"어떻게 하다니?"

"그러니까, 계획이 있었을 것 아녜요."

규스케의 입을 봉하고 신베를 징벌한 뒤.

"다이코쿠야 주인도 징벌할 작정이었을까요?"

헤이시로는 긴 턱을 쓰다듬었다. "그야, 셋이 한 패였으니까."

"제가 보기에 두 젊은이는 처음부터 그런 위험한 다리를 건널 마음은 없었을지도 몰라요."

아내가 유미노스케처럼 되었다.

"사정을 아는 규스케의 입을 막아 버리고 싶었겠지요. 이해가 가요. 가메야 신베는 두목 격이었고, 마쓰카와 뎃슈는 신베를 구리하시 선생의 원수로 알고 있었으니까 사타에 씨를 위해서라도 주살해 버리지 않으면 성이 풀리지 않았겠지요. 하지만 다이코쿠야는…….”

허공으로 시선을 고정한 채 고개를 갸웃한다.

“다이코쿠야 도에몬이 요시마쓰를 살해했단 사실을 다 털어놓은 것도 두 젊은이에게는 뜻밖의 전개가 아니었을까요?”

그것은 헤이시로도 생각한 바였다.

“잠자코 있었으면 드러나지 않을 일이었지.”

아내는 고개를 크게 끄덕였다. “다이코쿠야가 잠자코 있었으면 원래 규스케와 신베의 죽음이 하나의 사건으로 연결되지도 않았을 거예요.”

그렇게 되나? 아니, 잠깐만.

“모토미야 거사가 있잖아.”

“그것까지 읽어낼 수는 없었을 테죠. 저는 두 젊은이가 계획했던 줄거리를 짚어 보려는 거예요.”

두 젊은이라는 말에 어딘지 정이 담겨 있는 듯 느껴진다. 아내는 후미노와 뎃슈를 동정하는 걸까.

“그래서? 두 젊은이는 어떤 다리를 건널 생각이었다는 말이지?”

아내는 간발의 차도 두지 않고 반문했다. “두 사람은 연인 사이죠?”

“유미노스케의 설에 따르면.”

“그 아이의 생각은 틀림없어요.”

그렇다면—하고 중얼거리다가 입을 다문다.

“그렇다면 뭐?”

“연인에게 가장 중요한 것이 뭘까요?”

오랫동안 그런 것과 인연 없이 살아온 헤이시로는 답이 떠오르지 않는다.

초조해졌는지 아내가 말했다. "사랑을 성취하는 일이에요."

"성취는 했잖아? 벌써 맺어졌는데."

"지금은 저희끼리 눈이 맞았을 뿐이죠. 주변의 인정을 받아야지."

"일테면 살림을 차린다든가?"

턱을 쓸면서 대답하던 헤이시로가 손길을 뚝 멈췄다. "당신, 후미노가 남자랑 도망칠 거라고 보나?"

보세요—하며 아내는 병든 자식을 보는 듯한 눈길이 되었다. "남자랑 도망쳐서 산다고 해도 바람이 든 것일 뿐이에요. 주변의 인정을 받지 못해요. 눈 맞아 도망쳤을 뿐이잖아요."

그럼 뭐가 성취라는 말이야?

"제가 보기에 두 젊은이는 애초에 다이코쿠야를 해칠 마음이 없었어요. 규스케와 신베만 해치워 버리면 방해할 사람은 없잖아요."

일단 입을 꼭 다물었다가 작심한 듯 내처 말했다. "그러니 일이 끝나면 마쓰카와 뎃슈가 가메야로 들어오는 거예요. 데릴사위로."

헤이시로는 놀라서 입을 멍하니 벌렸다.

아내는 다시 남편을 모로 쳐다보았다.

"다이코쿠야가 소심하고 입이 가벼워 이십 년 전 죄를 술술 털어놓은 것은 두 사람에게 뜻밖의 사태였어요. 때문에 유미노스케 말대로 눈속임을 할 요량으로 매음녀를 죽이기까지 했어요. 다이코쿠야만 잠자코 있어 주었다면 오쓰기라는 매음녀는 죽지 않아도 좋았겠죠."

헤이시로는 말없이 무릎을 모으고 다다미에 손을 짚고는 아내의 등 뒤쪽을 살펴보았다. 아내가 몸을 틀며 눈을 휘둥그레 뜬다.

"왜 그래요?"

"무슨 장치를 한 거야?"

"장치라뇨?"

"유미노스케를 숨기고 있나? 새로 나온 니닌바오리야? 나보고 그렇게 뭐라고 하더니 어느새 3대 뱌쿠렌샤이 데이슈의 제자라도 되었나?"

두 손을 짚은 채 아내를 이리저리 살피다가,

"남우세스러워라. 그만둬요!"

이마를 탁, 맞았다. 듣기 좋은 소리가 났다.

"유미노스케의 주장에 사랑을 보태서 생각했을 뿐이에요. 그 아이한테는 아직 조금 어려운 이야기일 테니까."

사랑은 머리로 하는 게 아니잖아요, 라고 말한다.

풀이 죽어 제자리에 앉은 헤이시로에게 아내가 보리차를 따라 준다.

"그러나 다이코쿠야가 털어놓은 이상, 이미 그건 아니지."

"그렇다고 말할 수도 없어요. 이대로 당신들이 모르는 척하며 가만있어 보세요. 조만간 뎃슈가 제 발로 가메야에 올 테니까."

헤이시로는 흠칫하며 긴장했다. 아내는 태연하기만 하다.

"이해가 가죠?"

그렇다. 나타난다고 해도 이상하지 않다. 가메야와 인연이 있던 인물이다. 신베가 죽은 이래 걱정이 많았다, 아무래도 걱정이 돼서 찾아와 봤다, 라고 한다면 사정을 모르는 가메야 사람들은 아무도 의심하지 않으리라.

후미노가 '젊은 선생'과의 재회를 기뻐하더라도 아무도 이상하게 보지 않을 터이다.

"지금쯤 두 사람은 그걸 계획하고 있겠죠. 이제는 괜찮지 않을까, 아니, 조금 더 상황을 지켜볼까, 하면서."

직접 보고 온 듯이 말하는 야담가가 여기 또 하나 있었네.

"서둘러 후미노를 미행하지 않아도 기다리다 보면 두 사람이 당신 손안으로 굴러들어 올 거예요."

다 알고 있다는 사실도 모르고?

"당신……." 헤이시로는 신음처럼 말했다. "무서운 여자였군."

"그런 말씀 마세요. 여자라면 누구나 이 정도는 생각해요."

헤이시로는 정말로 놀랐다. "나는 생각도 못했는데."

"당신도 사랑이니 욕심이니 하는 것과는 거리가 먼 사람이니까요. 그건 내가 잘 알아요."

그게 당신의 좋은 점이에요, 하고 앞뒤가 맞지 않는 칭찬을 했다.

황송하군, 하고 헤이시로는 말했다.

아내는 다시 호호호, 하고 목청을 울리며 웃었다. "아뇨, 무얼 그런 걸 가지고."

"그런데 당신, 지금 사랑이니 욕심이니, 라고 했나?"

"네, 그런데요?"

"사랑은 알겠는데, 욕심은 뭘 두고 하는 말이지?"

아내는 새침하게 대답했다. "가메야의 재산이죠."

눈이 맞아 도망을 친다면 가메야의 재산은 두 젊은이와 멀어진다. 하지만 이 방법이라면—잘되면 신베가 쌓아 놓은 재산도 약방의 평판도 고스란히 두 사람 차지다.

—곁가지로 태어난 목숨이야.

모토미야 겐에몬의 갈라진 목소리가 헤이시로의 귓속에서 되살아났다.

오로지 장자가 아니라는 이유로 고향에도 집안에도 자리가 없었던 마쓰카와 뎃슈다. 그런 남자가 가메야 주인 자리를 꿰찬다.

대단한 출세 아닌가.

"그런 욕심까지 있었다면 과연 사람 하나둘쯤 죽이기로 작정하는 일도 어렵지 않겠군."

하지만—하는 소리가 자신도 모르게 입 밖으로 흘러나왔다.

"규스케까지 죽일 필요는 없지 않았을까. 구리하시 선생의 죽음과 무관한 자이고 늘 비칠비칠 도망만 다니며 살던 자였어. 요시마쓰를 죽인 죄라면 규스케는 이미 벌을 받고 있었다고."

신베가 먼저 살해되더라도 규스케는 이십 년 전 일에 대하여 입을 다물고 있지 않았을까. 요란스레 떠들고 다니지는 않았으리라. 그저 더 멀리 도망치려고만 했겠지.

오히려 신베가 죽었을 때 규스케는 마음속 어느 구석에서 안도했을지도 모른다.

헤이시로는 규스케의 삶을 조금씩 알아 가면서, 그가 무서워서 도망치던 이유가 두 가지일 거라고 짐작했다. 하나는 물론 처벌이다. 또 하나는 가메야 신베가 아니었을까.

주모자이며 두목 역할을 했던 신베. 잘못하면 이번에는 신베가 자신의 입을 봉하리라는 무서운 직감만이 아니었다. 신베 자체가 무서웠다.

단적으로 말하면 요시마쓰를 죽일 때의 신베가 무서웠다. 아직 어렸던 규스케의 눈에 그때의 신베는 그야말로 악귀처럼 보이지 않았을까.

그래서 잊을 수 없었다.

보세요―, 하는 부름에 헤이시로는 눈길을 들었다.

"당신은 나라 법을 지키는 마치 관리니까 그런 말을 함부로 하면 안 돼요."

아내가 진지한 눈빛을 하고 있다. 왜 이러지?

"방금 당신처럼 말한다면 죄를 저질러도 잡히지만 않으면 된다는 식으로 받아들여질 수 있어요."

헤이시로는 다시 어안이 벙벙해졌다. 평소에는 거의 잊고 살지만, 아내는 핫초보리에서 태어난 여자다.

"규스케가 이십 년을 행복하게 살았든 지지리 궁상으로 도망치며 살았든 살인은 엄연히 중죄예요."

여부가 있겠습니까.

"규스케한테도 이렇게 괴롭게 사느니 차라리 깨끗이 자수해서 오라를 받자, 하고 결심할 기회는 얼마든지 있었겠죠. 그걸 회피하며 이리저리 도망치듯 살았다는 점을 잊어서는 안 돼요."

"음음. 당신 말이 맞아."

헤이시로는 고개를 숙였다.

"그래도 이십 년은 길어도 너무 길잖아."

한때는 체념하고, 한때는 시치미 떼고, 한때는 냉소하고, 한때는 깔보지 않고서는 보낼 수 없는 세월이리라고 헤이시로는 생각한다.

"오 년도 역시 길었겠죠. 그동안 그다지 행복하지도 않았을 테니 더욱더."

아내의 말이 얼른 이해되지 않아서 헤이시로는, "응?" 하고 되물었다.

"마쓰카와 뎃슈라는 젊은이 말예요. 구리하시 선생의 횡사로 에도에서 몸을 맡길 데를 잃어버리고 오 년 동안 어디서 어떻게 살았는지는 모르지만, 잃고 싶지 않은 사람이나 터전을 만나지 못했을 거예요."

만약 그런 사람이나 터전을 만났다면 신베의 고백을 잊어버릴 수 있었을지 모른다. 구리하시 의원의 원수를 갚겠다는 결심에 제동이 걸렸을지도 모른다. 그건 그래, 하며 헤이시로는 고개를 끄덕였다.

"얘기가 나온 김에 무서운 얘기 하나 더 해 드려요?"

헤이시로는 보리차를 마시고 허리를 곧게 펴며 자세를 바로 했다.

"그렇게 긴장하실 필요는 없고요."

"무서운 얘기라며?"

"네, 아주."

두 젊은이의 사랑은, 진짜일까요? 하고 아내는 말했다.

"저는 조금 미심쩍어요."

"뎃슈의 의도는 가메야의 재산 쪽에 있다는 말인가? 본심은 그거라는 뜻이야?"

"아뇨, 그런 말이 아녜요."

헤이시로의 말을 가볍게 물리치며 아내가 한숨을 짓는다.

"뎃슈가 후미노라는 아가씨를 전혀 좋아하지 않을 리는 없어요. 이용하지만은 않겠죠. 그 나이쯤 된 남자는 어린 아가씨에게 마음이 끌리는 법이에요. 그건 당연한 일이기는 하지만."

왠지 짐작이 가는 듯도 해서 헤이시로는 침을 꿀꺽, 소리 나게 삼켰다.

"가메야에는 아리따운 여인이 또 하나 있어요. 나리들이 앞 다투어 서로 등을 내밀 만한 여인이."

역시 그런 얘기였나? 사타에인가?

"하지만, 은사의 부인이야."

"그래서 동경했는지도 몰라요. 그래서 신베를 용서하지 못했는지도 모르죠."

드높은 봉우리에 핀 고귀한 꽃을 비열한 짓으로 빼앗은 남자다―.

"일이 뜻대로 풀려서 뎃슈가 그 누구의 의심도 사지 않고 가메야에 안착한다 해도, 모두가 행복해지지는 못하리란 생각이 드네요."

헤이시로는 주눅이 들었다. 아내는 먼 산을 보는 눈길로 계속 말했다. "예전에 아버지한테 배웠어요."

인연이란 어디선가 끊어 내거나 풀어 버리지 않으면 반드시 재앙을 불러들인다.

"죄라는 것은 아무리 괴롭고 슬프더라도 한 번은 깨끗이 청산해야 하며, 눈처럼 시나브로 녹아서 없어지는 일은 없다고 말씀하셨어요."

그렇게 대단한 장인일 줄이야.

"나도 오늘은 뼈에 사무치게 깨달은 게 하나 있어."

"오, 그래요? 뭔데요?"

"당신이랑 유미노스케는 역시 한 핏줄이라는 사실이야."

뭘 새삼스럽게, 하며 아내는 웃기 시작했다.

21

이즈쓰 헤이시로는 빈 나무통에 앉아 오토쿠야의 천장을 올려다
보고 있었다.

조금 더 상세하게 설명하자면, 오토쿠야의 아궁이 연기를 빼는 환
기창 옆의 들보를 올려다보고 있다. 엿 색깔로 물든 들보가 교차하
는 자리에 거미줄이 쳐져 있다.

환기창이 달린 천장은 높은데다 들보에 가려져 어둑하기 때문에
작은 거미는 전혀 눈에 보이지 않는다. 오로지 거미줄만 보여, 흡사
뽑아 버린 시침실 뭉치가 둥실 걸려 있는 듯하다.

어떻게 저런 자리에, 참 재주도 용하지—입을 반쯤 벌리고 바라보
는데 아침 다섯 점(오전 여덟시)을 알리는 시종 소리가 울렸다. 지난
밤에 밤새 비가 추적추적 내려 아침에도 땅이 질척거리는 정도이니
고쿠초의 종소리마저도 축축하게 들린다.

"조금만 비켜 주세요, 나리."

오토쿠가 대빗자루를 들고 온다. 오토쿠야는 잠자리에서 나오기

무섭게 장사 준비를 시작하는지라, 벌써 소매를 걷어붙이고 다스키를 매고 있다.

헤이시로는 나무통에서 일어섰다. "이놈을 밟고 올라서게?"

"그래야 손이 닿죠."

대빗자루로 거미줄을 치우겠다고 한다.

"아침 거미아침 거미는 손님을 데려오고 저녁 거미는 도둑을 데려온다고 하여, 아침 거미는 운을 부르는 존재, 저녁 거미는 불운을 부르는 존재라고 한다야. 살려 주지그래."

"죽이긴요. 거미줄이나 치우려고요."

위치가 솥 바로 위라서 그냥 둘 수 없다며 빈 나무통을 끌어다가 적당한 자리에 놓았다.

"오산, 이것 좀 붙들어라."

거침없이 나무통 위에 한쪽 발을 올려놓자 헤이시로가 앞으로 나섰다. "내가 붙들어 주지. 너희는" 하고 오산과 오몬에게 말한다. "솥에 뚜껑이나 덮어라. 그을음 떨어질라."

오늘 아침에 잠자리에서 나와서 이 거미줄을 발견한 이는 어린 오몬이다. 보았으면 치워 버려, 라는 말을 듣고 울상을 지었다. 거미가 무서운 게다. 나이가 조금 많은 오산도 마찬가지. 그래서 대장이 출동했다.

"정말 딱하다, 너희."

기모노 자락을 살짝 걷어 올려 튼실한 장딴지를 슬쩍 비치며 오토쿠는 나무통 위에 올라섰다.

"거미가 무섭다고 벌벌 떨다니, 작작 좀 해라. 언제까지 애들처럼 굴래."

오몬과 오산은 큰 솥의 뚜껑을 덮고 나란히 서서 거북처럼 목을 움츠리고 있다. 만에 하나라도 목깃에 거미가 떨어질까 봐 몸을 도사리고 있는 것이다.

"그렇지만요, 아주머니. 물론 오산 언니도 나이가 들 대로 들었고 저도 어린애는 아니지만 거미가 무서운 것은 다른 문제잖아요."

"뭐야? 지금 뭐라고 했니?"

오산이 이내 눈초리를 치켜세웠다.

"어허, 애들아, 아침부터 싸우지들 마라."

"하지만 나리, 애가 지금 저보고 나이가 들 대로 들었다잖아요!"

"적지 않다고 해야지. 그냥 실수한 거야. 그렇지, 오몬?"

오몬은 목을 움츠린 채 혀를 쏙 내민다.

"실수가 아니에요!"

"그럼 네가 잘못 들은 게지."

"저를 무시하는 거라고요."

오산은 입술을 깨물며 거반 울상을 짓는다. 한편 오몬은 언니가 분해서 울상을 짓는데도 아랑곳없이 점점 의기양양해한다. 아무래도 당장의 말다툼이 아니라 전부터 앙금이 쌓여 온 것처럼 보인다.

"자, 자."

나무통 위에서 까치발을 한 오토쿠가 대빗자루로 거미줄을 치우면서 달래는 투로 부른다.

"착한 거미들아, 다른 데 가서 집을 지으려무나. 솥단지 근처만 아니면 어디든 좋단다. 우리 집에서 쫓아내진 않을 테니까."

고개를 바짝 쳐든 헤이시로의 얼굴로 그을음과 먼지가 날아 내려

온다. 오토쿠가 끙, 하며 나무통에서 내려오자 헤이시로는 재채기를
하고 손으로 얼굴을 썩썩 문질렀다.

"오토쿠는 거미가 싫지 않은 모양이지?"

"파리나 등에를 잡아먹잖아요."

다른 데로 간 모양이네요—하며 오토쿠는 들보 위를 눈길로 더듬
었다. 그러다 갑자기 두 점원 쪽으로 고개를 홱 돌린다.

"너희, 오늘 하루는 입 다물고 있어. 한마디라도 쓸데없는 말을
하면 끼니도 없이 밖에 세워 둘 줄 알아!"

오토쿠의 으름장에 아가씨들은 이내 움츠러들었다.

"둘 다 그 못돼 먹은 입을 고치기 전에는 솥 앞에 얼씬하지도 못
할 줄 알아. 우선 청소부터 해. 다른 날보다 더 꼼꼼하게! 온 집안에
먼지 한 톨 없도록! 내가 됐다고 하기 전에 일손을 쉬면 알아서 해!"

네, 알겠습니다, 아주머니! 아가씨들은 뜀박질이라도 하듯이 움직
이기 시작했다. 울상도 의기양양한 모습도 사라지고 이제는 서로 매
달리기라도 할 기세다. 헤이시로는 유쾌하게 웃었다.

"웃을 일이 아녜요, 나리."

오토쿠는 문득 질렸다는 표정이 되었다. 눈은 웃고 있다.

"아무것도 아닌 일로 아옹다옹할 나이긴 하지만, 쟤네들은 그것만
이 아닌 모양이군. 무슨 일이 있었나?"

그제 일이다. 오몬이 연애편지를 받았다고 한다.

"어느 손님인지 모르지만, 솥 옆 소쿠리 밑에 끼워 놓고 갔대요."

그런데 몹시 형편없는 필적이었단다.

"한자는 하나도 없이 순 가나로만 써 놓아서 제대로 읽을 수가 없

어요. 보나마나 형편없는 놈이겠지만."

편지를 본 오몬은 득의양양해서 거의 덴구님민간 신앙에서 전해지는 요괴로, 코가 막대기처럼 길쭉하게 생겨서 흔히 오만하게 콧대가 높은 자를 표현할 때 쓰기도 한다이라도 된 듯했다.

"보낸 사람 이름은 없었나?"

오토쿠는 볼을 한쪽만 부풀렸다.

"'지인'이라고 적혀 있었어요."

"호오. 그러니까 오몬이 짐작하는 사람이 있단 말이지?"

"있긴 뭐가 있어요. 그래도 제멋대로 그 남자다, 저 남자다 하고 짐작해 보는 눈치더군요. 날개옷도 없는 주제에 선녀처럼 천장까지 붕 떠오를 기세예요."

헤이시로는 더욱 유쾌하게 웃었다. "거 잘됐네. 한번 봤으면 좋겠군. 근데 혹시 붕 떠오르더라도 걱정할 필요 없겠네. 천장에서 거미를 보고는 깜짝 놀라 내려올 테니까."

오토쿠도 웃음을 터뜨렸다. "아이고, 정말."

연서에는 오몬에게 어디서 만나자고 유혹하는 내용은 없고, 그저 '좋아합니다'라는 내용이 죽은 뒤 바짝 말라 뚝뚝 끊어진 지렁이를 늘어놓은 듯한 글씨로 적혀 있었다고 한다.

"그 '지인'이란 자는 또 찾아올 심산인 게지. 앞으로가 더 볼만하겠구먼."

"오몬한테는 아직 일러요."

그러고 보니 그 아이들이 몇 살이나 되었지?

"오산이 스물, 오몬은 열 넷." 오토쿠는 콧김을 흥, 뿜어내고 말했다. "웃자고 농담할 때가 아니에요. 오산은 앞날을 생각해 줘야 할 시기인데, 지금으로서는 아직 이렇다 할 이야기도 없고."

"고베한테 부탁해 보면 어떤가?"

헤이시로는 이 나가야의 관리인 이름을 내놓았다.

"그자가 미덥지 못하다면 그 노인의 딸 내외도 있잖나? 사위 기이치가 사람도 좋고 발도 넓은데."

조만간 그래 봐야죠, 하고 오토쿠는 말했다. 그러더니 고개를 휙쳐들고 헤이시로에게 대뜸 말한다.

"그보다 나리, 오늘은 어쩐 일로 이렇게 일찍부터 노닥거리러 오셨어요?"

전에 하던 말씀을 더 하시게요? 하고 목소리를 낮춘다. 오토쿠는 유미노스케가 사건을 해명하던 자리에 참석하지 않아 상세한 내막은 물론 모르지만, 매우 중대한 상황임을 눈치로 알았다. 노닥거린다는 실례되는 말은 그녀에게는 인사나 다름없다.

"내가 요즘 얼마나 열심히 일하는데그래."

헤이시로는 지금 사람을 기다리는 중이다.

"마사고로를 만나기로 했어."

"혹시 요전에 모였던 분들도 또 오시나요?"

보기 드물게 오토쿠가 엉뚱하게 넘겨짚는다.

"아니, 그렇진 않아. 왜, 신경 쓰이나?"

유미노스케의 사건 해명으로부터 엿새가 지났다. 엿새 만에 오토쿠의 입에서 그날 이야기가 처음으로 나왔다.

"나리의 공무시니까 저야 벙어리에 장님에 귀머거리 노릇을 하고 있지만, 보통 일은 아닌 듯해요. 요전에 돌아가실 때 유미노스케

도련님 어깨가 축 처져 있더라고요."

다들 맥이 빠졌다. 기세가 넘치던 사람은 오토시뿐이었다. 그 기세는 허세가 아니었고, 헤이시로 아내의 걱정도 일없는 것이어서, 오토시는 너구리 가죽을 뒤집어쓴 채 아무 일도 없었다는 듯이 가메야의 일을 돌보고 있다.

"그리 쉽게 끝날 일 같지가 않던데요."

"음, 잘 봤군."

"그 오토시 씨라는 분도 나리를 돕고 있나요?"

헤이시로는 흠칫 놀랐다. 오토시 생각을 하고 있다는 사실을 간파당해서만이 아니다.

"그 사람을 아나?"

그날은 누구도 오토쿠와 통성명을 하지 않았을 텐데.

"뭘 그리 놀라세요, 나리? 그 사람은 이 근방에서도 유명한 사람인데요."

가메야가 있는 미나미혼조 모토마치는 오토쿠가 '이 근방'이라고 간단히 말할 만큼 좁은 지역이 아니다. 그러나 오토쿠는 천연덕스럽게 말했다. 장사가 만족스럽게 잘돼서 오토쿠의 발이 넓어지고 있다는 증거로군, 하고 헤이시로는 받아들였다.

"여자인데도 죽은 남편에 이어서 관리인으로 일하고 있잖아요."

말투에 가시는 없다. 조금은 분하지 않을까, 하고 헤이시로는 짐작했지만. 관리인 일이라면 자기도 충분히 해낼 수 있다고 생각할 법도 한데.

"그런 사람과 잘 사귀어 두면 장사에 보탬이 될까요?"

그런 계산이었나?

"손해 볼 건 없겠지. 이번 사건이 마무리되면 정식으로 인사시켜 줄까?"

아뇨, 하며 오토쿠는 별로 내키지 않는 투로 대답했다. "고마운 말씀이긴 하지만."

"왜? 또 뭐가 있나?"

그렇게 묻다가 문득 눈길을 잡아끄는 것이 있어서 고개를 들었다. 오토쿠도 덩달아 그쪽을 올려다본다.

"방금 그거, 보았나?"

손가락으로 가리킨 곳은 오토쿠가 거미줄을 치운 자리에서 세 치쯤 떨어진 들보의 그림자였다.

"뭐가 반짝거렸지? 저게 거미줄이로군."

거미는 무사히 이사를 마친 것으로 보인다.

반짝거린 거미줄이 헤이시로 마음에 묘한 파장을 일으켰다. 문득 다른 실을 떠올렸기 때문이다.

"그러고 보니 나도 거미 한 마리를 지켜보고 있는 셈이로군."

오토쿠가 의아한 듯이 눈을 가늘게 뜬다. "공무 때문에요?"

"응. 거미 꼬리에 실을 달아 두고."

"달아 두지 않아도 거미는 스스로 실을 뽑아내잖아요."

"그래, 그걸로 집을 짓지. 하지만 내가 지켜보는 거미는 한 쌍이야. 수컷이 어딘가에 벌써 거미줄을 치고 있는데, 그걸 찾아내려고 암컷 꽁무니에 실을 매달아 놓고 지켜보는 중이야."

가메야의 후미노라는 거미는 요즘 이렇다 할 만한 움직임을 보이

지 않는다. 집안일과 약방 일을 하고, 일찍 자고 일찍 일어나며 열심
히 일하고 있다. 외출도 하지만, 행선지는 단골 거래처나 친척 집처
럼 정해진 곳뿐이며, 볼일이 끝나면 바로 돌아온다. 꽁무니에 달아
둔 실은 딴 곳으로 빠지지 않는다. 벗어나지 않는다. 엉키지 않는다.

후미노를 감시하는 마사고로의 수하들도 남는 시간을 주체하지
못하고 있다. 이제 겨우 엿새째이니 조급해할 일도 아니지만, 만족
스러운 해명을 들은데다 뒤미처 아내의 해석까지 보태지니 헤이시
로는 그답지 않게 안달하고 있었다.

마쓰카와 뎃슈의 얼굴을 빨리 보고 싶었다.

"그 거미, 독거미예요?"

오토쿠가 작은 소리로 물었다. 여전히 대빗자루를 쥐고 있어, 만
약 독거미라면 당장이라도 끌어내려 짓밟아 버리겠다는 기색이다.

"독……이 있긴 하지만."

만인을 해치는 독은 아닌 것 같다.

한편으로 매음녀 오쓰기가 딱하다는 생각도 든다. 그렇다면 헤이
시로는 좀 더 분노해야 마땅한데, 왠지 분노에 기운이 없다.

그래서 더욱 마쓰카와 뎃슈를 빨리 만나고 싶다.

"흐리멍덩하시네요, 나리."

"그게 내 장점이잖아."

익살맞은 대꾸에 오토쿠는 웃었다. "그러네요. 오늘 마지마 나리
는 안 오시나요?"

오토쿠는 별 생각 없이 물었을 테지만 헤이시로에게는 예사롭지
않은 질문이다.

"그 사람이 쏘였거든."

오토쿠가 흠칫 놀란다.

"그러니까 독에 말이야."

유미노스케가 사건을 해명한 이후 마지마 신노스케는 전혀 웃지 않게 되었다. 미소조차 짓지 않았다. 말을 할 때는 하고 남의 말에 고개도 끄덕이고 머리와 몸을 열심히 움직이고는 있지만 표정은 변함이 없다.

"그걸 보면 그건 역시 상당히 위험한 독거미인 게야, 음." 헤이시로는 혼자 납득하는 모습이다.

"마지마 나리가 많이 안 좋으신가요?"

"아니, 그런 건 아니야. 자리에 드러눕거나 하진 않았어. 다만 고민에 빠져 있으리라고—짐작되는군."

신노스케는 사건의 해명을 마친 유미노스케를 붙들고, 풋내기가 혼자 똑똑한 척하는구나, 이놈, 하는 식으로 화를 내지는 않았다. 반론도 하지 않았다. 후미노를 비호하지도 않았다.

잠자코 있었다. 지금도 입을 꾹 다물고 있다. 유미노스케의 추론을 어떻게 평가하는지, 그 솔직한 생각을 헤이시로도 아직 들어 보지 못했다.

그 옴팡눈 속에는 지난날 다리맡의 사람 형상 같은 것이 가로누워 있었다. 그것은 마지마 신노스케의 모습을 하고 있는데, 완전히 말라비틀어져서 들러붙어 있는데도 여전히 피를 질금질금 흘리고 있다. 적어도 헤이시로의 눈에는 그렇게 보였다.

하지만 오토쿠에게 제대로 설명해 줄 수 있을 성싶지가 않다. 어떻게 얼버무릴까 하고 주위를 둘러보는데 마침 알맞은 풍경이 눈에 들어왔다.

"오히데로군. 건강해진 모양이네."

대각 방향으로 채소 가게 야오겐이 보인다. 한 달쯤 전에 난폭한 단골손님이 목에 식칼을 들이댔던 위험한 일을 겪은 뒤 내내 집 안에 틀어박혀 있던 며느리 오히데가, 채소를 수북이 담은 소쿠리를 안고 밖으로 나온 참이다.

헤이시로의 눈길을 좇아 오토쿠도 돌아다보았다. 마침 오히데가 이쪽을 보았다. 안녕하세요, 하며 오토쿠에게 인사를 하고 나서야 헤이시로를 알아보고 다시 정중하게 고개를 숙였다.

"그 덩치, 이름이 센타로였죠?"

오히데를 공격한 남자를 말한다.

"그자의 친척이란 사람이 사죄하러 왔어요. 벌써 나흘쯤 되었나. 그때 이런저런 이야기를 듣고 오히데도 마음이 좀 풀린 모양이에요."

누구지? 헤이시로는 턱을 비틀었다.

"센타로는 가족이 없어. 그자가 살던 사루에초 짓토쿠 나가야의 마루스케라는 노인이 아닌가 싶군."

"그래, 맞아요. 옷자락을 허리띠에 찔러 넣은 노인이 젊은 여자랑 함께 왔어요."

그렇다면 마루스케가 맞다. 아무리 가난뱅이들만 사는 나가야라지만 적어도 관리인쯤 되면 옷자락을 허리띠에 찔러 넣고 다니지는 않는다. 그리고 마루스케가 데려온 젊은 여자라면 예전의 센타로를 잘 알았다는 이리야의 오테이가 틀림없다.

그렇다면 오히데는 센타로의 딱하고도 우스운 내력을 다 들었을까? 삼백 냥짜리 복권에 당첨된 탓에 추락하기 시작했다는 운명의 장난을.

"자네도 가서 이야기를 들었으면 좋았을 텐데."

오토쿠는 주먹코 끝으로 홍, 하는 소리를 냈다. "나는 관계없는 사람이에요. 주제넘게 나설 생각 없어요. 관리인님은 불려 가신 모양이지만."

오토쿠는 오지랖은 넓지만 구경꾼 기질은 없다.

"그래? 아무튼 한 가지는 수습이 잘된 셈이군. 다행이야."

"마지마 나리 쪽은 잘될 성싶어요?"

"그 얘긴 그만해. 내가 괜히 말을 꺼냈군. 말하기가 조금 곤란해."

"그래요? 그럼 됐어요. 내가 파헤칠 일도 아니고."

진지한 표정으로 대빗자루를 고쳐 들고 그녀는 입을 꼭 다물었다.

"하지만…… 거사님 일로."

오호, 하고 헤이시로는 생각했다. 오토쿠가 말하고 싶은 것은 이쪽이었나?

"여기 이층에 모시겠다는 얘기 말인가?"

모토미야 겐에몬이 마지마 가를 나와 오토쿠야에 살면서 사숙을 연다고 했다. 얼마 전에 나온 이야기다.

"예. 저야 언제든 좋으니 준비해 놓고 기다리고 있지만, 마지마 나리가 승낙해 주시지 않아서."

"신 상이 안 된다고 하던가?"

오토쿠는 어두운 얼굴로 고개를 끄덕였다. "뭐라더라, 아주 어려운 말씀을 하시더라고요. 마지마 가의 내홍은 마지마 가에서 정리할 거니까 걱정하지 말라고. 내홍이란 게 뭐예요?"

헤이시로도 얼른 대답할 수 없었다. 내홍—그 내홍內訌 말인가?

"집안사람들 간의 갈등을 말하는 거야."

오토쿠는 굵은 숨을 토했다. "거사님은 마지마 나리의 어머님과 사이가 좋지 않다면서요? 차라리 잘된 일 아닌가요? 우리 집으로 옮기시는 편이. 왜 허락해 주지 않는 걸까요."

그렇게 캐물어도 헤이시로가 대답할 일이 아니다.

"우리 말단 관리들도 나름대로 체통이란 게 있어서 말이야."

"체통, 체통, 하는데, 어차피 그렇게 삭정이처럼 마른 노인네잖아요? 누가 걱정이나 해 주었나요? 애물단지 취급을 하니 거사님 뜻대로 하시게 해 주면 좋잖아요."

그렇게 거침없이 분노를 쏟아 놓은 오토쿠는 어색한 듯이 고개를 숙였다. 애물단지라는 심한 말을 뱉어 놓고 나서야 아차 싶어 겐에몬의 체면을 돌아보았을 테지.

"무가는 원래……."

헤이시로도 머리를 긁적이는 수밖에 없다. "까다롭게 따지는 일이 많거든."

"거사님도 마음 단단히 잡숫고 나와 버리시면 좋겠지만, 그 이세라는 분께 폐가 될까 봐 망설이고 계신지도 모르죠."

이세는 신노스케의 어머니다. 겐에몬이 "이세는 내가 떠날 날만 손꼽아 기다리고 있지"라고 한 말을 헤이시로도 들은 적이 있다.

"그보다는 역시 신 상이 문제겠지. 나이는 어리지만 마지마 가의 당주니까."

"의외로 꽉 막힌 분이시네요."

오토쿠가 입을 삐쭉거린다. 화를 낸다기보다는 마음속으로 애태우는 것이다. 헤이시로는 가무잡잡하고 살집 좋고 어깨가 튼실한, 이 부지런한 여인을 새삼 바라보았다.

"그렇게 틀어져 있는 줄은 몰랐네. 내 생각이 짧았군. 미안하이."

어떻게든 신 상을 설득해 보도록 하지. 헤이시로가 오토쿠에게 그렇게 단단히 약속했을 때, 안녕하세요, 하는 마사고로의 목소리가 들렸다.

마사고로와 함께 향한 곳은 우치칸다 다카사고초의 달변가 선생 무라타 겐토쿠가 진료하는 의원이다.

지난 오 년 사이(구리하시 의원이 급사한 후부터 지금까지)인지 삼 년 사이(왕진고가 시판된 이후 지금까지)인지 모르지만, 아무튼 어느 시점에 마쓰카와 뎃슈는 규스케의 소식을 찾아 무라타 가를 방문했을 터였다. 특히 규스케가 올해 초 무라타 의원을 찾아가 일자리를 부탁해서 자리를 잡나 싶더니 약 삼 개월 만에 다시 뛰쳐나갔다는 사실이 마음에 걸린다. 지금도 정확한 이유를 알 수 없다. 하지만 이제는 짐작이 간다. 규스케는 그곳에서 어떤 형태로든 뎃슈에게 꼬리를 밟혔을 것이다. 그래서 갑자기 무라타 가를 떠났을 확률이 높다.

그렇게 도망쳐 나온 뒤 칼을 맞고 죽을 때까지 어디에 있었을까.

도망친 규스케를 뎃슈는 어떻게 찾아냈을까. 수수께끼가 아직 많고, 무라타 가에는 그 실마리가 있을 터였다.

유미노스케가 사건을 해명하고 나서 오늘까지, 헤이시로라면 몰라도 마사고로까지 멍하니 손 놓고 있었던 것은 아니다. 그는 사타에의 진술을 근거로 뎃슈의 인상서를 만들고 즉시 다카사고초로 찾아갔다. 때마침 우치칸다 근방에서는 고약한 식중독이 유행했는데, 혹시 괴질이 아니냐 해서 한바탕 소동이 벌어지고 있었다. 안 그래도 문전성시를 이루던 의원이 이제 지옥의 가마솥을 뒤집어 놓은 듯 아수라장이 되었으니, 그 노련하다는 마사고로가 끈덕지게 매달려 보아도 겐토쿠 선생의 코앞에 인상서를 들이밀기는커녕 하녀들조차 만나 볼 수 없었다.

면목 없습니다, 하고 마사고로는 번번이 미안해했지만 무라타 의원에 문전성시를 이룬 환자들을 본 적이 있는 헤이시로로서는 그를 탓할 수도 없었다.

그 뒤로 날마다 찾아가 상황을 살피다 보니 식중독 사태도 차차 진정되었으므로—다행히 '괴질'은 아니었다—이제는 괜찮겠지, 하고 헤이시로와 동행하기로 한 것이다.

"그래, 어떤가, 그 이후로?"

뚜벅뚜벅 걸으며 모호하게 물었지만 마사고로는 즉시 알아들었다.

"범행에 쓰인 무기가 밝혀졌습니다."

반가운 대답이다. 헤이시로는 마음의 준비를 하지 않았던 만큼 숨을 죽였다.

"저도 빈둥거리고만 있자니 나리께 면목이 없었는데, 그나마 다행입니다."

마사고로는 침착하게 계속 말했다.

"나쓰카와 넷슈가 고물상에서 와키자시를 샀습니다."

헤이시로는 걸음을 멈추고, "오오!" 하고 소리 질렀다. 그럴 생각은 없었지만 저도 모르게 꽤 큰 소리를 내고 말았다.

마침 스쳐 지나가던 생선 행상이, 난데없이 호통이 날아오자 소스라치게 놀라 헛발을 디뎠다. 멜대가 어깨에서 벗어나자 중심을 잃고 비칠비칠 맴을 돈다.

"아, 미안, 미안, 방금 그 소리는 우리끼리 한 얘기다!"

용서해 주십시오, 하고 애원하듯 말하며 행상은 반 바퀴를 더 돌고 나서야 중심을 잡았다.

"아, 이즈쓰 나리시군요!"

오토쿠야에 드나드는 아는 생선 장수다.

"오, 꽁치는 들어왔나?"

"오늘 아침에 마침 좋은 놈이 들어왔습니다요."

"그럼 오토쿠한테 갖다 줘. 돈은 나중에 내가 줄 테니까."

번번이 고맙습니다, 하고 행상이 성큼성큼 멀어지는 모습을 쳐다보다가 헤이시로는 숨을 돌렸다.

"밝혀냈단 말이지……."

이번에는 목소리를 제대로 조절해서 말했다. 가슴이 두근두근 뛰고 있다.

"허, 뭐라고 할까, 이번 건은 아무리 유미노스케의 두뇌로 해명했

어도 근거가 전혀 없었잖아? 뎃슈만 해도 바로 얼마 전까지 아무도
몰랐어. 생각해 본 적도 없는 인물이었지. 저기 있잖아요, 라고 말해
줘도 우리 눈에는 전혀 보이질 않았으니. 유령이나 마찬가지였던 셈
이야. 아니, 유령보다 더 흐리멍덩했다고 할까. 그 흐리멍덩한 것을
유미노스케가 가리켜 보이고 사타에도 본 것처럼 굴었지만, 우리는
여전히 아리송해했지. 그러니―."

알겠다는 얼굴로 마사고로가 고개를 끄덕였다. "나리도 걱정이 많
으셨군요."

"조금. 아주 쪼금이지만."

아니, 사실은 이제야 비로소, 아아, 이번에는 정말 나도 뜬구름을
잡는 듯한 유미노스케의 말에 불안을 품고 있었구나, 하고 헤이시로
는 깨달았다. 그 불안을 스스로 인정하고 싶지 않았다.

그러나 헛된 기대가 아니었다. 마쓰카와 뎃슈라는 남자는 정말로
이 세상에 있었다. 여기 에도 시중에 있고, 지금도 저기 어딘가를 걸
어 다니고 있으리라.

"료고쿠 히로코지 앞 무라마쓰초의 게타야라는 고물상 주인이 뎃
슈의 얼굴을 기억하고 있었습니다. 장부에 기록해 두었다고 해서 제
가 조사해 보았습니다. 틀림없습니다."

올해 이월 육일, 이 인상서 속 남자에게 분명히 와키자시 한 자루
를 팔았다고 한다. 일 척_{약 삼십 센티미터}이 채 안 되는 이름 없는 작은 칼
이었다.

"뎃슈는 주인에게, 앞으로 행상을 다녀야 하는데, 돌아다니자면
여행용 칼이 필요하다고 했답니다."

"무슨 행상?"

마사고로는 조금 뜸을 들이고 나서 대답했다.

"생약입니다."

자기가 무슨 도야마의 약장수도야마 번의 보호와 통제 아래 가정약 행상이 발달했는데, 이들은 전국 각지에 단골을 정해 약을 비치해 두고 해마다 한두 번 방문하여 사용한 양만큼 대금을 지불받았다라고, 하며 헤이시로는 저도 모르게 웃었다. 그러게 말입니다, 하고 마사고로도 희미한 미소를 짓는다.

고물상 주인에 따르면 상대방은 값을 깎아 달라고 하지도 않았고, 말투도 얌전했으며 품행이 좋아 보이는 손님이었다고 한다.

"다만 겉모양만 좋은 무딘 칼은 곤란하다, 위급할 때는 제 몫을 할 만큼 날이 잘 선 와키자시여야 한다고 누누이 강조하며 사 갔다더군요."

그 '위급할 때'가 바로 사람을 베어 죽일 때였음을 주인은 짐작하지 못했으리라.

"아무튼 용케 알아냈군. 시중의 고물상을 조사하며 돌아다녀야 하는 만큼 시간이 한참 더 걸릴 줄 알았는데."

"인상서 덕분입니다. 고물상 주인들의 친목회에 부탁해서 신속히 돌릴 수 있었기 때문에—."

마사고로의 말투가 씁쓸한 투로 바뀐다.

"잘난 얼굴도 이럴 때는 약점이더군요. 얄궂은 일이죠."

게타야 주인이 장부에 기록해 둔 사항은 구매한 내용뿐이었고 이름을 비롯한 손님에 관한 사항은 없었다. 고물상은 어디나 마찬가지다. 하지만 주인은 인상서를 보고 기억을 떠올렸다고 한다. 맞습니다, 이 얼굴, 배우처럼 잘생긴 사람이었죠, 하고 곧장 말했다.

"뎃슈는 꾀가 많은 자 같으니, 만에 하나라도 고물상 출입 때문에 꼬리를 밟히는 일이 없도록 자기 거처 근방의 고물상을 이용하지는 않았겠지요. 혹시나 해서 조사는 하고 있습니다만."

"거처는 아마 다른 지역이겠지. 엉뚱한 방향일 거야."

"엉뚱한 쪽이라면?"

마사고로는 쓰레기터를 뒤지는 개를 얼른 쫓아 버리고 다시 헤이시로의 옆으로 왔다.

"오쓰기 살해 사건도 마찬가지야."

사체를 실어다 강물에 버릴 배가 필요했으리라 예상하고 뱃집만 조사했던 것이 애초에 그릇된 방향이었다는 말이다.

"실은 시라우오바시 다리 옆 스미초에서는—."

핫초보리 하급 무사촌에서 엎어지면 코 닿을 데다.

"숯장수들이 인근 가게나 무가 저택으로 숯을 실어 나를 때 작은 배를 이용해 왔습니다."

수로가 많은 에도 시중에서는 배를 이용한 행상이 많다. 쌀, 된장, 간장에 술, 헌 옷이나 베개까지 배를 타고 팔러 다닌다. 혼조 후카가와 근방에는 여름철이 되면 모기장을 수선하는 배도 온다. 행상뿐만이 아니라 물건을 운반해야 하는 장사라면 그 가게는 수로 옆에 있어야 편리할 터이다.

"숯장수들은 어부촌의 지인한테서 너무 낡아 고기잡이에 사용하기에는 위험한 배를 넘겨받아 썼는데, 가까운 곳을 다닐 때 좋다며 다 같이 이용했다더군요."

그 배가 도난당했다고 한다. 문득 사라져 지금껏 보이지 않는다.

낡은 배를 시라우오바시 다리 밑에 두고 원하는 자는 누구라도 탈 수 있게 했단다. 근처 사람들은 모두 배가 거기에 있다는 사실을 알고 있었다.

"전에도 아이들이 장난삼아 배를 훔쳐 타고 다닌 적이 있어서 이번에도 심각하게 의심하지는 않았다고 합니다."

헤이시로는 물었다. "언제 없어졌대?"

마사고로는 대답했다. "매일 눈여겨보지 않아서 확실하지는 않나 본데, 찬찬히 물어보니,"

오쓰기가 자취를 감춘 날 밤이었다.

두 사람은 잠시 말없이 걸었다.

"으음." 헤이시로가 신음을 냈다. "수상하군."

마사고로도 고개를 끄덕인다. "실은 나리, 이 이야기를 듣고 알려 주신 분은 모토미야 거사님이십니다. 바로 어제 알아내시고 즉시 우리 짱구를 불러서 일러 주셨더군요."

—얼마 전 스미초 숯장수들이 배를 잃어버려 쩔쩔맸다더구나. 그 자리에 묶어 둔 배가 멋대로 달아날 리가 없지. 가서 잘 알아보아라.

짱구는 그 길로 스미초로 달려갔다. 숯장수들은 과연 곤란을 겪고 있었지만 본래 많이 낡아 기울어 있던 배이기도 해서,

—술 취한 놈이나 개구쟁이 애들이 몰고 나갔다가 어디다 가라앉히고 말았겠지.

앞이마가 근사하게 생긴 도련님, 그걸 찾고 싶으면 먼저 물장구부터 배우는 편이 좋을 거야, 하는 놀림을 받고 돌아왔다.

헤이시로는 이번에는 소리 없이 속으로 신음했다.

"그 작은 배가 행인들 눈에도 잘 띄는 곳에 묶여 있었나?"

"예. 단단히 감시하지는 않았답니다."

낡아 빠진 배였으니까요.

"인상서를 가지고 스미초도 돌아다녀 보았습니다만."

그 근방에는 배우처럼 잘생긴 남자는 살지 않았다. 숯을 구입하는 손님 중에도 없다고 했다. 없어서 다행이지, 있었으면 내 꼴이 뭐가 되겠어, 라고 생각하며 헤이시로는 가슴을 쓸어내렸다.

"거사님은 숯장수의 배 이야기를 어떻게 알았지?"

"짱구한테 말씀하시길, 그 댁의 어린 하녀가 단골 숯장수와 나누던 이야기를 우연히 들으셨다네요."

그 노인, 귀도 밝군. 그런 소소한 이야기라면 아사지로라도 모를 텐데.

"거사님은 좀 더 빨리 알았어야 했다, 내 불찰이다, 하시며—."

삭정이 같은 손으로 주름이 자글자글한 이마를 탁, 쳤다고 한다.

"짱구가 감탄하더군요."

그렇게 말하는 마사고로의 얼굴을 보고 헤이시로는 자기가 우거지상을 하고 있음을 깨달았다. 긴 턱을 바짝 당기고 표정을 고쳐 본다. 그러고는 조금 전에 들은 오토쿠의 이야기를 간단하게 들려주었다. 마사고로의 얼굴이 어두워진다.

"그 문제는 저희가 끼어들 일이 아닌 듯합니다만, 결국 거사님이 그 댁을 떠나시려면 뭔가 그럴듯한 구실이 필요하지 않을까요."

"구실?"

"예. 마지마 나리의 자당님을 비롯해서 거사님의 친척분들에게 마지마 나리의 체면도 세우고 마지마 나리께서도 납득하실 만한 이유 말입니다."

신 상의 체면을 세워 줘야 한다—이 말이지?

"그 말 많은 친척들로부터, 우리가 번갈아 가며 부양해 온 영감 하나 제대로 간수하지 못하고 내보내다니, 새파란 마지마가 참으로 주변머리 없고 인색한 놈이다, 뭐, 이런 비난을 듣지 않게끔 하자는 말이로군."

막상 말로 하고 보니 너무 노골적이라 정나미가 떨어진다.

"뭐, 그런 셈이죠." 이번에는 마사고로가 머리를 긁적인다.

료고쿠바시 다리가 시야에 들어왔다. 오가는 인파에 섞여도 풍채 좋은 오캇피키와 검은 하오리를 입은 마치 관리는 금방 눈에 띈다.

강바람은 제대로 맞으면 얼얼할 정도로 차다. 헤이시로는 손을 겨드랑이에 끼고 목을 움츠린 채 다리를 다 건널 때까지 일단 거사에 관한 문제를 마음 한구석으로 치워 두었다. 토끼 한 마리 쫓는 데도 쩔쩔매는 처지다. 두 마리를 쫓다가는 넘어져 정강이를 다치는 게 고작이다.

"스미초와 고물상 게타야는 꽤 멀리 떨어져 있잖아" 하고 이야기를 제자리로 돌린다.

"예." 마사고로도 다시 긴장한 표정이다.

"뎃슈란 놈, 빨빨거리며 잘도 돌아다녔군. 생약을 팔러 다닌다는 얘기도 아무렇게나 뱉은 게 아닐지 몰라. 그렇지 않고서야 그렇게 세세한 데까지 눈길이 미치지는 못할 테니까."

여차하면 저 배를 이용할 수 있겠다—하고 전부터 명심해 두고 있었다고밖에 생각되지 않는다.

"오 년인지 삼 년인지, 혹은 이 년인지 일 년인지는 모르지만." 마사고로가 담담하게 말한다. "놈한테는 생각할 시간이 남아돌 만큼 있었을 테니까요."

궁리한 것을 후미노와 상의할 시간도 충분했으리라.

그럼 어디서 만나 상의했을까?

"신 상은—."

마지마 신노스케는 지금도 마사고로의 수하를 데리고 뎃슈와 후미노가 은밀히 만났을 장소를 찾고 있다. 뱃집뿐만 아니라 데아이 찻집남녀가 밀회에 이용하던 찻집도 뒤지고 있다고 그제 만났을 때 말했다. 검은 하오리 차림으로 그런 곳을 뒤지면 상대방이 입을 꾹 다물 테니 다시 조닌 차림을 하고 다닌다.

행수는 냉큼 대답했다. "아직 아무것도 건지지 못한 모양입니다."

"내 생각에 두 사람은 그런 장소에서 만나지는 않았을 듯해."

눈에 띄기도 쉽고 섣부른 짓이기도 하기 때문이다. 남자와 함께가 아니라도 그런 숙소나 가게에 젊은 아가씨가 혼자 출입하다가 누구 눈에 띄기라도 하면, 아, 불장난을 하고 있구나, 하고 금세 소문이 난다. 게다가 후미노는 이목을 끌 만한 미소녀이고 가메야의 매장에도 나오고 있다. 어디서 누구의 눈에 뜨일지 알 수 없다.

"그 또래의 맹랑한 아가씨들은 춤이나 수예 강습을 받다가 서로 그런 정보를 나누기도 한다더군. 이케노하타의 가게가 좋다는 둥, 아니 차라리 하나카와도까지 나가는 편이 안심이라는 둥."

마사고로는 눈웃음을 지었다. "나름대로 세상 사는 지혜라고 할 수 있겠지요."

"그러니까 알고는 있었겠지. 몇 번쯤 가 봤을지도 모르고. 하지만 그런 밀회를 거듭했다면 금방 소문이 났을 거야. 당연히 소문이 돌았겠지. 그러면 가메야에서도 누군가 소문을 들었을 테고. 아가씨도 모르게 말이야."

마사고로는 걸음에 맞춰 고개를 끄덕이고 있다.

"지금까지 숨겨 온 만큼 그런 뻔한 방법은 취하지 않았다고 봐야겠지. 특히 이 계획을 위해서는 사람들의 눈과 귀를 이중 삼중으로 피해야 하네."

"남자 쪽도 이런 상황을 충분히 알고 있겠지요." 마사고로도 납득하고 있다. 그가 단적으로 물었다. "그럼 어디라고 보십니까?"

"몰라." 헤이시로도 단적으로 대답했다. "통 모르겠어. 짐작되는 데가 없어. 결국 뎃슈의 생업과 관련된 곳이 아닐까 싶군."

뎃슈가 의원의 조수로 일하든 조제를 하든 어딘가 정해진 곳에서 일하고 있다면, 후미노를 만날 때 외부의 어딘가를 이용하는 수밖에 없으리라. 뎃슈가 나가야에서 산다면, 눈치 빠른 이웃 아주머니들이 똬리를 틀고 눈알을 반짝이고 있을 터이니 후미노를 불러들일 수는 없을 것이다. 아가씨의 손목만 잡아도 이내 낯 뜨거운 소문이 돌테고, 그런 소문은 천리를 간다. 그가 미남이라면 더욱 그렇다. 오토시도 말하지 않았던가. 일거수일투족이 다 드러나 있었다고. 생각해 보면 우스꽝스러운 이야기지만.

뎃슈나 후미노나 이목을 피할 수 있고, 소문도 나지 않고, 비밀도 지킬 수 있는 안심할 만한 곳.

극락정토라도 그건 어렵겠다.

"자네도 내 기질을 알지? 붙잡아 물어보기 전에는 알 수 없어. 그래서 생각하는 건 그만두었네."

"그래도 찻집이나 뱃집을 조사하러 다니시는 마지마 나리를 말리지는 않으셨잖습니까."

그렇다, 말리지는 않았다.

"혹시 또 모르니까."

"꼭 그게 아니라도 마지마 나리의 마음을 딴 데로 돌릴 수만 있다면 충분하다는?"

헤이시로는 고개를 숙인 채 쓴웃음을 지었다. 마사고로는 웃지 않았지만 역시 다 알고 있었다.

"젊으니까 생각이 많으시겠죠."

그렇게 말했다. 따뜻한 말투였다. 조금 넘겨짚자면 '저도 그런 기억이 있습니다'라고 넌지시 내비치는 듯한 말투다.

유감스럽게도 헤이시로한테는 그런 기억이 없다. 그런 기억을 가져 보고 싶다—고 생각한 적이 조금 있었는지는 모르지만 어물어물하다가 아내를 맞이하고 말았다.

"신 상은—역시 후미노에게 반한 것 같지?"

마사고로는 헤이시로의 단도직입적인 질문에 거의 망설이지 않고 대답했다. "들떠 있던 거겠지요."

"반하는 거랑 들뜨는 거랑 다른가?"

"나리는 마님을 혼인하셨을 때 반하셨습니까 들뜨셨습니까?"

이런, 창끝이 이쪽으로 돌아오는군.

"글쎄."

뜻밖에 미녀여서 기뻐했던 기억은 있다. 그렇게 기뻐했을 때,

"들떠 있었던 건가."

사흘 정도는 그랬던 듯하다.

"마님은 핫초보리의 고마치란 소리를 듣던 분입니다. 보름은 들떠
계셨겠죠."

"천만에, 아무리 늘려 잡아도 닷새 정도야."

힘주어 말하는 헤이시로의 모습에 마사고로는 웃었다.

"저는 오콘에게."

행수의 처다.

"구제받은 거나 다름없는 처지였어서 반하고 들뜨고 할 계제가 아
니었습니다."

그 사람이 관음보살처럼 보였습니다―라고 스스럼없이 말한다.

처음 듣는 이야기다. 헤이시로는 눈을 동그랗게 떴다.

"구제를 받아?"

"예. 워낙 볼품없는 사내였으니까요."

"자, 잠깐만. 살림을 차렸을 때 자네는 벌써 어엿한 오캇피키였을
텐데? 에코인 모시치의 후계자로서 말이야."

"모시치 행수님 밑에 있었지만, 그때는 아직 잔심부름이나 하고
있었죠."

부끄러운 듯이 목소리를 낮춘다.

"이렇다 할 공을 세운 적도 없이 콧대만 높아서 하마터면 커다란

잘못을 저지를 뻔했습니다. 그걸 그 사람이 구해 주었습니다."

입을 다물고 턱을 조금 든 뒤 마사고로는 말했다.

"이 다음 얘기는 아무리 나리라도 입장료를 내시기 전에는."

"비싸게 구네."

"나리께서 마님께 며칠이나 들떠 있었는지 솔직히 말씀해 주신다면 그걸 입장료로 치지요."

마사고로는 노련하게 넘기며 두꺼운 손바닥으로 저쪽에 보이는 사람들의 행렬을 가리켰다.

"저것이 무라타 선생을 찾아온 환자들이라면 오늘도 선생을 만나기가 쉽지 않을 듯하군요."

규스케의 신원을 알아내어 처음 이곳을 방문했던 것이 벌써 한 달 전이다. 그때 하녀의 안내를 받아 신노스케와 함께 들어간 곳은 대기실 옆 작은 방이었다.

오늘은 달랐다. 더 안쪽에 있는 주방 옆 사 첩 반짜리 마루방으로 안내받았다. 약장이 둘러서 있고, 간소한 선반에는 책도 쌓여 있다. 책등의 철한 자리를 보니 꽤 여러 번 읽은 듯하다.

"방이 누추해서 죄송합니다. 의원 안에서 숙식하는 환자도 있어서 방이 꽉 찼거든요."

무라타 가에는 하녀가 둘 있다. 그 가운데 나이가 어린 쪽은 오신이라는 수다스러운 하녀인데, 원형 탁자를 옮겨 놓고 시원시원하게 말했다.

"여기는 선생의 조제실인가?" 하고 헤이시로가 물었다. 가메야의 조제실과 많이 닮았다.

"조제도 하고 여러 가지로 이용합니다. 근데 그게 왜요?"

오신은 살쩍이 헝클어져 있고 눈 밑이 거무죽죽하다. 몹시 피곤한 모양이다. 그래서인지 말투도 사뭇 거칠다.

지난번과 마찬가지로 대기실과 진료실은 사람들 목소리로 시끄럽다. 환자들이 무리 지어 있다. 게다가 숙식하는 환자도 있다고 하니 그 시중도 들어야 하겠지. 오신이 지친 것도, 피곤해도 쉬지 못하는 것도 무리는 아니다. 이곳은 여전히 전쟁터다.

"아무것도 아니다. 그래도 '괴질'이 아니라니 다행이구나."

"예. 그래서 노란 종이는 필요 없는데, 혹시 그 일로 오신 건가요, 나리?"

괴질 환자가 나온 집은 출입구에 노란 종이를 붙여야 한다는 규칙이 있다. 그 정도의 일이라면 지신반에서 한다. 오신은 두뇌 회전이 빠르다기보다 지레짐작이 빠르다고 해야겠다.

헤이시로는 품에서 마쓰카와 뎃슈의 인상서를 천천히 꺼내 하녀 앞에 펼쳤다.

급하게 일어서던 오신이 엉거주춤한 자세로 멈췄다. 인상서를 빨아들일 기색으로 들여다보고 있다.

마사고로가 짙은 눈썹을 쳐들었다.

"이런 얼굴을 본 적이 있느냐?"

오신은 인상서에 눈길을 고정하고 있다가 헤이시로와 마사고로를 번갈아 보았다.

"이번에는 이 사람이 칼에 맞고 죽었나요?"

"아니, 그건 아니다." 헤이시로가 얼른 대답했다.

"그럼 무슨 일이 있었나요? 그렇지 않고서야 이런 것을."

"아는 얼굴이냐?"

오신은 숨이 멎을 듯한 표정이 되었다. 검은자위가 조그맣게 움츠러들고 있다.

"세상에. 저는, 함부로 말씀드릴 수 없어요."

별안간 안색을 잃더니, 잠시만 기다려 주세요, 하고 복도를 부리나케 뛰어간다. 헤이시로는 마사고로의 얼굴을 쳐다보았다. 행수의 눈이 날카로워져 있다.

오래 기다릴 필요도 없이 발소리와 함께 오신의 새된 목소리가 돌아왔다.

"왜 그 턱이 긴 나리라니까요. 요전번에 규스케 씨 일로 오셨던 분 있잖아요. 그 나리가—."

"알았다, 알았다, 그만 좀 끌어당겨."

오신에게 소매를 붙잡혀 끌려오는 자는 대맥 가미야 노보루였다. 그 역시 턱 근처에 살이 없고, 오늘 같은 날씨에도 땀에 젖어 있다.

"노보루 선생님, 자, 이거예요."

오신이 무서운 것이라도 가리키듯 인상서를 바라본다. 가미야 노보루도 인사보다 먼저 방바닥에 놓인 인상서로 시선을 주었다. 조금 전의 오신과 마찬가지로 눈초리가 이내 얼어붙는다.

"이것은?"

틈을 주지 않고 마사고로가 물었다. "바쁘신데 미안합니다만, 한 가지 묻겠습니다. 여기 분들이 아는 얼굴입니까?"

아직 솜털이 조금 남아 있어 보이는 노보루 선생의 발그레한 볼이 팽팽히 긴장한다.

"이자가 무슨 짓을 저지른 겁니까?"

"예전에 당신과 마찬가지로 의원에서 젊은 선생으로서 수련을 쌓던 자인데." 헤이시로는 짐짓 반응을 떠보았다. "지금은 무엇을 하고 있는지 통 알 수가 없네. 하나 선생은 아시는 듯하군."

너도 그렇고—하고 오신을 쳐다보자, 버티고 있던 오신은 마침내 실이 끊어진 듯이 털썩 주저앉았다.

"아, 소름 끼쳐."

그렇게 중얼거리고 노보루 선생의 긴 등 뒤로 숨듯이 몸을 웅크린다. "전에는 규스케 씨더니 이번에는 미카와야에서."

"미카와야?"

저도 모르게 날카로워진 헤이시로의 물음에 노보루 선생은 턱을 당기고 고개를 주억거렸다.

"우리와 거래하는 가게입니다. 이자는 그 가게의"라고 하며 인상서를 집어 들었다. "우리 의원 담당이라고 할까요, 약재나 조제한 생약을 가져다주는."

가게 이름이 약방이나 약종상 같지가 않다.

"미카와야는 어디에 있는 가게입니까?" 마사고로가 지체 없이 물었다.

"아타고시타에 있는 술도가입니다. 약은 그 가게 주인이 약주를 빚는 김에 만들기 시작했는데,"

마사고로의 기백에 눌린 노보루 선생이 갈팡질팡한다. 이런 말을 해도 좋을까, 하는 안색이다.

"본래 생약점이나 약종 도매상 친목회에 가입한 가게가 아니어서 제대로 된 장사는 하지 못하게 되어 있습니다. 몰래 하는 부업이죠. 다만 매우 참신한 약을 만들어 주므로 무라타 선생께서 의원 출입을 허락하셨습니다."

"이자는 그 가게 점원입니까?"

아뇨—라고 하다가 노보루 선생은 잠시 말을 멈췄다.

"미카와야는 그런, 약에 관해서는 이른바 암상인이므로 이런 거래는 점원에게 시키지 않습니다. 별도로 사람을 고용한달까, 거래 약정을 맺는 겁니다. 즉 미카와야의 부업에 종사하는 자 또한 겉으로는 주점 손님인 거죠."

그 '손님'에게 미카와야는 약주나 생약을 판다. 그것을 구입한 '손님'은 자기 능력껏 돌아다니며 적당한 값을 매겨서 판다. 장사 재주가 있는 자는 좋은 단골을 확보해서 돈을 벌고, 그렇게 되면 미카와야에서 구입하는 양도 늘어나게 된다.

"미카와야에서 판매를 맡긴 행상인가?" 하고 헤이시로는 중얼거렸다. 암상인이므로 은밀히 파는 점만 다를 뿐 나머지는 일반 행상과 다를 바 없다.

마쓰카와 뎃슈가 시중의 세세한 사정에 밝았던 까닭은 장사를 위해 구석구석 돌아다녔기 때문이다. 정황이 딱 맞지 않는가.

"미카와야의 데쓰지 씨라고 했어요." 오신이 작은 소리로 끼어들었다. "데쓰지 씨가 무슨 짓을 저질렀나요? 끔찍한 짓인가요? 오코마 씨가 울겠네요."

오코마는 여기 하녀 중 연장자다. 데쓰지 씨라고? 헤이시로는 짐작이 갔다.

"오코마는 그자에게 마음이 있었나? 하긴 미남이니까."

마음이 급한 오신은 점점 불안한 기색으로 연방 고개를 끄덕인다.

"최근 데쓰지가 이곳에 얼굴을 비친 게 언제였습니까?"

마사고로의 물음에 노보루 선생은 얼른 생각이 나지 않는지, 등 뒤에 숨은 오신 쪽으로 몸을 틀었다.

"언제였지? 기억나느냐?"

오신은 매달 몇 번 들르는데 정해져 있지는 않다고 변명하듯이 말했다.

"요즘은 오지 않았어요."

그래서 오코마 씨가 애가 닳아 있어요, 하고 덧붙인다.

"데쓰지 씨는 돌림병이 돌면 어디서 듣고 자주 들릅니다. 그런 데엔 참 밝거든요. 이번 괴질 소동도 분명히 알고 있을 텐데 통 소식이 없으니까요."

"마지막으로 본 게 언제지?"

강하게 묻고 나서 마사고로는 이내 뱉은 말을 취소하듯이 고개를 가로젓고 자리에서 일어섰다.

"아니, 아예 오코마 씨를 만나게 해 줘, 오신. 그게 빠르겠다. 중요한 일이니까 네가 쓸데없이 끼어들면 안 된다."

마음에 둔 사내의 출입이라면 오코마가 가장 잘 기억하고 있을 터였다.

"저는 당장 아타고시타로 가 보겠습니다."

성큼성큼 걸으며 마사고로가 짧게 말했다. 기대 이상의 큰 수확에 헤이시로는, 부탁하네, 하고 대답하는 것이 고작이었다.

결국 그날 헤이시로는 해가 질 때까지 무라타 가의 조제실에 앉아 있어야 했다. 겐토쿠 의원이 시간을 내려면 그때까지 기다려야 한다고 하므로 어쩔 수 없었다. 기다리는 동안 아타고시타에 다녀온 마사고로가 다음 조치를 위해 다시 나간 만큼, 헤이시로로서는 뒤숭숭하면서도 기나긴 하루였다.

사실 이런 역할은 헤이시로한테 딱 어울렸다. 무라타 가의 사람들을 하나하나 불러들여 이야기를 듣고, 그 틈틈이 마사고로에게 보고받은 내용도 머릿속에 단단히 심어 두었다. 마침내 달변가 선생과 마주 앉았을 때는 머릿속에 대체적인 상황이 정리되어 있어 선생과 이야기하기가 수월했다.

데쓰지, 즉 마쓰카와 뎃슈는 벌써 오래전에 미카와야와 인연을 끊은 상태였다. 헤이시로나 급하게 아타고시타로 달려갔던 마사고로도 이미 각오한 바이긴 했다.

"언제 발길을 끊었답니까?" 겐토쿠 의원이 물었다. 동요하는 기색은 없었지만, 이 선생의 경우는 피곤한 기색도 거의 보이지 않는다.

"칠월 중순이었다고 합니다. 앞뒤로 하루 이틀 정도는 차이가 있을 수 있지만."

미나미쓰지바시 다리밑에서 규스케가 살해된 시기와 거의 일치한다.

"미카와야가 원래 그렇게 장사하는 곳입니다."

겐토쿠 의원은 예의 그 빠른 말투로 미간에 희미한 주름을 잡으며
말했다.

"물건을 떼다 팔던 손님이 이제 장사를 그만두겠다고 하면 굳이
붙잡을 이유도 없겠지요."

미카와야에서는 뎃슈의 거처조차 몰랐다. 주인이 이런저런 잡담
을 하다가 어디 사느냐고 물어본 적은 있었지만, 작정하고 물어본
것은 아니었다고 한다.

─멀지는 않은 눈치던데…… 나가야에 산다고 했던가.

가령 주인이 나가야 이름을 기억하고 있다고 해도 어차피 아무렇
게나 둘러댄 이름일 터였다.

"미카와야의 부업은 나름대로 알려진 모양이더군요. 뎃슈도 어떻
게 알고 제 발로 찾아와 넌지시 말하더랍니다."

이 년쯤 전이었다고 한다.

"미카와야는 물론이겠지만 암상인과 거래한 우리도 처벌을 받게
됩니까?"

빠른 말투로 물으니 화가 난 듯이 들리기도 한다.

"그렇다면 그 벌은 제가 다 받겠습니다."

헤이시로는 웃었다. "그렇게 야박한 짓은 하지 않습니다. 그런 일
로 일일이 귀찮게 굴겠습니까."

이번에는 헤이시로가 사건의 경위를 낱낱이 들려주었으므로 달변
가 선생도 사정을 다 이해하고 있다. 다부진 팔뚝으로 팔짱을 끼고
인상서로 시선을 떨어뜨리더니 말한다.

"이즈쓰 나리가 말씀하신 대로 데쓰지─아니, 뎃슈인가요─이자

가 규스케를 찾아내고자 했다면 미카와야에서 물건을 떼다 파는 짓은 맞춤한 밥벌이였군요. 그럴 마음만 있으면 시중의 의원이나 약방을 얼마든지 돌아다닐 수 있으니까."

우리 집도 이미 지켜보고 있었을 테고, 하고 말한다.

"오래전이긴 하지만 우리 집은 규스케가 오랫동안 지내던 곳입니다. 다시 돌아올 수도 있다고 여기지 않았겠습니까. 주목해서 손해 날 일은 없지요."

그리고 그 짐작은 들어맞았다.

"뎃슈는 여기서 규스케를 찾아냈어요."

겐토쿠 의원은 그렇게 중얼거리며 조제실 안을 둘러보았다.

"여기에서라면 사람을 잘못 볼 리도 없죠. 가장 확실한 곳입니다. 하녀들한테 이야기를 들으셨습니까?"

오코마가 상세한 내용을 듣기 전부터 흥분해서 울어 버린 탓에 그러지는 못했다.

"나나 가미야는 뎃슈와 거래 관계일 뿐이었지만 오코마나 오신은 제법 친했던 모양입니다. 내밀한 사정을 알아내기도 쉬웠을 테고, 여자들을 통해 규스케에게 접근하기도 어렵지 않았겠죠."

시선이 허공을 더듬는다.

"이제 와서 이런 얘기를 해 봐야 아무 도움도 안 되겠지만, 뎃슈지와 이야기하다 의술을 조금 배운 자가 아닌가 하고 느낀 적은 있었습니다."

그래서 뭐가 어떻다는 말은 아닙니다만, 하고 자조하듯이 피식 웃는다.

"구리하시 선생이 타계한 뒤 미카와야에서 일하기 전까지 뎃슈가 어디서 어떻게 지냈는지는 모릅니다. 의술을 계속 배울 수 있는 곳을 찾아냈는지, 어디서 썩둑이로 업을 바꾸었는지."

배울 마음만 있다면 어느 쪽이든 가능했을 터라고 달변가 선생은 말했다. "에도에 있다면 어떻게든 되겠지만—뎃슈의 고향에는?"

"이렇게 되었으니 찾아보지 않을 수도 없어서 마사고로가 수하를 보냈습니다."

일단 에도 밖의 일이고, 마쓰카와 가는 시모사 번에서 대대로 의원으로 일하는 집안인 모양이라 쉽게 조사할 수는 없으리라. 그래도 마사고로의 수하들에게 맡겼으니, 뭐든 알아내서 돌아오기를 기다리는 수밖에 없다.

"무엇보다 알고 싶은 것은 그자가 지금 어디에 있는가인데."

겐토쿠 의원은 팔짱을 낀 채 턱짓으로 인상서를 가리켰다. 그러다가 문득 뭔가를 착각하고 있었음을 깨닫기라도 한 듯 눈을 바쁘게 깜빡거리더니 헤이시로를 쳐다보았다. "금방 스친 생각입니다만."

"말씀하시지요."

"규스케가 올해 우리 집을 떠난 것이 도망치기 위해서가 아닐지도 모릅니다."

"그러면?"

"그자가 데려갔을 수도 있지 않을까요?"

교묘한 말에 넘어가 따라나섰을 수도 있다는 말이다.

"규스케가 두려워하던 대상은 가메야 신베와 친하게 지내던 구리하시 선생의 조수 따위가 아닙니다. 오세쓰라는 여자와 그 아들이겠지요. 그 점을 건드리면 얼마든지 속일 수 있습니다."

헤이시로는 눈을 동그랗게 떴다. 잘하면 진저리라도 칠 기세였다.

"그렇군요" 하며 신음한다. "예를 들어 하는 얘기지만 자기가 오세쓰의 아들과 아는 사이라고 한다거나."

"그래요. 예전의 그 사건은 들어서 알고 있다, 오세쓰도 그 아들도 원한에 사무쳐 있다—."

집요하게 늘 다이코쿠야와 가메야의 주변을 살피며 보복할 기회를 엿보고 있다, 당신이 어디에 있는지 찾고 있다, 라고 슬쩍 협박이라도 했다면.

그러나 당신은 딱하게 됐다. 다이코쿠야처럼 재산이 있는 것도 아니고 가메야처럼 왕진고로 돈을 버는 것도 아니지 않느냐.

"내가 당신을 숨겨 주겠다, 도와주겠다, 라고 한다거나."

"저라면 그렇게 하겠습니다."

달변가 선생은 마치, 오, 이건 감기다, 별거 아니다, 라고 진단하듯이 아무렇지도 않게 말했다.

만약 규스케가 칼에 베여 죽던 그때까지 뎃슈의 수중에 있었다면, 미나미쓰지바시 다리밑의 그 저주스러운 사람 형상에 대한 소문이 그렇게 나돌았어도, 인상서를 그렇게 돌렸어도 그자를 안다고 나서는 사람이 없었던 것은 당연한 일이다.

마침내 헤이시로는 정말로 몸서리를 쳤다. 그러자 "어리석은 놈!" 하고 달변가 선생이 내뱉었다.

물론 헤이시로를 향한 질타는 아니다.

"사정이 어떻든 간에 규스케는 나한테 다 말해야 했습니다. 애초에 칠 년 전 여기서 도망쳤을 때 다 말했어야지요."

다시 인상서를 노려보고 있다. 거기 그려진 얼굴과 함께 규스케의 여윈 얼굴을 떠올리고 있으리라.

헤이시로는 문득 마음이 풀어졌다. "선생은 인정이 많다고 하더군요."

"의원이란 자들이 다 그렇지요."

자신도 알고 있다.

"규스케는 그래서 더 말할 수 없었을 겁니다."

"그러니 어리석다는 말입니다."

어리석다, 어리석다, 그렇게 어리석은 자도 없다고 화를 낸다.

"그 아까운 이십 년도 얼마나 고통스러운 세월이었겠습니까. 바보한테는 약이 없다는 말은 꼭 이 경우를 두고 하는 말이지요."

손을 들어 머리를 벅벅 긁고, 그래도 부족한지 주먹을 쥐고 자신의 두꺼운 허벅지를 퍽, 소리 나게 내리친다.

"마쓰카와 뎃슈도 역시 한없이 어리석은 놈입니다. 그래도 한때는 사람 목숨을 구하겠다고 의원의 길을 걸었던 자인데."

저는 그런 자들이 끔찍하게 싫습니다, 하고 말했다. 용서할 수 없다거나 괘씸하다는 말보다는 끔찍하게 싫다는 말이 격분한 그의 표정에 잘 어울린다.

"가메야와 다이코쿠야를—아니, 썩둑이 신베와 나오이치를 선생은 어떻게 생각하십니까?"

문득 궁금해졌다. 달변가 선생은 틈도 두지 않고 답했다.

"도적질을 해서라도 성공하겠다는 것은 비열한 근성입니다. 그걸 바로잡을 예지를 갖추지 않았음은 더욱 비열합니다."

그래도—하고 입술이 일그러지도록 꾹 다물고 있다가,

"무엇보다 비열했던 것은 자기 죄가 드러날까 두려워하면서도 입을 꾹 다물고 있었다는 점입니다. 그러면서 결국은 제 허물을 드러내지. 형편없는 놈들!"

형편없어, 형편없어, 하고 반복하자, 침이 인상서 위로 튀었다.

"세월이 그만큼 흘러 버렸으니 어리석음이 태산처럼 쌓여서 이제는 그 두 놈이 처벌받는 것으로 일이 끝나지는 않겠지요. 세월이 흐른다고 죄가 가벼워지지는 않습니다. 오히려 번져 가지요. 가메야와 다이코쿠야가 문을 닫으면 많은 사람들이 고통받게 될 겁니다."

천하의 어리석은 놈들이라고 한탄하듯이 말한다.

"비열한 근성으로 악행을 저질렀다면 최소한 발각되지나 말든지. 제 목숨을 던져서라도 끝끝내 감췄어야지. 모든 것을 스스로 감당하는 것이 악인 나름의 도리이거늘."

색다른 견해였다.

"선생은 어쩌면 무서운 분인지도 모르겠군요."

헤이시로의 한가로운 말에 달변가 선생은 진지한 낯으로 대답했다. "나는 의원입니다. 이 손으로 사람 목숨을 스러지게 하기도 하죠."

인정 많은 사람이지만, 사람을 살리기도 하고 죽이기도 한다.

"그러니 무서운 사람일 수밖에요."

헤이시로는 겐토쿠 의원의 얼굴을 찬찬히 바라보았다. 머리에서 김이 나지 않을까 싶을 만큼 분노하고 있으니 오히려 더 풋내기처럼 젊어 보인다. 그런 모습이 좋아 보였다.

"이미 늦었는지도 모르지만, 만에 하나 이 얼굴을 보시면,"

"바로 알려 드리죠. 여기서 일하는 사람들한테도 잘 말해 두겠습니다."

특히 오코마가, 하며 아까하고는 다른 의미에서 무서운 얼굴이 되었다.

"그자를 동정하는 일이 없도록 하겠습니다."

"뭐, 그럴 염려는 없을 테니 너무 꾸짖지는 마십시오."

연정 때문이니까요, 헤이시로는 말했다.

연정이라는 말에 겐토쿠 의원은 아무 감흥도 없어 보였다. 마치 사람 몸에 그런 장기는 없다고 말하는 듯하다.

"가메야의 아가씨한테 달아 둔 실은 성과가 있을까요?"

"그렇습니다. 머지않아서요."

제가 직접 추적하지는 않을 테니까 안심하세요, 라고 하며 웃어 보였다. "저보다 훨씬 꼼꼼하고 일 잘하는 사람이 있습니다."

"아무튼 저쪽이 눈치채서는 곤란하겠지요."

작은 소리로 그렇게 말하는 겐토쿠 선생의 얼굴은 마치 중병에 걸린 자식을 진료하듯 깊이 우려하는 표정이었다. 의외로 걱정이 많은 사람이군, 그것도 의원의 마음가짐인가, 하고 헤이시로는 생각했다.

어수선한 하루가 지나고 하루가 더 지났을 때의 일이다.

밤 다섯 점(오후 여덟시), 헤이시로가 마당의 벌레 소리를 들으며 멍하니 거미에 대해 생각하고 있는데 짱구가 숨을 헐떡이며 찾아왔

다. 안으로 데려온 아내가 "유미노스케의 절친한 동무로군요?" 하고
말한다.

하지만 화기애애하게 인사를 나눌 계제가 아니었다. 짱구의 얼굴
에 핏기가 없다.

"무슨 일이냐?" 하고 헤이시로가 자세를 바로 했다.

"가메야의 후미노 씨가,"

암기나 암송을 하는 것도 아닌데 짱구의 눈동자가 가운데로 쏠린
다.

"후미노가 왜?"

"외출했다가 돌아오지 않고 있습니다."

아사쿠사 간논 거리에 사는 단골에게 약을 배달하러 나갔다고 한
다. 이는 열흘에 한 번으로 정해진 일인데, 늘 스테마쓰라는 사환을
데리고 가는 모양이다. 여기까지는 평소와 다름없었지만 오늘은 귀
가하지 않았다. 평소라면 돌아왔을 시간이 한참 지났다.

"그쪽에 가서 물어보니 약은 받았지만 사환이 전해 주었다, 아가
씨는 오지 않았다고,"

헤이시로는 벌떡 일어섰다. 아내가 눈을 동그랗게 떴다.

"실은 어쩌고? 아무도 미행하지 않았느냐?"

짱구는 당장이라도 울 것 같았다. 다다미에 양손을 짚고 납작 엎
드렸다.

"그것이…… 면목 없습니다. 따돌림당했습니다!"

끊어진 실을 매단 채 둥실 허공으로 올라가는 거미의 모습이 헤이
시로의 안구에 언뜻 떠올랐다.

후미노가 도망쳤다.

아무래도 우치칸다 근방의 괴질 소동이 일을 어렵게 만든 모양이다.

돌림병 소식은 마치 의원이나 약방에 즉각 전해지게 마련이다. 지신반에서 통고하는 것보다 빠르다. 가메야에서도 조지로를 비롯하여 썩둑이들까지 벌써 알고 있었다. 당연히 나흘이나 닷새쯤 먼저 후미노의 귀에도 들어가 있었으리라.

그 우치칸다 다카사고초에 있는 마치 의원에게 진료를 받는다는 구실로 사타에가 두 번이나 외출을 했다. 친절하게도 오토시가 동행했다. 첫 번째 외출은 물론 오토쿠야의 모임에 참석하기 위해서였고, 두 번째 외출은 그 이튿날 마사고로의 메밀국숫집에 가서 인상서를 만들기 위해서였다.

그래서 후미노는 의아하게 생각했다. 아무리 명의라지만 그 병약한 사람을 괴질이 한창 유행하는 동네로 데려간다고? 매사 빈틈없는 오토시가 왜 저러지?

참 이상하네. 하나 더하기 하나가 둘이 되지 않으면 어딘가에 다른 하나가 숨어 있는 법이다. 사타에가, 오토시가, 무슨 일을 꾸미나? 아니면 뭔가 눈치를 챘나? 그렇다면 그건 이 두 여자만의 이야기는 아니리라.

본래 총명한데다 지금은 상황을 살피기 위해 신경을 곤두세우고 있는 후미노다. 이런저런 궁리를 했겠지. 두려움도 느꼈을 테고.

다만, 그것만으로는 확신할 수 없었으리라. 이만한 일로 도망을

친다면 후미노는 오신 못지않게 성급한 것이다.

　후미노는 일단 어느 인물을 상대로 슬쩍 떠보기로 했다. 그러면 후미노의 탐색을 회피하지 않을 것이다. 차마 회피하지 못하리라. 어린 아가씨의 예리한 눈이 간파한 상대가 있었다.

　달리 누가 있으랴. 마지마 신노스케였다.

　"그러고 보니 어제 오전이었나, 마지마 나리께서 들르셔서 잠시 아가씨와 말씀을 나누셨습니다."

　돌아가실 때는 몹시 어두운 표정이셨습니다. 지배인 조지로의 말에 헤이시로와 마사고로는 함께 탄식했다. 이제 상황은 분명해졌다.

　"마지마 나리께는 수하를 보내 소식을 전했습니다만―."

　"잘했네. 소식만 전해 두고 그냥 내버려 두게."

　후미노가 돌아오기를 밤새 기다렸다.

　마사고로는 바빴다. 어린 아가씨를 놓쳐 버린 수하를 꾸짖는가 하면, 스테마쓰를 추궁하기도 했다. 어째서 아가씨와 따로 행동했느냐, 어디서 헤어졌느냐, 네가 밖에서 아가씨와 따로 움직인 게 이번이 처음은 아니렷다? 넘겨짚기도 하고 겁도 준 것이 효과를 발휘하여 스테마쓰는 결국 사실대로 털어놓았다. 벌써 반년쯤 전부터 아가씨는 저와 함께 외출하실 때마다 은밀히 어딘가로 가셨습니다. 단골에게는 제가 혼자 약을 배달했습니다―.

　"아가씨가 돌아오실 때까지 아사쿠사지 절 경내에서 빈둥거리며 일 각 정도를 보냈습니다. 그런데 오늘은 해가 지도록 돌아오시지를 않아서."

　금방이라도 울 듯한 얼굴로 혼자 가메야로 돌아왔다고 한다.

"그렇다면 아가씨가 너한테 혹시 편지 심부름을 시킨 적은 없느냐?"

마침내 스테마쓰는 정말로 눈물을 흘리며 시인했다. "반 정쯤 떨어진 이나리 신사에 매실 고목이 있습니다. 나무에 적당한 구멍이 뚫려 있는데, 그 속에 편지를 몇 번인가 넣어 둔 적은 있습니다."

마사고로의 수하들이 곧장 뛰어나가는 모습을 곁눈으로 보면서 헤이시로는 스테마쓰에게 코를 닦으라고 휴지를 내밀었다. "그렇게 중요한 얘기를 지금까지 용케 담아 두고 있었구나."

칭찬하듯이 말해 주자 스테마쓰는 그제야 코를 풀었다.

"약방의 명운이 걸린 비밀이니까 절대 아무한테도 말하지 않겠다고 신 앞에 맹세하라고 하셨습니다."

그래서 아가씨와 손가락을 걸고 맹세했습니다, 하고 스테마쓰는 더욱 서럽게 울었다.

곁에서 지켜보던 이들은 사환의 우직함에 어이없어하는 분위기였다. 연애에 대하여 얼마간이라도 공감할 만한 나이의 하녀였다면 일찌감치 눈치를 챘을 텐데.

"너도 상당한 악인이로구나. 그렇게 중대한 일을 끝까지 숨기다니. 다카사고초 선생한테 칭찬깨나 들을 수 있겠군."

자기밖에 이해하지 못할 농담을 하면서 헤이시로는 웃었다. 웃는 것밖에 달리 할 일이 없었다.

신사에 있다는 고목에는 과연 구멍이 있었지만 편지는 없었다. 후미노에겐 해명하는 글을 남겨 줄 만큼 기특한 마음은 없었던 걸까. 아니면 그저 시간이 없었던 탓일까.

아무리 기를 쓰고 추적하려 해도 두 사람이 한밤중까지 꾸물거리며 아사쿠사지 절 안에 숨어 있을 리도 없고, 근방에서 밀회 장소로 사용함 직한 셋방을 찾아내는 일도 하룻밤 만에 해낼 수는 없다. 뛰어나갔던 수하들은 공연히 등롱 기름만 축냈을 뿐이었지만, 부리나케 달린 덕분에 당장의 울분은 풀린 모양이니 동이 트면 본격적으로 뛰어다니게 해야겠습니다, 하고 마사고로는 말했다. 그로서는 드물게 콧방울에 힘이 들어가 있다.

동이 틀 때까지 가메야에서 기다리던 헤이시로는 뒷일을 마사고로에게 맡기고 하품을 참으며 집으로 돌아갔다. 목욕탕에 다녀와, 아사지로에게 머리를 맡겼다.

"나리, 오늘 아침은 어째 넋을 놓으신 얼굴이네요."

사카야키도 꺼칠꺼칠하고요, 하고 의아해하면서 아사지로는 나긋나긋한 손가락으로 매끄럽게 머리를 만진다.

헤이시로는 요란하게 하품을 했다. "마지마 가에 드나드는 이발사하고 아는 사이지?"

"예, 경쟁하는 사이죠."

"오늘 아침에도 만났나?"

눈치 빠른 아사지로가 냉큼 반문한다. "마지마 나리께 무슨 일이 있나요?"

"최근에 또 조닌 상투를 틀어 달라고 했느냐?"

"예, 메밀국숫집 하시는 행수님 댁에서요. 그건 아침마다 하는 일하고는 별개니까 제가 맡았습죠."

"신 상의 사카야키도 거칠더냐?"

아사지로의 손길이 멈춘다.

"나리도 근심이 깊으셔서 이렇게 되셨나요?"

다시 손가락이 사카야키를 쓰다듬는다.

"나는 간밤에 잠을 못 잤을 뿐이다."

"그래서 자꾸 하품을 하시는군요."

그러더니, 젊은 나리께서 뭘 근심하시는지는 저도 모르겠습니다, 라고 말한다.

"마지마 나리는 원래 생각이 많은 분처럼 보이던데요."

"뿐만 아니라 쉽게 들뜨는 사람이지."

"그것도 다 젊기 때문이죠, 나리."

오호호, 하고 웃은 아사지로는, 그러나 근심스러운 듯이 마지마에 대한 이야기를 한두 가지 하고 나서 돌아갔다.

헤이시로는 아침밥은 필요 없다는 말로 아내를 놀라게 하고 느긋한 걸음으로 마지마 가로 향했다. 연방 하품이 터졌지만, 큰길을 하나 지나며 어금니를 꽉 깨물고 잠시 참아 보라고 자신을 타일렀다.

마지마의 어머니 이세는 헤이시로의 등장에 놀라며 그를 맞이했다. 이세는 거사의 배는 됨 직한 체구에 눈매가 매서운, 나이 지긋한 중년 부인이었다. 옴팡눈은 아니다. 오히려 여우 눈에 가깝다.

헤이시로는 정중하게 인사를 하고, 신노스케 나리는 댁에 계시냐고 물었다.

"간밤에 늦게 돌아와 자기 방에서 꼼짝을 안 하고 있어요."

"잠깐 들어가서 뵙겠습니다."

복도를 걸으며 신노스케의 어머니는 헤이시로의 긴 얼굴을 힐끗

거렸다.

"신노스케가 무슨 실수라도 했나요?"

아들의 안색이 심상치 않음을 알고 있다. 마침 헤이시로는 간신히 참고 있던 하품이 막 터진 참이었다. 더 길어지는 턱을 보며 이세 부인이 흠칫 놀란다.

"모토미야 겐에몬 어른도 뵙고 싶습니다만, 기침하셨나요?"

아, 예—, 라고 대답하고 이세 부인은 더욱 의아해하는 표정이다.

"그럼 나중에 뵙죠. 아, 공무 때문에 찾아왔으니 신경 쓰지 마십시오."

헤이시로는 싱긋 웃으며, 그럼 실례, 하고 말하고 그 자리에 서서 맹장지를 열었다.

먹물을 풀어놓은 듯이 캄캄했다.

인기척은 있다.

"덧문 정도는 열어 두지그래."

어둠 속에서 움직이는 기척이 난다—아니, 난 듯하다.

어허, 이런, 하며 헤이시로는 방을 가로질렀다. 이쯤이 아닐까 하고 거리를 짐작하기는 했지만, 뻗은 손끝이 장지를 찔러 창호지에 구멍이 났다. 맥없이 찢어지는 소리가 난다.

낭패한 마음에 덧문을 더 요란하게 열어젖혔다. 가을 햇살이 쏟아져 든다.

이 방은 동향이다. 동향 방에서 잠을 자면 출세한다는 말이 있음을 신 상은 알고 있을까.

나도 몰랐지. 오토쿠한테 들은 얘기다. 헤이시로는 엉뚱한 생각을 했다.

무슨 말부터 꺼내야 할지 알 수 없었다.

돌아보니 신노스케는 검은 하오리 차림 그대로 이쪽에 옆얼굴을 보인 채 똑바로 앉아 있었다.

꼼짝도 하지 않는다. 양손으로 무릎 관절을 움켜쥐듯이 하고서 고개를 숙인 채 눈을 뜨고 있다. 방금 눈을 깜빡였다.

"반년 전부터였다고 하더군."

아가씨의 밀회가—하고 내처 말했다.

"사환인 스테마쓰를 시켜 편지를 전했어. 근처 신사의 매실 고목에 뚫린 구멍을 이용해서. 아주 재미난 얘기지? 조루리_{사랑을 주제로 한 민요에서 유래된 낭송 음악의 일종이며, 분라쿠라는 인형극의 대본이 되기도 한다}라면 말이야."

신노스케는 여전히 꼼짝도 안 한다.

"뭐라고 물어야 대답하기가 쉬울까?"

헤이시로는 얼굴을 아침 해로 향하고 물었다.

"후미노가 뭐라고 물었지? 아니면, 후미노에게 뭐라고 대답했지? 어느 물음이 좋은가?"

신노스케는 대답하지 않는다.

"마쓰카와 뎃슈라는 이름을 거론하던가?"

희미한 기척이 있다.

"거론했군. 자넨 뭐라고 말했나?"

신노스케는 턱을 조금 들었다.

"후미노는 놀라더군요."

하룻밤 사이에 속만 늙어 버린 것처럼, 갈라진 목소리였다.

"물론 놀랐겠지. 비밀 중의 비밀을 들켰으니. 그 놀란 얼굴에다 대고, 그래, 뭐라고 했지?"

저는—하는 갈라진 목소리가 희미하게 떨렸다. 헐벗은 나뭇가지에 삭풍이 불어 댈 철은 아직 멀었다. 그런데도 헤이시로 귀에는 삭풍이 부는 소리가 들리는 듯했다.

신노스케의 마음속에서 꽁꽁 언 삭풍이 불고 있다.

후미노와 마주했을 때 그 바람은 아직 뜨거웠을 텐데. 너무 뜨거워서 열병을 얻고 말았을 텐데.

당장 눈앞의 것밖에 보지 못하는 사랑의 병.

"저는, 믿지는 않는다고 말했습니다."

그림처럼 아름다운 풍경이었겠군, 하고 헤이시로는 생각한다.

"너는 속고 있는 거라고 말했습니다."

후미노가 그에게 물었다고 한다.

—저를 의심하시나요?

신노스케는 그 물음에는 대답하지 않았다. 너는 속고 있다는 말만 거듭했다.

"네 아비를 죽이는 짓에 그 딸인 너를 끌어들인 자가 너를 진심으로 사랑할 리가 없다고 했습니다."

그래서 너를 구하고 싶다고 했습니다.

"후미노는 뭐라고 했지?"

—마지막 나리는 친절한 분이시군요.

그러더니 창백한 얼굴로 등을 돌렸다고 한다.

그야말로 그림처럼 애틋한 풍경이 아닌가. 표구사를 불러다가 두

루마리로 만들고 그 참에 달변가 겐토쿠 선생에게 찬讚^{그림 옆에 써넣는 시나}문장이라도 받으면 되겠군. 대우자지도大愚者之圖라고 하면 알맞겠지.

친절한 분은 아무짝에도 쓸모없다.

"신 상의 연적은 말이야."

욱하고 화가 치밀어 헤이시로는 아까 손가락으로 뚫어 버린 창호지 구멍에 다시 손가락을 집어넣고 휘휘 저어 구멍을 더 넓혔다.

"후미노가 가타아게도 풀지 않았을 때부터 알고 지낸 사내야. 그뿐이라고 해도 이미 격차가 벌어졌는데, 사실은 눈이 맞은 지 반년째라더군. 쇠 주전자였다면 뚜껑이 딸깍거릴 정도로 펄펄 끓는 중이라고."

자네가 그렇게 말한다고 후미노가, 아아, 그럼 제가 실수를 했군요, 하고 정신을 차릴 줄 알았나.

"자네가 아무리 대단해도 정면으로 달려들어서는 승산이 없는 상대야. 왜 그걸 모르나."

신노스케는 자기 무릎을 콱 움켜쥐었다.

"인상서가 두 장이 되었네." 헤이시로는 계속 말했다. "아직은 내막을 다 공개할 수는 없으니까. 가메야의 아가씨가 불량한 자에게 끌려갔다고 하면서 두 사람을 찾기로 했네."

마냥 거짓은 아니다.

"내 마누라도 후미노가 속은 게 아니냐고 하더군."

그제야 신노스케가 굳어 버린 몸 그대로 헤이시로를 쳐다보았다. 그 말에 매달리는 듯한 기색이었다. 한순간, 이토록 한심스럽다니, 하고 헤이시로는 생각했다. 그 생각으로 가슴이 에이는 듯했다.

한심하구나, 마지막 신노스케.

헤이시로는 창호지 구멍에 주먹을 찔러 넣었다. 구멍은 네모난 창살에 꽉 차도록 넓어졌다.

"상황이 이러니 여차하면 뎃슈는 거치적거리는 후미노를 처리해 버리려고 할지도 몰라. 한시라도 빨리 찾아내는 게 최선이다."

점점 화가 치민다. 해서 그의 속을 긁는 말도 던져 보고 싶어진다.

"어느 쪽이 좋나?"

병든 개에게 발길질을 하는 듯한 짓이었지만 헤이시로는 분노가 이끄는 대로 물었다.

"뎃슈의 마음이 진실해서 어디까지나 두 사람이 함께 도망친 것이 좋은가, 아니면 놈은 역시 지저분한 사기꾼이어서 후미노를 차 버리는 편이 좋은가. 자네는 어느 쪽을 더 바라는가?"

어리석은 사람 같으니―하고 커다란 목소리로 말했다.

"면목, 없습니다."

갈라진 목소리에는 그제야 신노스케다운 울림이 돌아왔다. 정신을 차린 모양이다.

"두 사람을 찾아내."

헤이시로가 단호하게 말하며 뒤돌아보았다. 신노스케는 그의 눈길을 피하듯이 외면했다.

"히나 인형 같은 한 쌍이니까 어디에 숨어도 논 한복판에 자라난 대나무처럼 금방 눈에 띌 거야. 어려울 일도 없어."

그렇게까지 낙관할 수는 없다. 실제로 이렇게 허를 찔리지 않았던

가. 그렇지만 허세일지라도 그리 말을 해 준다.

"어서 목욕탕에 다녀오고 이발사를 불러서 준비하게. 할 일이 태산이야."

헤이시로는 성큼성큼 방을 가로질러 득의양양한 기분으로 다시 맹장지를 탕, 소리가 나도록 열어젖혔다. 그 순간 몸을 젖힐 만큼 깜짝 놀랐다.

문밖에 모토미야 겐에몬이 자그맣게 앉아 있었다.

귀도 밝지. 거의 신통력의 경지다.

"아, 안녕하십니까."

주름살 틈새에 파묻힌 듯한 작은 눈이 헤이시로를 예리하게 쳐다보았다. 그러고는 천천히 신노스케를 보았다.

굵은 목소리로 거사가 불쑥 말했다.

"참으로 미안하오!"

그 자리에서 개구리처럼 납작 엎드린다.

"내 잘못이오!"

헤이시로는 눈을 휘둥그레 뜨고 우두커니 서 있었다. 신노스케도 몸을 거사 쪽으로 돌렸다.

"종조부님—."

"내가, 가메야의 그 처자에게 인륜에 대해 훈계했소!"

온 집안에 울릴 만큼 커다란 목소리였다. 이세한테도 들렸으리라. 헤이시로는 낭패했다. 하지만 이내 생각을 고쳤다. 거사는 들으라는 듯이 큰 소리를 냈다.

"이 늙은이의 훈계 몇 마디면 그 처자를 자백시킬 수 있다고 자신했소. 얕은 생각이었소. 단견이었소!"

헤이시로는 거사 옆에 힘없이 무릎을 꿇었다.

"거사님."

그 정도면 충분합니다, 하며 수척한 어깨에 손을 댔다.

"아주 잘 들립니다."

마지마 가 내부는 쥐 죽은 듯 조용하다.

모토미야 겐에몬은 손을 들었다. 가는 눈을 더욱 가늘게 뜨고 신노스케를 쳐다본다.

"—혹시라도 할복하겠단 말은 하지 마라."

온화하지만 단호하게 집안 젊은이를 꾸짖는 말이었다.

"살아서 받는 수치는 살아서 씻는 게다."

신노스케가 풀썩 쓰러졌다. 기어가듯이 거사 쪽으로 다가가다가 다다미 테두리를 넘지 못하고 그 자리에서 웅크리고 말았다.

열린 덧문에서 바람이 불어온다.

"할복해야 한다면 내 쭈글쭈글한 배를 가르는 것으로 족하다. 안 그렇소, 헤이노스케 나리?"

또 헤이시로를 부친과 헷갈리고 있다.

그러나—.

헤이시로의 머리에 묘안이 반짝, 하고 스쳤다. 이건 천재일우의 기회가 아닌가?

금세 기분이 좋아졌다. 소리 내어 웃어 버릴까 봐 헤이시로는 입을 손으로 막았다.

"누가 할복할 필요는 없다고 생각합니다. 그렇게 생각하기는 합니다만,"

스스로 되돌아봐도 정신이 또렷하다. 간밤에 제대로 자지 못한 탓에 정말로 넋이 빠져나가 버리고 그 틈에 유미노스케가 빙의한 걸까?

"거사님."

바싹 마른 작은 귓바퀴에 입을 대고 속삭였다.

"잘못을 저지르셨으니 이제 마지마 가에서 지내시기는 어렵겠군요."

책임을 지셔야죠, 거사님.

"자취를 감출까요? 아니, 쫓겨나는 건가? 연을 끊는 정도면 충분할까요?"

바싹 마른 천에 물이 스미듯이 겐에몬의 주름투성이 얼굴에 이해의 색이 번져 나간다. 헤이시로는 기분이 좋아져서 긴 턱 가득히 웃었다.

"여하튼 거사님 신병은 이 이즈쓰 헤이시로가 맡겠습니다. 자, 일어나시죠."

배가 고프면 싸울 수도 없다고 하지 않던가.

일단은 오토쿠야에 가서 아침밥부터 먹자.

까치밥

1

가메야에서 후미노가 자취를 감춘 지 벌써 한 달이 지나간다.

계절은 가을을 넘겨 에도 시중은 이미 겨울의 기운에 싸여 있다. 바람 소리에 침울해하는 기질과 전혀 인연이 없는 마사고로의 귀도 이날 아침에는 삭풍 소리를 들었다. 올 들어 처음 부는 삭풍인 듯해 아내 오콘에게 물어보니, "무슨 소리예요. 달 바뀌고 벌써 세 번째 삭풍인데"라고 대답하고는 잠깐 웃다가 덧붙인다.

"당신은 그동안 그런 데 신경 쓸 여유가 없었죠."

후미노가 자취를 감춘 지 닷새가 지나자 마사고로는 이즈쓰 헤이시로 앞에 머리를 숙였다. 열흘이 지나자 헤이시로가 먼저 긴 턱을 긁적이며, 뜻밖에 애먹이는군, 하고 말했다. 스무 날이 지나자 마사고로는 잠을 제대로 이루지 못하고 악몽에 시달리는 지경이 되었다.

"허, 이제는 끈기 싸움이로군."

이렇게 헤이시로에게 위로인지 격려인지 모를 소리를 들었지만,

여하튼 마사고로는 면목을 잃고 말았다.

젊은 두 사람이 하늘로 솟았는지 땅으로 꺼졌는지, 단서다운 단서조차도 찾을 수 없었다. 후미노의 연인 마쓰카와 뎃슈라는 자는 여간내기가 아닌 모양이다. 비상시를 대비하여 꽤 오래전부터 계산을 해 두었을 것으로 짐작되었다. 그렇지 않고서야 이렇게 감쪽같이 자취를 감출 수는 없다.

마사고로의 수하들 사이에서는 한때 두 사람이 이미 죽은 게 아니냐는 소리도 나왔다. 동반 자살을 했을 거라는 뜻이다. 이것은 추측이라기보다는 오히려 소망에 가까웠다. 뻔뻔스레 도망 다니는 두 사람이 얄미워서, 차라리 저승으로 가 주면 속이라도 조금은 풀릴 듯하다는 의미였다.

하지만 마사고로는 두 사람이 살아 있다고 확신한다. 후미노는 몰라도 남자에게는 궁지에 몰렸다고 세상을 비관하는 여린 면이 전혀 없어 보였다. 그렇게 얼빠진 놈일 리 없다.

한편 헤이시로는 이쯤 되면 마쓰카와 뎃슈가 이제는 거치적거리기나 할 후미노를 처치해 버리지는 않을까 걱정하고 있다. 그런 생각을 말해서, 후미노를 도망치게 만든 큰 과오를 범한 젊은 신노스케에게 슬쩍 겁을 주기도 했다. 헤이시로치고는 보기 드문 모습이라, 마사고로는 처음 그 이야기를 들었을 때 몹시 놀랐다.

하지만 마사고로의 생각은 달랐다. 뎃슈가 후미노를 해칠 리 없다. 아마 그런 남자는 아닐 것이다.

후미노를 해치울 작정이었다면 그녀가 가메야를 도망쳐 나왔을 때 해치워 버리는 편이 가장 쉬웠을 테고 뒤탈도 적었으리라. 후미노는 가출할 때 일용품조차 지니고 있지 않았다. 그녀라면 쉽게 손 댈 수 있었던 문갑 속의 돈조차 그대로 있었다. 그저 맨몸뚱이 하나 로 남자에게 부리나케 달려갔다.

그때 무사했다면 지금도 무사할 것이다.

오랫동안 관리를 도와 공무를 해 온 마사고로는 남녀 간의 다툼이 나 치정에 얽힌 분쟁이라면 질릴 만큼 많이 보아 왔고, 처리하기도 해 왔다. 그 경험에서 오는 직감이 그에게 말해 주고 있었다. 뎃슈 와 후미노는 어떤 형태로든 인연이란 끈으로 묶여 있고, 그 끈은 어 지간한 일로는 끊어지지 않으리라. 두 사람이 저지른 짓, 특히 후미 노는 친부의 살해에 가담했으니 당연히 끔찍한 죄이기는 하지만, 두 사람에게는 사건을 저지를 만한 충분한 이유가 있었고 그에 대해 의 심하지는 않았을 터였다. 그러므로 동요하지 않는 것이다.

한 가지 마사고로가 불안하게 느끼는 부분은 후미노가 매읍녀 오 쓰기를 죽인 것에 대해 어떻게 생각하고 있느냐 하는 점이다. 그 사 건은 전혀 불필요한 유혈이었다. 오쓰기에게는 아무런 잘못도 없다. 그저 눈속임을 위한 제물로서 목숨을 빼앗기고 강에 버려졌다. 더구 나 그 눈속임은 결국 성공하지 못했다. 후미노는 그 문제에 대해 어 떻게 느끼고 있을까. 남자가 뭐라고 변명하더라도 그 일을 납득할 수 없다면 후미노의 마음에도 금이 갈 수 있다.

아니면, 이미 그 정도로는 전혀 금이 가지 않는 마음의 소유자로 변해 버렸을까.

두 사람이 허점을 드러내서 추적자에게 꼬리를 밟히느냐 아니냐 는 무엇보다 그 부분에 달렸다고 마사고로는 생각했다. 내내 그렇게 생각해 왔다.

그리고 오늘 아침 마사고로는 혼자 삭풍 속을 걸어서 하나카와도초로 향했다. 나무통 도매상 다마이야에 가기 위해서다.

다마이야의 사환이 벌써 열흘쯤 전에 심부름을 왔다. 가게를 관리하는 늙은 지배인 젠키치의 전언을 가지고 왔는데, 참으로 황송하오나 조만간 다마이야에 왕림해 주십사 하는 정중한 전갈이었다.

급한 일이냐고 묻자 사환은 왠지 우물거리며 당혹해하더니, 급한 일은 아닌 듯합니다, 하고 대답했다. 그러면 틈을 봐서 찾아가 보겠다는 뜻을 전하고 마침내 오늘에야 걸음을 하게 되었다.

마사고로는 지난여름에 다마이야를 알게 되었다. 그때는 아직 규스케의 신원을 몰라, 미나미쓰지바시 다리밑에서 발견된 사체의 신원을 알아내기 위해 그때까지 확보한 소소한 단서들을 근거로 아사쿠사 이마도초를 찾아갔다. 도중에 소나기를 만나 우연히 처마 밑을 찾았는데, 그곳이 하나카와도초의 다마이야였다. 짱구 산타로의 생모 오키에가 그 가게에 후처로 들어가 있을 줄은 꿈에도 몰랐다.

인연이라면 인연인지도 모른다.

그 뒤 오키에는 딱 한 번 혼조 모토마치에 찾아왔다. 다마이야 주인 센조에게 갑자기 이혼을 통고받고 혼비백산한 그녀는, 행수님이 짓테의 힘을 빌려서 중재를 해 주든 호통을 쳐 주든 해서 어떻게든 도와 달라고 애원하기 위해 달려왔다. 그때는 헤이시로와 신노스케도 같은 방에 앉아 오키에의 이야기를 듣고 놀랐다.

아닌 밤에 홍두깨 같은 이혼 이야기였으므로, 젠키치를 불러 그의 이야기를 듣고 나서야 센조의 은밀한 도락에 대해 알게 되었다. 불행한 여자를 데려다가 곱게 가꿔 가는 즐거움이라니, 같은 남자로서는 알 듯도 했지만 꽤 번거로운 도락이었다.

오키에가 도움을 청했을 때 마사고로가 어떻게 반응했는가 하면, 결국 아무 보탬도 돼 주지 못했다. 도와줄 길이 없다고 판단했을 뿐만 아니라 자기가 나서서 애써 그녀를 도와야 할 의리도 없다고 생각했기 때문이다.

그 뒤로 오키에를 잊고 지냈다. 처음 얼마 동안은 애써 잊으려 했지만, 가메야 사건으로 경황이 없어지자 자연스레 잊고 말았다. 따라서 젠키치의 전언을 받았을 때는 불쑥 미안한 마음이 들어, 마사고로서는 드물게도 안절부절못했다. 그러나 그것도 오키에를 걱정해서가 아니라 산전수전을 다 겪었을 늙은 지배인 젠키치가 그 뒤 어떻게 지내고 있을까 하는 걱정 때문이었다.

한 번쯤 슬쩍 안부를 물어 주는 정도로 인정을 보이는 편이 좋았을까? 그런 생각이 마사고로의 걸음을 재촉했다. 한편으론 오래전에 버린 아들 산타로 따윌랑 깨끗이 잊고 제 한 몸의 안위와 행복만을 찾아서 흰 뱀처럼 몸을 꼬던 오키에가 떠올라 가슴이 무겁고 답답해졌다.

오늘은 아침부터 날이 화창해서 창공에는 빗으로 빗어 놓은 듯한 하얀 실구름이 떠가고 있다. 꽁꽁 언 바람에는 여기저기 기도반에서 항아리에 굽고 있는 군고구마의 달콤한 냄새가 섞여 있다. 발에 감기는 낙엽을 차며 한동안 걷다가 마침내 다마이야 간판이 보이는 곳에서 일단 걸음을 멈췄다. 소나기를 만났던 그때는 비 냄새와 나무통에 밴 간장 냄새 속에서 오키에와 재회했다. 오늘 아침 다마이야는 거래품인 나무통을 가게 앞에 높이 쌓아 놓고 볕에 말리고 있다.

그 나무통 더미 뒤에서 얼굴 하나가 불쑥 나왔는데, 가만 보니 일전에 전갈을 가져왔던 사환이다. 그는 눈 밝게도 마사고로를 알아보고 얼른 가게 안으로 뛰어 들어갔다. 마사고로는 사환을 뒤쫓듯이, 그러나 어디까지나 느긋한 걸음으로 다마이야에 다가갔다.

"행수님!"

옥호가 찍힌 대형 포렴을 치우며 사환과 자리바꿈하듯이 나타난 사람은 오키에였다. "어머나, 어서 오셔요. 젠키치가 전갈을 보냈다고 하던데, 정말 송구합니다. 행수님을 오시라고 해서."

국화꽃 무늬 기모노에 차분한 줄무늬 오비를 맞춰 입고 다마이야 옥호가 새겨진 감색 한텐을 걸쳤다. 오비 가장자리에는 창고나 문갑의 열쇠 꾸러미를 주렁주렁 매달고 있는데, 과연 어디로 보나 번듯한 도매상 안주인의 모습이다.

무엇보다 표정이 달라져 있었다. 전에 만났던 오키에는 사십대 부인이 서른 안팎으로 젊어진 듯, 그저 아름답기만 한 인형을 보는 듯했지만, 지금은 얼굴에 팽팽한 기운이 감돈다. 마사고로의 눈에 그것은 젊음의 생기발랄한 팽팽함이 아니라 일하는 재미에서 오는 팽팽함처럼 보였다.

이건 대체 뭐지?

여름에 해후했을 때도 여우나 너구리한테 홀린 듯한 기분을 한동안 떨치지 못했는데 이번에도 마찬가지였다. 인사도 얼른 나오지 않아 눈을 휘둥그레 뜨고 멀거니 서 있자 젠키치가 사환을 데리고 달려왔다. 늙은 지배인도 오늘은 한텐 차림이다.

놀란 마사고로와 초장부터 난처해하는 젠키치의 얼굴을 번갈아 쳐다보며 오키에가 살짝 미소를 지었다. 뱀의 혀가 날름거리는 듯한 그 웃음이다.

2

"대관절 무슨 일이 있었던 거지?"

가게 안쪽의 작은 방에서 마사고로는 젠키치와 마주 앉았다. 북향의 서늘한 방인데, 살풍경한 광경으로 보아 젠키치가 잠자는 방인 모양이다. 이마도 옹기_{에도 아사쿠사 이마도초에서 굽던 옹기}로 만든 듯한 오래된 화로에는 마사고로가 와서야 비로소 하녀가 숯불을 넣어 주었고, 삼발이에는 작은 무쇠 주전자가 올라 있다.

한텐을 벗은 젠키치는 무릎을 모으고 앉아 있다. 체구도 작고 골격도 가늘지만, 근면한 사람답게 강단 있게 생긴 어깨는 솜옷을 입었는데도 조금 처져 보인다. 마사고로는 그동안 젠키치의 마음고생이 심했음을 짐작했다.

"오키에 씨의 표정은 마치 센조 씨와 다시 사이가 좋아져서 이혼 얘기는 없어졌다고 하는 듯하던데, 그리되어도 괜찮은가?"

젠키치는 옹크려 앉은 채 조금 숙이고 있던 고개를 끄덕였다.

"면목 없습니다."

"당신이 사과할 일은 아니지."

마사고로는 온화한 표정을 지으려고 했지만, 잘되지 않았다.

"좋게 해결되었다면 잘된 일이지. 하지만 그것이,"

마사고로를 안으로 안내할 때 오키에는 마음에 걸리는 말을 두 마디 했다. 하나는, 계산대의 주인 없는 작은 탁자를 돌아보며, 마침 주인은 자리를 비웠어요, 라고 한 말이다. '주인'이라는 부분에 묘한 억양이 붙었다.

두 번째는, 젠키치 씨는 행수님께 내 험담이나 해서 분을 풀고 싶을 테니까 방해하진 않을게요, 라는 말이었다. 그때도 역시 뱀의 혀가 날름거리는 듯한 인상을 마사고로는 놓치지 않았다.

"오키에 씨가 다시 안주인으로 들어앉은 것은 좋은데, 그 때문에 당신 처지가 어렵게 되지는 않았나? 주인한테 꾸중을 듣거나 하진 않았어?"

시종일관 고개를 조아리고 있는 젠키치에게는 거친 말투가 더 잘 통할 듯했다.

"물론 힘들겠지. 내가 당신에게 이래라저래라 할 만큼 지혜롭지는 않지만 곁에서 도울 수는 있을 듯하니 한번 힘써 보겠네. 당신이 사심이 있어서 다마이야의 앞날을 걱정하는 게 아님은 잘 아니까."

젠키치는 잔주름 많은 눈을 두어 번 끔뻑거리고 나서야 고개를 들었다.

"─아주 복잡한 이야기입니다만."

"괜찮네. 나야말로 열흘씩이나 기다리게 해서 미안하군."

젠키치의 눈에 조금 다른 감정이 떠올랐다.

"인상서를 보았습니다만, 그건 행수님께서 담당하시나요? 미나미 혼조 모토마치의 가메야라는 약방의 따님이 납치되었다는."

후미노가 마지막으로 모습을 드러낸 곳이 아사쿠사지 절 경내이므로 하나카와도초 근방까지 인상서가 돌았다고 해도 이상하지는 않다.

"납치인지 가출인지 아직은 분간이 힘들지만."

마사고로는 뒷덜미를 긁적였다.

"경황없이 바쁘셨겠군요. 죄송합니다."

젠키치는 다시 고개를 꾸뻑 숙이고 덧붙였다.

"그런데 가메야는 여전히 번창하고 있더군요."

물론 지금 가메야는 지배인 조지로에 여관리인 오토시까지 가세하여 빈틈없이 운영되고 있다. 세간에는 후미노가 신베 살해에 가담했는지의 여부가 불분명한 상태이므로 약방은 아무 탈 없이 운영되고 있었다.

사타에는 변함없이 조용히 칩거중이지만 다이코쿠야 도에몬이 보양에 좋은 음식 등을 사환 손에 들려 종종 문병을 하는 듯하다. 다이코쿠야로서도 후미노가 발견되면 자기 약방이 망할 처지에 몰릴 수 있는 상황이지만, 그렇다고 당장 뾰족한 수도 없으므로 장사를 계속하고 있다.

"따님이 사라지기 전에는 약방 주인이 강도에게 죽임을 당하여 큰소동이 있었다고 들었습니다만."

마사고로는 눈썹을 쳐들었다. "당신도 잘 아는군."

"닷새에 한 번은 왕진고를 사러 가니까 조금씩 얻어듣습니다."

마사고로는 자신도 모르게 젠키치의 목과 손목을 살펴보았다. 이렇다 할 피부병은 보이지 않는다.

그 눈길을 의식했는지 젠키치가 다시 몸을 웅크렸다.

"주인님이 쓸 약이었습니다."

"센조 씨가 어디 편찮은가?"

젠키치는 이불과 고리짝 하나 정도밖에 없는 작은 방의 한쪽 구석으로 눈길을 돌렸다. 그쪽 벽에 달력이 한 장 붙어 있다. 한 달이 표기된 달력이다. 그날그날의 간지를 표기한 글자 위에 까만 먹으로 가위표가 그려져 있다. 일 일부터 오늘까지 빠짐없이 그려져 있다.

"벌써 두 달 전 일이지만, 주인님은 오키에 씨에게 이혼을 통보하면서 기한을 열흘 주었습니다."

"아, 그랬지."

그 기한이던 날 동트기 전에 센조는 잠자리에서 일어나 측간에 가려고 복도로 나섰다가 졸중을 일으켜 쓰러졌다고 한다.

"그 뒤로 내내 자리보전중입니다."

마사고로의 놀라움에 때를 맞춘 듯이, 끓기 시작한 무쇠 주전자에서 뚜껑이 딸각딸각 소리를 냈다.

오키에한테서 센조의 나이가 일흔 살이라고 들었다. 그러므로 졸중을 일으켰다는 사실 자체는 놀랍지 않다. 마사고로가 몸을 뒤로 젖힐 만큼 놀란 까닭은 발병 시기가 공교로웠기 때문이다.

"자리보전이라니, 상태가 어떤데?"

"당신 힘으로는 일어나지도 못합니다. 측간 출입도 못 해 기저귀를 찹니다. 입도 뜻대로 돌아가지 않고 미음이나 간신히 넘길 정도입니다."

보름쯤 전부터 등창이 심해져서 단골 의원의 추천으로 왕진고를 발라 보니 잘 들었다. 그나마 다행이라면서 젠키치는 담담하게 말했다. 그것참 명약이더군요, 행수님.

"그럼 당신이 혼자 시중을 들고 있군."

"예."

여기서 두 간 떨어진 방이 센조의 침실이라고 한다. 그 말을 듣고 마사고로는 목소리를 낮추었다.

"오키에 씨는," 하고 묻다가 서둘러 말을 바꾸었다. "아니, 오키에 씨 대신에 이 집안에 들어오기로 한 여인도 있을 텐데?"

"오키에 씨가 나서서 없던 일로 만들었습니다."

센조가 이렇게 되고 나니, 없던 일로 하자는 것은 저쪽에서도 바라던 바여서 쥐꼬리만 한 절연금을 받고 얼른 내뺐다고 한다.

"나는 오키에 씨가 벌써 쫓겨난 줄 알았는데."

예, 하고 작은 소리로 대답하고 젠키치는 뼈가 불거진 손가락으로 인중을 문질렀다.

"그때 안주인님이—아니, 오키에 씨가 주인님한테 이혼을 통고받고 행수님께 눈물로 매달릴 때 저도 그 자리에 불려 가지 않았습니까,"

마사고로는 고개를 크게 끄덕였다. 그때 처음으로 다마이야 집안 사정을 알게 되었다.

"그 뒤 오키에 씨는 행수님이 찾아와 주인님을 혼내 주기만을 며칠간 기다렸습니다."

헛된 바람이었다. 마사고로는 그럴 마음이 전혀 없었다.

"저는 오키에 씨에게 행수님이 막부에서 받은 짓테는 그런 용도로 쓰는 물건이 아니라고 말씀드렸지만, 오키에 씨는 왠지 행수님이 자기 편을 들어줄 거라고 믿는 듯했습니다."

예전 인연 때문이다. 마사고로는 과거의 사연을 낱낱이 들려주고 싶은 마음을 간신히 참았다.

"나는 아무것도 하지 않았네."

"예. 그게 당연합지요."

오키에는 마사고로의 지원을 바라며 열흘의 기한 가운데 절반을 손 놓고 있었던 셈이다.

그러나 오키에는 쉽게 포기하는 나약한 여자가 아니었다.

"행수님은 오스에 님을 아십니까?"

"오키에가 데리고 들어온 자식이지? 막내딸 말이야."

센조에게 발탁되었을 때 오키에는 아들 셋과 막내 오스에까지 모두 네 개의 혹을 달고 있었다. 아들 셋은 적당한 곳에 점원이나 양자로 들어가고 오스에는 다마이야의 친척 집에 맡겨 놓았다고 오키에가 말했었다. 잠시 동안은 부부만 단란하게 지내고 싶기 때문이라고 했다. 하지만 나중에는 오스에를 슬하로 불러 데릴사위를 들이고 다마이야를 물려줄 계획이라고 했다.

"오스에 님을 맡긴 곳은 주인의 육촌 동생뻘 되는 사람이 운영하는 미나미덴마초에 있는 종이 도매상입니다."

물론 센조와 오키에의 이기심이랄까, 자기들만 좋자고 하는 짓이긴 했지만, 그 부탁을 받고 아이를 맡아 준 친척 집이 마뜩잖아한 것은 결코 아니었다.

종이 도매상의 옥호는 이세야라고 한다. 주인은 창업주의 2대손이치고로라는 남자로, 나이는 서른다섯 살이며, 동갑내기 아내 오스즈와의 슬하에 아들 둘을 두었다. 이치고로는 세 살 어린 동생 로쿠로도 거두고 있었는데, 이자는 그 나이가 되도록 장가도 가지 못하고 형 내외의 장사를 거들며 지냈다. 형제의 부모는 이치고로가 스무 살이 되기 무섭게 잇달아 타계하고 말았다. 부모 중에 한쪽이라도 생존해 있었다면 로쿠로 씨도 그렇게 빈둥거리며 식객 노릇이나 하지는 않았겠죠, 라며 젠키치는 혀를 찼다.

센조의 육촌지간이라고 하지만 자주 왕래하고 지내지는 않았다. 약방 안주인 노릇을 하던 센조의 모친 오카쓰가 죽었을 때 오카쓰 쪽 친척인 이치고로가 문상을 왔고, 그 뒤로 때마다 인사나 하고 지내는 사이였다.

"이세야 씨는 어찌 된 일인지 아들만 둘이라."

지금도 집안에 여자는 안주인 오스즈뿐이다.

"딸이 있었으면 하고 바라던 참이어서 오스에 님을 기꺼이 맡았습니다."

오키에가 딸을 그만 돌려보내라고 해도 싫다고 할 정도였던 모양이다. 오키에가 다마이야에 들어온 지 삼 년인데도 여전히 센조와 단 둘이 사는 까닭은 오히려 그런 사정이 작용했기 때문이라고 젠키치는 말했다.

"이혼이 결정되면 그 오스에 님도 오키에 씨가 데리고 나가야 합니다."

센조에게 딸을 데리고 나가라는 통고를 분명히 받았다고 한다.

이 대목에 이르자 마사고로는 다음에 나올 이야기를 짐작할 수 있었다.

"아하."

소리 없이 무릎을 치자 다시 무쇠 주전자가 딸각거렸다.

"오키에 씨는 나한테 바랄 게 없음을 깨닫고 이세야로 달려간 게
로군."

젠키치는 부끄러운 듯이 몸을 웅크리며 고개를 끄덕였다.

이세야에 달려간 오키에는 마구 떠들어 댔다고 한다. 센조의 황당
한 변덕 때문에 내가 이혼을 당하게 생겼다. 오스에도 데리고 나가
라고 하더라. 여자 혼자 어떻게 오스에를 키우라는 거냐. 차라리 이
세야 댁에 그대로 양녀로 보내는 편이 낫겠다는 생각도 했지만, 어
미의 정 때문에 차마 그러지도 못하겠다ㅡ.

어린 산타로는 그렇게 매정하게 버린 채 한 번도 돌아보지 않은
주제에 잘도 그렇게 말했다고 한다.

"이세야 씨는 오키에 씨의 언변에 고스란히 넘어가서," 젠키치는
작은 목소리로 계속 말했다. "본래 그쪽에서는 우리 주인님이 부인
을 자꾸 바꾸는 것을 돈으로 유녀를 사는 일보다 더 고약한 색탐이
라면서 평소 뒤에서 비난해 왔다고 합니다."

고희를 넘겼으니 이제 센조 씨도 생전에 지은 죄를 청산해야 할
때다, 무슨 일이 있어도 이번만은 이혼하게 놔둘 수 없다면서 이세
야가 팔을 걷어붙이고 나서서 설득하고 훈계했다. 아들뻘밖에 안 되
는 이치고로에게 훈계를 들으니 센조가 당연히 화를 낼 줄 알았는
데, 뜻밖의 상황 전개에 모친 오카쓰에게 억눌려 지내던 시절의 묵
은 기질이 되살아났는지, 그는 마냥 수세적인 자세로 물러서고 말았

다. 그리고 맥없이 눈썹이나 뽑으며 젠키치를 상대로 불평이나 늘어놓았다고 한다.

—이세야의 의견은 알겠지만, 새로 들어올 여자에게 벌써 약속을 해 버렸단 말이야. 오키에가 나가지 않으면 곤란한데.

센조가 늘어놓았다는 말을 전해 들은 마사고로는, 미안한 일이지만 쓴웃음을 흘리고 말았다. 의견은 무슨 의견.

젠키치를 보니 그도 등을 웅크린 채 슬며시 웃고 있다. 하지만 그 미소도 금방 사라졌다.

"쓰러지시기 직전에 한창 그런 이야기가 오가던 와중이어서."

이세야의 공세에 밀린 센조는 그렇다면 기한을 열흘에서 스무날로 늘리겠다, 절연금도 삼십 냥으로 늘리겠다, 하고 전날 밤 젠키치에게 슬쩍 귀띔했다고 한다. 설마 이튿날 아침에 자신이 졸중으로 쓰러질 줄은 생각도 못 하고.

"그럼, 그 경황없는 와중에 오키에 씨는 계속 이 집에 있기로 정해졌다는 말인가?"

운이 따르는 여자다.

"그렇다면 남편 병구완 정도는 당신한테 맡기지 말고 스스로 해야 도리 아닌가? 남편을 갸륵하게 돌본다고 벌 받을 리도 없는데."

젠키치가 고개를 숙이고 있다.

"게다가 주인은 누워 있고 당신까지 병구완으로 묶여 있으면 가게가 제대로 돌아가지 않을 텐데?"

그러자 젠키치가 반문했다. "가게가 잘 안 돌아가는 것처럼 보이던가요?"

마사고로는 가만히 턱을 당겨 지배인의 얼굴을 찬찬히 들여다보았다. 알고 보면 환갑도 안 되었으니 센조보다 한참 어릴 텐데 센조에 버금가게 늙어 버렸다. 그와는 대조적으로 수완 좋은 안주인으로 표변해 버린 좀 전의 오키에 모습도 눈앞에 떠오른다.

처음 만났을 때는 쪽 염색을 한 긴 앞치마 차림이던 젠키치가 오늘은 옥호가 찍힌 한텐을 걸치고 있다. 매장에 서서 일하는 점원들과 똑같은 차림이었다.

게다가 오키에는 아까 이렇게 말했다.

—마침 주인은 자리를 비웠어요.

누구를 말했던 걸까.

"또 무엇이 더 있는 게로군?"

내내 시무룩한 얼굴이던 젠키치가 그제야 비로소 긴 한숨을 지었다.

"오키에 씨는 이세야 씨를 제 편으로 만들었는데, 그중에서도 특히—큰 도움이 된 사람이."

마사고로도 둔한 사람은 아니다. 아, 하고 깨달았다.

"이세야에서 식객 노릇을 하고 있다는 로쿠로 씨인가!"

센조가 드러누워 있는 와중에 오키에가 로쿠로를 완전히 구워삶고 말았다.

"남편이 회복할 때까지 대리인으로서 돕겠다는 명목으로, 로쿠로 씨가 다마이야에 들어온 지 벌써 보름이 되었습니다."

이세야의 훈수대로 따랐겠지만, 오키에는 각서까지 준비해 자리에 누운 센조의 손을 잡고 무인을 찍게 했다고 한다. 제법 빈틈이 없었다.

물론 오키에는 센조의 아내로 남아 있다. 로쿠로는 센조의 육촌 동생으로서 가게 일을 도우러 와 있을 뿐이다. 아직은 말이다.

그러나 센조는 언젠가 죽는다. 그리 멀지는 않을 것이다. 그러면 어떻게 될까?

로쿠로가 과부가 된 오키에를 아내로 맞아 다마이야의 주인으로 앉게 되리라.

이는 이세야에게도 나쁜 일이 아니다. 다마이야는 큰 가게는 아니지만 견실하게 장사를 해 왔다. 이세야에 식객으로 있던 로쿠로가 오키에를 매개로 그 재산을 차지하게 된다면 그야말로 이게 웬 떡이냐, 하는 일이 된다.

젠키치는 한숨과 함께 말했다. "선대 안주인 쪽 사람이니 아무도 뭐라고 하지 못합니다."

"하지만 당신이 있지 않은가."

"저는 일개 점원일 뿐이죠."

"일가친척 중에 입바른 말을 하는 사람은 없나? 동업자 친목회 쪽은 어떤가?"

젠키치는 맥없이 입을 벌린 채 고개를 두어 번 가로저었다.

마사고로는 저도 모르게 질타했다. "정신 차려, 젠키치 씨! 당신이 그렇게 맥을 놓고 있으면 주인이 일어나지 못해."

하지만 젠키치는 넋이 나간 얼굴이다.

"이건 가게를 가로채겠다는 심보로군. 당신도 그렇게 생각하지?"

젠키치는 마사고로를 멍하니 쳐다보았다. "하지만 행수님, 달리 뾰족한 수가 있겠습니까?"

그 물음에 마사고로도 말문이 막힌다.

젠키치는 문득 생각난 듯이 화로로 다가 앉아 주전자를 들고 마사고로의 잔에 뜨거운 물을 따랐다. 희미한 김이 피어오르는 가운데 두 사람은 잠시 입을 다물고 있었다.

그러다 젠키치가 불쑥 말했다.

"로쿠로 씨는,"

"음, 음."

"인품이 온화하고 장사 수완도 좋아서,"

이세야에서는 한가로운 처지였던 만큼 젊은 시절에는 방탕하게 살았다지만, 놀 만큼 놀다가 진력이 났는지 지금은 어엿한 상인이 되었다고 한다.

"종이 도매상과 나무통 도매상은 습기를 싫어하는 물건을 판다는 점에서 마찬가지고,"

"지금 그런 이야기를 하자는 게 아니잖은가."

젠키치는 마사고로의 반문을 듣고 있지 않았다. 다다미 위에 내려놓은 잔으로 눈길을 떨어뜨린 채 다시 입을 멍하니 벌리고 있다.

"가게를 빈틈없이 운영하고, 점원들한테도 잘해 줍니다. 그래서 지금은 다들 사이가 좋습니다."

앞치마가 아니라 한텐을 입는 것은 이세야의 관례라고 한다.

"하지만 당신은 뒤로 밀려난 게 아닌가? 가게를 관리할 권한을 빼앗기고 주인 병구완이나 맡았으니."

젠키치는 눈길을 들었다. "아뇨, 주인님 병구완은 제가 자청했습

니다."

마사고로는 말문이 막혔다.

"오키에 씨―아니, 안주인님은,"

이번에는 호칭을 반대 방향으로 고쳤다.

"주인님을 위해서 하녀를 고용하겠다고 했지만 제가 말렸습니다. 아무래도 제가 시중을 드는 편이 낫겠습니다, 안주인님, 선대 지배 인 구라조 님과 약속했으니까요, 라고 말했지요."

구라조는 젠키치에게 다마이야 일을 가르친 뛰어난 지배인으로 벌써 오래전에 타계했다. 그는 이승에 없지만, 젠키치에게 구라조와 나눈 약속은 신과 한 맹세와 같았다. 무슨 일이 있어도 젊은 주인 센 조 님을 잘 모시겠다고.

고인과의 약속은 어길 수 없다. 마사고로도 충분히 이해한다. 이 해는 하지만―.

"당신이 제일 형편없는 제비를 뽑았군."

놀랍게도 젠키치는 다시 희미한 미소를 지었다.

"그게 제 깜냥입니다, 행수님."

그때였다. 맹장지 너머 복도 저쪽에서 여자아이의 밝은 목소리가 울렸다. 다녀왔습니다, 하고.

"오스에 님입니다." 젠키치가 말했다. "강습을 마치고 돌아오셨군 요."

"이세야에서 돌아와 오키에 씨와 같이 지내고 있었군."

"예. 아이는 역시 엄마 곁이 제일이지요."

게다가 오스에 님은 다마이야를 물려받을 따님이시고, 하며 작은 소리로 덧붙인다.

"저 아이야말로 가로채기의 결정판이군."

아무리 그래도 오키에와 로쿠로가 자식까지 바랄 수는 없다. 오키에와, 주사를 부리다 죽은 전남편 가네조 사이에서 태어난 딸이 다마이야를 차지하는 것이다.

"이세야 쪽에서는 나중에 그쪽 아들을 오스에와 혼인시키려는 모양입니다. 나이도 잘 맞습니다."

마사고로는 문득 피곤이 엄습함을 느꼈다. 젠키치는 이미 마음을 비웠다고 할까 명백하게 깨달았다고 할까, 체념한 듯이 보인다. 옆에서 뭐라고 말해 봐야 마사고로의 혀만 피곤할 듯싶었다.

그래서 아무 말 없이 속으로 생각했다. 오키에는 지독하게 운이 좋다기보다는 지독하게 꾀가 많은 여자다. 장수를 잡으려면 어느 말을 쏘아야 하는지를 아는 여자였다.

그러나.

"아무리 가꾸고 꾸며서 회춘했다고 해도 오키에는 로쿠로 씨보다 열 살이나 많잖은가. 언젠가 로쿠로 씨의 감정이 식어서 버림받지 않는다는 보장도 없을 텐데."

이 자리에 헤이시로가 있었다면, 자네답지 않게 고약한 말을 하는군, 하고 웃었으리라.

"앞일은 알 수 없지요, 행수님."

젠키치는 자신도 모르게 허심탄회한 말투로 중얼거렸다. 그러고는 정신을 다잡듯이 자세를 바로 했다.

"주인님이 그런 상태이니 제가 곁을 비울 수도 없고 해서, 괘씸한 짓인 줄 알면서도 이렇게 행수님께 오시라고 부탁했습니다. 정말 죄송합니다."

손끝으로 바닥을 짚고 고개를 숙인다. 마사고로는 손을 내둘렀다.
"됐네, 힘든 일도 아니니 신경 쓸 필요 없네."

"저도 마냥 아둔한 놈은 아닙니다."

그렇게 말하는 젠키치의 눈에는 희미하긴 하지만 부드러운 빛이 깃들었다.

"안주인님은 행수님께 우리 가게에 이러저러한 일이 있었다고 알리지는 않을 거라고 하셨습니다."

"그야 부끄러울 테니까."

"저는 알려 드리고 싶었습니다. 그것도 행수님 귀에 다마이야의 내부 사정이 들어갔다는 사실을 안주인님께서도 확실히 알 수 있는 형태로 알려 드리고 싶었습니다."

이것은 곧 마사고로에게 오키에의 행동에 쐐기를 박아 달라는 부탁이기도 했다. 혼조 모토마치의 마사고로가 상세히 알고 있으니 앞으로 섣부른 짓을 하면 경을 칠 줄 알라는.

오키에도 그 정도는 고려하고 있으리라. 동시에 마사고로가 할 수 있는 일이 거기까지라는 사실도 알고 있을 것이다. 금강석으로 만든 배와 같다. 그저 바라보는 수밖에. 그렇기 때문에 오키에는 가게에서 그런 험담을 듣고 날름날름 웃었던 것이다.

"오키에 씨는 머리가 좋은 사람이니까요."

"음, 머리가 좋지."

"설마 주인님께 함부로 하지는 않겠지요."

"그래도 쐐기를 박을 때는 박아 둬야지."

알아들었다고 마사고로는 말했다.

다마이야는 무코지마 안쪽에도 집을 가지고 있는데, 센조를 그리로 옮기자는 이야기를 하고 있다고 한다.

"꼼짝 못하고 드러누우셨으니 문짝이나 판자에 실어 옮기는 수밖에 없습니다. 앞으로 날이 따뜻해진다면 아무 걱정이 없지만 오늘 이렇게 쌀쌀한 것을 보니 아무래도 위험해 보입니다. 주치의도 내년 초까지 기다리는 편이 좋다고 했습니다."

마사고로는 힘주어 고개를 끄덕였다. "오키에가 그 권유를 무시하고 무리하게 강행하려고 하면 즉시 나한테 연락하게."

고맙습니다, 하고 젠키치는 고개를 숙였다. 마사고로는 백탕을 다 마시고 자리에서 일어섰다.

젠키치와 가게 밖에서 헤어질 때 오키에는 얼굴을 비치지 않았다. 계산대 탁자에는 로쿠로라는 자도 보이지 않았다.

딱히 할 말도 없어서,

"당신도 건강해야지."

그 말만 남기고 걷기 시작하는데 젠키치가 불렀다. "행수님."

고개를 돌린 마사고로는 희귀한 것을 보았다. 주름살이 자글자글한 젠키치의 노안에 뭔가를 동경하는 듯한 표정이 떠올라 있다. 먼 무지개라도 올려다보는 듯하다.

"제가 보기에 로쿠로 씨는 진심으로 안주인님을 흠모하시는 듯합니다. 안주인님도 같은 심정인 것으로 보이고요."

저도 잘은 모릅니다만, 하며 노지배인은 더욱 묘한 표정을 짓는다. 제풀에 부끄러워한다.

"뭐, 그것도 그리 부정한 일은 아닌 듯합니다."

마사고로는 그 자리에 선 채 할 말을 찾았지만 역시 마땅한 말을 고르지 못했다. 그는 젠키치의 여윈 어깨를 커다란 손바닥으로 감싸듯이 두 번 다독여 주고 떠났다.

마사고로는 오키에의 이혼 소동이 뜻밖의 형태로 마무리되었단 사실을 가슴 한쪽에 담아 둔 채 아무한테도 말하지 않았다. 이즈쓰 헤이시로는 물론 아내 오콘한테도 입을 다물었다.

헤이시로에게는 나중에 혹시 질문을 해 오면 사실대로 말하면 된다. 그러나 오콘한테는 이대로 계속 덮어 두기로 했다.

만약 오키에의 이혼 소동의 반전을 안다면 오콘은 또 노여워하거나 눈물을 지을 터였다. 산타로가 불쌍해서.

—그 여자, 자기 한 몸뚱이는 그렇게 호사를 누리면서 산타로에 대해서는 일언반구도 없었어요? 이제 잘살게 되었으니 산타로도 한번 만나 보고 싶다, 이런 말도 없었단 말예요?

짐승만도 못한 여자 같으니, 라는 정도는 쏘아붙였으리라. 그래서 오콘의 속이 풀린다면 상관없지만, 본성이 착한 여자여서 제 입으로 뱉은 모진 말에 스스로 마음고생을 할 게 뻔하다. 오콘이 마음고생을 하면 산타로한테도 영향이 가게 된다.

만약 오콘이, 다마이야의 오키에 씨는 어떻게 되었대요? 라고 묻는다면, 센조의 그것은 병이야, 그대로 이혼했대, 나도 행방은 몰라, 하는 정도로 얼버무리면 된다.

다마이야 건은 이것으로 끝이다.

그런데.

젠키치와 헤어지고 사흘 뒤. 후카가와 롯켄보리초 나가야에 사는 일가족 네 명이 이와미긴잔 쥐약을 먹고 사망한 사건이 일어났다. 곤타라는 마흔 넘은 날품팔이 목수가 아내와 두 자식을 길동무로 삼아 음독자살을 한 것이다.

마사고로한테 연락이 왔을 때는 한밤중인 여덟 점(오전 두시)이 지나서였다. 이웃 사람들이 곤타네 상태가 이상함을 알아차린 시각은 그보다 훨씬 이른 밤 다섯 점(오후 여덟시)이었고, 이때부터 소동이 시작되었다고 한다. 쥐약을 탄 음식을 먹고 고통스러워하던 처자식이 발버둥을 치며 소란을 피웠기 때문이다.

곤타는 품값이 적은 품팔이 목수라 살림이 늘 위태로웠던 모양이다. 게다가 올해 초부터 갑자기 운신하지 못하게 되고 팔도 제대로 들어 올리지 못해 밥벌이도 어렵게 되었다. 병 탓인지 마음 탓인지는 알 수 없다. 병이라 해도 뾰족한 수가 없었다. 마치 의원의 진맥을 받아도 비싼 약값을 감당할 수 없는 가난한 살림이다.

처지를 비관한 곤타가 차라리 네 식구가 나란히 서방정토로 건너가 편하게 살자면서 무참한 짓을 저질렀다.

그러니까 처자식은 영문도 모른 채 죽은 셈이다. 곤타는 악독한 꾀를 낼 만한 사람도 아니었고, 집 안에서도 엉금엉금 기어 다니는 형편이었으므로 할 수 있는 짓은 뻔했다. 나물죽에 쥐약을 넣어 저녁밥으로 온 식구가 함께 먹었다. 자식들은 죽 맛이 쓰다고 했지만, 식사를 마치고 다시 벌이를 하러 나가야 하는 아내는 술을 한잔 걸친 탓도 있어서 아무것도 느끼지 못하고 자식들의 말에 음식 투정한다며 꾸중을 늘어놓았다고 한다.

그 직후에 아수라장이 벌어졌다. 놀라서 달려온 이웃 사람들은 입에 거품을 물고 손으로 방바닥을 치고 발로 벽을 차며 데굴데굴 구르는 처자식과 그 곁에서 유령처럼 새파랗게 질린 곤타를 발견했다. 주민들은 어떻게든 네 사람을 살리려고 혈안이 되었고, 마침내 관리인이 이렇게 되었으니 지신반에 알려야 한다는 생각을 떠올렸을 때는 응급조치의 보람도 없이 아이들이 숨을 거둔 뒤였다.

마사고로가 달려갔을 때는 부인도 가망이 없는 상태였다. 마사고로의 전갈을 받고 한 걸음 늦게 나가야에 도착한 다카바시의 고안 선생은 곤타의 맥을 짚어 보고는 바로 고개를 저었다. 그의 진단은 정확해서, 그로부터 일 각도 못 돼 곤타도 숨을 거두었다.

그래도 곤타는 고통스러운 호흡 틈틈이 마사고로의 질문에 대답하여, 전부 자신의 소행임을 자백하고 죽었다. 쥐약은 아이에게 돈을 주고 사 오게 했다.

물론 나가야에는 쥐가 많다.

고안 선생의 의견을 물을 필요도 없이, 마사고로는 궁핍했다는 살림치고는 자식들 몸이 여위지 않았다는 사실이 미심쩍었다. 부인도 꾀죄죄한 몰골은 아니었다.

알고 나니 그 이유가 허망했다. 나가야 관리인과 이웃 부인들도 속사정을 알고 있었다. 곤타가 비록 적은 돈이라도 나름대로 벌이를 하고 있을 때는 부인도 밥집 일을 거들거나 근방의 잡일을 맡아서 살림에 보태고 있었지만, 곤타가 병으로 쓰러진 뒤에는 무슨 연줄을 잡았는지 '찬합 장사'를 하게 되었다. 곤타는 그것이 너무나 부끄러워, 혼자 집을 지킬 때면 얇은 담요 위에서 얼굴이 새빨개지도록 울었다고 한다.

'찬합 장사'라 함은 손잡이가 달린 찬합에 과자나 술안주 따위를 담아 무가 저택에 딸린 주겐 방이나 목욕탕 이층 같은 데를 돌아다니며 파는 장사를 말한다. 여자가 하는 장사인데다 돌아다니는 장소가 장소인 만큼 파는 물건은 찬합에 담긴 과자나 술안주만이 아니다. 오히려 그 밖의 물건에 눈독을 들이는 손님이 많다.

죽은 얼굴만 봐선 믿기지 않았지만 곤타의 처는 자식을 낳아 키우는 중년 여인이면서도 제법 색기 있는 여자였고 손님 다루는 요령도 좋았다고 한다. 그녀가 찬합 장사로 밤낮 없이 돈을 벌게 되자 집안 살림은 오히려 전보다 더 나아졌다.

그러나 곤타는 아내의 돈벌이가 남부끄러워, 밤마다 취해서 돌아오는 아내에게 악다구니를 하는 등 부부 싸움이 끊이지 않았다.

곤타는 수치스러워했을 뿐만 아니라 질투심도 있었을 거라고 옆집 부인은 말했다.

"좋아서 하는 장사가 아니란 건 알지만,"

—그 아줌마, 요즘 때깔이 고왔거든요.

딱한 이야기다.

검시관의 조사가 끝나기 전에는 청소도 못 하게 되어 있지만, 나가야 주민들은 사체의 머리맡에서 향을 태우기 시작했다. 네 사람의 토사물이 역겨운 냄새를 풍기자 여름에 쓰다 남은 모기향을 가져다가 태우는 사람도 있었다. 그 자리에서 마사고로는 자신과 비슷한 연배의 관리인을 잠시 나무랐다. 이런 일이 일어나면 만사 제치고 지신반에 신고부터 해야 한다. 음독은 문외한이 감당할 수 있는 사태가 아니다. 따끈한 물을 마시게 하고 토하게 한다고 해결되는 문제가 아닌 것이다.

거기에 고안 선생도 가세했다. 이런 일이 일어나면 뭐가 어찌 되든 나부터 불렀어야지. 당신이 몰라서 그랬겠지만 앞으로는 명심하게. 이런 판국에 내가 약값을 따지겠나. 그러니까 다음에 또 이런 일이 생기면 즉시 나부터 부르도록 하게. 알겠나? 알겠느냔 말이야!

마사고로가 출동해 있었고, 처음부터 일가족 동반 자살로 밝혀졌기 때문인지 검시 담당자로 마지마 신노스케가 왔다. 후미노가 가출한 뒤로 이 젊은 도신의 얼굴에서 웃음이 사라졌음을 잘 아는 만큼 마사고로는 섣부른 위로를 건네지 않았지만, 오늘 밤은 달랐다. 아마 신노스케는 일가족 동반 자살을 처음으로 볼 것이다.

"어린아이가 둘이나 섞여 있어서 참 끔찍한 풍경입니다. 마음 단단히 잡수세요."

마지마 신노스케가 전혀 동요하지 않고 척척 움직이자 그와 동행했던 지신반 월번이 먼저 몸서리를 치고 말았다. 한텐 소매에다 대고 토하려고 하는 월번을, 두 사람에게 꾸중을 듣고 풀이 죽어 있던 관리인이 나서서 토닥여 주고 서로 위로해 주었다.

"다 끝났네. 사체를 씻어 주는 게 좋겠군."

신노스케는 관리인 집에서 손과 얼굴을 씻었다. 관리인이 내주는 술은 마다하고 차를 끓여 달라고 했다. 아주 진하게 부탁하네, 라고 이르고 관리인이 권하는 대로 마룻귀틀에 앉아 잠시 머리를 감싸 쥐고 있었다.

"―도저히 못 보겠군요."

젊은 도신이 비로소 마사고로에게 불쑥 말했다.

"자주 볼 건 못 되죠." 마사고로는 조용히 대답했다. "뒷마무리는 제가 할 테니 마지마 나리는 그만 부교쇼로 돌아가시지요."

"저 아이들, 몇 살이죠?"

"일곱 살과 다섯 살이라고 들었습니다."

신노스케는 한없이 안타깝다는 듯 한숨을 지었다. "꾀가 조금만 자랐더라도 나물죽을 먹지 않았을 텐데."

마룻귀틀에 고안 선생도 나란히 앉아 있다. 그는 말없이 차를 마시다가,

"부모가 그렇게 미쳐 있었으니 아이들이 꾀가 밝았어도 피할 수는 없었을 거요."

그러니까 아이들만 불쌍하지, 라고 덧붙인다.

"곤타라는 놈, 그렇게 죽고 싶었으면 나한테 부탁하지. 쉽게 죽는 방법이라면 얼마든지 가르쳐 줬을 텐데."

이 선생은 가끔 이렇게 오싹한 말을 한다.

"좋아서 하는 찬합 장사가 아니었다는 말이 있던데, 곤타의 생각은 달랐을 거요. 좋아서 한다고 생각했겠지. 아니, 찬합 장수도 의외로 나쁘지 않다고 여겼는지도 모르고."

신노스케는 잠자코 고개를 숙이고 있다.

"모든 일에는 싫고 좋고가 있지." 고안 선생은 계속 말했다. "어떤 일이라 해도 맞는 사람이 있고 맞지 않는 사람이 있는 법이요. 남자

들은 그걸 몰라."

알량한 자기 체면이 먼저지, 하고 중얼거린다.

"그럼 여자들은 그걸 알까요?"

신노스케가 물었다. 고안 선생은 정수리 위에서 하나로 묶은 백발머리를 갸웃하고 짓토쿠 목깃을 살짝 매만진 뒤, "모릅니다" 하고 대답했다. "다만, 경험으로 터득하는 거죠, 마지마 나리."

"그것이 제 몸을 파는 일이라도요?"

"그렇소. 설령 살인이라고 해도 여자는 일단 경험하고 나면 납득하지요."

고안 선생은 가메야에 얽힌 깊은 사정을 모른다. 따라서 방금 그말은 그저 액면 그대로의 의미였다. 하지만 신노스케의 귀에는 다른 뜻으로 들렸으리라.

마사고로는 젊은 도신에게서 시선을 거두었다.

봉당 천장의 들보 쪽을 올려다보면서 고안 선생은 태평하게 계속 말했다. "차라리 곤타의 처가 허수아비나 다름없는 남편을 쥐약으로 은밀히 없애 버리자고 작심하는 편이 그나마 나았을지도 모르겠군요."

참으로 위험한 말을 늘어놓는 의원 아닌가.

"그랬으면 한 명만 죽고 끝났을 텐데."

"하지만 선생님, 그래도 저는 의심할 듯합니다." 마사고로가 끼어들었다.

"오, 그래?"

"예, 일이 너무나 알맞게 벌어졌으니까요."

별생각 없이 던진 이 한마디가 마사고로에게 비수가 되었다. 자기가 한 말이 자기 가슴으로 날아든 꼴이다. 슝, 하고 공기를 가르며 돌아오는 소리까지 들리는 듯했다.

일이 너무나 알맞게 벌어졌다.

다마이야 센조의 경우에도 해당되는 말 아닌가.

정곡을 찌르는 말이다. 마사고로는 그래서 젠키치의 이야기에 놀랐으니까.

센조는 졸중으로 쓰러졌다. 주치의도 의심하지 않는 모양이다. 독을 먹일 수는 있어도 졸중을 일으키도록 유도할 수는 없다.

아니, 그래도.

졸중과 매우 흡사한 증상을 일으키는 독이 혹시라도 있다면?

냉큼 그렇게 묻고 싶어져 당황하며 입을 다물었다. 고안 선생은 곤란하다. 결코 입이 가벼운 사람은 아니지만 오콘과 가까운 사람이므로 위험하다.

물론 마사고로는 그런 독을 본 적도 없고, 들은 적도 없다. 하지만 의술이라는 것은 최근 일진월보하고 있고, 특히 난학의^{蘭學}의 지식은 참으로 놀랍다고 한다. 얼마 전 막부의 허락을 받고 사형수를 상대로 최초의 해부를 실시한 이도 난학이었다고 하지 않던가. 배를 갈라 장기의 색깔이나 형태, 상호 간의 연결 상태 등을 확인했다고 한다. 난학을 이용하여 그런 터무니없는 일도 해냈다면, 독을 이용하여 사람을 병에 걸리게 하는 술수 정도는 어렵지 않게 알아낼 수 있지 않을까.

이런 내용에 관하여 조언을 구하고자 한다면—.

마사고로 머리에 떠오른 사람은, 말이 몹시 빠른 그 마치 의원이었다.

3

날품팔이 목수 곤타 일가의 참사로부터 사흘 뒤, 마사고로는 우치칸다 다카사고초의 무라타 겐토쿠 의원을 찾아갔다. 그곳에는 놀라운 일이 기다리고 있었다.

의원 대기실이 텅 비어 있었던 것이다. 허리 굽은 노파가 처방받은 약을 하사품처럼 공손히 받아 들고 마사고로와 자리바꿈하듯 떠난 뒤로는, 감색 앞치마를 두른 사환이 푸르스름한 콧물을 매달고 심부름으로 약을 받으러 왔을 뿐이다.

마사고로는 지금까지 여러 번 이곳에 와 보았다. 꼬박 하루 정도 버티며 환자들을 상대로 데쓰지의 소문을 탐문한 적도 있다. 대기실의 지옥 같은 풍경이라면 잘 알고 있다고 생각한다.

그러던 곳이 오늘은 파리 한 마리 날지 않는다.

"해마다 한 번은 이런 날도 있답니다."

하녀 오코마가 평소처럼 마사고로를 조제실로 안내하며 말했다.

"마치 철새 떼가 떠나가 버린 듯이 환자들이 싹 사라지는 거예요."

철새와 달리 하룻밤만 지나면 돌아오지만요.

오코마는 살집이 좋고 눈이 가는데, 그 눈초리에 살짝 날카로운 분위기가 묻어난다. 미카와야 데쓰지의 정체를 안 그날은 그 '날카로움'이 녹슬어 버리지는 않을까 싶을 정도로 눈물을 줄줄 흘렸다. 데쓰지한테 마음이 기울어 있었기 때문인데, 지금 보니 눈물은 깨끗이 마른 듯하다.

"오늘이 나한테는 길일이네." 마사고로는 말했다. "그럼 겐토쿠 선생님도 간만에 시간이 비어서 푹 쉬실 텐데, 내가 눈치 없이 쳐들어왔군."

"상관없어요. 환자가 없으면 지루해 죽겠다고 하는 분이시니까요."

대맥 가미야 노보루는 볼일을 보러 외출한 참이고, 또 한 명의 하녀 오신은 온 집안의 잠옷과 이불을 말리느라 바쁘다. 오늘도 새털구름조차 없이 맑은 날이다.

"저도 그만 노닥거리고 오신을 거들어야 해요. 선생님은 곧 나오실 거예요. 방금 조반을 다 드셨으니까요."

그렇게 말하고 손가락 끝으로 바닥을 짚고 일어서다가 문득 진지한 표정이 되었다.

"그런데 행수님." 목소리를 낮춘다. "두 사람, 찾으셨어요?"

눈에 날카로움이 아니라 호기심이 반짝거린다.

"오밤중에 까마귀 사냥하기지. 까악까악 짖기 전에는 겨눌 수도 없구나."

"저런. 하지만 얼치기 사냥꾼도 마구 쏘다 보면 맞춘다잖아요."

뭣하면 저도 거들까요, 하고 땅을 박차는 시늉을 해 보인다. 과연 오코마'코마'에는 '망아지'란 뜻도 있다다.

"지금도 데쓰지가 미우냐?"

짐짓 놀라는 척하며 마사고로가 물었다. 오코마는 작은 눈을 더 가늘게 뜨며 의미 있는 웃음으로 응했다.

"너무 부끄럽네요. 나이도 들 만큼 들어서는 함부로 흥분하고."

그 남자는 살인자예요, 하고 눈이 아니라 혀끝에 서슬을 담아 말한다.

"살인자랑 눈이 맞다니, 대체 어떤 여자일까요, 가메야의 아가씨는. 그 속을 모르겠어요. 구와바라, 구와바라벼락이나 재앙을 피하고자 외는 주문. '구와바라'는 '뽕나무 밭'이란 뜻인데 9세기 말~10세기 초에 활약한 정치가 스가와라노미치자네의 뽕나무 밭에는 한 번도 낙뢰가 없었다는 데서 유래했다."

오코마가 콩콩 발소리를 내며 나간다. 마사고로는 연한 차를 마시며, 나름대로 대단한 질투로군, 하고 슬며시 쓴웃음을 지었다.

마침내 나타난 겐토쿠 의원은 척 봐도 자다 깨어난 얼굴이다. 정수리에서 하나로 묶은 머리칼은 덥수룩하게 이리저리 뻗쳤고 오른쪽 뺨에는 다다미 자국이 남아 있다. 잠버릇이 고약한 모양이다. 차분하고 남자다운 인상이 망가지고 말았다—라고 말하고 싶었지만, 한편으론 귀엽기도 하다.

"쉬시는 데 방해해서 죄송합니다."

마사고로의 사과에, 자다 나온 의원은 늘어지는 하품으로 응했다.

"괜찮네. 심심해서 잠깐 자고 있었을 뿐이니."

나른한 표정이지만 빠른 말투는 변함이 없다.

"제 이야기가 선생님의 심심함을 씻어 드린다면 좋겠군요."

마사고로는 다마이야 건을 들려주었다. 센조의 졸중이 오키에에게 얼마나 반가운 사태인지 이해시키려면 센조의 요상한 도락에 대해서도 설명하는 편이 좋겠다 싶어서 상세하게 들려주었다. 그러면서도 오키에를 사악한 여자로 몰아가는 말은 자제하려고 애썼다.

"갑자기 무슨 얘긴가 했네."

겐토쿠 의원이 눈을 조금 크게 떴다.

"이보게 행수, 자네 완전히 몸이 달았구먼."

문득 생각이 난 듯이 손뼉을 쳐서 하녀를 부르고, 나도 차 좀 다오, 하고 큰 소리로 명한다.

"그 오키에라는 부인한테 혐의를 둔 모양이군. 아니면 내가 잘못 들었나?"

마사고로는 놀라는 동시에 부끄러워졌다. 내 혀에 서슬이 올랐던 게로군.

이번에는 오신이 차를 내왔다. 그 김에 마사고로의 찻물도 갈아주고는 마주 앉은 두 사람을 번갈아 보더니 말했다.

"가메야 따님 사건에 대해서 뭔가 알아내셨나요?"

이쪽은 오코마의 질문보다 걱정이 더 깊은 말투다.

"오늘 행수님은 다른 병 때문에 오셨다. 가메야 사건 때문이 아니야."

쌀쌀맞은 빠른 말투에 오신은 웃음을 터뜨릴 듯한 얼굴로 의원의 얼굴을 손가락으로 가리켰다.

"선생님, 여기, 자국이."

다다미 자국을 가리켰지만 겐토쿠 의원은 얼른 알아듣지 못한 모양이다. 그러자 오신이 손을 뻗어 의원의 얼굴을 건드리려고 했다.

그제야 알아챈 의원이 뚱한 얼굴로 자기 뺨을 만져 보고는 더욱 뚱한 얼굴이 되었다.

"가서 이불이나 마저 말려야지?"

"네에, 네."

쟁반을 가슴에 품고 오신은 아기 사슴처럼 폴짝폴짝 뛰어서 안으로 돌아갔다.

헤이시로는 저 오신이 달변가 선생한테 마음이 있다며, 역시 그 나리로서는 보기 드물게 남 얘기를 속닥거린 적이 있다. 선생이 나무토막 같은 사람이라 통 눈치를 못 챈다며.

마사고로가 보기에는 조금 다르다. 달변가 선생은 오신의 심정을 알고 있다. 알면서 모르는 척하는 것이다.

"어지간한 돌팔이만 아니면 졸중과 음독을 헛갈리는 일이 없지. 사람을 졸중에 빠뜨리는 독도 없고."

단숨에 말하고 나서 겐토쿠 의원은 고개를 갸웃거렸다.

"뭐, 그 요상한 색탐이 돌고 돌아서 몸에 독이 되었는지는 모르지만."

색을 밝히는 남자가 신허腎虛에만 걸리라는 법은 없으니까, 하고 진지한 낯으로 말한다.

"다마이야 센조의 도락은 색탐하고는 조금 다릅니다만."

"세상에 색을 탐하지 않는 남자도 있나."

재미있는 대답인지라 마사고로는 슬쩍 운을 띄워 보았다.

"그럼, 선생님도?"

"때와 장소에 따라 다르지."

대답이 냉큼 날아온다.

"병이라는 것은 늘 공교로울 때 일어나는 법이야. 그 센조라는 자도 마치 때를 맞춘 듯이 쓰러졌지? 다만 졸중은 머릿속에 생기는 병이니 이런저런 고민으로 골머리를 앓았다면 그게 계기가 될 수도 있어. 그런 점을 고려하면 때를 맞춰 일어난 사태라고 하기도 힘들지 않을까―."

애초에 나이가 나이니까, 하고 명확하게 말한다. 커다란 손바닥으로 다다미 자국이 찍힌 자리를 썩썩 문지르기 시작한다.

"어쨌거나 그렇게 하고 싶은 짓 다하며 살아 온 사람인데, 반신불수가 돼도 외면하지 않고 혈육처럼 병구완을 해 주는 점원이 있다니, 차라리 복 받은 사람이라고 해야겠지."

호오―하고 마사고로가 반응했다. 지난 사흘간, 이곳에 찾아올 시간이 없어 혼자서 이리저리 궁리하느라 속을 끓였는데, 갑자기 찬물을 뒤집어쓴 기분이었다.

"그런 독은 없습니까?"

"없네."

그런 독이 있다는 얘기는 들어 본 적도 없어. 증례기 기록된 책도 없고. 억측이야, 행수. 어떻게 발붙일 여지가 전혀 없네.

자연히 마사고로의 말투가 변명투로 변한다.

"선생님께서 짐작하시는 대로 저는 이 오키에라는 여자에게 상당한 혐의를 두고 있었는데요."

"무슨 짓을 저질렀는데?"

"과거에 자기 배를 앓아 낳은 자식을 버린 여자입니다. 그래 놓고

도 후회 한 점 없는 모양이더군요."

달변가 선생은 놀라지도 않는다.

"뭐야, 겨우 그런 건가?"

다다미 자국이 찍혀 있던 뺨은 선생이 열심히 문지른 덕분에 벌겋게 변했다.

"자식을 버리는 여자가 어디 한둘인가. 나도 낳자마자 버림받은 아기를 돌봐 준 적이 한두 번이 아니야."

한심하지만 어쩔 수 없는 일이지, 하고 딱히 변호하는 투도 아니고 동정하는 기색도 없이 빠르게 말한다.

"그런 경우는 대개 돈이 원수야. 그래서 살림이 나아지면 나중에 후회하고 자식을 찾으러 오기도 해."

"그런 여자가 오면 선생님은 야단치지 않으십니까?"

"아이를 찾아가겠다고 찾아오는 여자이니, 내가 욕하기 전에 충분히 주눅이 들어 있게 마련이야."

버리고 나 몰라라 하는 여자라면 나야 알 수 없지.

"어디선가 자책하며 살 수도 있고 깨끗이 잊고 사는지도 모르지. 생각할수록 시간 낭비야."

"다마이야의 오키에는 형편이 좋아진 뒤에도 그 자식을 생각하질 않습니다."

"말로 하지 않을 뿐 속으로는 그리워하는지도 모르잖아."

그렇게 말하고 달변가 선생은 문득 웃었다.

"행수는 오키에라는 여자한테 화가 났다기보단 그 버림받았다는 자식한테 더 신경이 쓰이는 모양이군."

정곡을 찌른다. 마사고로는 목덜미를 긁적였다.

"제가 보기에 오키에는 가슴속에서도 자식을 그리워하지는 않는 듯합니다."

마사고로는 오키에가 자식을 떼어 놓고 떠날 때의 상황을, 산타로라는 이름은 덮어 둔 채 들려주었다. 이런 이야기까지 할 생각은 없었다. 평소 마사고로는, 자신은 잠자코 있어도 상대방의 이야기를 충분히 끌어내는 데 능한 사람이었다.

"가난 때문에 버린 게 아니었다면, 오키에는 그 자식의 어떤 점이 거슬렸을까요?"

이런 것까지 묻고 말았다.

"아이의 아비가 문제였나."

역시 그래서인가?

"싫어졌겠지. 싫어서 그랬을 거야."

'밉다'와는 다른 감정이라고 겐토쿠 의원은 덧붙였다.

"그 남자가 싫어선지 그런 남자와 인연을 맺은 자신이 싫어선지, 어느 쪽인지는 모르겠지만."

겐토쿠 의원도 그와 비슷한 일들을 많이 겪었는데, 개중에는 애초에 자기가 아이를 잉태했다는 사실부터가 싫어서 그것을 고집스레 인정하지 않고 산달을 맞아 하마터면 아기를 낳다가 죽을 뻔한 여자도 있었다고 한다. 원래 수척했던데다 배가 부르질 않아 주위에서도 전혀 눈치를 채지 못했다.

그 여자—라기보다 아가씨였지만, 막판까지 아기의 아비를 밝히지 않았다. 이름을 입에 담기도 싫었던 것 같다고 선생은 말했다.

"사랑하는 남자가 아니었나 보죠. 못된 짓을 당해서 임신했거나."

겐토쿠 의원은 고개를 저었다. "부모들도 제일 먼저 그 걱정을 했지만, 아니었어. 한때는 서로 좋아서 살림을 차리기로 작정했던 남자의 아기였네."

그래도 싫다면 어쩔 수 없다.

"여자라고 꼭 제 새끼를 사랑하란 법은 없어. 나도 그 일을 계기로 배웠지."

잠시 먼 산을 보는 눈이 된다.

"애정이라는 것도 역시―."

문득 미간을 모으더니, "키우는 건가 봐" 하고 배를 쓰다듬는 시늉을 한다.

"몸속에서 키우는 것. 아기와 마찬가지로. 그래도 아기는 낫지. 커 가는 모습이 눈에 보이니까 쉽게 알 수 있잖아. 다섯 달이 지나면 오 개월 분만큼, 산달이면 십 개월 분만큼 애정도 함께 커 가지."

여자가 무사히 출산해 슬하에서 아기가 커 갈 때도 마찬가지다. 어머나, 기었네! 어머, 일어섰네! 하며 부모가 울고 웃는 것은 아기와 함께 애정도 성장하기 때문이다. 그러나,

"남녀 간의 애정은 자라는 게 눈에 안 보여. 애초에 크고 있는지 어떤지도 알 수 없지. 그러니까 어려운 거겠지만."

마지막은 자문하는 말처럼 들렸다. 그게 묘하게 친근하게 느껴져서 마사고로는 저도 모르게 물었다.

"마음에 둔 분이라도 계세요, 선생님?"

달변가 선생은 눈을 깜빡거리다 이내 낭패한 표정이 되었다.

"왜 갑자기 내 얘기가 나오나."

아까 손바닥으로 문지르던 곳 이외에, 오똑 솟은 코언저리도 살짝 발그레해지는 듯했다.

작별을 고하고 마사고로가 밖으로 나서자 마침 가미야 노보루가 돌아왔다. 걸음이 빠른 젊은 선생은 날이 이렇게 쌀쌀한데도 평소처럼 땀을 흘리고 있다. 등에 지고 있는 나무 상자 탓인 모양이다.

"어서 오세요. 거들어 드릴까요?"

마사고로가 말을 건네자 젊은 선생은 얼른 피했다.

"아뇨, 괜찮습니다. 꽤 무겁거든요. 허리 다칩니다, 행수님."

통용문까지 따라가서 젊은 선생이 나무 상자 부리는 걸 돕다 보니, 과연 상자 속에는 책이 가득 담겨 있었다. 니혼바시 2초메의 서적 도매상에서 구입했다고 한다. 배달해 달라고 하면 될 텐데요, 하고 마사고로가 말하자 젊은 선생은 웃었다.

"내 손으로 나르면 그 운임만큼 값을 깎을 수 있으니까요."

"꽤 비싼 책들이군요."

"예. 나가사키에서 구해 온 새로운 의학서입니다. 번역본이 나오기까지 꼬박 일 년을 기다렸습니다."

마사고로의 가슴속에서 미련이 꿈틀거렸다.

"그럼 여기에 새로운 지식이 담겨 있겠군요."

혹시 졸중으로 착각할 만한 증상을 일으키는 독물에 대하여 기록한 책도 있지 않을까요? 그렇게 묻자 젊은 선생은 흠칫했다.

"독물에 관한 책은 없습니다."

만에 하나를 생각하여 마사고로는 젊은 선생한테도 그 사건의 내용을 간략하게 들려주었다. 여자를 데려다가 곱게 꾸미는 취미에 대해서는 언급하지 않고, 센조의 졸중이 오키에에게 너무나 유리한 사태라는 부분에 역점을 두었다.

"글쎄요……."

젊은 선생은 통용문에 앉아 수건으로 땀을 연방 훔치며 귀를 기울이다가,

"병이란 대체로 공교로울 때 일어나는 법이죠."

겐토쿠 선생과 똑같은 말을 한다.

"게다가 행수님, 다르게 보자면 다마이야 주인이 부인을 쫓아내기 전에 쓰러져 부인에게는 다행이라고 생각할 수 있습니다."

"그건 무슨 말씀이신지?"

"부인이 쫓겨난 뒤에 남편이 쓰러졌다면 그쪽이 더욱 원한에 사무친 전처의 소행처럼 보였겠지요."

이번에는 마사고로가 흠칫할 차례였다.

"하지만 이미 그 집에 없는 사람이 독을 탈 수 있을까요?"

"주인이 먹을 만한 음식에 미리 독을 타 두면 됩니다."

아, 물론 그런 독이 있다면 말입니다만, 하며 황망히 손을 내두른다.

"저는 그런 독물로 무엇이 있는지 모릅니다. 선생님께선 뭐라고 하시던가요?"

"젊은 선생과 같은 대답이셨습니다."

몇 번을 드나들다 보니 마사고로는 이 집의 부엌이 어디에 있는지

도 잘 알았다. 마침내 땀을 식힌 젊은 선생에게 물 단지에서 물을 퍼다 주었다. 가미야 노보루는 미안해하면서도 목울대를 울리며 물을 맛나게 마시고 말했다.

"독물은 대개 여자가 쓰는 수법이라고 합니다. 사람을 해치는 수단치고는 거칠지 않기 때문이죠. 과거를 돌아봐도 사례가 많아요. 그러나 이번 일에서는 제일 먼저 의심받을 게 뻔한데, 과연 끈질기고 치밀한 성격인 듯한 부인이 그 위태로운 다리를 건넜을까요? 게다가 우리도 모르는 독물을 나무통 가게 안주인이 어디서 어떻게 구했을까요. 그 부인한테 조제에 대한 지식이라도 있나요?"

전혀 없다. 없을 것이다.

"글쎄요……. 오키에가 떠올릴 만한 독이라면,"

곤타와 마찬가지로 이와미긴잔 쥐약 정도가 고작이겠지.

속에서 충동질하는 대로 말하던 마사고로도 결국은 겸연쩍게 되었다.

"그 사건에 독이 작용했다면 제 생각에 그건 몸에 듣는 독이 아니라 마음의 독일 듯합니다."

별난 말을 한다. 마사고로는 콧등을 긁적이며 젊은 선생의 얼굴을 보았다.

"마음의 독?"

"예. 요컨대 부인의 원한입니다. 또 그것과 짝을 이루는 남편의 죄책감입니다."

"젊은 선생이 그런 말씀을 하실 줄은 몰랐는걸요."

"얼핏 의학적 소견으로는 안 들리겠지요. 그러나 마음의 독은 만

병의 근원이죠. 노인이라면 더욱 그렇습니다. 다마이야 주인은 이혼을 둘러싼 갈등에 짓눌려 졸중 발작을 일으켰던 게 아닐까요?"

마사고로는 젊은 선생을 찬찬히 쳐다보았다. 애송이인 줄만 알았는데 철이 들 대로 들었지 않은가.

"젊은 선생 말씀이 옳습니다. 제가 잠시 잘못 생각했군요."

고맙습니다, 하고 마사고로가 고개를 숙이자 가미야 노보루는 이내 쑥스러워한다. 오늘은 무라타 가의 의원들이 모두 홍조를 띠는 날인 모양이다.

"한데 부인이라면,"

젊은 선생은 문득 진지한 표정으로 돌아와 불안스레 주변을 살폈다. 마사고로는 눈치껏 그의 곁으로 바짝 다가갔다.

"왜 그러시죠?"

"가메야의ㅡ."

"그 집 따님은 아직 찾지 못했습니다."

"아뇨, 따님이 아니라 부인 말입니다. 과부가 된 사타에라는 분이요."

지난 한 달 사이 겐토쿠 의원에게 진료를 받으러 세 번이나 찾아왔다고 한다.

"예, 그 이야기는 저도 들었습니다. 본래 허약한데다 온갖 마음고생이 겹쳐서 그림에 나오는 요괴처럼 창백해졌지요. 한번 용한 의원에게 진료를 받자고 하여."

젊은 선생이 묘하게 심각해 마사고로는 목소리를 낮췄다. 사타에에게 뭔가 심각한 병이라도 있는 걸까?

"그 부인이 혹시, 남편의 죽음이나, 의붓딸의 유괴와 무슨 관계라도 있는 건가요?"

"예?"

"그러니까 행수님이 그 부인을 의심하심은."

젊은 선생의 눈빛은 진지함을 넘어 심각하기 짝이 없다.

"젊은 선생이 걱정하시는 게 무엇입니까?"

"제가 아닙니다, 선,"

말하려던 입을 다물고 어색하게 말을 고친다.

"아무래도 가메야에 흉사가 계속되고 있는 듯해 신경이 쓰였을 뿐입니다."

마사고로는 천천히 양 눈썹을 치켜세웠다. 방금 나오다 만 '선'은 '선생'이란 말을 하려던 듯싶다.

"겐토쿠 선생이 설마 사타에 씨를 의심하시나요?"

"아뇨, 아뇨, 전혀요."

젊은 선생은 크게 당황했다. 마사고로도 그럴 리 없다 싶어서 물었던 것이다. 젊은 선생은 충성스런 제자답게 지레 걱정을 하고 있는 게다. 어느새 기분이 유쾌해졌다.

"안심하세요. 사타에 씨는 아무 짓도 하지 않았고, 가메야의 흉사 때문에 그저 마음고생이 깊을 뿐입니다."

"그렇다면 다행입니다." 젊은 선생은 순순히 얼굴의 긴장을 풀었다. 마사고로도 함께 미소를 지었다.

"그 부인은 마치 의원의 딸이었다더군요."

"겐토쿠 의원과는 달리 가난한 의원이었다고 합니다만."

"가메야의 후처로 들어가기 전에는 구리하시라는 의원의 처였다면서요?"

"그 남편도 앞세우고 말았죠. 남편 복이 지지리도 없는 여자입니다."

"이곳의 냄새가 그립다며 미소 짓더군요."

젊은 선생도 웃으며 말한다. "의원집의 냄새 말입니다. 그래서 여기 오기만 해도 기운이 난다고 선생님께 말씀하셨죠."

생약 냄새라면 가메야에도 진하게 배어 있을 텐데. 하지만 마사고로는 토를 달지 않았다.

그 말에 거짓은 없으리라. 진심일 것이다. 그것이 사타에가 사타에인 까닭이다.

"선생님께서도 그 부인에게 필요한 것은 치료가 아니라 기분 전환이라고 하셨습니다."

한가한 시간을 주체하지 못해서 하는 기분 전환이 아니라 마음이 정말로 밝아지는 쪽으로 바꿔야 한다는 의미다. 그것은 일만 하느라 미처 장가도 가지 못한 달변가 선생 역시 마찬가지 아닌가.

그 때문에 치료할 필요가 없다고 진단한 사타에에게 세 번이나 방문을 허락했다.

의원의 얼굴이 벌게질 만했던 것이다.

"사타에 씨는 순백에 가까운 분입니다. 부디 잘 부탁합니다."

은근한 인사를 남기고 마사고로는 무라타 가를 떠났다.

충분히 걸어서 거리를 두고 난 뒤에야 흐음, 하고 신음했다.

오키에도 근성이 있지만 사타에도 근성이 있다. 속셈이 없는 만큼 이쪽이 더 윗길이라고 할 수도 있겠다. 무서운지고.

감탄도 하고 혀도 차면서 반 정 정도 걷다가 문득 생각했다.

—이리 되면 오신이 딱하게 됐군.

바닷가 전복의 사랑^{「만요슈萬葉集」에 나오는 구절에서 유래. 전복은 껍데기가 한쪽밖에 없는 조개처}
럼 보이는지라 흔히 짝사랑을 상징한다 인가.

4

마사고로는 평소 미신에 기대는 사람이 아니다.

하지만 무라타 가에서 그런 이야기를 듣고 얼마 뒤 다른 곳에서
도 비슷한 이야기를 듣게 되자, 이거 혹시 손을 잡고 도망친 뎃슈와
후미노의 저주가 아닐까, 하고 아내 앞에서 저도 모르게 흘려버리고
말았다.

"저주라니, 불길한 소리 말아요."

오콘은 웃으며 남편의 어깨를 탁 쳤다.

"그런 식으로 말하면 못써요. 어느 쪽이니 축하할 만한 일이잖아
요."

"하지만 누굴 좋아하네 반했네 하는 것도 알고 보면 저주 비슷한
일 아닌가?"

"당신답지 않게 엉뚱한 말씀을 하시네요."

다른 비슷한 이야기라는 것은, 혼자 두 딸을 키우는 과부 오로쿠
와 요리사 히코이치의 이야기다.

두 사람은 마사고로도 관련이 있는 어떤 사건을 계기로 서로 알게 되었다. 히코이치가 먼저 반했고, 지금이야 사이가 가까워졌지만, 처음에는 자식 딸린 오로쿠가 그를 거부했다. 희한한 점은 요리사로서는 기량이 뛰어나지만 여자 앞에서는 주변머리가 전혀 없는 히코이치(이 점은 다카사고초의 의원 선생과 많이 닮았다)를 오로쿠와 맺어 주려고 한 사람이 헤이시로라는 사실이다.

무라타 겐토쿠 선생더러 목석 같은 사람이라며 웃었지만, 그런 쪽 주변머리라면 선생과 오십보백보인 헤이시로가 오로쿠를 놓치지 말라고 히코이치를 부추겼다고 하니, 마사고로는 처음 그 이야기를 듣고도 얼른 믿지 않았다. 그 말을 전한 사람이 오콘이 아니었다면 괜한 농담하지 말라고 역정을 냈을 터였다.

히코이치와 오로쿠를 이어 준 계기가 된 사건에는 그밖에도 여러 사람이 관계되어 있다. 묵은 인연도 얽혀 있다. 너무 복잡해서 어려움이 많은 사건이었기 때문에 관계되었다 해도 그 전모를 모르는 사람이 더 많을 정도다.

그 대표적인 사람이 오토쿠다. 오토쿠는 평소 자신과 상관없는 일까지 두루 알고 있으면서도, 짐짓 모르는 척할 줄도 아는 여자다. 헤이시로는 그런 오토쿠에게도 감추고 있는 사실들이 많았다. 오토쿠에게 장사의 자세를 배우는 한편 요리를 가르쳐 주는 히코이치 역시 오토쿠에게 말하지 않은 것들이 많다. 이는 그가 좋아하는 오로쿠에게, 오토쿠가 알면 안 되는 사건의 핵심과 관련된 사연이 있었기 때문이다.

골치 아프군.

마사고로와 오콘 내외는 사건을 낱낱이 아는 몇 안 되는 축에 속한다. 그래서 속사정을 감추고 사는 오로쿠는 오콘하고 자연스럽게 친해졌다. 오로쿠는 혼조 모토마치의 메밀국숫집에 종종 들러 잠깐이나마 여자들 특유의 수다를 떨다가 종종거리며 돌아가곤 했다.

그날도 마사고로가 밖에 나갔다 돌아와 보니 오로쿠가 와 있어서 평소와 같은 이유로 왔겠거니 여겼다.

"어허, 오늘도 꽤 춥군—" 하고 입을 떼고, 오미치와 오유키는 고뽈 걸리지 않고 잘 지내느냐고 물으려다가 입을 닫고 말았다.

마침 장사를 쉬는 시간이라 메밀국숫집에는 손님이 없었는데, 방 안에 오콘과 마주 앉은 오로쿠가 암만 봐도 울고 있는 듯해 보였다.

"저, 잠깐 들렀어요, 행수님."

얼른 돌아앉아 방바닥에 손을 짚으며 인사하는데, 그 목소리에도 눈물에 젖은 콧소리가 섞여 있다.

"무슨……."

오콘은 모로 뜬 눈으로 살짝 흘겼다.

"어째 나갔다 하면 감감무소식이에요? 당신 구역과 관련된 얘기라 아까부터 목 빠지게 기다리고 있었는데."

마사고로는 옷깃을 잡고 방 안으로 들어가 두 여인 곁에 앉았다.

"미안하네. 자잘한 일들이 연달아 터지는 바람에. 그런데 그렇게 오래 기다렸으면 혹시 벌써 돌아가야 할 시간은 아닌가."

오로쿠는 간다 다초에 있는 '이사고'라는 밥집에서 일하고 있다. 오로쿠가 그곳에서 일하기 시작한 뒤로 더욱 번창해서 지금은 몹시 바쁘게 돌아가는 가게다.

"오늘은 정오부터 문을 닫았어요. 주인 내외분이 혼린지 절의 에비스코매년 음력 10월 22일에 에비스 신에게 사업의 번영을 비는 행사에 참석하시기 때문에."

감실을 열고 평소엔 공개되지 않는 불상에 예배를 올린 뒤, 올해 행사를 주선한 집에 모여서 연회를 연다고 한다.

"저희 아이들도 데려가 주셨어요. 실은 저도 같이 가기로 했었는데."

마침 좋은 기회다 싶어 여기로 찾아뵈었습니다, 하고 다시 고개를 숙인다.

"애들 귀에 들어가면 안 되는 말씀을 차분히 앉아서 드릴 수 있는 기회니까요."

'이사고'의 주인 내외는 오로쿠에게 이렇게 눈물을 지을 수밖에 없는 사연이 있음을 잘 알고 있어서, 애들은 우리가 데려갈 테니 염려 말고 혼조 행수님한테 가서 상의를 하라고 흔쾌히 허락해 주었다고 한다.

마사고로가 자리를 잡자 오콘이 찻물을 갈아 주고 커다란 팥찹쌀떡을 접시에 담아 내왔다. 오로쿠 씨가 들고 왔어요, 라고 한다.

"뭘 이런 걸 들고 왔나. 자네가 먼저 먹게. 단것이 마음을 진정시켜 주니까."

"이즈쓰 나리 몫도 가져와서 얼른 짱구를 시켜서 보냈어요."

"아주 반가워하시겠군."

오캇피키 내외와 오로쿠는 이래서 하얀 팥찹쌀떡 가루를 입가에 묻혀 가며 차분하게 대화하게 되었다.

히코이치에 관한 이야기였다.

"그 사람, 결국 이사와야를 그만두고 독립하기로 했어요. 이사와야 주인도 허락했다고 하니까요."

이사와야는 고비키초 6초메에 있는 고급 요릿집으로, 히코이치는 그곳의 주방장, 그러니까 가장 격이 높은 조리사였다.

히코이치는 선배를 제치고 주방장이 되었다. 그 탓에 선배가 좌절하여 히코이치는 고민이 깊었다. 게다가 벌써 일 년 이상 지났지만, 이사와야가 이웃집에서 시작된 화재로 불타 잠시 문을 닫은 동안 히코이치는 오토쿠를 알게 되었고, 그녀의 장사하는 모습에 큰 감명을 받았다. 그러다 입맛이 사치스런 부자들을 위한 요리보다 수수한 음식을 만들어 팔고 싶다는 생각에 이사와야를 그만두려고 했다.

그러나 그것은 듣기 좋으라고 내놓은 핑계였다. 히코이치의 본심은 사나운 얼굴로 험담을 쏘아붙여 대는 선배와 매일 얼굴을 마주하는 생활에서 도망치고 싶었을 뿐이다. 그런 근성이라면 조만간 후회하게 될 게 뻔하니 아무 말 말고 일단은 이사와야로 돌아가라—라고 그를 꾸짖은 사람은 역시 헤이시로였다.

건물을 새로 짓고 다시 문을 연 이사와야에서 히코이치는 주방장으로 일했다. 식당 건물은 새로워졌지만 선배는 여전히 좌설감에 빠져 있어서 당초에는 마음고생이 심했다고 한다. 하지만 히코이치는 헤이시로에게 쓴소리를 들은 후에 마음가짐을 새로이 했고 선배도 그 마음을 이해해 주었다. 선배 역시 스스로 반성하여, 출세한 후배를 시기하면서 자신의 근성뿐만 아니라 기량까지 녹슬게 하고 있었음을 깨닫고 차차 태도를 고치게 되었다.

그렇게 갈등이 수습된 후에도 히코이치 내부에 싹튼 바람은 사그라지지 않았다. 헤이시로도 틀린 말을 하지는 않았지만, 히코이치도 마냥 도피하려고 했던 게 아닌 셈이다.

"그만두기는 아까운 자리라고 나도 생각하지만," 하고 마사고로는 말했다. "그 이야기라면 이즈쓰 나리한테 잠깐 들었네. 히코이치는 역시 오토쿠 씨와 일하게 되는 건가?"

아뇨, 하고 오로쿠는 고개를 가로저었다.

"오토쿠 씨는 한 사람을 더 부양할 만한 힘이 없다고 하시면서 마다하셨어요."

그러나,

—히코이치 씨가 자기 가게를 차리고 앞으로도 나한테 요리를 가르쳐 준다면, 그거야 반가운 일이지.

오토쿠도 인정해 준 것이다.

"그럼 히코이치는 자기 가게를 차리는 게로군?"

"그럴 계획이었어요. 저도 돕기로 했었고요."

둘이 상의해서 두 달쯤 전부터 조금씩 준비를 시작하고 적당한 셋집을 찾으며 계획을 실행에 옮기고 있었는데—.

"이달 초에 이사고의 주인 내외분이 뜻밖의 말씀을 하셨어요."

히코이치와 오로쿠가 살림을 차리고 이사고를 맡아 주지 않겠느냐고 했단다.

"두 분 모두 정정하셔서 저도 깜빡 잊고 지냈지만, 주인님은 이미 환갑을 맞았고 아주머니도 주인님보다 한 살이 적어요. 실은 두 분 모두 허리나 무릎에서 고약을 뗄 날이 없으니 이쯤에서 은퇴하고 싶다시네요."

요즘은 가게에 자리가 모자라 손님을 더 받지 못할 정도였으므로 주인 내외는 제법 돈을 모았다. 게다가,

"저도 모르던 이야기라 깜짝 놀랐지만, 그 가게 건물도 주인님 소유래요. 본래는 잘나가는 실 도매상 집안이고 주인님은 그 가게를 물려받을 예정이었는데, 선대가 장사하면서 사기를 당하고 연달아 두 번이나 화재를 당해서 팔 물건까지 다 타 버렸대요. 그렇게 이런 저런 일로 가세가 기울어 점포도 집도 다 잃고 그 작은 건물만 한 채 남아서, 그 집에서 밥집을 시작했다고 해요."

이십 년 전 일이라고 한다.

딱 다이코쿠야의 나오이치와 신베와 규스케가 동료 조제인인 요시마쓰를 욕탕의 어둠 속에 익사시켰을 때군, 하고 마사고로는 생각했다.

이사고 주인한테도 알려지지 않은 고생이 있었던 셈이다. 만약 이십 년 전에 이사고 주인과 이를테면 신베가 무언가의 인연으로 만나서 서로가 처한 궁상을 털어놓았다면 어땠을까. 공연한 몽상이지만, 마사고로는 그런 상상을 해 보았다.

—사람을 죽였다고? 자네 정말 큰일을 저질렀군. 하지만 나도 죽느냐 사느냐 하는 판이야. 가진 재산을 다 잃어버렸으니까.

—앞으로는 몸뚱이 하나로 세상을 살아가야 해. 죽을 각오로 다시 시작하라는 말도 있지만, 그게 바로 내 처지를 두고 하는 말이지.

멍하니 상념에 잠겨 있다가 오로쿠의 콧소리 섞인 목소리에 문득 현실로 돌아왔다.

"그래서 주인님은 히코이치 씨에게 설비와 비품까지 포함해서 가

게를 빌려 주시겠다고 하세요. 그 임대료로 주인님 내외는 충분히 생활할 수 있고, 설비와 비품을 모두 갖추었으니 저희도 장사하기가 한결 쉽겠죠."

무엇보다 단골손님과 좋은 평판이 확보되어 있다. 다만 주인은 '이사고'라는 간판만은 바꾸지 말았으면 좋겠다고 하는데, 그 점에는 물론 히코이치도 이견이 없었다.

"이사고 단골손님들을 실망시키는 일이 있으면 안 되겠지만,"

히코이치의 솜씨라면 걱정할 필요 없다고 주인도 보장해 주었다고 한다.

"간판 격 점원인 자네도 있으니까 안심할 수 있지." 마사고로는 웃으며 말했다. "이사고에 관한 일이라면 나도 전혀 무관한 사람은 아니야. 괜찮은 단골이니까."

마사고로는 처음에 헤이시로한테서 이사고 얘기를 듣고 밥을 먹으러 갔다. 맛이 무척 흡족해서 다음에는 오콘을, 그다음에는 짱구를 데려갔다. 그러다 보니 수하들한테도 알려져서 혼조에서 간다 다초까지는 거리가 꽤 되는데도 불구하고 기회가 있을 때마다 다들 자주 드나들고 있다. 오콘을 도와 이 메밀국숫집을 운영하는 이노지라는 수하는 직접 메밀국수를 뽑아낼 만큼 먹을거리에 까다로운 사람이지만 그도 이사고에는 뻔질나게 드나드는 덕에 이 집에서는 오로쿠와 오콘 다음으로 친해졌을 정도다.

"단골로서 말하지만 두말할 필요 없이 좋은 이야기로군. 그 좋은 일을 놓고 자네는 왜 그렇게 울었나?"

문득 생각난 듯이 오로쿠는 다시 소매로 코끝을 훔쳤다. 오콘도 후우, 하고 한숨을 짓는다.

"그 얘기의 뭐가 문제지?"

마사고로는 납득이 가지 않는다. 문득 겐토쿠 의원의 말이 뇌리를 스쳤다.

―싫어졌겠지.

저도 모르게 눈을 치켜뜨고 물었다. "설마 자네…… 이제 와서 히코이치와 살고 싶지 않다는."

갑자기 오로쿠가 와앙, 하고 엎드려 울었다. 때 아닌 소나기처럼 격하게 우는 모습에 마사고로는 깜짝 놀랐다.

"당신도 참, 그만하세요."

오콘이 나무란다.

"아무리 그래도 설마 그런 생각을 하겠어요."

"나도 그렇게 생각하지만…… 그래도,"

여자 마음과 봄 날씨는 알 수 없다고 하지 않던가. 싫은 건 죽어도 싫다고 하는 게 여자라고 하지 않던가.

"물론 히코이치가 배우처럼 잘생긴 남자도 아니고 등은 고양이처럼 굽고 촐싹대는 인상이긴 하지만."

또, 또, 그만하라니까요, 하며 오콘이 쓴웃음을 짓는다.

"그래도 히코이치는 좋은 사람이야. 자네 딸들도 좋아하잖아?"

예, 예, 하고 소매로 얼굴을 완전히 가리며 오로쿠는 자그마한 몸이 흔들리도록 고개를 주억거린다.

"좋은 사람이니까 제가,"

자꾸 망설여지는 거예요, 하고 갑자기 모기 소리처럼 가는 목소리를 낸다.

오콘이 다시 한숨을 짓고 그녀의 말을 이었다. "열흘쯤 전에 있었던 일이래요."

오로쿠가 오래전에 알던 사람이 이사고에 우연히 손님으로 찾아왔다.

"오로쿠 씨의 전남편 신키치 씨하고 함께 행상을 하던 사람이었대요."

오로쿠의 죽은 남편이자 오미치와 오유키의 아버지인 신키치라는 자는 기름 행상을 했다. 착실하고 부지런하고 오로쿠와 금실도 좋았는데, 딸들이 철들기도 전에 불행하게도 갑자기 죽고 말았다.

해가 바뀌면 열 살이 될 막내 오미치는 아마 아버지 얼굴도 가물가물할 것이다. 한 살 터울인 언니 오유키도 필시 추억이 많지는 않을 터였다. 그래서 더 딱하다는 생각에 히코이치는 두 아이를 눈에 넣어도 아프지 않다는 듯이 귀여워하고 있다.

"신키치 씨가 이상하게 급사했잖아요."

"당신이야말로 이상하게 말을 하는군." 마사고로는 어이없어했다. "그건 마고하치란 놈의 소행이야. 당신도 아는 사실이잖아."

신키치와 함께 행상을 하던 마고하치라는 음험한 자가 당치 않게도 오로쿠에게 흑심을 품고 신키치를 해쳤던 것이다.

다만 이 사실은 공개되지 않았다. 바로 일 년 전 오로쿠가 하녀로 일하던 집에서 간신히 진상이 밝혀져 신키치의 죽음이 살인이었다는 사실이 드러났다. 그때까지는 오로쿠도 신키치가 병으로 급사했다고 알고 있었다.

"그러니까," 오콘은 초조한 표정으로 주먹을 꼭 쥐고 말했다. "그 사실을 아는 사람이 별로 없잖아요. 게다가 그 마고하치란 자가 타고난 거짓말쟁이였으니."

신키치를 제거했는데도 오로쿠가 자신에게 전혀 호감을 보이지 않자 주변 사람들에게 사악한 험담을 흘리고 다녔다고 한다.

—실은 오로쿠가 나한테 마음이 있어서 남편과 헤어지고 싶어 했어. 하지만 신키치가 말을 듣지 않았지. 그러니까 어쩌면 오로쿠가 끔찍한 짓을 저지른 건지도 몰라.

그러니까 결국 모든 게 내 탓이야, 내가 오로쿠를 책임져 줘야 해, 하며 동료 행상들에게 그럴듯한 거짓말을 은밀히 떠벌리고 다녔다.

너무나 기가 막혀 속이 뒤집힐 만한 거짓말이었다.

"그건 또 뭐야."

"그런 뒷말이 이제야 오로쿠 씨 귀에 들어온 거예요."

이사고에 온 지인이 무엇을 어떻게 생각했는지는 알 수 없다. 묵은 의혹을 풀고 싶었든, 그저 고약한 풍문으로 치부했든, 뒷말 좋아하는 자였든, 눈치가 없는 자였든, 어처구니없게도,

—당시 그런 풍문이 나돌았어, 오로쿠 씨.

하고 귀띔했다고 한다.

공교롭게도 당시 오로쿠는 그 집요하고 색욕에 눈 먼 마고하치를 피해 자식들을 데리고 예고도 없이 종적을 감추었다. 어느 저택에 하녀로 들어감으로써 자취를 감춘 것이다. 오로쿠로서는 어쩔 수 없이 취한 최선의 조치였지만 마고하치의 거짓말을 듣고 있던 일부 동

료 행상들 눈에는,

　―오로쿠가 도망쳤다!

　라고 비쳤는지도 모른다. 마고하치의 사악한 거짓말을 묘한 형태로 뒷받침했는지도 모른다.

　마사고로는 한 손을 들어 눈을 가렸다. 오콘은 맥없이 어깨를 떨어뜨렸다.

　오로쿠는 그제야 소매를 내리고 얼굴을 보였다. 다시 눈물을 흘리고 있다. 줄줄 흘러내린다.

　"행수님, 저는 결코 남편을 죽이지 않았어요."

　"그런 소릴랑 하지도 말게. 우리도 잘 알아."

　"하지만 행수님, 사람들이 그렇게 생각하고 있다면…… 그런 소문이 돌고 있다는 걸 뻔히 알면서 어떻게 히코이치 씨와 같이 살 수 있겠어요."

　언제 어디서 또 전남편의 옛 동료와 마주칠지 모르잖아요. 그 사람들이 어떤 눈초리로 저를 쳐다볼지, 무슨 소리를 할지 어떻게 알겠어요.

　"밥집이잖아요. 언제 누가 들어올지 몰라요. 히코이치 씨가 언제 그 소문을 듣게 될지 알 수 없어요."

　오로쿠는 히코이치에게 전남편 신키치의 죽음에 대하여 상세하게 말하지는 않았다고 한다. 그 진상을 밝혀낸 사람의 이름이 히코이치를 통해 오토쿠의 귀로 들어가면 조금 곤란해질 수도 있기 때문이다.

　아아, 골치 아프군.

탄식하는 오캇피키 내외 앞에서 오로쿠는 더욱 소리 높여 울었다.

5

오콘은 당신 구역과 관련된 얘기라고 했지만, 오로쿠를 위해서 뭘 해 주고 싶어도 마사고로에겐 뾰족한 수가 없었다.

오로쿠가 오랜만에 만났다는 신키치의 옛 동료를 만나, 실상은 여차여차하니 당신은 그런 소문을 믿지 말라고 말해 주는 정도라면 어렵지 않다. 하지만 그렇게 했다간 자칫 사태를 악화시킬 수도 있다. 사람들은 대개 오캇피키가 나서서 말하거나 묻는 것을 액면 그대로 받아들이지 않게 마련이다. 일단 이면을 읽어 내려고 든다. 마사고로는 그것을 경험으로 잘 알고 있다.

신키치의 옛 동료는 마사고로가 말한 내용보다는 마사고로가 일삼아 찾아와 그런 말을 했다는 사실을 더 중요하게 받아들이리라. 역시 뭔가 있구나, 하며.

서글프게도, 오캇피키는 공무를 돕는 처지라고 으스대기도 하지만 세상 사람들이 고마워하기보다는 의심의 눈초리를 보내는 경우가 더 많은 몸이다. 그 의심의 눈초리가 이번에는 고스란히 오로쿠한테 쏠릴 테다.

결국 딱하기는 해도,

"이럴 때 내가 표 나게 나서면 오히려 좋지 않아. 뭐 좋은 수가 없을지 궁리해 볼 테니까 뒷일은 나한테 맡겨 두고 공연한 걱정일랑

하지 말게."

이렇게 넘기는 수밖에 없었다.

"잘못된다 해도 히코이치한테 낱낱이 밝히고 '헤어집시다'라는 식으로 나가면 안 돼. 언젠가는 다 말하게 되겠지만 지금은 아니야. 알겠지?"

원래 체구가 작은 오로쿠지만, 마사고로의 말을 듣고 눈물을 훔치며 이사고로 돌아가는 뒷모습은 더욱 작게만 보였다.

며칠 동안 마사고로는 텁텁한 심정으로 지냈다. '텁텁'이라고 한 까닭은,

"이봐요, 왜 아침부터 그렇게 뚱한 얼굴을 하고 있어요?"

"가슴이 텁텁해서."

"입안이 아니고요?"

이런 대화가 오가고 나서부터 오콘이 때때로, "여전히 텁텁해요?" 하고 놀렸는데 그것이 마치 부부 사이의 암호처럼 되어 버렸기 때문이다.

마사고로가 궁리하던 것은 오로쿠의 고뇌를 풀어 줄 방법은 아니었다.

─어떤 일이든 일단 벌어지고 나면 완벽하게 해결되지는 않는 모양이군.

오로쿠의 죽은 남편 신키치와 마고하치에 얽힌 사건은 오래전에 끝났다. 그런데 이제 와서 다시 새로운 싹을 틔우고 말았다. 쑥보다 질기지 않은가.

새로운 싹이라기보다는 '지금까지 마사고로들에게는 보이지 않던

곳에서 자라던 싹'이라고 해야 하는지도 모른다. 차라리 계속 그렇게 눈에 띄지 않았으면 좋았을 텐데. 마사고로는 일삼아 이사고까지 밥을 먹으러 와서는, 오로쿠에게 공연한 귀띔을 하고 간 얼굴도 모르는 사내가 얄미웠다.

그러고 보니—생각이 난다.

두 달쯤 전 오토쿠야 이층에 일동이 모인 자리에서 가와이야의 도련님이 사건을 해명하던 날, 핫초보리 자택으로 돌아간 헤이시로에게 부인이 이런 말을 했다고 한다.

—죄라는 것은, 아무리 괴롭고 슬프더라도 한 번은 깨끗이 청산해야 하는 것이지, 눈처럼 시나브로 녹아서 없어지는 일은 없다.

부인은 물론 가메야와 다이코쿠야를 두고 말했을 테지만, 헤이시로에게 그 이야기를 전해 들었을 때 마사고로는 오히려 더 오래된 사건, 즉 후카가와의 데쓰빈 나가야와 그 주인 미나토야 소에몬이 얽힌 사건을 떠올렸다.

나리는 어떠셨어요? 하고 묻자, 이즈쓰 헤이시로는 뜻밖이라는 듯이 웃으며,

—자네 말을 듣고 보니 그렇군. 하지만 나는 미나토야 사건은 생각나지 않던데. 우리 마누라한테 유미노스케의 혼이 옮겨 붙었나 하고 놀랐을 뿐이야.

—하긴 마누라랑 유미노스케는 한 핏줄이니까. 말투까지 닮았더구먼.

새로 등장한 니닌바오리를 보는 듯했다고 한다.

죄는 눈처럼 녹아 없어지는 일이 없다. 매정하지만 맞는 말이다.

마사고로는 마고하치라는 사내를 떠올렸다.

　마고하치가 저지른 악업은 밝혀졌고 그에 걸맞은 벌을 받았다. 지금도 받고 있다. 그러므로 그의 죄는 '일단 깨끗이 청산되었'다. 그렇다면 이제 아무 문제도 없어야 할 텐데, 어째서 또 이런 상황이 벌어졌을까.

　가슴은 여전히 텁텁했지만 마침내 한 가지 결론에 다다랐다.

　죄를 청산했어도, 그 사실을 주위에 널리 알리지 않으면 청산한 것이 되지 않는다. 사람들은 일러 주지 않으면 모르기 때문이다.

　나랏법은 그러기 위해서 존재하는 것이다.

　이른 아침, 마사고로는 핫초보리의 이즈쓰 헤이시로를 만나러 길을 나섰다.

　마침 그럴 시간이라고 짐작은 했지만, 대문을 열고 마당 쪽을 살펴보니 아침 단장이 벌써 끝나 헤이시로와 이발사 아사지로, 거기에 헤이시로의 부인까지 셋이서 차를 마시며 이야기꽃을 피우고 있다.

　자못 즐거워 보이는 풍경인지라 마사고로는 그냥 발길을 돌릴까 생각했는데,

　"오, 일찍 왔군! 오늘 아침은 뼛속까지 춥군그래."

　어느새 헤이시로의 눈에 띄고 말았다. 덩치가 커서 이럴 때 몸놀림이 잽싸지 못하다.

　"아침부터 실례합니다."

　이른 아침부터 보고하러 오다니 후미노의 꼬리라도 잡았나?—하고 다짜고짜 물을 헤이시로가 아니다. 그런 내용이라면 마사고로가

다른 표정으로 왔을 터임을 잘 알고 있다.

"어제 요 근처 사사마 나리 댁에서 시치고산 행사일본의 전통 명절로, 남자 아이가 세 살·다섯 살, 여자아이가 세 살·일곱 살이 되는 해의 11월 15일에 아이의 무사한 성장을 신사 등에서 감사하고 축하하는 행사이다. 무가의 시치고산 행사는 주인공인 아이의 칼, 마구, 복장부터 일가친척, 이웃, 일꾼들의 복장, 음식까지 집안의 체면을 걸고 준비해야 했으므로 큰 비용이 들었다가 있었는데, 지금 그 뒷얘기를 하던 중이었네."

사사마 가의 적자가 일곱 살을 맞아 잔치를 열었다고 한다.

"잔치 준비에는 소홀함은 없었지만, 하치만구 신사에 참배를 하러 가는데 말고삐를 잡을 사람이 없다지뭔가. 사사마 나리나 우리나 고만고만한 살림이잖나."

고만고만한 살림—이라고 따라 말하며 부인이 쿡, 하고 웃는다. 사사마 나리는 화재 순시관이므로 물론 눈에 띄는 공을 세울 만한 관리는 아니다.

"굳이 누굴 고용하기도 번거로울 듯해 우리 고헤이지를 빌려 주었지. 아마 고헤이지도 몇 년 만에 연남색 핫피무가의 문양을 염색해, 그 가문을 섬기는 하인이나 하급 무사가 입는 옷를 입어 봤는지 모를 거야."

"얼마나 잘 어울렸는지 몰라요." 아사지로가 싱글벙글 웃는다. "어제부터 우리가 그 얘기만 하고 있으니까 고헤이지 씨가 얼마나 쑥스러워하던지. 오늘 아침은 아예 어디로 숨어 버렸네요."

그러고 보니 이즈쓰 가 주겐의 모습이 보이지 않는다. 평소대로라면 요즘 같은 철, 아침마다 마당에 떨어진 낙엽을 쓸며 돌아다녔을 텐데.

마사고로가 찾아온 참에 아사지로는 도구를 챙겨 자리에서 일어났다. 부인도 집 안으로 들어간다. 모처럼 이야기꽃을 피우던 자리에 찬물을 끼얹은 듯해 마사고로는 미안한 마음이었다.

"면목 없지만 가메야 건은 여전히 백지 상태입니다, 라는 말을 하려고 온 건 아니겠지?"

방금 면도를 마친 사카야키에 아침 햇볕을 받으며 헤이시로가 놀리듯이 치뜬 눈으로 마사고로를 바라본다.

"그런데 영 기운 없는 얼굴인걸."

"죄송합니다."

전에 말씀드린 다마이야의 이후 상황에 대해서입니다만, 하고 마사고로는 입을 열었다.

"오키에와 센조의 그 다마이야 말인가." 톤을 높이며 헤이시로가 무릎으로 한 걸음 나왔다. "그래, 그 뒤 어떻게 됐지?"

"시기가 시기인데, 전혀 무관한 일의 별 볼 일 없는 상황까지 나리께 굳이 말씀드릴 필요가 있을까 싶었지만."

스스로 생각해도 조금 부끄럽다. 결국은 불만을 늘어놓고 싶은데, 상대가 헤이시로밖에 없는지라 이렇게 걸음을 옮겼던 것이다.

"무슨 소리. 나도 궁금하던 참이네. 오키에는 어떻게 됐지?"

마사고로는 상황을 설명했다. 이야기를 듣는 동안 헤이시로의 긴 턱은 점점 더 길어졌고, 길게 째진 눈은 동그래졌다.

"그 여자, 집요하네."

다 듣고 내놓은 첫 마디는 마사고로의 감상과 똑같았다.

"씨름판 가장자리까지 밀려났지만 용케 버텨냈군. 게다가 무승부도 아니고 이겼어."

칭찬이라기보다는 솔직하게 감탄하는 모습이다.

"센조의 처지도 딱하다면 딱하지만……."

"예, 딱하게 됐지요."

"그래도 젠키치가 알뜰하게 간병해 준다니 다행이군."

여러 여자를 제멋대로 희롱하다 울린 남자 아닌가. 졸중으로 쓰러지는 정도라면 천벌치고는 부족하다고 말해야 할 텐데,

"젠키치가 시중을 들어줄 뿐만 아니라 다마이야라는 가게도 무사하잖아. 주인은 바뀌는지 몰라도 가게는 멀쩡하니까 다행한 일이지. 도락에 빠진 자의 말로는 십중팔구 그보다 더 비참하기 마련인데."

"다카사고초의 무라타 선생도 나리와 비슷한 말씀을 하셨습니다. 차라리 행복한 사람이라고."

"그 문제에 왜 달변가 선생이 나오지?"

마사고로가 독물 사용을 의심했었다고 하자 이번에는 이야기가 끝나기도 전에 이즈쓰 헤이시로가 웃기 시작했다.

"사람을 졸중에 빠뜨리는 독이 어디 있나. 있다면 큰일이지. 은밀히 고가에 팔릴걸. 거추장스러운 자를 해치우는 데 그보다 나은 방법도 없을 테니까."

여기저기서 집안싸움이 벌어지겠지, 라며 헤이시로가 두 손을 비비면서 즐겁게 말한다. 이렇게 황당한 이야기가 되면 헤이시로도 뜻밖에 수다쟁이 기질을 드러낸다.

말이 나온 김에 마사고로는 대맥 가미야 노보루와 나눈 이야기에 대해서도 말했다. 젊은 선생을 다시 보게 되었다는 이야기는 특별히 언짢은 화제도 아니다. 저도 모르게 아내에게 얘기해 버릴 뻔한 적

도 있다. 그러나 그 이야기를 해 버리면 배경을 이루는 이야기까지 줄줄이 들려주어야 하므로 마사고로는 그때마다 말을 꿀꺽 삼켜 왔다. 그것이 몹시 답답했다.

"그 애송이 선생이 그런 말을 했단 말이지?" 하고 헤이시로도 놀란다. "사람은 겉만 봐서는 모른다니까."

"예. 의외로 완력도 세더군요."

그러자 헤이시로는 문득 팔짱을 끼고 못마땅한 얼굴이 되었다. "오신도 그렇지, 나이를 견줘 봐도 젊은 선생 쪽이 딱 어울리는데, 왜 엉뚱한 쪽으로 마음이 기울었는지, 원."

오늘 아침에는 마사고로가 말하고 싶어 하는 얘기를 앞질러 해 준다. 마사고로는 무라타 겐토쿠 의원이 사타에게 마음이 있는 모양이라고까지 말하고 말았다.

"자네, 아주 알토란 같은 얘기를 가져왔군."

헤이시로가 긴 턱을 만지작거리며 말했다.

"그런 얘기를 혼자만 품고 있자니 배가 불러 숨이 답답해지는 것도 무리가 아니지. 아내한테 뭘 숨긴다는 게 쉬운 일은 아니거든."

"하지만 오콘한테는 말 못합니다."

"또 눈물을 흘리며 화를 낼 테니까."

오키에의 버티기라. 헤이시로가 노래라도 부르듯 중얼거렸다. 그 눈이 문득 먼 산을 바라보는 눈길로 변한다.

"그 여자를 처음 만났을 때는,"

"예."

"잘 익은 감 같은 여자라고 생각했던 기억이 나는군."

가지 끝에 하나만 달린 까치밥 말이야, 하고 말한다.

"유미노스케를 데리고 오지마에 갈 때 저 멀리 잡목림 속에 감나무가 있더군. 잎은 다 져 버린 가지에 빨갛게 익은 감이 딱 하나만 남아 있었어."

그러자 유미노스케는, 저런 감을 보면 땡감인지 단감인지 늘 궁금했었다고 말했다.

"그럼 가까이 가서 확인해 보자고 했더니 그러지는 않겠다고 하더군."

—그냥 계속 멀리서 보면서, 그것참 달겠다, 하고 생각하는 편이 나을 것 같아요.

가와이야 도련님답군, 하고 마사고로는 속으로 중얼거렸다.

"오키에를 보고 있으면 그 생각이 나. 대체 이 여자는 단감일까 땡감일까. 쪼글쪼글 마른 감일까 탱탱한 감일까. 왜 가지 끝에 홀로 남아 나 보란 듯이 열려 있는가 하고—아니, 아니야."

긴 턱을 흔들며 헤이시로는 도리질을 했다.

"애초에 열려 있었는지도 의문이긴 하지."

가까이 다가가서 올려다보면 그저 착각이었다는 사실만 알게 될지도 모른다. 논밭을 몇 필지나 사이에 두고 멀리 건너다볼 때가 아니면 눈에 띄지 않는 감인지도 모른다.

"오키에에게 열매 같은 것이 있는지 어떤지 저는 알 수 없습니다만,"

마사고로는 그렇게 말하다가 쓴웃음을 짓고 말았다.

"오콘의 대답은 들어 보나마나 뻔합니다."

그렇겠지, 하며 이즈쓰 헤이시로도 웃었다.

웃음소리에 궁금증이 일었는지 나무 뒤에서 고헤이지의 동그란 머리가 살짝 나타났다. 어느새 그 모습을 발견한 헤이시로가, 어제 네가 한 일을 혼조 모토마치의 행수한테 다 말씀드려라, 하고 농담을 던지자 고헤이지는 기겁하며 내빼고 말았다. 손에는 역시 빗자루가 들려 있다.

마사고로는 툇마루에서 일어나 고헤이지를 쫓아가 따라잡았다. 장난을 치려함은 아니었다. 얼굴을 본 김에 이 집의 연말 대청소며 판자담 청소 작업을 상의해 두기 위해서였다.

이러저러하다 보니 헤이시로에게 오로쿠 건을 미처 말하지 못했다. 뭐, 괜찮다. 그 문제는 상황을 좀 더 지켜본 다음에 전해도 좋을 테니.

오키에 건을 털어놓았을 뿐인데도 마사고로의 답답한 가슴이 상당히 풀렸다. 말하고 싶은 얘기를 꾹 눌러놓고 있으면 가슴이 미어터지도록 고통스럽다는 옛 사람 말이 과연 옳다14세기의 승려이자 문학가인 요시다 겐코가 쓴 고전 수필 『쓰레즈레구사(徒然草)』에 나오는 구절. 그것은 오캇피키로 일하는 처지라도 마찬가지다.

그런데.

그로부터 겨우 사흘 뒤, 마사고로의 가슴이 다시 답답해질 일이 일어났다.

다마이야의 센조가 위독해졌다.

소식을 전한 자는 이번에도 다마이야의 사환이었는데, 사환 소년은 마사고로 행수가 다마이야의 내부 사정을 잘 알고 있다는 말을 지배인 젠키치한테 들었는지, 센조의 용태가 급박함을 전하면서 스스럼없이 울상을 지었다.

그리고 센조를 '큰 주인님'이라 일컬었다. 사환에게 다마이야의 '주인님'은 얼마 전 이세야에서 들어온 로쿠로인 모양이다.

"큰일이구나. 대체 무엇 때문에 위독해진 게냐."

"요즘 쌀쌀해진 날씨에 감기에 걸리셨는데, 의원님 말씀으로는 그게 폐부까지 들어갔다고 합니다."

중병으로 쓰러졌다 회복하여 약과 간호로 목숨을 겨우 연장하고 있는 셈이나 다름없는 늙은 환자에게 감기는 더없이 무서운 적이다. 이거 심상치 않구나 싶어서 마사고로도 걱정이 되었다.

"그럼 지배인이 날더러 다마이야로 와 달라고 하더냐?"

"아닙니다. 행수님께 소식만 전하면 된다고 하셨습니다."

사환이 막 달려왔을 때는 얼굴이 북풍에 벌겋게 얼어 있었는데, 마사고로의 집 안에 있는 지금은 핏기가 싹 가셔 창백했다.

"새 주인이 좋은 사람인 듯한데, 그래도 너는 큰 주인님이 그리우냐?"

마사고로의 물음에 사환은 마침내 둑이 터진 듯이 눈물을 줄줄 흘렸다. 예, 예, 하고 고개만 끄덕일 뿐 말을 잇지 못한다. 한때의 기분에 쓸려 우는 것이 아니라 정말 걱정스러워 혼란에 빠졌음을 잘 알겠다.

센조는 이런 사환의 존경을 받고 있다.

마사고로도 가슴이 찡했다.

오랜 세월을 어머니의 기세에 눌려 살다가 겨우 가게 주인이 되었나 했더니, 여자를 상대로 요상한 취미에 빠져 충성스런 지배인에게 걱정만 안겨 주다가 끝내 오키에 같은 여자를 만나고 말았다. 칠칠치 못하게만 보이는 센조의 삶도, 눈에 띄지는 않지만 작은 꽃을 피웠다. 멀리 건너다보이는 감이 아니라 발치에 있어서 눈에 띄지 않은 꽃이다.

공무라는 이유로 오콘을 물러가 있게 했지만 맹장지 너머에서, 실례합니다, 하는 소리가 나더니 짱구 산타로가 들어왔다. 쟁반에 더운물이 담긴 잔이 올라 있다.

"아주머니께서 손님께 드리라고 하셨습니다."

뜨거운 아메유조청을 더운물에 녹이고 육계나 생강을 넣은 탕으로, 위장약 혹은 여름철 건강 음료로 마셨다이다. 무슨 용건이든 이 집에 달려온 손님이 어린 사람일 경우 오콘은 이렇게 대접한다.

그러나 이 자리에 산타로가 있으면 곤란하다. 마사고로가 편하게 말할 수가 없다. 오키에와 얽힌 일들은 절대로 짱구의 귀에 들어가게 할 수 없다. 해서 쟁반을 받아들자 그만 얼른 나가라고 손을 거칠게 휘두르고 말았다. 마사고로답지 않게 당황하고 있었던 것이다.

짱구는 공손히 목례를 하고, 울고 있는 소년과 마사고로 얼굴을 의아한 표정으로 번갈아 본 뒤, 커다란 이마를 쓰다듬으며 물러갔다.

"혹시 무슨 일이 벌어지면 언제든 망설이지 말고 나한테 알리라고 지배인한테 전해라. 금방 달려갈 테니."

너희 가게는 앞으로가 중요하니까, 라고 말해 주자 소년은 마침내 눈물을 훔쳤다.

"혹시 내가 집에 없으면, 여기 메밀국숫집에 이노지라는 젊은이가 있다. 다마이야에서 왔다고 하면 알아듣게끔 일러둘 테니까 걱정하지 말거라."

"예, 알겠습니다. 고맙습니다."

아메유의 효과가 기특하여, 돌아갈 때는 소년도 한결 차분한 모습이었다.

마사고로는 이노지를 불러 다마이야에서 온 소식을 들려주었다. 많은 말을 하지는 않았다. 요점만 일러두었다.

이노지는 마사고로의 수하 중에서도 나이가 어린 축이지만, 매사 주변머리가 좋고 대인 관계도 매끄러운데다, 오캇피키의 수하로는 어울리지 않는다고 할 만큼 부드러운 인상을 가지고 있다. 메밀국숫집이 잘되는 연유도 절반은 이 수하의 공이 아닐까 싶을 정도다.

두뇌도 좋고 눈치도 빠른 수하다. 마사고로가 많은 말을 하지 않는 일에 대해서는 굳이 캐묻지 않는다. 입도 무겁다.

그래서 마사고로는 조금은 망설이기도 했지만, 모호하게 놔두느니 분명하게 말해 두자고 작심했다.

"하나카와도의 다마이야 말인데,"

"예."

"집사람한테는 말하지 마라. 짱구 귀에도 들어가지 않아야 한다."

"예."

이노지는 이유를 묻지 않는다.

"내가 이렇게 주의를 주었다는 것도 비밀이다. 아예 잊어라."

"잘 알겠습니다. 한데 행수님."

"왜."

"송구합니다만, 그 귀와^{鬼瓦} 같은 얼굴을 어떻게 하시지 않으면 아주머니나 짱구가 이상하게 여길 듯싶습니다만."

저도 모르게 마사고로는 제 얼굴을 문질렀다. 이노지가 고개를 끄덕여 보인다.

"가메야 건으로 체면이 영 말이 아니게 된 탓이라고 해 두든지."

"그 일이 거의 막판에 이르렀음은 아주머니도 잘 아십니다."

"그럼 네가 더 그럴듯하게 둘러대 줘라."

예, 하고 이노지는 빙긋이 웃었다.

"어쨌든 잘 알겠습니다."

이것참, 하고 마사고로는 낭패했다. 아무래도 나는 뭘 감추는 데 서툰 사람 같다. 아니, 마누라한테 뭘 감추는 데 숙맥이다. 지금까지는 이런 일이 없었고 오키에 건이 유일해서 뭘 어떻게 해야 하는지 더욱 모르겠다.

—계속 감추기는 힘들 텐데.

위장까지 따끔따끔 아픈 듯하다.

하지만 마사고로의 위장에게는 다행스럽게도, 다마이야의 상황이 다시 변했다.

이번에는 사환이 아니라 당사자가 직접 찾아왔다. 센조에게 이혼 당하게 되었다며 울며불며 찾아왔던 오키에가 다시 마사고로를 찾아온 것이다.

6

다행히 오콘은 집에 없었다.

공교롭게도 마사고로 역시 외출중이었다.

더욱 공교롭게도 짱구 산타로가 집을 지키고 있었다.

그녀를 맞은 사람은 이노지였다. 오키에는 겨우 사반 각도 앉아 있지 않았다. 그녀가 돌아간 직후 마사고로가 귀가했다. 얼른 걸음을 돌려 쫓아갔다면 어디 가까운 곳에서 오키에를 따라잡았을지도 모른다고 할 만큼 아슬아슬하게 길이 어긋났다.

그래도 마사고로가 쫓아가지 않은 까닭은 산타로가 걱정되었기 때문이다. 짱구가 '오키에'라는 이름을 들었을까? 그녀를 보았을까. 눈치챘을까. 깨달았을까. 뭔가 기억해 냈을까.

오키에와 헤어질 때—오키에에게 버림을 받았을 때 산타로는 다섯 살이었다. 얼굴을 기억하고 있으리라. 오키에는 센조의 손에 재단장되어 마사고로는 금방 알아보지 못했을 만큼 많이 변했다. 그래도 생모의 얼굴이다. 산타로에게는 각별한 얼굴이다. 게다가 혹시 '오키에'라는 이름을 들었다면 그 이름만으로도 알아차렸을 터였다.

오키에도 사정은 마찬가지다. 마사고로 내외의 메밀국숫집에서 산타로라는 아이가 바지런하게 일을 거드는 모습을 보면 아무리 매정한 그녀라도 즉각 알아차리리라. 나이도 오키에의 아들 산타로와 일치하고, 무엇보다 눈에 확 띄는 앞이마가 움직일 수 없는 증거다. '산타로는 에도에 없다'는 마사고로의 말이 거짓말이었음을 알아차리리라.

오키에가 알아차리면 산타로를 보는 눈길이 변할 것이다. 어떻게 변할지는 상대가 오키에인 만큼 짐작할 수도 없지만, 변하리라는 점만은 틀림없다. 그것이 산타로에게 미칠 수 있다.

그런 생각들을 마사고로 자신은 질풍처럼 떠올렸다고 느꼈지만, 실은 한동안 몸이 굳어 있었던 모양이다.

"괜찮으세요, 행수님?"

이노지의 물음에 그제야 몸이 풀렸다. 여기는 마사고로의 방이고, 이노지와 단 둘이 앉아 있었다.

"어, 그래."

"물이라도 가져올까요?"

마시기보다 머리에 뒤집어쓰고 싶은 심정이었다.

"아니, 됐다. 그보다 짱구는?"

"여전히 가게에서 정리 작업을 하고 있습니다."

안주인이 자리를 비운 탓에 오늘은 점심때 문을 닫았다. 그 참에 평소 미루어 두었던 가게 정리를 하기로 해서 이노지가 산타로에게 일을 거들게 했다.

"다마이야의 부인은 전에도 여기 와 본 적이 있다시면서 곧장 안쪽 문으로 돌아오셨기 때문에 내내 가게에 있던 산타로는 보지 못했습니다."

그래? 하고 대답한 마사고로는 바쁘게 눈을 깜빡이고 이노지의 얼굴을 새삼 쳐다보았다. 이노지는 딱 한 번 고개를 끄덕했다.

"행수님도 안주인님도 모두 출타중이라고 하자 금방 돌아가셨습니다. 그래서 산타로는 아무것도 모릅니다. 다마이야 부인이 본 사람은 부인을 맞이한 하녀와 저뿐입니다."

대행수 모시치의 집안일도 거들어야 하므로 마사고로의 집에는 통근하는 하녀가 둘 있다.

"그래?" 하고 마사고로는 이번에도 똑같이 대답했다.

눈치를 보는 기색도 없이 이노지는 내처 말했다.

"그 오키에라는 부인이 짱구의 생모이지요?"

대뜸 정곡을 찌르고 들어온다.

"—어떻게 알았지?"

"저번에 하신 말씀으로, 그냥 어느새."

얼굴은 전혀 안 닮았던데요, 하고 평한다.

"행수님이 유난히 신경 쓰셔서 그렇지 않을까 짐작했습니다. 그런데 그 장본인이 갑자기 들이닥쳐서 저도 조금 당황했습니다."

마사고로는 입을 다물고 있었다. 화로에 담긴 숯불에서 미약한 온기가 올라온다. 그 위에 손바닥을 쪼인다.

이노지가 물었다. "정 걱정되시면 짱구를 어디로 심부름 보낼까요?"

역시 눈치가 빠르다.

"고베 나가야에 보내라. 오늘 저녁에 내가 오토쿠 씨네 음식을 인주 삼아서 한잔하고 싶어 한다고 말이야."

냉큼 일어나 가게로 나간 이노지는 희미하게 웃으며 돌아왔다. 웃는다기보다는 웃음의 여운이 남아 있는 표정이다. 기분 나쁜 웃음은 아니었지만 지금 마사고로한테는 그것도 마음에 걸린다.

"뭐가 우습나?"

마사고로의 모난 말투에도 이노지는 당황하지 않았다.

"짱구를 오토쿠야에 보낸 것은 의외로 명안인 듯합니다."

산타로가 신이 나서 뛰어갔다고 한다.

"그 가게에 여자애가 두 명 있죠. 언니 쪽은 여자애라고 하기에는 이미 나이가 조금 많지만. 오산과 오몬이라는…… 얼굴에 점이 많은 언니뻘 이름이 뭐였더라."

"점박이가 오산이고 오몬이 어린 쪽이지. 그게 왜?"

"짱구란 녀석, 반했어요, 오몬이란 아이한테. 하긴 짱구도 그럴 만한 나이가 됐죠."

아닌 밤에 홍두깨 같은 이야기다.

"너, 괜히 형님 행세를 하려는 거 아니냐? 어떻게 알지?"

이노지는 주눅 드는 기색이 없다. "짱구한테 들었습니다. 벌써 두 달 전에. 자꾸 오몬 생각이 나서 힘든데 이럴 때는 어떻게 해야 하느냐고 저한테 상의를 하더군요."

더욱 놀라운 얘기다.

"그래, 뭐라고 말해 주었지?"

"그런 문제라면 가와이야 도련님한테 물어봐라, 친한 사이니까, 라고 했더니, 유미 님한테는 비밀이다, 유미 님한테 상담할 만한 문제였다면 이노지 형님한테는 말도 꺼내지 않았다, 라고 하더군요."

마사고로가 뭘 묻기도 전에 덧붙인다.

"오토쿠야의 점원 두 명이 모두 유미노스케 님을 좋아라 하고 있답니다. 하긴 대단한 미남이니까 그럴 만하죠. 그럴 만한 일이기는 하지만 동무 산타로한테는 딱한 일입니다. 그래서 저도 나름대로 고민해서 조언을 주었습니다."

가슴이 답답해서 괴로울 지경이라면 편지를 보내라고 말해 주었다고 한다. 글귀까지 궁리해서 들려주었다고 하니 꽤 성의를 보인 셈이다.

마사고로는 눈을 휘둥그레 떴다. "그래서 짱구가 편지를 보냈다고 했어?"

"예. 물론 한참을 망설인 끝에 수십 번을 고쳐 쓰고 나서야."

이노지는 쿡쿡 웃었다.

"그런데 글씨가 너무 형편없어서 오토쿠 씨가 역정을 냈다더군요."

자못 오토쿠답다.

"짱구 녀석, 앞으로 쓰기 연습을 더 열심히 해야 한다는 걸 뼈저리게 느꼈을 겁니다. 모토미야 거사님의 학문소에 다니고 싶다고 했으니까 조만간 행수님 내외분께 허락해 달라고 청하겠지요."

후미노를 놓친 책임을 지고 핫초보리의 마지마 가에서 나온 모토미야 겐에몬은 이즈쓰 헤이시로의 지혜로 오토쿠야 이층에 떳떳하게 입주할 수 있게 되었다. 학문소를 연다며 여러 가지 준비를 하고 있는 듯하다.

"거사님 학문소에는 유미노스케 님도 다니신다던데요."

"하지만 오토쿠야 이층이라면 짱구가 어색할 텐데? 벌써 편지를 보내 버렸으니."

이노지는 손을 살살 내둘렀다. "아뇨, 짱구가 자기 이름은 써 놓지 않아서 저쪽에서는 모릅니다. 이럴 때는 여자 쪽이 도대체 누가 보냈을까, 하고 궁금해서 몸이 달게 놔두는 편이 좋습니다."

이노지는 물론 싹싹하고 여자 손님한테 인기가 많다. 그렇다고 다른 사람의 연애 상담을 해 줄 만한 처지냐 하면 이야기는 또 달라지지만, 짱구로서는 조언자가 시급했을 터이니 이노지가 시키는 대로 했을 것이다.

"하지만 짱구도, 막상 편지를 전할 때는 기가 죽어서 모처럼 준비한 편지를 가게 앞 소쿠리 밑에 숨겨 놓고 도망쳤다네요. 그러니 딱한 노릇이지요."

이노지는 편지를 전하는 방법도 잘 궁리해 보라고 조언했다.

"자매처럼 지내는 둘 중 한쪽에게 편지를 전하는 거니까요. 언니를 잘 구슬려 너를 돕게 하는 것이 최선이다, 안 그러면 일이 틀어진다. 그러니 먼저 점박이 언니 쪽에게 슬쩍 언질해 두라고 말했는데."

짱구는 오산에게 어떻게 그런 이야기를 하느냐고 펄쩍 뛰었다.

"편지를 본 오몬이 신이 나서 자랑을 늘어놓다가 샘이 난 점박이랑 한바탕 싸움을 벌였답니다. 그럴 만도 하지요. 여자애들은 시샘이 많으니까. 그래서 오토쿠 씨가 더 화를 낸 겁니다."

앞날이 험난하지요, 라고 하면서도, 이노지는 그 말과는 달리 즐거운 표정으로 줄줄 늘어놓는다.

"여하튼 짱구 녀석, 오토쿠야라는 말만 듣고도 얼굴이 단풍처럼 빨개져서 쏜살같이 뛰어나갔습니다. 용기는 없지만 질리지도 않나 봅니다. 오늘도 오토쿠 씨한테 핀잔 들을 때까지 노닥거리다 올 테니까 한동안 이 방에선 무슨 얘기를 해도 괜찮겠지요."

그 말을 듣고서야 마사고로도 본제를 떠올렸다. 너무나 뜻밖의 이야기를 듣는 바람에 잊고 있었다.

"다마이야의 오키에는,"

머릿속은 여전히 어수선하다.

"센조 씨가 회복되었다더군요."

눈치 빠른 이노지는 곧장 마사고로가 궁금해하는 이야기를 했다. "행수님께 심려를 끼쳤다면서 얼른 희소식을 전할 겸 사죄드리러 들렀다고 했습니다."

이노지는 품에 손을 넣어 예쁘게 접은 쪽지 하나를 꺼냈다.

"행수님이 출타중이시라니까 부인이 써서 남기고 갔습니다. 반드시 행수님한테만 보여 드려야 한다고 매섭게 노려보면서 부탁하더군요."

재미있어하는 말투였지만 농담일 리는 없다. 마사고로는 편지를 건네받고 그냥 품속에 찔러 넣었다.

"이 얘기도 안주인님께는 비밀이겠지요?"

"그래. 내가 따로 말하기 전에는 입 다물고 있어 다오."

"알겠습니다. 하지만 행수님."

진지한 낯으로 변한다.

"왜?"

"다마이야 쪽에서 짱구를 데려가고 싶다고 하면 무슨 일이 있어도 물리쳐 주십시오."

부탁드립니다, 하며 고개를 숙인다. 형님 행세를 하는 것이 아니라 자못 형님다운 말투였다.

"그 부인의 차림새로 보건대 다마이야는 잘나가는 가게가 분명합니다. 하지만 짱구는 상인으로서는 어울리지 않습니다. 그 아이는 오캇피키가 어울립니다. 그릇은 작지만 틀림없이 훌륭한 오캇피키가 될 겁니다. 지금까지 아무도 만나 본 적 없는 조금은 색다른 오캇피키가 되겠지만."

마사고로는 저도 모르게 웃었다. "정말 그리된다면 너는 어찌 되느냐? 아우의 수하가 되겠느냐?"

"괜찮습니다, 저는 메밀국숫집이면 충분하니까요. 탐문이나 추리에 서툴고 싸움도 못합니다. 그건 행수님도 잘 아시지 않습니까."

그렇다고는 해도 이노지는 메밀국숫집 일을 거드는 한편 이웃이나 가까운 지신반, 기도반에도 종종 얼굴을 비치며 마사고로 일가에게 보탬이 되고 있다.

"음, 그러냐."

"유미노스케 님이 이즈쓰 나리 댁에 양자로 들어가 관리가 되신다면 짱구와는 더욱 훌륭한 짝이 될 겁니다."

"하지만 짱구도 오몬에 관해서는 유미노스케 님을 따돌리려고 하지 않느냐. 너한테 훈수까지 받으면서."

"따돌리는 것은 아닙니다. 오몬이 제풀에 유미노스케 님한테 열을 내고 있을 뿐이지 정작 유미노스케 님은 전혀 관심이 없지 않습니까. 알고는 있겠죠. 워낙 총명하시니까."

글쎄 어떨지. 이것만은 마사고로도 판단이 쉽지 않다.

"유미노스케 님한테 열을 내는 오몬이 과연 산타로한테 마음을 돌릴까?"

이노지는 짐짓 요란하게 몸을 젖혀 보였다. "이런, 행수님도 모르시는군요. 열을 내는 것과 연애는 별개입니다."

자신 있게 단언한다.

"왜 하필 오몬일까. 별로 눈에 띄는 아이도 아니구먼."

"나이가 비슷한데다 가까이 있기 때문이죠. 그런 겁니다, 행수님."

더욱 자신 있게 단언한다.

"그래, 뭐, 알았다."

마사고로도 왠지 맥이 빠진다. 아까 잔뜩 긴장했던 게 거짓말 같다.

"다마이야의 오키에 일은 나한테 맡겨 둬라. 다시는 여기 찾아오지 않도록 단단히 일러둘 테니. 이제 널 놀라게 하지는 않을 게다."

물론 산타로를 넘겨주는 일은 없다, 하고 마사고로는 말했다.

"주제넘은 말씀입니다만," 이노지가 목소리를 낮춘다.

"괜찮으니 말해 봐라."

"이 일에 대해, 저는 산타로보다 안주인님이 더 걱정입니다."

그것은 마사고로도 마찬가지고, 헤이시로도 그렇게 말했다.

"짱구한테 더 이상 생모는 필요 없으니까요. 안주인님도 이제 가슴앓이를 하실 까닭이 없습니다."

이노지도 부모 복이 없어, 코흘리개 시절부터 오콘 밑에서 컸다. 그러나 지금 한 말에는 어머니 같은 사람이라기보다는 걱정 많은 누님을 생각하는 동생과 비슷한 마음 씀씀이가 있다. 이제는 오콘의 보살핌을 벗어나 어엿한 장정이 된 남자의 마음 씀씀이라고 할까.

"짱구도 전엔 훌쩍훌쩍 잘 울었지만 요즘은 그런 그림자가 깨끗이 사라졌습니다."

"춘정에 눈 뜰 만큼 컸기 때문인가."

"그보다는 유미노스케 님을 만난 뒤로 그렇게 된 듯싶습니다. 어느새 심지가 굳어졌다고나 할까—."

이노지는 문득 정신을 차린 듯이 목을 움츠렸다. "죄송합니다, 중뿔나게 아는 척하면 안 되는데."

마사고로는, 흐음, 하며 부드럽게 콧김을 내뿜었다.

"아니다, 네 말이 옳다. 나도 그렇게 생각한다."

감사합니다, 라고 말한 이노지가 문득 움찔하더니 당황해한다.

"어, 이런! 오늘은 대행수님께 메밀 경단을 해 드리겠다고 약속했는데. 가게가 한가할 때가 아니면 만들 수가 없어서요."

벌떡 일어서는 이노지를 다시 눌러 앉히며 마사고로는 빙긋이 웃었다. "이봐, 이노지. 이건 정말 비밀 중의 비밀로 해야 할 일이지만, 네가 궁리해 주었다는 그 편지 글귀나 들어 보자."

한쪽 무릎을 세우고 있던 이노지도 씨익 웃었다.

"행수님, 남자 대 남자로 약속했으니까 그것만은 좀 봐주십시오."

"내가 행하를 몇 푼 내놓아도 안 되겠냐?"

"저도 짱구에게 서푼짜리 의리가 있습니다."

아니, 무사의 자비라고나 할까요, 라고 말한다. 마사고로는 껄껄 웃으며 손을 휘둘러 이노지를 방에서 쫓아냈다.

이렇게 웃기도 오랜만이다.

오키에가 남기고 간 쪽지는 짧았다. 센조에 관한 내용은 아니다.

마사고로에게, 이런 못난 여자의 말이라도 한 번쯤 귀를 기울여 주고자 하는 정이 남아 있다면 정말 고맙겠다―라는 내용이 멋진 필체로 적혀 있었다.

마사고로는 그런 정이 남아 있는지 어떤지, 제 마음이면서도 분명치 않았다. 네 말 따위에 귀를 기울여 줄 성싶으냐는 노여움도 없었다. 다만 할 말이 있으면 해 보든지, 하는 정도의 삐딱한 심정이라면 있었다.

이튿날 마사고로는 오콘과 산타로에게 별다른 기미가 없음을 확인하고 하나카와도초로 향했다. 정오는 한참 전에 지나서 짧은 겨울 해가 벌써 노란빛을 더해 가고 있다.

다마이야 매장에서 오키에를 발견했다. 계산대에서 서른 안팎의 남자 곁에 앉아 두꺼운 장부 여러 권을 펼쳐 놓고 이야기에 몰두해 있다.

오키에는 마사고로를 보자 눈웃음을 지으며 '밖에서 봐요'라고 하듯 손짓했다. 계산대에 앉은 사내도 마사고로에게 눈길을 향했다. 오키에가 그에게 뭐라고 짧게 귀띔한다. 그것만으로 뜻이 통했는지 그는 마사고로에게 공손하게 인사했다. 저자가 로쿠로이리라.

마사고로는 그대로 포렴 밖에서 기다렸다. 슬쩍 보았을 뿐이지만 로쿠로는 꽤 느끼한 인상이었다.

―그러고 보니 소싯적에 물리도록 놀아나던 방탕아였다고 했지.

세상 물정에는 밝아도 남녀지간에는 어두운 젠키치는 로쿠로와 오키에의 관계를 두고 부정한 일은 아닐 거라고 말했다. 마사고로는 젠키치만큼 순진하게 생각하지는 못한다. 순진하게 생각하지는 못해도, 이 경우에 저들이 품은 사심은 '주인 바꾸기'일 테니 장부의 수지 결산 자체는 틀리지 않으리라 짐작했다.

오키에는 한텐을 벗고 오비에 매달려 있던 열쇠 꾸러미도 두고 나왔다.

"오래 기다리시게 해서 죄송해요. 기왕 폐를 끼친 김에 잠깐 저기까지 같이 가시겠어요?"

다마이야 뒤쪽으로 돌아간다. 그곳은 작은 배가 다니는 수로 변이었고, 쌀쌀한 수면에서는 조키부네 몇 척이 흔들리고 있었다.

하나카와도는 에도 수상 교통의 요충이므로 희귀한 풍경도 아니다. 다마이야에서도 나무통을 나를 때 짐배를 이용하고 있을 터였다. 판자를 깔아 놓은 수로 변을 거침없이 걸어가는 오키에의 걸음은 이 길에 퍽 익숙해 보인다.

"강바람은 쌀쌀해도 이게 지름길이거든요."

오키에는 잠깐 돌아보며 바람에 눈을 가늘게 뜨고 말했다. 그저 지름길이어서만이 아니라, 오캇피키로 짐작되는 자와 나란히 걷는 모습을 오가는 사람들에게 보이고 싶지 않기 때문이리라. 천하의 오키에도 주위에 뜬소문이 나도는 사태만은 경계하는 것이다.

수로를 따라 반 정이 못 되게 걸은 오키에는 여염집처럼 보이는 곳의 통용문으로 들어갔다. 그리고 싹싹한 목소리로 사람을 부른다. 안에서 여자가 대답하는 소리가 들리자, "어서 들어오세요," 하고 마사고로에게 손짓을 했다.

통용문 주변 모습으로 보건대 요릿집으로 짐작되었다. 집의 구조에 비해 부엌이 넓고 그릇장이 크다. 현관 쪽으로 돌아가 보면 아마 간판으로 등롱을 걸어 두었으리라.

"접대는 필요 없네."

무뚝뚝한 목소리가 튀어나왔다. 오키에는 웃었다.

"그리 말씀하실 줄 알았어요. 객실과 화로만 빌리기로 했어요."

복도를 따라 아담한 방 두 칸이 나란히 붙어 있다. 오키에는 안쪽 방으로 들어가 마사고로를 불러들였다.

"센조가 애용하던 요릿집이에요."

"내가 비를 피하느라 처마 밑으로 들어섰다가 자네를 만났던 그날도 점심상을 차려 주었지."

"행수님은 드시지 않았지요."

"그 점심상도 이 집에서?"

"예. 맛이 훌륭한 집입니다."

노파가 무뚝뚝한 얼굴로 들어와 화로에 숯불을 넣고 다시 무뚝뚝한 태도로 방을 나갔다. 오키에가 복도로 통하는 맹장지를 닫으려고 하자 마사고로가 막았다.

"밀회하는 것도 아닌데."

오키에는 교태를 부리듯 곁눈질하다 맹장지 곁을 떠나 마사고로의 앞에 앉았다.

"덕분에 센조는 용케 회복했어요. 해를 무사히 넘길 수 있을지 어떨지는 알 수 없지만, 저희로서는 할 수 있는 모든 조치를 다해서 마지막까지 보살펴 드릴 생각이에요."

심려를 끼쳤습니다, 하며 공손히 다다미에 손을 짚는다. 고개를 들고 등에 빨래판이라도 짐 진 듯 허리를 꼿꼿이 편다.

고개를 살짝 숙이거나 모로 틀어 앉지도 않았고 아양을 부리려 들지도 않았다. 이렇게 똑바로 앉아 있는 오키에는 실로 처음 보았다.

"아까 계산대에 앉아 있던 사람이 로쿠로 씨인가."

"예. 젠키치한테 들으셨군요."

"고자질 따위를 하지는 않았네. 그 노인을 고깝게 보는 것은 옳지 않아."

"알고 있어요. 저도 그 정도 분별은 있어요, 행수님."

마사고로는 새삼 놀랐다. 정면에서 얼굴을 마주하니 눈이나 입매에서 교태나 색기가 깨끗이 사라지고 없다. 머릿기름인지 백분인지 모르지만 감미로운 향이 희미하게 풍겨 올 뿐이다.

"감사드려야 할 일이 한두 가지가 아닙니다만,"

무릎에 손을 얹고는 입을 꼭 다문다. 그러더니 커다란 눈동자로 마사고로를 쳐다보았다.

"무엇보다 산타로를 잘 키워 주셔서 고맙습니다."

다시 몸을 숙여 인사하는 오키에 앞에서 마사고로는 말없이 앉아 있었다. 당혹스러운 기습이다. 기습이 효과를 발휘하고 있음을 이 여자는 알고 있다.

"―언제, 알았지? 어제였나?"

"센조에게 이혼을 통고받고 행수님 댁에 도와 달라고 부탁하러 달려갔을 때입니다."

그날 오콘은 크게 당황하여 얼른 산타로를 심부름 보냈다. 그것도 소용이 없었단 말인가.

"그럼, 그날 내가 거짓말을 하고 있었음을 이미 알고 있었다는 말이군."

"네."

"전혀 내색도 않더구먼."

"그러는 편이 좋겠다 싶었어요."

앞이마가 근사하더군요—하며 쑥스러운 듯 미소를 짓는다.

"갓난아기 때부터 이마가 유난했지요. 그 이마 때문에 누구라도 알아차릴 수밖에 없어요. 게다가 저는 그 아이의 생모잖아요."

그 아이를 버린 생모지, 하고 한마디 쏘아붙이려다가 참았다.

"산타로—그 아이는 지금도 그 이름을 그대로 쓰고 있군요?"

"음."

"산타로는 저를 알아보지 못했어요. 두 번을 찾아갔지만, 그때마다 제 쪽으로는 눈길도 돌리지 않더군요. 많이 바빠 보였어요. 어제도 메밀국숫집 문 앞에서 잠깐 들여다보았지만."

오키에는 웃음을 지웠다.

"두 번 다시 찾아가지 않을게요. 산타로 앞에 어머니라고 자처하며 나타나는 일도 없을 겁니다. 부디 앞으로도 그 아이를 잘 부탁드려요."

등을 꼿꼿이 편 채 마사고로의 눈을 쳐다보며 그렇게 말했다.

"산타로에게 자네는 없는 사람이라는 말인가."

"예. 죽은 사람, 사라진 사람으로 족합니다."

"그 아이가 자넬 만나고 싶다고 하면 어떻게 하겠나?"

"저는 만나고 싶지 않아요."

이상하게도 마사고로의 귀에는 그 말이 각박하게 들리지 않았다. 그것은 어떤 결의의 표명—그것도 어제오늘이 아니라 아주 오래전에 결의하여 굳건해진 의지를 말하는 듯해, 시원시원하고 의연하게 들렸다.

뿐만 아니라 마사고로의 마음까지 가볍게 만들어 주었다.

"구 년 전, 다섯 아이들 가운데 산타로 하나만 버렸지."

"예."

"오콘이 그 이유를 물어도 자네는 대답하지 않았어."

오키에는 고개를 기울여 시선을 먼 곳에 둔 채 눈을 깜빡였다.

"오콘은 산타로만 씨앗이 다른 거 아니냐, 그게 아니라면 산타로만 자네의 친자식이 아니지 않느냐고 물었지. 기억나나?"

오키에의 입가에 희미한 미소가 떠올랐다. 무서리 같은 얇은 웃음이다.

"그 아이도 제 아이입니다."

오키에가 입을 열고 그렇게 말하자 무서리는 이내 사라졌다.

"다만—그래요, 그 아이만 씨앗이 달랐어요. 그건 아주머니 짐작이 맞아요."

낳기 전까지는 저도 몰랐습니다, 하고 부끄러워하는 기색도 없이 담담하게 말한다.

"하지만 얼굴을 보고 대번에 알았어요. 아아, 이 아이는 가네조의 아들이 아니구나. 얼굴이 친아비를 쏙 빼닮았습니다. 자라면 자랄수록 점점 더 닮아 가더군요."

그 유난스러운 앞이마만은 다르지만요, 하고 이번에는 따뜻한 웃음을 짓는다.

가네조는 오키에의 전남편이다. 술을 마시고 주정을 부리다가 사람을 죽이고 감옥에 갇혀 죽었다.

"누구의 자식이지?" 마사고로가 대놓고 물었다.

"제 허망한 꿈의 자식입니다, 행수님."

추호의 망설임도 없는 대답에 마사고로는 잠시 말을 잊었다.

"이름도 잊었어요. 이제 와서 떠올리고 싶지도 않고요."

"하지만—."

"저는 그 사람을 좋아했어요."

오키에는 마사고로를 쳐다보지 않았다. 눈도 마음도 다른 곳을 향하고 있다.

"실은 가네조보다 좋았어요. 어릴 때부터 알던 사람이지요. 하지만 혼인하지는 못했어요."

"자네는 가네조와 혼인했지."

꼭 다문 오키에의 입술이 파르르 떨렸다. 문득 눈 속에서 강렬한 빛이 번쩍인다.

"하고 싶어서 한 혼인이 아니었어요. 가네조는 보잘것없고 몹쓸 남자였죠. 저는—실은, 겁탈당한 거나 마찬가지였어요. 그래서 싫었습니다. 너무나 싫었지만 주위 어른들 설득에 못 이겨 어쩔 수 없이 부부가 되었어요. 부부가 돼 버리면 아무 일도 없었던 것과 마찬가지가 된다고 해서."

오키에의 눈 속에서 번쩍이던 것은 지금까지도 가시지 않은 분노였다.

"딱한 얘기로군."

당시 내가 그걸 알았다면, 하고 마사고로가 입을 열자 오키에는 고개를 강하게 가로저어 그의 말을 막았다.

"됐어요. 결국 그게 제 운이었을 테니까요. 어릴 적부터 찢어지게 가난했고 좋은 일이라고는 하나도 없었어요. 그때는 정말 좋았지, 하고 돌이킬 만한 일이 전혀 없었어요. 제법 싱싱한 싹이 올라와도 금방 말라비틀어지거나 잘려 버렸죠. 처녀 시절에도 혼인 이후에도 그건 늘 마찬가지였어요."

그래도 체념하지는 않았다고 말했다.

"저는 끈질깁니다. 어릴 때부터 그랬어요."

그래서 늘 도망치고 싶었다.

"산타로의 아비와 다시 인연이 닿아서 몰래 만나고 있을 때는 이 제야 가네조를 버리고 도망칠 수 있겠구나 싶었어요. 그 사람이 나를 데리고 도망칠 줄 알았으니까요."

실제로 남자는 도망쳤다. 다만 오키에 없이 혼자서.

"제가 임신한 사실을 알자 번개처럼 사라지더군요. 제가 세상을 몰랐어요."

마사고로는 얼핏 짐작이 갔다. 오콘이 말했지 않은가. 왜 산타로 하나만 버리느냐고 물었을 때 오키에가 말했다고.

—하지만 나는 어리석은 년이에요.

"어리석고, 사람을 잘 믿었습니다. 어른들이 시키는 대로 가네조 같은 사내한테 발목이 잡히고 말았죠. 가네조한테서 도망치고 싶어서 다른 남자한테 매달렸지만 보기 좋게 차이고 말았어요. 남한테 기대면 안 된다는 사실을 전혀 몰랐어요."

나는 나고, 믿을 사람은 나밖에 없는데.

"그래서요, 행수님."

오키에의 흰자위가 은은히 빛났다.

"가네조가 사람을 죽여서 체포됐을 때는 너무나 기뻐서 손뼉 치며 춤이라도 추고 싶더군요. 이제 나도 내 인생을 살 수 있겠다, 내 인생을 찾았다 싶었어요."

감옥에 가둬 주니 얼마나 감사했는지 몰라요.

"그대로 살았다가는 조만간 내 손으로 가네조를 죽이겠다 싶었거든요."

더구나 가네조는 얼마 뒤 덴마초에서 옥사했다.

"신령님이 제 소원을 들어주셨다고 생각했어요."

불행한 과거는 이제 깨끗이 지워졌다. 인생을 다시 시작하자. 자식들과 함께 살아가는 거다. 아무리 어려운 일이 닥쳐도 절대로 쓰러지지 않겠다.

"아이들은 모두 내 자식들입니다. 가네조 따위는 처음부터 없었던 거나 마찬가지였어요. 아이들은 모두 내 배에서 나왔으니까요."

으스대기라도 하는 듯이 오비 위를 탕, 치며 말했지만, 다음 찰나 얼굴을 잔뜩 일그러뜨렸다.

"그런데 산타로만은 힘들었어요. 아무래도 힘들었습니다. 그 아이 얼굴을 보면 이내 기가 꺾여 버렸어요. 다시 시작하고 싶어도 도저히 그렇게 되지 않을 것 같더군요."

왜지? 하고 마사고로가 가만히 물었다.

"그 아이 얼굴에 내 어리석은 꿈이 남아 있었기 때문입니다."

그 아이가 친부를 쏙 **빼닮았기** 때문입니다.

자랄수록 친부를 닮아 갔기 때문입니다.

"왜 미안하지 않았겠습니까. 그럴 때마다 울었지요. 하지만 아닌 건 아니었어요."

"미웠나?"

오키에는 천천히 고개를 가로저었다. 눈을 움직여 간신히 다시 마사고로를 쳐다본다.

"미운 감정은 없었어요. 오히려 불쌍했지요. 가련하고 미안하기만 했습니다. 밉다면 그러는 나 자신이 미웠던 거겠죠."

호흡을 한 번 고르고 나서 다시 고개를 저었다.

"아뇨, 산타로 아버지가 미웠어요."

오키에에게 꿈을 보여 주고, 그리고 도망가 버린 남자였으니까.

"차라리 가네조처럼 그 남자도 죽어 버렸으면 좋았겠죠. 그럼 저도 산타로와 같이 살 수 있었을 거예요."

밉다고 하면 가네조의 자식들도 사정은 매한가지였다. 오히려 이쪽이 더 미울 정도였다. 좋아하지도 않는 남자를 통해서 낳은 자식들이니까.

그러나 산타로는 한때 좋아했던 남자의 자식이기에 함께 지내기가 더 힘들었다. 오키에는 키울 수 없었다. 함께 지낼 수 없었다.

산타로는 오키에의 자식이 아니라 꿈의 부스러기였기 때문이다.

"그래서 그때 그렇게 울었나."

산타로를 마사고로 내외에게 넘길 때 오키에는 저러다 눈동자가 무르겠다 싶을 만큼 울었다.

"아주머니께서 그날 산타로를 확실하게 맡겠다고 말씀하셨어요. 그래서 행수님이 산타로는 에도를 떠나 멀리 양자로 들어갔다고 말씀하실 때도, 아아, 거짓말을 하시는구나, 하고 금방 알았습니다. 그 오콘 씨가 산타로를 떠나보낼 리 없으니까요."

그 오콘 씨라.

"알고 있었나?"

"예."

눈길이 딱 마주쳤다. 그리고 거의 동시에 가만히 웃었다.

"산타로는 행복해 보이더군요. 다행이에요. 나 같은 것과 사느니 훨씬 더 다행한 일이에요."

그녀의 말에 회한은 없었다. 그저 있는 사실을 그대로 말할 뿐이다. 오키에는 자신이 옳았음을 확신했고, 그 생각을 흔드는 것은 무엇 하나 없었다.

그래서 눈물도 비치지 않았다. 눈동자는 맑고 초롱초롱하다.

"말씀드리고 싶었던 것은 이게 전부예요. 공연히 시간을 빼앗아서 죄송해요."

이것으로 이야기가 마무리되었다.

마사고로는 일어나 방을 나가기만 하면 된다. 이제 볼일은 없다.

그런데 한 조각 생각이 남았다. 그 생각에 이끌려 마사고로는 입을 열었다.

"자네는 감나무에 매달린 까치밥 같은 여자야."

오키에가 하는 말, 오키에가 하는 일에 과연 진실이 있는지 어떤지 알 수가 없다. 달콤한지 떫은지 알 수가 없다. 거기에 정말 매달려 있는지 어떤지도 알 수 없다.

마사고로는 그 말을 하고 싶어 이즈쓰 헤이시로가 들려준 이야기를 고스란히 따라 말했다.

오키에는 항변하려는 기미도 없이 가만히 듣고 있었다.

마사고로가 입을 다물자 아담한 방 안에 아담한 침묵이 드리웠다.

수면에 반사되어 올라오는 빛이 살창의 하얀 창호지에 아른거린다. 은은하고 부드러운 겨울 햇살이다. 그 반사광이 어른어른 흔들리더니 물소리가 희미하게 들린다. 배가 지나가는 모양이다.

"가네조와 아이들이랑 살던 나가야."

오키에는 입을 열면서 먼 곳을 보는 듯했던 눈길을 마사고로에게 향했다.

"아이오이초에 있는 나가야인데, 기억하시나요?"

마사고로도 오콘도 몇 번 드나든 적이 있다.

"기억하지."

"우물가에 감나무가 한 그루 서 있었어요. 커다란 나무인데, 떫은 감이 열리는 나무였어요. 열매가 잘고 단단해서, 힘들게 침감하거나 말려도 먹을 만한 것이 못 되었지요."

마사고로는 기억을 떠올려 보았다. 그렇게 세세한 풍경까지는 머리에 남아 있지 않았다.

"게다가 감나무는 위험하다고 하잖아요. 가지가 약해서 함부로 올라갔다간 뚝 부러지죠. 그래도 아이들은 나무 타기를 좋아해서 위험하다고 아무리 야단을 쳐도 말을 안 듣고 올라갔죠."

나가야 주민들이 차라리 베어 버리는 편이 낫겠다고 틈만 나면 말했지만,

"관리인이 허락하지 않았어요."

아이들을 위해서라도 이 감나무는 여기 있는 게 낫지.

"위험하다고 아무리 잔소리를 한들 알아듣겠느냐. 정말 위험한 것은 가까이 있는 편이 아이들한테는 더 좋다. 흠칫하게 만드는 게 보이는 곳에 있어야 몸에 익혀질 테니까."

저는요—하고 오키에는 속삭이는 듯한 목소리로 말했다.

"그 말을 듣고 곰곰이 생각했어요. 우물가에 가서 감나무를 볼 때마다 생각했어요."

내 인생도 이 감나무를 타는 것과 같다고.

"높은 곳으로 올라가려고 손을 뻗어 나뭇가지를 붙들었는데 금방 뚝 부러져 버려. 아무래도 올라갈 수가 없어요. 괜찮아 보이는 가지를 골라서 붙들어 봐도 소용이 없어요. 이 가지가 든든할 거라는 말을 듣고 붙잡아 봐도 나중에 보면 다 거짓말이었어요."

어디로 손을 뻗어 봐도 마찬가지다. 힘없는 나뭇가지는 오키에를 지탱해 주지 못하고 맥없이 부러져 그녀를 땅바닥으로 떨어뜨린다. 오키에는 늘 그 자리에서 움직이지 못한다. 머리 위 높은 곳에서는 해님이 맑은 얼굴로 환하게 빛나고 있다.

"어디 자네 인생뿐인가. 누구나 살다 보면 어느 정도는 감나무 타기 같은 짓을 되풀이하지."

위로할 마음은 없었다. 그것은 마사고로가 나름대로 오십 년이나 살아오면서 생각한 바였다. 그러다 보면 부러지지 않는 가지를 붙들

게 될 때도 있고, 실제로 나는 그런 가지를 붙들었다고 말하고 싶었는지도 모른다.

오키에는 눈을 감고 고개를 끄덕였다. 그러다 다시 눈을 뜨고 마사고로를 똑바로 쳐다보았다.

"그래요. 네, 행수님 말씀이 맞습니다."

그래서 가네조가 죽었을 때―.

오키에의 맑은 눈동자에는 빛이 아니라 힘이 있었다. 반짝였다 사라지는 것이 아니라 거기에 깃들어 있는 것이 보인다.

"저는 결심했어요. 관리인의 감나무 얘기가 무슨 얘긴지 알겠다, 충분히 알겠다. 앞으로는 더 능숙하게 올라가자. 다음에는 무슨 일을 하든 부러지지 않는 가지를 붙잡고 붉은 열매가 달린 곳까지 올라가자, 그렇게 결심했지요."

오키에의 볼에 교태가 돌아왔다. 뒤집어 말하면, 지금까지는 평소의 그 낯빛이 아니었다는 사실을 마사고로는 이제야 깨달았다.

"이즈쓰 나리의 말씀은 재미있지만, 잘못 보셨어요. 저는 감이 아니에요."

오키에는 가느다란 손가락에 힘을 주어 하얗고 가녀린 주먹을 쥐었다.

"멀리 보이는 감을 빤히 쳐다보던 아이였어요. 저 감은 틀림없이 달 거야, 이번에는 진짜 단감일 거야. 그러니까 어떻게든 저기까지 다가가서 나무를 타고 올라가 이 손으로 따 먹고 말테야, 하고."

저 감을 차지하고 말리라.

"제방을 넘고 논두렁길을 달리고 진흙탕에 발을 빠뜨려 가며 논을 가로질러서, 지금은 멀게 보이는 감이지만 반드시 따고야 말겠다고 죽자 사자 달려가는 거예요. 그래요, 저 감은 헛것이 아니니까요."

마사고로는 겨드랑이에 손을 찌른 채 몸을 웅크렸다. 덩치 커다란 오캇피키는 지장보살처럼 동그랗게 웅크린 채 입을 다물고 있었다.

한결 부드러워진 목소리로 오키에는 말했다.

"무슨 짓이든 하겠다고 결심했지만 행수님께 폐를 끼치는 짓은 하지 않았습니다. 앞으로도 하지 않을 거예요."

"알고 있네." 마사고로는 말했다. "그게 자네의 방식이지."

과거를 떠올리게 하고 발목을 잡는 존재라면 내 배를 앓고 낳은 자식이라도 버리고 간다. 열심히 일하고, 사람들과 부대끼며 세상을 살아가다가 비로소 만난 센조라는 커다란 먹잇감은 놓치지 않았다.

"혹시 자네, 센조와 처음 만났을 때, 그 노인에게 요상한 취미가 있다는 걸 이미 알고 있었나?"

이번에도 오키에는 냉큼 대답했다. "예. 자세히 알지는 못했지만, 여자를 자꾸 갈아 치운다는 사실은 그 사람이 드나들던 찻집이나 밥집에서 사람들이 수군거렸으니까요."

"그래도, 자네는 망설이지 않았지."

"예."

"이혼을 통고받았을 때도—울고불고 하기는 했지만—실은 호락호락 쫓겨날 생각은 털끝만치도 없었겠지."

"그래요, 없었어요."

또박또박 대답하는 오키에한테서는 협기 같은 기운마저 풍긴다.

"저는 센조의 이전 여자들하고는 달라요. 인형놀음에 장단 맞춰 주는 데 그치지 않았어요. 가게 일도 슬쩍슬쩍 배워 왔어요. 어렵지는 않았어요. 다들 그렇게 해서 배우니까."

읽기 쓰기에 셈법까지 익혔다. 그러고 보니 편지 글씨체가 훌륭했다.

"저는 다마이야의 안주인입니다."

지금까지도 그랬고, 앞으로도 그럴 것이다. 가지 끝에 달린 감을 향해 이 가지 저 가지 옮겨 가며 올라가리라.

"헤살을 놓는 사람도 있겠지요. 제 모습을 보고 눈살을 찌푸리는 사람도 있을 겁니다. 좋은 소리를 들으리란 기대도 하지 않아요. 하지만 행수님, 저는 사람의 도리에 어긋나는 짓은 하지 않습니다. 신령님께 맹세코, 그런 짓은 하지 않았어요. 저는, 제가 결심한 일을, 결심한 대로 해 나갈 뿐입니다."

그러지 않고서는 내 감나무에 오를 수 없다는 것을 알았으니까요.

창밖에서 다시 노 젓는 소리가 났다. 나도 이제 슬슬 이 잔교를 떠야겠구나, 하고 마사고로는 속으로 중얼거렸다.

"그럼 씩씩하게 살게."

고맙습니다, 하고 오키에가 미소 짓는다. 그 얼굴이 아름답다고 마사고로는 비로소 생각했다.

언짢은 마음은 전혀 없었다.

혼조 모토마치로 돌아가는 길에 아는 아이와 마주치자 마사고로는 그 아이를 두 군데에 심부름 보냈다. 한 곳은 이사고였고 또 한 곳은 이사와야였다. 집에 당도하자 오콘에게 손님 맞을 준비를 부탁해 놓고 사람들이 오기를 기다렸다.

전언은 제대로 전달되어, 밤 다섯 점(오후 여덟시)에는 마사고로의 방에 오로쿠와 히코이치가 나란히 앉았다. 화로 곁에 오콘도 앉았다.

"갑자기 오라고 해서 놀랐을 텐데, 미안하네."

튼실한 팔로 두툼하게 팔짱을 낀 마사고로가 두 사람 얼굴을 둘러보았다.

이렇게 나란히 앉혀 놓고 보니 오로쿠와 히코이치는 많이 닮았다. 얼굴 생김이 아니라 분위기가 꼭 닮았다. 옷감에 비유하자면 양쪽 다 튼튼한 무명에 염료도 같고 짜임도 같다. 부지런하고 싹싹하고 친절해서 호감을 준다. 아주 잘 어울린다.

그러나 아무래도 아쉬운 점이 있다. 오키에를 만나고 온 마사고로의 눈에는 그 아쉬운 점이 또렷하게 보인다.

이제 그것을 말할 참이다.

"복잡한 이야기가 되겠지만, 듣다 보면 이해가 될 테니 잠자코 들어 보게."

마사고로는 오키에의 이야기를 했다. 다마이야의 이야기를 했다. 산타로의 이야기도 이제는 감추지 않고 다 말했다. 막힘없이 말했다. 그러는 동안 오콘의 안색이 점점 변해 더듬더듬 말을 끼워 넣으려고 했지만, 그것을 물리치며 계속 말했다.

"이봐요, 도대체."

"흥분할 필요 없어. 그 여자가 다시는 산타로 앞에 나타나지 않겠다고 했으니까. 그렇게 말한 이상 나타나지 않아. 당신도 이제 걱정하지 않아도 돼."

"그런 얘기가 아녜요!"

오콘은 놀라움을 지나 분노하고 있다.

"대관절 이런 얘기를 왜 히코이치 씨와 오로쿠 씨한테 하냐고요!"

"좋은 얘기니까."

우러러볼 만한 여자 아닌가, 하고 마사고로는 말했다. 오로쿠와 히코이치는 어안이 벙벙한 얼굴을 하고 있다.

오콘도 지지 않았다. "그야 지붕 잇는 장인의 훈도시도 우러러보려면 우러러볼 수는 있죠."

"말허리 꺾지 말고."

"말허리 꺾는 게 아녜요. 깐죽거리는 거지."

이 말에 히코이치는 저도 모르게 웃음을 터뜨렸다. 오로쿠가 당황해서 그의 소매를 잡아당겼다.

"이봐, 오로쿠." 마사고로가 엄숙하게 말했다.

"아, 예."

"저번에 자네가 왜 여기 와서 눈물을 보였는지, 히코이치에게 다 말해 보게."

오로쿠가 눈에 띄게 당황했다.

"말하지 못하겠다면 내가 대신 말해 줄까."

마사고로는 신키치의 급사에 얽힌 풍문을 들려주었다. 듣는 동안 히코이치는 눈썹을 바삐 들썩이다가 마침내 눈을 동그랗게 떴다.

"오, 오로쿠."

흠칫거리는 표정도 두 사람이 꼭 닮았다. 아주 잘 어울리는 부부한 쌍이다.

"어때, 히코이치. 이런 여자와 살림을 차릴 수 있겠나? 세상 이목이 두렵나?"

마사고로의 기세에 이끌린 듯이 히코이치는 몸을 앞으로 기울였다.

"천만에요! 그런 줏대 없는 생각은 해 본 적도 없습니다."

마사고로는 오로쿠를 노려보았다. "들었지, 오로쿠. 히코이치는 이렇다는군. 믿을 수 있겠나?"

대답보다 먼저 오로쿠의 손이 히코이치의 손을 잡았다. 히코이치도 그제야 제정신을 차린 듯 오로쿠의 손을 마주 잡았다. 마치 서로 지켜 주려는 두 사람을 마사고로가 꾸짖고 있는 듯한 풍경이다.

"두 사람은 근성이 부족해!"

마사고로는 그렇게 일갈했다.

"논에 발이 빠지든 제방에서 구르든 두엄통에 빠지든 원하는 게 있으면 포기하지 말아야지. 그렇게 쉽게 훌쩍거리면 쓰나! 어때, 알아들었나?"

원하는 게 있으면 뭐가 어찌 되든 감을 따러 달려가라.

"예."

"아, 알겠습니다."

오로쿠와 히코이치가 목각 인형처럼 머리를 끄덕인다. 마사고로는 험악하게 생긴 지장보살처럼 손을 겨드랑이에 찌른 채 "아암! 그래야지" 하고 굵은 목소리로 말했다.

"나 원 참."

오콘이 메롱을 하듯 혀를 쏙 내밀었다. 그러고는 소리 내어 깔깔 웃었다.

그날 밤 마사고로는 꿈도 안 꾸고 푹 잤다.

"여보, 여보!"

오콘이 어깨를 흔들다가 마침내 볼을 찰싹찰싹 치고 나서야, 마사고로는 겨우 눈을 떴다.

"렌타로 씨가 왔어요."

렌타로는 시중을 구석구석 돌아다니며 청동거울을 연마해 주는 직인인데, 마사고로의 정보원 비슷한 역할을 하기도 한다.

"급한 소식이래요, 여보!"

오콘의 얼굴이 여명을 앞둔 어둠 속에서 하얗게 보인다.

"찾았대요!"

마쓰카와 뎃슈와 후미노의 거처를 알아냈다고 한다.

마사고로는 벌떡 일어났다. 덧문 너머에서 새벽 일곱 점(오전 네시)을 알리는 혼코쿠초 종루의 종소리가 배 속까지 울리듯 댕, 하고 울렸다.

변　신

1

　미나미혼조 모토마치에 있는 약방 가메야의 외동딸 후미노가 종적을 감춘 뒤 벌써 한 달이 지났다.

　후미노의 실종은 공식적으로는 유괴로 되어 있지만 실은 가출이다. 더구나 아버지 신베를 죽인 남자와 눈이 맞아 도망쳤다고 한다.

　예사로운 사건이 아니다. 그렇기는 하지만.

　사루에초 짓토쿠 나가야에 사는 홀아비 마루스케하고는 전혀 관계없는 사건이다. 애초에 마루스케는 약방과는 아무 볼일이 없다. 전에는 솜씨 좋은 금속 공예 직인이었지만, 팔 년쯤 전 짐수레에 치여 오른손 손가락을 못 쓰게 되었다. 그 뒤로는 채소 행상으로 끼니를 이어 왔는데, 없는 살림이지만 아픈 데 없고 특별히 다치는 사고도 없어 몸이 통통해졌다. 인근 농가에서 채소나 감자 따위를 떼어다 팔아 봐야 큰 벌이는 안 되지만 혼자 먹고사는 데는 충분했다. 팔다 남은 물건은 고스란히 마루스케 입으로 들어간다. 돈은 없지만 먹을거리는 부족하지 않은 처지다.

함께 채소 행상을 하던 아내 오만과는 이 년 전에 사별했다. 꼭 요즘 같은 계절이었다. 밤에 잠을 자다가 가슴이 답답하고 숨이 막힌대서 마루스케가 동틀 녘까지 등을 쓸어 주었다. 많이 나아졌다기에 이튿날은 아내를 집에서 쉬게 하고 마루스케 혼자 장사를 나섰다. 저녁때 돌아와 보니 오만은 여전히 이부자리에 누워 있었다. 불러 보았으나 대답이 없었다. 가까이 가 보고서야 숨을 쉬지 않음을 깨달았다. 깜짝 놀라 몸을 만져 보니 차디차게 식어 있다. 목숨이 빠져나간 몸뚱이의 냉기였다.

하도 허망해서 마루스케는 당장 울음을 터뜨릴 수도 아우성을 칠 수도 없었다. 그는 오만의 머리맡에 거의 반 각 가까이 주저앉아 있었다. 해가 넘어간 뒤에도 등불이 켜지지 않자, 이상하게 여긴 관리인 도쿠에몬이 문가에 와서 불렀을 때야 비로소 정신을 차렸다.

짓토쿠 나가야는 밑바닥에서도 맨 밑바닥에 있는 사람들, 그야말로 가진 거라곤 몸뚱이밖에 없는 가난뱅이들만 사는 나가야다. 이곳을 관리하는 도쿠에몬도 관리인 중에서는 돈벌이에 서툰 축에 든다.

—이런 딱할 데가. 염통에 탈이 난 게야.

열 내리는 약 정도라면 어떻게든 구해다 줄 수 있지만 염통약이라면 우리가 구할 길이 없지, 하고 말했다.

—이게 오만의 천수인 게야.

위로의 말에 마루스케는 그제야 눈물을 쏟았다.

마루스케는 약방과 아무런 볼일도 인연도 없다. 그걸 원망스럽게 여기지는 않는다. 수중에 돈이 없는 게 잘못이고, 설령 돈이 있었다

해도 그 돈으로 구할 수 있는 약으로 고쳐질 병이 아니었을 가능성이 크다. 그러니 도쿠에몬도 천수라고 말했던 것이다.

그런 남자가 '영묘한 왕진고'로 크게 번창한 가메야의 복잡한 사건을 어떻게 속속들이 알고 있을까.

사실대로 말하자면, 어쩌다 보니 그렇게 되었다. 좋게 말하면 느긋하고 나쁘게 말하면 어수룩한 이즈쓰 헤이시로라는 마치 관리 탓이다. 헤이시로는 턱이 별나게 길어서, 이름 그대로 얼굴이 동그란 마루스케와 합쳤다가 둘로 나누면 적당한 꼴이 될 듯했다.

오만은 마루스케의 꿈자리에 종종 나타난다. 조금 희미하게 보이지만 안색만큼은 저승에서 생환한 사람처럼 생생하고 말도 막힘이 없다. 마루스케와 대화까지 한다. 그런 오만이 헤이시로를 두고,

—여보. 그 나리는 재미있는 분이니까 도울 일이 있으면 열심히 도와주시우.

라고 말해 마루스케도 그럴 마음이었다. 하지만 무엇을 어떻게 해야 보탬이 되는지 당장은 알 수가 없다.

다만 이즈쓰 헤이시로와 만나면서 여러 사람을 알게 되었다. 마루스케처럼 가난하고 늙은 홀아비가 이웃들 외에 따로 지인을 얻을 기회는 별로 없게 마련이다. 그 지인이 딸 같은 젊은 여자라면 더욱 그렇다.

오테이라고 했다. 이리야에 있는 지주 집에서 하녀로 일하는 처녀인데, 병든 모친이 지척인 하치에몬 나가야에 살고 있다. 그 나가야에서 오테이와 친하게 지내던 센타로라는 사내가 열 달쯤 전에 여기 짓토쿠 나가야로 이사를 왔는데, 그자가 혼조 기쿠카와초 쪽에서 난

동을 부렸다. 지금은 덴마초 감옥에서 재판을 기다리는 처지다. 그를 걱정한 오테이가 사태의 전말을 알아보려고 짓토쿠 나가야를 찾아왔을 때 마루스케와 만났다.

마루스케가 처음 이즈쓰 헤이시로와 만난 계기도 센타로의 난동 사건 때문이다. 말하자면 그것이 본류였다. 가메야 건은 곁가지고.

그런데 마침 가메야의 딸이 실종되었을 때를 전후하여 이 곁가지 쪽에서도 지인이 생겼다. 역시 여자였다. 오테이처럼 젊지는 않지만 여성다운 자태라면 오테이보다는 윗길로 보인다. 실은 그걸 파는 여자다. 오나카라고 한다. 이 여자는 키가 껑충하게 커서 꼭 바지랑대 같다. 이름처럼 체구도 둥글둥글한 마루스케와 합쳤다가 둘로 나누면 적당한 꼴이 될 듯하다.

오테이와 오나카는 각각 마루스케와 따로 인연이 닿았고, 저마다 볼일이 있어 종종 짓토쿠 나가야에 얼굴을 비친다. 하지만 마루스케가 손님으로 대접을 하지는 않는다. 백탕이나 내주고 가끔 팔다 남은 푸성귀나 감자 부스러기를 들려 보내는 정도인데, 오테이는 그것도 마다하고 돌아갈 때가 많다. 그런데도 왠지 착실하게 걸음을 하고 있다. 오나카는 가까운 나가야에 살고 있어서 더욱 부담 없이 들른다.

두 여자는 지금까지 마주친 적이 없었다. 마루스케로서는 이즈쓰 헤이시로를 통해서 알게 된 두 사람이지만, 두 여자는 서로 상대방을 모르고 있고, 알아야 할 까닭도 없었다.

그런데 마침내 오늘 나가야 대문에서 두 여자가 딱 마주쳤다. 피차 마루스케를 찾아왔음을 알고는 서로 미심쩍은 눈초리로 살피며

(동그란 얼굴의 볼품없는 노인네 집에 여자가 둘이나 찾아온 것이다) 마루스케의 쪽방 출입구까지 와서 마루스케의 소개로 그제야 인사를 나누나 싶더니—.

지금은 아예 마루스케를 제쳐 놓고 둘이서 이야기꽃을 피웠다.

처음에는 나란히 들어와 마룻귀틀에 앉았는데, 분위기가 좋아지자 어느새 방으로 올라가 무릎을 꼭 붙이고 앉아서 수다를 떤다. 사첩 반이 채 안 되는 방에 여자 두 명이 꼭 붙어 앉아 신나게 수다를 떠는 모습을 마루스케는 연기에 그을린 작은 화덕 앞에 쪼그리고 앉아 멀거니 쳐다보고 있는 형편이다.

"어머, 아저씨!"

문득 주변을 둘러보던 오테이가 느닷없이 큰 목소리를 냈다.

"세상에, 왜 거기 그렇게 쪼그리고 앉아 계세요. 아저씨도 이리 올라오세요."

그제야 저희 두 사람이 마루스케의 거처를 점령하고 있음을 알아챈 듯하다.

"나 좀 봐, 너무 들떠 가지고. 죄송해요."

오나카도 웃음을 터뜨렸다. "정말 방세라도 내야겠네요."

그때도 이랬죠, 하고 말한다. 헤이시로가 오나카를 여기로 불러서 상황을 설명하고 이것저것 물었을 때를 말한다.

벌써 한 달 반이 지났지만, 오나카의 동무이며 자매처럼 지내던 매음녀 오쓰기가 누군가에게 살해되어 스미다가와 강의 핫폰구이에서 사체로 발견되는 잔혹한 사건이 일어났다. 그 사건은 가메야 사건과도 깊이 관련되어 있었다.

그때는 이즈쓰 헤이시로에게 일행이 있었다. 조카라고 하는데 아주 예쁘게 생긴 소년이었다. 이름이 유미노스케라고 했다. 이 소년은 용모만이 아니라 두뇌도 특출 나서, 오나카에게 막힘없이 상황을 설명해 주었다.

마루스케는 엉거주춤 일어나 무릎을 문지르며 천천히 마룻귀틀로 자리를 옮겼다.

"오나카, 자네도 참."

저도 모르게 한숨이 나온다. 대단해, 어찌 그리 말을 잘하누, 하고 감탄한다.

여자들이란 혼자서도 잘 떠들지만—그것은 아내 오만을 보고 알았다—둘이 되면 덧셈이 아니라 곱셈이 된다.

"대단해, 금세 한 보따리를 쏟아 놓네그려."

오나카는 어린 아가씨처럼 손으로 입을 가리며 눈을 휘둥그레 떴다.

"그러면 안 되나요?"

이제 와서 안 되고 말고가 어디 있나.

"그렇지만 오테이 얘기를 들으니 남 얘기 같지가 않아서 그래요."

안 그래? 하며 오테이의 얼굴을 본다. 음전한 하녀와 농익은 중년 매음녀의 조합이지만, 다정하게 나란히 있는 모습을 보니 전혀 어색하지 않다.

"그래요, 아저씨." 오테이도 고개를 크게 끄덕인다. "아저씨를 만나게 된 얘기도 비슷하고, 그래요, 복권까지도요."

그렇다. 이 두 여인의 인생이랄까 지금 처한 상황에는 복권이 깊이 관련되어 있다.

난동을 일으킨 센타로는 이 년 전 하치에몬 나가야에 살 때 삼 백 냥짜리 복권에 당첨된 일이 계기가 되어 추락하기 시작했다. 그때까지는 기량이 뛰어나진 못해도 착실하고 부지런하게 품을 팔러 다니는 목수였다.

삼백 냥 복권에 당첨된 탓에 신세를 망친다는 것도 이상한 이야기인데, 나가야의 복신으로 추앙받고, 영험이 좋다는 소문이 퍼져서 낯선 이들에게도 산부처로 떠받들어지자 정신이 몽롱해져 버렸다. 그것은 센타로에게 복권을 판 이케노하타의 간이찻집 주인이 부린 농간이었는데, 찻집 주인은 센타로를 떠받드는 척하며 실컷 이용해 먹다가 가짜 복신의 영험이 바닥나 버리자 그를 내쫓고 시치미를 뗐다. 얼이 나가 버린 센타로는 예전의 검소한 생활로 돌아가지도 못하다가 마침내 기쿠카와초의 채소 가게 앞에서 칼을 휘두르는 난동을 저지르고 말았다.

사건의 경위를 잘 알고 있는 오테이가 오나카에게 그 이야기를 들려주었다. 그러자 오나카는 깜짝 놀랐다. 오나카와 죽은 친구 오쓰기는 예전에 백 냥짜리 복권에 당첨된 단골손님이 몸값을 대신 지불해 준 덕분에 유곽에서 벗어난 내력이 있기 때문이다.

단골의 이름은 도미이치였다. 동갑내기 오쓰기와 오나카가 스물한 살 때의 일이었는데, 마루스케는 오나카와 몇 번 만나 이야기를 나누다 보니 그것이 십 년 전 일임을 알 수 있었다. 오나카는 헤이시로와 유미노스케에게 그 사연에 대해 말할 때 나이를 밝히는 것이 부끄러워 몇 년 전 일인지는 말하지 않았다. 헤이시로도 유미노스케도 묻지 않았다. 중요한 맥락과 관계없으니 신경을 쓰지 않았는지도 모르고, 오나카를 배려해서인지도 모른다. 만약 그렇다면 헤이시로 나리는 멋을 아는 분이고 유미노스케 도련님은 마음이 따뜻한 분이라고 마루스케는 생각했다.

"복권이 당첨된 덕분에 오라를 진 센타로 씨 같은 사람이 있는가 하면 도미이치 씨처럼 다른 이를 도와주는 사람도 있군요."

오테이는 감개가 무량한 듯 아랫볼이 도톰한 얼굴을 양손으로 감싸고 있다. 그런 오테이를 보는 오나카의 눈길은 오랜 세월 떨어져 지낸 동생을 바라보는 듯하다.

"센타로 씨도 좋은 사람이네. 복권에 당첨됐을 때 주변 운이 좋지 않아서 한스러울 뿐이지."

마루스케는 이즈쓰 헤이시로가 한 말을 떠올렸다. 서원을 세우고자 할 때, 그 서원이 실현되었을 때의 상황을 고스란히 감당해 낼 자신이 없으면 서원 따위는 처음부터 세우지 말아야 한다. 복권을 사려거든, 당첨됐을 때를 생각해 두지 않으면 당첨금에 잡아먹히고 만다.

"그럼 센타로 씨는 지금 어떻게 지내고 있어?"

덴마초 감옥이라는 말조차 두려운지 오나카의 목소리가 속삭이듯 작아졌다.

"아직 재판도 받지 못하고 내내 옥에 갇혀 있어요."

오테이의 심정을 동정한 오캇피키 마사고로가 옥중의 센타로에게 차입을 넣어 줄 수 있도록 손을 써 주었으므로 옥살이도 처음보다는 수월해졌을지 모른다. 하지만 어차피 누구나 생지옥으로 여기며 두려워하는 덴마초 감옥이다. 이대로 옥살이가 계속된다면 센타로의 몸을 해치고 만다.

"오테이, 센타로 씨를 만날 수는 없어?"

오테이가 몸을 움츠리며 고개를 젓는다.

"전혀요! 불가능한 일이에요."

원래 옥에 갇히면 가족이라도 면회를 할 수 없다. 수인이 사형이나 귀양 판결을 받은 뒤에도 극히 제한된 기회에 제한된 장소에서 딱 한 번 만날 수 있다는 말을, 마루스케는 마사고로한테 들었다.

게다가 오테이는 옥에 가까이 가는 자체를 두려워한다. 그래도 센타로를 생각해서 용기를 쥐어짜 내려고 했지만, 이것도 마사고로가,

—시집도 안 간 젊은 처자가 갈 데가 아냐.

하고 젊은 수하를 대신 보내서 차입을 넣어 주고, 그 참에 센타로의 상태도 전해 주고 있다. 그래서 오테이는 결코 넉넉지 못한 형편에서 힘겹게 마련한 돈이나 옷가지 같은 차입품을 덴마초가 아니라 마사고로가 있는 혼조 모토마치로 전달하고 있다.

그렇게 전달하고 돌아갈 때는 늘 쓸쓸하고 서글프다고 한다. 그래서 돌아갈 길이 멀어진다는 걸 알면서도 마루스케네 집에 들른다. 마루스케를 만나면 왠지 마음이 차분해진단다. 동그란 얼굴과 동그란 눈과 코, 성글고 헝클어진 눈썹 덕분일까.

"이즈쓰 나리께 부탁해서 재판을 빨리 받게 할 수는 없을까요?"

오나카가 마루스케에게 물었다. 마루스케는 동그란 머리를 손으로 쓸어 올렸다.

"그 나리 담당이 아니라고 하던데."

"재판은 부교쇼의 더 높은 분이 결정한대요."

오나카는 미간을 찡그리며 살짝 웃었다.

"그렇구나. 하긴 이즈쓰 나리는 아무리 봐도 높은 분처럼 보이진 않아."

실례되는 말이기는 하지만 맞는 말이라고 마루스케도 생각한다.

"저는 만나 뵌 적이 없지만 이해가 넓으신 분이라고 들었어요, 아저씨한테."

"맞아, 잘 이해해 주시지. 상것들하고 얘기가 잘 통한다고 할까. 하지만 부교쇼 안에서 힘을 쓰지 못하면 소용없잖아."

더욱 실례되는 말이지만 사실이 그렇다.

"우리 관리인님 말씀이,"

오테이가 사는 하치에몬 나가야의 관리인을 말하는 것이다.

"역시 이럴 때 힘을 쓰는 것은 뒷돈이라고 하시더군요."

"이즈쓰 나리께 뒷돈을 찔러줘 봐야 소용없어."

"그러니까 더 높은 분한테 전해 달라고 해야죠. 물론 나리께도 알선료는 드려야겠지만."

마루스케가 묻기도 전에 오나카가 거침없이 물었다.

"만약 그게 통한다면, 오테이, 뒷돈을 마련할 수 있어?"

좁은 방 안이 쥐 죽은 듯 조용해지고 말았다.

오테이는 무릎에 올려놓은 제 손을 내려다보고 있다. 이 손으로 몇 푼이나 마련할 수 있을지 따져 보고 있으리라. 오나카는 오테이를 쳐다보고 있다.

마루스케는 봉당 구석에 세워 둔 행상용 바구니로 시선을 던졌다. 등태가 달린 커다란 바구니. 저기에 채소나 감자를 가득 채워서 돌아다녀 봐야 뒷돈이 모아질 리도 없다. 하지만 마루스케가 할 수 있는 일은 그 정도다.

"얼마나, 필요할까요?"

오테이의 작은 목소리가 채 끝나기도 전에 오나카가 제 말을 거두었다. "아니, 그만둬. 애초에 어려운 얘기니까."

오테이는 입술을 깨물었다. 그러고는 놀라운 말을 꺼냈다.

"나도 복권을 사 볼까 봐."

이번 달은 유시마텐진님<small>유시마텐구 신사의 속칭. 이 신사에서 발행하는 복권은 흔히 에도 3대 복권 가운데 하나로 칠 만큼 성행했다</small>의 복권을 추첨하거든요, 라고 말했다. 그 사실을 아는 걸 보니 금방 떠올린 생각이 아니라 전부터 고민해 온 모양이다.

"한 장에 이 주래요. 그 정도라면 저도 어떻게든 살 수 있어요."

오나카는 쓴웃음을 짓고 서글픈 듯이 눈을 깜빡였다.

"하지만 오테이, 당첨된다는 보장이 없잖아. 그럼 이 주만 손해 보고 말 텐데."

"당첨될 때까지 사 버리죠."

보다 못해 마루스케가 끼어들었다.

"그만두는 게 좋아. 가망 없는 얘기야."

오테이는 금세 날카로운 표정을 드러냈다. 하지만 아저씨, 하며 눈을 치켜뜬다. "달리 무슨 수가 있죠? 돈을 마련하려면 저한테는 그런 방법밖에 없어요. 그것도 안 된다면,"

몸이라도 팔든가—라고 말하는 입가를 오나카가 손끝으로 탁 쳤다. 그리 힘이 들어가지는 않았지만 놀란 오테이가 입을 다물기에는 충분했다.

"그만해! 엉뚱한 소리 하지 마. 나처럼 되고 싶어?"

아프네, 하고 마루스케는 생각했다. 맞은 사람은 오테이인데, 이건 무슨 까닭인지.

"한번 몸을 버리면 다시는 원래 생활로 못 돌아가. 내가 본보기야. 오테이, 지금 있는 그 집에서 하녀로 일 잘하고 있지? 주인이 좋은 사람이라면서? 오테이한테는 병든 어머니도 있잖아."

오테이는 낯이 창백해지더니 훌쩍훌쩍 울기 시작했다. "센타로 씨한테 미안해서 이대로는 견딜 수가 없어요."

"오테이가 시켜서 복권을 산 것도 아니잖아. 엉뚱한 소리 하지 마!"

오월이면 바람에 춤추는 고이노보리^{종이나 천으로 긴 봉지를 만들어 깃대 위에 매달아 바람에 날리게 하는 것. 마치 강물을 힘차게 거슬러 오르는 잉어처럼 아이들이 건강하길 기원하는 의미이다}처럼 시원시원한 여자라고 생각했는데, 정색하고 훈계하니 제법 무섭다.

"뒷돈이 아니라 다른 수를 생각해 보면 되지." 마루스케는 가만히 의견을 내 보았다.

"세 사람이 모이면 방법이 생긴다잖아. 같이 생각해 보자고."

"우리 갖고는 안 돼요, 아저씨." 오나카가 호응해 주지 않는다.

"궁리만 하다가 늙어 죽고 말 거예요."

"그럼 머리 좋은 사람한테 궁리해 달라고 하면 어때?"

오나카가 눈을 동그랗게 떴다. "누구한테요?"

"이를테면…… 쪽 염료 도매상집 도련님이라든지."

불현듯 떠오른 생각이다. 하지만 입 밖에 내놓고 보니 명안이라는 생각이 든다. 오나카의 표정이 확 밝아졌기 때문이다.

"나리의 조카분, 이름이 유미노스케였죠, 그 아이?"

네, 그 아이라면, 하고 오나카가 고개를 끄덕인다.

"그런 아이가 있어요?"

눈물짓던 오테이가 의아하다는 투로 묻는다. 당연하다. 유미노스케를 만나 본 적이 없으니 믿기지 않을 테지. 아이한테 부탁한다고요? 하며 살짝 기분이 상한 표정이다.

"기가 막힌 아이야. 이즈쓰 나리도 의지할 정도니까."

"아마 나리의 직책을 상속하게 될 거야." 오나카가 단언한다. "장사꾼으로 만들기는 아깝지. 하긴 그 아이라면 장사를 해도 성공하겠지만."

오테이는 점점 혼란스러워지는지 눈물을 훔치고 뚱한 얼굴로 고개를 숙였다. 그 옆모습에서 지금까지 본 적이 없는 완강한 기운이 풍겨 난다. 복권을 사니 몸을 파니 하는 불온한 마음이 가시지 않은 모양이다. 골똘히 생각에 잠겨 있다.

마루스케는 곤혹스럽다. 오테이의 생각을 다른 방향으로 돌리려면 어떻게 해야 할까.

헤맬 때는 오만에게 매달리는 게 이 남자의 버릇이다. 사 첩 반짜리 방 한쪽에 모셔 둔 나무 위패를 지그시 쳐다본다. 문득 마루스케가 간신히 돈을 마련하고 도쿠에몬이 부지런히 뛰어서 임종을 맞이한 오만을 위해 독경을 해 줄 스님을 데려왔을 때가 생각났다. 그때 이웃 주민들이 모두 찾아와, 독경도 없이 저승에 보내야 했던 각자의 혈육 몫까지 회향받고자 얌전히 고개를 숙였다.

여기 짓토쿠 나가야에서 궁핍은 쌀밥보다 익숙하다. 오래 입어 온 낡은 옷처럼 친숙하다. 그러나 질병이나 죽음 같은 각별한 사태에 맞닥뜨리면 궁핍은 한순간에 살을 째고 드는 고통이 된다.

마루스케가 깜빡 졸음에 빠지면 대낮이라도 현몽하는 오만이지만 여자 손님이 둘씩이나 와 있는 탓인지, 아니면 여자 손님들에게 둘러싸인 남편의 모습에 속이 상했는지, 아무래도 오늘은 모습을 보여 주지 않았다.

그래도 마루스케의 머릿속에는 한 가지 생각이 떠올랐다. 이것도 오만의 조언이리라. 고맙소. 마루스케는 떠오른 것을 즉시 입 밖에 냈다.

"네가 고민해야 할 일은 앞으로의 문제다."

고개를 숙인 채 오테이가 힐끔 시선을 던진다.

"시간이 걸리더라도 센타로는 결국 풀려날 거야. 그때 어떻게 해 줄 수 있는지 궁리해 둬야 해."

그렇게 말하고 나서 얼른 보탰다. "물론 나도 궁리해 보겠지만."

오나카가 먼저 나섰다. "센타로 씨가 밥벌이를 할 수 있게 도와줘야 한다는 뜻이죠?"

마루스케는 고개를 끄덕였다. "다시 목수 일을 하려고 해도 뜻대로 안 될 수 있거든. 어쩌면 다른 밥벌이를 찾아야 할지도 몰라."

어설픈 품팔이로 당장의 끼니만 해결해 온 얼치기 목수 센타로. 기량도 미덥지 않다. 마루스케의 걱정도 충분히 일리가 있다.

"그렇겠죠……." 오나카가 복잡한 얼굴로 고개를 주억거린다. "직인인데도 옥에서 몸이 망가져 전처럼 일하지 못하게 되는 경우가 있다고 하니까요."

마루스케는 오른손을 쳐들어, 불구가 된 제 손가락을 여자들에게 보여 주었다. 이렇게 말이다, 라고 말하려는 듯이.

오테이의 눈빛이 점점 어두워졌다. 아무래도 생각을 돌리지 못하는 모양이다. 이럴 땐 어떻게 해야 하지, 오만? 하고 마루스케는 속으로 아내의 위패에게 물었다.

그때 오나카가 유들유들하게 밝은 목소리로 말했다. "차라리 살림을 차리면 어때?"

오테이는 무슨 소리인지 영문을 모르겠다는 얼굴이다.

"살림이라니, 누구랑 누가요?"

"누구긴, 자기랑 센타로 씨지."

오테이는 눈을 휘둥그레 떴다. 크다기보다는 길게 째진 눈인데, 눈꺼풀이 도톰하니 나른해 보인다. 오테이를 처음 본 이웃 남자가 마루스케에게, 바로 그 눈이 요염해 보인다는 말을 한 적이 있다. 지금은 그 나른한 눈꺼풀도 한껏 벌어져 있다.

"왜, 왜 제가,"

"센타로 씨한테 미안해서 못 견디겠다면 그게 가장 간단한 수습책 아니겠어? 안 그래? 아저씨도 그렇게 생각하시죠?"

그렇게 생각하기는 한다만 '수습'이라기보다는 '보상'이 아닐까. 조금 전에 엉뚱한 소리 하지 말라고 오테이를 혼낸 사람이 묘한 말을 하는군.

아하, 그랬군. 그래서 '수습'인가? 헝클어져 버린 오테이의 마음을 수습한다. 문제는 센타로 쪽이 아니라 오테이의 마음이었던 게다.

이런 생각을 하고 있는 마루스케를 곁눈으로 보면서 오테이는 여전히 눈을 동그랗게 뜬 채 등을 빨래판처럼 곧게 폈다.

"그, 그 방법밖에 없나요?"

"싫어?" 오나카가 물었다. "오테이를 친절하게 보살펴 준 사람이잖아."

"싫다—기보다는."

떠듬거리는 오테이의 대답에 오나카는 묘하게 환한 눈빛을 허공으로 확 돌린다.

"그래 맞아. 나도 싫지는 않았지만, 맺어지지는 않았지."

뭐가 잘못되었던 걸까, 하고 혼잣말을 한다. 오테이가 도움을 청하는 눈빛으로 마루스케를 바라보았다.

"오나카 씨가 아마 도미이치라는 은인을 두고 말하는 모양인데."

"복권 당첨금으로 몸값을 갚아 주었다는……."

"맞아, 나랑 오쓰기를 구해 줬지."

자세히 말하자면 도미이치가 몸값을 갚아 주려고 한 사람은 원래 오쓰기 하나였다. 오쓰기가, 그럼 내 절친한 동무 오나카도, 하고 도미이치에게 부탁해 준 덕분이다. 그래서 오나카는 오쓰기를 늘 은인으로 여겼다.

"도미이치 씨가 오쓰기 씨나 오나카 씨에게 구애를 하지는 않던가요? 그런 속셈도 전혀 없는 사람이었어요?"

오나카는 잠깐 웃었다. "논다니한테 무슨 속셈을 품었겠냐만, 그래, 구애 같은 건 없었어."

오쓰기는 매사에 깊이 생각하는 기질이 아니어서 도미이치를 두고도,

—세상에는 그렇게 착한 사람도 있는 거야, 오나카.

하고 넘겼다.

"하지만 나는 도저히 그냥 넘길 수가 없어서 캐물었어. 당신, 무슨 속셈이냐고."

속셈 따위는 없다고 도미이치는 대답했다.

"나랑 오쓰기의 몸값을 합치면 팔십 냥이었어. 그래서 도미이치 씨는, 백 냥짜리 복권으로는 너희 둘밖에 못 도와준다, 미안하다, 라고 했어."

당시를 떠올리는지 얌전한 얼굴이 된다.

"산부처로군." 마루스케가 말했다. 이 이야기를 처음 들었을 때도 똑같은 말로 감탄했던 기억이 났다.

"그래요, 아저씨. 저번에도 그렇게 말씀하셨죠. 알고 보니 오테이랑 센타로 씨의 일 때문이었네요."

명랑하게 말한 오나카는 마루스케 쪽으로 목을 길게 뽑았다.

"아저씨는 도미이치 씨의 마음속에 뭐가 있었을 거라고 생각하세요?"

마루스케로서는 짐작도 되지 않는다. 다시 오만한테 묻고 싶었지만 키가 껑충한 오나카에 가려져 위패가 보이지 않았다.

"오테이는 어떻게 생각해? 복권 당첨금으로 논다니를 생지옥에서 건져 준 남자를. 무슨 이유가 있는 게 분명해 보이지?"

오테이는 어렵게 반문했다. "도미이치 씨가 아무 말도 하지 않았어요?"

"전혀." 고개를 가로젓고 나서 오나카는 얼른 덧붙였다. "아니, 말을 하긴 했어. 생전에 한 번쯤은 착한 일도 하고 싶었다고."

치통이라도 앓는 것처럼 한 손으로 볼을 누른 채 오테이는 낯을 찡그린다.

"아까 들었던 가메야 씨와 다이코쿠야 씨 이야기—."

"응."

"그건 이미 이십 년 전에 저지른 살인이 지금에 와서 동티가 난 거잖아요? 가메야 주인은 동료를 죽인 죄책감에 남몰래 가난한 사람을 도왔다면서요?"

그거랑 비슷하지 않을까요? 오테이는 작은 목소리로 말했다.

"도미이치 씨도 전에 무슨 나쁜 짓을 저질러서 그 속죄로?"

"살인이 그렇게 쉽게 관리들 눈을 피할 수 있는 일인가."

"어머, 저는 그냥 나쁜 짓이라고 했지 살인이라고 하지는 않았는걸요."

수동적이기만 하던 오테이가 질문을 던진다.

"오나카 씨는 어떻게 생각하세요? 지금까지 이리저리 숙고해 보셨을 텐데."

오나카는 이제야 비로소 생각해 본다는 듯이 얄팍한 가슴을 두 팔로 감싸고 눈길을 내렸다.

"정말로 구하고 싶었던 여자를 제때에 도와주지 못했다거나 하지 않았을까."

도미이치의 인생 어느 지점에선가 그가 사랑하는 여자나 가족—
이를테면 누나나 여동생이 비참한 처지에 빠졌다. 하지만 도미이치
는 쳐다보기만 할 뿐 도와줄 수가 없었다. 그러다가 여자는 죽고 도
미이치 가슴에는 회한만 남았다.

"그 사람도 센타로 씨처럼 오래전부터 복권을 사 오지 않았을까?
오갈 데 없는 가난뱅이 조닌이 거금을 만져 볼 길은 그 길밖에 없으
니."

그러다가 마침내 십 년 전에 당첨되었다?

하지만 이미 구해 주고 싶었던 여자는 이승에 없다. 그래서 도미
이치는 그 대신 비슷한 곤경에 처한 단골 창부 오쓰기를 구해 주려
고 했다—.

옆에서 보니 오테이가 또 눈물을 흘리고 있다. 오나카의 이야기에
감화를 받은 듯하다.

"너무나 안쓰럽네요……."

아니, 진짜 그랬다는 말이 아니라 그냥 그렇게 짐작해 봤다니까.

"도미이치 씨가 지금 어디서 어떻게 사는지 모르세요?"

"몰라." 오나카는 매정하다 싶을 만큼 간단히 말했다. "찾아 본 적
도 없어. 오몬_{관인 유곽 지역인 요시와라의 출입문으로 그 지역에서 지내는 창부는 허락 없이 오몬 밖으로 나}
_{갈 수 없었다}을 나설 때 한 번 본 게 끝이야."

오쓰기도 마찬가지였으리라고 한다.

"그래도 나는 찾아보려고 생각한 적은 있었어. 은혜가 너무 크고
부담스러웠으니까. 뭣하면 막무가내로라도 그 사람의 아내가 되어
서 평생 극진히 모실까도 생각했지."

그러나 무엇보다 그를 찾아낼 길이 없었다. 창호 목수 도미이치라는 사실밖에 몰랐다.

"게다가 그 사람이 정말로 구해 주고 싶었던 여자가 따로 있었다면 내가 그 여자를 대신할 수는 없다는 생각에, 왠지—쓰라리기도 하고 샘도 나고, 내 마음이 영 이상하더라고."

시샘을 했단 말인가. 마루스케는 감탄했다. 여자들은 이럴 때도 그 말을 쓰는구나.

꼭 어울리는 말이라는 생각도 든다.

"복잡한 거예요, 남녀 사이는."

오나카는 한숨을 짓더니 멍한 얼굴로 두 다리를 한쪽으로 모아 편히 앉았다.

"남자와 여자가 되지 못하면 같이 지낼 수가 없거든."

쿵, 하고 콧물을 훌쩍이며 오테이가 되묻는다. "남자와 여자가 되지 못하면?"

"그래요. 혈육이 아니면 어떤 만남이든 남자와 여자는 남자와 여자일 수밖에 없어. 은혜를 준 사람과 받은 사람의 관계라고 해도 같이 살자면 은혜만 가지고는 안 돼."

그런가, 하고 마루스케는 생각해 본다. 아내 오만밖에 모르는 가난한 벽창호에게는 이해하기 어려운 말이다. 계란 위에 계란 쌓기 같다.

"부모 자식처럼 나이가 한참 차이 나도?"

"당연하지. 나이는 상관없어. 오테이도 숫처녀답게 뭘 모르네."

오나카가 그렇게 말하며 웃자 오테이의 볼에 그제야 핏기가 돌아왔다. 하지만 표정은 여전히 무겁게 가라앉아 있고 눈에 드리운 그늘은 오히려 더 짙어졌다.

"저도, 생각해 본 적은 있었어요."

센타로가 내 어머니를 친절하게 보살펴 주는 까닭은 나한테 호감이 있어서가 아닐까 하고요—. 그렇다면 오테이도 거기에 응해야 하나.

"그때는," 일단 입을 꼭 다물었다가 작심한 듯이 말한다.

"싫었어요."

—암만 생각해도, 싫었어요.

어느 쪽으로든 결정하라고 압박한다면 오테이의 대답은 오래전부터 정해져 있었다.

"센타로 씨의 친절은 고맙지만 속셈이 따로 있다면 오히려 부담스러워서요."

그를 교활한 사람이라고 의심하기도 했다고 한다. 이렇게 거침없이 말하는 오테이를 마루스케는 처음 보았다.

"오테이에게 센타로 씨는 호감 가는 남자가 아니었구나."

오나카가 상냥하게 말한다. 호감 가는 남자라 함은 영악하게 에두른 표현이리라.

오테이는 솔직하게(센타로에게는 가혹한지 모르지만) 고개를 끄덕였다. "나이도 많고요. 하지만 아버지와 딸 정도는 아니죠. 큰오빠 정도라고 할 수 있지만, 어릴 적부터 친하게 지낸 사이도 아니니 오누이처럼 될 수는 없고."

다만 센타로의 배려는 유용했고 그가 어머니를 보살펴 주면 무척 도움이 됐다.

변명하듯이 입술을 일그러뜨리며 오테이는 말했다. "센타로 씨가 조금이라도 더 호감이 가는 사람이었다면 내 마음도 달랐을지 모르지만요."

고마움이 부담이 되어 센타로의 얼굴을 똑바로 쳐다보지 못하던 시기도 있었다. 차라리 그냥 내버려 두었으면, 하고 바란 적도 있다고 한다. 마루스케한테는 밝힌 적이 없었던 오테이의 본심이다.

"하지만 그렇게 생각한 사람이 저뿐만은 아니었어요. 관리인님도 그랬으니까요."

오나카는 어이없어했다. "그야 센타로 씨가 하는 양을 보면 누구라도 그리 여겼겠지, 관리인만이 아니라."

"네? 그랬을까요?"

하치에몬 나가야의 관리인이 센타로에게 물은 적이 있다. 자네, 오테이를 색시로 삼고 싶어서 이러나, 하고.

"센타로 씨는 그런 게 아니라고 말했대요."

그는 어려서 부모를 여의었다. 살아 있었다면 나이가 꼭 오테이의 어머니 정도 되었으리라. 어려서 여읜 부모 대신에 오테이의 어머니에게 효도를 하면 자신도 위로를 받는다고 했단다.

"흥." 오나카가 콧방귀를 뀌었다.

"그 말이 곧이들리지 않으세요?"

"내가 할 말은 하나뿐이야. 남자와 여자는 남자와 여자 말고는 길이 없어."

하지만—하며 오나카는 자리를 고쳐 앉았다.

"내가 보기에는, 센타로 씨가 삼백 냥에 당첨되었을 때 오테이가 곁에 있었어도 전혀 달라지지 않았을 거야. 오테이가 아무리 나무라고 말려도 산부처 대접을 받으며 기고만장하던 센타로 씨는 들은 척도 하지 않았을 거란 말이지. 아저씨도 그렇게 생각하시죠?"

자기가 아쉬울 때만 맞장구를 청한다.

"복권을 파는 간이찻집 주인이 원흉이야. 그것들이 찰싹 들러붙어 있으니 센타로 씨도 꼼짝할 수가 없었겠지—."

그렇게 말하고 오나카는 눈을 깜빡였다.

"간이찻집 안주인과 센타로 씨가 혹시 그렇고 그런 사이였는지도 모르지."

공연한 말을 한다. 마루스케는 목을 움츠렸다.

솔직히 말하면 마루스케도 그렇게 생각했다. 실은 꿈에 나타난 오만이 말해 주어서 그럴 수도 있겠다 싶었다.

간이찻집 측에서는 돈줄인 센타로를 붙들어 놓을 수 있다면 무슨 짓이든 했을 것이다. 여색을 이용하면 가장 손쉽고 효과가 빠르다.

"그러니까 어느 경우든 오테이가 고민할 일이 아니라는 말이야. 센타로 씨가 지금처럼 망가진 것은 다 자업자득이야. 오테이, 차입도 적당히 넣어. 아저씨 말씀대로 언젠가는 풀려날 텐데 그 남자가 오테이한테 기대려고 들면 그때는 피할 수도 없어."

오테이를 타이르는 것인지 얕은꾀를 일러 주는 것인지 알 수 없었다.

"하지만, 글쎄 어떨까요."

이번에는 오테이가 허공으로 눈길을 던진다. 문득 표정이 살짝 심술궂게 변했다.

"센타로 씨가 치근거리다가 난동을 일으킨 계기가 된 기쿠카와초의 채소 가게 여자도 꽤 예뻤어요."

오히데라는 여자였다. 찾아가서 사죄하고 싶다는 오테이의 요청에 마루스케도 함께 가서 만난 적이 있다. 실제로 피부가 희고 눈매가 시원한, 사랑스러운 색시였다.

"저 같은 박색은 아니었어요. 그래서 말인데, 그냥 하는 말이 아니라 센타로 씨는 정말로 저 따위는 안중에 없었는지도 몰라요."

오호? 또 시샘이로군, 하고 마루스케는 바로 깨달았다.

"뭐, 아무렴 상관없는 일이잖아."

오나카는 문득 귀찮아진 듯하다.

"나는 자기가 센타로 씨한테 관여하지 않는 편이 좋다는 말을 하고 싶을 뿐이야. 마음고생도 그만해. 사내 하나 잘못 만나서 인생 망치는 것처럼 억울한 일도 없으니까."

그러더니 입을 삐죽하게 내밀고 눈을 가늘게 뜬다.

"봐, 가메야 따님만 해도 바보 같은 여자의 본보기잖아. 금이야 옥이야 귀하게 키운 따님일 텐데 사내한테 넋이 나가서 아버지를 해치다니. 아무리 둘러치고 메쳐 봐도 이문이 떨어질 리가 없는 짓인데. 상인의 딸이라면서 어쩜 그렇게 계산이 서툴 수가 있어."

그게 남자와 여자라는 거겠지만—하고 체념한 투로 말한다. 그녀가 뱉은 말은 봉당에 푹 꽂힐 만큼 날카로운 창 같았다.

"그런데 정말 그렇게 멋진 사내일까? 붙잡히면 얼굴이나 한번 보고 싶네."

저도요—하고 오테이도 호응했다. 이즈쓰 나리께 부탁해서 같이 보러 가요, 라고 말하는 걸 보니 이제야 기분이 나아진 모양이다.

"대단한 미남이 아니면 내 가만두나 봐."

두 여자가 깔깔 웃는다.

허어, 이것도 시샘이로군.

남자라면 속속들이 알고 있을 오나카도 남녀 관계는 복잡하다고 한다. 남자이기는 하지만 자기 자신에 대해서조차 오만한테 묻지 않고서는 파악하지 못하는 마루스케였으니, 여자에 관해서는 소경이나 매한가지다.

다만 남녀 관계가 복잡한 까닭은 여자가 이렇게 시샘이 많은 탓이 아닐까, 하는 생각이 들었다.

눈총을 받을까 봐 감히 입 밖에 내지는 않았지만.

마루스케가 두 여자 틈새에 앉아 있는 모습에, 아무래도 오만의 기분이 틀어진 듯하다. 그날 밤은 꿈에 나타나지 않았다. 이튿날 아침 마루스케는 몹시 켕기는 기분으로 눈을 떴다. 오만의 모습은 보이지 않는데도 잠자는 내내 머리맡에 선 오만에게 '여자는 시샘이 많다고 생각하다니 내가 설불렀네, 정말 미안하이' 하고 방아깨비처럼 연방 절을 하고 있었던 듯한 기분이 들었다.

그 탓에 잠이 부족했다. 눈을 끔쩍거리고 어금니를 깨물어 하품을 참으며 평소처럼 바구니를 둘러메고 채소를 떼러 나가야 했다.

마루스케가 채소를 떼 오는 무가 저택은 두 군데다. 지역이 지역인지라 두 군데 모두 가카에 번저다. 하나는 우치노 가라는 하타모토의 저택이고 또 하나는 하시모토 비젠노카미라는 영주의 저택이다. 같은 무가라도 기풍이 조금 다르다. 고용인들의 관행이나 예의범절 따위가 다르다. 그러나 어느 쪽이나 돈 계산에는 까다롭다. 세상인심이 그런 탓이다.

가카에 번저는 일종의 별택이라서 영주 혈족이 늘 거주지는 않는다. 번저 지배인의 수하나 고용인들만 있을 때가 더 많다. 실제로 마루스케가 접촉하는 사람은 이 지역 출신인 농막 일꾼이라, 마루스케가 출입하는 데는 별다른 제약이 없다. 실은 본채에는 다가가지도 않는다. 마루스케가 찾아가는 곳은 번저 밖에 자리 잡은 농막이다.

간혹 여기에 요닌_{다이묘 밑에서 서무와 출납을 보는 사람}이 찾아올 때가 있다. 그럴 때는 어김없이 본채에 영주의 혈족이 찾아와 묵고 있을 때다. 혹시 주변에 이상은 없는지 둘러보기 위함이리라.

잠이 부족해 나른해진 몸을 이끌고 찾아간 그날 아침, 하필 그 '간혹'과 맞닥뜨렸다.

하시모토 가의 농막에서 마루스케가 바구니에 채소를 가득 채우고 막 돌아가려고 할 때 요닌이 나타났다. 처음 보는 얼굴이다. 마루스케와 비슷한 연배에, 체구는 작지만 눈썹이 짙고 목청이 큰 사람이었다. 그는 마루스케의 깍듯한 인사를 신경질적으로 가로막고, 바구니에 든 채소를 다 꺼내 보라고 명령했다. 그러더니 무엇을 얼마나 떼다가 얼마에 파는지 세세히 캐물었다. 농막에서 다달이 거래 장부를 정확히 기재하고 있는지, 장부 계산은 틀림이 없는지, 번저 측에 득이 되는 거래인지를 꼬치꼬치 물었다.

마루스케는 요닌의 사투리가 너무 심해서 그가 하는 말을 제대로 알아들을 수 없었다. 다행히도, 이미 사투리에 익숙해져서 그와 막힘없이 대화를 나누던 농막 일꾼이 마루스케에게 설명해 주었다.

요닌이 물러가고 마루스케가 채소를 바구니를 다시 담는데, "저분은 영지에서 막 에도에 올라온 참이거든" 하고 웃으며 일러 준다.

"영지가 아주 먼 곳이라,"

저렇게 사투리가 심하다는 것이다.

"하지만 우리 어르신의 마님은 에도 분이야."

우리 어르신이라는 말이 턱없이 허물없게 들리기도 했지만, 마님이 측실을 가리킨다는 사실 정도는 마루스케도 알아들었다.

"내가 마루스케 씨한테 얘기하지 않았던가?"

번저 내부 사정은 함부로 떠벌리지 않는 것이 규칙이다.

"들어 본 적이 없는데."

"미나토야라고, 쓰키지의 커다란 건어물 도매상의 따님이셔. 정실 마님이 허약하셔서 손을 보지 못하니까 젊은 마님을 들이셨지."

그 마님은 올봄에 하시모토 가의 영지로 떠났다고 한다. 어르신의 참근 교대가 끝나서 함께 귀향한 것이다.

"하지만 에도 분을 굳이 영지로 데려가실 필요가 있을까."

농막의 일꾼은 목소리를 낮췄다. "그게 말이야, 에도 번저의 가신 나리께서 자금을 융통하느라 미나토야에 드나들다가 따님을 보고 첫눈에 반했대. 아니지, 반했다는 말은 이상하군. 점찍었다고 해야 하나."

번저의 운영 자금을 조달하는 가신이 맺어 준 인연이란 말인가.

마루스케는 어제부터 여자의 시샘에 대해 골몰하고 있었으므로 저도 모르게 말했다. "―정실 마님이 질투하시지 않을까?"

그러자 일꾼이 웃음을 터뜨렸다. "오호, 마루스케 씨도 그런 색정적인 얘길 할 줄 아네. 몰라봤군. 그러고 보니 눈이 빨갛잖아. 간밤에 누구를 생각하느라 잠이라도 설쳤나?"

마루스케는 부리나케 물러났다.

채소 행상을 마치고 짓토쿠 나가야로 돌아와, 날이 쌀쌀해진 뒤로 지끈지끈 쑤시는 무릎을 문지르고 있는데 손님이 찾아왔다.

"실례합니다, 마루스케 씨."

하루의 간격이 있긴 했어도, 호랑이도 제 말 하면 온다더니 사가초의 쪽 염료 도매상 가와이야의 유미노스케가 찾아왔다.

오늘은 보퉁이 하나를 지고 있다.

"어쩐 일이세요, 도련님."

마루스케는 얼른 일어나 등에 진 보퉁이를 받아 주려고 손을 뻗었지만 유미노스케는 웃으면서 슬쩍 피했다.

"살살 다뤄야 하는 물건이에요. 밥상 있어요, 마루스케 씨?"

식사라야 주발 하나로 충분한 집이다. 그런 물건이 있을 리 없다.

"그럼 저 고리짝 좀 빌려 주세요. 맨바닥에 그냥 내려놓으면 오토쿠 아주머니한테 미안하니까."

"그게 뭔데요?"

"찬합이에요. 자!"

유미노스케는 자랑스레 보퉁이를 풀어헤쳤다. 과연 가로세로가 각각 다섯 치가 되는 삼단 찬합이었다. 그 위에 작은 나무 주발 세개가 포개져 있다.

"이건 된장국."

주발을 들어 올리니 그 안에 둥그렇게 싼 종이 꾸러미가 들어 있다.

"호시미소_{간장을 거르고 남은 찌꺼기에 유자 껍질, 생강, 참깨, 후추 따위를 갈아 넣고 작은 경단처럼 빚어} _{서 바짝 말린 것으로, 주로 밥 위에 그 가루를 뿌려서 먹는다}와 말린 파예요. 이사와야에서 단골손님에게 꽃놀이나 불꽃놀이 도시락을 팔 때 꼭 곁들인다고 해요. 히코이치 씨가 오토쿠 씨에게 만드는 요령을 가르쳐 줬어요. 맑은 장국도 만들 수 있다는데, 그것은 오토쿠 씨도 충분히 익히지 못해서요. 국물 내기가 어렵다고 하더라고요."

마루스케는 글자 그대로 눈알을 뱅뱅 돌린다.

"도련님 도시락인가요?"

정오는 한참 전에 지났다. 유미노스케가 찬합을 지고 멀리 소풍을 나왔다고 쳐도, 단풍도 다 져버린 요즘, 팔만 평에 이른다는 이 근방에 구경할 거리가 뭐가 있을까. 북풍만 차갑게 불어 대는 휑한 논밭 풍경이 전부다.

"이건 마루스케 씨 저녁이에요." 유미노스케가 말했다. "이모부가 보내셨어요. 저번에 방 빌린 값으로 알고 받으라고 하셨습니다."

그 심부름을 온 거예요, 하며 방글방글 웃는다.

"저한테?" 마루스케는 손가락으로 제 코끝을 짚었다.

"예. 열어 보세요. 맛있을 거예요. 혀가 살살 녹을걸요. 오토쿠 씨가 온갖 솜씨를 다 부려서 만들었으니까요."

하시모토 번저 요닌의 사투리 못지않게 알아듣기가 힘든 이야기였다.

"방 빌린 값?"

"예. 지난번에 오나카 씨를 여기로 불러 주셔서 이야기를 나눴잖
아요."

아하, 그 일 말이군.

"이 찬합을 제가 먹어도 될까요?"

"찬합은 드시지 마시고, 그 안에 든 음식만 드세요."

어지간히 즐거운지, 노인을 놀리는 말을 한다. 그러다 그 또랑또
랑한 까만 눈동자가 문득 움직이더니 눈초리가 날카로워졌다. 여전
히 활짝 열어 놓은 마루스케의 집 장지 쪽을 날카롭게 돌아다본다.

"점잖지 못하게 몰래 훔쳐보다뇨!"

양손을 허리에 받치고 제법 꾸짖는 투로 말한다. 마루스케가 무슨
일인가 놀라 바라보니 문 뒤에서 키가 훤칠한 사람이 나타났다.

스무 살쯤 돼 보이는 젊은이다. 줄무늬 솜옷에 눈길을 끄는 붉은
색 목도리를 둘렀다. 목에 둘둘 감고 끄트머리를 여며서 어깨 앞으
로 살짝 내놓은 모습이 제법 세련되어 보인다.

"뭘 그렇게 화를 내냐."

젊은이는 겸연쩍은 듯이 목을 움츠리며 마루스케에게 고개를 살
짝 숙였다.

"아, 이거 실례합니다."

유미노스케의 볼이 금붕어 단지_{금붕어를 옮길 때 이용하는 작은 유리 어항}처럼 통통
부어 있다.

"인사를 하려면 좀 제대로 하든지!"

그러자 유미노스케는 어안이 벙벙해 있는 마루스케를 미안해하는 얼굴로 쳐다보더니 긴 한숨을 지었다.

"따라오지 말라고 했는데도 기어이 따라왔네요."

그러자 젊은이도 불쾌한 표정을 지었다. "무슨 소리냐. 너 혼자 후카가와의 외진 동네에 간다고 하니 걱정이 돼서 따라왔는데."

스스럼없이 봉당으로 들어서더니 마루스케에게 눈웃음을 던진다. 그러자 유미노스케가 쌍심지를 세웠다.

"나는 혼자서도 괜찮아요. 길도 잘 아니까."

"노상강도를 만날 수도 있잖아."

"이런 곳에 무슨 노상강도가 출몰합니까!"

"넘어져서 발목이라도 삐면 어쩌려고."

"이렇게 잘만 왔네요. 오히려 형이 따라오는 바람에 신경 쓰여서 넘어질 뻔했단 말예요."

—형?

심상치 않은 대거리에 마루스케는 흠칫 놀랐다. 퉁퉁 부은 볼에 입술을 삐죽이며 말다툼하는 두 사람.

—눈매가 닮았네.

유미노스케는 도가 넘게 아름다운 얼굴을 가지고 있다. 뭐라고 해야 할까, 조물주라도 이 아이를 지을 때는 스스로의 솜씨에 홀렸다고 할까, 앞으로 이 아이를 뛰어넘는 작품은 도저히 불가능하리라 여기지 않았을까 싶을 만큼 특별한 미모를 갖고 있다. 세공 직인으로 일하던 마루스케는 그때 조물주의 심정을 알 듯도 했다. 자기 솜씨가 두렵다고 할까, 제 손으로 빚은 작품을 향해 절을 올리고 싶은 심정을.

　—조물주라면 절은 하지 않으려나?

　에이, 모르겠다. 그런데 형이라는 청년의 얼굴은 그만한 경지는 아니다. 좋게 보자면 조금 더 둥글둥글하고, 나쁘게 보자면 잡티가 섞였다고 할 수 있겠다. 이 정도 작품은 다섯 점을 만들면 그중에 하나 꼴로 나올 만하다.

　—아니, 다섯 개로는 힘들까.

　열에 하나 정도? 유미노스케와 나란히 서 있지만 않으면 충분히 잘난 얼굴로 통할 수 있다. 미청년이라기보다는 보기 좋은 얼굴이다.

　문득 마루스케는 어제 오나카와 오테이의 대화를 떠올렸다. 그래, 호감 가는 얼굴이라고 할 수 있겠다. 유미노스케만큼 아름다우면 개중에는 호감보다 두려움을 느끼는 사람도 나올 수 있다. 이 청년이라면 열에 일곱 명이 호감을 느낄 터였다. 나머지 세 명에게도 두려움의 대상이 되지는 않으리라.

　그래도 눈매와 눈썹 모양은 꽤 닮았다.

　"도련님의 형님이신가요?"

　마루스케는 손바닥을 위로 향하게 해서 청년을 가리키며 엉거주춤한 자세로 물었다. 당사자는 뭐가 그리 즐거운지 활짝 웃는다.

　"아, 예, 실은 그렇습니다. 처음 뵙겠습니다. 이 녀석이—."

　청년은 유미노스케의 머리를 손으로 꾹 눌러 고개를 숙이게 했다.

　"평소 신세를 많이 진다고 들었습니다만, 정말 고맙습니다."

　유미노스케는 발에 밟힌 예쁜 두꺼비 같은 얼굴이 되었다.

"예, 제 형이에요."

원통하게도요, 라고 말하고 싶은 듯한 말투다.

그래도 형은 전혀 개의치 않는다. 헤프게 웃으면서도 마루스케 앞에 두 발을 가지런히 모으고 정식으로 인사를 했다.

"가와이야의 삼남 준자부로입니다. 잘 부탁드립니다."

2

마루스케는 가와이야의 형제와 셋이서 그 호사스런 찬합을 먹기로 했다.

유미노스케는 자꾸만, "그건 안 돼요, 저는 돌아갈래요" 하며 손사래를 쳤다. "나눠 드시려면 여기 나가야 분들하고 나눠 드세요. 저희가 먹으면 이렇게 가져온 의미가 없잖아요."

그런데 형 준자부로는 딴판이다.

"아무리 꽉꽉 채운 찬합이라도 나가야 사람들 전부한테 나눠 주려면 어차피 턱없이 모자라잖니? 미처 얻어먹지 못한 사람들이 마루스케 씨를 원망하면 오히려 나눠 주지 않으니만 못하지 않겠냐."

"그럼 마루스케 씨 혼자 드시면 되겠네요."

"무슨 소리, 아무리 맛난 음식이라도 혼자 먹으면 제 맛이 나나."

"그럼 형은 처음부터 이 찬합 때문에 나를 따라왔군요?"

형제가 아옹다옹하는 사이에 마루스케는 얼른 관리인 집으로 달려가 접시와 젓가락과 주발을 빌리기로 했다. 의아해하는 관리인에게 마루스케는 말했다.

"귀한 손님이 음식을 들고 오셔서요."

"그럼 약주라도 대접해 드리게. 당장 가진 돈이 모자라면 내가 융통해 줄게."

"아뇨, 그러지 않으셔도 됩니다요."

이런 말을 나누고 돌아와 보니 형제는 여전히 말다툼중이다. 그래도 형 쪽은 여유로운 표정이고 유미노스케만 얼굴이 빨개져서 화를 내고 있다.

"도련님, 오늘은 이 마루스케 얼굴을 봐서라도 같이 드셔 주시면 좋겠습니다."

그러자 유미노스케는 눈을 동그랗게 떴다. "어? 웬일이세요, 마루스케 씨가 아닌 듯해요."

헤이시로와 유미노스케 사이에서는 '~다요'라는 말버릇이 마루스케의 말투로 통하고 있기 때문이다.

"이모부도 가끔 똑같이 흉내 내고 있거든요."

"아이고, 이런 영광스런 일이."

얼굴을 마주하고 웃는 두 사람을 초면인 준자부로가 겨드랑이에 손을 찌른 채 바라보다가 말했다.

"이것만 먹자면 민숭민숭할 텐데. 마루스케 씨, 이거 어때요?"

입가에 잔을 기울이는 시늉을 한다.

"아, 좋지요."

"역시 그러셔야죠. 근처에 주점이 어디죠?"

"사루에 신사 경내 상가에 한 집 있습니다요."

"그럼 술은 제가 사죠."

목도리를 고쳐 매고 냉큼 밖으로 나선다.

마루스케는 흐뭇했다. 관리인에게 신세를 지기는 싫지만, 준자부로라면 한턱내라고 해도 좋으리라.

"좋은 형님을 두셨습니다요, 도련님."

마루스케가 웃으며 말하자 유미노스케는 또 뚱한 얼굴이 되었다. "놀기만 좋아하니 그런 쪽으로만 눈치가 빨라요."

"허. 준자부로 씨가 한량이시라고요?"

"그럼요. 형들 가운데 저 형만 진로를 정하지 않고 있어요. 문제라니까요."

준자부로가 술병을 들고 돌아오자 찬합을 안주 삼아 술자리가 벌어졌다. 찬합을 꽉 채운 부식은 어느 것이나 맛이 뛰어나고 보기에도 좋아서 마루스케는 바다 속 용궁에 온 기분이었다.

사실 오만과 사별한 뒤로 술을 멀리해 왔다. 돈이 없다는 이유도 컸지만, 그보다 혼자 술잔을 기울이기 싫었다. 재미가 없다며 과음하기 쉽기 때문이다. 그러면 이튿날 행상을 나가는 데 지장이 있어서 주머니 사정이 더 안 좋아진다. 마루스케는 그런 식으로 이 맨 밑바닥 짓토쿠 나가야에서조차 더 추락해 가는 자들을 여럿 보아 왔고, 자신은 그들처럼 되지 않겠다고 마음먹었다. 자칫 나중에 저승에서 아내를 볼 면목이 없기 때문이다.

하지만 이런 술자리라면 오만도 싫어하지 않겠지.

간만에 마시는 술은 위장에 술술 스며들어 눈이 뱅글뱅글 돌았다. 그래도 달았다. 참으로 달았다. 준자부로와 둘이서 찬합 음식을 젓가락으로 집어 들고는, 이건 뭐지, 요것 참 맛있네, 이건 어떻게 만들었을까, 요건 술안주로 딱이네, 하고 희희낙락하다 보니 준자부로가 사 온 술병도 금세 바닥을 드러냈다. 더 사 오겠다고 나서는 준자부로를 마루스케가 붙들어 앉혔다.

"다음은 제가 사야지요."

"고마운 말씀. 그럼 유미노스케, 네가 주점에 좀 다녀와라."

볼이 부어 있는 유미노스케의 등에다 대고 말한다.

"계속 그런 얼굴 하고 있으면 네 볼에다 금붕어를 키울라."

"흥, 형 따위 죽어 버리라지."

이 도련님도 저런 악담을 한다.

마루스케는 유미노스케의 접시에 계란말이와 조림, 긴톤^{강낭콩, 고구마 따위를 삶아서 으깬 다음 밤을 넣어서 만든 생과자}처럼 어린아이가 좋아할 만한 음식들을 충분히 담아 주었다. 유미노스케가 아까부터 젓가락을 들지 않았기 때문이다.

"저 녀석, 평소에는 이즈쓰 이모부를 졸졸 따라오죠?"

찬합 너머로 준자부로가 물었다.

"저는 그분을 알게 된 지가 얼마 되질 않습니다요. 하지만 이즈쓰 나리가 유미노스케 님을 높이 사고 계심은 알고 있습니다요."

"아무래도 녀석은 여기가 대단하다고들 하니까요."

준자부로는 젓가락을 쥔 손으로 제 관자놀이를 살짝 두들겼다.

"읽고 쓰기와 셈이 대단하다는 사실은 집에서도 잘 알아요. 우리 지배인까지 녀석한테 도움을 받고 있는 모양이더군요. 뭐가 대단하냐 하면 오탈자나 틀린 계산을 잡아내는 데 귀신이거든요."

허—하며 마루스케가 술잔을 탁 털어 넣었다.

"이즈쓰 이모부 곁에서도 그런 식으로 사람들의 오해나 간과하고 있는 점을 찾아내겠죠. 그래도 제법 도움이 된다고 하니 이러쿵저러쿵 할 말은 없지만, 까딱 잘못하면 트집 잡는 데나 능하게 되겠죠."

하는 말은 신랄하지만 마루스케의 귀에는 험담처럼 들리지는 않았다.

"걱정되시나 봅니다요."

"아직 꼬마잖아요. 너무 똑똑해도 문제라고 생각하지 않으세요? 마루스케 씨는 연세도 많으신 어른인데, 저 아이 말에 화난 적은 없으세요?"

그렇게 말하는 당사자도 새파란 젊은이다.

—하지만 형이니까.

마루스케는 곁눈으로 오만의 위패를 보았다. 오만도 웃음을 짓고 있는 듯한 기분이다.

아무래도 준자부로는 오래전부터 유미노스케가 '이모부를 졸졸 따라다니'고 있음을 걱정해 온 듯하다. 그러나 좀처럼 참견할 기회를 잡지 못했다. 오늘이 마침 좋은 기회였던 모양이다. 그래서 본인이 싫다는데도 굳이 따라왔으리라.

—찬합도 있고.

속으로 미소를 짓고 있는데 유미노스케가 심부름에서 돌아왔다.

"마루스케 씨가 웬일로 웃고 있는데, 무슨 일이냐고 옆집 사람이 묻더군요."

준자부로가 놀란 얼굴로 마루스케를 쳐다보았다.

"부인과 사별하신 뒤로 소리 내어 웃은 적이 한 번도 없었다면서 요."

마루스케는 쑥스러웠다. 술기운이 돌아 딸꾹질이 나왔다.

유미노스케는 준자부로 옆으로 와서 형에게 술병을 건네주었다.

"마루스케 씨가 즐거우신 모양이니 형이 한 짓은 용서해 줄게요."

그러더니 얼른 젓가락을 들고 접시를 보며 벅찬 듯이 목소리를 높 였다. "이 계란말이, 제 몫인가요?"

"맘껏 드세요." 마루스케가 말했다.

그 뒤로는 마루스케와 오만 내외의 이야기가 화제에 올랐다. 자신 의 신상에 관해 이야기하기엔 주제넘는다고 생각하지만 잠자코 있 기는 더 쑥스러웠기 때문이다.

마루스케는 불구가 된 오른손 손가락에 대해서도 이야기했다. 젓 가락질 정도는 간신히 되지만 정교한 세공 작업은 못 한다는 사실도 말했다. 술 덕분에 마루스케의 혀도 기가 살아났다.

"사고를 낸 짐수레는 어떻게 되었죠?"

준자부로는 그것부터 물었다.

"마루스케 씨에게 이렇게 심각한 부상을 입혔잖아요. 그냥 넘어가 진 않았겠죠?"

"짐수레도 저랑 부딪히면서 벌렁 뒤집혔습니다요."

"허."

"숯장수의 수레였어요. 숯이 잔뜩 실려 있었습니다요. 쏟아진 숯 단과 수레에 깔려서 그쪽도 갈비뼈가 부러지고 크게 다쳤습니다요."

"그럼, 그것으로 끝인가요?"

"그게 끝이었죠."

피차 하루 벌어 하루 사는 처지다. 운이 나빴다고 넘어가는 수밖에. 마루스케는 지금도 상대방을 원망하는 마음이 없다. 그러고 보니 숯장수는 이후에 어떻게 되었을까. 아내와 어린 자식이 있다고 했는데.

"마루스케 씨는 세공 장인이셨나요?"

그것까지는 유미노스케도 이모부한테 듣지 못한 모양이다. 마루스케가 고개를 끄덕이고 예전에 납품하던 상점 이름들을 죽 나열하자 형제가 모두 크게 놀랐다. 눈을 동그랗게 뜨고 눈썹을 치켜드는 모습이 꼭 닮았다.

"와, 대단하군요. 다 유명한 가게들이네."

벌이도 좋았겠네요, 하고 준자부로가 말하자, 형은 늘 돈부터 생각하네요, 하고 유미노스케가 못마땅한 얼굴을 한다.

"돈은 중요한 거야. 너는 스스로 벌어본 적이 없어서 모를 거다."

"그러는 형은!"

"나는 늘 용돈이 궁해서 죽을 지경이다."

"그것도 자랑이라고!"

재미있는 형제로군.

"벌이는 그다지 좋지 못했습니다요."

"하지만 실력은 뛰어나셨잖아요?"

"나쁘지 않았지요. 하지만 일손이 워낙 느려서요. 세공 시간이 남들보다 곱절은 걸렸습니다요."

마루스케는 독립한 장인이 아니라 그런 장인 밑에서 일했다. 부리는 쪽에서 보자면 이런 장인은 수지타산이 맞지 않아서 달갑지 않았으리라.

"시간이 더 걸리더라도 물건이 좋으면 비싼 값을 받잖아요. 직접 공방을 차릴 생각은 안 해 보셨어요?"

아뇨, 아뇨, 하며 마루스케는 이 빠진 주발을 든 채 손을 저었다. 술이 찰랑거린다.

"저나 오만이나 주변머리가 없어 놔서요. 장사는 그게 더 중요한데."

손님을 응대하고 기분을 맞춰 가며 활기차게 장사하는 데는 어울리지 않는 기질이었다.

"아내도 제 손이 이 꼴이 됐을 때는 얼마나 가슴 아파했는지 모릅니다요. 해서 둘이서 채소 행상을 시작한 이후로 속은 더 편해 보였지요."

마루스케에게도 뜻밖에 즐거운 생활이었다. 처음에는 세공 직인의 기량을 잃어버렸으니 깊이 절망하지 않을까 싶었고, 절망하는 걸 당연하게 여겼지만, 지내다 보니 그렇지도 않았다.

그때는 앞으로 어떻게 먹고사나를 궁리하느라 무엇을 차분하게 돌아볼 겨를이 없었다. 끙끙대며 원통해해 봐야 득 될 게 없다는 마음도 있었다. 오만도 자주 그렇게 말했다.

—일이 안 되려니까 이렇게 된 걸 어떡해요, 어쩔 수 없는 일이에요, 여보.

"역시 그 직업이 어울리지 않았던 거라고."

마루스케가 나지막이 말하자 가와이야 형제는 입을 모아, "금속 세공 일이요?" 하고 물었다.

"예."

마루스케는 미노와의 가난한 나가야에서 태어났다. 기와를 비롯한 토기를 굽는 동네로 유명하지만 아버지 직업은 그쪽이 아니었다. 날품팔이로 아무 일이나 닥치는 대로 했다. 자식이 많은 집이라 마루스케는 어려서부터 머슴살이를 했다. 처음 일한 곳이 오토리 신사 옆에 있는 세공 공방이었다. 그래서 말 그대로 어쩌다 보니 기술을 익히게 되었다.

실은 공방 주인도 신사 경내 점포에서 각종 잡화를 팔다가 세공 일을 하게 되었다고 한다. 오토리 신사에는 요시와라의 오이란이나 가무로_{오이란의 시중을 드는 여자}가 손님에게 부탁해서 함께 참배하러 오는 일이 많다. 해서 비녀나 빗, 고가이_{비녀와 비슷한 머리 장식품}를 놓아두면 잘 팔린다. 그러다가 세공 일로 영역을 넓혀 나갔다.

"하지만 손재주를 타고나지 않으면 안 되는 일이잖아요."

유미노스케가 의아하다는 표정으로 고개를 갸웃한다. 고모쿠 밥_{생선, 야채, 고기 따위를 섞어서 지은 밥}의 밥풀이 볼에 붙어 있다.

"재주가 있는 것과 어울리고 안 어울리고는 다른 이야기인 듯합니다요."

그런 말은 처음 듣는데요—라고 말하던 준자부로가 유미노스케의 볼에 묻은 밥풀을 알아차리고 얼른 떼어내서 먹는다.

"어울리고 안 어울리고가 아니라, 결국은 장사가 되는 일이냐 아니냐의 차이겠지요."

준자부로는 허공에 손가락으로 쓰윽 선을 그어 보였다.

"장사가 되는 선이란 게 있어서, 그걸 넘을 수 있는 일이냐 아니냐가 중요합니다."

유미노스케는 밥풀이 묻어 있던 자리를 만져 보며 입을 삐죽였다.

"모르는 게 없네, 형은."

"당연하지. 늘 생각하는데."

마루스케는 오만의 위패를 쳐다보았다.

"투미하다, 느리다 잔소리를 들었지만 열심히 만들면 종종 볼만한 물건이 나왔지요. 하지만 제 손에 떨어지는 돈이 늘 쥐꼬리만 해서. 마누라한테 머리빗 하나 사 주지 못했습니다요."

그렇다면 더 노력해서 수량을 늘리자, 혹은 이름을 알려서 제값을 받도록 해 보자, 라고 생각하는 편이 장인답겠지만, 마루스케의 마음은 그런 쪽으로 움직이지는 않았다.

허망하다—라는 어휘를 마루스케는 모른다. 알았으면 그렇게 말했으리라.

유미노스케는 고모쿠 밥을 우적거리다 꿀꺽 삼키고 나서 마루스케의 동그란 얼굴을 쳐다보았다.

"이모부한테 들었는데, 히코이치 씨도 비슷한 말을 했다더군요."

준자부로가 얼른 물었다. "히코이치 씨가 누군데?"

"오토쿠 씨의 요리 선생이에요. 뛰어난 요리사인데 이사와야라는 훌륭한 요릿집에서 주방장으로 일했어요."

돈 많고 호사에 길든 손님만 상대하는 현실에 진저리를 쳤다—. 유미노스케는 히코이치라는 요리사의 이야기를 했다. 마루스케의 불쾌한 얼굴에도 그 이야기는 고스란히 스며들었다.

"히코이치 씨는 이번에 장가를 들면서 요릿집을 그만둔대요. 요즘 잔뜩 들떠 있어요."

부럽구나, 하고 마루스케는 생각했다. "그 히코이치라는 분은 사람들에게 맛난 음식을 먹이기를 좋아하시는군요."

마루스케는 예쁜 장식물을 만드는 일이 썩 좋지만은 않았다. 자기하고는 왠지 인연이 없는, 멀고 낯선 것을 상대하고 있다는 기분이 강했다.

"뭘 생업으로 삼는다는 게 어려운 일이지."

유연하게 무릎에 턱을 괴고 있던 준자부로가 중얼거렸다. 술에 강한지 눈가만 살짝 붉은 기운을 띠었을 뿐 거의 취하지 않은 모양이었다.

"그래서 형은 계속 직업을 정하지 않고 빈둥거리는 거예요?"

유미노스케가 냉큼 핀잔을 준다. 이모부인 헤이시로 곁에 있을 때하고는 태도가 영 다르다. 애써 얄미운 소리를 하고 있다.

준자부로는 개의치 않는 모습이다. 천천히 윗몸을 펴더니 무릎을 또 탁 치고는, "좋아! 오늘은 마루스케 씨랑 제대로 마셔 봐야겠다" 하고 선언했다. "마루스케 씨, 오늘 밤 잠자리 신세를 지겠습니다. 뭐, 여기 그냥 쓰러져 자도 괜찮으니까요."

문득 살펴보니 초겨울의 성급한 해가 벌써 기울고 있다.

"무슨 소리예요, 염치도 없이."

"뭐 어떠냐. 너는 해 떨어지기 전에 얼른 돌아가라."

"이런 짐을 두고 어떻게 돌아가요! 죄송해요, 마루스케 씨."

이웃 사람들이 더욱 놀라고 있겠지. 마루스케는 기분 좋게 술잔을 비웠다. 가슴속에서 깔깔깔, 하는 웃음소리가 들린다. 오만이 웃고 있네, 하고 생각했다.

결국 가와이야 형제는 모두 마루스케 방에서 묵고 가기로 했다. 준자부로는 이웃 꼬마에게 행하를 쥐어 주고 사가초의 가와이야까지 심부름을 보냈다.

"노상강도를 만난 게 아니니까 걱정하지 말라고 전해 주려무나."

아무리 그래도 옷을 입은 채 자게 할 수는 없다면서 마루스케는 다시 관리인 집으로 가서 잠옷을 빌렸다. 나가야의 이웃들과 마찬가지로 그를 오랫동안 알아 온 관리인도 의아한 얼굴로 그를 쳐다본다.

"마루스케, 아주 즐거운가 보네."

"예, 기분 좋습니다요."

"손님이 묵고 간다니, 설마 그 논다니는 아니겠지?"

그때 준자부로가 쫓아와, 아이고, 관리인님, 처음 뵙겠습니다, 하고 넉살을 부리더니, "마루스케 아저씨가 늘 신세를 지고 있다고 들었습니다, 정말 고맙습니다" 하며 부산을 떨다가 잠옷을 받아들고 돌아왔다.

해가 떨어지자 마루스케는 형제를 근처 목욕탕에 보냈다. 자신은 아직 술기운이 남아 있었고, 두 사람이 나가 있는 동안 방을 조금이라도 정돈하고 싶었다. 이 상태로는 셋이서 영락없이 새우잠을 자야 한다.

목욕탕에서 돌아오는 길에 준자부로는 술과 말린 정어리 몇 마리를 샀다. 더 마실 생각인가 봐요, 하며 유미노스케는 투덜거렸다.

"이 녀석이랑 같이 목욕탕에 가 본 것도 참 오랜만이네요."

"제가 일어나는 시간에 형이 집에 있었던 적이 거의 없거든요."

"이제는 몸이 좀 단단해졌을 줄 알았는데 아직 멀었더군요. 말라깽이예요."

마루스케가 두 사람과 자리바꿈하듯 목욕탕에 갔다 돌아왔을 때 준자부로는 문밖에 풍로를 내놓고 말린 정어리를 굽고 있었다. 이웃 아주머니 두 사람이 옆에 나란히 쪼그리고 앉아 준자부로와 수다에 열을 올리고 있다. 벌써 허물없이 얘기가 통하는 듯하다.

"이제 오세요?"

준자부로가 아주머니들과 입을 모아 인사한다.

"마루스케 씨의 조카분이라면서요?"

"요렇게 잘생긴 조카를 대체 지금까지 어디에다 숨겨 놨어요."

아이고, 아주머니, 또 그러신다, 그래 봐야 아무것도 안 나와요, 하며 준자부로가 너스레를 떨자 여자들이 교성을 지른다.

마루스케 집의 작은 아궁이에서는 유미노스케가 찬합에 있던 조림을 작은 냄비에 옮겨서 데우고 있었다. 욕탕 물은 뜨끈하던가요? 하고 물었지만 마루스케는 금방 대답하지 못했다.

"—마루스케 씨?"

양 소맷자락을 걷어 허리띠에 찔러 넣은 유미노스케가 돌아본다.

마루스케는 웃음을 지어 보였다. "이렇게 시끌벅적한 게 얼마 만인지."

자신이 제대로 웃고나 있을까? 이런 기분을 어떻게 표현해야 좋을지 알 수 없어서 일단 웃음을 지어 보였던 것이다.

가슴이 벅차다.

유미노스케는 마루스케를 보며 인형처럼 예쁜 얼굴에 환한 웃음을 지었다.

"시끌벅적하기로는 가와이야에서도 저 형이 제일이에요. 또 이렇게 시끌벅적해지길 바라시면, 이런 형이라도 괜찮다면 언제라도 연락만 주세요."

마루스케는 여전히 벅찬 심정으로 고개를 끄덕이고 유미노스케에게 다가가 머리를 한 번 쓱 쓰다듬었다. 방금 그 말은 험담이 아니다. 이 소년은 결코 준자부로를 싫어하지 않는다. 스스럼없이 토라진 모습을 보이는 것도 사이가 좋기 때문이다.

세 사람은 다시 찬합을 가운데 놓고 둘러앉았다. 목욕을 마친 탓인지 묵기로 작정하고 자리를 잡은 탓인지 이번에는 준자부로도 술기운이 제법 빠르게 오른다. 거기다 말도 많아져서 우스갯소리나 재미있는 얘기들을 계속 내놓는 바람에 마루스케는 먹던 음식을 번번이 뿜어낼 뻔했다.

유미노스케가 준자부로를 한량이라고 말한 것은 없는 소리를 한 게 아니었다. 야릇한 찻집도 드나들고 노름판에도 기웃거리고 있다. 그는 스스럼없이 그런 이야기를 하면서 동생한테 번번이 다짐을 놓았다.

"이거, 우리끼리만 하는 얘기니까 아버지 어머니한테는 절대 말하지 마라."

"내가 일러바치지 않아도 아버지와 어머니도 다 아셔요."

"이 얘기는 두 분도 모르셔. 근데 마루스케 씨, 그 찻집에서 제가 끼고 놀던 여자가 말이죠—."

유미노스케한테는 조금 이른 화제이기는 했다.

"하지만 마루스케 씨, 솔직히 말해서 나는 그렇게 색을 밝히는 놈은 아녜요. 노름도 진짜 재미있어서 하는 게 아니고요. 성미에 맞지 않아요."

"그럼 뭐가 재미있는데요?"

마루스케는 가볍게 응해 줬을 뿐인데 준자부로는 턱없이 심각한 표정으로 팔짱을 꼈다.

옆에서 유미노스케가 야유하는 표정으로 인중을 길게 빼 보인다.

"—사람이 재밌다, 라고나 할까요."

그렇게 말하고 제풀에 고개를 갸웃거린다.

"사람이요?"

"예. 별별 놈들을 다 만나잖아요. 노름판이나 찻집이나 유곽에서 만나는 사람들은 멀쩡한 사람이라도 평상시의 멀쩡한 얼굴은 집에 놔두고 오거든요."

"놀자고 나왔을 테니까요."

"그렇죠. 난 그게 재밌어요. 사람의 뒷면을 바라보는 느낌이에요."

이 사람은 겉으로는 어떤 얼굴을 하고 있을까, 하고.

"일을 할 때와 놀 때의 얼굴은 당연히 다르겠죠. 안 그래요, 마루스케 씨?"

유미노스케의 볼에 또 밥풀이 붙어 있다. 이번에는 마루스케가 얼른 떼어서 입에 넣었다.

"나는 그렇게 보는데, 어떠냐, 유미노스케, 이즈쓰 이모부도 일할 때랑 놀 때의 얼굴이 다르냐?"

유미노스케는 젓가락질을 딱 멈췄다. "이모부요?"

"그래. 너는 이모부가 마키바오리를 입고 계실 때나 평상복을 입고 계실 때나 늘 졸졸 따라다니잖아."

"이모부는 그런 데 가서 놀지 않으세요."

그러고 보니 마루스케도 그 나리가 유녀와 노닥이며 히쭉거리거나, 판돈을 걸고 주사위를 살펴보느라 몸을 기울이는 모습은 상상하기가 쉽지 않았다.

준자부로는 여전히 심각한 얼굴이다. "그거야 나처럼 놀지 않을 뿐이지, 이즈쓰 이모부도 실은 어디선가 즐기고 있을걸. 뭘 하면서 즐기실까."

유미노스케는 젓가락 끝을 자근자근 깨물었다. 처음 본다. 이 소년이 대답을 망설이는 모습은.

"이즈쓰 나리도 사람을 재미있어하는 겁니다요."

마루스케는 머리에 든 말을 꺼내자 조금 쑥스러워졌다.

"제 눈에는 그렇게 보인다는 말씀입니다요."

오호, 하며 형제가 입을 모아 감탄을 흘린다.

"뭐야, 너는 왜 감탄하지?"

"나라고 이모부를 속속들이 알지는 못하니까요."

의외다 싶을 만큼 유미노스케도 진지한 눈빛을 하고 있다. 지금까지 생각해 본 적이 없는 일들을 생각하는 듯한 표정이다.

"저는 늘 이모부를 따라다니는 일이 재미있어요. 하지만 이모부가 뭘 재미있어하는지는 몰라요."

"너에 대해서도 틀림없이 재미있는 녀석이라고 생각하고 계실 테지. 그래서 도신 자리를 물려주시려는 게야."

유미노스케는 당황했다. "아직 결정된 이야기는 아녜요."

"어머니는 진작부터 그럴 작정이셔. 이모하고도 그렇게 얘기가 돼 있다던데."

"유미노스케 도련님은 지금까지 여러 번 이즈쓰 나리를 결정적으로 도우셨다고 합니다요."

"그래, 바로 그거예요."

준자부로가 큰 소리로 말하더니 갑자기 동생을 몰아세웠다.

"너, 지금까지 무슨 공을 세웠지? 아버지 어머니도 자세히는 모르시는지, 알면서도 말씀하지 않으실 뿐인지는 몰라도 나한테는 한마디도 말해 주시지 않던데."

어서 말해 봐, 하며 팔꿈치로 쿡쿡 건드린다.

"형한테 해 줄 만한 얘기가 아녜요."

"그거야 내가 들어 보기 전에는 알 수 없지. 그렇죠, 마루스케 씨도 그렇게 생각하시죠?"

"예, 그렇긴 하죠."

한쪽 편을 들기가 못내 미안하지만 실은 마루스케도 궁금하다.

"자, 봐라."

"얘기 안 한다니까요." 유미노스케가 곤혹스러워한다.

"네가 범인을 밝혀낸 사건이 있지 않느냐. 그것도 한두 건이 아니겠지?"

"얘기 안 해요!"

준자부로가 책상다리를 풀고 얼굴을 홱 돌리더니 털이 많은 정강이를 드러내며 두 다리를 귀틀 아래로 내렸다.

"아아, 좋겠다, 유미노스케는."

대낮에 보았던 유미노스케 모습을 흉내 내서 볼을 작은 금붕어 단지처럼 부풀린다.

"머리 좋지 얼굴 잘났지. 하나부터 열까지 늘 특별 대접이지. 어딜 가도 귀빈 대접이고 다들 귀여워해 주지. 갈 곳 없어 헤매는 일은 절대로 없을걸."

형도 참, 하며 유미노스케가 당황스럽고 어이가 없다는 표정을 짓는다.

"남의 집에서 지금 무슨 소리를 하세요."

"사실이 그렇잖나. 마루스케 씨가 들으면 어때서. 나는 오히려 마루스케 씨가 들으셨으면 좋겠다. 너 때문에 우리 형들이 얼마나 손해를 보는지 아냐."

"취해서 이래요. 죄송해요, 마루스케 씨."

준자부로는 연방 고개 숙여 사과하는 유미노스케의 뒤통수를 툭치고 길게 한숨을 지었다.

"올봄에 다이치로 형이 그 소동을 일으킨 까닭도 알고 보면 너 때문이야. 잘난 너하고 하나부터 열까지 비교당하니까 큰형이 설 자리를 못 찾았지. 그러더니 자포자기해서 배다른 누이랑 그런 사이가 되어 버리기나 하고."

엉뚱한 이야기가 튀어나왔다. 과연 마루스케도 눈을 휘둥그레 떴
다.

"아, 형!"

그만해요! 하며 유미노스케가 벌떡 일어섰다.

"집안 부끄럽게 왜 그런 얘기를."

자, 자, 하며 마루스케가 유미노스케의 어깨를 안아서 앉혔다. 준
자부로는 뒤도 돌아보지 않는다.

"아, 정말 너무 부, 부끄럽네요. 저, 저, 저는,"

유미노스케는 시선도 손길도 몸뚱이도 가만두지 못하고 허둥대다
가 옆에 있던 물 잔이 손에 잡히자 벌컥벌컥 마셔 버렸다.

"괜찮으세요, 도련님?"

마루스케가 살펴보니 유미노스케 눈이 휘둥그레 벌어져 있다.

"어?" 하며 빈 잔을 내려다본다.

"이것……은…… 뭐죠?"

마루스케는 잔에 코를 디밀었다. 술 냄새가 물씬 풍겨 난다. 준자
부로의 술잔이다.

"도련님!"

유미노스케의 눈동자가 빙글 돌다가 위쪽으로 쏠렸다.

"─야, 정말 큰일 났네요."

빈 찬합을 옆에 두고 마루스케는 준자부로와 비스듬히 마주 앉아
있었다. 술에 취해 쓰러진 유미노스케가 두 사람 옆에서 깊은 숨소
리를 내고 있다. 토할지 몰라서 준자부로는 동생의 머리 밑에 빈 술

병을 받쳐 주었다. 상태는 괜찮아 보이지만 그냥 보기에는 술고래가 자는 꼴이다.

유미노스케가 잠들어 버리자 준자부로는 마루스케에게 가와이야의 적자이자 그들의 큰형인 다이치로가 올봄에 일으켰다는 소동에 대해서 새삼 들려주었다. 내내 진지한 얼굴이었고, 아까 유미노스케를 앵돌아지게 만든 장난기 어린 태도는 보이지 않았다.

한 집안의 귀한 적자가 하필 배다른 누이인지도 모르는 처녀와 인연을 맺고 말다니.

"뭐, 그 이야기는 깨져 버렸고 지금은 다른 혼담이 들어와 만사 원만하게 해결되었지만요."

준자부로의 목소리는 낮고 말투는 온화했다. 이야기하는 방식을 보니 이 젊은이도 한결 어른스러운 느낌이 든다.

"하지만 한때는 왜 저러나 했어요. 형은 집을 나가 버리겠다고 소동을 피우고 어머니는 눈물로 날을 새고 아버지는 달마대사 그림처럼 눈만 부릅뜬 채 아무 말도 없고."

정말이지 뭘 어떻게 해야 할지 캄캄하기만 했어요, 하고 쓴웃음을 짓는다.

그 와중에 준자부로는 가와이야에 있기가 싫어서 히가시료고쿠의 활터에서 늘 어울리던 여자의 집으로 들어가 있었다고 한다.

"우리 가게 점원들 중에, 제 심복이라고 할까, 제가 노는 법을 가르친 아이가 하나 있어요."

준자부로의 거처는 그 점원밖에 몰랐다. 그런데 어느 날 유미노스케가 불쑥 찾아와 준자부로를 놀라게 했다.

—형, 당장 집에 돌아가요. 이럴 때 도망이라니 가와이야 남자답지 않아요. 비겁해요.

그때를 떠올리는지 준자부로가 머리를 긁적인다.

"저는 그때 제가 도망치고 있다고 생각하지는 않았어요. 나 따위는 집에 있어 봐야 도움도 안 되고 방해만 되겠거니 싶어서."

"방해될 리가 있나요." 마루스케가 온화하게 말했다. "형제들 사이에."

"그게요, 저는 아무래도 다이치로 형님을 응원하고 싶었거든요. 그랬다면 상황이 쓸데없이 더 복잡해지고 말았겠지만."

차남과 사남은 장사꾼 기질도 있고 성실해서 가와이야의 중요한 사업에 큰 도움이 되고 있었다고 한다. 그들은 아버지를 달래고 큰형을 바른 말로 설득하고 어머니를 위로했다. 가게 일도 빈틈없이 처리하고 있었다.

"그런데 유미노스케는 말이죠, 천진난만한 얼굴로 집 안에 있기만 해도 아버지 어머니의 마음이 풀린대요. 어머니가 강물에 몸을 던지지 않고 사태가 마무리된 까닭은 아마 이 어린 아들을 위해서라도 정신을 바짝 차려야 한다고 결심하셨기 때문일 거예요."

하지만 저는 이 모양 이 꼴이라.

"계집이나 밝히고 아버지나 큰형한테도 입바른 소리 한마디 못 하죠. 아들로서 아버지에게 드리고 싶은 말도 있지만, 부모한테 용돈이나 타 쓰는 주제라 그럴 자격도 없고요."

말하지는 못한다 하더라도 이 청년이 바보는 아니라고 마루스케는 생각한다. 바보는 자신의 어리석음은 보지 못하고 남을 비방하기 마련이다.

"가와이야 주인님은, 저어, 여자 문제가, 상당했다면서요?"

"그거야 뭐, 거의 병이죠."

아하, 예—하며 마루스케는 납득했다.

"하지만 그런 낙도 없다면 그 고생을 해 가며 돈을 버는 보람이 없잖아요. 저는 이해해요, 그 문제라면."

고생해서 돈을 벌어 본 적은 없지만—하고 앞질러 덧붙인다. 마루스케는 웃었다.

"아버지도 가와이야를 이만큼 키우려면 어쩔 수 없이 고개를 숙이거나 내키지 않아도 아부를 하며 장사에 힘써 왔겠죠. 여흥도 조금은 있어야죠."

저는 그런 아버지가 싫지는 않아요, 하고 말한다.

"어느 모로 보나 영락없는 상인이세요. 네, 그렇게 말고는 달리 표현할 방법이 없네요. 여자 문제로 어머니를 힘들게 했지만, 그것 때문에 장사를 소홀히 하신 적은 없어요. 한 번도. 그러니까 큰형 일은 그냥 운이 나빴던 거죠."

마루스케는 고개를 끄덕였다. "세상이."

준자부로가 마루스케를 쳐다본다.

"넓기는 하지만 때로는 좁습니다요."

"정말 그래요. 게다가 아버지랑 큰형이 똑같이 여자를 밝히고."

두 사람은 소리를 죽여 웃었다.

유미노스케가 끄응, 하며 몸을 뒤척인다. 준자부로가 손을 뻗어 술병 밖으로 떨어지려는 머리를 다시 술병 위에 괴어 주었다. 그 손놀림이 어머니처럼 찬찬하다.

"형제분은 모두 다섯인가요?"

"예."

"다이치로 님이 적자시고, 차남은,"

"다른 집안에 데릴사위로 들어가기로 되어 있어요."

사남은 분가해서 독립할 예정이라고 한다. 다이치로하고도 배포가 제일 잘 맞는 동생이라, 당분간 가와이야 일을 도울 거라 한다.

"유미노스케는 핫초보리로 들어갈 테고." 준자부로는 소매를 살랑살랑 흔들었다. "저만 실 끊어진 연 신세죠. 이제 어디로 가야 하는지."

"상인이 되고 싶지는 않으세요?"

준자부로는 잠시 고민하다가 한쪽 눈썹만 쳐들어 보였다. "마루스케 씨 말씀을 흉내 내려는 게 아니라, 재주가 없지는 않아요. 하지만 제 취향은 아니에요."

"아버님의 생각은요?"

"지금은 제 장래까지 고민할 여유가 없지 않겠어요?"

—너는 밥벌레다.

라는 말을 들은 적은 있다고 한다.

"이제 다 컸어요, 다섯 명 모두."

큰 사고 없이 모두 잘 자랐다.

"집 안은 좁아요. 세상보다 좁아요."

속삭이는 듯한 목소리였지만 마루스케 가슴에는 크게 울렸다.

마루스케는 목욕탕에서 돌아온 준자부로의 팔뚝을 보았을 때부터 마음에 걸리는 점이 있었다.

"준자부로 씨, 무술을 연마하시나요?"

그 물음에 준자부로는 제 팔뚝을 힐끔 내려다보았다.

"왜요?"

그의 어깨와 팔뚝과 등에 붙은 살집이 채소를 떼러 가는 무가 저택의 요닌을 연상케 했다. 마루스케가 그렇게 말하자 준자부로는 눈을 휘둥그레 떴다.

"오, 마루스케 씨 눈썰미가 대단하시네요."

싸움이라면 이골이 났죠, 하고 말한다.

"검술도 배웠고요. 후에이 류."

도장에 드나드는 일이 재미있었다고 한다.

"가겟집 자식이 주제넘게 무슨 짓이냐고 어머니가 하도 야단이셔서 그만두었습니다."

굳이 어머니를 난처하게 만들고 싶지는 않았다.

"준자부로 씨는 무사가 되고 싶으신가요?"

아까 유미노스케를 부러워하는 듯한 말투나 이모부 이즈쓰 헤이시로를 자꾸 언급하는 모습을 보고, 마루스케는 넘겨짚어 보았다. 하지만 제대로 짚은 듯하다.

"아버지가 돈으로 사무라이 신분을 사 주지 않을까 기대하던 시절도 있었어요."

"그렇다면—."

"어림없었죠." 또 손을 살랑살랑 젓는다. "도장에 다니며 이런저런 얘기를 듣다 보니까 그 열망도 식어 버리더군요. 사무라이 세상은 훨씬 더 좁은 모양이더라고요."

격식과 체통을 따지는 것도 딱 질색이고, 하며 웃는다.

"이대로 나이 들지 않고 살 수만 있다면 그저 싸움 좀 할 줄 알고 노는 데 도가 튼 한량으로 계속 살겠지만."

"마치 관리는 어떠세요?" 마루스케는 운을 띄워 보았다. "유미노스케 님이 이즈쓰 나리의 양자로 결정된 것도 아니잖아요."

"제가 유미노스케 나이라면 그것도 좋죠. 아아, 그래서 속으로 어머니를 원망한 적도 있어요. 왜 나를 먼저 이모부한테 소개시켜 주지 않았나 하고."

지금은 납득했다고 한다.

"요즘은 무사들 세상에서도 머리가 중요하거든요. 칼이 아니에요. 마치 관리라면 더욱 그렇죠. 어머니가 그 부분을 제대로 헤아리신 셈이죠."

그런가—하고 마루스케는 생각한다. 준자부로도 머리가 무뎌 보이지는 않은데.

다만 유미노스케하고는 명석함의 성격이 다르다. 같은 날붙이라도 종류가 다르다고나 할까.

"부모님께서 준자부로 씨 걱정을 별로 하지 않는 까닭은, 준자부로 씨가 자기 앞날은 알아서 결정할 수 있다고 믿기 때문이겠죠."

준자부로는 고개를 저으며 웃었다. "저는 그렇게 알찬 놈이 못 됩니다."

마루스케는 저녁때 관리인에게 달려가 인사하고 나가야 아낙들과 스스럼없이 어울리던 준자부로를 떠올리고 있었다. 붙임성 좋고 남에게 차갑지 않다. 상대방의 경계심을 금방 해체해 버린다. 이거야 말로 알찬 기량 아닌가.

—하지만.

장부 계산이나 답답한 일은 제외하고, 그 기질을 잘 살릴 수 있는 직업이 뭐가 있을까.

—어렵네.

그래서 실 끊어진 연인가. 바람에 너울너울 날리는.

"큰형도 장가를 가기로 했으니 이제 가와이야에 제가 있을 자리는 없어지게 생겼어요. 저도 심각하게 고민을 해야 하는데 말입니다."

있을 자리가 없다. 그 한마디에 마루스케는 다른 남자를 떠올렸다.

"유미노스케 도련님도 깊이 잠드셨으니까."

이건 여기서만 말씀드리는 비밀입니다요, 하고 말하자 준자부로가 귀를 가까이 댔다.

"준자부로 씨가 궁금해하던 유미노스케 님이 해결한 사건들 가운데 하나입니다요."

그러고 나서 마루스케는 가메야 건을 들려주었다. 이야기가 진행될수록 준자부로는 점점 빠져드는 듯했다.

"이 녀석이 그런 사건을 해결했다는 말입니까?"

유미노스케의 잠든 얼굴을 내려다본다. 소년은 어느새 손가락을 빨면서 자고 있다.

"이제 겨우 기저귀나 벗은 줄 알았는데."

이불을 제대로 덮어 주고 잠시 동생을 물끄러미 쳐다보았다.

그대로 작은 소리로 말한다. "이 녀석, 그 마쓰카와 뎃슈라는 자를 어떻게 생각하고 있을까."

마루스케는 말없이 둥근 머리를 갸웃했다.

"그자가 혹시 이 녀석과 비슷한 점은 없나요? 눈에 띄는 미남에다 기량도 출중하다면서요. 머리도 좋고. 자기를 좋아해 주는 아가씨를 똑같이 좋아해 주고. 뭐 하나 부족한 점이 없잖아요."

하지만 설 자리가 없었다. 의원 집안에서 태어났지만 오로지 적자가 아니라는 이유 때문에.

"아마 그자는 자기가 욕심 때문에 사악한 짓을 저질렀다고 생각하지는 않겠죠. 스승의 원수를 갚고 스승의 부인을 가메야에서 구해 내겠다는 마음이었을 테니. 그 참에 가메야의 따님도 살인자의 손아귀에서 구해 내고."

대의명분이 있었죠, 하고 중얼거린다.

"그래도, 저지른 짓이 살인이니. 골치 아프게 됐구먼."

오? 하고 마루스케는 생각했다. 골치 아프게 됐구먼, 이라는 말은 이즈쓰 나리의 입버릇인데.

"좀 더 조용히 처리할 수는 없었을까요? 그 속을 통 모르겠네요."

"저도 그렇습니다요."

"매음녀를 베어 죽인 게 특히 괘씸해요. 아까운 일입니다."

마루스케는 웃고 말았다. 내일이라도 준자부로에게 오나카를 대면시켜 줄까. 오나카도 준자부로를 마음에 들어 할 텐데.

"이 아까움을 요 녀석은 아직 모르겠죠."

준자부로는 여전히 유미노스케를 바라보며 입가로만 씩 웃었다.

"하지만 뎃슈라는 자가 저지른 짓은 간파해 냈지요. 몸서리가 나도록 싫었을 텐데, 그런 일."

마루스케도 그렇게 생각한다. 푸성귀나 팔러 다니는 가난뱅이 홀아비가 잘나가는 가겟집의 뭐 하나 부족할 게 없는 도련님한테 품을 만한 감정이 아님은 잘 알지만,

—불쌍하구나.

"이 녀석도 누구 못지않게 골치 아픈 놈이에요."

준자부로는 어깨를 조금 움츠리며 웃고 하품을 했다.

"쌀쌀해졌네요. 그만 잘까요, 마루스케 씨?"

"예."

"내일은 저도 마루스케 씨를 따라나서서 장사를 도울게요. 먹이고 재워 준 값을 해야죠. 쫓아내지만 말아 주세요."

먹인 건 거저 얻은 음식이었지만, 마루스케는 준자부로와 함께 행상을 다녀보고 싶은 마음이 생겼다.

"예, 저야 좋죠."

이불 옷옷처럼 소매까지 달린 이불을 뒤집어쓰고 살짝 삐뚤어진 내천 자가 되도록 누웠다. 그러고는 입김을 불어 등잔불을 껐다.

어둠 속에서 준자부로가 말했다. "유미노스케 녀석, 요즘도 가끔 이불에 쉬를 해요. 오늘 밤은 괜찮겠지만……."

마치 듣고 있었다는 듯이, 유미노스케가 몸을 뒤척이다 준자부로를 걷어찼다.

3

가와이야의 준자부로는 채소 행상에도 수완을 보였다.

마루스케가 물건을 떼 오는 우치노 가와 하시모토 가에서는 자기를 마루스케의 조카라고 둘러대며 싹싹하게 인사하고, 오늘은 둘이 나섰으니 물건도 평소보다 두 배를 받자며 직접 나서서 채소를 사들였다.

가카에 번저에서 수확하는 작물은 크고 모양 좋은 것들을 번저용으로 따로 떼어 놓은 뒤, 그 나머지를 팔게 되어 있다. 그런 나머지 작물 중에는 돈을 받고 팔기는 어렵겠다 싶을 정도로 말라비틀어지거나 색깔이 나쁘거나 시들어 버린 작물도 섞여 있는데, 대개는 마루스케의 입으로 들어간다. 그래서 마루스케는 상태가 안 좋은 작물을 다시 골라내서 행상하는 바구니에는 담지 않는다.

그런데 준자부로는 그런 것들까지 메고 나가겠다고 한다.

"그게 팔릴까요?"

"뭐, 일단 해 보려고요."

그러고는 마루스케가 늘 돌아다니는 구역을 일러 주자 그보다 한 동네 정도 더 돌아봅시다, 라고 말했다.

"나선 김에 유미노스케를 집까지 데려다 줄 수 있으니 마침 잘됐네요."

마루스케는 평소처럼 네 점(오전 열시)에는 짓토쿠 나가야로 돌아왔다. 마루스케가 채소를 메고 오기를 기다리는 손님들이 정해져 있어서 그런 곳들을 터벅터벅 돌아다니기만 하면 충분히 장사가 된다.

준자부로는 반 각 만에 바구니 속 채소를 깨끗하게 비우고 돌아왔다.

무엇보다 생전 처음 나선 행상이었고 처음 가 보는 동네에서 다 팔아치우고 왔으니 마루스케도 놀라지 않을 수 없었다. 도저히 팔 수 없을 듯하던 찌꺼기까지 깨끗이 팔아 치웠다.

"덤으로 얹어 줘 버렸죠."

이거랑 이거를 합해서 여덟 문. 하지만 한 다발 더 사시면 이걸 얹어 드릴게요, 하면서.

"재미있었어요. 덤을 얹어 주고 나서, 근데 아줌마, 이거 어떻게 먹는 겁니까, 하고 물으니 얼마나 살뜰하게 가르쳐 주던지. 절여서 먹는다는 둥 잘게 썰어서 솥에 넣으면 밥 양을 늘리는 데 딱 좋다는 둥 닭 모이로 쓴다는 둥 뿌리를 잘라서 집 근처에 묻어 본다는 둥."

하나, 두이, 서이, 하며 팔아 치운 오늘의 매상은 마루스케의 그것에 견줘도 손색이 없었다.

"여기저기서, 젊은 오라버니, 내일도 올 거죠? 하고 묻던데요."

신이 난 표정이다.

그런데 준자부로는 오늘 아침 유미노스케의 숙취가 심해서 가와이야에서 꾸중을 들었다고 한다. 특히 형제의 어머니가 화를 냈다.

"준자부로 씨가 행상 차림을 하고 있으니 더욱 화가 나셨겠지요."

"모처럼 착실하게 장사를 배우려고 하는데, 완고한 어머니가 이해를 안 하시네요."

하는 수 없이 일단 집에 돌아갑니다만—하며 아쉬운 표정을 짓는다.

"또 와도 되나요?"

"저야 언제라도."

마루스케는 진심을 담아서 고개를 끄덕였다.

"하지만 준자부로 씨, 어머니께서 화를 내시는 것도 당연합니다
요."

알죠, 잘 압니다, 하고 준자부로는 손을 살랑살랑 내젓고 붉은 목
도리를 둘렀다.

"그런데 마루스케 씨, 채소만 팔지 말고 다른 것도 팔아 보면 어
떨까요?"

제철 꽃은 어떠냐고 한다.

"우치노 가도 하시모토 가도 정원이 훌륭하던데요. 이 근방은 볼
만한 것이 산울타리 정도밖에 없는데, 그곳은 뭐랄까 자연의 멋이
가득하달까, 온갖 꽃나무가 자라고 있더군요."

죽절초와 와비스케_{동백꽃의 일종으로 꽃이 활짝 피지 않고 절반쯤 피어 보이는 게 특징.} 오늘
아침 그 꽃나무들이 눈에 띄었다고 준자부로는 말했다.

"와비스케는 지금부터 제철이니까 불전에 공양할 꽃으로 찾는 사
람도 있지 않을까요? 죽절초는 정월에 없어서는 안 되는 꽃이고요.
지금 번저 사람한테 미리 얘기해 두는 편이 좋겠어요."

이 근방 가카에 번저의 정원에는 온갖 꽃들이 흐드러지게 피므로
푼돈이라도 받고 팔 수 있다면 번저 측에도 반가운 이야기이리라.

"그렇지만…… 제가 꽃을 판다고요?"

늙은이가 꽃을 팔러 다니면 모양새가 나겠습니까?

준자부로는 웃었다. "부업인데 어때요."

그럼 저는 이만, 하며 준자부로가 사라진 뒤에도 마루스케는 한동안 감탄했다.

저 젊은이는 타고난 장사꾼이구나.

오후가 되자 이즈쓰 헤이시로가 짓토쿠 나가야를 찾아왔다. 오늘은 유미노스케가 아니라 젊은 도신 마지마 신노스케를 동반했다.

인질을 잡고 난동을 부리던 센타로를 짓테 하나로 간단히 제압한 나리가 바로 이분인가—하며 마루스케는 마지마 신노스케를 황송한 마음으로 바라보았다. 초면이지만 그 활약상이라면 이즈쓰 나리한테 자세히 들었다.

그런 눈으로 바라본 탓이겠지만 참으로 의연한 마치 관리의 모습이다. 나이는 어리지만 훌륭하시네, 하고 탄복하는 한편,

—이렇게 제대로 생긴 옴팡눈도 드문데.

하고 생각했다. 게다가 어딘지 기운이 없어 보인다. 이것은 마루스케의 오해가 아니었다.

"신 상이 요즘 기운이 없어서 기분 전환을 위해 유람까지는 못 해도 가레산스이*물을 쓰지 않고 돌과 모래를 배치해 산수를 나타내는 정원 양식*를 구경하는 셈치고, 이 근방 팔만 평의 겨울 풍경이나 보여 주려고 같이 왔네."

헤이시로는 긴 턱을 흔들며 말했다.

"볼만한 풍경도 없습니다요."

살짝 기운 정도가 아니라 겨우 버티고 서 있는 듯한 나가야와 진흙투성이 바구니와 얼굴 동그란 늙은이뿐이다.

"그래도 어제는 찬합 덕분에 용궁에 다녀온 기분이었습니다요."

동그란 머리를 숙이고 둥글둥글한 몸을 더욱 둥그렇게 구부리며 인사하자 이즈쓰 헤이시로는 웃는 얼굴로 말렸다.

"됐네, 됐네. 그보다 얘기나 들어 보세."

유미노스케의 숙취 이야기를 묻는다.

"고헤이지가 가와이야에 갔다가 듣고 왔더군. 상세히 말해 보게."

고헤이지라면 나리를 모시는 주겐의 이름이다. 발 빠른 주겐이로고. 이런 사람들 틈에 섞여 있으니 유미노스케 님이 어디 소변이나 제대로 볼 수 있겠나, 그러니까 가끔 이부자리도 적시는 거겠지, 하고 마루스케는 유미노스케를 동정했다.

"유미노스케 님이 손위 형님과 함께 여기 왔다고 들었네만."

신노스케의 점잖기 짝이 없는 말본새를 들으면 준자부로는 눈을 동그랗게 뜨고 말리라. 손위 형님과 함께? 그거, 날 두고 하는 말?

속에서 웃음이 비어져 나와, 마루스케는 어제부터 오늘 아침에 이르기까지를 즐겁게 들려주었다.

헤이시로는 몹시 즐거워했다. 신노스케도, 소년이 숙취라니, 만담에나 나올 법한 얘기로군요, 하며 웃는다.

"나리는 준자부로 씨를 잘 아십니까요?"

"아니, 만나 본 적도 없네. 나는 가와이야 주인의 동서이긴 하지만 저쪽도 날 어려워하는 눈치고 나도 번거로워서 서로 왕래가 없네. 유미노스케만 드나들지."

"올봄에 가와이야 집안에서 큰 소동이 있었다는 이야기는."

"그 얘기라면 유미노스케한테 들었네."

이즈쓰 헤이시로가 고개를 끄덕이며 턱을 쓰다듬는다. "그런데 준자부로도 재미있는 녀석이로군."

실 끊어진 연이라, 하며 양 소매를 잡고 펄럭여 보인다. 그러고 보니 지난밤 준자부로가 하던 몸짓과 꼭 닮았다.

"유미노스케 녀석이 물건 하나를 숨겨 두고 있었군. 안 그래, 신상?"

의미심장한 눈짓을 보냈지만 마지마 신노스케는 못 알아듣는 눈치다.

"무슨 말씀이신지?"

이런, 하며 헤이시로가 맥이 빠지는 시늉을 했다. "모르겠나? 우리가 찾고 있는 '끈'에 딱 맞는 인물이잖나."

끈이라니, 그게 뭐지? 마루스케도 영문을 알 수 없다.

"사실은, 마루스케." 헤이시로가 이야기를 시작했다. "오늘은 특별한 용건이 있어서 왔네. 다름이 아니라 센타로 때문이야."

기약 없이 옥에 갇혀 있는 센타로.

"아직 조사다운 조사도 시작되지 않아서 그자가 무슨 이유로 난동을 부렸는지 그 깊은 내막은 밝혀지지 않았네. 밝혀진들 무슨 대수냐고 처벌해 버리는 것이 부교쇼의 방식이지. 그자는 백주대로에서 칼을 들고 난동을 부렸어. 거기에 이런저런 내막이 있었으니 정상참작의 여지가 있다고 신경 써 줄 사람은 아무도 없네. 보잘것없는 조닌이 받는 재판이란 다 그런 법이지."

헤이시로는 가볍게 이야기하지만 마루스케는 센타로 생각에 가슴이 아팠다. 뒷돈을 쓰면 어떨까요, 라며 이 방에서 고개를 숙이고 있던 오테이의 얼굴도 눈앞에 선하다.

"그래서 말인데, 우리가 은밀히 손을 쓰고 있네." 헤이시로는 계속 말했다.

"손을 써요?"

"그래."

센타로의 복권 당첨금을 거의 다 벗겨 먹고 복신이란 소문을 내서 신자를 끌어 모아 돈을 버는 등 센타로를 이용하다 차 버린 이케노하타의 간이찻집 주인을 혼내 주겠다고 한다.

미후쿠야라는 간이찻집이다. 사실 마루스케는 센타로가 포승을 받았다는 이야기를 오테이한테 듣고 혼자 이케노하타까지 가서 그 찻집 간판을 보고 온 적이 있다. 쳐들어갈 용기는 없었지만 안에서 누가 나오면 노려보기라도 해 주자 싶었는데 결국 아무도 만나지 못했다. 그래서 간판만 노려보다가 돌아왔다.

"그래, 미후쿠야다." 헤이시로가 손뼉을 짝, 쳤다. "복권에 당첨되었다가 망가진 자가 센타로만은 아닐 거야. 미후쿠야는 복권을 팔아서 돈을 벌 뿐만 아니라 그런 짓으로 더 큰 재미를 보고 있었네."

센타로만 처벌받고 미후쿠야는 태평하게 잘살면 형평이 맞질 않잖아, 하고 헤이시로는 말했다.

"마침 지금이 기회일세." 마지막 신노스케가 진지한 낯으로 말했다. "닷새 뒤 올해의 마지막 복권 추첨이 있네. 유시마텐진 복권 말이야."

오테이가, 복권을 사 볼까요, 라고 하던 그 복권이다.

"당첨자한테는 센타로 때처럼 이런저런 놈들이 떡고물을 바라고 몰려들 거야. 미후쿠야도 틀림없이 움직일 테니까―."

그 현장을 풍기문란 혐의로 덮친다.

아하, 하고 마루스케는 동그란 볼에 한 손을 댔다.

"나리께서 그리하신다면 잘될 겁니다요."

하지만 그런다고 센타로가 풀려날 수 있을까. 속은 조금 후련할지 모르지만.

"그러니까 센타로의 고발 덕에 미후쿠야의 행태를 알게 되었다고 보고하는 거지. 황송하오나 저는 미후쿠야에서 이런 속임수와 사기를 당했습니다, 라고 고발했다고 말이야."

"그 고발을 따라 조사를 시작해서, 마침내 우리가 그런 불상사가 분명히 있었다는 사실을 밝혀냈다고 끌고 가는 거다."

신노스케도 조금 생기가 돌아왔다.

그렇게 되면 센타로는 미후쿠야 건에 대한 증인이 된다.

"복권과 관련된 범죄라면 시중에 흔한 난동 사건하고는 달라. 부교쇼에서도 방치해 둘 수 없을 테지. 그러면 미후쿠야 건을 즉시 처리할 텐데, 그 김에 센타로의 난동 사건도 함께 처리하게끔 우리가 따로 손을 쓰기로 했네."

그 찬합—하고 헤이시로가 문득 화제를 돌린다.

"맛있었나?"

마루스케는 힘주어 고개를 끄덕였다. "그럼요."

"자네가 마치 관리가 됐다고 치세. 그런 찬합을 매일 받아먹으면 기분이 어떻겠나?"

마루스케는 동그란 눈을 더욱 동그랗게 떴다.

"뇌물로 말입니까?"

"그래. 그것도 우리 수단 가운데 하나지."

아하, 하고 이번에는 마루스케도 감탄하는 소리를 냈다.

"나리께서 뇌물을 쓰시겠다고요?"

"벌써 썼네. 부교쇼의 그쪽 담당한테."

나도 생각 없이 사는 원숭이는 아니거든, 하며 쓸데없는 말을 덧붙인다.

"나라고 그런 연줄이 없지는 않아. 놀랐는가?"

마루스케는 진심으로 감탄했다. 그 나리는 안 된다는 오나카의 짐작이 빗나갔다.

"얼마 전에…… 벌써 일 년이 지났나, 어떤 사건 때문에 그런 연줄이 될 만한 사람을 알게 되었지."

사에키 조노스케라는 도신이라고 한다.

"시중 순시관이지만 직무에는 나보다 더 게으른 사람이더군. 핫초보리에 있는 집은 남에게 세를 주고 본인은 어디서 사는지도 분명치 않을 만큼 떠돌이 기질이 있어. 그런데도 어찌 된 일인지 대단한 마당발이라 이렇게 다리를 놓아 주는 일에 능하거든."

참으로 알다가도 모를 사람이란 말이야, 하고 헤이시로는 힘주어 말했다.

"얼굴도 나보다 길어!"

무슨 상관이람.

"그 사에키 나리께 매일 그런 찬합을?"

"음. 일 년 전에는 놀잇배를 빌려서 진수성찬을 대접했지. 이번에는 구색을 바꿔 보는 편이 재밌을 듯해서."

그 열의가 통했나 보다. 사에키라는 나리는 잘 알겠다면서 청을 들어주기로 했다고 한다.

"말수가 적은 사람인데, 편지도 짧더군."

편지에 '승承'이란 한 글자만 적어서 보내 왔다. 그 뒤에 일이 진척되자 '성成'이란 글자를 보냈다. 만약 모든 일이 순조롭게 끝난다면,

"무슨 글자를 써 보낼까, 마루스케? 내 생각에는 '승勝'이라고 써 보낼 듯한데."

이 나리는 역시 '사람'에게 흥미가 많은 분이구나.

"다만, 한 가지 문제가 있네."

신노스케는 어디까지나 진지하기만 하다.

"미후쿠야의 동향을 자세히 파악하려면 누군가가 그 가게 내부로 잠입해야 해. 시간은 앞으로 닷새밖에 없는데, 그 잠입하는 일이 좀처럼 뜻대로 되질 않고 있네."

"마사고로 행수님의 수하들이 있지 않습니까요?"

마사고로는 헤이시로가 신뢰하는 오캇피키다. 그 사람이 조련한 수하라면 틀림없으리라고 마루스케도 생각했다.

이즈쓰 헤이시로는 제 목덜미를 쓰다듬었다. "우리도 처음에는 그러려고 했는데, 그게 아직은……."

접근하기는 쉽다. 미후쿠야에 복권을 사러 가서 잠깐 노닥거리다 안주인과 안면을 트면 된다. 하지만 마사고로의 수하는 거기에서 더이상 진척시키지 못하고 있다.

즉 안주인과 끈끈한 관계를 맺지 못한다.

"마사고로 수하 중에서 인상이 제일 좋은 이노지라는 자를 보냈는

데, 이자가 여자들한테 호감을 사긴 해도 여자를 다루는 데는 그다지 능숙하지 못하더군."

가벼운 맛이 없어, 하고 헤이시로가 고민하는 얼굴로 말한다.

"가벼운 맛입니까요?"

"음. 마사고로 수하들은 전부 이런저런 사정으로 세파에 쩐 자들이야. 그래서 무겁지. 좀 더 아쉬울 것 없이 자란 바보가 필요해."

신노스케는 당황한다. "진짜 바보여서는 곤란하네. 머리는 좋지만 바보처럼 보이는 자가 좋다는 말이야."

더불어 여자 다루는 데도 능숙해야 하고.

"이대로 이노지로 밀고 나가더라도 실패하지는 않으리라고 생각하네. 그래도 조금 더 확실하게 손을 써 두고 싶어. 더 깊이 파고들어 갈 수 있는 끈이면 좋겠지."

끈이란 그러니까 첩자를 이르는 말이다. 이 경우는 내통자라고 해야 더 어울릴까.

"그 편이 좀 더 쉽게 풀릴 테니까."

"미후쿠야에서도 안주인 혼자 일을 꾸민 게 아니라 그밖에도 관련자가 더 있을 텐데. 그놈들에 대해서도 파악해야 해."

그건 더 쉽지 않겠지, 하고 마지마 신노스케가 탄식한다.

미후쿠야에 침투할 능력이 있는 인물 말인가?

"붙임성 좋은 사람이요?" 마루스케가 물었다. 두 도신은 그렇지, 그렇지, 하고 고개를 끄덕인다.

"손님으로 찾아가서 금방 한패가 될 수 있는?"

앞으로 겨우 닷새 안에.

복권에 관심이 많아야 하고, 센타로를 벗겨 먹었다는 미후쿠야의 안주인을 능란하게 후리고, 한패라고 믿게 만들고, 복권에 당첨된 손님만 붙잡으면 우린 더 큰 재미를 볼 수 있다니까, 라는 말까지 끌어내야 한다.

"당신도 한몫 끼어 볼래, 같은 말이요?"

"그렇지, 그렇지." 두 도신이 또 고개를 끄덕인다.

미후쿠야가 하는 짓이 명백한 범죄는 아니다. 지저분한 장사일 뿐이다. 그러니 제안을 했을 때 냉큼 달려들 법한—아니, 달려들 법하다고 여겨질 만큼 경박해 보이는 사내가 필요하다.

준자부로 씨라면, 하고 마루스케는 저도 모르게 말했다.

"잘해낼 수 있을 듯합니다요."

그렇지? 하며 이즈쓰 헤이시로가 활짝 웃는다.

"나도 자네 얘기를 듣다 보니 확신이 생겼네."

유미노스케의 형이라. 정말 뜻밖이야, 하며 이미 결정되었다는 듯이 말한다.

"당장 가서 끌고 오자고."

마지마 신노스케를 재촉해서 자리에서 일어난다. 그러다 문득 생각난 듯이 말했다.

"내가 찾아온 용건은, 이런 얘기를 오테이한테 전해 주라는 걸세. 센타로 걱정에 전전긍긍한다는 얘기를 마사고로한테 들었는데, 이제는 안달하지 말라고 자네가 잘 타이르게. 자네가 말해야 마음을 놓을 테니."

용건의 순서가 뒤바뀌었다. 그러나 헤이시로는 오테이의 상황도 잘 알고 있다.

두 도신은 바람처럼 떠났다. 무언가에 홀린 듯한 표정을 짓던 마루스케는 잠시 후에야, 자신의 섣부른 한마디가 준자부로를 심각한 사태로 끌어들였구나 싶어 안색이 창백해졌다. 하지만 이미 엎질러진 물이었다.

하루, 이틀, 사흘.

날짜를 헤아리며 마루스케는 기다렸다. 오만의 위패에도 기도하면서 기다렸다.

오테이의 문제는 더 미룰 수 없으므로 바구니를 메고 이리야로 갔다. 채소 행상하는 늙은이가 지나가는 길에 들렀다고 하면 오테이의 주인 쪽 사람들도 의심하지 않을 터였다.

오테이는 기뻐하다가 걱정하다가 미안해하느라 바빴다.

"제가 이즈쓰 나리는 도움이 안 된다는 식으로 이야기했었는데."

그렇게 말한 사람은 오테이가 아니라 오나카였다. 미안해할 일이 아니다.

"센타로 씨를 많이 걱정해 주고 계셨군요⋯⋯."

허리 숙여 절하는 오테이를 보며 마루스케가 말했다. "준자부로 씨가 무사히 끈 역할을 하게 해 달라고 기도하는 편이 좋을 게다."

"그런데 준자부로 씨가 누구죠?"

유미노스케를 모르는 오테이로서는 더욱 짐작이 가지 않는다.

"멋진 사내야." 마루스케는 그렇게만 대답했다.

오나카한테도 사정을 전했다. 그녀는 미안해하는 기색도 전혀 없이 말했다.

"나리를 다시 봐야겠네요."

콧대가 높다.

"그보다 준자부로 씨가 누구예요?"

멋진 사내야, 하고 마루스케는 똑같이 대답했다. 오나카가 반갑다는 듯이 활짝 웃더니 두 다리를 한쪽으로 모아 편하게 앉는다.

"그럼 아저씨, 다음번에 저한테도 소개시켜 줘요."

자칫 마루스케가 가와이야 안주인한테 호되게 혼이 날지도 모르는 부탁이다.

준자부로의 착상을 살리는 쪽이 미후쿠야에서 준자부로가 제대로 활약하는 결과로도 이어질 듯해서—근거는 없는 생각이지만—우치노 가와 하시모토 가에 그 와비스케와 죽절초를 거래하자고 제안해 보았다. 우치노 가는 반응이 미지근했지만 하시모토 가의 농막에서는 좋은 생각이라며 냉큼 호응해 주었다.

"어느 번저나 마찬가지겠지만 예산이 빠듯하거든. 동산바치를 고용하면 돈이 많이 드니까 아무래도 정원 손질도 가미야시키_{지방 영주가 에도에서 운영하는 번저들 중 가장 중심이 되는 번저로, 대개 에도 성 가까이에 자리 잡는다} 쪽을 우선하지. 여기는 우리들이 어깨너머로 배운 대로 손질하고 있네. 꽃나무들이 너무 제멋대로 자라서 정신이 없어."

그런 물건이 돈이 된다니 두말할 이유가 없다고 한다.

"잠깐 살펴보러 가지. 팔 만한 꽃이 있는지 찾아보자고."

내다 팔 물건이라면 손질할 때도 정성이 들어간다며 농막 일꾼은 기뻐했다.

그날 마루스케는 시험 삼아 와비스케 꽃봉오리가 달린 가지를 몇 가닥 바구니에 꽂아 두고 행상을 돌았다. 이 가지는 빨간색과 흰색이 섞인 꽃이 핀다네, 하고 농막지기가 말했던 가지다.

마루스케의 요령이 서툴렀는지 꽃가지를 사겠다는 사람이 없었다. 그래서 준자부로 흉내를 내서 덤으로 주어 보았다.

"어머, 풍류를 아시는 분이네."

나가야 아낙들이 그렇게 말했다.

이튿날 그 나가야에 가 보니,

"우리 집 옆에 옆에 있는 셋집 아슈? 신나이^{샤미센 반주에 맞춰 독특한 억양으로 들려주는 이야기인 조루리의 일종으로, 주로 남녀 간의 정사(情死)를 다루었다} 사범이 살고 있는데, 그분이 아저씨가 꽃을 들고 오면 사겠다고 합디다."

어제 그 와비스케 꽃봉오리가 열리니까 얼마나 예쁜지 몰라요, 하면서.

동백과 거의 똑같이 생긴 '와비스케'는 뭐가 그리 미안한지 사죄하는 것처럼 고개를 숙이고 핀다고 해서 그런 이름이 붙었다고 한다^{'와비'는 '사죄'라는 뜻이다.} 마루스케는 이 꽃과 마찬가지 심정이었다. 준자부로 씨는 괜찮으실까.

하루, 이틀, 사흘, 나흘, 닷새, 엿새. 마루스케는 기다렸다. 매일 오만의 위패 앞에 고개를 숙였다. 가와이야 형제가 방문한 뒤로는 어쩐지 꿈자리에 나타나지 않는 오만은 무얼 하고 있을까. 혹시 준자부로 곁에서 그를 지켜 주고 있을까. 그렇다면 좋으련만, 하고 마루스케는 기원했다.

유시마텐진 복권은 이미 추첨이 끝났을 터였다. 마루스케가 사는 후카가와 외곽에서는 당첨자가 나왔다는 소문도 없었고 어디의 누가 당첨되었다더라는 풍문도 듣지 못했다. 헤이시로도 통 모습을 보이지 않는다.

그러다가 마침내 이레째 되는 날 아침.

아직 어둠도 채 물러가지 않은 추운 겨울 새벽, 마루스케가 목에 수건을 두르고 바구니를 메고 채소를 떼러 나가려고 할 때였다. 저 멀리 겨울의 삭막한 논밭 사이 좁은 길을 따라 눈에 잘 띄는 붉은색 목도리가 다가오고 있었다.

마루스케는 얼른 손을 흔들었다. 붉은색 목도리도 손을 흔들며 이쪽으로 달려온다.

"아이고, 하마터면 늦을 뻔했네요."

준자부로는 숨을 헐떡였다.

"물건 떼러 가세요? 저도 같이 가요."

아무 일도 없었다는 얼굴로 상의 옷자락을 허리띠에 구겨 넣는다.

"미후쿠야는요?"

무엇보다도 마루스케의 입에서 제일 먼저 튀어나온 물음은 그것이었다.

"예외 없이 오라를 받았죠."

준자부로는 짤막하게 대답하고 하얀 이를 드러내며 웃었다.

"세작 시늉도 재미있었지만요,"

"그런데요?"

아쉬울 것 없이 자랐으니 가볍다. 붙임성이 좋고 두뇌가 뛰어나지만 가벼운 탓에 아무 생각도 없는 사람처럼 보인다. 게다가 여자를 다루는 데 능하다.

준자부로는 그런 얼굴로 새벽부터 간들거리는 웃음을 지어 보였
다.

"가끔은 나이 든 여자도 괜찮던걸요."

하시모토 가 농막 일꾼은 일전에 온 적이 있는 준자부로를 기억하
고 있었다.

"꽃을 팔아 보자는 게 그쪽 생각이었다고?"

그리고 보니 꽃장수는 마루스케 씨보다 젊은이가 더 어울리겠군.

준자부로는 그날 느지막이 핀 소국도 받아서 출발했다. 장사를 마
치고 짓토쿠 나가야에서 만나고 보니 바구니가 텅 비어 있다.

"이렇게 싹 팔아 치우니 마루스케 씨가 드실 푸성귀가 없네요."

장사 요령에 대해서 이야기하며 점심을 들고 있는데 마사고로 행
수의 심부름이라며 젊은이가 나타났다. 이름을 이노지라고 밝힌다.

"아, 세작으로 일했다는."

듣던 대로 인상이 좋은 이노지는 쑥스러운 듯 웃음을 지으며, 아
이고, 그런 말씀 마십시오, 하고 손사래를 친다.

"준자부로 씨가 돕지 않았으면 저 혼자서는 그렇게 깨끗하게 처리
할 수 없었어요."

나리는 뒤처리로 바쁘셔서 제가 대신 마루스케 씨에게 전말을 알
려 드리러 왔습니다, 라고 한다.

"준자부로 씨, 어디까지 말씀드렸어요? 마루스케 씨는 어디까지
들으셨어요?"

마루스케와 준자부로는 한 목소리로 말했다. "미후쿠야 안주인이 나이는 들었어도 꽤 괜찮더라는."

못 말린다니까요, 하며 이노지는 어이없어했다.

헤이시로가 짐작한 대로 복권에 당첨된 자를 먹잇감으로 삼으려는 것은 안주인 혼자 벌이는 일이 아니었다. 아니나 다를까, 안주인에게 훈수를 두는 남자가 있었다. 그 두 사람이 주역이고 나머지는 조역에 지나지 않았지만 모두 줄줄이 오라를 받았다.

"센타로 씨도 감옥에서 고발장을 올렸으니까 이제 조사도 진행되겠지요. 정월까지는 훈방되지 않을까 하시더군요."

"어떤 처벌을 받는답니까."

마루스케의 물음에 사람 좋은 이노지는 몸을 살짝 움츠리며 답했다.

"곤장 백 대."

말이 쉽지 백 대를 맞으면 산송장이나 다름없어지고 자칫 그대로 죽어 버릴 수도 있다고 마루스케도 들은 적이 있다.

이노지는 마루스케에게 웃음을 지어 보였다.

"걱정할 필요 없습니다. 백 대까지는 안 가니까요. 죄인이 기절하면 곤장을 멈춥니다. 나리가 미리 손을 써 두셨으니까 센타로도 연기를 잘할 겁니다."

아마 스무 대 정도겠지요, 라고 말한다.

"사에키 나리께서 충분히 손을 쓰고 계시니, 곤장을 치는 사람도 적당히 치겠지요."

그것도 찬합을 통해 거래한 내용이다.

"문제는 센타로가 거처할 곳입니다. 돌아올 곳이라야 여기밖에 없잖습니까."

슬쩍 탐색하는 눈빛으로 말하는 이노지에게 마루스케는 즉시 대답했다. "제가 맡지요."

"역시 일이 그렇게 되나요." 준자부로도 고개를 끄덕인다. "같이 행상을 하시려고요?"

마루스케는 고개를 끄덕였다. 바로 얼마 전까지는 떠올려 본 적도 없는 일이지만, 그저 떠올리지만 않았을 뿐 마루스케의 마음속에서 여물어 가던 생각이다. 방금 그걸 깨달았다.

사악한 꼬드김이었다고는 해도 한때 복신으로 추앙받던 센타로다. 흙투성이 채소를 메고 다니는 행상은 이전 생업이었던 품팔이 목수 일보다 고달파 내키지 않을지도 모른다.

하지만 뭐 어떤가. 한 번 굴러서 신이 되고 또 한 번 굴러서 행상이 된다. 어차피 구르는 건 매한가지다.

마루스케는 그런 생각을 떠듬떠듬 말해 보았다. 이노지와 준자부로가 따듯하면서도 진지한 눈빛으로 듣는다.

"그럼 나도 굴러 볼까." 준자부로가 말했다. "센타로 씨가 올 때까지 제가 대신할게요. 단골을 많이 만들어 두면 센타로 씨도 일하기가 수월하겠죠."

언젠가 오테이가 그랬듯이 마루스케는 절이라도 하고 싶은 심정이었지만, 곁에 있던 이노지는 쓴웃음을 짓는다.

"글쎄요, 어차피 준자부로 씨도 그래야 할 사정이 있지 않나요?"

왠지 준자부로는 딴청을 피운다. 그 얼굴을 가리키며 이노지가 말했다. "준자부로 씨는 한동안 가와이야로 돌아가지 못합니다. 미후쿠야 일당에게 보복당할 염려는 없지만, 거기 드나들던 손님들한테 얼굴이 팔렸을 테니까 소동이 잠잠해질 때까지 얌전히 있어야 하거든요."

그래서 마루스케 씨가 숨겨 주셨으면 하는 겁니다, 라고 말한다.

"잘 부탁드립니다." 준자부로는 한 손으로 합장하는 시늉을 하며 마루스케에게 허리를 숙였다. "집에는 유미노스케를 시켜서 적당히 둘러대 놓겠습니다."

마루스케도 마다할 이유가 없다.

"허, 정말이지 준자부로 씨는 대단한 배우네요." 이노지가 준자부로를 칭송했다. "저희 행수님도 감탄하시더군요. 어차피 구르는 김에 아예 행수님 수하가 되어 볼 마음은 없으세요?"

"이노지 씨와 겨루기는 내키지 않는걸요."

"저는 행수님이 아니라 안주인님의 수하로 메밀국숫집이 있어요. 다만 유미노스케 도련님이 나중에 이즈쓰 나리의 뒤를 이으면 준자부로 씨는 동생한테 증을 받는 오캇피키의 수하가 될 테니, 그 점이 걸리지만."

그쪽으로 구르는 건 생각해 볼 일이네요, 하며 준자부로는 떨떠름해했다. 그 대목에서만 체면을 세우며 떨떠름해하다니 재미있다.

"아, 근데 마루스케 씨의 부인, 성함이 오만 씨였죠?"

준자부로는 오만의 위패를 돌아다보며 이번에는 양손을 가지런히 모아 합장했다.

"이런저런 사정으로 폐를 끼치게 됐습니다. 시끄러운 놈이지만 밥

값은 할 테니까 모쪼록 잘되도록 도와주십시오."

마루스케는 귀를 기울였다. 오만이 깔깔 웃는 소리가 들리려나.

들리지 않았다. 하지만 마루스케의 가슴에는 따뜻한 기운이 가득 찼다.

점점 추위가 더해 가는 가운데 마루스케와 준자부로는 행상에 힘을 쏟았다. 미후쿠야에서 있었던 일은 준자부로도 전부 밝히기 어려운 사정이 있는지, 이야기가 시종 맥락 없이 산만하다. 그래도 웃지 않고서는 듣기가 힘들어서 마루스케는 센타로에게 미안한 마음도 들었다.

그렇게 수다스럽게 이야기를 들려주는 와중에 준자부로는 중요한 사실을 일러 주었다.

"해가 바뀌면 복권이 전부 금지된다고 해요."

지샤부교쇼의 결정이고, 마치부교쇼 내에서도 벌써 알려져 있으며, 머지않아 금지령이 떨어질 거라고 한다.

"사실 풍기문란의 원인이긴 하죠. 하지만 그건 가난한 자들의 꿈이잖아요. 갑자기 금지하면 불평도 나오겠죠. 그래서 이번 미후쿠야 일당을 체포한 일이 훌륭한 본보기였다는 군요."

"본보기요?"

"예. 복권이 있으니까 이런 자들이 나오고 신세를 망치는 자도 나온다. 부교쇼에서는 그것을 시중에 널리 알려서 금지령을 받아들일 만한 분위기를 만들려는 거죠. 나리들이 아무 계산 없이 움직이지는 않습니다."

뭐, 이즈쓰 이모부는 좀 다르지만, 하며 준자부로는 유쾌하게 말했다.

　준자부로는 짓토쿠 나가야의 관리인인 도쿠에몬이나 오나카와도 금방 친해졌다. 오나카하고는 지나치게 친해졌다. 그가 오고 닷새째 되는 날 저녁, 셋이서 술을 마시고 난 뒤 오나카가 준자부로의 소매를 잡아끌며 자기 집에 가서 한잔 더 하자고 하기에 마루스케가 진땀을 흘리며 말렸다. 키가 껑충한 오나카를 쫓아내기란 동그란 마루스케에게는 힘겨운 일이다.

　준자부로는 미련이 많은 얼굴이었다.

　"저렇게 막대기처럼 마른 여자는 품어 본 적이―."

　"지금까지 없었다면 앞으로도 없는 것으로 쳐 두는 편이 좋습니다요!"

　여자를 좋아해도 정도가 있지.

　그날 밤 오만이 간만에 마루스케의 꿈자리에 나타났다.

　말은 하지 않았다. 그저 빙글빙글 웃으며 마루스케를 보고 있다. 전보다 모양이 더 희미해져서 몸이 거의 투명해 보인다. 분명히 꿈임을 알 수 있었다.

　오만이 마루스케에게 손을 흔들었다.

　―왜, 어디 가게?

　흠칫 놀라며 눈을 뜨니 옆에서 준자부로가 코를 골고 있다.

　마루스케는 어깨를 들썩이며 숨을 몰아쉬었다. 꿈에서는 들리지 않던 오만의 목소리가 마루스케의 마음속에서 부드럽게 울렸다.

　―여보, 당신도 이제 외롭지 않구려.

　마루스케는 손바닥을 얼굴에 댔다. 그러다가 양손으로 얼굴을 감싸고 말았다. 듣지 않는 오른손 손가락이 겨울밤 냉기에 시렸다.

외롭지는 않지만 당신을 못 보면 섭섭하지.

하지만, 언제까지나 당신을 붙들어 두면 안 되겠지. 당신도 당신 갈 곳으로 가야 할 테니까.

—지금까지 고마웠네.

그는 다시 눕지 못하고 앉아 있었다. 그래서 동트기 전에 빗장을 지른 아귀가 맞지 않는 문을 톡톡 두드리는 소리가 났을 때도 그리 놀라지 않았다.

"마루스케 씨, 준자부로 씨."

이노지의 목소리였다. 마루스케는 이불을 젖히며 얼른 일어났다. 준자부로가 잠이 덜 깬 얼굴로 베개에서 얼굴을 쳐든다.

문을 열자 이노지가 미끄러지듯이 소리 없이 들어왔다.

"꼭두새벽에 죄송합니다. 그런데 마루스케 씨는 벌써 일어나 계셨네요."

팔만 평의 논밭을 건너 먼 곳에서 새벽 일곱 점(오전 네시) 종소리가 들려왔다.

"찾았습니다."

가메야 말예요, 가메야, 가메야. 그렇게 말하는 이노지의 혀가 엉킨다. 추위 탓만이 아니라 허둥대고 있기 때문이다.

"마쓰카와 뎃슈와 후미노가 있는 곳을 알아냈습니다. 이제 곧 쳐들어가 체포할 겁니다."

마루스케와 준자부로는 얼굴을 마주 보았다. 준자부로는 아직 잠기운에 눈도 제대로 뜨지 못했다.

"가메야 건의 진상을 알아낸 분이 유미노스케 도련님이잖아요. 해서 도련님한테 알렸더니 자기도 같이 가야겠다며 물러서질 않으시네요. 도련님답지 않게 떼를 쓰시더라고요. 무슨 일이 있어도 그 현장에 있겠다고. 그래서 이즈쓰 나리께서—."

무술을 익힌 형을 불러와라. 준자부로가 동행하지 않으면 유미노스케는 데려갈 수 없다.

"도련님도 호신술은 익혔지만 마쓰카와 뎃슈의 기량이 워낙 출중하다니까요. 서로 칼을 뽑아 들게 되면 무슨 일이 벌어질지 모릅니다. 그래서."

이노지가 말을 마치기도 전에 준자부로가 벌떡 일어났다.

"마루스케 씨."

예, 하며 마루스케는 이불 위에 고쳐 앉았다.

"오늘 제가 팔 물건은 여기에 가져다 놓으세요. 단골들이 기다리고 있으니까."

발길을 서두르는 두 사람을 보내고 나서도 마루스케는 잠시 넋을 놓고 있었다. 그러다 오만의 위패를 품에 꼭 끌어안았다.

전복의
사랑

1

가메야의 후미노가 종적을 감추고 이제 막 한 달이 지날 참이다.

마지마 신노스케에게는 공적으로나 사적으로나 바늘방석에 앉아 있는 듯한 한 달이었다.

공과 사 중에 어느 쪽이 더 아팠는지 비교해 보면, 실은 '공' 쪽이 견디기는 더 쉬웠다. 신노스케가 저지른 변명의 여지가 없는 과오를 숙부 모토미야 겐에몬이 뒤집어써 준 덕분에, 그것을 다시 이즈쓰 헤이시로가 참으로 능숙하게 주변에 소문을 내 준 덕분에 사정을 모르는 혼조 후카가와의 무사들에게 오히려 동정을 살 정도였다.

—아무리 친척이라지만 그 노인네 때문에 마지마가 고생이 많군.

—그렇게 꽉 막힌 노인한테 자네가 훈계를 할 수도 없었을 테지.

—너무 속상해하지 말게. 그 노인이 할복한다 한들, 그 쪼글쪼글한 배를 가른다고 뭐가 나아질 리도 없고.

부교쇼에서, 혹은 시중 지신반에서 만나는 사람들이 자신의 사정을 이해한다는 표정으로 위로해 줄 때마다 신노스케는 온몸이 쪼그라드는 심정이었다. 그러나 애초에 자기 잘못이니 몸이든 마음이든 혼이든 쪼그라들 만큼 쪼그라들어서 고통스러운 게 당연하다.

힘들기로는 '사' 쪽이 훨씬 힘겨웠다.

신노스케의 어머니이며 마지마 가의 안주인인 이세도 이 꾸며낸 이야기를 믿고 있는 사람들 가운데 하나였다. 온 친척들에게 천덕꾸러기 취급을 받다 밀려온 늙은이 겐에몬이, 아버지의 뒤를 이어 마치 관리가 된 지 얼마 안 되는 젊은 신노스케의 발목을 잡았다. 노인의 망령된 짓 때문에 신노스케가 난생 처음 공을 세울 기회를 놓치고 말았다.

이러한 사태에 대해 미안해하던 겐에몬이 제 발로 마지마 가를 떠났다. 그렇지만 원래대로라면 그 정도로 끝낼 과오가 아니다. 겐에몬은 사실 관리도 아니고 모토미야 가의 일원일 뿐인데 신노스케의 직무에 참견을 하다가 모든 일을 망쳐 버렸다. 이세의 비난은 동료 무사들보다도 신랄했다.

―주름살 쪼글쪼글한 배라도 갈라야 마땅하거늘!

저 양반이야말로 살아 있는 수치예요, 하며 콧김도 사납게 겐에몬을 저주했다. 겐에몬이 마지마 가를 떠남으로써 누구보다 속이 후련할 사람인데, 그것으로는 성에 차지 않아서 이참에 아예 이승을 떠나라는 식으로 몰아세우는 어머니를 볼 때마다 신노스케는 목구멍까지 할 말이 올라왔다. 사실을 다 말해 버릴 뻔했다.

―그만두자, 그만둬. 어차피 저런 모욕도 이제는 숙부님 귀에 들어가지 않잖아.

모든 일이 원만하게 해결되었다, 이거면 됐지 않은가, 하고.

물론 결과적으로는 이걸로 무사히 마무리되었다고 할 수 있다. 신노스케도 다치지 않았고 겐에몬은 답답한 식객 생활에서 풀려났다. 이세는 겐에몬을 천덕꾸러기로 알면서도 친척들이나 핫초보리의 이목 때문에 그를 집 안에 두고 있었으니, 이런 기회라도 없었다면 겐에몬은 계속 이 집에서 지내야 했으리라. 그대로 죽기만을 기다려야 했으리라.

당신은 이제 아무 짝에도 쓸모없는 밥벌레다. 얼른 저승으로 가주지그래. 언제까지 이렇게 팔팔하게 버틸 테야. 이 세상에 당신이 있을 자리가 어디 있다고—.

마지마 가에서만이 아니다. 지금까지 얹혀살았던 여러 친척 집에서도 겐에몬의 귀에는 늘 그런 소리 없는 비난이 들려 왔을 터였다.

노인은 이제야 그런 저주가 들리지 않는 곳으로 도망쳤다. 아무한테도 상처를 주지 않고, 어떤 의미에서는 대의명분까지 챙기면서.

그래서 새옹지마라는 말도 있잖아, 하고 헤이시로는 말한다. 신상, 차라리 잘됐어. 이제 후미노와 마쓰카와 뎃슈만 잡으면 돼.

그런데 그 일이 좀처럼 뜻대로 되지 않았다.

하늘로 솟았는지 땅으로 꺼졌는지, 두 사람의 자취가 전혀 보이지 않는다.

이제는 어느 쪽이 질기냐 입니다, 하고 마사고로는 말했다. 그의 수하들도 끈기 있게 탐문을 계속하고 있다. 그것이 그들의 소임이기 때문이다. 물론 신노스케의 소임이기도 하다.

그 말은 맞다. 하지만—.

마지마 신노스케는 그 정도로 강인하지 않다.

지난 한 달 동안 뼈저리게 느꼈다. 나는 약하다. 내 정신은 얼마나 약해 빠졌단 말인가. 얼마나 천박하고 경솔한가.

한번은 얼굴이 너무 초췌해져서 이즈쓰 헤이시로와 친하게 지내는 찬 가게 주인 오토쿠까지 걱정하게 만들었다. 자세한 사정을 모르는 이 마음씨 좋은 아주머니는 어머니처럼 걱정해 주었다. 마지마 나리, 혹시 잠을 못 이루시는 거 아녜요? 진지는 제때 드시고 계세요? 행운은 누워 있을 때 찾아오고, 배가 고프면 싸우지도 못한다고 이즈쓰 나리도 종종 말씀하십니다만, 지당한 말씀이죠. 그 나리가 게으르고 먹는 걸 밝히는 분이시긴 해도 가끔 옳은 말씀도 하시거든요.

신노스케는 요즘 잠도 잘 자고 밥도 잘 먹는다. 지금은 그렇게 자신을 잘 추스르고 있다가 때가 오면 소임을 다하는 것이 자신이 할 수 있는 가장 바른 속죄라고 여기기 때문이다.

그의 초췌함은 그가 늘 마음에 담고 있는 무엇에 뿌리를 내리고 있다. 숨을 쉬면 생각난다. 눈만 깜빡여도 생각난다.

후미노. 그녀와 나눈 대화들.

—저를 의심하시나요?

그렇게 말하던 후미노의 눈동자를 생각한다.

그를 보고 있지는 않았다. 까만 눈동자에는 그 자리에 없는 사람이 어른거리고 있었다. 후미노 내부에 들어가 그녀의 모든 것을 지배하는 남자가 어른거렸다.

그래서 신노스케는 말했던 것이다.

—너는 속고 있는 거야.

나는 너를 구하고 싶어, 라고.

어리석음의 극치였다. 대체 누구로부터 구한단 말인가. 애초에 구원 따위는 바라지도 않는 사람을 어째서 구해 줘야 한다고 믿었단 말인가.

가메야의 후미노가 처음 그의 앞에 나타났을 때 신노스케는 매혹되었다. 작은 새가 투명한 그물에 걸리는 것보다 더 쉽게 그의 마음은 후미노의 눈동자 속에 갇혀 버렸다.

왜일까. 어째서 그리 되었을까. 일찍이 여자에게 그런 심정을 품어 본 적이 없다. 이번이 처음이었다.

후미노가 아리따운 아가씨여서? 다만 그것 때문에? 외모 하나에, 자태 하나에 이 마지막 신노스케의 마음이 그렇게 맥없이 녹아 버렸단 말인가.

한심하다. 딱하다.

그러고는 그 치부를, 세상 사람들에게 한마디 해명도 하려고 하지 않는 노인에게 들씌워 버리고 뻔뻔하게 마치 관리 노릇을 하고 있다.

끔찍한 것은, 지금도 후미노의 얼굴을 떠올릴 때마다 자기 마음이 여전히 그물에 걸려 있음을 깨닫는다는 사실이다. 이제 넌더리를 낼 때도 되지 않았나. 자신은 전혀 의연하지 못하다.

가메야 신베와 다이코쿠야 도에몬과 규스케는 일찍이 실수로 사람을 죽였다. 그들은 사악한 음모를 품고는 있었지만, 살인 자체는 얼떨결에 저질렀다. 실수였다. 돌이킬 수 없는 죄가 분명하지만 분명히 실수였다.

그래도 가메야 신베는 무거운 짐을 지고 살았고, 평생에 단 한 번 그 죄를 털어놓을 수 있는 사람을 만나 감동했다. 다이코쿠야 도에몬은 가게 간판을 충실히 지켰고, 윤택한 생활을 누리면서도 과거에 두고 온 어둠에 몸서리쳤다. 그리고 규스케는 도망치는 데 인생을 허비했다. 하루하루 정신이 마모되는 생활이었다.

그들은 자신의 과오에 넌더리를 냈다. 과오를 감당해 내고 있었다. 그들 나름대로 벌을 받고 있었다.

하지만 나 마지마 신노스케는 어떤가. 그들과 마찬가지로 과오를 범한 나는 지금 어떠하냔 말이다.

지금도 후미노를 생각하면 가슴이 설렌다. 신노스케의 내면에서는 무엇도 마모되지 않았다. 온몸이 화끈거리는 수치심조차 마음에 떠오르는 후미노의 모습을 지워 주지는 않는다.

그야말로 저주다. 그렇게 생각하면서도 한편으로는 기대를 하고 있다. 이 손으로 후미노를 체포했을 때 후미노가 자신에게 뭐라고 말할지. 자신에게 어떤 표정을 보일지.

신노스케를 외면하고 그 자리에 없던 남자 곁으로 달아난 후미노가 진심으로 후회하며 눈물을 흘린다. 그때 마지마 나리한테서 달아나지 말았어야 했어요, 하며 눈물을 흘린다. 그런 광경을 기대하고 있다.

자신의 그 미망을 아무리 수치스러워하고 아무리 분노해 봐도 후미노의 모습은 사라지지 않는다.

나는 구할 길 없는 바보다.

지난 한 달간 신노스케는 에도 시중을 자주 돌아다녔다. 누가 보면 순시중인 관리처럼 보이겠지만 사실은 그저 방황 혹은 배회했다고 해야 옳았다. 마사고로의 수하나 마지마 가의 주겐도 거느리지 않고 그저 혼자서 아무 목적도, 단서도 없이 떠돌아다녔다. 아는 얼굴을 만나고 싶지 않아서 혼조 후카가와를 벗어나 간다나 센다가야까지 걸어간 적도 있다. 그곳에서 문득 정신을 차리고는, 이렇게 어슬렁거려 봤자 나아질 일은 없다는 생각이 들어 다시 스미다가와 강을 건너 돌아왔다.

오토쿠가 신노스케의 수척해진 얼굴을 걱정할 만큼 오토쿠야를 자주 지나친 까닭도 그렇게 배회하고 있었기 때문이다. 거반 넋이 나가서 그냥 지나가는데 오토쿠가 불러 세웠다. 찬 가게 앞에 서 있는 이즈쓰 헤이시로를 보고 얼른 피한 적도 있다. 그런 식으로는 만나고 싶지 않았다. 아니, 얼굴을 보이고 싶지 않았다.

오토쿠야의 대각 방향에는 야오겐이라는 채소 가게가 있다. 올여름 여기서 며느리 오히데가 인질로 잡히는 소동이 있었다. 덩치가 큰 범인 센타로를 제압한 사람은 신노스케였다. 그때는 아직 가메야 사건이 일어나기 전이라 신노스케는 매우 빠릿빠릿했고, 남들 눈에도 그렇게 보였을 터였다.

야오겐에서는 신노스케에게 깊은 은혜를 느끼는지 그가 지나가면 늘 노인이 뛰어나와 인사를 한다. 그 소동 이후 사소한 일에도 겁을 내며 가게에 나오기를 저어하던 오히데도 신노스케에게는 인사를 소홀히 하지 않았다. 그러나 그들이 신처럼 떠받들어도 신노스케의 마음은 거기에 동할 계제가 아니었고, 센타로를 기막히게 제압한 솜씨 따위는 이미 오랜 옛날의 이야기여서, 사람들이 떠받들고 칭송해도 남 얘기만 같았다.

지금 마지마 신노스케는 누구와도 마주할 자신이 없다. 이즈쓰 헤이시로와도, 어머니 이세와도, 오캇피키 마사고로와 그 수하들과도. 이즈쓰 가의 양자가 될 헤이시로의 조카 유미노스케나 그와 절친한 짱구 산타로라는 아이는 나이는 어리지만 대단한 능력을 가진 단짝이다. 신노스케도 유미노스케의 총명함과 산타로의 기막힌 기억력에는 몇 번이나 경악했다. 두 소년은 결코 자신들의 공을 자랑하지 않는 소박한 기질을 가졌지만, 신노스케는 그런 아이들조차 눈에 모멸이나 동정이 깃들지는 않았나 하고 살펴보아야 했다. 자신의 그런 비천한 모습이 싫어서 그들로부터도 멀어지게 되었다.

그러나.

그 와중에도 신노스케가 왠지 빈번하게 보는 얼굴이 하나 있었다. 지금의 처지에서 보자면 그가 몹시 꺼리며 피해야 할 얼굴이다.

가메야의 안주인 사타에였다.

후미노가 사라진 직후의 혼란 속에서 마침 두 사람이 나눈 대화가 계기였다. 그때까지는 직접 이야기할 기회가 없었으므로 그것이 처음이었다.

그날은 후미노가 종적을 감추고 나흘째인지 닷새째인지, 여하튼 후미노가 일으킨 먼지가 아직 가라앉지 않았을 때였다. 신노스케는 마사고로와 함께 가메야를 찾아갔다. 후미노의 행선지를 짐작게 해줄 단서를 찾기 위해 마사고로는 가메야 사람들을 하나하나 불러내 이야기를 들었다. 한편으론 후미노의 침실에 들어가 신변 잡화까지 꼼꼼하게 살펴보았다. 그 사건 이후 가메야에 들어와 안살림을 관리해 주고 있는 오토시가 입회하였다. 물론 처음도 아니었다. 이미 많이 해 봤지만 오캇피키의 조사 작업은 집요하다. 어제는 잊었던 것이 오늘은 생각날지도 모른다. 그제는 놓쳤던 점을 오늘은 알아차릴지도 모른다.

이것이 탐색의 기본임은 신노스케도 안다. 그럼에도 후미노가 기거하던 방에 들어갈 수는 없었다. 싫어서가 아니고 괴로워서도 아니다. 그냥 그럴 수가 없었다.

신노스케는 하릴없이 가메야의 정원으로 나갔다. 손님을 모시는 거실과 면한 남쪽 정원은 규모는 작아도 손질이 잘되어 있었고, 단풍의 색조가 아름다웠다. 둘레를 판자 담으로 둘러서 신노스케가 혼자 우두커니 서 있어도 이웃 주민들의 눈에 띌 일은 없었다.

신노스케는 방심했다.

마음의 고삐를 놓아 버리니 자연히 후미노가 떠오른다.

후미노도 이 정원에 나선 적이 있었겠지. 한두 번이 아니었겠지. 무엇을 궁리하고 무엇을 두려워하며 여기 서 있었을까.

눈길을 돌리니 신베의 침실이 바로 옆이다. 방 주인은 죽었지만 매일 아침 덧창을 열어 볕과 바람을 들인다고 한다. 지금은 장지가 닫혀 있다. 죽은 자의 입이 닫혀 있듯이 신베의 침실도 굳게 닫힌 채 말을 하지 않는다. 후미노도 저 풍경을 보았겠지. 자신의 내통으로 아버지가 죽임을 당하고 그 사체가 쓰러져 있던 방을.

아니 그 이전에 아버지가 생활하던 방이다. 오랜 세월 고통스러운 비밀을 가슴에 품은 채 기거하던 방이다. 후미노는 저곳을 어떻게 바라보았을까. 신베가 살아 있을 때는 또 어떤 눈길로 아버지의 방을 바라보았을까.

가와이야 유미노스케의 판단에 따르면 신베는 결코 사타에에게 흑심을 품지 않았고, 구리하시 의원이 횡사한 뒤, 이런저런 사정으로 궁지에 몰린 사타에를 후처로 들인 것은 어디까지나 우정과 배려 때문이었다고 한다. 구리하시 의원에 대한 경의도 있었다.

아마도 사실이리라. 그러나 그 이후의 세월 속에서 후미노는 아버지의 언동에 의혹을 품었고 그 의혹을 조금씩 키우며 성장했다.

물론 의혹이 결정적인 확신으로 변한 시점은 후미노가 '젊은 선생'과 재회하고 그자의 입에서 아버지의 묵은 죄를 듣고 난 뒤였다. 예전에 왕진고 때문에 요시마쓰를 죽인 신베는 이번에는 사타에를 차지하기 위해 구리하시 선생을 죽였다. 원하는 것이 있으면 무슨 짓을 해서라도 방해자를 제거하고 손아귀에 넣고 만다. 신베는 그런 자라고 후미노는 아무 의문도 없이 믿었다. 아니, 세뇌되었다.

하지만 후미노에게 아버지와 의붓어머니 사타에에 대한 신뢰감이 있었다면 그런 귀띔을 받았을 때 갈등했으리라. 아무리 좋아하는 '젊은 선생'의 말이라도 곧이곧대로 받아들이지는 않았으리라.

후미노에게는 마쓰카와 뎃슈가 심어 준 그의 생각, 그의 오해, 그의 믿음을 고스란히 받아들일 만한 바탕이 있었던 것이다. 신베와 사타에가 보여 주는 부자연스럽지만 단란한 부부의 모습, 그 중간에 붕 떠 있던 후미노의 고독이 그런 바탕을 이루었다.

신노스케는 우두커니 서서 어느새 주먹을 꼭 쥐고 있었다. 팔은 맥없이 늘어뜨렸지만 주먹만은 뭔가를 바수어 버리려는 듯 굳게 쥐고 있었다.

　─분하다.

　후미노가 '젊은 선생'과 재회하기 전에 그녀의 중심을 잡아 줄 누군가가, 혹은 뭔가가 없었단 말인가. 아버지가 후처를 들인 뒤로 자기한테서 멀어졌다고 믿는 고통. 의붓어머니와 가까워지지 못하는 쓸쓸함. 꼬마에서 숙녀로 커 가며 연모와 질투가 뒤섞인 후미노 내면의 파란을 어르고 달래 줄 사람이 없었단 말인가.

　내가 일 년만 빨리 후미노를 만났더라면.

　마쓰카와 뎃슈가 찾아오기 전에. 후미노가 그에게서 아버지의 비밀을 귀띔받기 전에.

　아니, 그 뒤였다고 해도 마치 관리 신노스케가 좀 더 일찍 후미노의 마음에 접근해 있었다면 그녀가 '젊은 선생'한테 무슨 귀띔을 듣더라도 의혹을 씻어 줄 수 있었으리라. 충분히 조사해서 진실을 가르쳐 줄 수 있었을 것이다. 구리하시 의원은 정말로 만취한 상태로 익사했을 뿐이다. 가메야 신베의 과거 죄는 여차여차해서 일어난 사고다. 네 아버지는 잘못을 저질렀지만 결코 극악무도한 인간은 아니다. 수단과 방법을 가리지 않고 제가 원하는 모든 것을 빼앗고야 마는 부도덕하고 탐욕스런 인간은 아니다, 라고.

　왜 나는 좀 더 일찍 여기 오지 못했을까.

　사람과 사람의 만남은 왜 이리 부조리한가. 때를 맞추지 못하는가. 너무 늦는가.

　─마지마 나리.

　자기 이름을 부르는 소리를 들은 듯했다. 정원수를 흔드는 바람

소리에 흩어질 만큼 가느다란 목소리.

—마지마 나리는 친절한 분이시군요.

후미노의 목소리처럼 들려서 저도 모르게 몸을 도사리며 주변을 둘러보았다. 눈동자가 흔들리며 후미노의 모습을 찾는다.

"마지마 나리."

사타에였다. 신베의 침실에서 장지문을 열고 툇마루 앞에 무릎을 꿇고 앉아 있다. 길게 째진 눈을 크게 뜨고 그를 쳐다보고 있다.

"아, 그쪽은."

신노스케는 문득 긴장이 풀렸다. 힘을 빼니 무릎이 후들거린다.

"시, 실례했네."

사타에는 툇마루로 미끄러지듯이 나와 소리 없이 장지를 닫고 그 자리에 앉았다.

"저야말로 실례했습니다."

신베의 방에서 보니 뜰에 사람 그림자가 어른거려서요, 하고 사타에는 고개를 한 번 숙이고 말했다.

"방해하고 말았습니다."

"아니, 방해랄 것까지는."

신노스케는 여전히 현기증 비슷한 감각에 다리가 후들거렸다. 후미노와 사타에가 닮았다는 생각은 지금까지 한 번도 해 본 적이 없었다. 하지만 조금 전에는 사타에가 바로 후미노처럼 보였다. 마치 후미노가 거기 서서 신노스케를 부른 듯했다.

그것은 있을 수 없는 광경, 그가 갈구하는 광경이다. 좀 더 일찍 후미노를 만나서 가깝게 대화하는 사이가 되고, 때때로 가메야를 방문하면 후미노가 툇마루에서 맞아 주는—.

대화가 이어지지 않았다. 사타에는 사뭇 의아해하고 있을 터이다. 마사고로가 바쁘게 조사하러 다닐 시간에 신노스케가 혼자 이런 곳에서 멍하니 서 있으니. 얼마나 한심하게 보일까.

신노스케는 휘청거리며 발을 움직여 그저 이 자리를 피하고자 등을 돌리려고 했다.

그러자 사타에가 다시 그를 불렀다. 아까보다 더 가는 목소리다.

"이런 말씀을, 제 처지에서 드려서는 안 된다는 사실은 잘 알고 있습니다."

신노스케를 쫓는 듯한 빠른 말투로, 눈길을 내린 채 그렇게 내처 말했다. 어깨가 움츠러들고 야윈 턱은 희미하게 흔들리고 있다.

신노스케는 다시 사타에를 향해 몸을 돌리고, 숨을 삼키는지 잠깐 뜸을 두었다가 가만히 그녀 곁으로 다가갔다. 조리 밑에서 정원의 자갈이 자그락거린다.

"용서해 주셔요."

신노스케가 다가오자 사타에는 더욱 몸을 움츠렸다. 목소리가 더욱 가늘어져 신노스케는 귀를 기울이려고 몸을 구부렸다.

"한 번만, 이번 한 번만입니다. 지금밖에 없습니다. 말씀드리겠습니다."

고마웠습니다, 하며 사타에는 고개를 깊이 숙였다.

"이렇게 세상을 시끄럽게 하고 많은 분들에게 폐를 끼쳤으니, 그리고 신베와 규스케라는 사람의 원통함을 생각하면 제 이런 말은 도저히 용서받을 수 없겠지요."

사타에가 고개를 숙이고 있어 신노스케의 눈에는 희미하게 떨리는 그녀의 눈썹이 보였다.

"그래도 저는 마지마 나리께 인사드리고 싶습니다. 후미노를—도와주셔서."

신노스케는 제 귀를 의심했다. 사타에는 그가 후미노를 도망치게 해 주어 고맙다고 말한 것이다.

"가메야 사람으로서, 신베의 처로서, 후미노의 어미로서, 드릴 말씀이 아닌 줄은 압니다. 그건 잘 압니다. 하지만 저는,"

목이 메는지 사타에는 힘겹게 숨을 쉬고 있다.

"후미노가 불쌍합니다. 할 수만 있다면 이대로 계속 도망쳐서, 마쓰카와와 둘이서 멀리, 어디서든 새로운 생활을 꾸려 나가길 빌 수밖에 없습니다."

죄송합니다! 사타에는 바닥에 손을 짚고 등을 웅크렸다.

"오토쿠야 이층에서 그 명석한 유미노스케 님의 말씀을 듣고 난 뒤로 늘 속으로 빌었습니다. 그렇게 빌지 않을 수 없었습니다."

나리께서 그냥 계셨다면—, 하고 사타에는 뭔가를 떨쳐내려는 듯 몸을 세워 신노스케를 똑바로 쳐다보았다. 그 눈동자가 젖어 있다.

"저라도 후미노에게 어서 도망치라고 말했을 겁니다. 이미 모든 게 드러났다, 어서 도망쳐, 하고."

힘 있는 말이었다. 망설임이 없다.

"그러지 못했던 까닭은 다만 제가 겁쟁이라서 기회를 잡지 못하고 우물쭈물했기 때문입니다."

마지마 나리는 저를 대신하여 후미노를 도망치게 해 주셨습니다.

"얼마나 어리석은 횡설수설인지 잘 알고 있습니다. 꾸짖어 주십시오."

그런 말을 토해내는 동안 촉촉했던 눈동자가 말라 간다. 사타에는 울지 않는다.

"이번 한 번만 말씀드립니다. 고마웠습니다."

신노스케는 입이 떨어지지 않았다. 누가 이런 일을 상상이나 했을까.

사타에는 도망치듯 일어섰다.

"잠깐만."

신노스케는 얼른 다가갔다. 댓돌에 걸려 넘어질 뻔했다.

"당신은,"

그녀는 잠깐 주저하는 듯하다가 이내 몸을 돌려 신베의 침실로 들어가 버렸다. 탕, 하는 소리를 내며 장지가 닫혔다.

우두커니 선 신노스케는 마침내 천천히 툇마루 끝에 앉았다. 그러고 나서 호흡을 가다듬었다.

—당신은.

그렇게 입을 열고 난 뒤에 나는 무슨 말을 하려고 했을까. 가슴속에서 스산한 바람이 불어 몸 안쪽에서부터 신노스케를 흔들어 댄다. 그렇게 흔드는 대로 몸이 흔들리고 머리가 흔들리고 마음이 흔들렸다.

당신은.

바람이 문득 멎었다.

—당신은, 여자다.

떠오른 것은 그 말이었다.

그 뒤로 신노스케는 종종 사타에를 만나러 가메야를 찾게 되었다. 도망치듯 돌아다니거나 방황하다가도 문득 못 견디게 사타에의 얼굴이 보고 싶어질 때도 있었고, 아침에 일어나 옷을 입다가도 문득 사타에의 목소리가 듣고 싶어질 때도 있었다.

가메야에 이상은 없는지 동정을 살핀다는 허울 아래 찾아가니 아무도 이상하게 생각하지 않는다. 시간이 지나자 마사고로나 그 수하들은 가메야에서 조사할 사항들을 거의 다 조사해 아무래도 발길이 뜸해졌다. 그들과 자리바꿈이라도 하듯이 마지마 신노스케가 드나들어도 이상하지는 않았다.

가메야에서 신노스케의 과오를 아는 사람은 사타에와 오토시뿐이다. 오토시는 세상 물정에 빤한 관리인이므로, 속으로는 어떤지 몰라도 신노스케에 대한 경멸이나 분노를 드러내면 주변 사람들이 의심을 하게 되리라는 사실을 잘 알고 있다. 그래서 그가 얼굴을 비쳐도 무얼 하러 왔냐는 듯한 태도는 취하지 않았다. 다만 냉담하게 거리를 둘 뿐이다.

덕분에 신노스케는 대부분 사타에와 단둘이 있을 수 있었다.

오래 있을 수도 없으므로 많은 이야기를 나눌 수는 없다. 사타에는 가메야에 별고가 없음을 고한다. 그리고 언제나 깍듯한 태도로, 후미노를 어서 찾았으면 좋겠습니다, 잘 부탁드립니다, 하고 고개를 숙인다. 신노스케도 늘, 뭐든 조금이라도 이상한 점이 있으면 바로 연락해 달라 이르고 사타에를 위로하는 말을 해 준다. 후미노는 유괴를 당했다고 해 두었으므로 이런 위로나 배려는 누가 들어도 자연스러우리라. 실제로 가메야에서는 신노스케를 두고, 나이는 젊지만 일 잘하는 관리라고 좋게 보는 경향이 있다.

이렇게 가소로운 이야기도 없다.

사타에는 정말로 그때 단 한 번밖에 말하지 않았다. 고마웠습니다. 하지만 단 한 번 말한 사실조차 없다는 듯한 얼굴을 한다.

그래도 두 사람의 눈길이 마주치면 마치 내밀한 음모라도 꾸미는 사이처럼 마음이 통함을 신노스케는 느꼈다.

그렇다고 자신의 과오가 없어지지는 않는다. 사타에에게 위안을 구하는 것은 엉뚱한 짓이고, 사타에도 공무를 저버리고 개인적 감정으로 기울어 무사의 위신을 실추시킨 신노스케를 이런 식으로 위로할 수 있다고 생각하지는 않았으리라.

다만 가메야에 있는 동안만큼은, 신노스케는 미아 같은 방황에서 벗어나 문득 평온을 누릴 수 있었고, 헤매던 걸음을 멈추고 마음을 비운 채 아무 생각도 없이 머물 수 있었다.

그렇다, 그럴 때는 후미노조차 떠오르지 않았다.

조사에 아무 진척이 없던 지난 한 달 동안 마음을 졸이고 있던 사람은 물론 신노스케만이 아니었다. 가장 초조해하지 않는 듯한 이즈쓰 헤이시로가 불현듯 말했다.

"이 건은 잠시 접어 두고 딴 짓이나 해 볼까."

그러다 보면 행운이 찾아올지 몰라. 그렇게 말한 것은 기온이 뚝 떨어진 어느 날 아침, 함께 목욕탕 욕조에 몸을 담그고 있을 때였다.

"신 상이 제압한 센타로 말이야, 그자의 문제를 처리해 줘야 하지 않을까."

그 참에 센타로의 신세를 망친 이케노하타의 간이찻집 미후쿠야
도 혼내 주자고 했다.

"나한테 복안이 있네. 왜 전에 신 상이 조만간 복권이 금지된다고
했지? 그때부터 막연히 생각해 오던 일이야."

복권 금지령을 위한 분위기 조성 작업으로서 복권 당첨자를 우려
먹고 있는 미후쿠야를 친다. 세간에 복권의 폐해를 보여 주는 알맞
은 본보기가 되므로 지샤부교쇼도 마뜩잖아하지는 않을 테고 마치
관리로서 공을 세우는 일도 되리라.

"그런데 그게 그렇게 잘될까요?"

이즈쓰 헤이시로는 긴 턱을 탕에 담그고 씨익 웃었다.

"실은 이미 사전 작업을 하고 있네."

핫초보리의 역마살 낀 도신이자 소식통이고, 골칫거리 같지만 알
고 보면 숨은 실력자로 알려진 사에키 조노스케를 움직이고 있다고
했다.

정체불명의 도신 사에키 조노스케에 관한 소문이라면 신노스케도
조금은 들어서 알고 있다. 소문만 들어서는 종잡기가 힘들어 흡사
버드나무 아래 유령 같았다. 그 사에키 조노스케와 헤이시로가 아는
사이였다니 놀라지 않을 수 없다.

이즈쓰 헤이시로는 긴 턱만 볼만한 게 아니라 의외로 수완도 볼만
한지 모르겠다고 생각했다.

"어떻게 움직인다는 말입니까?"

"오토쿠가 만드는 찬합으로."

마사고로의 수하인 메밀국숫집의 이노지도 거들고 있다고 한다. 신노스케에게 상의할 필요도 없이 헤이시로의 계획은 이미 완성되어 있었다.

그 정도로 계획이 탄탄하다면,

"제가 뭐 도울 일이 남아 있을까요?"

신노스케로서는 그것밖에는 할 말이 없다.

"이노지가 세작으로 들어갔다가 만약 실수를 해서 목숨이 위험해지기라도 한다면."

헤이시로는 탕에서 일어나 뼈가 불거진 팔을 내리쳐 텀벙, 하고 물을 튀기며 칼을 휘두르는 시늉을 했다.

"그때는 자네의 그 비술을 보여 주게."

신노스케는 얼굴이 빨개졌다. 센타로를 제압한 뒤로 이 얼굴이 긴 동료는, 마지마 가에 대대로 전해 내려오는 비술이 있다고 굳게 믿고 있다.

물론 전혀 없지는 않다. 하지만 비술이라 불릴 만큼 대단한 무술은 아니다. 언젠가 신노스케가 정말로 그 무술을 써야 할 때가 와서 헤이시로가 직접 목격하게 된다면 분명 크게 실망할 터였다.

아침 목욕을 마치고 헤어질 때 이즈쓰 헤이시로의 걸음은 자못 가벼워 보였다.

하지만 신노스케는 달라진 게 없다. 오늘도 어슬렁어슬렁 배회하는 하루가 시작되었을 뿐이다.

그래도 요즘은 조금 나아진 점도 있다. 신노스케는 탐문을 위해 스스로 약방이나 마치 의원을 살펴보러 다니고 있었다.

물론 마사고로들이 이미 하고 있었던 일이기는 하다. 지금도 돌아보고 있을지 모른다. 하지만 그들은 그들이고, 이렇게 살피고 다니다 보면 어제는 잊고 있었던 이야기를 오늘은 기억해 낼 사람이 있을지도 모른다. 오캇피키한테는 말하지 못하는 것을 마키바오리 차림의 도신한테는 말할 수 있는 자가 나타날지도 모른다. 그런 생각으로 돌아다니다 보면 어느덧 다시 방황하게 되고, 상념에서 문득 깨어났을 때는 어느새 해가 지고 있어서 힘없이 집으로 돌아오곤 하지만 아무 일도 안 하는 것보다는 낫다. 또 그렇게 생각하게 된 것만 해도 다행이다. '시간이 약'이라는 말도 있지만 아무도 손을 내밀어 줄 수 없는 비참한 상황에 빠진 신노스케한테도, 가차 없이 뜨고 지는 하루하루의 축적이 조금은 약이 되어 효력을 발휘하고 있었다.

그렇지만 수확은 없었다. 수확도 없이 하루 또 하루가 지났다.

신노스케는 손맡에 두는 장부에 그날 들른 약방과 마치 의원의 상황을 기록해 두었다. 오늘은 여기까지, 내일은 이 부근에서부터, 하고 기록해 두면 구획이 나뉜다. 그날도 나가기 전에 장부를 들여다보니 순서대로 하자면 오늘은 우치칸다를 돌아다니게 될 터였다. 자연스럽게 다카사고초의 무라타 겐토쿠 의원의 얼굴이 떠올랐다. 잊을 수 없는 그 커다란 목소리도 귓가에 살아났다.

사타에는 요즘 겐토쿠 의원의 진료를 받고 있다. 소문대로 명의여서, 지금까지 만나 본 어느 의원보다 친절하고 처방해 주는 약도 잘 듣는다고 한다.

사타에가 얼마나 자주 의원에 다니는지 모르지만 혼자서 갈 리는 없다. 아마 오토시라도 동행하겠지.

어차피 지나는 길목이다. 먼저 가메야에 들러서 사타에의 형편을 물어보자. 겐토쿠 의원의 진료를 받으러 간다면 바래다줄 수도 있다. 약을 타 오는 정도의 용건이라면 대신 가져다주자.

그런데 가메야를 찾아가 보니 길이 어긋나고 말았다. 신노스케의 짐작이 딱 들어맞아, 오늘은 사타에가 겐토쿠 의원에 진료를 받으러 가는 날이었지만 사타에는 이미 떠난 뒤였다.

"오토시 씨가 같이 가셨어요."

지배인 조지로는 후미노가 사라진 뒤로 푹 삭은 가지 절임처럼 안색이 나쁘다. 이 사람이야말로 의원의 진료가 필요하지 않을까 싶다.

"마지마 나리, 이렇게 신경 써 주셔서 감사합니다. 무서운 일들이 연달아 벌어지는 가운데 안주인님이나 저희나 얼마나 고마운지 뭐라고 말씀드릴 수가 없습니다."

연방 허리를 굽히는 그를 말리고 신노스케는 급히 그곳을 나섰다. 고지식해 보이는 조지로가 내가 저지른 짓을 안다면 어떤 얼굴을 할까? 아예 시작하질 말았어야 하는데 일단 그런 생각을 시작하고 보니 다시 눈앞이 캄캄해져서 그냥 무턱대고 걸었다.

그래도 엉뚱한 방향으로 걷지는 않은 모양이다. 스미다가와 강이 보인다. 문득 둘러보니 사가초에 와 있었다.

유미노스케의 집이자 쪽 염료 도매상 가와이야는 엎어지면 코 닿을 데 있다. 길 건너에 간판이 보인다. 옥호가 그려진 쪽 염색을 한 대형 포렴이 흔들리고 있었다.

아침부터 찬바람이 분다. 삭풍 속에서 발길 가는 대로 헤맨 탓에 이마에 맺힌 땀이 말라서 재채기가 나왔다. 그러자 마치 그것이 신호라도 된 듯이 포렴을 젖히며 가와이야에서 어린 사환 하나가 나왔다.

아니, 사환이 아니다. 유미노스케다. 앞치마를 두르고 통 하나를 들고 있다. 가게 일을 돕는 걸까? 이즈쓰 가에 양자로 들어간다고 하는 다섯째 아들도 가끔은 사환 행세를 하며 일을 돕는 건가?

저런 차림을 하고 있어도 역시 눈길을 끄는 미소년이구나—하고 감탄하는 잠깐 사이, 유미노스케가 그를 알아차리고 말았다.

"아, 마지마 나리."

통을 그 자리에 내려놓고 유미노스케가 이쪽으로 뛰어왔다. 이렇게 되니 도망칠 수도 없다.

"간만에 인사드립니다. 저희 집에는 무슨 일이세요? 이모부도 같이—,"

오시지는 않았군요, 하며 인형처럼 어여쁜 얼굴의 소년은 동그란 눈을 깜빡거렸다.

"지나가는 길입니다. 나야말로 그만 소식을 전하지 못했군요, 유미노스케 님."

상대는 열네 살 소년이지만 이즈쓰 헤이시로에게 훈수를 두는 두뇌며, 그 명석함은 신노스케도 인정하는 바이다. 해서 그만 말투가 정중해진다.

미모의 소년은 몹시 쑥스러워했다.

"앞으로는 편하게 말씀해 주세요. 늘 말씀드리고 싶었지만, 이모부가 계시면 금방 말허리를 꺾어 놓으시니까 얘기를 꺼내지 못했습

니다."

그냥 유미노스케라고 하셔도 괜찮습니다, 하고 이번에는 꾸벅 고개를 숙인다. 단정하게 행동하는데도 행동거지에 애교가 있다. 이만한 미모와 이렇게 사랑스러운 언동이 사람들을 매혹하는 것이리라.

"그럼, 유미노스케 님."

님이라는 부분에 힘을 주어서 말했다. 그다음은 무슨 말을 할까. 구체적으로는 어떤 말로 유미노스케에게 사과할까. 사과해서 끝날 일도 아닌데 사과하는 것은 도리어 임시방편일 뿐일까. 걸음은 멈춰 있지만 신노스케의 갈등은 멈출 줄을 모른다. 또 땀이 배어난다. 이번에는 식은땀이다.

가메야 신베 살해 사건과 규스케 살해 사건의 진상을 간파하고 오리무중에 있던 어른들에게 앞으로 나갈 방향을 제시해 준 사람은 바로 이 소년이다. 그 공을 망친 자는 나 마지마 신노스케다.

그래서 신노스케는 유미노스케를 피해 왔다. 피하지 않고는 견딜 수 없었다. 마침 오늘 이렇게 마주친 까닭은 자신의 수치를 조금이라도 스스로 씻으라는 하늘의 배려이리라.

그러나 신노스케가 입을 열기도 전에 유미노스케가 말했다.

"마지마 나리께 드리고 싶은 말씀이 있어요. 이것만은 이모부께도 비밀로 하고 싶은데요—."

왜냐하면 금방 엉뚱한 말로 말허리를 자를 테니까요, 하고 살짝 붉은 기운이 도는 입술을 삐죽거렸다.

"어떻게 하면 이모부 몰래 찾아뵐 수 있을까 궁리하던 참이었는데, 신이 도와주시나 봐요. 가미하이나리 신께 감사드려야겠어요."

아, 가와이야 뒤에 있는 신사의 신이에요, 하고 신노스케가 묻기도 전에 설명해 준다.

신노스케는 어색하게나마 입을 움직이려 했지만 역시 말이 나오지 않는다.

"마지마 나리, 거사님이 전하라는 말씀입니다."

유미노스케는 야무지게 신노스케를 올려다보며 꽃이 피는 듯한 미소를 지었다.

"감로甘露, 감로로다."

신노스케는 저도 모르게, "뭐?" 하고 물었다.

"하루하루 달콤한 꿀을 마시듯 즐겁고 행복으로 가득 찬 생활이란 뜻이랍니다."

학문소 이름도 정했어요, 하고 계속 말한다.

"고진도耕人堂라고요. 학문으로 사람을 일군다는 뜻입니다. 거사님은 그 외에도 몇 가지 이름을 더 생각하셨는데, 저는 다쿠도칸拓道館이라는 이름도 마음에 들었지만 오토쿠야 이층이므로 '관'이란 이름은 요란해서 어울리지 않고, 그렇다고 다쿠도도拓道堂라고 하면 마부가 말을 부릴 때 내는 소리처럼 들려서."

"자, 잠깐만." 신노스케가 끼어들었다. "종조부님이 나에게 그리 전해 달라고 하셨다고요?"

"네."

유미노스케는 무심한 표정이다.

"거사님 말고 누가 있겠어요?"

결국 그 자리에 서서 이야기하기 춥다는 유미노스케에게 떠밀리

다시피 해서, 신노스케는 가와이야 안쪽의 작은 방으로 들어가고 말 았다. 유미노스케가 눈치껏 움직여 가와이야 사람들이 요란하게 인 사를 하러 들어오는 일도 없었고, 차도 유미노스케가 직접 내주었 다.

"지난 한 달 사이에,"

엽차 향 속에서 유미노스케가 가만히 입을 열었다.

"학문소에 필요한 서적과 문구, 책상까지 다 갖추었습니다. 거사 님은 앉아 계시기만 해도 학문소 스승님의 풍격이 있어서, 저 같은 경우는 가슴이 두근거릴 만큼 멋지셨어요."

그러나 정작 제자들과 학동들은 아직 없다고 한다. 유미노스케도 살짝 웃는다.

"시중의 서당과 학문소 들은 경쟁이 심해요. 그래서 처음 얼마간 은 학동들도 모이지 않아요. 하지만 좋은 소문이 퍼지면 금방 앞 다 투어 몰려들죠."

신노스케는 도리어 마음이 무거워졌다.

"그 학문소 차리는 데 들어간 돈은……."

"마지마 나리가 마련해 주셨잖아요?"

적어도 그 정도 돈은, 하고 신노스케도 어머니의 눈을 속여 가며 열심히 뛰어다녔다. 하지만 그렇게 마련해 준 돈이 충분했을 리가 없다. 아직 속수도 한 푼 들어오지 않았을 테니 더욱 그렇다.

"거사님도 모아 둔 돈이 있었고요,"

그래봐야 쥐꼬리만 한 돈일 것이다.

"오토쿠야의 도움도 받고 있고요."

자신의 문제—자신의 치부에 마음을 빼앗겨, 신노스케는 겐에몬을 볼 면목이 없다는 점까지 마음의 방패로 삼고 생각하길 거부하고 있었다. 늙은 겐에몬의 향후 생활에 대해.

"제게도 아직 돈이 조금 있어요. 다달이 다만 얼마라도 종조부님께 드리겠습니다."

유미노스케에게 그 돈을 대신 전달해 줄 수 있겠냐고 물어보려는 참이었다.

"아, 그래요, 그게 좋겠군요. 알맞은 구실이 될 테니까요."

유미노스케가 아무렇지도 않게 말했다.

"그 돈도 전할 겸 종종 고진도에 들르세요, 마지마 나리."

저랑 나란히 앉아서 공부해요, 라고 말한다.

"저는 아버지를 졸라 고진도에 낼 속수를 받기로 했습니다. 평소 늘 가게 일을 도왔으니까 심부름 값이라 여겨 달랬더니 아버지가 콧방울을 벌름거리기까지 하시며 화를 내시더군요."

그러는 자신도 콧방울을 벌름거리고 있다.

"저, 정말 열심히 가게 일을 도왔어요. 근데 마지마 나리, 이건 정말 불공평해요."

투덜투덜 불평을 늘어놓는다.

"제게는 형이 네 명 있어요. 그중에 세 명은 그런대로 제 몫을 하지만, 셋째 형 준자부로는 얼간이라고 할까 쭉정이라고 할까 식충이라고 할까."

놀기 좋아하는 형인 모양이다.

"가게 청소 한 번 해 본 적 없는 그 형한테는 용돈을 주고, 가게 장부 계산까지 거드는 저한테는 땡전 한 푼 없어요. 속수라고 해 봐야 몇 푼 되지도 않아요. 그런 돈을 찻집에서 여자들이랑 노닥거리거나 노름하는 데 써 버리는 돈이랑 똑같이 취급하니까 화가 나요. 학문을 하면 그건 몸에 남잖아요."

그 말에는 신노스케도 이론이 없지만 유미노스케는 이미 사사키인가 하는 선생(이즈쓰 헤이시로의 말에 따르면 사상이 조금 위험한 사람이란다)한테 여러 가지를 배우고 있다. 그쪽에도 돈을 내고 있을 터이니 고진도 몫은 이중의 지출로 여겨지리라. 가와이야 주인이 마뜩잖아하는 것도 무리는 아니다.

"유미노스케 님."

고맙다는 인사부터 해야 할지, 미안하다는 말부터 해야 할지 신노스케는 망설였다. 순서를 정하기 힘들 만큼 두 가지 다 무겁고 진한 감정이었다.

"거사님은 행복해하세요."

유미노스케는 진지한 낯으로 말하고 신노스케를 힐끔 쳐다보며 방긋 웃었다. 마술처럼 여자의 혼을 쏙 빼 놓고 말 웃음이다.

감로, 감로로다. 주름살 쪼글쪼글한 겐에몬이 웃음기 없이 읊조린다. 그 말에 고개를 끄덕였을 유미노스케는 그 자리에서도 역시 이런 웃음을 지었으리라. 겐에몬이 길고 답답한 인생의 어느 지점에서부터 잊고 지나온 웃음들까지 이 소년이 웃어 주고 있는 듯하다.

"그러니까 마지마 나리도 거사님에 대해서는 이제 그런 얼굴을 하지 말아 주셔요. 이것은 거사님의 전언이기도 하고 제가 드리는 부탁이기도 해요."

미안해할 일은 아무것도 없다. 사과를 하기도 전에 한 방 얻어맞고 말았다. 머리도 좋고 빈틈이 없는 유미노스케다.

신노스케는 입을 다문 채 양손을 무릎에 놓고 고개를 숙였다.

후우—하는 소리와 함께 유미노스케의 달콤한 한숨이 그의 정수리를 스쳤다.

"마지마 나리의 그 진지하고 성실한 인품을 우리 준자부로 형한테 나눠 주실 수는 없을까요?"

동생이 아니라 부모라도 되는 양 근심스런 표정이다.

"도대체가 그 형은 말이죠, 진짜!"

그 뒤로 잠시 신노스케는 유미노스케가 준자부로라는 형을 사정없이 비난하는 말을 들어야 했다. 잠시 후 그 준자부로를 직접 만나게 되리라는 것을 전혀 모른 채.

2

그로부터 이틀 뒤, 마지마 신노스케가 처음 준자부로를 만났을 때, 준자부로는 막 목욕을 마친 참이었다.

가와이야에서가 아니다. 준자부로는 요코야마초 2초메에 있는 시나노야라는 요릿집 이층에서 여점원의 시중을 받으며 저녁을 먹고 있었다. 상에는 술도 올라 있다. 유카타에 솜옷을 걸치고 얼굴이 벌게져 있는 준자부로를 힐끔 보니, 과연 유미노스케가 걱정할 만하구나 싶다. 깔축없이 한량 꼴이다.

도신 두 명이 불쑥 들어왔는데도 준자부로는 움찔하고 놀라는 기색이 없다. 움찔은커녕 시선을 잠깐 이즈쓰 헤이시로에게 던지다가 이내 낯을 활짝 폈다.

"어? 혹시 이즈쓰 이모부님 아니세요?"

"호오, 대번에 알아보는군!"

헤이시로도 웃음을 터뜨렸다. 그는 어이없어하는 신노스케를 나 몰라라 하고 준자부로 맞은편에 흔쾌히 앉았다. 준자부로는 무릎을 모으고 자세를 고쳐 앉더니 말했다. 이야, 호랑이도 제 말 하면 온다 더니, 정말이네요, 자, 이모부, 한잔 받으시죠—.

대뜸 허물없이 나온다.

시나노야 쪽에 박혀 있을 거란 얘기는 가와이야에서 유미노스케 와 준자부로가 어릴 적부터 아껴 주었다는 점원한테 들었다. 하지만 그조차, "오늘쯤 있음 직한 곳이라면" 하고 몇 군데 요릿집과 찻집, 활터 등 예상되는 곳을 찍어 주는 게 고작이었다. 일일이 찾아서 돌 아다니기가 꽤 번거로웠다. 그중에는 그가 친밀하게 지낸다는 신나 이 사범의 집도 있었으니, 준자부로의 평소 생활이 어떤지 능히 짐 작 간다.

하지만 이즈쓰 헤이시로는 개의치 않는다. 오토쿠야의 찬합 이야 기부터 유미노스케의 숙취 이야기, 짓토쿠 나가야 마루스케의 일과 대낮에 마루스케를 찾아가 준자부로에 대한 이야기를 들은 것까지 쉴 새 없이 늘어놓았고 준자부로도 유쾌하게 장단을 맞췄다.

"오. 제가 마루스케 씨한테 잘 보였나 보군요."

준자부로는 반가운 낯으로 말했다. 흰쥐처럼 말똥말똥한 표정의 여점원이 조금 전부터 부지런하게 술과 안주를 시중들다가 아첨하 듯 말한다.

"거보세요. 그래서 제가 늘 말했잖아요. 손님은 장차 한몫하는 분 이 되실 거라고요."

그걸 말리는 척하는 준자부로의 손짓도 틀이 딱 잡혔다.

"그래, 너를 단단히 믿더라." 이즈쓰 헤이시로도 인정했다. 돌아 다니느라 배가 고파 볼이 미어지게 음식을 먹고 있다.

"그래서 나도 널 믿기로 했다. 너, 유미노스케처럼 잠깐 우리를 도와주지 않겠냐."

그렇게 헤이시로가 꺼낸 이야기는 이케노하타의 미후쿠야에 접 근해서 세작 노릇을 해 달라는 말이었다. 마사고로의 수하 이노지가 이미 접근했지만, 이자는 타고난 본성이 한량과 거리가 멀어서 깊숙 이 파고들지 못했다. 이대로 가다가는 결정적인 대목에서 낭패하게 될지도 모르므로 지원군이 필요하다—.

신노스케는 불쾌했다. 이런 자가 정말 도움이 될까 하고 의심해서 가 아니다. 이런 사내라면 당면한 목적에 썩 도움이 될 듯해, 그래서 불쾌했다.

언변에 막힘이 없고 성격도 싹싹하고 여자를 밝혀 여자를 다루는 데도 능하다. 실실 흘리는 웃음에는 애교가 있고 남의 비위를 거스 르지 않는다. 무엇보다 이런 차림에 이런 행동을 하고 있어도 어딘 지 품격이 있다. 빈티가 나지 않는다. 타고난 한량이다. 미후쿠야 안 주인한테는 알맞은 봉으로 비칠 것이다. 아울러 단순히 이용해 먹고 차 버리기에는 아까운 봉으로 보이리라.

이자가 정말 유미노스케의 친형이란 말인가.

신노스케는 유미노스케를 알게 된 뒤 그 언동을 지켜보면서 누누이 생각했다. 세상에는 복을 타고나는 사람이 있다. 눈에는 보이지 않지만 확실한 보물을 양손에 가득 쥐고 세상에 태어나는 자들 말이다. 유미노스케가 그 본보기다, 라고.

이 형이란 자도 마찬가지다. 유미노스케의 놀라운 미모에 비하면 많이 처지지만, 그만큼 친밀감을 주는 좋은 인상을 갖고 있다. 찻집에서 여자들이랑 노닥거리다가도 엉뚱하게 채소 행상을 능숙하게 해낸다. 머리가 그만큼 잘 돌아가기 때문이다.

마루스케의 호감을 사고 헤이시로도 첫눈에 마음에 들어 한다. 험담을 한참 늘어놓던 유미노스케도 그를 진심으로 미워하지는 않음을 신노스케도 짐작할 수 있었다. 그의 심복이라는 점원은 아예 동경이 담뿍 담긴 눈초리로, "우리 셋째 젊은 주인님"이라고 불렀다.

가와이야에는 아들이 다섯 있다고 한다. 다섯 가운데 둘이 이 정도라면 나머지 셋도 능히 짐작할 수 있겠다. 아니면 혹시 이 두 사람에게 눌려 옹졸하고 배배 꼬인 형제가 한 명쯤 있지 않을까? 만약 있다면 나는 그쪽에 더 공감하겠지—하고 신노스케는 속으로 침울하게 생각했다.

이야기는 잘 마무리되었다. 그럼 당장 시작하죠, 하고 준자부로가 말했다.

"마침 사루와카초의 가부키가 곧 끝날 시간이네요. 가부키를 보고 돌아가는 길에 들렀다고 하면 되겠죠."

그러고는 흰쥐 같은 여점원에게 같이 가자고 했다. 여점원은 만면에 웃음을 지으며, 어머나, 좋아라, 하고 박수를 쳤다.

"어디 한번 잘 차려입어 봐."

가서 준비할게요, 하며 뛰어나가는 여점원의 엉덩이를 준자부로
가 찰싹 쳤다.

"닷새밖에 없단다. 서둘러."

"물론 서둘러야겠지만 오늘 저녁은 상황이나 살피면 돼. 내일 아
침에 여기서 다시 만나자고. 그때 이노지도 소개시켜 주지."

"예, 예, 알아 모시겠습니다, 이모부."

앞으로 연락할 때는 여기 시나노야를 이용하기로 하고 두 도신은
준자부로와 헤어졌다.

밖으로 나온 신노스케는 저도 모르게 심호흡을 했다. 준자부로와
같은 장소에서 쉬고 있던 숨을 전부 토해 버리고 싶었다.

"신 상, 왜 내내 말이 없었나?"

입가에 이쑤시개를 꽂은 채 헤이시로가 말했다. 그 김에 트림도
했다.

"이야기가 워낙 매끄럽게 진행돼서 굳이 참견하고 싶지 않았습니
다."

고지식하긴, 하며 턱이 긴 동료는 웃었다.

"신 상처럼 성실한 사람은 저런 인간이 고역이겠지? 하지만 유미
노스케의 형이야."

역시 닮았어, 하며 유쾌하게 말했다.

"예. 유미노스케 님처럼 믿음직한 사람인 듯합니다."

신노스케의 입가는 긴장 탓에 어색하게 움직인다.

"원래 이 일은 이즈쓰 나리가 추진하셨지요. 사에키 나리라는 뒷배도 있고—."

헤이시로는 웃는 얼굴로 신노스케의 말을 막았다. "뒷배가 아니야. 배후야."

"그럼 배후." 신노스케도 수정한다. "도와줄 사람도 가세했으니 잘되겠지요. 앞으로 저는 빠져도 괜찮겠습니까?"

뒤이어 얼른 덧붙였다. "저는 채소 가게 야오겐에나 들러 봐야겠습니다."

미후쿠야의 농간으로 신세를 망친 센타로는 짝사랑 때문에 아귀처럼 난동을 부렸다. 그 상대는 기쿠카와초 야오겐의 며느리 오히데였다. 당시 짓테를 써서 센타로를 제압한 사람이 신노스케다.

"아무 허물도 없이 무서운 고초를 겪은 오히데는 경위야 어떻든 센타로가 풀려난다고 하면 마음이 편치 못할 겁니다. 야오겐 사람들한테는 먼저 사정을 설명해 두는 편이 좋겠습니다. 그냥 방치해 두기에는 딱해서요."

이쑤시개를 풋, 뱉어내고 헤이시로는 그래, 하고 대답했다. "신상답군. 우리가 모두 센타로를 동정해서 움직인다고 하면 야오겐 사람들이 섭섭해하겠지."

글쎄요, 설마 그렇게까지, 하며 신노스케는 모호하게 말했다. 사실 속으로는 그렇게 생각하고 있었다. 적어도 센타로를 체포한 자신 정도는 계속 야오겐 편에 서 주고 싶다.

"센타로를 확실하게 개과천선시킬 것, 다시는 야오겐에 얼씬거리지 않게 할 것." 헤이시로가 글을 읽듯이 말했다.

"예, 그게 중요하겠지요."

"오히데만 좋다고 한다면 언젠가 센타로 본인이 직접 찾아가 사죄할 것."

그런 정도겠지, 하며 다시 고개를 끄덕이고, 이즈쓰 헤이시로는 신노스케의 얼굴을 보았다.

"내가 이렇게 내 목을 걸고 보장하더라고 오히데한테 잘 말해 주게."

"고맙습니다. 그러나 센타로의 앞날이라면 이즈쓰 님이 목을 걸지 않아도 마루스케가 그 동그란 얼굴로 어떻게든 도와주겠지요."

"음, 나도 그렇게 생각하네. 다만 무턱대고 믿고 맡기기에는 마루스케 처지도 딱하니까."

정 안 되겠다 싶으면 우리가 주겐으로 고용하든지, 라고 말한다.

"고헤이지한테 맡겨서 훈련시키면 되겠지."

"마사고로도 비슷한 말을 하더군요."

"오, 그 사람도 수하가 더 필요한가."

건들건들 걷던 걸음을 뚝 멈추고 헤이시로는 손을 겨드랑이에 찔렀다. 이번에는 탐색하는 듯한 눈초리로 긴 턱을 홱 저으며 말한다.

"그런데, 신 상."

웃는 얼굴이지만 눈초리는 진지하다.

"여기저기 어슬렁거리는 건 적당히 해 두게."

알고 있었나. 굳이 숨기려 하지도 않았지만.

"마사고로의 수하들이 매일 여기저기로 흩어져서 돌아다니고 있네. 시중 여기저기에서 신 상을 보았다고 하더군."

시체 같은 얼굴을 하고 돌아다니더라고.

"에도 시중이 넓다고는 하지만 알고 보니 좁군요."

"그렇지. 그래서 말인데, 이쯤에서 탐색은 그자들한테 맡기고 거사님의 학문소에나 다니는 편이 낫지 않겠나? 근사한 편액도 걸었다고 하던데."

고진도라는 학문소.

신노스케는 말했다. "그럼 제가 여기저기 돌아다니는 까닭은 조사를 하기 위해서가 아니라 고진도에 다닐 학동을 모으기 위해서라고 해 주십시오."

아하하, 하고 헤이시로는 목소리로만 웃었다.

"아무렴 상관없지만 신 상도 조금은 내 노고를 알아주게. 거사님은 전혀 손해를 보시지 않았다네. 행복해 보여."

"유미노스케 님한테 들었습니다."

뭐라고 인사를 드려야 할지, 하며 신노스케는 고개를 숙였다.

"그만두게. 그런 공치사를 듣고 싶었던 건 아니니까."

그가 한숨을 짓고 나서 걸음을 뗐다.

"나는 오토쿠야에나 가 봐야겠네. 시나노야의 음식은 밍밍해. 제대로 된 맛으로 입을 헹궈야지. 같이 갈 텐가?"

이층에 올라가 보라고 하지는 않을 테니까—하고 선수를 쳤지만, 신노스케는 그러자고 대답하지 않았다.

"제게는, 아직 문턱이 너무 높습니다."

고지식하긴, 하며 이즈쓰 헤이시로는 또 탄식을 흘렸다.

이튿날 신노스케는 채소 가게의 아침 장사가 일단락되었다고 짐작될 때쯤 야오겐을 찾아갔다. 이번에도 역시 신을 떠받드는 듯한 융숭한 인사를 받았다.

"내가 온 연유는 다름이 아니라 센타로 때문인데."

전에 마루스케가 센타로의 지인인 오테이라는 아가씨와 함께 채소 가게 부자와 오히데를 찾아와 사죄한 적이 있다. 그 참에 센타로가 그런 난동을 저지르게 된 사정에 대해서도 들려주었다. 그래도 흔쾌하게 용서해 줄 마음이 들지 않았던 건 야오겐 사람들로서는 당연한 일이었다.

미후쿠야 건에 대해서는 밝히지 않은 채, 조만간 센타로가 감옥에서 나올 거라는 이야기만 간단하게 전했다.

"그놈이 효수형을 당하지 않는다고요?"

야오겐의 겐파치는 차가운 목소리로 일갈했다.

"나랏법이라는 게 있네. 벌은 지은 죄만큼만 받아야지."

"오히데가 죽을 뻔했는데요? 나리께서 도와주시지 않았으면 틀림없이."

입에 담기도 끔찍하다는 듯이 겐파치는 낯을 찡그렸다.

"물론 센타로는 회개했네. 앞으로는 우리가 단단히 지켜보겠네. 다시는 그런 짓을 못하게 할 테고 이 가게에도 얼씬거리지 않을 거야. 내 목을 걸고 약속하지."

시아버지와 남편은 입을 다물고 있는데 오히데만이 밝은 목소리로 말했다. "잘 알겠습니다. 자, 이제 아버님도 당신도 일을 시작하셔야죠."

남자들을 서둘러 쫓아낸 오히데는 신노스케와 마주 앉았다. 가녀린 등을 작게 웅크리고 다다미에 손을 짚는다.

"덕분에 저희 식구들은 건강하게 지내고 있습니다."

오히데는 피부가 희고 용모도 곱다. 이 용모 때문에 센타로의 눈에 띄고 말았다.

"앞으로도 마지마 나리께서 계속 지켜봐 주신다면 저는 안심입니다. 저희 같은 것들을 늘 걱정해 주시니 정말 고맙습니다."

그게 내 소임이니까, 하고 신노스케는 딱딱한 목소리로 말했다. 오히데는 아이를 쳐다보는 듯한 따뜻한 눈길로 그를 올려다보았다.

"예. 나리께서 훌륭한 관리이심은 잘 압니다."

신노스케는 불편한 듯이 으음, 하는 소리를 냈다. 이렇게 대놓고 칭송을 들으니 거북하다.

"오토쿠야 이층에 마지마 나리의 숙부님께서 이사 오셨더군요."

갑자기 무슨 이야기지?

"오토쿠 씨가 자랑이 대단합니다. 이 근방에도 소문이 자자하고요. 대학자 선생님이시라고요."

그러는 오히데도 자랑스러워하는 말투임은 무슨 까닭인가. 이웃이라서? 그런 걸까?

"나리의 가문에는 역시 훌륭한 분이 계시군요. 가문의 내력인가 봐요."

열띠게 말한 오히데의 얼굴이 살짝 상기되어 있다.

"베푸신 은혜를 저는 평생 잊지 않겠습니다. 나리께서 안심하라 하시면 아무 걱정도 하지 않겠습니다. 나리의 은혜는 도저히 다 갚을 수 없겠지만, 그 대신 숙부님께서 늘 맛난 음식을 드실 수 있도록 오토쿠 씨를 돕겠습니다. 보잘것없지만 그것이 제가 드릴 수 있는 보답입니다."

신노스케는 결국 당황하고 말았다. 아니, 이야기가 당황하지 않을 수 없는 쪽으로 흐르고 있음을 그제야 알아차린 것이다.

"나, 나는 내 소임을 했을 뿐이야."

신노스케를 힐끗 바라본 오히데의 눈동자가 빛을 발했다.

"게다가 모토미야 겐에몬은 내 숙부가 아니다. 종조부님이라고 부르고는 있지만 실은 진짜 종조부도 아니야. 먼 친척뻘일 뿐이지."

오히데는 다시 미소를 지었다. 그러고는 소중한 것을 끌어안기라도 하듯 가슴에 손을 모으고 눈을 감았다.

"마지막 나리께서 건져 주신 목숨입니다. 이 목숨을 소중히 하겠습니다. 한 번은 꼭 이 말씀을 드리고 싶었습니다."

열띤 말이다. 신노스케는 그 열기를 뺨으로 느꼈다. 언어의 내용이 아닌 그 열기야말로 오히데가 시아버지와 남편이 없는 자리에서 전하고 싶었던 것이리라.

밖으로 나서고 한참이 지나서야 깨달았다. 넋이 나가 있던 탓에 저도 모르게 오토쿠야 앞을 지나치다가 당황해서 오른쪽으로 발길을 돌렸다.

잠시 걷다가, 어느 정도 거리가 생겨 열이 식을 즈음이 돼서야 깨달았다.

─또 그런 소리를.

자신은 여자들에게 '단 한 번', '오늘만 한 번'이라는 전제를 단 말을 듣는 남자가 되고 말았다.

그래서 사타에 얼굴이 보고 싶어졌다고 하면 실례겠지만, 자연히 가메야로 걸음을 옮기고 말았다. 오히데가 보여 준 감사와 호의가 아직도 신노스케의 몸뚱이를 휘감고 있다. 그것을 사타에에게 보여 주고 싶었다. 그 여자라면 아무런 설명이 없어도 알 것이다. 지금 신노스케의 이 심정이 바른 것인지 부끄러운 착각인지를 헤아리고 가르쳐 줄 것이다.

가메야의 매장은 오늘도 왕진고를 찾는 손님들로 북적였다. 신노스케는 익숙한 걸음으로 뒷문을 향해 돌아갔다. 탕탕, 하고 뭔가를 때리는 박력 있는 소리가 들려온다.

살펴보니 오토시가 빨래 건조장에서 기모노를 빨아서 널고 있는 참이었다. 해체하여 세탁한 기모노를 건조판에 붙여서 말리는 것이 다 ¹⁾기모노는 세탁할 때 우선 몇 군데를 해체해서 빨고. 풀을 먹인 뒤 얇은 널판에 옷 형태 그대로 밀착시켜서 말린다. 처마 끝에는 이미 작업을 끝낸 건조판 여러 장이 세워져 있다. 어느 옷이나 무늬가 선명하다.

"오, 안녕하세요, 마지마 나리."

뒤뜰의 삭막한 겨울 풍경 속에서, 늘어선 기모노 건조판들이 봄의 경치를 자아내고 있다. 그 가운데 서 있는 오토시는 작은 꽃밭에 홀로 서 있는 양옥란 같다. 깊이와 관록이 있다. 그러고 보니 전에 헤이시로가 여관리인을 그 꽃나무에 비유했었다.

신노스케가 묻기 전에 오토시가 세워 둔 건조판을 두드려 보이며 말했다. "후미노 아가씨의 기모노예요."

역시 그랬군.

"하나같이 명품입니다. 신베 씨는 따님에게 입힐 옷에는 돈을 아끼지 않았더군요."

부드러운 겨울 햇빛 아래 후미노의 기모노가 신노스케의 눈에 눈부시게 비쳤다.

후미노는 지금 어디서 어떤 옷차림을 하고 있을까. 오토시도 같은 생각을 하면서 세탁을 하고 있었음이 분명하다.

꼴이 이래서 죄송합니다, 하며 다스키를 풀고 소매를 매만진 뒤 오토시가 말했다. "가게에는 별일 없습니다. 손님이 많아서 멍하니 앉아 있을 수도 없는 노릇이고, 점원들도 모두 이제 이 상황에 익숙해졌습니다."

주인은 죽고, 안주인은 시름시름 앓고, 딸은 행방불명이 된 가게의 상황에.

"덕분에 요즘 저는 할 일이 없어 심심합니다. 제 딴에는 주인 없는 집을 지키는 소임을 맡아 눈을 똑바로 뜨고 살펴보고 있지만 생약에 대해서는 아는 게 없으니까요. 그래서 이런 허드렛일이나,"

하고 있답니다. 오토시는 차분히 웃었다.

"바람이 제법 차군."

"그래도 볕이 있으니 견딜 만하네요."

활짝 갠 겨울날이다.

"안주인의 건강도 괜찮소?"

이 여인과 먼저 맞닥뜨리고 말았으니 사타에를 조용히 만나기는 틀린 듯하다.

"예, 덕분에 아주 건강하세요. 오늘은 아침 일찍 다카사고초의 무라타 의원에 가셨습니다."

지난번에도 그 의원을 향해 막 외출한 참이었다고 했다. 신노스케와 길이 어긋나서 잘 기억하고 있다. 의외로 자주 의원에 가는 모양이다.

"혼자 진료를 받으러 나갔나?"

아뇨, 하고 오토시는 가볍게 손을 내둘렀다. 그녀의 눈매와 입가에 조금 전과는 썩 다른 분위기의 미소가 반짝 빛나듯 떠올랐다.

"사타에 씨는 의원 집이 그리운가 봐요. 무라타 선생에게 진료를 받으러 다니면서 친해진 모양입니다. 선생과 이런저런 이야기를 나누면 행복했던 지난날도 생각나겠지요. 그래서—."

사타에에게는 많지는 않아도 전남편 구리하시 의원이 남긴 기록이 남아 있다. 그가 스스로 궁리한 질병과 부상에 대한 처치법이나 생약 조제법 등을 적어 놓은 것이다.

"무라타 선생께 보여 드리면 도움이 될지 모른다면서."

보퉁이를 들고 가마를 불러 혼자 외출했다고 한다.

"하녀도 없이?"

"걱정하실 필요는 없습니다. 사타에 씨도 괜찮다고 하셨고요."

신노스케와 오토시의 시선이 부딪혔다. 오토시 쪽에서 의미심장한 눈빛을 던졌다.

"저도 방해하고 싶지는 않고요."

방해라는 말을 묘하게 천천히 힘까지 주어서 말했다.

신노스케는 사타에를 위해 항변하고 싶은 심정이 불쑥 솟구쳤다. 그러나 할 말이 떠오르지 않았다. 오토시가 넌지시 내비치는 내용을 똑똑히 읽어낼 수 있었다.

사타에는 굳이 혼자서 다카사고초까지 찾아갔다. 필시 급한 걸음으로—아니, 그렇게까지 기미를 드러내지는 않았을 것이다. 전남편의 기록을 보여 주겠다는 이야기도 마냥 핑계는 아니리라.

그래도 사타에는, '이 기록을 무라타 선생에게 보여 드리면 어떨까' 생각했을 때 필시 가슴이 뛰었겠지.

그런 것인가.

그런 사람인가.

—당신은, 여자다.

"사타에 씨도 계속 이 가게에 처박혀 시들어 가느니 자기 앞날을 생각하고 싶겠죠."

오토시는 가만히 몸을 틀어 신노스케에게 옆얼굴을 보이고, 세워 둔 건조판을 애무하듯이 손으로 쓸었다. 소국 무늬의 기모노가 붙어 있는 건조판이다.

"무라타 선생도 사타에 씨를 마음에 들어 하세요. 저는 몇 번 진료를 받으러 가 봤거든요. 금방 알 수 있었어요."

"하지만 사타에 씨는 가메야의 안주인인데."

오토시는 신노스케를 향해 몸을 홱 돌렸다.

"그렇다고 그 사람이 조만간 가메야를 떠날 거라는 말씀은 아닙니다. 하지만, 이대로 계속 가메야에 남아 있어 봐야 무슨 좋은 일이 있겠습니까. 애초에 허울뿐인 안주인이었어요. 신베 씨하고도 허울뿐인 부부였고. 누구도 그 사람에게 그런 충절까지 바치라고 요구하지 않아요. 또 그런 만큼 그 사람을 돌봐줘야 할 의무감도 느끼지 않고요."

사타에는 자기 앞날을 스스로 모색해야 한다.

"어차피 후미노 아가씨가 체포되면 가메야도 끝입니다. 체포되지 않더라도 이대로 주인도 없이 간판을 걸고 계속 장사를 하기는 힘듭니다. 결국 다이코쿠야 주인에게 매달리는 수밖에 없겠죠."

하지만 다이코쿠야 주인은 홀몸이 아니잖아요, 하며 오토시는 웃었다.

"사타에 씨가 거기로 들어갈 수는 없겠죠. 그렇다면 다른 곳을 찾아야죠."

신베가 살해된 직후, 이 관리인이 사타에를 보는 눈은 심술과 냉기로 번들거리고 있었다. 이즈쓰 헤이시로도 그것은 시샘 탓이라고 말한 적이 있다.

─이건 내 생각이 아니야.

이즈쓰 나리의 부인이 한 말이라고 한다. 여자는 자기에게 없는 것을 가진 여자를 독하게 질투한다. 자신에게는 허락되지 않았던 인생길을 걸어가는 여자이기에 깊이 미워한다고 한다.

그러나 지금의 오토시에게서는 그런 기미가 보이지 않았다. 담담하게 있는 그대로를 말한다. 오히려 감탄하는 듯이 보이기도 한다.

그래도 신노스케는 말했다. "나는 안주인이 그런 치밀한 계산 아래 움직이고 있다고 생각하지 않아. 후미노에 대해서도 진심으로 걱정하고 있어."

오토시는 눈을 천천히 크게 떴다. 신노스케의 생각 정도는 이미 알고 있다, 그런 것쯤은 눈 깜빡임 하나로도 충분히 알 수 있다는 듯이 말했다.

"마지마 나리는 젊기도 젊으시고 심성도 올곧으시죠. 해서 제 말씀이 중늙은이 여자의 지저분한 추측처럼 들리시겠죠. 죄송합니다."

"나, 나는, 그런 뜻으로 한 말이,"

오토시는 벗겨낸 다스키를 손안에서 만지작거리며 고개를 갸웃했다. "오히려 저는 감탄했습니다. 부럽기도 하고요. 그래요, 사타에 씨는 타산적인 여자가 아닙니다. 그 사람은 본성이 그렇지 않아요. 그게 매력이겠죠."

오토시는 다시 신노스케와 눈길을 맞추며 미소를 던졌다.

"후미노 씨가 어찌 되었든 아직은 신베 씨의 상도 끝나지 않았으니까 갑자기 진척될 이야기는 아닙니다. 아마 제가 너무 앞지른 것이겠죠. 다만 요즘 그런 길이 생겼다는 이야기를 마지마 나리께 해드리고 싶었을 뿐입니다."

오늘 마침 기회가 좋았고요, 하며 목소리를 낮춘다.

"마지마 나리께는 달갑지 않은 고자질처럼 들리겠지만, 저도 알고서 드리는 말씀입니다."

그 말투로 신노스케는 깨달았다. 이 여관리인은 신노스케와 사타에 사이에 내밀한 교류가 있었음을 알고 있다. 그저 짐작했을 뿐인가, 아니면 사타에가 밝혔을까.

어느 쪽이든 놀랍지 않다. 놀라서는 안 될 것이다. 이 여자들에게는 신노스케가 도저히 넘볼 수 없는 기술이 있다. 여자로서 살아남는 기술.

그는 아랫배에 힘을 주며 입을 열었다.

"아무래도 오해가 있는 것 같소."

그런가요? 하며 오토시가 받아넘긴다. "그렇다면 여관리인의 오지랖으로 이해하고 들어 주십시오."

마지마 나리—.

오토시의 목소리에 강한 기운이 묻어났다.

"사타에 씨도 후미노 아가씨도 나리가 어떻게 해 볼 수 있는 여자가 아닙니다. 그뿐만 아니라 지금의 나리께서는 애초에 여자를 감당하실 수 없습니다."

자기를 잃어버렸기 때문입니다.

"이쯤에서 그만 눈을 뜨시기 바랍니다."

순간 신노스케 눈앞이 새하얘졌다. 그리고 천천히 붉어졌다. 핏빛이다. 그의 뇌리, 그의 마음속을 온통 물들이는 핏빛이다.

그 피는 쓰고 뜨거웠다. 핥으니 수치의 맛이 났다.

정신을 차리니 오토시는 사라지고 없었다. 건조판이 알록달록 수를 놓은 겨울 건조장으로 삭풍이 지나간다.

3

가와이야의 준자부로는 이노지의 본업을 무색게 하는 활약을 해냈다. 덕분에 이즈쓰 헤이시로의 계획은 실현되었다. 미후쿠야가 유시마텐진 복권에 당첨된 남자를 꾀어 단단히 우려먹기 직전에 그 일당을 고스란히 잡아들일 수 있었다.

미후쿠야에 쳐들어가 체포했다고 하지만 상대는 강도나 살인범이 아니다. 헤이시로는 이번에도 여차하면 신 상의 무술이 필요해질 거라고 말했지만 신노스케가 활약할 일은 없었다. 미후쿠야 일당은 무슨 일이 벌어지는지 깨닫기도 전에 어, 어, 하다가 오라를 받았다.

세작 역할을 해낸 준자부로에게는 만일의 사태를 대비해서 잠시 숨어 있으라고 했다. 헤이시로는 그가 몸을 숨길 장소를 몇 군데 물색해 두었지만, 당사자는 태연한 얼굴로 "마루스케 씨 집에 가 있을래요"라며, 걱정할 필요가 전혀 없다고 한다.

"가와이야에 알려 두어야 하지 않을까?"

"이모부가 유미노스케한테 일러 주시면 그 녀석이 알아서 잘 전해 줄 겁니다."

헤이시로도 그의 의견에 두말없이 동의했다.

신노스케는 여전히 불쾌했고 한편으로 불안하기도 했다. 준자부로는 정말 사루에의 짓토쿠 나가야로 갈까? 그건 그냥 구실일 뿐, 또 시나노야나 평소 왕래하던 여자 집에 틀어박힐 작정이 아닐까? 준자부로가 미후쿠야와 관련된 자들에게 보복을 당할 염려는 적지만, 이쪽에서 다시 그를 필요로 할 때 또 한참을 찾아 헤매야 한다면 낭패를 볼 수 있다. 무엇보다 우선 신노스케는 이 껄렁하고 뺀질거리는 남자를 믿고 싶지 않았다.

"제가 바래다 드리죠."

"아뇨, 그렇게까지 하실 필요는 없는데요."

신노스케는 마뜩잖아하는 준자부로의 팔을 잡고 마치 범인이라도 묶어서 끌고 가듯이 사루에로 향했다.

여명을 앞두고 한기가 매서워지는 거리에는 아직 인기척이 없다. 그래도 준자부로는 이목을 피하려는 듯 목을 움츠리고 있었다.

민가와 무가 저택 사이의 길을 누비듯 걸어서 히가시혼간지 절이 보이는 근방까지 오자, 준자부로가 조심스레 입을 열었다. "이제 이 팔을 놔주시죠. 도망가지 않을 테니까."

이러면 꼭 큰 지신반에 끌려가는 것 같잖아요, 하고 쓴웃음을 짓는다.

"조금 전에도 기도반 사람들이 저를 이상한 눈으로 쳐다봤습니다. 시중으로 가면 언제 아는 사람을 만날지 모르는데, 내 체면이 뭐가 되겠어요. 그래도 가와이야의 아들인데 가게 간판에 먹칠하고 싶지는 않거든요."

신노스케는 마지못해 준자부로의 팔을 놓아주었다. 아이고, 고맙습니다, 하며 준자부로는 제 팔뚝을 쓰다듬고 목에 감았던 붉은색 목도리를 단단히 고쳐 맸다.

"마루스케한테 찾아가서 뭘 하려는 겁니까?"

"채소 행상을 거들려고요."

한잔하시죠, 라고 말하는 투다.

준자부로의 목도리는 사람들 눈길을 끌 만큼 세련된 물건이다. 행상하는 노인에게 이런 차림으로 찾아간단 말인가. 신노스케는 문득 상대방이 아니꼽게 보였다.

두 사람은 나이가 거의 차이 나지 않는다. 하지만 신노스케는 자신이 준자부로보다 묘하게 더 나이가 들어 보인다고 느꼈다. 더 구체적으로 말하자면 중늙은이 같다는 느낌이다. 한편으론 졸지에 떠

맡긴 일을 손쉽게 해치워 버린 준자부로가 더욱 어른스러워 보이기도 했다. 여자를 아무렇지도 않게 웃기고 즐겁게 할 수 있는 이 사내가 그 싱싱한 풍모와는 딴판으로 노련하고 숙성된 인간처럼 보이기도 한다.

—이런 남자라면.

후미노를 막을 수 있었을까.

사타에 같은 여자의 위안은 필요 없었을까.

여관리인에게 이제 그만 눈을 뜨라는 일갈을 듣는 처지로 몰리는 일도 없었을까.

순박하고 성실한 마루스케 같은 사람의 신뢰도 어렵지 않게 얻어 낼 수 있을까.

자신의 발치를 가만히 노려보며 동트기 전의 어둠 속을 걷다가 상념에 갇히고 말았다. 붉은 목도리를 단단히 여민 준자부로가,

—사랑하는 남자가 하는 말이라고 곧이곧대로 믿어 버리다니 위험한 생각이야.

그렇게 말하며 후미노에게 웃음을 보이고 아가씨의 엉덩이를 찰싹 친다.

—이봐, 너한테 진짜 홀딱 반한 남자라면 네 아버지를 해칠 리가 없다고 생각하지 않나?

—좀 웃어 봐. 후미노 씨는 웃는 얼굴이 훨씬 더 어울린다고. 그렇지, 그렇지. 혼자 고민에 빠져 있진 말라니까.

누군가 부른다. 나리. 저기, 나리. 마지마 나리.

누가 어깨를 건드렸다. "마지마 님."

신노스케는 숨을 멈추고, 물 밑바닥에서 단숨에 떠오르듯이 정신을 차렸다. 눈을 부릅뜨고 돌아보니 신노스케의 어깨를 건드린 준자부로가 뱀이 튀어 오르기라도 한 듯 손을 잽싸게 거둔다.

"와! 무서운 얼굴!"

저쪽에서 부르고 있어요—하고 준자부로는 손으로 두 사람의 오른편을 가리켰다.

두 사람은 탁 트인 히로코지를 지나고 가미나리몬아사쿠사지 절의 산문(山門)을 지나서 하나카와도초에 와 있었다. 아즈마바시 다리가 바로 지척이다. 준자부로가 가리킨 쪽에는 하나카와도초 지신반이 있었다. 문은 아직 닫혀 있지만 처마 밑 등롱은 켜져 있다. 자갈길이 희뿌옇게 보인다. 그곳에 쪽 염색을 한 한텐을 입은 가게 점원이 서서 신노스케를 향해 고개를 꾸뻑 숙이고 있었다.

"주제넘게 길을 방해해서 죄송합니다. 마침 나리께서 여길 지나가시다니, 하늘이 도우신 모양입니다.

흘리지도 않은 땀을 훔쳐내는 시늉을 하고 점원은 준자부로한테까지 웃음을 지어 보였다. 그러자 준자부로도 흔쾌하게, 아, 예, 예, 하고 응해 준다.

시중의 지신반에는 시중 순시관인 도신들의 이름과 얼굴이 자연히 알려진다. 다만 신노스케는 신참이고 혼조 후카가와 담당이므로 스미다가와 강 건너편에는 아직 아는 이가 많지 않다. 그런데 요즘 여기저기를 배회하느라 갑자기 얼굴이 많이 팔렸다. 가까이 다가가며 살펴보니 몇 번쯤 인사를 받은 기억이 있는 점원이다.

허리춤의 짓테를 다시 꽂으며 신노스케는 등을 곧게 폈다. "그래,

무슨 일이냐?"

"예, 그게요 저기—,"

점원은 여닫이문 쪽을 가만히 쳐다보았다.

"투신자살입니다."

하이고, 큰일이네! 하고 준자부로가 큰 소리를 냈다가 황급히 제 입을 손으로 막았다. "죄송해요."

점원은 준자부로를 신노스케가 부리는 오캇피키로 아는 듯하다. 예, 큰일 날 뻔했죠, 하고 얌전히 고개를 끄덕인다.

"건져 냈나? 살아 있던가?"

"아뇨, 물로 뛰어들기 전에 저희가 발견하고 말렸습니다. 다리맡에서 고함을 치니 도망치더군요. 뒤쫓았지만 워낙 발이 빨랐어요. 뱃사공의 도움으로 겨우 잡았습니다."

젊은 여자라고 한다. 야심한 시간에 혼자 이런 곳을 어슬렁거리고 있었다니 분명 예사롭지 않다.

"붙잡기는 했는데 돌부처처럼 입을 꾹 다물고 있어서 사정을 통 알 수가 없었습니다. 하는 수 없다, 등에 짐을 지고 있기에 뭔가 신원을 알 수 있는 게 있지 않을까, 하고 열어 보니 약낭이 나왔습니다. 그 안에 종이 꾸러미가 들어 있었고요."

무슨 약인지는 모르나 약낭에 붓글씨가 적혀 있었다.

"우치칸다 다카사고초의 무라타 겐토쿠라는 의원 댁에서 나온 약낭입니다."

신노스케는 놀랐다. 곁에서 준자부로도 "오!" 하며 몸을 뒤로 젖힌다.

"명의로 소문난 그 목청 큰 선생!"

신노스케는 한 번 더 놀랐다. "어떻게 아십니까?"

"조금 묘한 일 때문에."

준자부로는 정말로 묘한 표정을 지어 보였다. 더욱 아니꼽다. 뭐야, 이놈은.

"유미노스케 님한테 들었습니까?"

"그 녀석은 그런 수다쟁이가 아니에요. 정말 묘한 일 때문에 알게 되었다니까요."

그런데 당번 아저씨, 하고 준자부로는 이야기를 돌렸다.

"그 여자가 뭐라고 하던가요?"

지신반 당번은 그제야 준자부로를 의심스러운 눈으로 쳐다보았다.

"당신은 뭐요?"

"그건 아무렴 상관없으니까, 그 여자 얘기나 해 봐요."

당번은 그를 곁눈으로 보며 신노스케 쪽으로 한 발 다가섰다. 말이 빨라진다.

"이건 뭐냐, 독약이라도 먹고 죽을 작정이었냐, 이런 약은 어떻게 구했냐, 이 의원한테 훔쳤냐, 하고 추궁해도 여전히 묵묵부답이더군요. 그러다가, 네가 이렇게 입을 꾹 다물고 있으면 이 의원이 피해를 보게 될 거다, 하고 말해 주자 그제야 눈물을 뚝뚝 흘리더군요. 제발 그것만은 봐 주세요, 저를 좀 놔주세요, 죽게 내버려 두세요."

여자가 읍소하는 흉내까지 내고 손짓 발짓 섞어 열변을 토하는 당번에게 준자부로가, 정말 딱하네, 하며 중얼거렸다. 그러고는 지신반으로 들어가려고 하자 신노스케가 그의 목도리를 잡고 뒤로 홱 끌어당겼다. 당번은 짐짓 요란한 몸짓으로 준자부로를 피했다.

"그냥 강물에 몸을 던지려고 했을 뿐이라면 저희가 어떻게든 처리하겠지만, 다카사고초의 무라타 선생이라면 요즘 나리들께서 찾는 수배자가 약을 팔러 드나들던 의원이잖아요. 수배장에도 올라와 있었죠? 그래서 이건 뭔가 있을지도 모른다, 핫초보리에 알리는 게 좋지 않을까 하고 얘기하던 참이었는데―,"

신노스케가 지나갔다고 한다.

"잘했다. 용케 기억했구나."

당번을 칭찬하고, 신노스케는 지신반으로 들어갔다. 안쪽에 있는 사 첩 반짜리 마루방에는 화로 앞에서 졸린 듯이 눈을 끔쩍거리는 늙은 당번이 앉아 있었고, 노인의 시선을 피하려는 듯 얼굴을 돌린 채 동그랗게 웅크려 앉은 여자도 있었다.

아, 나리, 하는 당번 노인의 목소리에 여자는 몸을 움츠리는 척하며 어깨 너머로 이쪽을 훔쳐보았다.

신노스케는 그녀가 누구인지 금방 알아보았다.

"오신 아니냐!"

오신도 신노스케를 알아보았다. 흰쥐처럼 바지런한 무라타 가 하녀의 얼굴이 조금씩 일그러졌다. 양손으로 얼굴을 가리며 쓰러지듯 엎드리더니 이내 흐느끼기 시작한다.

"이런, 이런, 눈물로 홍수 나겠네."

준자부로가 신노스케 등 뒤에 바짝 다가섰다. 그는 신노스케의 어깨 옆으로 안쪽을 들여다보며 너스레를 떨었다.

"이러면 곤란하지, 아가씨. 이러다 홍수 나겠어. 우리까지 다 떠내려가겠네. 이 지신반까지 쓸려서 강을 둥둥 떠내려가다가 쓰쿠다지마 섬에 닿겠다. 이 나리는 무서운 분이 아니니까 이제 그만 뚝 하지그래."

어떻게 할까요, 마지마 나리, 하고 그는 양손을 겨드랑이에 찌르고 진지한 낯으로 돌변해서 신노스케를 쳐다보았다.

"제가 또 조금 거들까요?"

당신은—하고 신노스케가 윽박질렀다.

"당장 짓토쿠 나가야로 가 버려!"

당번 남자가 관자놀이를 긁적이며, 목도리 속에 목을 묻듯이 움츠린 준자부로에게 다시 물었다.

"글쎄 당신, 누구냐니까."

오신의 흐느끼는 소리는 그칠 줄 몰랐다.

4

나중에 마음이 차분해진 뒤, 마지마 신노스케는 곰곰이 따져 봤지만 아무래도 석연치 않았다.

왜 오토쿠야의 오토쿠를 생각해 냈을까. 오토쿠에게 오신을 부탁하다니.

원래대로라면 이럴 때 제일 먼저 의지할 곳은 혼조 모토마치의 마사고로다. 그의 집에는 매사 확실한 부인 오콘도 있고 눈치 빠른 수하들도 있다. 사정을 설명하면 당장이라도 오신을 데리러 와 줄 테고, 다카사고초의 겐토쿠 의원에게도 즉시 소식을 알려 줄 것이다.

하지만 왠지 그게 망설여졌다. 대신 오토쿠의 통통한 얼굴이 떠올랐다.

오캇피키 마사고로도 잘 알고 있는 당번 사내는 신노스케가 기쿠카와초의 오토쿠야로 심부름을 부탁하자 몹시 의아해하는 표정을 지었다. 메밀국숫집 행수님이 아니고요? 하고 두 번이나 연거푸 확인했다.

"그렇다네. 오토쿠라는 부인에게 즉시 알리게. 당장 오겠다고 할 테니까 길 안내도 부탁하네."

자신은 당번 노인과 함께 노인이 내준 싱거운 차를 마시며 오토쿠가 오길 기다렸다. 처음 얼마 동안은,

"대체 무슨 일이냐?"

"오신, 어떻게 된 일이냐니까."

"왜 강물에 몸을 던지려고 했어?"

어색하게 물어봤지만 오신은 고개를 숙이고 등을 돌린 채 이따금씩 늘키며 울 뿐이다.

결국 신노스케는 입을 다물어 버렸다. 당번 노인도 잠자코 있었다. 동이 트고 난 뒤에도 노인은 여전히 졸린 듯이 눈을 끔쩍거리고 있었다.

—더 강하게 추궁하거나 야단을 쳐야 할까?

신노스케는 노인의 축축한 눈을 쳐다보며 눈짓으로 물었다. 노인은 그저 눈꺼풀만 들었다 놨다 할 뿐 아무 반응도 하지 않는다. 그러

다가 꾸벅꾸벅 졸기 시작했다.

그래서 신노스케도 잠자코 있었다.

오토쿠는 정말로 달려서 왔다. 오는 길에 어디서 당번 사내를 떼어 버린 모양이다. 안녕하세요, 마지마 나리, 하며 지신반으로 뛰어 들어올 때 당번 사내는 보이지 않았다.

날이 추운데도 얼굴 가득 땀을 흘리고 있다. 숨이 차서 그 자리에 쪼그려 앉는다.

"에구, 세상에, 아침 댓바람부터, 수고가, 많으세요."

미안해요, 오토쿠 씨―하고 신노스케가 맞아 줬을 때가 돼서야 당번 사내가 쫓아 들어왔다. 뭘 아주머니가 그렇게 빨라요, 하며 그 역시 숨을 헉헉거린다.

"미안하다는 말씀은 좋지만, 씨 자는 빼 주세요, 마지마, 나리."

오토쿠가 숨을 헐떡이며 웃자 내내 울기만 할 뿐 돌부처처럼 꼼짝도 않던 오신이 고개를 돌려 이쪽을 훔쳐보았다.

그때 신노스케는 생각했다. 역시 오토쿠를 부르길 잘했다. 다른 사람이었다면 오신은 돌아보지 않았으리라. 마사고로든 오콘이든 여관리인 오토시든 동료 하녀 오코마든. 무슨 일을 해도 기대 이상으로 해내는 유미노스케일지라도.

단 한 사람 예외가 있다면 준자부로 정도일까? 하고 생각했다가 그 대목에서 다시 분한 마음이 들었다.

그다음부터는 무슨 마술 같았다. 오토쿠는 밝은 목소리로 거침없이 자기소개를 하고, 어, 어, 하는 사이에 오신을 재촉해서 신을 신기고 지신반 밖으로 끌어냈다.

"이 사람은 제가 잘 데리고 있을 테니까 안심하세요."

"나도 함께 가지요."

"저희끼리 가도 괜찮아요. 자, 갈까, 오신 씨. 우리 집은 기쿠카와 초에 있어."

역시 오토쿠를 부른 것은 잘한 짓이었지만, 무엇이 어떻게 잘됐는지 생각할 틈도 없이 사태가 마무리되는 듯했다.

신노스케는 당번 노인의 주름투성이 얼굴을 돌아다보았다.

"정말 괜찮을까."

노인은 헐헐 웃었다. "그렇게 울다가는 저승사자라도 떠내려가겠는걸요."

눈물에 휩쓸린 저승사자가 스미다가와 강으로 텀벙 떨어져 둥둥 떠내려간다? 그런 상상을 하니 신노스케도 비로소 웃음이 나왔다.

"그 아이는 눈치가 빠른 하녀야. 일도 잘하고. 무슨 이유로 강물에 몸을 던지려고 했는지 전혀 짐작할 수가 없군."

당번 노인은 천천히 눈을 끔쩍거리고 입을 움찔거렸다. 노인의 발음이 끈적끈적하게 들리는 까닭은 이가 거의 다 빠진 탓이다.

"하는 양을 보니 필시,"

"필시?"

"연애가 꼬였구면요."

감자가 다 익었네요, 라고 말하는 듯한 태평한 말투였다. 그래도 신노스케는 흠칫했다. 오신과 오토쿠가 떠난 쪽을 새삼 돌아다보며 턱 끝을 만졌다.

연애. 오신의 눈물.

겐토쿠 의원을 자주 드나드는 사타에.

오늘 아침 면도를 거른 수염이 손가락 끝에 까슬까슬했다.

한편 다카사고초 무라타 가에서는.

제일 먼저 신노스케를 맞은 하녀 오코마는 역시 불안한 표정이었다. 눈도 빨갛다. 울어서가 아니라 잠이 부족해서다.

"어제 밤새 오신을 설득하느라고요."

오신이 무라타 가를 떠나겠다고 해서 말렸다고 한다.

"하지만 저도 지쳐서 어느새 꾸벅꾸벅 졸고 말았어요. 그 틈에 오신이 나가 버렸지요."

오늘 진료는 이미 시작되어서 대기실에는 환자들이 모여 있다. 겐토쿠 의원과 대맥 가미야 노보루도 오신이 나갔다는 사실을 알고 있지만, 당장은 어쩔 도리가 없었다.

"젊은 선생님은 지신반에 신고하는 편이 좋겠다고 하셨지만 겐토쿠 선생님께선 그냥 내버려 두라고."

—머리가 식으면 돌아오겠지.

"괜히 요란을 떨면 도리어 오신이 곤란해진다고 하시면서요."

"가출이란 것은 금방 알았나?"

"글을 써 놓았거든요."

'그동안 신세 많이 졌습니다. 저는 그만두겠습니다'라고 적혀 있었다고 한다.

"대체 무슨 일이 있었던 거지? 다투기라도 했나?"

신노스케의 물음에 오코마는 눈을 굴려 딴청을 부렸다. 저는 지금

나리의 물음을 외면했습니다, 외면했다는 것을 알아주세요, 라고 호
소하는 듯한 행동이다.

"그래도 다행이네요. 오신을 어디서 찾으셨어요?"

"아즈마바시 다리맡."

그렇게만 말했는데도 오코마는 알아들었다. 이내 안색이 변한다.

"그럼 오신이,"

"강에 뛰어들려고 한 모양이다."

세상에 어쩜―, 하며 오코마는 손으로 목깃을 잡았다.

"설마 그런 생각까지 하다니."

"지난밤에 혹시 죽고 싶다고 하던가?"

머리가 산산이 흩어져 버리겠다 싶을 정도로 오코마는 거칠게 도
리질을 했다. "그런 말은 없었어요. 만약 그랬다면 저도 더 조심했겠
지요. 이제 이 집에서는 더 이상 일할 수 없으니 다른 데로 가겠다고
만 했어요."

그래서 오코마는 그런 일이라면 좀 더 신중하게 결정하는 편이 좋
겠다고 설득했다.

"그 아이는 가족도 없어요. 기댈 데가 없단 말예요. 버려진 아이
니까."

저도 비슷한 처지라서 친자매처럼 지냈는데. 오코마는 금세 풀이
죽었다. 그녀 특유의 매서운 눈빛도 사라지고 없다. 딱하긴 하지만
지금은 오코마까지 다독이고 있을 여유가 없다.

"오신은 왜 떠났지? 숨기지 말고 얘기해 봐."

여전히 목깃을 잡은 채 오코마는 괴로운 낯으로 말했다. "오신이

왜 죽으려고 했는지 말하던가요?"

"그랬으면 너한테 묻지도 않지."

"그럼 저도 말씀드릴 수 없습니다. 오신이 말하지 않은 일을 고자질할 수는 없잖아요."

신노스케는 작심했다. "그럼 내가 맞춰 볼까. 무라타 선생이겠지. 선생이—혼인하려고 해서 오신이 낙담한 게 아니냐?"

오코마는 눈을 휘둥그레 떴다. "어머, 마지마 나리도 다시 봐야겠네요. 눈치채셨군요?"

"오신이 선생을 사모하고 있었지?"

"아셨어요? 언제 아셨어요?"

"선생의 상대는 가메야 약방의 안주인 사타에라는 사람이겠지. 안주인이라고 해도 이미 과부지만."

오코마는 살집 좋은 턱을 당겨 신노스케 얼굴을 빤히 쳐다보았다.

"진짜 다시 봐야겠네요. 마지마 나리께서 어떻게 그런 것까지 아세요?"

감탄할 일은 아니다. 오히려 둔감하다고 해야 마땅하다. 하지만 신노스케는 여전히 진지한 얼굴로 내쳐 말했다.

"오신이 그렇게 낙담한 걸 보면, 선생과 가메야 안주인 사이에서 얘기가 많이 진척되고 있는 모양이지?"

어림짐작만으로 강물에 몸을 던지려고 할 만큼 어리숙한 오신이 아니다.

"저쪽은 이제 막 과부가 된 참이잖아요."

"안다."

"하지만, 대단한 재주네요. 남편의 상도 마치기 전에 벌써 다음 사냥감을 잡아 두었으니."

사라져 가던 오코마의 매서운 눈빛이 단숨에 살아났다. 말투에도 가시가 돋아난다.

"어제 저녁 식사 때 대맥 선생님이 그 이야기를 꺼냈어요. 가메야 안주인을 부인으로 맞으시면 어떻겠느냐고."

대맥 가미야 노보루 의원은 신노스케가 보더라도 그런 일에 눈치가 빠른 남자는 아니다. 신노스케도 남 말 할 처지는 아니지만, 분명 순박한 남자일 것이다. 그 젊은 선생이 그런 말을 꺼낼 정도다. 겐토쿠 의원과 사타에 사이에 풍기는 무언가가 있었으리라.

"요즘 평소보다 훨씬 바빠서 선생님이 많이 피곤해 보이신다, 의원이 자기 병을 막지 못한다는 말도 있는데, 이대로 가다가는 좋지 않다, 생활을 바꾸는 편이 좋다면서 젊은 선생님이,"

―좋은 기회 아닙니까. 이참에 혼인을 하시면 어떻습니까.

"선생님이야 정직하시니까 대번에 얼굴이 빨개지시고."

선생은 무뚝뚝한 말투로, 그 사람은 아직 상중이야, 라고 했다고 한다. 그러니까 꼭 집어서 '가메야 안주인'이라고 말하지 않아도 젊은 선생이 누구를 두고 말하는지 금방 알아들을 정도로 사타에의 존재가 컸다는 말이다.

―상이야 조만간 끝납니다. 앞일을 준비해도 나쁘지 않겠지요.

젊은 선생이 밝은 말투로 그렇게 말하자 곁에서 식사 시중을 들던 오신의 낯이 창백해졌다.

"선생님은 눈치채고 계셨지만 젊은 선생님은 전혀 모르셨거든요.

그런 일에는 나무토막 같다니까요, 젊은 선생님은."

그래서 그 뒤.

"부엌으로 도망쳐 나와서, 그 여자가 선생님의 부인이 되면 나는 더 이상 이 집에서 일할 수 없다고 하면서 울기 시작했어요."

위로하랴 설득하랴 오코마는 쩔쩔맸다고 한다.

"이런 얘기가 불쑥 나올 리는 없다. 너와 오신도 가메야의 사타에 부인과 선생의 관계를 이미 눈치채지 않았느냐?"

"그게…… 정말로 다시 봐야겠네요. 그 행수님이라면 금방 눈치채셨겠지만 마지마 나리가 거기까지 짐작하시다니."

썩 달가운 칭찬은 아니다.

"하지만 어렴풋이 짐작하는 것과 말로 분명하게 듣는 것은 다르잖아요."

쓰디쓴 것을 굳이 꽉 깨물어서 맛을 보는 듯한 얼굴로 오코마가 말했다.

"오신은 가메야 안주인이 찾아오면 늘 기분이 나빠 보였어요. 본인은 숨기고 있다고 믿었겠지만 제 눈에는 다 보였어요."

"오신이 그, 짝사랑이랄까, 그런 심정에 대해서 너와 터놓고 얘기한 적은 없느냐?"

오코마는 어이없다는 얼굴로 웃었다. "터놓고 얘기해서 뭘 어떻게 하게요? 우리 선생님은 의원이세요. 집안도 훌륭하시고요. 자기 이름도 제대로 못 쓰는 하녀를 아내로 들일 리가 없잖아요."

그건 뻔한 일이잖아요.

"오신도 자기 주제는 잘 알고 있어요."

"그럼 선생이 누구와 혼인을 하든 새삼 소란을 피울 일도 아닐 텐데."

긴 한숨을 짓고 나서 오코마는 신노스케를 올려다보았다.

"마지마 나리도 참 이상한 분이시네요. 어떻게 그런 걸 다 아실까 싶다가도 통 모르는 분처럼 말씀하시니."

그건 그렇다. 나라는 사내는 여자를 다룰 줄 모르니까.

"자기 주제는 잘 알지만, 한 번쯤 발버둥이라도 쳐 보고 싶지 않겠어요? 게다가 오신은 그 여자만은 싫다고 했어요."

싫기는 저도 마찬가지지만, 하며 오코마가 내뱉듯이 말했다.

"남자들은 왜 그런 여자를 좋아하죠? 젊은 선생님도 넋을 놓고 쳐다보더라고요. 기가 막혀서."

신노스케가 저도 모르게 물었다. "너도 가메야의 부인이 싫으냐?"

의미심장하게 물을 생각은 없었다. 하지만 오코마는 별안간 허리를 곧추세워 양손을 허리에 받치고 신노스케를 빤히 쳐다보다가 이윽고 다시 콧김을 내뿜었다.

"아아, 남자분들이 하나같이 넘어가시다니, 경사가 났네요."

한탄을 하고 있지만, 언젠가 오토시가 보여 준 표정처럼 독기와 가시가 돋아 있다.

"오신은 지금 어디 있어요? 혹시 소란을 피웠다고 잡혀갔나요?"

"그럴 리가 있나. 내가 잘 아는 사람한테 안전하게 맡겨 두었다."

"다행이네요. 폐를 끼쳐서 죄송합니다."

오코마는 결코 호기심에 사태를 구경만 하는 사람이 아니다. 그녀 역시 눈치가 빠른 무라타 가의 하녀다. 신노스케에게 공손히 고개를 숙인다.

"당장 데리러 가고 싶지만, 지금은 오신이 돌아오고 싶지 않겠죠. 머리가 식을 때까지 이삼일 맡아 주실 수 있을까요?"

"그건 괜찮지만…… 오신은 영영 돌아올 마음이 없는 모양이더 군."

"그럴 리가요, 마지마 나리. 철없는 생각이죠. 자기가 가면 어디로 가겠어요. 그 아이도 그렇게 바보는 아니에요. 아니, 어쩌면 바보였을까요?"

오코마는 주눅이 들어서 문득 불안해하기 시작했다.

"설마, 선생님이 데리러 올 거라고 기대하지 않으면 좋으련만."

"그러면 안 되나? 오신은 열심히 일하지 않았느냐. 믿음직한 하녀일 텐데."

"하녀는 어디까지나 하녀죠. 그뿐이에요. 선생님은 오신 따위야 아무렇지도 않게 생각하세요."

"너는,"

신노스케는 또다시 저도 모르게 공연한 말을 꺼냈다.

"상황을 금방 받아들이는구나."

자신도 미카와야의 데쓰지, 즉 마쓰카와 뎃슈 때문에 가슴앓이를 한 처지면서.

"오신이 불쌍하단 생각이 들지 않느냐?"

오코마는 웃음을 터뜨렸다. 실소다.

"마지마 나리는 참 자상하시네요."

신노스케의 가슴속 상처가 지끈거렸다.

"상황을 안 받아들이면 어쩌겠어요. 오신이 그걸 몰랐다면 제가 그 아이를 잘못 본 거죠."

우리 선생님은—하며 오코마는 떠들썩한 대기실 쪽으로 시선을 던진다.

"저기 가로수 가랑이 사이에서 나온 사람처럼 무뚝뚝한 분이지만 분별은 있는 분이세요. 이런 일로 하녀에게 웃는 얼굴을 하고 손을 내밀어 줘 봤자 좋은 일이 없다는 걸 잘 아세요. 그렇게 헤픈 분이 아니에요."

다르게 말하자면 오신의 연심을 이용할 분이 아니라는 뜻이죠, 라고 말했다.

"선생님께선 지금까지 태도를 분명히 해 오셨어요. 그건 제가 잘 알아요. 오신이 선생님의 그런 태도를 알아보지 못했다면 그 아이가 어리석은 거예요."

오신이 일으킨 철없는 소동은 이미 벌어진 일이니 어쩔 수 없다. 그래도 오신은 무라타 가로 돌아오는 수밖에 없다. 그렇게 아무 일도 없다는 듯 일을 하든가, 정 싫으면 정식으로 인사를 하고 그만두는 수밖에 없다. 겐토쿠 의원은 꾸중하지 않을 것이다. 붙들지도 않으리라.

"분명히 말씀드리지만, 선생님이 혼인을 할지 말지, 누구를 부인으로 맞을지 하는 문제는 오신과 아무런 상관이 없어요. 그것과 이것은 별개의 이야기입니다."

오신이 만약 그 길이 아닌 뭔가 다른 길을 기대하고 있다 해도, 그런 가능성은 애초에 닫혀 있었다는 말이다. 오코마는 가차 없이, 그러나 담담하게 신노스케에게 말했다. 거의 설교 같았다.

그랬다. 신노스케한테는 설교처럼 들렸다. 다 자기 이야기처럼 들렸다.

"어머, 나 좀 봐, 주제넘게 떠들었네요."

신노스케의 의기소침한 모습에 오코마도 당황했다.

"선생님을 만나시겠어요? 상황이 상황인 만큼 즉시 불러 드릴 수 있습니다만."

심호흡을 한 번 하면서 신노스케는 망설였다. 그러다가 고개를 저었다. "아니, 그럴 필요 없다. 네 말이 맞겠지."

겐토쿠 의원은 오코마처럼 말하지는 않을 것이다. 말수가 더 적겠지. 바꿔 말하면 오코마처럼 친절하게 풀어서 얘기하지는 않을 터이다. 다만 마치 담당 관리인 신노스케에게 공연히 폐를 끼쳤으니 그답게 낭랑한 목소리로 사과하는 선에서 그치고 말리라.

"오신은 혼조 기쿠카와초의 오토쿠야라는 찬 가게에 있다. 자상한 주인아주머니와 아가씨 두 명이 점원으로 일하는 가게다. 마음이 차분해질 때까지, 그리고 오신이 됐다고 할 때까지 지낼 수 있는 곳이다. 누구한테도 폐가 되지 않을 거야. 선생한테 그렇게 전해라."

"메밀국숫집 행수님은,"

"마사고로는 아무것도 몰라. 굳이 이런 일까지 알릴 필요는 없다."

마지마 나리, 하고 오코마는 다시 입을 열었다. 신노스케의 얼굴을 힐끔 보고 이번에는 좀 전보다 부드러운 목소리로 말했다.

"역시 친절하시네요. 감사합니다."

모쪼록 잘 부탁드립니다. 그때 오코마의 눈에는 매서운 기운도 사
라지고 없었다.

이즈쓰 헤이시로는 오토쿠야 안에 있었다. 오토쿠는 조림 국물 위
로 뜨는 거품을 걷어내며 간장통에 앉은 헤이시로와 이야기를 나누
고 있다.

"오, 신 상이군."

헤이시로는 긴 얼굴과 긴 턱으로 미소를 지었다.

"얘기 들었네. 졸지에 애썼네."

가만 보니 헤이시로도 밤을 샜는지 수염이 덥수룩하다.

"미후쿠야 놈들을 큰 지신반에 가둬 두고 오는 길이네. 뒷일은 사
에키 나리한테 일임하고."

오토쿠야에서 아침 식사를 해결하려고 들렀더니,

"오산과 오몬이 눈을 동그랗게 뜨고 하는 말이, 오토쿠가 급한 일
로 가게를 비웠다고 하더군. 게다가 오토쿠를 부른 사람이 신 상이
라고 해서 나도 무슨 일인가 싶었지."

그래서 일단 유즈케_{밥에 뜨거운 물을 부어서 먹는 것으로, 밥에 간단한 부식을 얹기도 한다}로 허
기를 끄고 있는데 오토쿠가 오신을 데리고 돌아왔다고 한다.

"죄송해요. 실은 나리한테도 알리지 않으려고 했는데."

미안해하는 오토쿠를 보며 헤이시로가 웃었다.

"어림없는 얘기지. 내가 이 가게를 들여다보지 않을 리가 없잖
아."

신노스케도 미안해했다.

"오히려 먼저 기별을 드리지 못해서 죄송합니다. 이즈쓰 님께는 바로 알려 드릴 생각이었는데, 그만 제 편의대로 오토쿠 씨를 불러내고."

"괜찮아, 괜찮아."

손을 살살 내젓는 헤이시로와 함께 오토쿠도 국자를 휘두르며 말했다.

"상관없어요. 제가 뭐 이즈쓰 나리의 수하도 아니니까요."

그리고 그 씨 자는 좀 빼 주세요, 하고 웃는 낯으로 다시 다짐을 놓는다.

오산과 오몬은 바쁘게 움직이고 있다. 채소를 씻어서 썰고 구울 재료들을 꼬챙이에 꿰고 풍로에 숯불을 피운다. 군더더기 없이 물 흐르듯 일하면서도 한편으로는 (헤이시로식으로 말하면) 귓구멍을 활짝 열어 놓고 신노스케들의 대화를 듣는다. 당연히 오신에 관한 이야기가 궁금할 것이다.

"오산, 유즈케 준비해라."

오토쿠가 돌아다보며 큰 소리로 시켰다. 예! 하고 오산이 씩씩하게 대답한다.

"마지마 나리, 절임은 뭘 좋아하세요? 짭짤한 단무지랑 고추를 넣은 갓 절임이 있는데요."

"다 맛있어." 헤이시로가 말한다. "나도 한 그릇 더 먹을까 보다."

"그럼 나리께는 주먹밥을 드릴까요?"

곁에서 오몬이 밥통 뚜껑을 연다.

모토미야 겐에몬이 이층에서 지내게 된 뒤로 신노스케가 오토쿠야에 찾아온 것은 오늘이 처음이다. 애초에 오토쿠야의 점원인 이 아가씨들이 일하는 모습을 구경할 기회가 그리 많지도 않았다.

감탄했다. 오토쿠라는 대장 아래서 날래게 움직이는 병사 같다. 일일이 일러 주지 않아도 서로 거들어 가며 척척 움직인다.

—일꾼이다.

오토쿠야 대각 방향에 있는 채소 가게 야오겐에서도, 오히데가 물건 팔랴 시아버지와 남편의 시중을 들랴 경황이 없을 것이다.

—오신도 이렇게 바지런한 아가씨인데.

무라타 가를 위해 몸을 아끼지 않고 일해 왔다. 겐토쿠 의원에게 충성을 바쳤다. 오신의 가슴에는 내밀한 꿈과 동경이 숨어 있었다.

—일하는 여자는, 슬프구나.

왜 불쑥 이런 생각이 들까.

"이렇게 불편하게 드시게 해서 죄송해요. 오신 씨가 방 안에서 자고 있어서요."

오토쿠는 유즈케와 주먹밥과 채소 절임을 얹은 쟁반을 빈 나무통에 놓아 주었다.

"아무것도 못 먹겠다고 해서 억지로 갈탕을 마시게 했어요. 속이 따뜻해지자 피곤이 몰려 왔겠죠. 지금은 뒤척이지도 않고 잘 자고 있어요."

오토쿠는 가게 안쪽으로 잠깐 눈길을 던졌다.

"간밤엔 한숨도 못 잤나 봐요. 그런 게 제일 안 좋은데."

눈을 뜨면 씌어 있던 게 떨어져 나간 듯 멀쩡해지겠죠, 하고 덧붙인다.

신노스케는 무라타 가에서 들은 내용을 들려주었다. 오코마의 이야기를 그 냉정한 말투까지 남김없이 전했다.

"내 말이 맞았지?" 헤이시로가 오토쿠를 쳐다본다. "내가 진작 알아봤지. 오신은 그 달변가 선생한테 홀딱 반해 있었다니까."

"그게 무슨 대단한 공이라고요. 그 선생님 주위에서는 다들 알고 있었을 텐데."

"아니, 나는 몰랐는데."

신노스케는 유즈케를 급하게 입안으로 쓸어 넣는다.

"그래서 그 이야기를 듣고 놀랐어요."

헤이시로는 주먹밥과 함께 웃음을 물고 있다. 오토쿠는 접시에 채소 절임을 덜어냈다.

"어쨌든 오토쿠, 잠시 오신을 데리고 있어 주게."

"예, 예. 뭣하면 아예 여기 점원으로 쓸까 봐요."

놀라는 두 명의 도신에게 오토쿠는 웃음을 터뜨렸다.

"오신 씨는 이제 더 이상 그 무라타 선생님 댁에서 하녀로 일하기 힘들겠죠. 아무리 선생님이 좋은 분이라고 해도 거긴 그만두는 편이 좋겠어요."

매듭이 없잖아요, 라고 말한다. 오토쿠는 오코마와 마찬가지로 생각하고 있다.

"어쨌거나 무라타 선생님이 조만간 혼인을 하시게 된다면 오신 씨는 결국 일을 그만두게 될테니, 그걸 조금 앞당길 뿐이에요."

"그 선생은 생각이 없나?" 헤이시로가 목소리를 낮췄다. "오신한테 말이야."

"없어요."

오토쿠의 대답도 역시 오코마 못지않게 냉정했다.

"조금이라도 관심이 있었다면 무라타 선생님이 다른 여자를 들이려는 생각을 하지는 않았겠죠."

신노스케는 항변했다. "사타에를 만나고 나서 마음이 변했을지도 모르죠. 아니, 마음이 옮겨 갔다고 해야 하나—."

"물론 사타에는 만만치 않으니까. 힘도 있고 기술도 좋고."

여자가 아니라 씨름 선수 얘기라도 하듯이 헤이시로가 맞장구를 쳤다.

"그런 모양이에요. 관음보살님의 영력이라도 있는 분 같아요. 저도 나리들이 우리 집에 모였던 그때, 좀 더 잘 배알해 둘 걸 그랬어요. 그랬으면 뭔가 은혜를 받았을지도 모르는데."

오토쿠는 농담을 던지고 나서 진지한 표정을 지었다. "그런데 무라타 선생님이 그렇게 쉽게 마음을 바꾸는 사람인가요? 여자를 노리개쯤으로 아는?"

"아니, 그런 사람은 아니야. 내가 장담하지."

오코마도 비슷한 말을 했다. 그렇게 헤픈 사람이 아니다. 오신의 연심을 적당히 이용할 사람이 아니다.

"아무리 가까이에 있다고 해도, 오랫동안 뼈 빠지게 시중을 들었다고 해도, 맺어지지 않을 인연은 맺어지지 않는 법이에요. 누굴 원망해도 소용없어요. 가메야 안주인이 나타나지 않았더라도 오신 씨의 연심은 이뤄지지 않았을 테니까요."

어떻게 그렇게 장담할 수 있지? 신노스케의 가슴에 불끈 치받는 무엇이 있었다.

"어째서요?"

그만 목소리가 날카로워졌다.

오토쿠의 음성은 변하지 않는다. 신노스케에게 향하는 눈길은 부드럽다.

"이뤄질 거라면 진작 그리되었을 테니까요."

흐음, 하며 헤이시로도 손을 겨드랑이에 찌르고 고개를 끄덕인다.

"오신은 짝사랑이라기보다 혼자 씨름을 한 거야. 나 같은 사람의 눈에도 그렇게 보이더군."

"짝사랑이라고 해도, 겐토쿠 의원이 쭉 혼자 산다면 오신은 기꺼이 평생 시중을 들었을 겁니다."

자기를 죽이고 가슴속의 연심을 꽁꽁 묻어 둔 채.

"정말로 자기를 버리고 하녀로서 시중을 든다면 선생님이 부인을 맞는다고 해도 변함없이 모셔야 맞겠죠."

오토쿠는 신노스케에게 반론을 한 게 아니다. 신노스케를 위무하려는 듯했다.

"그, 그건 가혹하군요."

"예, 가혹하죠. 한다고 되는 일이 아닙니다. 그러니까, 그리하지 않는 편이 좋아요."

신노스케가 발끈한다. "하나 오신은 끝까지 그렇게 살 수 있었는지도 모르지요. 그런 힘이 있는지도 모르잖아요? 지독한 연심이."

이즈쓰 헤이시로는 긴 턱을 잡고 있다. 오토쿠는 조금 뒤로 물러났고, 세 사람 모두 잠시 말이 없었다.

신노스케는 자신의 숨이 흐트러졌음을 깨닫고 심호흡을 했다.

오토쿠가 다시 입을 열었다. "오신 씨가 떠났다는 사실을 알았어도 무라타 선생님은 평소처럼 환자들을 진료하기만 할 뿐, 별말씀은 없었을 거예요. 문제 삼으면 도리어 좋지 않을 테니까요. 이게 어떤 사태인지 잘 알고 계신 거라고 봐요."

"오신이 강물에 몸을 던졌다면 그때 법석을 떨었겠죠."

"글쎄, 어떨까요."

그제야 비로소 오토쿠의 눈빛이 차가워졌다.

"아마 몹시 가슴 아파하시겠죠. 하지만 언동으로 드러내지는 않으셨을 거예요. 아무래도 무라타 선생님은 그런 분 같아요, 제 생각에는."

"음." 헤이시로가 다시 고개를 끄덕인다. "오토쿠 생각이 옳아."

그러고는 신노스케에게 눈길을 돌리며 씩 웃었다. "그러니까 다른 누구보다 오토쿠를 제일 먼저 부른 신 상도 옳았고."

신노스케는 이해할 수 없었다. 오신이 불쌍했고, 조금이라도 대변해 주고 편을 들어주고 싶은 마음에 가슴이 답답할 뿐이었다.

"저는 그저―이래서는, 오신이 너무, 불쌍하다고."

오토쿠는 고개를 크게 끄덕였다. "불쌍하지요. 저도 불쌍하다고 생각해요."

"그렇다면,"

"이런 일에선 누구 하나는 불쌍해지기 마련입니다, 마지마 나리."

오토쿠의 눈을 가까이서 본 신노스케는 혼란스러웠다. 이 찬 가게 아줌마는 가메야의 후미노와 나의 관계를 알고 있나? 내 속을 들여다보고 있나? 들여다보면서 이런 말을 던지는 건가?

"누굴 좋아하네 반했네 보고 싶네 그립네 하는 것은 너무나 행복한 일이죠. 하지만 행복에 겨운 사람 주위에는 불쌍한 사람도 반드시 나오게 되어 있어요. 어쩔 수 없지요. 그럴 때 평생 그 사람한테 매달려 울고불고하거나 될성부르지도 않은 일을 이루겠다고 덤벼드는 쪽이 더 불행하지 않을까요?"

그때 그랬어야 했는데, 그렇게 했으면 승산이 있지 않았을까 하고 애태우는 편이 더 안쓰럽지 않은가.

신노스케는 말없이 고개를 숙이고 오토쿠의 시선에서 눈길을 비켰다. 도망친 것은 아니다. 인정한 것이다.

"오신 씨가 죽지 않아서 천만다행이에요."

"죽었다면 누구도 행복해지지 못하고 끝날 뻔했어요. 눈 밝은 지신반 사람 덕분이지만, 이것도 다 부처님의 가호겠지요."

오토쿠가 가만히 합장을 하며 눈을 감는다. 그 곁에서 이즈쓰 헤이시로가 별안간 고개를 쓱 내밀었다.

오산과 오몬이 엉거주춤한 자세로 머리를 맞대고 숨을 죽인 채 귀를 세우고 있다.

"너희도," 헤이시로가 두 아가씨를 손가락으로 가리켰다. "이 가르침을 가슴에 잘 새겨 둬라. 이제 편지 한 통 때문에 싸우거나 하지도 말고."

꺄악, 하고 비명을 지르며 오몬이 손으로 얼굴을 가렸다. 오산의 얼굴도 금방 삶은 문어가 되었다. 헤이시로는 껄껄 웃으며 말했다.

"그런데 이건 뭐가 타는 냄새지?"

오토쿠야는 벌집 쑤신 꼴이 되었다. 하여간 저것들은, 하며 오토쿠가 벌떡 일어섰다.

"신 상."

"예."

헤이시로가 웃으며 턱짓을 한다.

"목욕이나 하고 오자고."

이튿날 신노스케는 배회하기를 그만두었다. 대신 마사고로를 찾아가 후미노가 남긴 물건이나 점원들을 상대로 탐문한 내용 중에 행방을 짐작할 만한 단서가 없을지 재검토하는 작업으로 하루를 보냈다.

어쩌면 신노스케의 안색이 밝지 못했는지도 모른다. 기운이 없어 보였는지도 모른다. 마사고로가 그것을 느꼈는지도 모른다. 하지만 묻지는 않았다.

"미후쿠야 건은 계획대로 되었군요. 뒷마무리도 잘되고 있는 모양입니다."

"사에키 님은 수수께끼가 많은 분이군요."

"이즈쓰 나리도 수수께끼 같은 분이죠. 사에키 나리하고는 어떻게 그렇게 친해지게 되셨을까요."

"행수도 모르는 게 있습니까?"

점심으로 메밀국수가 나왔다. 오콘이 시중을 들고 수하 이노지도 인사를 하러 왔다.

"마지마 나리께서도 벌써 들으셨는지 모르지만, 가와이야의 준자부로 씨는 별일 없이 짓토쿠 나가야에 자리를 잡았습니다."

그렇군. 신노스케는 그자를 까맣게 잊고 있었다.

"가와이야 점원이 젊은 주인님의 옷과 당장 쓸 용돈을 전해 주러 간다던데, 그 젊은 주인이란 사람은 그런 거 없이도 괜찮을 테죠."

재미있는 사람이더군요, 하며 이노지가 감탄을 한다.

"이 세상에 유미노스케 도련님과 대적할 사람이 있을까 싶었는데, 그 형님이라면 지지 않을 겁니다."

이렇다 할 성과를 보지 못한 채 석양이 드리우자 신노스케는 마음이 어수선해졌다. 오토쿠야에나 가 볼까. 아니, 아직 며칠은 더 가지 않는 편이 좋을까. 오신은 어떻게 지내고 있을까.

그때 바로 오토쿠야에서 오몬이 심부름을 왔다. 마사고로와 오콘에게 공손하게 인사를 하고 등에 진 보자기 꾸러미를 풀어 이단 찬합을 꺼내 놓았다.

"이번에 미후쿠야 건으로 수고가 많았다면서요, 아, 이게 아닌데, 노고가 많으셨다고요."

오콘이 쿡쿡 웃는다.

"이즈쓰 나리께서 여기 계신 분들에게 보내셨습니다. 오토쿠야에서 정성으로 만든 고모쿠니삶은 재료 대여섯 가지를 모아 간간하게 양념을 한 요리와 모듬 구이입니다."

보자기를 개켜 들고 돌아가는 오몬을 따라서 신노스케도 밖으로 나왔다.

"벌써 해가 지는구나. 내가 바래다주마."

오몬은 신노스케 곁으로 와서 목소리를 낮췄다. "실은 이즈쓰 나

리께서 오늘 마지마 나리가 여기에 계신다는 말을 듣고 제게 데려오
라고 하셨습니다."

오신이 신노스케를 만나고 싶어 한단다.

"아주머니가, 마지마 나리가 괜찮으시면 와 주셨으면 고맙겠다고
말했어요, 아니 말씀하셨어요."

"그래, 괜찮다. 어서 가자."

왠지 신경이 쓰여서 마사고로 집 출입문을 돌아다보니 짱구 산타
로가 얼른 문 뒤로 숨는다.

"아, 짱구 님." 오몬이 밝게 웃었다. "찬합에 맛난 거 많이 담았으
니까 많이 먹어요. 고모쿠니에 넣은 감자는,"

내가 껍질을 벗겼어요, 하며 혀를 쏙 내민다.

"예, 잘 먹을게요!"

오늘은 짱구의 얼굴이 삶은 문어 꼴이다. 당당하게 생긴 짱구이마
에 석양이 물들었다.

"짱구 님도 참 재미있어요."

구김살 없는 오몬과 걸어가면서 신노스케는 손가락으로 콧잔등을
긁었다. 이즈쓰 헤이시로가 연애편지 운운하던 일이 떠오른다. 여기
에도 짝사랑이 있다고 생각하는 것은 내 착각일까.

오토쿠야에서는 벌써 아궁이 불이 잦아들고 있었다. 장사를 일찍
끝내기로 했다며 오토쿠가 다스키를 벗었다.

"너희는 목욕탕에나 다녀와라."

오토쿠는 두 아가씨를 밖으로 내보내고 신노스케를 안쪽 방으로
안내했다.

오신의 얼굴은 아직도 파리했고 머리카락에도 윤기가 없었다. 무라타 가에서 보았을 때보다 체구가 한결 작아 보인다.

그래도 반듯하게 무릎을 꿇고 두 손을 모아 신노스케에게 단정하게 고개를 숙였다.

"폐를 많이 끼쳤습니다."

그러고는 바로 말을 잇지 않는다.

"죄송―합니다. 부끄럽습니다."

띄엄띄엄 모기 우는 소리로 힘겹게 말했다.

"그런 인사는 그만 됐다."

그렇게 말하는 신노스케도 말투가 어색하다. 느긋하게 앉아 있는 사람은 오토쿠뿐이다.

"마지마 나리께 인사와 사죄의 말씀을 드리고 싶다고 해서요."

신노스케는 고개를 끄덕이고 헛기침을 했다.

"그게 내 소임인걸. 인사를 하려면 오토쿠 씨한테 해라."

"오토쿠라니까요." 오토쿠가 또 호칭을 고쳐 준다.

"어쨌든, 그래 몸은 어떠냐?"

오신은 고개를 들고 신노스케를 보았다. 눈시울이 빨갛다. 눈물을 참고 있다. 입술이 일그러진다.

"하룻밤 편히 자고 나니까 괜찮습니다."

그렇게 보이지는 않는다. 오신은 희미하게 떨고 있다. 눈물 한 줄기가 볼을 타고 떨어졌다. 죄송해요, 하고 얼른 옷소매로 훔치려 한다.

"이제 겨우 하룻밤 지났다. 애쓰지 마라."

너는―. 신노스케도 목이 잠긴 듯 말이 끊겼다.

"죽을 작정까지 했던 사람 아니냐."

오토쿠가 두 사람을 번갈아 보며 미소를 짓고 있다.

"마지마 나리 눈에 띄어서 정말 다행이지뭐야."

오신은 소매를 얼굴에 대고 몇 번이나 고개를 끄덕였다.

"나야 그냥."

"마지마 나리께서 오신 씨를 가족처럼 걱정해 주셨어. 그걸 잊으면 천벌받을 거야."

예, 하고 우는 소리로 대답하고 오신은 등을 폈다. 볼이 눈물에 젖었다.

"내 위치가 위치인지라 무라타 가에 알리지 않을 수 없었다. 그쪽 상황은 오토쿠한테 들었느냐?"

"선생님도 젊은 선생님도 바쁘시다고 해서 안심했습니다."

"오코마가 많이 걱정하고 있다."

"오코마 씨가 화를 내는 것은 당연합니다."

"네가 자리를 비워서 오코마도 눈코 뜰 새 없이 바쁘겠지."

"환자의 가족들이나 근처 주민들이 도와주러 왔을 거예요. 재작년이었나, 저랑 오코마 씨가 나란히 감기로 드러누웠을 때도 그랬거든요."

"무라타 선생님은 이웃들한테도 존경받는 분이신가 보네." 오토쿠가 말했다.

"예. 다들 부처님을 보듯 존경하지요."

오신은 침착하게 대답했지만 다시 눈물 한 줄기가 또르르 흘러내렸다.

"제가 없더라도 새 하녀가 들어올 때까지는 그런 분들이 메워 주실 거예요."

"그러면," 신노스케는 턱을 당겼다. "너는 무라타 가를 떠나겠다는 말이구나."

"예."

오신의 목소리는 갈라져 있었지만 망설이는 기미는 없었다.

"처음부터 그럴 작정이었습니다. 그래서 부끄러워요. 정말 부끄럽기 짝이 없어요."

목소리가 끊기고 눈물이 흘러내렸다.

"저도 제가 이렇게 바보였는지 몰랐습니다."

하고 싶은 말, 해 주고 싶은 말이 신노스케의 마음속에 넘쳐 났다. 눈보라처럼 하고 싶은 말들이 어지럽게 교차했다. 잡을 수도 없고 읽을 수도 없다.

"다들, 어리석은 게다."

입을 타고 흘러나온 것은 그 말이었다.

"너만이 아니다."

말하고 나니 땀이 와락 배어난다.

"그래요." 천천히 고개를 끄덕이며 오토쿠가 말했다. "다른 사람은 모르겠지만 저도 소싯적에는 정말 바보였어요. 지금도 얼핏 그 시절이 기억나면 솥바닥에 붙은 검댕을 얼굴에 칠하고 아궁이에 숨고 싶어질 만큼 부끄러워요."

신노스케가 흠칫 놀라 오토쿠를 빤히 쳐다보았다.

"오토쿠 씨가요?"

"예, 이 오토쿠가요. 저라고 날 때부터 아줌마였을 리 없잖아요, 마지마 나리."

그러면서 웃기 시작한 오토쿠는 조금은 부끄러워하는 기색이다.

"그, 그런가."

신노스케도 이마에 밴 땀을 손으로 훔쳤다. 그러고는 얼굴을 썩썩 문지른다.

"제가 지금은, 아직, 몰골이 귀신같아서."

오신도 눈물에 젖은 얼굴로 애써 웃으려 한다.

"조금만 더 건강해지면, 다카사고초에 찾아가서, 정식으로 인사 드리고 그만두겠습니다."

"그때 제가 같이 갈까 하는데."

"그래 준다면 정말 고맙지요."

오토쿠를 만나 보면 무라타 가 사람들도 안심하리라.

"그 길로 오신 씨를 넘겨받고 선생님께 인사드리고 오려고요."

"인사?"

"오신 씨가 우리 가게에서 일하기로 했으니까요."

그렇지? 하고 두 여자가 얼굴을 마주 보며 고개를 끄덕인다.

"우리 가게가 장사가 잘되어서 마침 일손이 모자라던 참이거든요. 오산이라면 몰라도 오몬은 아직 일꾼 한 사람 몫을 온전히 하지 못하고요."

"저는 부엌일이 아무래도 서툰 편인데 오토쿠 씨가 그렇다면 더욱 더 여기서 일하라고 끌어 주셨어요."

신노스케의 볼은 여전히 굳어 있다. 하지만 조금은 미소를 지을 수 있었다. "오토쿠를 따라 배우면 세상에서 제일 맛난 음식을 만들 수 있게 될 거다."

"세상에서 제일은 허풍이시고, 일단은 혼조 후카가와에서 최고라는 정도로 해 둘까요."

히코이치 씨와 오로쿠 씨가 운영하는 '이사고'는 스미다가와 강 건너편에 있으니까요, 라고 덧붙인다.

"그러다가 오신 씨도 다른 길을 알아볼지 몰라요. 그러니까 어디까지나 당분간이긴 하지만, 그래도 일손이 늘면 우리야 좋지요."

오토쿠는 자세를 고쳐 앉고는 신노스케를 바라보았다.

"허락해 주시겠습니까, 마지막 나리."

허락이나 마나 나는 그런 걸 결정할 위치도 아니다, 라고 말하려던 신노스케의 머릿속에 뭔가가 퍼뜩 스쳤다.

매듭이다. 오신을 위해 오토쿠는 그걸 요구하고 있는 것이다.

"음, 알겠습니다."

짐짓 엄숙한 목소리로 힘주어 말했다.

"오토쿠를 오신의 보증인으로 인정하겠습니다. 오신, 무슨 일에서나 오토쿠를 따르며 열심히 일하도록 해라."

"예, 감사합니다."

다시 엎드려 절하는 오신의 등에다 대고 오토쿠가 말했다.

"자, 이제부터는 손님이 아니니까, 오신 씨가 아니라 오신이라고 부를게."

"예, 주인아주머니."

오신은 얌전히 대답하고 윗몸을 일으켰지만 활짝 웃지는 않았다.

대신 와락 무너지고 말았다. 흐르는 눈물을 손등으로 훔치면서도 둑이 터진 듯 울었다.

오토쿠는 늘키는 오신을 잠자코 지켜보았다. 신노스케는 팔짱을 끼고 있다. 오신의 눈물이 무수한 바늘이 되어 가슴팍에 꽂혔다.

마침내 오신은 엉엉 소리 내어 울었다.

"죄송합니다. 이렇게 고마운 일도 없는데, 왜 자꾸 눈물이 나는지, 저도 알 수가 없네요. 제가 저를 모르겠어요. 너무나 바보 같고 분별이 없어 눈앞이 캄캄합니다. 뭍으로 떠밀려 와 이제 물로 돌아갈 수 없는데도 여전히 팔딱거리는 물고기처럼, 마음이 전혀 가라앉질 않아요."

당연하지. 너는 오랜 세월 동안 혼자만의 연심을 품고 살았다. 그 마음이 하루 이틀 만에 지워진다면 세상에 괴로울 일이 뭐가 있겠나. 너만 바보인 것은 아니다. 너 혼자만 분별없는 게 아니다. 너 하나만 캄캄한 어둠 속에 있는 게 아니야.

"저는 앞으로 어떻게 해야 하나요. 어쩌면 좋을까요."

하나카와도초의 지신반에서 들었던 울음소리와는 다르다. 모든 것을 강물에 떠내려 보낼 듯한 눈물이 아니다. 이미 오신에게는 부술 것도 떠내려 보낼 것도 없다. 오신은 텅 비었다. 오랜 세월 채워온 그릇을 다 비우고 그 공허 속에서 오신은 울고 있다.

주름이 느껴지는 칼칼한 목소리가 들려왔다.

"—학문을 해라."

방 안에 있던 세 사람은 깜짝 놀랐다.

오토쿠가 제일 먼저 움직여 장지를 탕! 하고 열어젖혔다.

모토미야 겐에몬이 가만히 서 있었다.

"측간 가는 길일세."

노인은 멍하니 입을 벌리고 있는 오토쿠에게 말했다.

"지나가다 들었다."

마찬가지로 입을 벌린 채 굳어 있는 신노스케에게 말했다.

"오신이라고 했나?"

눈물에 젖은 오신에게 말했다.

"학문을 해라. 내가 이끌어 주지."

그러고는 조용히 장지를 닫았다.

또 하나의 매듭이다. 신노스케가 피하고 도망치려 한 매듭이었다.

오토쿠야 이층, 유미노스케가 사람들을 모아 놓고 사건을 풀이했던 방의 풍경이 싹 바뀌어 있었다. 책이 가득한 서가가 나란히 서 있고 묵향이 은은하다. 제자를 위해 마련한 긴 책상 두 개는 아직 쓸일이 없어 구석으로 밀려나 있다. 겐에몬이 벽을 등지고 앉은 상좌에는 윤기를 띤 한층 크고 고풍스러운 책상이 놓여 있다.

책들은 대개 겐에몬이 모토미야 가에서 가지고 왔다. 친척 집을 여기저기 전전하면서도 귀하게 짊어지고 다녔던 서적들이다. 신노스케는 종조부가 마지막 가로 옮겨 왔을 때도 어머니 이세가 무슨 짐이 이렇게 많냐며 마뜩잖아했던 기억이 떠올랐다.

"혹시 사본을 만들고 계셨나요?"

겐에몬의 책상 위에는 필사할 책이 펼쳐져 있다.

"『나나쓰이로하일본어의 기본 철자인 가나 문자를 익힐 때 쓰던 초급 교재』란다."

먹을 갈면서 겐에몬이 대답했다. 안경을 코끝에 걸쳤다.

"제자들한테 나눠 줄 교본들 가운데 하나지."

"그 사본을 손수?"

"이것 말고도 필요한 교재가 많다. 그걸 다 갖추려면 돈이 꽤 들지. 내가 직접 사본을 만들면 종잇값하고 먹값만 있으면 되고."

그는 뼈가 불거진 손가락으로 서가 한쪽을 가리키며 책을 하나씩 소개해 주었다.

"『명두자진_{名頭字盡}인명에 쓰이는 한자를 소개한 책으로 서당에서 읽기 쓰기용 초급 교재로 삼았다』에 『상매왕래_{商賣往來}상업 관련 어휘, 상거래 지식, 상인의 마음가짐 따위를 소개한 교재』, 『정진_{町盡}지명을 통해 글을 익히는 교재』, 저것은 『영대용문장_{永代用文章}』이고."

마치 서당에서 널리 쓰이는 교본이라고 한다.

"숙부님이 상거래를 가르치시다니."

"오토쿠가 배우고 싶다고 해서."

오토쿠야 여자들은 모두 읽고 쓰기가 서툴다.

"이 나이에 까막눈이라니 부끄럽다, 내 이름 정도는 쓸 수 있었으면 좋겠다고 해서, 내가 좀 더 욕심을 내 보라고 질타했지. 그래야 오산과 오몬의 본보기가 될 테고."

신노스케에게는 뜻밖의 일이다. 그렇게 총명한 오토쿠가 글을 모르다니.

"세 사람 모두 내 제자야. 여기 집세와 세끼 밥으로 속수를 대신하기로 하고."

"비싼 듯도 싶고 싼 듯도 싶고……."

"서당이나 학문소 속수에는 정해진 값이 없단다. 낼 수 있는 만큼 내면 돼. 너도 마치 담당 관리이니 그쯤은 알아 둬라."

겐에몬이 몸을 조금 움직이자 안경이 흘러내렸다.

"가와이야의 유미노스케 님도 종조부님의 제자가 되겠다고 하던데요."

"오오, 그 아이는 오토쿠들이 배울 교본으로는 부족하지. 당장은 저걸 읽히고 있다."

겐에몬이 서가 한쪽을 손으로 가리켰다. 책이 아니라 문서 같은 것들이 가지런히 쌓여 있다. 귀퉁이가 황변한 것이 꽤 오래된 문서들도 섞여 있는 듯했다.

"효조쇼의 기록물이다. 대략 사십 년 치는 될는지."

"예?"

눈을 휘둥그레 뜨며 신노스케가 목소리를 낮췄다. "그런 걸 어떻게 빼내셨어요?"

"빼내기는. 필사했지. 모토미야 가는 대대로 부교쇼에서 판례 담당 서기로 일했으니까."

일찍이 겐에몬은 모토미야 가의 당주인 형을 보좌했다.

"나도 이런 문서를 접할 기회가 얼마든지 있었다. 다 옛날 얘기지만."

"하지만 이게 발각되면 문제가 될 텐데요."

"누가 신고할까?"

겐에몬은 안경을 끌어올리며 신노스케를 쳐다보았다.

"그럴 사람은 없지요." 신노스케도 인정했다.

"유미노스케와 산타로에게는 무엇보다 좋은 교재가 될 거다. 여기 올 때마다 측간에 가는 것도 잊고 둘이서 열심히 들여다보고 있다."

신노스케는 조용히 숨을 쉬며, 벼루를 놓고 붓을 잡아 붓끝을 가다듬는 겐에몬을 바라보았다. 노인의 코끝에 걸린 안경이 희미하게 반짝이고 있다.

노련한 학문소 스승의 모습이다. 오히데는 이 노인을 대학자라고 했다. 아닌 게 아니라 그런 풍격을 느꼈다.

"종조부님."

"신노스케."

목소리가 겹친다.

"예."

"이만하면 훌륭한 학문소고 훌륭한 제자들 아니냐?"

손을 멈추고 모토미야 겐에몬은 미소를 지었다.

"축하 인사라도 하려무나."

사죄하지 마라. 참회하지 마라. 그저 축하해 주어라.

신노스케는 절을 했다.

"축하드립니다."

따스한 것이 가슴을 가득 채웠다. 감로, 감로로다. 유미노스케의 목소리가 귓가에 살아났다. 그 목소리가 겐에몬의 목소리로 변했다.

"편액도 보았습니다."

"마사고로가 축하 선물로 줬다."

그랬구나.

"하지만 종조부님, 모처럼 받은 선물인데 바깥에 거는 게 어떻습니까?"

그 편액은 오토쿠야 내부의 이층으로 올라가는 계단 초입에 걸려
있다.

"그냥 그 자리면 됐다. 고진도가 여기 있음을 아는 사람들만 그
편액 밑을 지나서 들어오면 된다."

온화하고 충만한 목소리를 들으니 신노스케도 그것으로 충분하다
는 생각이 들었다.

"그러고 보니 종조부님, 오토쿠야의 제자는 셋이 아닙니다. 넷입
니다. 오신도 여기서 일하기로 했으니까요."

"호." 겐에몬은 주름투성이 입술을 동그랗게 오므려 보였다. "오
토쿠는 역시 결정이 빠르구나."

"아까는 왜 오신한테 그런 말씀을 하셨습니까? 아래층에서 오가
던 이야기를 다 듣고 계셨나요?"

"아니다."

붓을 필갑에 넣고 겐에몬은 눈길을 들었다.

"어떻게 하면 좋으냐고 하기에 그렇게 말했을 뿐이다. 무얼 어째
야 좋을지 모를 때는 학문을 하는 것이 가장 좋지."

신노스케는 문득 마음이 풀어졌다.

"그게 종조부님의 인생훈입니까?"

"음."

"오신은 동료 하녀의 말에 따르면 제 이름도 쓸 줄 모른다고 합니
다."

"가르칠 보람이 있겠구나."

신노스케야. 겐에몬이 새삼 그를 불렀다.

"너는 오히려 이해하기 어려울지 모르지만, 사람이 제 이름을 쓸 줄 안다는 것은 매우 중요한 일이다."

제 이름을 쓸 수 있게 되면 자기라는 것이 분명해진다. 자기와 자기 이외의 것을 분간할 수 있다.

"그것이 바로 학문의 첫걸음이다. 전부 거기에서부터 시작된다."

학문에 힘쓰면,

"힘쓸수록 사람이라는 존재의 모호함, 혼돈의 깊이를 알게 된다. 동시에 사람이 학문이라는 정밀한 체계를 만든 까닭도 그 모호함과 깊은 혼돈 때문이라는 사실을 알게 되지."

그래서 흥미롭다. 그래서 그 길은 멀다.

"일찍이 젊은 시절에 나는,"

겐에몬은 안경을 벗어 필갑 옆에 내려놓았다.

"삼 년을 같이 살던 아내를 떠나보냈다."

신노스케는 흠칫 놀랐다. 갑자기 무슨 말씀이지?

"너도 알 거다. 나는 관례를 올린 직후 다른 집에 데릴사위로 들어간 적이 있다. 고이시카와의 어느 고케닌 집안이었지. 아내는 그 집안의 외동딸이었다."

그 아내가 겐에몬을 등졌다고 한다. 그래서 겐에몬은 모토미야 가로 돌아왔다.

"조, 종조부님이 데릴사위로 들어갔다가 모토미야 가로 돌아오셨다는 얘기는 알고 있었지만, 상세한 사정까지는,"

"그래? 그럼 오늘 한 번만 얘기해 주마."

또 '오늘 한 번만'이다.

"내 아내는 집을 뛰쳐나갔다."

그 집안을 받들던 젊은 무사와 눈이 맞아 도망쳤다.

"아둔하기 짝이 없던 나는 일이 벌어질 때까지도 전혀 눈치채지 못했다. 장인도 놀랐지만 장모는 알고 있던 눈치더구나."

때문에 장인이 장모를 베어 죽이겠다고 해서 소동이 벌어졌다.

"한 달을 기다려도 두 사람은 돌아오지 않았다. 소식도 없었고. 나는 형님과 상의해서 아내와 이혼한 것으로 하고 모토미야 가로 돌아왔다. 결국 아내의 집안은 대가 끊기고 말았지."

"─그분은."

신노스케는 자신의 목소리가 몹시 가늘어졌음을 느끼고 흠칫 놀랐다.

"왜, 종조부님을 등졌나요?"

겐에몬은 대답했다. "모른다."

말투도 표정도 변화가 없다.

"아내가 자식을 낳지 못해 마음고생이 심했음은 나도 알았지만."

"그렇다고 가신과 눈이 맞아 도망치는 것이 용서될 수 있습니까!"

조금 전의 목소리가 몹시 가늘었던 만큼 신노스케는 애써 굵은 목소리를 냈다.

"종조부님은 배반당한 겁니다. 응징할 생각은 하지 않으셨나요?"

간음한 남자와 여자는 포개 놓고 네 토막을 낸다고 했다. 오쟁이 진 남편에게는 그럴 권리가, 아니 의무가 있다.

"얼굴에 먹칠을 했습니다. 그런 자들을 그냥 놔두면 무사의 체면이 무너집니다. 왜 아무 응징도 없이 모토미야 가로 돌아오셨죠?"

겐에몬은 고개를 갸웃하며 신노스케를 보았다.

그러고 나서 온화하게 말했다.

"나한테는 좋은 아내였다."

신노스케는 말문이 막혔다. 그저 당혹스럽고 답답할 뿐이다.

"저, 저는 이해가 안 갑니다!"

"음. 나도 이해가 안 된다. 지금도 이해하지 못하고 있다."

그러나.

"지금의 너라면 이해할 듯한데."

신노스케의 몸에서 힘과 생기가 빠져나갔다. 다만 피가 역류해 얼굴이 빨갛게 달아오르는 것이 느껴졌다.

"내가 모토미야 가로 돌아와 형님을 도우며 학문에 정진한 까닭도 그렇게 이해할 수 없는 것을 이해하고 싶었기 때문이다. 하지만."

백발이 많이 섞인 살쩍을 손가락으로 긁적이며 겐에몬은 비로소 부끄러운 듯이 고개를 숙였다.

"역시, 모르겠더구나."

학문을 계속할수록 오히려 모르는 것이 늘어만 갔다고 한다.

"그래도 나는 학문을 하길 잘했다고 생각한다. 사람이라는 존재의 혼돈이, 그 혼돈을 해결하고자 만들어 낸 학문이, 내가 이해할 수 없는 많은 것들을 가르쳐 주었다."

나는 그걸 늘 기쁨으로 알았다.

"아내가 그 뒤에 어떻게 살았는지는 몰라도 이미 이승에 없을 거다. 나보다 먼저 갔겠지."

지금도, 그립구나―.

"나는 너무 오래 살았다." 겐에몬이 말했다. "하지만 그래서 좋았다. 아직도 더 배울 수 있다. 앞으로 내가 배울 것은 사람이 어떻게 죽어야 하는가다. 배울 가치가 있는 문제지."

오래 살길 잘했다. 겐에몬은 다시 한 번 말했다.

"저를." 신노스케의 목소리가 꺽꺽거렸다. "제 과오를 감싸 줄 수 있었기 때문입니까."

그런 과거가 있기에, 후미노 때문에 궁지에 빠진 신노스케를 구해 준 것인가. 신노스케를 대신하여 세상의 비방을 감당해 준 것인가.

"나는 아무도 감싸지 않았다."

겐에몬은 웃고 있다.

"난 여기로 오고 싶었어."

눈을 실처럼 가늘게 뜨고 오토쿠야 이층에 급조한 학문소를 구석구석 둘러보았다.

"고진도에 오고 싶었다."

여기가 나의 마지막 거처야.

"너한테 한 번은 이런 얘기를 해 주고 싶었다."

겐에몬은 엉덩이를 들고 책상 앞 방석에서 내려와 자리를 고쳐 앉았다.

"이세한테 잘 전해 주어라. 그간 고마웠다고."

자세를 바로 한 노인이 힘 있게 고개를 숙여 인사했다.

이런 연유로 마지마 신노스케의 내면에서 마음이 멎고 시간도 멎었다. 그것이 다시 움직이기 시작한 것은 며칠 뒤 미명이었다.

마쓰카와 뎃슈와 후미노의 소재가 밝혀졌다.

누
시
·

·
이
오
도

1

두 젊은이의 은신처는 무코지마에서도 더 북쪽으로 미토 님의 광대한 가카에 번저를 지난 그 너머에 있었다. 그러니까 물론 에도 경계선 밖으로, 사찰과 논밭과 촌락 들이 여기저기 흩어져 있는 궁벽한 곳이었다.

이즈쓰 헤이시로는 예전에 물가 조사관으로 일할 때 그 지역의 시부에무라 마을에 가 본 적이 있다. 중대한 조사는 아니었다. 그 근방에서 오는 행상들이 파는 채소가 터무니없이 저렴해서 도대체 어떻게 이문을 남기나 궁금했을 뿐이다. 거반은 멀리 나가는 재미에 시작했는데, 급한 일도 아니었으므로 유람을 겸해서 도보로 떠났다가 뜻밖에 먼 길에 고생을 했다. 뱃길을 이용하면 편해, 실제로 그곳 행상들은 에도 시중으로 나올 때 나리히라바시 다리까지는 배를 타고 온다. 미토 님 번저 너머에는 유명한 요릿집이 여러 군데 있는데 그곳에 드나드는 손님들도 배편을 이용한다. 그래서 헤이시로도 돌아올 때 그로서는 드문 일이지만 공무를 핑계로, 요릿집에서 시중으로 돌아가는 손님들이 타는 배를 얻어 탔다.

후미노와 마쓰카와 뎃슈는 그런 곳에 숨어 있었다. 고바타무라라는 아담한 촌락이다.

두 사람이 그곳에서 논밭을 일구던 것은 아니다. 에도 시중에 사는 조닌과 마찬가지로 이런 농촌에도 호적부가 있어서, 외지에서 누가 불쑥 들어와 시치미를 떼고 살기는 힘들다.

다만 전부터 이곳에 살던 사람의 집에서 더부살이를 하는 경우라면 이야기가 조금 수월해진다.

헤이시로, 마지마 신노스케, 마사고로와 유미노스케, 마사고로의 수하 이노지, 그리고 이노지를 따라온 준자부로까지 여섯 명은, 역시 마사고로의 수하이며 이 은신처를 알아낸 공을 세운 거울갈이 장인 렌타로의 신속한 보고 덕분에 고바타무라의 촌장 집 이층에 모여 있었다. 마루판에 멍석만 깔아 놓은 육 첩쯤 되는 방이다. 초가지붕 아래 있는 환기창^{부엌과 실내의 화로에서 나오는 연기를 빼기 위해 마련한 것으로 대개 지붕 위로 돌출되게 만든다}을 창문으로 삼으면 반 정쯤 떨어진 후미노와 뎃슈의 은신처가 바로 내다보였다.

은신처는 초가지붕을 얹은 이층집이다. 꽤 오래되었는지 지붕의 너와가 여기저기 느슨해져 있다. 산울타리가 없기 때문에 이쪽에서는 툇마루와 빨래 건조장이 잘 보인다. 우물도 보인다. 주변은 대개 논밭이고 삭막한 겨울 풍경이 한산하기만 하다. 집 옆에 만두처럼 둥근 숲이 있고, 집 뒤에는 수로가 있다. 관개용 수로이지만 작은 배라면 충분히 다닐 만한 폭이다.

"아키모토 호사이라는 마치 의원이 은퇴 생활을 하는 집입니다."

거울같이 장인 렌타로는 여자처럼 고운 목소리를 가졌다. 행동거지도 부드럽다. 눈썹이 짙지만 길이가 짧아서, 눈 위에 먹물을 꾹 찍어 놓은 듯이 재미있게 생겼다.

"호사이 선생은 이 마을로 이사 온 지 삼 년이 됐습니다."

고바타무라 촌장이 렌타로와 얼굴을 마주 보고 고개를 끄덕인 뒤 말했다. 이쪽은 무두질한 가죽처럼 볕에 잘 구워진 노인으로, 몸에 기름기가 전혀 보이질 않는다. 뺨 근처는 백분을 바른 듯 바짝 말라 있다.

"선생이 이사 오시고 한동안은 저희도 어디가 아프면 찾아가서 진료를 받았지만, 아무래도 연세가 있으시고 병치레도 잦으셔서 진료는 곧 그만두고 말았지요. 그 뒤로는 정말로 은퇴 생활을 해 오셨습니다."

당시 호사이 의원 집에는 기가 드세 보이는 하녀가 하나 있었다는데 의원이 병치레가 잦아질 즈음, 그만두었는지 도망쳤는지 모습을 볼 수 없게 되었다고 한다.

"저희도 선생이 걱정돼서 잠깐씩 들여다보며 도와 드리고 있었습니다."

그런데 작년 초여름부터 상황이 달라졌다.

"선생이 제자를 들이셔서 같이 지내게 되었거든요."

제자인 줄 안 것은 호사이 의원이 말했기 때문이다. 호사이 의원은 촌장에게 제자를 소개하며 말했다.

—이제는 나도 안심할 수 있게 됐네.

제자라 불린 남자도, 앞으로 잘 부탁합니다, 하고 공손하게 인사했다고 한다.

"저희도 선생한테 잘된 일이라면서 안심했지요."

집 뒤에 있는 수로는 예상대로 배가 다닐 수 있다고 한다.

"제자분이 종종 배를 띄워 출타하는데, 저희와 마주치면 늘 공손하게 인사하십니다."

긴 턱을 당기며 헤이시로가 물었다.

"이름이 뭐라던가?"

"데쓰지로 씨라고 했습니다."

마쓰카와 뎃슈, 데쓰지, 그리고 이번에는 데쓰지로라고 한다.

"데쓰지로가 환자를 진료하나?"

시선은 반 정 너머 저쪽을 향한 채 신노스케가 엄중한 목소리로 묻자, 촌장은 꾸중이라도 들은 듯 흠칫하며 고개를 저었다.

"제자분은 아직 누굴 진료할 만한 기량이 아니라고 하셨습니다."

―아직 수련중입니다.

"하지만 약은 다양하게 갖고 계시더군요. 저희가 무슨 약이 필요하다고 하면 나눠 주시고 저희는 대신 농작물을 가져다 드립니다. 선생은 대개 누워 계시지만 제자분은 늘 공부를 하시는 모양이었습니다."

흐음, 하고 고개를 끄덕였지만 헤이시로는 아직도 졸리다. 아니, 머리는 깨어 있지만 눈이 졸리다. 환기창으로 비껴든 아침 햇살이 눈부시다. 유미노스케도 눈이 부신지 실눈을 뜨고 환기창 밖을 내다보며 말없이 앉아 있다.

그의 형 준자부로는 그런 유미노스케와 조금 떨어져 무릎을 꿇고 가만히 앉아 있다. 형제 사이를 중재라도 하듯 중간에 이노지가 앉아 있다.

준자부로와 이노지가 함께 이곳에 들어오자 먼저 와 있던 유미노스케는 화를 냈다.

—형, 정말 왔어요? 너무 주제넘게 나서는 거 아닙니까?

무술에 능한 형이 오지 않으면 유미노스케도 올 수 없다고 말한 사람은 헤이시로다. 유미노스케가 대뜸 화를 내니, 준자부로도 준자부로지만 헤이시로로서도 곤혹스러웠다. 그렇게 소란 피울 일은 아니다, 하고 헤이시로가 타이르자, 유미노스케는 퉁퉁 부은 얼굴로 입술이 일그러지도록 입을 꾹 다문 채 저렇게 환기창 앞에 들러붙어 있었다.

준자부로는 눈에 잘 띄는 붉은 목도리를 풀어서 작은 공처럼 매듭을 지어 소매 속에 넣어 두었다. 기분이 상한 기색도 별로 없고 그렇다고 동생의 기분을 달래 주려는 기미도 없었다. 오히려 마지막 신노스케 쪽에 신경을 쓰고 있다. 지금 신노스케의 얼굴이 무섭기 때문이다. 그렇다고 준자부로가 무서워하지는 않지만.

"은퇴한 의원 댁에서는 잡화며 먹을거리를 어떻게 조달하고 있나요? 마을 안에서 다 해결하나요?"

아까 신노스케 때문에 주눅이 든 촌장을 다독이듯, 부드러운 말투로 이노지가 물었다.

"저희가 대 줄 수 있는 것이라곤 감자나 푸성귀밖에 없으니 쌀이나 된장 같은 것들은 제자분이 직접 시중에 나가서 사 오시는 듯합

니다."

"그렇군요. 기름이나 초도 필요할 테고 공부를 하자면 붓과 먹도 필요할 테지요."

제자 데쓰지로가 외출이 잦았던 까닭은 미카와야와 손잡고 약을 밀매하는 척하며 규스케를 찾고 있었기 때문이다. 그 참에 장도 보았을 테고. 하지만,

"지난 한 달 동안에도 그랬습니까? 제자분이 자주 외출했습니까?"

촌장의 목은 검게 그을었을 뿐 아니라 주름살까지 잡혀 있다. 그 목을 비틀며 말했다.

"글쎄요……."

"그렇죠. 촌장님이 다른 집을 내내 지켜보고 있을 시간은 없었을 테니까요."

가볍게 웃는 이노지의 옆구리를 준자부로가 팔꿈치로 쿡 찔렀다. 유미노스케뿐만 아니라 마지마 신노스케와 마사고로도 환기창 밖으로 시선을 모으고 있다.

"벌써 일 년 반 전부터 저런 곳을 둥지로 삼고 있었단 말인가."

마사고로가 낮은 소리로 중얼거리자 렌타로는 이내 주눅 든 얼굴이 되었다. 먹을 찍어 놓은 듯한 눈썹이 바쁘게 들썩거린다.

"정말 면목 없습니다, 행수님. 제가 좀 더 일찍 찾아냈어야 하는데."

마사고로는 쓴웃음을 지으며 렌타로의 살집 좋은 어깨를 탁 쳤다.

"개의치 말게. 그런 뜻으로 한 말이 아니니까."

"하지만······."

"이런 촌구석에는 자네가 밥벌이를 할 손님이 별로 없잖나. 있더라도 반년에 한 번 올까 말까 하는 정도일 텐데, 눈과 귀가 미치지 않는 게 당연하지."

암, 그렇지, 하고 헤이시로도 맞장구를 쳤다. 그러나 렌타로는 여전히 면목 없어 한다.

"저 집에 은퇴한 의원이 산다는 사실은 저도 알고 있었습니다. 하지만 노인이 거울을 쓸 성싶지도 않아서."

렌타로가 오캇피키의 수하임을 지금 막 알았을 텐데도, 렌타로를 바라보는 촌장의 눈에는 얕보는 기미가 없었다. 오히려 옹호하는 말을 한다.

"선생이 워낙 조용하게 사시니 저희도 어느새 깜빡 잊거든요."

어딜 다치거나 병이 생겨서 약이 필요할 때가 아니라면 자주 내왕할 관계는 아니다.

"그걸 생각하면 오히려 렌타로가 용케 찾아낸 거지."

사흘 전이었다고 한다. 렌타로는 거울을 연마할 손님을 찾아서 이 고바타무라를 찾았다. 아까 마사고로가 말한 정도는 아니지만 넉 달만의 방문이었다고 한다.

그는 거울을 가진 집을 찾아다니며 세상 살아가는 이야기를 하다가, 혹시나 하는 마음에 가메야 사건과 마쓰카와 뎃슈 이야기를 가볍게 꺼내 보았다. 두 남녀는 오래전에 에도를 벗어났을 테고, 벗어났다면 아주 멀리 피했을 터이니 이렇게 모호한 곳에 숨어 살 리는 없다고 짐작했으므로 정말 아무런 기대 없이 가볍게 꺼내 보았을 뿐이다. 눈이 맞아 도망쳤는지 남자가 여자를 유괴했는지는 확실치 않지만, 여하튼 시중에서 자라는 여자아이들은 조숙하니까, 라고 하면서.

그러자 어느 집의 부인이 대뜸 이런 말을 했다.

―그 일이라면 나도 알아요. 인상서를 봤거든요.

이렇게 작은 마을이라도 지신반 같은 조직은 있고, 행상을 하러 시중으로 나간 마을 사람이 인상서나 수배장을 가지고 돌아올 때도 있다.

―호사이 선생 댁에 있는 제자분이랑 조금 비슷하다고 우리 딸이랑 얘기한 적도 있어요.

그 부인은 인상서에 그려지면 착한 남자도 흉악해 보인다는 둥 시중에서는 무서운 일이 벌어진다는 둥 웃는 얼굴로 이야기했다. 자기가 하는 말의 심각성을 모르는 기색이었지만, 렌타로는 깜짝 놀랐다.

―호사이 선생이라면 그 은퇴한 의원 아닌가? 제자가 있었나?

―어머, 렌타로 씨, 몰랐어요?

일단 확인을 해 보자. 그렇게 생각한 렌타로는 호사이 의원 집을 살펴보기로 했다. 섣불리 접근하지 않고 "거울 갈아요, 거울 갈아요" 하고 외치며 그 집 옆의 아담한 숲으로 들어가 관찰했다. 호사이 의원의 집은 마치 폐가처럼 조용했다.

그러다 마침내 등불을 켜야 할 시간이 되었다. 렌타로는 '호사이 선생의 제자' 얼굴을 확인했다. 장작을 가지러 나온 젊은 남자는 과연 인상서와 꼭 닮았다. 더구나 체구도 작다. 사카야키를 밀지 않은

로닌 상투가 약장수 데쓰지와는 달랐지만, 예비 의원이라면 이쪽이야말로 본래의 모습일 터였다.

렌타로는 오싹했다. 남자는 사카야키가 있고 없고에 따라 인상이 달라 보인다. 얼굴 전체의 인상이 달라진다. 인상서는 무척 정교해서 이목구비를 꼼꼼하게 견줘 보면 꼭 닮았지만, 상투가 달라 그 부인도 '조금 비슷하네'라며 넘어가고 말았던 것이다.

―가메야의 따님도 저 집에 있을까?

있다고 해도 꽁꽁 숨어 있겠지. 그렇지 않았으면 마을 사람들이 벌써 알았으리라.

얼어붙어 버릴 듯한 밤을 숲속에서 지새울 수도 없다. 렌타로는 촌장 집에서라면 이 집이 훤히 보이겠다 싶어 옳거니! 하며 재빨리 움직였다. 촌장에게 잘 얘기해서 이층을 빌려 환기창 앞에 바짝 달라붙었다.

촌장 집 이층에서 보자니 그 집을 비스듬히 내려다보는 꼴이다. 덕분에 렌타로는 호사이 의원 집의 이층 방 안에 널려 있는 빨래를 확인했다.

그중에 고시마키_{여자가 기모노를 입을 때 아랫도리 맨살에 두르는 속치마}가 있었다.

당장 마사고로 행수에게 알릴까? 렌타로는 마음이 급해졌지만 애써 참았다. 아직은 아니다. 고시마키만으로는 부족하다. 가메야의 따님처럼 생긴 그림자라도 좋다. 뭐가 되었든 여자 비슷한 것을 봐야겠다.

그래서 결국 오늘 동트기 전까지 환기창에 달라붙어 있었다.

겨울철 동트기 전이라 부지런한 고바타무라 촌민들도 아직 잠에 빠져 있었다. 하지만 렌타로는 깨어 있었다. 그렇게 고생한 보람이 있었다.

호사이 의원 집의 덧문이 열렸다. 촛불인지 작은 불빛이 흔들린다. 가냘픈 사람 그림자가 불빛을 받아 허옇게 떠올랐다.

—여자다.

불을 내려놓고 사람 그림자가 뜰로 내려선다. 나무통을 들고 있다. 신발을 신고 우물가로 간다. 급한 걸음으로 우물로 가서 나무통에 물을 긷고 그 속에 든 뭔가를 빠는 듯하다. 빨래를 짜고 다시 급한 걸음으로 집 안으로 돌아간다.

아가씨가 있다. 아가씨로 보이는 사람을 보았다. 살아서 움직이고 있다. 렌타로는 환기창에서 퉁겨 나듯이 물러나 마사고로의 집으로 달려갔다. 이것이 오늘 아침에 보고가 이루어진 상황의 전말이다.

"자, 그러면,"

손가락으로 볼을 긁으며 준자부로가 일동을 말똥거리는 눈빛으로 둘러보았다.

"이제 어떻게 하죠? 이리 오너라, 부교쇼에서 나왔다 하고 쳐들어가나요?"

경박한 말투에 신노스케의 관자놀이에 힘줄이 불거지는 것을 본 헤이시로가 짐짓 하품을 해 보였다.

"벌써 해가 중천에 떴는데 그렇게 요란하게 일을 벌일 수는 없지. 무엇보다 어떻게 접근하느냐가 문제야. 저쪽에서는 사방이 다 보일 텐데."

"그럼 그림의 떡처럼 쳐다보기만 해야 하나. 따분하네."

장난을 치려는 뜻은 아니었겠지만, 태평하기만 하다. 이번에는 이노지가 준자부로의 옆구리를 팔꿈치로 쿡 찔렀다.

"그쪽이 감시하던 사흘 동안은 데쓰지로가 외출하지 않았군."

신노스케의 관자놀이에는 여전히 피와 기운이 뻗쳐 있다. '그쪽'이라 불린 렌타로는 힘주어 "예" 하고 대답했다. "뜰까지만 나왔을 뿐입니다. 그 뒤에 장작을 팬 적도 있기는 합니다만."

"그렇다면 머지않아 외출을 하겠네요."

이쪽을 돌아보지도 않고 유미노스케가 말했다. "그때까지 기다리기로 하죠."

준자부로가 불쑥 큰 소리로 말했다. "하지만 오늘 외출한다는 보장도 없잖아."

"외출할 때까지 기다려야죠. 렌타로 씨가 그랬던 것처럼 우리도 기다리는 겁니다."

"며칠이 걸릴지도 모르는데?"

"며칠이 걸려도 기다립니다."

이 형이 원래 이렇게 군소리가 많아요, 하고 유미노스케가 냉정하게 타박을 주자 준자부로는 목을 움츠렸다.

그런가, 기다리는 수밖에 없나, 하고 헤이시로도 생각했다. 후미노가 혼자 남을 때까지.

"그럼 그때까지는, 조금 멀기는 하지만 저 엉뚱한 이나카 겐지와 무라사키노우에를 바라보며 감탄이나 해 볼까ᴵ이나카 겐지와 무라사키노우에는

1829~1842년에 삽화를 곁들인 열 쪽짜리 대중용 오락지에 연재된 소설 『니세무라사키이나카겐지(僞紫田舍源氏)』의 주인공이다. 이 소설은 11세기에 쓰인 것으로 알려진 걸작 고전 『겐지 이야기』를, 배경을 헤이안 시대에서 무로마치 시대로

바꿔 써서 큰 성공을 거두었다. 그러나 제11대 쇼군 도쿠가와 이에나리의 가정생활을 풍자했다고 알려져 발매 금지가 되어 미완으로 끝났다. 덧붙여 『겐지 이야기』의 미남 주인공인 히카리 겐지는 무라사키노우에라는 소녀를 데려가 자신이 생각하는 이상적인 여성상으로 키운다."

헤이시로가 웃자 마사고로가 바닥에 손을 짚으며 몸을 틀었다.

"이렇게 장본인을 눈앞에 두고 있는 상황이니 이미 이야기가 늦었습니다만, 나리."

마쓰카와 뎃슈의 고향에 보냈던 마사고로의 수하가 에도로 돌아왔다고 한다.

"낯선 지방을 헤매다 왔을 뿐이라 답답하긴 합니다. 한데 오 년 전에 구리하시 선생이 사망한 뒤 마쓰카와 뎃슈가 한 번 고향에 돌아갔던 건 틀림없습니다."

다만 뎃슈가 고향에 얼마나 있었는지는 알 수 없다. 조심스레 수소문을 해 보았지만 정확히 기억하는 사람은 없었다고 한다. 일 년을 있었는지 이 년을 있었는지, 반년 만에 다시 떠났는지.

"그만큼 주목을 받지 못하는 존재였군."

곁가지로 태어난 목숨이야, 라고 하던 모토미야 겐에몬의 말이 헤이시로의 귓가를 스쳤다.

"에도에 나갔던 일이 도리어 좋지 않았을지도 모르지. 마치 실패하고 도망쳐 온 사람처럼 비쳤을 테니까."

마사고로는 턱이 무거워진 것처럼 고개를 끄덕였다. "그렇겠지요⋯⋯."

점점 설 자리가 좁아지는 곁방살이 처지.

"그러니 작년 여름에 호사이 선생의 집에 들어올 때까지 어디서 어떻게 살았는지는 본인한테 듣는 편이 빠를 겁니다. 다만 제 수하가 고향에서 주목할 만한 사실 한 가지를 듣고 왔더군요."

에도에서 귀향한 뎃슈가 한때 번에서 운영하는 도장에 열심히 드나들었다고 한다.

"사타에도 의원은 무사 신분이므로 검술을 배운다고 이야기했었지."

"예. 역시 무술이 상당한 수준이었다고 하는데 그런 사람이 계속 수련을 열심히 하니, 혹시 의원의 길을 버리고 도장이라도 열 생각이 아니냐는 소문이 나기도 했답니다."

그런 소문이 있었기 때문에 마쓰카와 뎃슈가 한때 고향에 돌아와 있었다는 사실이 분명해졌다.

도장을 열심히 다닌 데는 어떤 의도가 숨겨져 있을까. 그 생각을 하니 헤이시로의 긴 턱도 덩달아 무거워진다. 아까 자기가 한 말이 이제는 자기 머릿속으로 돌아온다.

─에도에 갔다가 돌아온 탓에 고향에서 살기가 더 힘들어졌다.

그렇다면, 돌아오지 않았다면 어땠을까.

가메야 신베에게 빼앗긴 사타에도, 신베의 딸 후미노도 이제는 손이 닿지 않는 존재다. 그걸 알면서 에도에 있기는 괴로웠다. 스승을 잃은 반쪽짜리 의원이 기댈 곳은 없었다. 고향으로 돌아가는 것 말고는 길이 없다.

하지만 그래도 굳이 에도에 머물렀다면 어땠을까. 어떻게든 새로운 스승을 찾아서 수련을 하며 하루하루 바삐 보냈을지도 모른다. 혹은 의술 수련에 전념하지 못하고 낭인 생활로 떨어져서 먹고사는

데 급급하게 되었을지도 모른다.

그럴 경우 그의 내면은—어떻게 변했을까.

헤이시로는 유미노스케의 추리를 믿고 있다. 이치에 맞기 때문이다. 하지만 사람은 이치만으로 움직이지 않는다. 안타깝게도 유미노스케만 한 두뇌는 타고나지 못했지만, 그 아이보다 세상살이에 내공이 깊은 헤이시로는 진저리를 칠 만큼 그 사실을 잘 알았다.

헤이시로는 구리하시 분조 의원이 급사했을 때 마쓰카와 뎃슈가 아무런 주저 없이 '가메야 신베의 짓이다'라고 믿으며 분노와 복수심을 불태웠으리라고는 생각하지 않는다.

의심은 했겠지. 시커먼 불길함과, 등줄기를 훑는 오한 같은 시의심도 있었으리라. 경애하는 스승의 아름다운 부인을 벼락부자 약방주인한테 빼앗긴 울분과, 자기가 귀여워하던 후미노가 살인자인 부친의 슬하에서 자라는 데 대한 불안도 있었을 테고.

하지만 마쓰카와 뎃슈를 움직일 만한 정도의 마음은 아니었다. 그래서 그는 맥없이 고향으로 돌아갔다. 도저히 용서할 수도, 간과할수도 없다고 생각했다면 신베가 시치미를 떼든 변명을 하든 개의치않고 그를 규탄하며 베어 버리기 위해 떨치고 일어섰으리라.

그러나 그는 그렇게 하지 않았다. 가슴에 맺힌 개운치 않은 감정은 그 시점에서는 분노라기보다 차라리 실의에 가까웠고, 그 실의가뎃슈를 에도에서 떠나게 했다.

잊지 말아야 할 사실은 당시 마쓰카와 뎃슈가 어렸다는 점이다. 열일곱 살이었다. 관례는 치렀으나 아직 어른이라고는 할 수 없었다. 열일곱 살이라면, 요시마쓰를 살해했다는 무거운 비밀을 더 이상 감당하지 못하게 된 규스케가 다이코쿠야를 그만두게 해 달라고 다이코쿠야 도에몬에게 눈물로 애원하던 나이다.

그렇게 고향으로, 가족 곁으로 돌아간 그는 무엇을 느꼈을까. 실의에 빠진 마쓰카와 뎃슈를 기다리고 있던 것은 또 다른 실의였다. 여전히 설 자리가 없었다. 모처럼 에도로 보내 주었더니 염치도 없이 돌아온 형편없는 군식구였다. 떳떳하지 못한 몸이니 귀향했다는 소식조차 주변에 제대로 알리지 못한다.

마쓰카와 뎃슈의 가슴에 살인자 가메야 신베에 대한 진정한 분노는 바로 그때 싹트지 않았을까. 신베가 자신의 인생을 바꾸고 사타에의 인생을 바꾸고 후미노의 미래마저 왜곡해 버리고 말 인간으로, 양의 탈을 쓴 늑대로 비친 것은 그때가 아닐까.

그제야 비로소 모든 것이 비열한 살인자 신베의 탓으로 여겨졌으리라.

그것 말고는 울분을 발산할 곳을 찾지 못했으니까.

─열일곱 살이었다.

헤이시로는 넋두리하듯 생각했다.

─내 나이가 되려면 몇 년을 더 살아야 하지? 모토미야 거사를 봐. 네가 저렇게 되려면 몇 년을 더 살아야 하지?

얼마든지 다시 시작할 수 있었으리라. 초라하고 부끄럽겠지만 인생은 길다. 신베의 죄를 폭로하고 사타에와 후미노를 구하는 일은 어떤 모습으로든 자립한 성인이 되고 난 뒤에 해도 늦지 않다.

하지만 열일곱 안팎의 젊은이는 인생이 길다는 사실을 알지 못한다. 지금 서 있는 이곳밖에 보지 못하고, 무엇이 옳고 무엇이 그른지 당장 명확하게 정하지 않으면 못 견디는 것이 젊음이다.

오늘 아침은 면도할 틈도 없었다. 까슬까슬한 턱을 쓰다듬고 음울한 하품을 어금니로 깨물며 이즈쓰 헤이시로는 또 생각한다.

젊다는 건 골치 아픈 거야.

"누가 나옵니다!"

유미노스케의 목소리에 헤이시로는 졸음에서 깨어났다.

유미노스케는 마지마 신노스케와 어깨를 붙인 채 여전히 환기창에 달라붙어 있었다. 신노스케는 지금 한쪽 무릎을 세우고 있다. 그 뒤에 덩치 큰 마사고로가 불상처럼 버티고 있고 우직한 렌타로는 무릎을 꿇고 앉은 채 목을 길게 빼고 있다.

유미노스케의 형이 보이지 않는다 싶었는데 한쪽 구석에서 쓰러져 자고 있다가 잠이 덜 깬 목소리를 내며 이쪽으로 몸을 데굴 굴리더니 정강이를 긁으며 일어났다.

"지금 몇 시야?"

"방금 여덟 점(오후 두시) 종소리가 울린 참입니다."

헤이시로는 얼마 동안이나 졸았을까. 가서 수하들을 데려오라며 마사고로가 이노지를 돌려보낸 것은 기억이 난다. 촌장이 먹으라며 주먹밥과 뜨거운 물을 내준 것도 기억난다. 배가 부르자 잠이 들어버렸다.

마찬가지의 이유로 잠들었으리라 짐작되는 준자부로가 그와 눈길이 마주치자 쑥스러운 웃음을 지었다.

"이모부도 누워서 주무셨으면 편하셨을 텐데요."

"넌 자다 깨어도 얼굴이 반반하구나."

에헤헤, 하고 웃는 준자부로는 원래부터 이런 놈이다. 복권과 관련된 사건에서 제대로 활약해 주어서 헤이시로도 알게 되었다. 알고 있지만 질릴 만큼 태평하다.

"이즈쓰 나리, 그놈 같습니다."

그 집을 내내 감시해 온 신노스케의 눈이 빨갛다. 돌아보지도 않고 목소리만 날카롭게 날린다.

일동은 환기창에 모여 얼굴을 모았다. 호사이 의원 집 뒤쪽의 수로에서 작은 배가 노를 저어 간다. 배에 탄 사람은 한 명이다. 하카마에 칼을 차고 얼굴에 수건을 두른 남자. 거리가 있어 이목구비까지는 확인할 수 없지만 과연 체구가 작다.

배 안에 짐이 보인다. 등태가 달린 커다란 바구니다.

마사고로가 눈을 가늘게 떴다. "뭔가 싣고 가는 모양입니다."

"장사를 할 물건이겠죠." 유미노스케가 말한다.

"약일까요? 약치고는 부피가 큰데요."

"저 집에 있는 세 사람은 일은 안 하고 먹기만 하겠지요. 호사이 선생은 병자에다 애초에 은퇴한 사람이고 모아 둔 돈이 많을 리도 없어요. 조금은 벌어야 쌀이고 기름이고 살 수 있겠죠."

그건 그렇다. 먹고살려면 돈이 필요하다.

"약을 만들어 팔려면 재료가 필요하고, 재료를 구하자면 마쓰카와 뎃슈가 데쓰지라는 이름으로 출입하던 생약 판매상에 접근해야 합니다. 모르는 가게를 택하더라도 어디서 얼굴을 아는 자를 만날지 모르니 너무 위험합니다."

그러므로 저것은 책일 거라고 유미노스케는 말했다.

"은퇴했다고는 해도 의원인 호사이 선생한테는 장서가 있을 테니까요."

"그럼 선생의 책을 멋대로 팔아서 돈을 마련한다는 말이냐."

"호사이 선생의 사정에 따라 다르겠지요. 하지만 실제로 후미노 씨는 저기 숨어서 지내고 있고."

유미노스케의 말투가 조금 흔들린다.

"매음녀 오쓰기 씨도 아마 여기로 데리고 와서 죽였을 겁니다. 그런 짓이 가능했다면 호사이 선생의 병이 아주 깊어서 마쓰카와 뎃슈가 제멋대로 행동할 수 있었다는 말이겠죠."

오쓰기나 후미노나, 배와 수로를 이용하여 저 집에 왔던 것이다. 후미노는 한번 들어왔다가 나가지 않았다. 오쓰기는 살아서 들어왔다가 주검이 되어 나갔다. 여기에서 배를 타고 스미다가와 강 상류로 노 저어 나가면 주검을 버리기도 쉬웠으리라.

"너무하네."

동생의 말에 준자부로가 여전히 태평하게 정강이를 긁적이며 항변했다.

"나라면 아무리 돈이 궁해도 네가 아끼는 책을 멋대로 내다 팔지는 않아."

"그거랑 이거는 얘기가 달라요."

냉정하게 잘라 말하고 유미노스케는 코끝으로 한숨을 지었다. "게다가 형, 책은 사본을 만들 수 있어요."

핏발 선 눈을 손가락으로 썩썩 비비고 신노스케가 고개를 끄덕였다. "맞아요. 종조부님도 사본을 만들고 계시더군요."

배는 노를 저어 수로를 따라 움직인다. 익숙한 몸짓으로 노를 젓는 남자는 궁핍한 떠돌이처럼 보이기는 해도 범죄 용의자처럼 보이지는 않는다.

"렌타로." 마사고로가 낮은 목소리로 불렀다.

"예."

얼른 일어나는 렌타로를 유미노스케가 돌아다보았다. "뒤를 밟나요?"

"아, 예, 도련님."

"상대는 배를 탔어요. 따라갈 수 있겠어요? 섣불리 따라붙다가 저쪽에서 눈치채면 도리어 일이 어려워집니다. 그냥 놔두면 안 될까요? 혼자 나갔으니 반드시 돌아옵니다."

유미노스케는 마사고로에게 묻고 있다. 렌타로는 엉거주춤한 자세로 눈치를 본다.

"조심하고 또 조심하겠습니다. 저자를 시중에 풀어 놓고 여기서 기다리다가는 우리 가슴만 까맣게 타 버릴 겁니다."

"알겠습니다."

유미노스케가 이해해 주자 마사고로는 렌타로에게 고갯짓을 했다. 렌타로는 살집 좋은 몸에 어울리지 않는 바람 같은 걸음으로 사라졌다.

"자아, 그럼 이제,"

준자부로가 헤이시로의 선수를 쳤다. 그는 책상다리를 하고 손을 겨드랑이에 찌른 채 말했다.

"어떻게 할까요? 후미노를 만나러 가야죠?"

얼마나 긁었는지 정강이가 벌게졌다. 까칠까칠한 멍석 때문에 가려웠으리라. 이 녀석도 천생 도련님이다. 평소 멍석에 누워서 잔 적이 없는 것이다.

"만나러 가다니, 어디 마실 나왔니?"

헤이시로가 웃었다. 하지만, 그 말도 괜찮지 않은가. 체포한다, 오라를 내린다, 그런 말보다 그냥 만나러 가는 것이다.

"상대가 여자 하나라면 나리들께서 짓테를 휘두를 필요도 없죠. 웃는 얼굴로 좋게 타이르는 편이 낫습니다. 제가 갈까요?"

그러라고 나를 부른 거 아니냐, 라고 말하는 듯한 얼굴이다.

"준자부로, 까불지 마라." 헤이시로는 웃으면서도 준자부로를 타일렀다.

"너는 유미노스케랑 이 방에 있어라. 유미노스케, 측간에 다녀오고 물도 마시고 촌장한테 부탁해서 밥도 먹으렴."

점심때 모처럼 내준 밥에 유미노스케는 손도 대지 않았다.

"제가 가겠습니다."

누구의 목소리도 어떤 대화도 귀에 들어오지 않겠지. 마지마 신노스케는 환기창 밖을 응시하며 근엄하다기보다는 겁에 질리기라도 한 듯 낮은 목소리로 말했다.

"—제가 가면 후미노는 도망치지 못합니다."

헤이시로는 마사고로와 눈길을 맞추며 고개를 끄덕였다.

"그렇긴 하겠지만, 이번만큼은 신 상 혼자 보낼 수 없네."

이 몸도 명색이 마치 담당 관리잖아, 하며 이즈쓰 헤이시로는 자리에서 일어섰다.

2

겨울 해가 높이 떠서 날이 활짝 개었다.

몸을 숨길 필요는 없지만, 그래야 한대도 숨을 곳조차 없다. 촌장 집에서 호사이 의원의 집으로 가려면 논두렁길을 통과해야 한다.

헤이시로와 신노스케는 검은 하오리를 벗고 평상복 차림이 되었다. 논은 말라 있지만 밭에는 띄엄띄엄 사람들이 보인다. 검은 하오리는 먼눈에도 대번에 띌 것이다. 호사이 선생 집에 관리가 찾아왔다고 누가 달려오기라도 하면 일이 번거로워진다.

마사고로는 도중에 따로 떨어져 의원 집 옆에 있는 숲 쪽에서 접근하기로 했다. 두 방향으로 갈라지지만 별 의미는 없다. 후미노가 밖을 내다보고 헤이시로들을 알아차려서 도망친다고 해 봐야 아가씨 걸음이기 때문이다. 하지만 마사고로는 호사이 의원이 걱정된다고 했다.

"후미노 아가씨는 나리께 맡기겠습니다."

평소와 다름없는 듣기 좋은 목소리로 그렇게 말했다.

마지마 신노스케는 수척해져 있다. 새벽부터 지금까지의 짧은 시간 사이에 그리된 것은 아니다. 이미 전부터 수척해져 있었지만 가까스로 감추어 왔다. 그 위장이 벗겨졌다. 그리고 다시 얼굴에 무언가를 칠해서 감추기에는 이 길이 너무 짧다. 무엇을 칠해야 좋은지는 아마 본인도 모르리라.

이즈쓰 헤이시로의 옆을 걷고 있는 남자는 민얼굴의 마지마 신노스케였다.

호사이 의원의 집은 가까이에서 보니 몹시 황폐했다. 초가지붕에는 띄엄띄엄 돌을 눌러 놓았고 이끼와 잡초가 자라고 있었다. 흙을 쌓은 대지는 주변의 논밭보다 조금 높았지만, 비가 내리면 발목까지 푹푹 빠지는 개흙으로 변할 듯했다.

처음 보았을 때는 빨랫줄에 아무것도 널려 있지 않았다. 지금은 욕의 하나와 기저귀 몇 장이 널려 있다. 헤이시로가 조는 동안 널어 둔 모양이다.

기저귀라니. 슬하에 자식이 없는 헤이시로는 의아했다. 아기를 낳았다고 하기에는 기간이 너무 짧지 않은가.

"병자가 꽤 중태인 모양이군요."

같은 것을 본 신노스케가 중얼거렸다. 그렇군. 자리보전중인 호사이 선생의 몫인가, 하며 헤이시로는 눈을 끔뻑거린다.

"살뜰하게 병간호를 해 주고 있다는 얘기로군."

헤이시로의 말에 신노스케는 말이 없다.

오늘 아침 해가 뜨기 전에 후미노가 급하게 빨아서 물기를 짰다는 것도 기저귀였나.

문 안쪽에 넓은 봉당이 있다. 처마 밑에는 등롱이 두 개 달렸다. 가문家紋이 그려져 있지만 몹시 꾀죄죄하다. 굽 높은 나막신은 비 올 때를 대비한 것일까.

헤이시로가 먼저 문지방을 넘었다. 집 안은 어둑하다. 볕이 들지 않아 한기가 문득 몸을 감쌌다.

쥐 죽은 듯 조용하다. 먼지조차 날지 않는다. 마룻널은 거무스름하게 퇴색해 있다.

—귀신이 나오는 폐가 같군.

헤이시로는 그렇게 생각했다. 인기척이 없다. 다른 어떤 기척만이 느껴진다. 이런 곳에 사는 것은 유령이다.

마지마 신노스케는 숨을 크게 들이마시고 가볍게 멈추었다가, 곧 체념한 듯 숨을 내쉬고 고개를 들었다.

"실례합니다."

인기척 없는 집 안에 목소리만 날아간다.

이러다 유령이 깨어날라, 신 상. 그리고 유령한테는 어떤 때든지 '안녕하시오'가 더 낫지 않나?

대답이 없다. 아무 소리도 없다. 기척도 없다.

"실례합니다."

다시 한 번 신노스케가 입을 열었다. 미안한 듯 주눅 든 목소리다. 그래 가지고는 안 되지.

"가메야 아가씨!"

헤이시로가 불쑥 밝은 목소리로 외쳤다.

"잠깐 얼굴이나 보자고. 우리도 집 안을 흙발로 뭉개고 싶지는 않으니까."

안쪽에서 희미한 소리가 났다.

긴 복도 끝에 그림자가 나타났다. 처음 보인 것은 작은 맨발의 발가락이다. 그늘에서 스르륵 바닥을 내딛고 나왔다.

유령의 발이로구나, 하고 헤이시로는 생각했다.

가메야의 딸 후미노가 나타났다.

한 걸음, 두 걸음, 아가씨가 이쪽으로 다가온다. 발소리가 없다. 사람의 꼴이 등장했지만 병든 의원의 집에 감도는 기척은 짙어지지도 않고 흔들리지도 않는다.

옆에 선 신노스케의 어깨가 부딪쳐 오는 바람에 헤이시로는 흠칫했다. 신노스케는 의식하지도 못했다. 제 몸이 흔들리는 것을 의식하지 못한다.

두 도신으로부터 한 간쯤 떨어진 자리에 걸음을 멈추고, 후미노는 양손을 오비 앞에 가만히 모았다.

흰 피부에 또렷한 이목구비. 뺨이 창백하다. 조금 수척해졌나? 거의 검은색에 가까울 정도로 진한 회색인 차분한 기모노 탓인가. 크고 작은 마름모꼴로 구성한 이 무늬를 뭐라고 하더라?

—마쓰카와비시松皮菱.

이런, 옷 무늬까지 남자한테 맞췄군.

헌 옷을 사다 그대로 입었으리라. 소매 기장이 후미노한테는 조금 길다.

사랑하는 남자와 한 달 남짓하게 침식을 함께했으니 몸도 마음도 부인이 다 된 셈이지만, 머리 모양은 지금도 소녀 특유의 모모와레16~17세의 평민 아가씨가 하던 귀여운 머리 모양으로, 뒷머리를 좌우 두 개의 고리처럼 묶는다를 하고 있다. 마루마게기혼 여성들의 대표적인 머리 모양는 너무하다 해도 젊은 부인들이 즐겨하는 와리카노코에도 시대 후기에 십대 후반에서 이십대 초반의 여성이 하던 머리 모양라면 이 아가씨한테 잘 어울릴 텐데.

이목을 피해야 하는 살림이라 그럴 여유가 없었을까. 사랑의 도피라고 해도 주위의 이목을 꺼릴 필요가 없었다면 누구든 도와주었을 테니 머리 모양이나 옷차림도 조금은 달라졌으리라.

딱하다. 이 아가씨가 무슨 짓을 하고 어떤 경로를 거쳐 지금 이렇게 대면했는지 잊어버리지는 않았지만, 헤이시로의 마음은 그런 감정에 압도되었다. 모든 것이 다 딱할 뿐이다.

후미노는 그 자리에 무릎을 꿇고 앉았다. 마룻널에 세 손가락을 짚고 머리를 깊이 조아린다. 가메야에서 처음 만났을 때처럼.

얼굴을 들고 입술이 움직인다. 전에는 연지를 칠하지 않아도 분홍빛을 띠던 입술이 지금은 바싹 말라 퇴색해 있다.

"―병자가 있습니다."

그 갈라진 목소리에 제정신을 차린 듯 신노스케가 몸을 부르르 떨었다. 다시 어깨가 부딪쳐 오자 헤이시로는 그를 피할 겸 앞으로 한 발 내딛어 마룻귀틀에 앉았다.

"그래, 안다. 아키모토 호사이 선생이시지. 용태가 아주 나쁜가 보구나."

서서 내려다볼 때보다 후미노가 더 작아 보이는 까닭은 무엇일까.

"감기입니다."

열이 높습니다, 하고 후미노는 대답했다.

"오늘 아침에 뭘 급하게 빨던데, 호사이 선생의 것이었나?"

후미노의 시선이 흔들렸다. 그걸 다 보았나.

"기침을 하시다가 구토를 하셔서."

"호, 그거 큰일이구나."

"지난 며칠간 미음밖에 드시지 못하셨으니 기도가 막힐 일은 없겠지만 토사물에 피가 섞여 있어서 크게 놀랐습니다."

후미노의 안색이 나쁜 것이 우리 때문만은 아닌지도 모르겠군. 헤이시로는 생각했다. 밤새 병자를 간병하느라 잠을 제대로 자지 못했을까.

"호사이 선생은 본래 병치레가 잦았다고 하던데."

후미노는 고개를 까딱했다. "쇠약하신 것은 연세 탓이겠지만 올이월에 졸중으로 쓰러지셨습니다."

그 뒤로 내내 자리보전이라고 한다.

"제가 여기에 오기 전에도 두 번쯤 위독했던 적이 있었다고 합니다."

그래? 하며 헤이시로가 긴 인중을 손가락으로 비빈다.

"빨랫줄에 걸린 기저귀는?"

"선생님이 측간 출입을 못 하셔서요."

혼자서는 일어날 수 없고, 떠먹여 주지 않으면 밥도 먹지 못하고 말도 못 한다고 한다.

헤이시로는 고개를 끄덕였다. "간병을 잘하고 있었구나."

후미노는 눈길을 내렸다. 헤이시로도 아가씨의 얼굴에서 눈길을 거두었다. 신노스케는 버선 속의 발가락을 한껏 벌려서 가만히 버티고 서 있다. 그 하얀 버선이 황량한 겨울 들판의 흙으로 지저분해져 있었다.

"호사이 선생에 대해서라면 우리가 조치를 취하마. 마을 사람들이 돌봐 줄 거다."

그러시겠습니까—하고 후미노가 중얼거린다.

"네가 여기 오기 전에는 네 짝이 선생을 간병했겠구나."

아가씨는 말없이 눈빛으로만 끄덕이는 시늉을 했다.

"기특한지고. 졸중으로 쓰러져 움직이지 못하는 사람을 간병하기란 여간 힘들지 않지. 예전에 오토쿠가,"

얘기를 시작하려다가 그만두었다. 그러자 후미노가 불쑥 목청을 돋워 말했다.

"그이는 약을 팔러 돌아다니다가 호사이 선생님을 알게 되었습니다."

그이, 라.

"그래서 제자가 되었습니다. 의술을 제대로 배울 계획이었습니다. 하지만."

호사이 선생은 병약했고 이곳의 생활은 한가로우면서도 쓸쓸했다.

"선생님의 건강이 악화되어서 제자니 스승이니 할 계제가 아니게 되었지만, 그이는 이곳을 떠나지 않았습니다. 선생님을 저버릴 수는 없었으니까요."

은밀한 계획을 실행할 근거지로 이 외진 집이 꼭 알맞았겠지만—그것만은 아니었다고 후미노는 주장하고 있다.

그걸 강조하고 싶은 게로구나. 소중한 '그이'의 일이니까.

"호사이 선생한테는 가족이 없나? 누가 찾아오거나 하지는 않았느냐."

후미노의 눈에 그늘이 졌다. "마을 사람들 말고는 찾아온 사람이 없었습니다. 연세가 너무 많으셔서 이미 가족도 없으시겠죠."

"안됐구나."

너무 오래 살면 쓸쓸하다. 문득 모토미야 겐에몬의 얼굴이 떠오른다. 하지만 겐에몬은 장수 끝에 자신이 원하던 생활을 얻었다.

—호사이 선생은.

내내 자리에만 누워 있었으니 아무것도 모르는 걸까. 그저 이 두 사람이 곁에 있기만 해도 좋았을까.

후미노와 후미노의 '그이'는 저희 사랑을 이루기 위해 세 사람이나 죽였다. 그런 자들이 반신불수의 노인을 돌봐 주고 있다. 설사 그것이 주변 사람들의 의심을 면하기 위한 방편이고 도피할 시간을 벌 수단이었다고 해도 노인을 처분해 버리지 않았다.

—살인마는 아니라고 말하고 싶은 건가.

누구에게? 서로에게?

"여하튼 선생 걱정은 하지 마라. 그러니 너는,"

너는—.

후미노가 숨을 멈추고 있다.

헤이시로가 말했다. "이제, 돌아가자."

그렇게 말하고 입을 다물자 정적이 드리웠다. 신노스케의 숨소리가 희미하게 들린다.

바깥의 하늘 높은 곳에서 솔개가 한 번 울었다.

"가지 않아요."

눈길을 내린 채 속삭이듯이 말했다.

"제게는 돌아갈 집이 없습니다."

여기가 제 집입니다—라고 말했다.

"아니, 여기는 남의 집이야. 네가 있을 곳이 아니다."

"왜죠?"

얼굴을 똑바로 쳐들고 후미노는 헤이시로가 아닌 마지마 신노스케에게 물었다.

"여기를 어찌 아셨죠?"

헤이시로는 신노스케를 올려다보았다. 그의 얼굴에서도 핏기가 가셨다.

"저를 지켜 주려고 하신 게 아니었나요? 저를 구해 주신 게 아니었나요? 대체 왜?"

후미노는 얼굴을 일그러뜨렸고, 마지마 신노스케는 돌처럼 굳었다.

"호사이 선생이 이런 상태인데, 네 짝은—마쓰카와 뎃슈는 어딜 갔지?"

헤이시로의 입에서 남자의 이름이 나오자, 그 말에 떠밀린 듯 후미노는 움츠러들었다.

"—데쓰지로 씨입니다."

가명이 아니라 아명이었나.

이제 후미노는 '젊은 선생'이라고 부르지 않는구나.

—젊은 선생은 고향으로 돌아가 버리나요?

후미노의 동요는 이내 사라졌다.

"약을 사러 갔습니다. 집에 약이 얼마 남지 않아서."

선생님 약입니다, 하고 힘을 주어 말했다.

"시중에는 가급적 얼굴을 내밀고 싶지 않을 텐데."

"하지만 선생님께 드릴 약이니까요."

돈도 필요했고요—하고 본심도 새어 나왔다.

"늘 그렇게 배를 이용했나? 너도 배를 타고 여기로 왔겠지. 오쓰기는 어떻게 했지? 이름만 들어서는 모르겠나? 성격 좋은 그 매음녀 말이야."

후미노는 입을 꼭 다물고 헤이시로의 눈을 피하려는 듯 얼굴을 돌렸다.

"오쓰기도 그 배를 태워서 데려왔나? 하지만 피투성이 사체를 실어다 버릴 때는 데쓰지로가 다른 배를 구해 왔을 테지. 타던 배로 나르기에는 아무래도 꺼림칙했나? 그 배는 어디에 있지? 벌써 어디다 가라앉혀 버렸나? 낡아 빠진 배지만 그걸 요긴하게 이용하던 숯장수들이 어려움을 겪고 있다."

절도는 곤란하지—하고 헤이시로는 말했다.

"남의 것을 훔치면 안 돼. 그것이 낡은 배든 목숨이든."

후미노의 볼이 고집스럽게 굳었다. "그래요. 그러니까 우리 아버지도 악인입니다."

헤이시로가 한숨을 짓는다. "그래. 네 아버지는 이십 년 전에 분명히 사람을 죽였다. 다이코쿠야에서 같이 일하던 썩둑이 요시마쓰를 죽이고 왕진고 조제법을 훔쳤지. 하지만 말이야."

몸을 조금 굽혀, 딱딱하게 도사리고 있는 후미노에게 머리를 가까이 했다.

"구리하시 선생한테서 사타에를 훔치지는 않았어. 구리하시 선생은 운이 없어서 익사했고, 사타에가 가메야에 들어온 까닭은 평소 말술도 마다하지 않던 구리하시 선생이 자기한테 만일의 사고가 생기면 사타에를 돌봐 달라고 신베에게 미리 부탁했기 때문이다. 신베는 그 약속을 다하기 위해 사타에를 지켜 주고 보살펴 준 거야. 그 얘기는 몰랐지? 데쓰지로도 모를 게다."

따귀라도 때린 듯, 후미노에게 효과가 있었다. 아가씨는 눈을 휘둥그레 뜨고 저도 모르게 몸을 뒤로 물렸다.

헤이시로는 천천히 고개를 끄덕였다.

"그래. 그랬던 거야."

후미노의 눈동자가 흔들리고 있다.

"그럴 리가 없어요. 말도 안 돼."

애써 웃으려는 듯하다. 아니, 화를 내려는 걸까.

"받아들이기 힘든 이야기겠지만, 사실이다. 돌아가서 사타에한테 물어봐."

어떻게 그런—후미노는 입술에 손을 댔다. 가녀린 손끝에 달린 손톱에도 핏기가 없다.

"요시마쓰를 죽이고 신베는 두고두고 괴로워했다. 결코 희희낙락하며 살았던 게 아니야."

규스케만 해도 그렇다, 하고 헤이시로는 계속했다.

"다이코쿠야 도에몬도 그랬다. 요시마쓰를 죽인 죄책감을 이십 년 동안이나 품고 살았다. 어쨌든 사람을 죽였으니 벌을 받는 것은 당연하지. 피할 수 있다고 생각했다면 큰 잘못이야. 하지만 후미노. 그 벌을 너와 데쓰지로가 멋대로 내린 것은 잘못도 보통 큰 잘못이 아

니다."

그래서 어떻게 되었지? 봐라. 살인을 저지르는 비정한 자들만 늘어났지 않았느냐.

"우리가 규스케 살해 사건과 신베 살해 사건을 연결해서 조사하기 시작했을 때는 초조했겠지. 다이코쿠야가 무골충처럼 입이 가벼운 것도 몹시 불안했을 테고. 그렇다고 눈속임을 위해서 아무 관계도 없고 잘못도 없는 오쓰기를 죽이다니, 잠자리가 뒤숭숭해지지 않았느냐? 그런 짓을 아무렇지도 않게 해치우는 데쓰지로가 무섭지 않더냐?"

후미노의 안색이 파리해졌다. "그건, 그이 혼자 한 일이 아닙니다!"

"그럼 네가 부추겼나?"

그렇게 묻자 가메야의 딸은 위축되어 입술을 깨문다.

"─둘이서 상의했어요."

작은 소리로 속삭이더니 이내 눈빛을 이글거리며, "그래 봐야 몸 파는 여자인데" 하고 내뱉었다.

"음, 그래. 오쓰기는 몸 파는 여자였지, 너 같은 아가씨는 아니었다. 데쓰지로는 그 오쓰기의 단골손님이었다. 처음부터 죽일 작정을 하고 단골이 되지는 않았을 테지. 마침 단골로 만나던 여자가 우리 눈을 속이기에 적당했던 게야. 오쓰기로서는 졸지에 재앙을 만난 것이고."

후미노는 어금니를 깨물고 있다.

"데쓰지로도 남자다. 네가 모르는 얼굴도 있어. 네가 아버지와 사타에의 관계를 몰랐듯이, 네가 데쓰지로에 대해서도 다 알고 있는 것은 아니다. 남자와 여자 사이에서는 이런저런 일들이 있을 수 있거든."

대체 왜—하고 얼빠진 듯한 목소리가 들렸다.

신노스케였다. 넋이 빠진 눈빛으로 멀거니 서 있다.

"왜 좀 더 공을 들이지 않았지? 규스케를 죽일 때는 지갑을 없애고 쓰지기리처럼 꾸몄잖아. 신베를 죽일 때도 강도의 소행처럼 꾸몄으면 됐을 텐데."

신 상, 아직도 그런 게 궁금한가?

추궁하고 싶으면 최소한 그런 표정은 치우게. 그 목소리는 또 뭔가. 차라리 그렇게 속았다면 좋았을 것을, 하는 아쉬움이 방울방울 떨어져 축축이 젖어 버렸구먼.

"덧창을 부숴 놓든가 발자국을 찍어 놓든가 서랍을 어지럽혀 놓든가 할 수 있었을 텐데."

뜻밖에도 후미노가 웃었다. 신노스케를 경멸하는 웃음이다.

"시끄러운 소리를 냈다가 사람들한테 붙들리는 쪽이 훨씬 더 무서웠어요."

그렇군.

"게다가 나는—."

이제 '저'라고 하지 않는다. "아빠가 살아 있을 때는 집 어디에 돈 되는 물건이 있는지 몰랐어요. 아빠가 죽고 조지로가 나에게,"

—이제는 아가씨가 가메야의 주인이십니다.

"곳간과 서랍의 열쇠 꾸러미를 줄 때까지는 나도 뭐 하나 마음대로 할 수 없었어요. 어디를 어지럽히면 좋을지 몰랐으니 그럴 수도 없었죠."

헤이시로는 "흐음" 하는 소리를 냈다.

그러고 보니 신베 침실에 있는 선반이나 서랍에는 주머니와 오비 장식물이 들어 있었다. 작은 오동나무 상자에 들어 있는 값비싸 보이는 물건들이었다. 신베가 딸에게 주려고 샀을 텐데, 정작 딸은 그런 것이 있는지도 몰랐다.

"네 손에 있던 것은 항아리 신이 있던 방의 열쇠뿐이었구나."

그래서 그것을 사용했다.

"그이도 가급적이면 쓸데없는 짓은 하지 않는 편이 좋다고 했거든요."

"그러나 그래서는 범인이 집 안에 있다고 자백하는 꼴이나 마찬가지였다."

멍한 눈빛으로 신노스케가 계속 말한다.

"우리가 조지로나 가메야 하녀들을 더 거칠게 족칠 거라고는 생각하지 않았나? 모질게 고문이라도 해서 내가 주인님을 죽였습니다, 하는 자백을 받아낼 거라는 생각은 하지 않았어? 부교쇼 나리들은 종종 그렇게 일해. 너희가 그런 식으로 일을 저지르면 점원들이 의심을 사리라는 생각은 해 보지 않았나?"

후미노는 날카로운 눈빛으로 신노스케를 쏘아보았다.

"나는 나리들이 어떻게 일하는지 전혀 몰라요. 그러니까 그런 건 생각도 해 보지 않았어요."

입을 삐죽거리며 말한다. 마지막 나리가 아니라 나리들이다. '전혀 몰라요'라고 했다.

"하지만 혼조 후카가와를 담당하는 메밀국숫집 행수님은 터무니없는 짓을 하는 사람이 아니다, 이치대로 움직인다, 훌륭한 오캇피키다, 그런 소문을 듣고 있었어요."

마사고로의 평판이 엉뚱한 곳에서 보탬이 되었다.

"우리 아빠는 혼자 힘으로 가메야를 이렇게 키운 사람이에요. 같은 업종 사람들에게 원한을 사는 일도 있었어요. 왕진고가 잘 팔리게 되자 몹시 시기하는 사람도 있었습니다. 그러니까 누구한테 해코지를 당하더라도 이상하지 않았겠죠."

신베한테는 가혹한 말이다.

"강도가 침입한 흔적이 없으면 아빠가 누군가를 불러들였다가 당했으리라고 생각할 줄 알았어요."

음, 그런 수도 있겠군.

"가메야 사람들은 모두 충성스러운 사람들이에요. 무슨 일이 있어도 아빠를 해칠 사람은 없어요. 베푼 은혜를 생각하더라도 아빠를 원망할 리가 없었어요. 만약 우리 가게 사람들이 그런 의심을 받는다면 나도 모르는 척 하지 않았을 겁니다."

'우리 가게 사람들'을 위하여 제 처지도 잊고 변호하는 이 아가씨가, 그저 눈속임을 위해 무고한 매음녀의 목숨을 빼앗는 일은 주저하지 않았다. 아니, 주저했는지도 모르지만 지금은 그런 모습을 볼 수 없다.

어느 쪽이 진짜 후미노일까. 둘 다 진짜이되 다만 인형의 머리를 바꿔 끼우듯 필요할 때마다 얼굴을 바꾸고 있을 뿐일까.

―시샘인가.

　문득 그런 생각이 들어 헤이시로의 가슴이 차가워졌다. 후미노가 눈속임을 위한 살인에 오쓰기를 희생자로 택한 까닭은 데쓰지로가 그녀의 단골임을 알았기 때문 아닐까?

　―그래 봐야 몸 파는 여자인데.

　그것은 후미노가 데쓰지로에게 직접 듣지 않았다면 알 수 없는 사실이다. 만약 사냥감을 찾기 위해 두 사람이 상의를 하다가 남자 입에서 무심코 오쓰기의 이야기가 나왔다면?

　그래 봐야 몸 파는 여자인데.

　이 아가씨는 시샘이 많다. 사타에를 싫어하고 아버지를 싫어하게 된 것도 역시 질투 탓이었다. 조숙해서가 아니라 어릴 적부터 여자로서의 심성이 다분했다.

　그런 여자는 대개 사랑스러운 여자이기 마련이다. 그만큼 정이 많은 여자니까. 그만큼 속심부터가 여자니까.

　헤이시로는 지쳤다. 후미노라는 여자에게, 그리고 마지마 신노스케에게. 이쪽은 또 이쪽대로 남자의 본보기 같은 자가 아닌가.

　남자는 어디까지나 바보다.

　여자는 어디까지나 시샘을 한다.

　어느 쪽이나 끝이 없다.

　나는 이제 손을 떼자. 타고난 게으름이 뱃속에서 꿈틀거린다.

　"마쓰카와 뎃슈와는 언제 만났지? 놈은 언제 에도로 돌아와 네 앞에 나타났지?"

　신노스케는 계속 물었다. 추궁한다기보다는 조금이라도 후미노에게 말을 시키려고, 그녀의 목소리를 들으려고 매달리는 것 같다.

비참하구나.

"잊었습니다." 후미노가 대답했다.

"만나서, 무슨 말로 현혹했지? 그런 말을 처음부터 곧이곧대로 믿지는 않았겠지?"

"기억나지 않습니다."

후미노는 마지마 신노스케를 똑바로 쳐다보며 입술로만 미소를 지었다.

"깨끗이 잊어버렸습니다, 나리."

나는 당신 따위는 상대하지 않아. 당신 따위가 무슨 상관이야. 나랑 그 사람 사이에 당신 같은 사람이 끼어들 틈은 없어. 눈동자 속에 분노가 보인다. 신노스케의 혼을 찢어발기려고 드러낸 이빨 사이로 피가 뚝뚝 흐르는 듯하다.

후미노는 마지마 신노스케 앞에서 눈물을 흘린 적이 한 번 있다. 그에게서 아버지 신베가 과거에 요시마쓰를 죽였다는 이야기를 들었을 때였다. 처음 얼마 동안은 조용히 듣다가 마침내 둑이 터진 듯 울면서, 아버지의 심정도 모르고 살았으니 나는 불효한 딸이라고 말했다.

헤이시로는 그 자리에 없었으므로 직접 보지는 못했다. 나중에 전해 들었을 뿐이다. 그래도 신노스케와 후미노가 마주했을 것을 생각하니 가슴이 먹먹할 만큼 아프기도 하고 흐뭇하기도 한 정경이었을 거라는 생각도 들었다.

하지만 후미노는 벌써 오래전에 신베의 죄를 알고 있었으므로, 신노스케 앞에서는 처음 듣고 놀란 척을 했을 뿐이다. 따라서 흐뭇한 정경이고 뭐고 할 계제가 아니다. 후미노는 신노스케를 상대로 감쪽같이 연극을 했을 뿐이다.

후미노의 마음에는 결코 거짓이나 위선이 없었다. 이 아가씨는 늘 자기가 생각하는 쪽을 향해 정면으로 나아갔다. 하지만 공교롭게 그쪽에는 마지마 신노스케가 없었다.

마침내 자신을 애타게 기다리던 신노스케에게 눈길을 향한 후미노는 이제 너 따위랑 얽히고 싶지 않다며 분노를 이글거리고 있다.

이 승부는 마지마 신노스케의 완패다.

나리―, 하고 마사고로가 부른다. 커다란 그림자가 후미노 뒤로 쓰윽 나타났다.

"병자는 잠들어 있지만 열이 꽤 높은 듯합니다."

후미노는 흠칫 놀라 가슴을 손으로 누르며 눈을 휘둥그레 떴다. 마사고로가 눈인사를 한다.

"행수님."

헤이시로들에게 정신이 팔려 마사고로를 알아채지 못했다.

"집세 대신이라고 하더라도 간병을 참 알뜰하게 했더군."

마사고로의 말은 그것뿐이었다. 마침내 헤이시로가 자리에서 일어섰다.

"자, 가지."

어디로요―하고 후미노가 도전적인 눈빛으로 물었다. 헤이시로는 제 목덜미를 쓰다듬었다.

"그렇군. 일단 촌장 집에 신세를 지기로 할까. 안심해라, 그이를 체포하기 전에 너만 멀리 보내거나 하는 일은 없을 테니까."

신노스케가 냉큼, 그래도 될까요? 하며 걱정하는 표정을 지었다.

"이 아가씨가 우리 수중에 있다는 사실을 알면 데쓰지로도 도망치지 않아. 그리고 이 아가씨가 털끝 하나 다치지 않고 잘 있다는 걸 알면 얌전히 오라를 받겠지."

그렇지? 하고 후미노에게 묻는다. 그러자 아가씨는 꽃이 피어나는 듯한 웃음을 지었다.

"너희는 일심동체니까."

헤이시로의 말에, 이런 경황에도 후미노는 슬쩍 쑥스러워했다.

"고맙습니다, 이즈쓰 나리."

그녀가 이름도 불러 주지 않고 눈길도 주지 않자 신노스케는 애써 버티던 것도 그만두었다.

"이렇게 되었으니 공연히 폐를 끼치지는 않겠습니다. 다만 이즈쓰 나리, 빨래를 정리하고 가도 될까요? 선생님을 간병할 사람이 금방 찾을 수 있도록 눈에 잘 띄는 곳에 개켜 두겠습니다."

"알아서 해라." 헤이시로가 말했다. 후미노는 소매를 오비에 찔러 넣고 바지런히 움직여 기저귀와 욕의를 빨랫줄에서 걷어 개켜 놓았다. 일이 끝나자 다시 소매를 빼내 옷매무시를 매만졌다.

"됐습니다. 얌전히 따라가겠습니다."

호사이 의원의 집을 나설 때 후미노는 뒤를 돌아보지 않았다. 문밖으로 발을 내딛자 하늘을 올려다보며 눈이 부신 듯 실눈을 떴다.

"선생님이 기운을 차리시면,"

병자를 두고 떠날 수는 없으니까.

"둘이서 먼 데로 가기로 했습니다."

하늘 저쪽을 동경하는 눈길로 쳐다보며 숨을 길게 쉬었다.

"아주 먼 곳으로."

촌장의 집은 그리 멀지 않다. 헤이시로는 걷기 시작했다. 신노스 케도 걷기 시작했다. 두 사람이 후미노를 사이에 두고 산책이라도 하듯이 천천히 걷는다. 후미노에게는 오라를 지우지 않았다. 아버지 는 죽어야 마땅하다고 여길 만큼 싫어했지만, 오쓰기에게는 침이라 도 뱉을 듯 냉혹했지만, 생판 타인인 호사이 의원을 저버리지는 않 은 이 잔혹하고 아리따운 아가씨에게 오라는 어울리지 않는다.

머리 위에서, 이리 오세요, 라고 부르듯 솔개가 또 한 번 높은 울 음소리를 냈다.

3

급한 대로 촌장 집 창고를 빌렸다. 창문이 없는 세 첩짜리 창고에 잡동사니가 어지럽게 널려 있어 하녀가 급히 정리하고 청소도 해 주 었다.

후미노는 얌전히 들어갔다. 말 한마디 하지 않았다.

"저렇게 고운 아가씨가 호사이 선생의 집에 있었습니까?"

촌장은 당혹스런 심정을 숨기지 않았다. "언제부터 있었답니까? 저렇게 인형 같은 미인이라면 우리 동네 젊은 것들이 환장할 텐데."

무거운 얼굴이 아니라 차라리 후련하다는 듯 침묵을 지키는 후미노는 정말로 등신대 인형 같았다. 언짢은 이야기로 촌장의 심정을 복잡하게 만들고 싶지 않아서 헤이시로는 다만 이렇게 말했다.

"저 아가씨는 유령이야. 그래서 우리가 영험한 주문을 외기 전에는 모습을 드러내지 않았지."

촌장은 그 말에도 감탄을 했다.

"유령이라도 배는 고프겠죠? 창고 바닥이 몹시 차가울 텐데."

촌장은 하녀에게 자잘하게 지시해서 음식이며 화로, 방석, 솜옷까지 내주었다. 후미노는 음식에는 손을 대지 않았지만 냉기는 힘겨웠는지 솜옷은 걸쳤다고 한다.

창고 판자문에는 밖에서 빗장을 질러 두었다. 일단은 헤이시로가 몸소 지키고 있다가 곧 도착한 이노지가 자리를 대신했다. 이노지가 모아 온 수하들도 모두 눈치가 빠른 자들이라 눈에 안 띄게 촌장 집에 모였다. 그들은 마사고로와 머리를 모으고 급하게 상의해서 호사이 의원의 집을 감시하기 위해 각자 맡은 곳으로 흩어졌다.

마지마 신노스케는 후미노를 촌장 집에 데려다 놓고 바로 호사이 의원의 집으로 돌아갔다. 유미노스케가 함께 가겠다고 하자 당연하다는 듯이 준자부로도 따라나서려고 했다.

"유미노스케를 보호하라고 저를 부른 거잖아요?"

"형은 방해만 돼요. 저는 호사이 선생님과 이야기를 하러 가는 것뿐입니다."

호사이 의원은 사태가 일단락될 때까지는 그대로 누워 있게 하기로 했다. 들것으로 쓸 만한 문짝이나 판자가 없으면 움직일 수 없을 뿐더러, 그런 일로 우물쭈물하다가 데쓰지로가 들이닥칠지도 몰랐다. 고열이 있는 노인에게 찬바람을 쐬게 하는 것도 좋지 않을 듯싶었다.

"몸져누운 병자잖아. 대화가 가능할까? 이럴 때 네가 무슨 생각으로 어떻게 움직이는지 자세히 지켜보고 싶구나."

"지켜보다니, 무슨 구경거리 났어요?"

"그만해라, 너희."

헤이시로는 검술을 전혀 모른다. 범인 체포라면 질색이라고나 할까, 해 본 적이 없다. 하겠다고 해도 도움이 안 되는 사람임은, 센타로가 난동을 부릴 때 오토쿠야 아가씨들과 함께 혼비백산했던 것만 봐도 분명하다. 그래서 촌장 집에 남아 있기로 했다. 이층 환기창과 이노지가 지키는 창고를 오르락내리락하다가, 사정이 궁금해서 눈을 초롱거리는 촌장 집 하녀에게 가끔 적당한 말로 얼버무리며 딴청을 피웠다. 그런 그를 보고 이노지는 어이없는 얼굴로 "나리도 참 태평하시네요"라고 말했지만 한편으론 재미있어했다.

"이노지, 측간에 가고 싶으면 내가 대신 번을 서 주마."

그 김에 판자문 너머 후미노에게도 말했다. "후미노, 측간에 가고 싶으면 말해라. 거기서 볼일 보면 촌장이 고생한다."

"나리도 참, 어린 아가씨한테 무슨 말씀이세요."

실은 자꾸 초조해서 쓸데없는 농담이라도 지껄이지 않으면 마음이 더 급해질 듯했다.

─신 상, 칼은 쓰지 말게.

마쓰카와 뎃슈를 베어 죽여서는 안 된다.

아까 후미노에게 한 말은 헤이시로의 본심이었다. 후미노가 체포됐음을 알면 데쓰지로는 저항하지 않을 것이다.

저항하지 않았으면 좋겠다고 헤이시로는 생각했다. 필시 그러지 않을 것이다. 아까 후미노의 눈을 보고, 그녀가 그자에 대하여 이야기하는 것을 들으며 생각했다.

헤이시로의 눈치 빠른 아내는 마쓰카와 뎃슈가 정말로 사랑하는 사람이 후미노가 아닐지도 모른다고 했다. 사타에인지도 모른다고. 하지만 설령 어느 시기까지는 그랬다고 해도 지금은 아니리라. 일심동체라는 말은 그냥 해 본 게 아니다. 함께 손에 피를 묻히면서 저 두 사람 사이에는 끈끈한 끈이 생겼다. 후미노는 그 끈을 분명히 확인한 눈빛으로 말했다.

데쓰지로가 저항하지 않는다면 마지마 신노스케는 그를 베어서는 안 된다. 아니, 저항을 하더라도 어떻게든 베지 않고 해결해 주었으면 좋겠다.

베어 버린다면, 자기가 왜 베었는지 스스로도 알 수 없을 것이기 때문이다. 마치 담당 관리라서 벤 것인가. 여자에게 외면당한 어리석은 남자이기에 벤 것인가.

이런 상황까지 왔으니 그가 무엇을 어떻게 하더라도 후미노로부터는 증오가 돌아오리라. 원한만 살 뿐이다. 그러니 데쓰지로를 다치게 하지 말고 체포하길 바란다.

알겠나, 신 상. 잘 알겠지?

겨울 해는 짧아서 금방 어두워졌다.

헤이시로의 허리가 뭉근히 쑤신다. 에구구, 하고 고쳐 앉으며 환기창 밖을 내다보니 호사이 선생의 집 봉당에 불이 켜졌다.

마쓰카와 뎃슈―데쓰지로는 아직 돌아오지 않았다.

용의자의 입장에서는, 기왕 시중에 나갔으니 용무를 한꺼번에 마쳐서 자주 나가지 않는 편이 좋을까. 아니면 여러 번에 걸쳐 외출하는 편이 더 안심이 될까. 어느 쪽일까 하고 짐작해 보는데, 아무래도 데쓰지로는 전자인 듯하다. 그래도 오늘은 호사이 의원이 위독한 상태다. 자칫 후미노가 혼자서 간병하게 될 판인데 이렇게 늦도록 돌아오지 않다니 이상하긴 하다.

"이노지, 배고프지 않나?"

"이런 경황에 나리는 참 간도 크십니다."

"자네가 뽑는 메밀국수가 좀 맛있어야지. 국물도 감칠맛이 나고."

"실은 저도 이런 일보다는 메밀국수를 뽑는 게 더 좋습니다. 하지만 이래 봬도 행수님 수하니까요."

이노지도 지친 얼굴이다.

"공무보다 메밀국수 뽑는 걸 좋아하지만, 그런 저도 지킬 수 있을만큼 얌전한 범인이라서 다행입니다."

하지만 아깝네요, 하며 한숨을 짓는다.

"꽃보다 곱다는 삼삼한 열다섯 살이잖아요."

"자네, 앞으로 준자부로랑 어울리지 말게. 말본새가 비슷해졌어. 하는 짓까지 닮아 버리면 끝장이야."

부엌에서 향긋한 조림 냄새가 풍겨 온다. 촌장 집의 저녁밥 시간이다.

밖은 어두워졌다. 땅거미 정도가 아니라 이미 밤이다. 겨울 해는 도망치는 발이 빠르다.

도망이라니, 재수 없는 생각을 하고 말았군. 나도 어지간히 초조한 게야.

한기와 상관없이 헤이시로는 짐짓 부르르 몸을 떨어 보였다.

"잠깐 저쪽 상황을 보고 와야겠다. 이렇게 어두우니 살금살금 가지 않아도 되겠지."

"시골길이니 넘어지지 않게 조심하십시오."

헤이시로가 밖으로 나가 호사이 의원 집을 향해 걷기 시작하는데 어둠 저편에서 작은 불빛이 다가왔다. 배가 수로를 노 저어 오는 것이다. 헤이시로가 가만 보니 그 불빛이 좌우로 크게 흔들린다. 신호를 보내고 있다. 허리에 등롱을 매달고 노를 젓고 있는 저자의 윤곽은 분명 렌타로였다.

"나리, 나, 나리!"

수로 둑으로 달려간 헤이시로에게 렌타로가 숨을 헐떡이며 말했다.

"그 약삭빠른 놈한테 제대로 당했습니다!"

이번에는 정말 한기에 몸을 떨었다. "무슨 일이냐. 데쓰지로가 눈치를 챘느냐?"

"눈치나 마나 이거 정말 죄송합니다."

촌장 집을 나선 렌타로는 서둘러 배를 구해서 데쓰지로를 뒤쫓았다. 멀지도 가깝지도 않게 거리를 두고 따라가다 보니 데쓰지로가 하나카와도초에서 배를 내려 짐을 졌다.

"그러고 나서 걸어서 대본 가게책을 빌려 주는 가게. 정가의 15분의 1쯤 되는 가격에 보름 동

^{안 빌려 주었다} 몇 군데를 돌았습니다."

역시 그 짐은 책이었다.

"그러다 세 번째 대본 가게에 들어갔다 나왔을 때 놓쳐 버렸습니다. 하지만 그때는 그자가 눈치챘다는 걸 몰랐습니다."

그저 인파 때문에 놓친 줄로만 알았다.

"그래서 저는 하나카와도초로 돌아왔습니다. 어차피 배로 돌아오겠거니 싶어서요."

해가 주황색으로 바뀔 즈음, 작은 체구에 하카마를 입고 허리에는 칼을 차고 얼굴을 수건으로 감싼 남자가 나타나 데쓰지로의 배에 오르더니 노를 젓기 시작했다. 옳거니, 고바타무라로 돌아가려나 보다 생각했는데, 배는 엉뚱하게도 스미다가와 강을 따라 내려가더니 간다가와 강으로 접어들었다.

"아무래도 이상하다 싶어 이즈미바시 다리 앞에서 불러 세워 보니 엉뚱한 자였습니다."

그러니까 렌타로는 데쓰지로를 놓친 게 아니라 따돌림을 당한 것이다.

"가짜 칼을 꽂고 다니는 궁상맞은 낭인이더군요! 세 번째 대본 가게에서 하카마와 수건과 행하 몇 푼을 주며 부탁했다고 합니다."

어디든 좋으니 이 배로 갈 수 있는 데까지 가 달라. 누가 붙잡고 물어보면 아무것도 모른다고 하면 된다.

당했다.

데쓰지로는 배를 버리고 걸어서 이곳으로 돌아오고 있다. 밝을 때는 눈에 띌 테니 밤이 되기를 기다렸으리라.

그럼 지금은 어디에 있지?

"신 상한테 알려라!"

헤이시로는 뛰기 시작했다. 거품을 물고 달리는 헤이시로의 눈앞에서 호사이 의원 집의 등불이 타고 있다. 마치 후미노가 집 안에 있는 것처럼 봉당과 부엌과 병자의 침실에만 불을 켜 두었다. 불을 켜 두자고 한 사람은 아마 유미노스케이리라.

짧은 길을 절반쯤 달렸을 때 호사이 의원 집에서 목소리가 들렸다. 와악, 하는 외마디 비명이다. 수로 변과 집 옆 숲속에서 마사고로의 수하들이 뛰어나와 봉당으로 뛰어 들어간다.

꿈속을 달리는 것처럼 헤이시로는 조금도 앞으로 가지 못한다. 호사이 의원의 집으로 다가갈 수가 없다. 숨만 차고 식은땀이 솟는다.

뭐지? 무슨 일이지? 무슨 일이 벌어진 거야?

뛰어 들어간 수하들이 이번에는 뒷걸음질 치며 봉당에서 나왔다. 자세를 낮추고 사나운 얼굴로 도사리고 있다.

성토한 대지 위에 자리 잡은 황폐한 집을 헤이시로는 숨을 헐떡이며 올려다보았다.

비백 무늬 옷자락을 허리춤에 질러 넣고 발바닥을 땅에 붙인 채 미끄러지듯 움직여 봉당에서 밖으로 나오려고 하는 남자의 등이 보였다. 체구가 작다. 로닌 상투를 하고 있다.

오른손에 진검을 들고 있다. 헤이시로는 검술에 서툴렀지만, 아니 자신이 서툴기 때문에 오히려 더 그 빈틈없는 자세에서 상대방의 기량을 짐작할 수 있었다.

남자의 왼팔에는 유미노스케가 잡혀 있다.

언젠가 센타로가 난동을 부릴 때와 똑같은 모습이다. 그때는 채소 가게의 오히데가 겨드랑이 밑으로 팔을 넣은 센타로에게 붙들려 있었다. 지금은 유미노스케가 마쓰카와 뎃슈에게, 후미노가 사랑하는 살인자 데쓰지로에게 붙잡혀 있다. 덩치가 커다란 센타로에게 붙들린 오히데는 가느다란 발이 공중에 떠 있다시피 했다. 하지만 데쓰지로는 체구가 작으므로 유미노스케가 대롱대롱 매달리지는 않았다. 저 아이도 제법 컸어, 하며 헤이시로는 한순간 쓸데없는 생각을 했다.

대롱대롱 매달려 있지는 않지만 완벽하게 방패 노릇을 하고 있다. 키 차이가 많이 나지 않으니 더 고약한 경우라 하겠다.

봉당에 면한 마루에는 마지마 신노스케와 마사고로가 있었다. 마사고로는 미친개를 상대하듯 분노로 이글거리는 눈빛으로 수하들처럼 자세를 낮추고 짓테를 뽑아 들고 있었다.

하지만 신노스케는 그냥 서 있을 뿐이다. 멀거니 서서 데쓰지로를 내려다본다.

—센타로 때랑 똑같군.

그때도 신노스케는 멀거니 서 있었다.

하지만 이번에는 상대가 다르다. 센타로처럼 덩치만 커다란 생무지가 아니다.

"후미노는 어디 있지?"

처음 들어 보는 목소리다. 마쓰카와 뎃슈, 데쓰지로의 목소리.

헤이시로는 전율하듯 숨을 토했다. 명치가 막혀 답답하기 그지없다.

데쓰지로의 날카로운 눈이 이쪽으로 날아왔다. 팔뚝이 감겨 목이 졸린 유미노스케가 끄억, 하는 소리를 낸다.

—이놈들, 닮았잖아.

헤이시로는 이런 판국에 감탄을 하고 있다. 마쓰카와 뎃슈가 배우처럼 눈에 띄는 미남이라는 말은 귀에 못이 박히도록 들었다. 그건 사실이었고, 한 치도 허풍이 없는 얘기였다. 유미노스케에 버금갈 미모다. 지금은 둘 다 눈꼬리가 치켜 올라 더욱 비슷해 보인다.

"여기에는 없다." 신노스케가 대답했다.

한낮에 후미노와 대면했을 때는 똑바로 서 있지도 못해서 헤이시로와 어깨를 부딪쳤던 신노스케다. 지금은 가뿐하게 서 있다. 가뿐하지만 흔들리지는 않는다.

봉당에 켠 불빛이 그의 옴팡눈에 비친다. 여기서 보일 리가 없는데도 헤이시로의 눈에는 분명히 보였다.

"발악해 봐야 소용없다. 어린 소년을 인질로 잡다니, 무사 신분으로 의술의 길을 걷는 자가 할 짓이냐. 칼을 버려라."

신노스케의 목소리는 낮다. 어딘가 먼 곳에서 들려오는 소리 같다.

데쓰지로는 대답하지 않았다.

다시 한 발, 바닥을 미끄러지듯 뒤로 옮긴다. 유미노스케도 그만큼 끌려간다. 호신술을 배웠다는 녀석이 저게 무슨 꼴이람—양손은 뭘 하고 있어, 라고 생각하고 살펴보니 유미노스케의 두 팔이 맥없이 늘어져 건들거리고 있다. 붙잡힐 때 어깨나 팔꿈치를 공격당한 모양이다.

―저자는 대체 어떤 놈이기에.

규스케나 신베도 어쩌면 이렇게 팔다리의 힘을 빼앗겼는지 모른다. 멍이 남아 있지 않으니 노련한 모토미야 겐에몬도 사체에서 읽어낼 수 없었는지 모른다. 그래서 그저 '얼어붙어 있었다'고 짐작했던 것이다.

"이, 모부, 으윽."

헤이시로와 눈이 마주치자 유미노스케가 입을 뻐끔거리며 일그러진 목소리를 냈다.

"저, 저는 괜찮으."

너를 포기할 수는 없어. 하지만 헤이시로로서는 뾰족한 수가 없다. 마사고로도 짓테를 움직이지 않고 있다. 수하들도 거리를 두고 빙 둘러서 있을 뿐이다. 그런데 준자부로라는 놈은 어디서 뭘 하고 자빠져 있는 거야.

신 상, 자네가 어떻게 좀 안 되겠나?

"한 번만 더 말하겠다. 칼을 버려라."

신노스케는 거의 속삭이는 듯 말했다.

"가메야의 아가씨를 생각한다면 더 이상 죄를 짓지 마라."

시끄럽다.

마쓰카와 뎃슈가 말했다. 후미노가 사랑하는 젊은 선생이, 데쓰지로가, 그렇게 말했다. 헤이시로는 그렇게 들은 것만 같았다.

하지만 귀로 들은 것은 아니다. 그렇게 움직이는 남자의 입술을 보았을 뿐이다. 그 목소리는 귀에 닿지도 않았다.

왜냐하면 데쓰지로가 입을 여는 순간, 복도 안쪽에서 요란한 발소리와 함께 느닷없이 커다란 목소리가 들려왔기 때문이다.

"크, 큰일 났네~!"

갈라진 목소리가 귀청이 떨어져라 요란했다. 씨름 선수라도 그런 소리는 내지 못한다.

"큰일, 큰일 났네!"

발소리의 주인은 준자부로였다. 그 역시 옷자락을 허리띠에 질러 넣고 정강이를 드러낸 채 뛰어왔다.

"후미노가, 후미노가 큰일 났네!"

어? 뭐라고!

깜짝 놀란 사람은 헤이시로만이 아니었다. 마사고로도 놀랐다. 유미노스케도 놀랐다. 수하들도 놀랐다.

마쓰카와 뎃슈도 놀랐다. 이자가 제일 놀랐다. 후미노가 큰일 났다고?

숨을 한 번 들이마실 만한 잠깐 사이, 그 숨을 뱉기에는 부족할 만큼 짧은 사이에, 유미노스케를 붙잡고 있던 데쓰지로의 빈틈없던 눈이 흔들렸다.

달려온 준자부로는 그대로 마사고로와 신노스케 사이를 지나 봉당 위로 펄쩍 뛰어올랐다. 그러자 사냥감에 달려드는 야수처럼 잽싸게 데쓰지로의 손에 들린 칼날이 번쩍―,

"비켜! 혀어어어어어엉!"

칼날이 번쩍이려는 찰나, 유미노스케가 얼굴을 일그러뜨리며 고함을 지르고, 동시에 데쓰지로의 발등을 있는 힘껏 밟았다. 버선발로 밟았을 뿐이니 아프지는 않을 터이다. 하지만 놀라움에 박차를 가하는 효과는 있었다. 준자부로가 뛰어든 찰나였으니 더욱 그렇다.

데쓰지로는 유미노스케의 목에 감고 있던 팔을 풀면서, 날아오는 태평한 형을 유미노스케의 몸뚱이로 막았다. 유미노스케에게 달려든 꼴이 된 준자부로는 그대로 동생을 덮치며 봉당을 나뒹굴었다. 데굴데굴 구르다 발딱 일어나 유미노스케를 꼭 안고서,

"후미노가 큰일 났네, 큰일 났네, 하고 울상을 짓더라, 요 우라질 놈아!"

입을 삐쭉거리며 데쓰지로에게 욕설을 퍼부었다. 헤이시로에게는 이런 경황에도 준자부로가 상대를 질타하는 것으로 보여 그답다고 생각했다. 그가 기특하기만 해서 그만, "우헤!" 하는 소리를 지르고 말았다. 이런, 내가 고헤이지가 된 거야?

마지마 신노스케가 와키자시를 뽑았다. 오른손에 와키자시를 쥐고, 숨을 한 번 고른 뒤 왼손에는 짓테를 뽑아 들었다. 유미노스케를 밀친 기세로 앞으로 나온 데쓰지로의 앞을 미끄러지듯이 들어가서 막아섰다.

데쓰지로의 코앞에 와키자시의 끝을 들이밀었다.

검술 기술은 아니다. 저 정도라면 헤이시로라도 할 수 있다. 사나운 개한테 막대기나 장작을 들이밀고 밀어내는 듯한 동작이다. 게다가 칼끝을 들이밀면서 "허이!" 하는 소리까지 질렀다. 이 역시 개를 위협하는 소리 같지 않은가.

데쓰지로의 잘생긴 얼굴로 피가 쏠렸다. 자세를 잡으며 검을 옆으로 휘두르려고 하자, 신노스케가 그의 가슴팍을 향해 뛰어들었다.

짓테 무술이다. 짓테를 거꾸로 쥐고 상대방의 턱밑을 쳐올린다.

동시에 손목을 틀어 오른쪽 어깨를 치고 팔꿈치도 쳤다. 데쓰지로가 저도 모르게 옆으로 한 발을 비키며 비틀거리는 순간 오른손에 쥔 와키자시의 칼등으로 옆구리를 쳤다. 갈비뼈가 부서지는 소리가 났다.

"신 상!"

헤이시로가 소리쳤다. 데쓰지로가 비틀거리며 피하는 쪽에 준자부로와 유미노스케가 있었다. 유미노스케의 팔은 여전히 맥없이 늘어져 있다. 준자부로는 동생을 안고 봉당을 데굴데굴 구르면서 다리를 뒤쪽으로 냅다 뻗었다.

그 발에 걸리지 않고, 데쓰지로는 준자부로를 펄쩍 뛰어넘었다. 그러고는 봉당 밖으로 달려 나갔다.

거기서 렌타로와 마주쳤다. 운도 없이 하필 그 자리에 있던 거울 같이 장인은 헤이시로와 마찬가지로 싸움에는 젬병인 듯했다. 몸이 얼어서 멀거니 서 있는 그에게 데쓰지로의 몸을 부딪쳤다.

렌타로의 눈이 동그래졌다. 먹으로 쿡 찍어 놓은 듯한 눈썹이 들썩이고 얼굴이 경련한다.

저러다 칼을 맞겠구나—.

신노스케가 뒤쫓았다. 와키자시를 버리고 장도를 휘두르자 데쓰지로가 몸을 휙 돌려 칼로 막았다. 불꽃이 튀었다. 신노스케의 왼손에는 아직도 짓테가 들려 있다. 그것이 밑에서 후비듯이 데쓰지로의 옆구리를 찔렀다.

신음 같은 소리를 내며 데쓰지로가 뒷걸음질 친다. 엉덩방아를 찧을 듯이 비틀비틀 물러나다가 용케 버티고 자세를 가다듬더니 이내

야음 속으로 뛰기 시작했다.

신노스케가 뒤쫓았다. 마사고로와 수하들도 일제히 쫓아갔다. 서라! 하는 마사고로의 고함이 들렸다. 수하들은 기합처럼 노성을 지르고, 누군가 게 섰거라! 하고 소리쳤다.

헤이시로의 눈앞을 스쳐간 마지마 신노스케는, 옴팡눈에 광채를 띠고 입술을 한일자로 굳게 다물었다. 준자부로는 어린 아기를 안아주듯이 유미노스케를 무릎에 앉혀 놓고 있었다. 헤이시로가 그 옆에 쪼그려 앉았다.

야음을 흔들며 남자들의 노성이 울려 퍼진다. 칼날 부딪치는 소리도 들린다.

"역시 실력이 대단한 놈이네요."

체포할 수 있을까―, 가볍게 말한 준자부로가 헤이시로와 함께 바깥을 향해 고개를 뽑았을 때, 남자들의 노성이 깜짝 놀란 음성으로 변했다. 텀벙, 하는 요란한 물소리가 났다.

"놈이 수로로 뛰어들었다!"

"찾아, 찾아!"

잇달아 물소리가 들린다. 물이 깊다! 조심해라! 하고 마사고로가 큰 소리로 외친다.

"무턱대고 덤벼들지 마! 마지마 나리, 그 자리를 지켜 주세요!"

형한테 안긴 유미노스케는 살살 팔을 들어 올려 보고 손가락도 움직여 보려고 애썼다.

"어딜 맞았냐?"

"팔꿈치인데, 뭐에 부딪치면 찌릿하는 곳 있죠?"

울상을 짓고 있다. 준자부로가 그 머리를 쓱쓱 쓸어 주었다.

"의원이니까 급소를 알겠지."

"아직 의원은 아녜요!" 유미노스케가 그렇게 반박하고 입술이 일그러지도록 꾹 다물었다. 그러다 다시 울상을 짓는다.

"이모부, 죄송해요."

헤이시로는 한쪽 입꼬리로만 웃었다. 준자부로도 마찬가지로 웃었다.

"너, 무술 배우지 않았니?"

"저는 상인의 아들이잖아요. 무사가 아니란 말이에요."

진검은 무서워요, 란다.

"너 아주 허풍쟁이더구나. 뭐가 '후미노가 큰일 났네'냐."

"그래도 그것처럼 효과적인 말도 없죠."

물론 효과가 있었다. 사랑하는 여자를 보호하려는 남자의 심정을 준자부로는 알고 있었던 게다.

"실제로 급박한 위기였잖아요."

물론 그렇다.

"하지만 마지마 나리한테는 효과가 없던데요."

"그래. 마사고로도 놀라던데 신 상은 꿈쩍도 하지 않았지."

미리 말을 맞춰 두지도 않았는데, 하고 준자부로가 중얼거렸다.

남자들의 고함 소리가 차차 멀어진다. 배! 배를 띄워! 횃불을 가져와!

"끔찍하네요, 이런 거."

준자부로는 유미노스케의 정수리에 턱을 괴었다.

"저는 관리는 못 되겠어요. 이모부, 양자로 이 녀석을 부탁드려
요."

유미노스케는 훌쩍훌쩍 울고 있다.

"이런 일에는 나도 진저리가 난다" 하고 헤이시로가 말했다.

기름이 부족해졌는지 봉당의 등불이 위태롭게 껌뻑거렸다.

이튿날 아침, 고바타무라 수로 밑바닥에서 마쓰카와 뎃슈의 사체
가 떠올랐다.

내키지는 않았지만, 가혹하긴 했지만, 틀림없이 데쓰지로라고 확
인해 줄 수 있는 후미노에게 사체를 보여 주어야 했다.

싫어, 하고 후미노는 말했다.

"싫어, 싫어, 싫어!"

핏기도 없고 개흙이 엉겨 있는 사체의 얼굴을 마사고로가 씻겨 주
었다. 후미노는 그 차가운 몸뚱이에 매달려 그 볼에 제 볼을 문지르
며 그저 그 소리만 되풀이했다.

"싫어, 싫어, 싫어 싫어 싫어어어어."

자기—하고 남자를 불렀다. 죽으면 싫어. 날 혼자 남겨 두지 마.
날 두고 가지 마, 자기!

"싫어, 싫단 말이야."

그녀는 사체에서 떼어 놓으려고 할 때에야 무서운 눈빛으로 마지
마 신노스케를 노려보았다. 그러더니 눈물을 흘리며 악을 썼다.

"살인자!"

가메야에서 처음 만났던 아리따운 소녀는 이미 거기 없었다. 눈물

도 광채가 전혀 없다.

신노스케는 후미노의 우는 얼굴을 응시하고 있었다. 후미노는 눈물을 흘리며 그저 싫어, 싫어만 되풀이하며 마사고로에게 끌려갔다. 그때까지 그는 아가씨 얼굴에서 눈길을 떼지 않았다.

신노스케는 데쓰지로를 베지 않았다. 데쓰지로의 몸에 칼자국은 없었다. 그는 익사했다. 저항하다 다치고 지친 몸에 차디찬 겨울의 수로는 치명적이었으리라. 바닥에 고인 개흙도 운신을 힘들게 만들었을 터였다.

그러므로 신노스케는 살인자가 아니었다.

"신 상."

후미노가 떠나자 그제야 그것이 허용되었다는 듯 고개를 숙이는 신노스케에게 헤이시로가 말했다. "고개 들게."

부끄러워할 것 하나도 없네.

"왜 자기 얼굴을 자기가 못 보게 만들어 놨을까, 불편하게."

지금 마지마 신노스케는 좋은 얼굴을 하고 있다. 옴팡눈에 코도 납작한 생김새는 무엇 하나 달라지지 않았다. 하지만 좋은 얼굴로 변했다.

"죽지 않기를 바랐습니다."

"음."

"사로잡고 싶었습니다."

"음."

"돌이킬 수 없는 실책입니다."

"신 상 탓이 아니야."

운이 없었을 뿐이지, 하고 헤이시로가 말했다.

"그놈이나 우리나."

후미노도.

"신 상이 그놈을 베지도 않았잖아."

베지 않고 버텼다. 신노스케가 아니었다면 베지 않을 수 없었으리라. 아니면 이쪽이 당했다. 혹은 유미노스케가 당하거나 렌타로가 칼을 맞았을 것이다.

신노스케는 눈을 감은 채 늘어뜨린 손으로 주먹을 꼭 쥐고 이렇게 말했다.

"저는 어리석은 놈입니다."

아니, 그 반대야.

게다가 좋은 얼굴을 하고 있네. 어리석은 남자의 얼굴이 아니야. 살인자의 얼굴은 더욱 아니고.

마지마 신노스케는 마치 담당 관리의 얼굴이 되어 있었다.

4

이즈쓰 헤이시로는 오토쿠야의 작은 마루방에서 뒹굴고 있다.

그로부터 사흘간 맑은 날이 이어진다 싶더니 오늘은 아침부터 겨울비가 내린다. 두꺼운 구름은 마치 추위를 타는 해님이 솜옷을 껴입은 듯하다.

헤이시로는 지금 빈둥거리는 게 아니다. 모토미야 겐에몬을 찾아왔다가 볼일을 마치고 막 내려온 참이다.

곁에는 오토쿠가 있다. 평소와 다름없지만, 이상하게 춥네요, 하며 목에 수건을 감고 있다. 좀처럼 볼 수 없는 모습이다. 고뿔이라도 걸렸나.

"그래, 선생님은 뭐라고 하셔요?"

오토쿠야에서 모토미야 겐에몬은 이제 '거사'가 아니다. 여자들은 모두 '선생님'이라고 부르고 있다.

"골치 아픈 얘기지뭐."

사건의 처리 문제다.

사건에 대한 유미노스케의 추리를 듣던 날, 헤이시로가 거사에게 부탁한 일이 있다. 대대로 판례 담당 서기로 일하던 모토미야 가의 분이시니, 왕년에 갈고닦은 솜씨로 효조쇼 기록을 샅샅이 뒤져 이번과 같이 복잡하고 오래 묵은 원한에 얽힌 살인 사건과 관련하여 어떤 판례가 있는지 조사해 주십시오. 그중에 한 건은 친부 살해이지만요. 아울러 이십 년 전의 요시마쓰 살해 사건과 관련하여 다이코쿠야 도에몬이 얼마나 무거운 벌을 받을 수 있는지도 부탁드립니다, 라고.

겐에몬은 두 팔 걷고 나서서 조사해 주었다. 지난 며칠 동안 유미노스케와 짱구도 거사를 도와 일을 마무리 지었다.

결과는 기대에 못 미쳤다. 효조쇼의 판례로 추측하건대 후미노는 사형, 가메야는 폐점, 다이코쿠야도 폐점, 거기에 도에몬은 물론 처자식까지 연좌로 사형에 처해질 듯하다. 사람을 죽이고 이십 년이나 숨겨 왔으니 괘씸하다는 것이다. 신베도 마찬가지인데, 장본인이 죽었으니 사타에가 죄를 뒤집어쓸 거라고 한다.

—하지만 그거야 너무 융통성 없는 해석이고.

겐에몬은 말했다.

—이야기만 잘하면 다이코쿠야는 목숨을 건질지도 모르지. 처자식까지 사형에 처함은 지나친 처사야.

"이야기를 잘하면, 이라니. 어떻게 해야 한답니까?"

"뻔하지. 기름칠을 좀 해야지."

"이렇게 중대한 사건인데 이제 와서 기름을 칠한다고 먹히나요?"

헤이시로는 누운 채 코털을 뽑다가 재채기를 했다.

"또 사에키 님한테 부탁해야지."

그러자 오토쿠는 헤이시로가 이제 곧 자신에게 부탁하려던 말을 먼저 입에 올렸다.

"그럼 제가 또 음식을 마련하죠. 사에키 나리는 좀 수상쩍은 면이 있긴 하지만 나리하고는 달리 부교쇼 안에서 힘을 쓰는 분이시라니까요."

그런 얘기라면 좀 에둘러 말해도 좋으련만, 하고 생각했지만, 뭐, 맞는 말이다.

"또 대접해야 한다면, 그래서 다이코쿠야 주인이 사형을 면할 수 있다면 저야 얼마든지."

"부탁하네. 돈은 다이코쿠야에서 댈 테니까."

결국 폐점을 면할 수는 없겠지만, 그 전에 오토쿠야에 쓸 만큼 써버리면 된다.

"도에몬의 처가 기특하더군."

본의 아니게 다이코쿠야를 떠맡게 된 도에몬—일찍이 음지에 있어야만 했던 나오이치의 근심이 요시마쓰 살해 사건의 뿌리였다고 생각하면 남편이 불쌍하다, 라고 말했다.

—다이코쿠야는 친척에게 돌려주고 우리는 점원으로 일하든 행상을 하든 맨손으로 살아갈 수 있습니다.

"남편 등에서 다이코쿠야의 무거운 간판을 내려 주고 싶은 게야."

그래요? 하고 오토쿠는 굵은 한숨을 짓는다.

"눈앞에서 남편이 사람 죽이는 모습을 본 것도 아니잖아요. 이십년 전 일을 전해 듣기만 해서야, 용서하니 마니 하기 전에 눈앞에 있는 남편이 불쌍해 보이는 것이 식구의 정이죠."

"후미노도 자네처럼 생각했다면 좋았을 텐데."

"어머, 저도,"

오토쿠는 살짝 기분이 상한 듯하다.

"다이코쿠야 씨를 용서해야 한다는 말은 아니에요. 다만 연좌는 너무 딱해요."

"알았네, 알았어."

잠시 망설이다가 오토쿠는 목소리를 낮췄다. "후미노란 아가씨는 여전히 입을 꾹 다물고 있나요?"

후미노는 그 뒤로 한마디도 하지 않는다. 이미 큰 지신반 유치장에 가두었지만 조개처럼 입을 꾹 다물고 있다.

"데쓰지로가 죽자 여기가 고장 난 모양이야."

헤이시로는 제 가슴을 손가락으로 가리켰다.

"살아 있는 사람의 눈빛이 아니더군."

쓰라린 듯이 눈썹을 찡그리며 오토쿠는 고개를 저었다.

"나리는 만나 보지 않으셨어요?"

"신 상한테 맡겼지."

"마지마 나리도 딱하지."

"아냐, 신 상이라면 괜찮아."

후미노에게 면전에서 '살인자'라는 비난을 들었다. 그보다 더 나쁜 일은 신노스케에게 있을 수 없다. 그것을 받아들였다. 받아들일 각오가 있었기에 후미노의 눈을 똑바로 응시했던 것이다. 신노스케는 한없이 무참한 심정으로 고개를 넘었다. 이제 같은 산에서는 길을 잃지 않으리라.

"후미노 씨는 어떻게 되죠?"

글쎄, 하며 헤이시로는 또 코털을 뽑는다. "사형을 언도받은 뒤 일등급 감형을 받아서 멀리 섬으로—."

"계속 입을 다물고 있을까요?"

오토쿠의 근심스런 얼굴이 왠지 의미심장하다.

"왜? 무슨 생각을 하는 거야?"

오토쿠는 위층의 고진도로 눈길을 던졌다. "후미노 씨 입에서, 자기가 도망친 계기를 준 사람이 마지마 나리가 아니라 실은 우리 선생님이란 사실이 밝혀진다면요."

우리 선생님, 이라.

"마지마 나리도 곤란하겠지만 선생님도 곤란하지 않을까요? 모처럼 안정을 찾으셨는데."

헤이시로는 웃었다. 일단 웃어 버리고 나니 자기 웃음이 입안에서 씁쓸한 맛으로 느껴져 새삼 가슴이 아팠다.

"뭐가 어떻게 되든 겐에몬 선생은 여기서 절대로 나가지 않아."

"하지만 사실이 밝혀지면."

"밝혀지지 않아. 밝혀질 수가 없거든."

헤이시로는 오토쿠의 얼굴을 보았다. 오토쿠도 헤이시로의 얼굴을 마주 보았다.

─후미노는 이제 제정신도 아니고, 두 번 다시 제정신을 찾지 못할 거야.

그렇게 말하고 싶지는 않아서 잠자코 눈싸움만 했다.

─둘이서 먼 데로 가기로 했습니다.

정말, 가 버리고 말았군.

오토쿠도 짐작을 한 모양이다. 그래요? 하고 고개를 끄덕이며 가슴을 손으로 누른다.

"오신은 건강하게 지내나?"

별안간 오토쿠 얼굴에 생기가 돌아왔다. "건강하다마다요. 신경에 거슬릴 정도로 건강해요. 제가 지금까지도 하루에 한 번씩은 깜짝 놀란다니까요. 부엌일에 그렇게 서툰 여자는 난생 처음 봤어요."

오신은 '부엌일은 잘 못해요'라고 말했지만, 못하는 정도가 아니라는 말인가.

"가르칠 게 많아서 좋겠네."

"강아지한테 염불 춤을 가르치는 쪽이 쉽죠."

불평을 하지만 오토쿠의 눈빛은 밝다.

"근데 나리. 가메야도 다이코쿠야도 요즘 장사를 안 한다네요."

두 가게 모두 재판을 기다리며 근신하는 중이다.

"언젠가 두 가게가 다 문을 닫으면 왕진고는 어떻게 되나요?"

헤이시로는 눈을 깜빡거렸다.

"처음 왕진고 소문을 들었을 때는 나도 자네 남편 생각이 나더군. 자네도 역시 그랬겠지?"

오토쿠는 눈에 띄게 부끄러워한다. "왜 이러세요, 나리. 누가 남편 얘기를 하재요?"

"안심해. 왕진고는 남아. 조제법만 있으면 약은 지을 수 있으니까."

그래야 요시마쓰도 저승에서 좋아할 것이다.

요시마쓰와 오세쓰. 신베와 나오이치와 규스케. 이십 년 전 사건 당시 헤이시로가—아니, 내가 아니라도 마사고로나 유미노스케가 그 자리에 있었다면 어땠을까. 조금은 다른 방향으로 흐르지 않았을까?

"날도 춥고 해서 오늘 간식은 팥죽으로 해 보았는데요."

나리도 드실래요? 하고 묻기도 전에 헤이시로가 벌떡 일어나 앉았다. "좋지. 팥죽이라면 내가 환장하잖아."

그 말을 기다렸다는 듯이 가게 쪽에서 여자들 웃음소리가 와락 터졌다.

"어머, 죄송해요! 어쩌나, 제가 또 망쳐 버렸네요."

오신의 목소리다. 오토쿠가 손으로 눈을 가렸다.

"글쎄 저렇다니까요."

호신술 수업이 아무짝에도 쓸모가 없었던 유미노스케는, 걱정과 달리 사사키 선생한테 아무런 꾸중도 듣지 않았다고 한다.

"아무리 도장에서 수련을 해도 실전을 모르니 하는 수 없다."

—목숨을 빼앗기지 않았으니 그걸로 다행이다. 형한테 두고두고 감사해라.

"그래서 형한테 고맙다고 인사했니?"

"하고 싶어도 어디 집엘 들어와야죠."

가와이야는 집안을 물려받을 장남의 혼인 준비로 경황이 없다고 한다.

"그럼 아무도 그 끈 떨어진 연을 잡아당겨 주지 않는 게로군."

"그 연이 지금 가시는 곳에 걸려 있는지도 모르죠."

비는 하루 만에 그치고 파란 하늘과 삭풍이 돌아왔다. 헤이시로는 유미노스케와 함께 사루에의 짓토쿠 나가야로 향하고 있다. 그 뒤로 통 소식을 주지 않았으니 마루스케가 전전긍긍하고 있을 터이다. 오늘은 찬합을 들고 가지는 않지만 유미노스케가 만주 꾸러미를 안고 있다.

"그런데 이모부." 유미노스케가 헤이시로의 긴 턱을 올려다본다. "마쓰카와 뎃슈와 싸울 때 마지마 나리가 사용한 그 기술, 보셨어요? 그게 뭔지 물어보셨어요?"

유미노스케도 그걸 마음에 담고 있었나. 헤이시로도 물론 흥미진진했다.

하지만 신노스케의 입은 무거웠다. 그 현장을 떠올리면 우울해져서 말하길 꺼리는 건 아니다.

―기술이라고 할 만한 건 아닙니다. 저희 집안에 전해 내려오고 있긴 하지만.

전에 짓테 무술 이야기를 할 때 마지마 가에는 비술 비슷한 것이 있다고, 말하기 거북한 듯 밝힌 적이 있다. 바로 그것이다.

"그건 말이다."

'이누오도시개 쫓기라는 뜻'라는 기술이라고 하더라.

유미노스케가 눈을 동그랗게 뜬다. "이누오도시는 와키자시의 별명 아닌가요?"

맞다. 말 그대로 그것이 기술의 이름이라고 한다.

"와키자시를 사용하는 기술이니까 그 이름이 적당하다는 거지. 이름을 붙일 만한 기술은 아니니까."

대련이든 진검 승부든 가까이서 상대방의 칼날이 번뜩이고 있을 때, 아무런 예비 자세도 없이 불쑥, 그야말로 개를 위협하듯이 상대방 눈앞으로 칼끝을 들이민다.

"내가 검술에 어두우니 오히려 네 쪽이 더 이해가 빠르겠구나. 사실 그건 매우 위험한 짓이야."

칼끝을 불쑥 들이민 사람, 즉 이번 경우는 신노스케의 측면이 허술해지기 때문이다.

"그래서 그 허술해진 측면을 공격당하기 전에, 다음 한 수로 확실하게 상대방의 무기를 떨어뜨리거나 상대방을 쓰러뜨리지 못할 거라면 이누오도시를 쓸 수가 없지."

비술이니 비검이니 하기보다는 차라리 기습법이며, 당시 신노스케가 그랬듯 짓테 무술과 결합하지 않으면 의미도 효력도 없다.

"마지마 가는 대대로 부교쇼에서 사무를 보아 온 집안이므로 검술에 열성적일 필요가 없었다. 하지만 비상시에 무술이 서툴러 무슨 실수라도 한다면 가문의 치욕이 될 수 있다며 신 상의 증조부인지 고조부인지 하는 분이 고안했다더구나."

유미노스케는 만주 꾸러미를 안고 감탄했다. "겉치레보다 실속을 중시하는 기술이군요."

상대방이 정통 검술을 연마한 사람일수록 '이누오도시'에 당황하게 된다고 한다.

"시중을 돌아다니며 일하는 우리 마치 담당 관리한테 딱 맞는 기술이지."

"이모부도 마지마 나리한테 배워 보시지그래요?"

"나는 됐다. 배우고 싶으면 너나 배워 둬라."

유미노스케는 웃으며, 생각해 볼게요, 하고 말했다.

마루스케의 얼굴은 여전히 동그랬고 웃는 모습도 동글동글했다.

그때 만주 냄새를 맡았는지, 유미노스케의 냄새를 맡았는지,

"어머, 가와이야 도련님!"

하며 오나카가 불쑥 나타났다. 부르러 가는 수고를 덜어 준 셈이다. 오나카는 활짝 웃는 얼굴로 교태를 부리며 말했다.

"오늘은 형이랑 같이 안 왔어요?"

가와이야라도 다른 가와이야 남자의 냄새를 맡으려고 킁킁거리고 있다. 준자부로라는 연은 어디 다른 곳에 걸려 있는 모양이다.

만주를 가운데 놓고 네 사람이 이야기를 나누었다. 대개는 헤이시로가 이야기했지만, 유미노스케가 위기에 빠진 대목은 본인에게 말

겼다.

마루스케는 안색을 잃었다. "아이고, 큰일 날 뻔했네요, 도련님."

오나카는 얼굴을 반짝였다. "준 짱은 역시 믿음직하다니까."

어느새 '준 짱'이 되었다.

"후미노가 큰일 났네! 라니, 잽싸게 머리가 돌아가는 게 준 짱답지 않아요?"

헤이시로는 희한한 광경을 보았다. 유미노스케가 언짢은 표정을 지었다.

"그건 그렇고, 이모부."

애써 화제를 돌리려고 한다.

"그때 마쓰카와 뎃슈와 제 얼굴이 닮아 보였다고 하셨는데, 정말인가요?"

헤이시로는 놀랐다. 분명히 그렇게 생각했다. 생각은 했지만, 그걸 입 밖에 낸 기억은 없다.

"그걸 어떻게 알았지?"

"이모한테 들었어요."

그러고 보니 아내한테는 말했군.

"나중에 사체를 보니 미남은 미남이지만 별로 닮지는 않았더구나. 위급한 상황이라 내 머리가 얼떨떨했나 보다."

굳이 강변하자면 이 세상 사람이라고 생각되지 않는 얼굴―이라는 점이 비슷했다.

"그렇다면 이모한테도 제대로 말씀해 주세요. 저를 보는 이모님 눈빛이 달라지셔서 영 불편합니다."

아내는 헤이시로한테도 말했다.

―그것 봐요. 유미노스케 얼굴도 까딱하면 그런 죄를 저지를지도 모르는 상이라니까요.

―가메야 사건만 해도 두 사람이 호박 같은 여자랑 못난이 같은 사내였다면 일이 이렇게 심각해지지는 않았을지도 몰라요.

그럴까. 남자와 여자 사이가 그렇게 간단하지는 않을 텐데. 얼굴이 좋아진 신 상과 이목구비는 그대로이지만 인상이 비뚤어져 버린 후미노의 얼굴을 떠올리며 그런 생각을 했다.

결국 오쓰기가 죄 없이 휩쓸려 죽었다는 이야기는 어떤 언사로도 말하기 힘들었다. 사실이 그랬다고 담담하게 말하자 오나카도 담담하게 들었다. 눈물을 비치지도 않았다.

용케 눈물을 참고 있구나―하고 생각하는데, 이야기가 잠시 그친 사이에 오나카가 마루스케에게 눈짓을 하며, "나리께 말씀드려도 좋겠죠, 아저씨?" 하고 묻는다.

마루스케도 고개를 끄덕이며, "괜찮겠지" 하고 대답했다.

고바타무라에서 있었던 체포극으로부터 이틀쯤 지났을 때라고 한다. 오나카는 시중에 나갔다가 뜻밖의 얼굴을 보았다.

"나리, 저와 오쓰기의 소싯적 얘기, 기억하시죠?"

"복권에 당첨된 기특한 사내가 너희 몸값을 갚아 주었다는 얘기?"

네, 맞아요! 오나카가 손뼉을 짝, 쳤다.

"그 고마웠던 도미이치 씨를 우연히 봤어요."

도미오카하치만구 몬젠마치의 인파 속에서 우연히 발견했다.

"한두 번 만나 본 게 전부였을 텐데, 잘못 본 건 아니고?"

"그런 은인 얼굴을 어떻게 잊겠어요. 분명히 도미이치 씨였어요."

당시 스물 하나였던 오나카가 중년이 되었듯 도미이치도 꽤 늙어 있었다. 이미 오십 줄로 노경의 초입이었다.

"하지만 나리, 그분은 제가 알고 있던 도미이치 씨보다 훨씬 건강해 보였어요."

아내로 짐작되는 수수한 여인과 여섯 살쯤 돼 보이는 사내아이를 동반하고 있었다고 한다.

"목수였다고 했거든요. 지금도 그 일을 하며 살고 있겠죠. 세 사람 모두 말쑥한 차림이었고, 사내아이가 노점에서 가면을 사 달라고 해서 재미있게 놀더군요."

복권으로 백 냥을 얻은 도미이치가 왜 그 거금을 오쓰기와 오나카에게 선뜻 내주었는지는 알 수 없다. 당시 도미이치는 까닭을 밝히지 않았다. 오쓰기도 오나카도 이리저리 짐작만 해 보았을 뿐이다.

"하지만 그 세 사람 얼굴을 보니,"

―아, 그냥 그것으로 충분했구나.

오나카는 그렇게 생각했다고 한다.

"그 이유는 여전히 모르겠지만, 그때 도미이치 씨한테는 나랑 오쓰기를 도와주는 것이 중요했구나, 그건 도미이치 씨에게 아주 좋은 일이었음을 알 수 있었어요."

짐작이 아니라 알 수 있었다고 말했다. 납득이 되면서 마음이 편안해졌다고 한다.

"그 사람들, 행복해 보였어요."

그렇다면 나도 오쓰기도.

"덕분에 유곽에서 탈출해 놓고도 여전히 이런 생활밖에 못 했지만, 이렇게 살아 있는 것이 전혀 쓸모없지는 않았다, 우리는 도미이치 씨에게 구원을 받았다, 은혜는 하나도 갚지 못했지만 우리가 있어서 도미이치 씨에게 조금은 도움이 되었구나, 그런 생각을 했어요."

오나카의 목소리가 갈라졌다. 하지만 눈물은 비치지 않는다. 눈은 상냥하게 웃고 있다.

"오쓰기도 틀림없이 기뻐하겠죠."

"예, 분명히."

그럴 거예요, 하고 유미노스케가 말했다. 오나카와 눈길이 마주치자 쑥스러운 듯이 만주를 입에 넣고 우적우적 씹는다.

그때 문이 드르륵 열렸다.

"다녀왔습니다—."

유미노스케는 저작을 멈추고 입을 멍하니 벌렸다. 헤이시로도 눈이 동그래진다.

붉은 목도리를 단단히 여미고 채소 행상 바구니를 등에 멘 준자부로였다.

혼자가 아니다. 바로 뒤에 덩치 큰 사내가 있다. "아~!"

유미노스케가 일어나며 준자부로를 손가락으로 가리켰다. 준자부로도 유미노스케를 손가락으로 가리킨다.

"형!"

"유미노스케!"

헤이시로도 앉은 채 손가락으로 가리킨다. 준자부로가 아니라 덩치 큰 사내를.

"오~! 너는 센타로!"

복권 당첨으로 신이 되었다가 빈손으로 쫓겨났고, 채소 가게에서 난동을 부리다 옥에 갇혔던 센타로다. 그렇군, 벌써 석방되었구나.

"아이고, 나리."

마루스케가 당황해서 일어섰다.

"제대로 인사도 못 드려서 죄송합니다요."

그동안 적당한 때를 못 찾아서 그만—하며 손으로 얼굴을 가린다.

작은 방 안에서 저마다 당황한 얼굴로 손가락질을 해대며 소리 지르는 자들을 보고, 덩치 큰 사내가 흠칫 놀라 멀거니 서 있다. 그 놀란 표정이 아이처럼 솔직하고 사심이 없다.

"어이, 노형!"

준자부로가 몸을 오른쪽으로 틀며 바구니를 어깨에서 풀어서 센타로에게 안겼다.

"난 사라집니다."

기다려요, 하며 유미노스케가 벌떡 일어섰다.

"다이치로 형의 혼인이 코앞인데 왜 집에 들어오지 않는 거예요!"

그대로 봉당으로 뛰어내린다. 고바타무라에서 했던 것과 똑같다. 준자부로는 문밖으로 쏜살같이 도망쳤다.

"기다리라니까!"

오나카는 오나카대로 마루스케를 타박한다. "너무해요, 아저씨. 왜 준 짱이 와 있다고 말하지 않았어요?"

"그건, 그건, 그게 나을 듯해서."

"낫긴 뭐가 나아요!"

준 짱, 기다려 봐요, 하며 오나카도 가와이야 형제를 뒤쫓기 시작한다.

당혹의 바람이 휘잉 불어 갔다.

헤이시로는 웃음을 터뜨렸다. 웃어도 웃어도 유쾌하고 뱃속이 따뜻해지는 느낌이다.

마루스케가 봉당으로 내려가 센타로와 나란히 섰다. 바구니 두 개를 바닥에 내려놓은 센타로는 마루스케의 재촉을 받고 그 자리에 무릎을 꿇었다.

두 사람이 헤이시로에게 고개를 숙였다.

"나리, 살펴 주신 덕분에 이 센타로가,"

헤이시로는 손을 쳐들어 말을 막았다.

"됐네, 딱딱한 인사는 그만두게."

그러고는 센타로 얼굴을 찬찬히 뜯어보았다.

흠칫거리고 있다. 눈은 끔쩍거리고. 많이 야위고 몸도 오그라들었다. 얼굴도 손도 흙으로 꾀죄죄하다. 얼마나 돌아다녔는지 짚신을 신은 발가락 사이에 흙이 덩어리져 끼어 있다.

어딜 봐도 천생 채소 행상이다.

이제 신이 아니네. 인간으로 돌아왔네.

사람은 무엇이든 될 수 있다. 다만 골치 아픈 것은, 되고자 하지 않아도 뭔가가 되고 말 때도 있다는 점이다.

감이 되기도 하고 전복이 되기도 하고 유령이 되기도 하고 부처가 되기도 하고 잠시 신이 되어 보기도 한다.

그래도 결국은 인간이다. 인간으로 있는 것이 가장 어울린다.

"올라오게."

헤이시로는 두 사람에게 손짓을 했다.

"여기는 마루스케, 아니, 자네들 집이잖아."

같이 만주나 먹자고.

초판 1쇄 발행 2013년 5월 31일
초판 3쇄 발행 2021년 12월 31일

지은이   미야베 미유키
옮긴이   이규원

발행편집인   김홍민 · 최내현
책임편집   안현아
편집   유온누리
마케팅   홍용준
표지디자인   이혜경디자인
용지   한승지류유통
출력(CTP)   한국커뮤니케이션
인쇄   청아문화사
제본   보경문화사
독자교정   권정현, 남궁가윤, 이다정, 정연희, 허신애

펴낸곳   도서출판 북스피어
출판등록   2005년 6월 18일 제105-90-91700호
주소   (10595) 경기도 고양시 덕양구 동송로 23-28 305동 2201호
전화   02) 518-0427
팩스   02) 701-0428
홈페이지   https://blog.naver.com/hongminkkk
전자우편   editor@booksfear.com

ISBN 978-89-98791-04-9 (04830)
     978-89-91931-29-9 (세트)

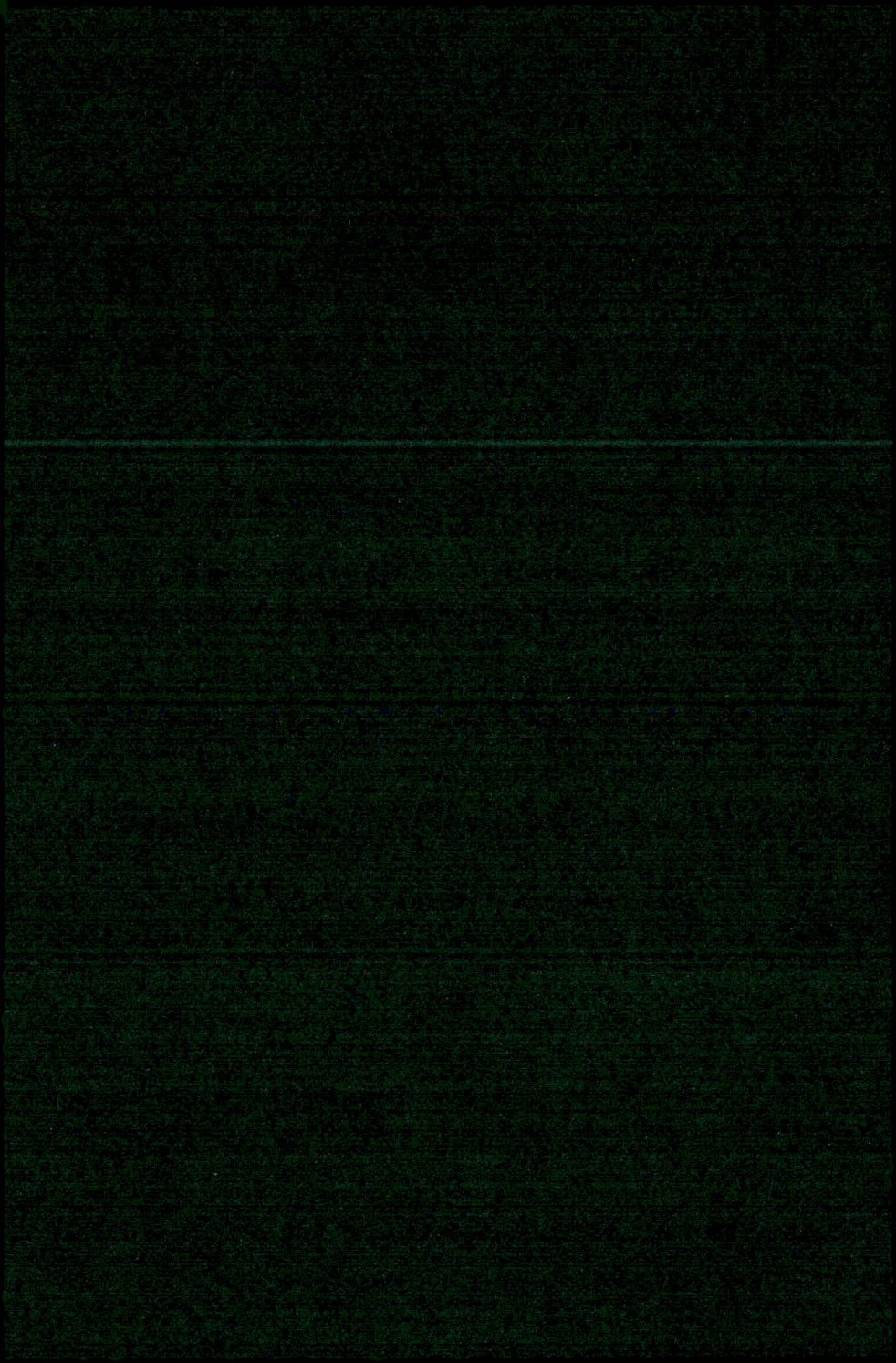